历史上最伟大的比赛
THE GREATEST GAME EVER PLAYED
哈里·瓦登、弗朗西斯·威梅特和现代高尔夫的诞生

〔美〕马克·弗罗斯特（Mark Frost）◎著

张罗娟◎译　邢文军◎审译

中华工商联合出版社

图书在版编目（CIP）数据

历史上最伟大的比赛 /（美）马克·弗罗斯特著；
张罗娟译 . -- 北京：中华工商联合出版社，2023.10
书名原文：Greatest Game Ever Played
ISBN 978-7-5158-3762-8

Ⅰ . ①历…　Ⅱ . ①马…　②张…　Ⅲ . ①长篇小说 – 美
国 – 现代　Ⅳ . ① I712.45

中国国家版本馆 CIP 数据核字（2023）第 187471 号

历史上最伟大的比赛

著　　者：［美］马克·弗罗斯特
译　　者：张罗娟
出 品 人：刘　刚
审　　译：邢文军
责任编辑：吴建新
装帧设计：尚　彩·张合涛
责任审读：郭敬梅
责任印制：陈德松
出版发行：中华工商联合出版社有限责任公司
印　　刷：三河市宏盛印务有限公司
版　　次：2023 年 11 月第 1 版
印　　次：2023 年 11 月第 1 次印刷
开　　本：710mm×1000 mm　1/16
字　　数：249 千字
印　　张：26.5
书　　号：ISBN 978-7-5158-3762-8
定　　价：78.00 元

服务热线：010-58301130-0（前台）
销售热线：010-58302977（网店部）
　　　　　010-58302166（门店部）
　　　　　010-58302837（馆配部、新媒体部）
　　　　　010-58302813（团购部）
地址邮编：北京市西城区西环广场 A 座
　　　　　19-20 层，100044
http://www.chgslcbs.cn
投稿热线：010-58302907（总编室）
投稿邮箱：1621239583@qq.com

前　言

威梅特、乡村俱乐部和美国历史上最伟大的比赛

邢文军

2022 年 6 月 16—19 日，第 122 届美国公开赛第四次回到美国马萨诸塞州布鲁克莱恩市著名的乡村俱乐部（The Country Club）。经过激烈的四轮比赛，英国选手马特·菲兹帕特里克（Matt Fitzpatrick）以一杆优势，打败美国选手威尔·扎拉托里斯（Will Zalatoris），获得冠军。菲兹帕特里克继金熊杰克·尼克劳斯（Jack Nicklaus）之后，成为历史上第二位在同一球场上获得美国业余公开赛冠军和美国公开赛冠军的选手。1961 年，尼克劳斯在圆石滩（Pebble Beach）高尔夫俱乐部赢得他第二个美国业余公开赛冠军，1972 年，再次在圆石滩赢得他的第三个美国公开赛冠军。2013 年，18 岁的菲兹帕特里克在乡村俱乐部获得美国业余公开赛冠军。2022 年在乡村俱乐部举办的美国公开赛，是继 1913 年、1963 年和 1988 年三届之后，第一次没有加时赛，在决赛轮决出冠亚军的。

位于波士顿郊区的高尔夫乡村俱乐部成立于 1893 年，开始只有 6 个洞。1894 年，作为美国高尔夫运动的先驱之一，乡村俱乐部参加了首届全美俱乐部联赛。联赛期间，与辛尼科克山（1891）、芝加哥（1892）、纽约州扬克斯的圣安德鲁斯（1888），以及罗德岛新港（1893）乡村高尔夫俱乐部联手，成立了美国业余高尔夫协会。不久，该组织更名为美国高尔夫协会（United States Golf Association，简称 USGA，以下简称美高协），成为美国高尔夫运动的管理机构。次年，也就是 1895 年，美高协在新港举办了首届美国公开赛。

乡村俱乐部实际上早在 1882 年就已经建立。俱乐部最初并不是为了高尔夫，而是为了举办赛马。私人建设者在 19 世纪 60 年代购置了 100 英亩土地，在中心区建了一座半英里的赛马场，称为克莱德公园。乡村俱乐部成立后，采用法人和会员治理机构管理。赛马比赛迎来了众多数英里之外的观众，每人 50 美分的门票给俱乐部带来了可观的收入。有了足够的资金，俱乐部逐渐增加了射击、射箭、网球、马球、滑冰和冰壶等运动设施。1893 年，俱乐部的几位会员修建了一个 6 个洞的高尔夫球场，几年后球场扩大为 9 洞。俱乐部在公路旁高地之上，建设了一座简易两层楼房和酒店，酒店俯瞰公园和赛马场，成为今天的高尔夫俱乐部会所。私立乡村俱乐部迅速吸引了一大批波士顿上层人士，他们纷纷成为会员。

美高协成立之后，自 1895 年开始举办美国高尔夫公开赛。但直到 1910 年，公开赛的冠军几乎全部由来自苏格兰和英格兰的英国选手或移民囊括。乡村俱乐部的出名，源于 1913 年第 19 届美国公开赛。那年，一位年仅 20 岁的高尔夫业余球手弗朗西斯·威梅特（Francis Ouimet），在 10 岁球童埃迪·洛厄里（Eddy Lowry）的协助下，打败了世界顶级职业高尔夫球手、来自英国的哈里·瓦登（Harry Vardon）和泰德·瑞（Ted Ray），历史上第一位土生土长的美国业余球手赢得了美国公开赛。

凡是看过《果岭争雄》影片的人们，都会记得 1913 年美国公开赛这一高尔夫球历史上激动人心的励志故事。《果岭争雄》由原作者马克·弗罗斯特（Mark Frost）根据他 2002 年的原著《历史上最伟大的比赛》（*The Greatest Game Ever Played*）一书改编，由比尔·帕克斯顿（Bill Paxton）执导，斯蒂芬·迪兰（Stephen Dillane）和希亚·拉博夫（Shia LaBeouf）主演。影片由沃尔特·迪斯尼（Walt Disney）公司制作，自 2005 年 9 月 30 日起在美国上映。

迪斯尼 120 分钟的《果岭争雄》，从高尔夫的历史、人物、励志、比赛和高尔夫文化等各个层面来看，远不如近 500 页的原著来得精彩和扣人心弦。弗罗斯特 2002 年出版的原作，书名为《历史上最伟大的比赛》，副标题为："哈里·瓦登、弗朗西斯·威梅特和现代高尔夫的诞生"。弗罗斯特以他扎实的历史研究和事实叙述，细腻入神的笔法，将英国和美国高尔夫运动领军人物描写得活灵活现、栩栩如生、跃然纸上。作者详细描述了世界知名高尔夫球手瓦登的出身、家庭、成长、挫折、磨练、球艺和心理因素，探讨他如何从一名家佣和球童，成为高尔夫球史上的传奇人物。作者成功复原了1913年美国公开赛这一名副其实的"历史上最伟大的比赛"的四轮比赛和加时赛实况，从历史人物入手，回顾了现代高尔夫运动在英国的起源和在北美大陆的传播，揭示了美国在20世纪初开始超越英国，成为高尔夫运动超级大国的历史进程。

1870年，哈里·瓦登出生于英国的泽西岛，父亲是造船厂工人，由于蒸汽机的出现，使木制船舶的生意一夜崩溃，父亲只能以打零工维持生计。瓦登7岁那年，皇家泽西高尔夫俱乐部开建，一家人被迫从球场所在地搬到城外的棚户区。第二年，为了补贴家庭的开支，瓦登到刚开业的高尔夫俱乐部当球童，8岁的少年被高尔夫深深吸引，和弟弟自制高尔夫球杆，用玻璃球当高尔夫球，每天晚上练习挥杆。12岁那年，由于家里深陷贫困，瓦登不得不辍学，到附近一家奶牛场工作，每周工作60小时，挣取微博的两先令工钱。但每到周日，他不顾一周强体力劳动的劳累，依然到球场当球童，学习高尔夫技艺。14岁，瓦登被父母送到一家医生家里，当了三年的家仆。17岁，瓦登决定离家出走，到一名退役少校的家里做园丁。少校是泽西高尔夫球场的掌门人，家就在球场旁边。就像在医生家当仆人时那样，每到下班之后，瓦登就溜到球场偷偷挥杆练球。一天少校下班回来，看见瓦登在后院用一支自制的球杆在挥舞练习，立刻被他流畅的动作所吸引。他带瓦登来到球场的球道，扔了一颗球让他打，哈里准确击出，又直又远，接连打了十几只球之后，少校让瓦登第二天9点到球场1号洞见面。这天，瓦登一生中第一次打了一场18洞高尔夫比赛，他和少校配对，应战另一对会员球手，结果获胜。很快，瓦登和少校就打败了球场所有的二人组合，瓦登也很快成为单差点球手，可以轻松打败少校和驻场职业球手。这位自己的家被球场占领的年轻球手，以胜利者的姿态回归球场，开始了他漫长的职业高尔夫生涯。

20岁的瓦登离开了泽西岛，到约克郡的一座私人庄园9洞球场做维护师，六个月后，转到兰开夏郡的一座9洞球场担任驻场职业球手。同时，瓦登开始和弟弟一起，在英格兰参加比洞赛，以挣取奖金。1893年，瓦登第一次参加在普列兹维克高尔夫俱乐部举办的英国公开赛，虽然名落孙山，但他的挥杆和球技得到老汤姆·莫里斯的首肯。瓦登击球精准，善于在强风中打出低弹道。他的挥杆潇洒自如，看上去毫不费力，赢得了高尔夫"造型师"称号。他的握杆成为现代高尔夫运动握杆的标准，被业内称为"瓦登握杆"。1894年在英格兰圣乔治高尔夫俱乐部的英国公开赛上，瓦登成绩升至第五，他的朋友、英格兰的职业球手约翰·泰勒（John Taylor）夺冠，打破了苏格兰人称霸葡萄酒壶奖杯的惯例。1895年在圣安德鲁斯老球场举办的英国公开赛中，泰勒再次得冠，瓦登在首轮领先。1896年，瓦登转任约克郡甘顿高尔夫俱乐部的驻场职业球手。他邀请泰勒到甘顿比赛，结果在赢8洞剩7洞时打败了英国公开赛冠军。当年在苏格兰缪菲尔德高尔夫俱乐部举办的英国公开赛中，瓦登在决赛轮打平泰勒，延长赛中打败泰勒，赢得他第一个英国公开赛冠军。接着，瓦登在1898和1899年又接连捧回葡萄酒壶奖杯。29岁的瓦登成为英国高尔夫职业球手中的领军人物。

1900年，受美国斯伯丁公司的邀请，瓦登到访美国，进行巡回表演赛。在10个月的时间里，瓦登行程超过10万英里，到访88家高尔夫俱乐部球场，对阵几乎美国所有的高球选手。除了在一家球场以微弱劣势（输两洞剩一洞）输掉外，瓦登轻松赢得了87场比赛的胜利。在芝加哥高尔夫俱乐部举办的美国公开赛中，久经沙场的英国冠军捧走了美国公开赛奖杯。

瓦登在1903、1911和1914年，又接着赢得了英国公开赛冠军，成为六次获得英国公开赛冠军的球手，这一记录至今无人打破。在1894年至1914年的21年中，瓦登和另外两位英国职业球手约翰·泰勒和詹姆斯·布雷德（James Braid），捧走了16届英国公开赛奖杯（泰勒和布雷德各五届），被高尔夫球界赞为"伟大的三巨头"（The Great Triumvirate）。

1913年，五届英国公开赛冠军哈里·瓦登和1912年英国公开赛冠军泰德·瑞，败在了初出茅庐20岁的业余球手弗朗西斯·威梅特手下。

弗朗西斯·威梅特1893年出生在麻州布鲁克莱恩市，父亲是加拿大的法裔移民，靠给富人家打工、做马车夫和园丁维持生计。威梅特四岁时，父亲在布鲁克莱恩乡村俱乐部对面的克莱德街上，买下了一栋两层楼的木板房。威梅特二楼的卧室窗外，正对着俱乐部的17号洞球道和果岭。好像命中注定，小小的威梅特被高尔夫俘获了身心，成为美国高尔夫的一号球迷。他和大他三岁、在球场做球童的哥哥，用一只拣来的已经截短的 1 号木，在家里的后院和泥泞的克莱德街上开始挥杆练球，接着在家后院开辟了一个短三杆洞，体验这一"有闲阶级"的游戏。威梅特出生前的五、六年，高尔夫才从英国传到美国，布鲁克莱恩乡村俱乐部可以称得上美国高尔夫的起源地之一。威梅特上小学之后，每天可以走近道穿过球场上学，这让他在来往的路上，从草丛中捡到不少丢失的高尔夫球。这些球不仅给兄弟俩提供了足够的练球来源，而且用多余的球从球杆商店换来了一整套旧胡桃木球杆，武装了年轻的高尔夫爱好者。

威梅特在乡村俱乐部最早捡到的一只高尔夫球是一只古塔胶球，小白球上印着"瓦登飞行者"（Vardon Flyer）字样。1900 年，七岁的威梅特通过报刊，得知来自英国的高尔夫大师瓦登将到美国巡演，斯伯丁公司为了推广一颗崭新的古塔胶球，将球命名为"瓦登飞行者"。巡演期间，瓦登应邀在波士顿一家百货商店体育用品部作击球表演，威梅特的母亲瞒着丈夫带他到波士顿现场观看，小威梅特近距离亲眼见到了自己的偶像，瓦登毫不费力而又神奇的挥杆击球动作，深深地印在了威梅特的脑海里。

威梅特的父亲亚瑟，对于儿子执迷于高尔夫这个富人的游戏不以为然，甚至嗤之以鼻，经常当着家人的面训斥他。亚瑟认为，对于他们这样的普通家庭来说，打高尔夫是一种不切实际的放纵。他对这项运动十分反感，甚至将自己和家庭拮据的经济困境和底层的社会地位，以及生活上所有的痛苦，都归咎于高尔夫。可是这位父亲偏偏在威梅特九岁时，命令儿子到乡村俱乐部当球童，以补充家庭的收入。这无疑是让一位酒鬼到酒吧工作，同时又奢望他能戒酒！

威梅特 10 岁时，在一场比赛中打败了哥哥。通过球童工作，他有机会给俱乐部的顶尖球手服务，并近距离观察、揣摩和模仿他们的动作。威梅特经常在黄昏或雨天偷偷流进俱乐部球场打球。从 13 岁开始，在暑期学校放假和不做球童的日子里，威梅特每天黎明起身，经过两个小时的长途跋涉，换乘三辆电车到镇上，再步行一英里到波士顿的公共球场打球，直至日落，再搭乘最后一辆电车赶回家。

1906 年，威梅特给一位乡村俱乐部的会员做球童，会员问他是否会打球，威梅特拿着会员的球杆挥了一下，他那优美顺畅的挥杆让会员惊叹不已。于是这位会员第二天让威梅特和自己一起打了一场球，结果 13 岁的威梅特几乎破 80 杆，受到了乡村俱乐部球童主管的注意。在主管的默许下，威梅特被破例允许和会员一起打球。上高中后，他说服校长发起成立了高尔夫校队，一年内，16 岁的威梅特成为布鲁克莱恩高中的头号球手。满 16 岁时，威梅特为了保持业余球手的身份，不得不辞去了球童的工作。

1910 年，乡村俱乐部球童主管安排弟弟汤姆·麦克纳马拉（Tom McNamara）和威梅特打了一场球。汤姆是职业球手，在去年的美国公开赛上获得了亚军，险些打败英国选手乔治·萨金特（George Sargent）。汤姆对威梅特的球技大加赞赏，并向他介绍了参加国家级高尔夫赛事的体会。在汤姆的鼓励下，威梅特参加了当年晚些时候在乡村俱乐部举办的第 16 届美国业余公开赛。很遗憾，17 岁的威梅特第一次参加国家级大赛，缺乏参赛经验，未能晋级。

1911 年，弗朗西斯成功晋级马萨诸塞州业余赛第二轮。次年，他打进了决赛，但最终惜败。1913 年 6 月 19 日，威梅特在沃拉斯顿高尔夫俱乐部举办的马萨诸塞州业余高尔夫锦标赛中，终于在半决赛打败了两届业余公开赛冠军约翰·安德森（John Anderson），又在决赛打赢了好友弗兰克·霍伊特（Frank Hoyt），赢得州业余高尔夫锦标赛冠军。

1913 年 9 月 2 日，威梅特参加了纽约花园城高尔夫俱乐部举办的美国业余公开赛，第一次面对主要来自英国和美国的 141 位业余高尔夫球手。威梅特在成功晋级之后，在第二轮遇到三届冠军杰里·特拉弗斯（Jerry Travers），终于不敌老将，输给了卫冕冠军。

威梅特在州和全国业余公开赛上的出色表现，引起了美国高尔夫协会主席罗伯特·沃特森（Robert Watson）的注意。沃特森在花园城第一轮比赛中输给了杰里·特拉弗斯。在第二天的比赛中，沃特森加入了威梅特的粉丝团，近距离观看了这位 20 岁的业余球手的出色表现。沃特森正在寻找一位美国业余球手，参加两周后在布鲁克莱恩乡村俱乐部举办的美国公开赛，和美国职业球手一起对抗前来参赛的英国公开赛冠军、世界顶级职业球手哈里·瓦登和泰德·瑞。威梅特家就在乡村俱乐部球场旁边，安排参赛应该十分容易。

当天比赛后，沃特森找到威梅特，对他发出了口头邀请。

弗罗斯特在《历史上最伟大的比赛》一书中，以近一半的篇幅，逐日逐人逐洞地再现了1913年美国公开赛各轮赛事，还原了当年的精彩而又激动人心的比赛场景。在9月16—17日的36洞资格赛中，威梅特不负众望，以152杆的总成绩，排名第五，位于泰德·瑞、哈里·瓦登和另外两名职业选手之后，轻松晋级。100名参赛球手遭到淘汰，剩余61名职业球手和8名业余球手进入正式比赛。

在9月18日的正式比赛中，威梅特以151杆的成绩，并列排名第七。19日的决赛轮仅剩下49位球手参赛，当天突然来了一股寒流，球场下起倾盆大雨。对于年轻的威梅特来说，在这种天气下，他曾经打过不下100场球，已经习惯了。威梅特在上午的九洞比赛中，打出74杆，以225杆的总成绩，打平英国职业球手瑞和瓦登。在下午的后九洞比赛中，威梅特继续保持稳定发挥，在落后两杆的不利形势下，再次以79杆和总成绩304杆的比分，逼平两位英国公开赛冠军，迫使比赛进入延长赛。

弗罗斯特在原文中写道："在争夺美国公开赛桂冠的过程中，弗朗西斯在一座因雨水导致挑战升级的球场上，面对美国有史以来最大规模的观赛人群，18洞开球没有错失任何一条球道，没有打进任何一个沙坑，也没有在果岭上遭遇过三推。"

在这一历史上最伟大的比赛中，威梅特以72杆获得冠军，领先瓦登五杆，领先瑞六杆。

这是历史上最伟大的比赛，因为这是第一次真正意义上的国际高尔夫球公开赛；这是历史上最伟大的比赛，因为战场上的三个对手都曾出身卑微，从球童开始踏上了成为世界顶级高尔夫球手的征程；这是历史上最伟大的比赛，因为一位名不见经传、年仅20岁的业余球手，打败了两位世界级的高尔夫老将；这是历史上最伟大的比赛，因为这位美国年轻球手在世界顶级比赛中，保持了强大的心理因素，不畏权威，反败为胜；这是历史上最伟大的比赛，因为协助冠军得胜的球童，只有10岁，威梅特后来称赞说，"这位男孩赢得了1913年美国公开赛"；这是历史上最伟大的比赛，因为作为原英国殖民地的美国，在一场体育比赛中打败了当年依然号称"永不日落"的大英帝国；这是历史上最伟大的比赛，作为高尔夫之国的英国就此走下神坛，让位于新兴的高尔夫超级大国美国；这是历史上最伟大的比赛，威梅特由此得以成为第一位非英国籍的皇家古老协会的队长；这是历史上最伟大的比赛，因为一位无人知晓的年轻高尔夫球手，一夜之间成为美国的民族英雄。作为美国"业余高尔夫球之父"，威梅特的得冠，促进了大批公共高尔夫球场的建设，使高尔夫球成为大众化的运动。在短短的10年内，美国的高尔夫球场和打球的人数增加了三倍，开启了美国成为全球高尔夫运动霸主的时代。

第19届美国公开赛之后，威梅特接着在1914年和1931年两次在美国业余公开赛中得冠。他是头八届沃克杯美国队的队员，之后又担任美国队队长。1951年，威梅特被选为第一位圣安德鲁斯皇家古老高尔夫俱乐部的外籍队长。1955年，美高协设立了高尔夫最高奖项鲍比·琼斯奖，威梅特成为第一位赢得该奖项的高尔夫球手。

1949年，威梅特的朋友们发起成立了一个以他的名字命名的球童奖学金，为麻省的球童提供上大学的奖学金。弗朗西斯·威梅特奖学基金会（Francis Ouimet Scholarship Fund）是全美国第二大的球童奖学金提供机构。至今为止，6300多名威梅特学者，已经获得总额4360万美元的奖学金，用以就读他们心怡的高等院校。

1963年，时隔50年之后，第63届美国公开赛第二次回到乡村俱乐部。70岁的威梅特，应邀出任公开赛荣誉主席，并为公开赛冠军朱力亚斯·博罗斯（Julius Boros）颁奖。

公开赛期间，威梅特和他当年10岁的球童埃迪·洛厄里在乡村俱乐部相聚，两人携手重新走过当年比赛时的几个关键球位，沉醉在50年前的胜利之中。

威梅特于1967年9月2日因心脏病去世，享年74岁。1974年，他和鲍比·琼斯（Bobby Jones）、吉恩·萨拉曾（Jean Sarazen）、沃尔特·黑根（Walter Hagen），成为头四位高尔夫球手，被引介进入刚刚成立的高尔夫世界名人堂。

1988年，第88届美国公开赛第三次回到乡村俱乐部举办。美国邮政局为了纪念威梅特，为他颁发了一枚25美分的纪念邮票。他成为历史上第三位获得该荣誉的高尔夫球手。之前，美国邮政局颁发了鲍比·琼斯和贝比·扎哈里斯（Babe Zaharias）的纪念邮票。和前三届在乡村俱乐部举办的美国公开赛一样，1988 年的冠军争夺战也是在加时赛完成，美国邮政局除了在 6 月 13 日开幕式练习轮第一天发行了盖有当日邮戳的首日封之外，在正式四轮比赛和加时赛的每一天，都破天荒地发行了不同的首日封。比赛结果是，美国的科特·斯特兰奇（Curt Strange）在加时赛以 71 杆的成绩，领先四杆打败英国选手尼克·法尔多（Nick Faldo）。

笔者在此感谢张罗娟女士花费了近一年的时间，完成了这部历史小说的翻译工作。笔者同时感谢原作者马克·弗罗斯特先生、威梅特奖学金基金会执行主任科林·麦圭尔先生和乡村俱乐部历史学家弗里德里克·沃特曼先生为本书中文版写了序言。感谢中国高尔夫球界人士王维超、杨广平、王志刚、戴耀宗、陈亚雄和崔志强等为中文版写了评论。

希望中国广大的高尔夫爱好者和青少年，能够通过阅读《历史上最伟大的比赛》一书，了解现代高尔夫运动的起源，通过世界顶级高尔夫球手奋斗成长的励志故事，激励奋发图强的精神，努力争取成为中国高尔夫球界的第一个威梅特！

2022 年 8 月

美国马萨诸塞州阿默斯特市

代 序 言

　　得知中国广大的高尔夫球迷和球手将阅读欣赏《历史上最伟大的比赛》一书，我十分高兴，这本书所写的故事，曾经鼓舞了世界各地的高尔夫球手。希望你们在回顾高尔夫历史上这一不可或缺的篇章时，能够和我当初把它呈现给现代读者时一样，感到振奋人心。顺致最诚挚的问候，并祝打球愉快！

——《历史上最伟大的比赛》原著作者

马克·弗罗斯特

2020 年 6 月 30 日

　　弗朗西斯·威梅特奖学基金会感到十分自豪，能够为马克·弗罗斯特《历史上最伟大的比赛》一书具有历史意义的中译本出版写几句话。这一轰动性的故事现在可以让世界上更多的读者阅读，实在令人兴奋。对于为本书的翻译和出版问世所作出努力的人们，以及所有酷爱历史、高尔夫运动和威梅特先生故事的读者们，我在此表示真心的感谢！威梅特的故事告诉我们，坚定的信心和艰苦的努力可以将你带往成功之路。

　　威梅特先生 1913 年的胜利，改变了高尔夫运动的历史。弗朗西斯·威梅特奖学基金会的设立，是威梅特的众多遗产之一。1949 年，他的朋友们以他的名义成立了基金会，至今为止，6300 多名威梅特学者，已经获得总额 4360 万美元的奖学金，用以就读他们心仪的高等院校。我们无法估价威梅特先生对世界高尔夫运动的贡献，但是尽管在球场上取得胜利，威梅特令人惊奇的表示，作为一名公民，设立球童奖学基金会是他一生中最大的荣誉。威梅特基金会每年资助超过 450 名年轻男女，使他们能够接受高等教育，如果没有这种根据家庭生活需求而设置的球童奖学金，他们可能求学无望。

我们坚信，威梅特先生的在天之灵将无比虔诚地关注他的历史遗产，他生前坚韧不拔的励志故事也将在全世界得以传播。

——弗朗西斯·威梅特奖学基金会执行主任

科林·麦圭尔

2021 年 5 月 12 日

美国对高尔夫的狂热来源于一人、一天和一地。

这个人是 20 岁的弗朗西斯·威梅特，一位业余高尔夫球手，参加了第 19 届美国公开赛；这一天是周六，1913 年 9 月 20 日；地点是马萨诸塞州布莱克莱恩市乡村高尔夫俱乐部，位处威梅特一家房屋的街对面。

此前 18 届美国高尔夫公开赛的冠军得主，全部是职业球手，前 16 届冠军得主不是英格兰就是苏格兰人。美国职业球手约翰·J.麦克德默 1911 年和 1912 年获得冠军，打破了这一趋势，但他的成就和为人并未令美国人动容，高尔夫球在美国依然被视为有钱人的游戏，荣誉属于移民美国的职业球手。但接下来，一位沉默寡言、谦逊有礼的年轻人威梅特，在公开赛球场上镇定自若，完成了 10 岁球童的信念和梦想，改变了一切。

1913 年，哈里·瓦登和泰德·瑞是当时世界顶尖的高尔夫球手，他们在高尔夫球界的重要地位，使美高协决定将比赛日期从 6 月延至 9 月，以便六届英国公开赛冠军得主瓦登和 1912 年冠军瑞能够安排前来参赛。

威梅特来自蓝领工人家庭，曾经是俱乐部球童，虽然当时在波士顿市中心一家体育用品商店工作，但依然住在父母家里。1913 年 6 月，威梅特赢得了马萨诸塞州业余公开赛冠军。从未参加过美国公开赛的威梅特，认为自己不应该再利用工作时间，参加一次国家级的锦标赛。但在老板的鼓励下，这位业余球手加入了这场以职业球手为主的赛事。

威梅特事先和一位有经验的球童说好替他背球包，可是这位球童临时改变主意，决定替可能夺冠的法国职业球手路易斯·特利尔服务。少年杰克·洛厄里主动提出替他背包，但第二天因不敢逃学而不辞而别；杰克 10 岁的弟弟埃迪逃学来到球场，说服威梅特让他做球童。在后来的三天里，埃迪背着 10 只球杆和球包走了 90 个洞。第四轮比赛中，威梅特需要在最后两洞抓一只小鸟，才可能追平瓦登和瑞，进入加时赛。他在家里窗户正对的第 17 洞成功抓鸟，接着在加时赛中，又在同一球洞再次抓鸟，赢得比赛。

美国瞬时拥抱了这位打败歌利亚的高尔夫球大卫。但威梅特自始至终强调，小埃迪的信心对他赢球至关重要，在一张和埃迪合影的赛场照片上，威梅特这样赞扬 10 岁球童："这是赢得 1913 年美国公开赛的男孩。"

美国在弗朗西斯·威梅特身上找到了国家第一位高尔夫英雄，人们佩服他在球场上的胜利，但更欣赏他的谦虚谨慎、体育精神和不愿出任何风头的品格。《纽约时报》和伦敦《泰晤士报》的头版头条，都刊登了威梅特打败英国顶级球手的消息，极大地鼓舞了在公众球场打球的美国青少年们，让他们感到将来也有赢得美国公开赛的机会。一位纽约市意大利移民 11 岁的儿子、球童尤金尼奥·萨拉切尼后来说，威梅特的胜利使他充满希望，改名吉恩·萨拉曾后，他赢得了四次大满贯比赛。

威梅特的胜利使高尔夫球运动在美国蓬勃发展：1913 年，美国的打球人数大约 35 万人，10 年后，猛增至 210 万人。越来越多的打球人群产生了世界级的高尔夫球手，诸如沃尔特·黑根、吉恩·萨拉曾、鲍比·琼斯，后来的本·侯根、萨姆·斯尼德、拜伦·尼尔森，女子冠军芭比·扎哈利斯，以及魅力四射的阿诺德·帕默、杰克·尼克劳斯、汤姆·沃森；然后是泰格·伍兹。泰格在球场上以他令对手害怕但让观众喜爱的强有力表现，再次使高尔夫运动的人气爆棚；新一代的高尔夫职业球手都认为，是泰格·伍兹吸引他们进入了高尔夫运动。目前，美国每年打球的人数超过 2400 万人，他们都受到从街对面走来并赢得美国公开赛的一位谦卑年轻人的恩惠，他就是弗朗西斯·威梅特。

——布鲁克莱恩乡村高尔夫俱乐部历史学家

弗里德里克·沃特曼

2021 年 7 月 2 日

凭借对历史的深入研究和精心梳理，作者为勇于打破阶级壁垒的高尔夫球手塑像，勾勒出世纪更迭、历史变迁背景下的壮阔时代全景，作品兼具真实感和艺术美，读起来酣畅淋漓，十分过瘾！

——译者　张罗娟

《历史上最伟大的比赛》描写出身平民的业余球手威梅特，依靠对高尔夫的热爱，点燃心中的奋进之火，上演了一场绝世天才与高尔夫球名宿和世界冠军的巅峰对决，最终取得胜利。这是一个20岁的年轻人凭借勇气、热情与坚韧，成功圆梦的励志故事！威梅特成功的意义，在于他打破了高尔夫在当时只属于上流社会的传统，以平民和业余球手身份夺得美国公开赛冠军！本书使我想起张连伟、梁文冲、张新军等一代又一代中国高尔夫球手，他们通过自己的努力促进了中国高尔夫发展，为中国高尔夫点燃了星星之火。《历史上最伟大的比赛》中译本的出版，为广大国内高尔夫行业内人士提供了高尔夫运动的精髓和历史，也为高尔夫爱好者提供了高尔夫文化"管窥全豹"的视角。

——《GP高尔夫人》出品人　王维超

高尔夫球的精神是诚信、严格遵守规则、处处为他人着想。它是一项高尚文明、难度系数很高、有益于人们身心健康的体育运动。这部优秀的作品以真人真事，再现了高尔夫运动从英国走向美国和全世界的国际化和平民化历史进程，功德无量，为高尔夫未来的发展，树立了一个良好的榜样。

——中国长城杯业余高尔夫球巡回赛组委会主席　杨广平

这是一部史诗般的巨著。作为《高尔夫》杂志的创办人和20多年的从业者，看到本书译稿感到相见恨晚！作者马克·弗罗斯特用他那细腻的笔触，还原了高尔夫球史上一场最伟大的比赛，把英美两国高尔夫发展历史中的众多人物及时空脉络描述得精彩纷呈，引人入胜。本书是所有高尔夫爱好者和从业者的必读之作！

——《高尔夫》杂志出版人　王志刚

故事详细介绍了高尔夫球运动由苏格兰、英格兰到大西洋彼岸美国的传承和发展，其中包含了运动本身具有社会阶层、贫富差距、阶级不平等等问题，亦揭示早期俱乐部文化对高尔夫运动发展即赛事影响有显著的主导作用。作为中国公开赛赛事（创建于 1995 年）发起人之一，对书中描述美国公开赛现场观众对本土英雄冠军的崇拜和向往感同身受，相信当程军（1997 年）、张连伟（2003 年）、吴阿顺（2015 年）及李昊桐（2016 年）在本土夺冠时，中国的高尔夫球爱好者都会备受鼓舞。这就说明未来推广高尔夫运动健康发展，仍有赖本土杰出运动员的涌现和参与。所以，球员们需秉承初心，继续励志图强，在争取赛事佳绩的前提下，还要有高尚的体育情操，树立榜样精神，赛出风格。在漫长的发展路上，更需不断向历史学习，取其精华，砥砺前行。

——美国持证俱乐部经理人（CCM）、美国持证俱乐部执行官（CCE）、中高协俱乐部经理人委员会（GCMC）主任兼常务理事　戴耀宗博士

本书再现了 1913 年美国公开赛的励志故事：英国职业球手和英国公开赛冠军哈里·瓦登和爱德华·瑞，在决赛轮被名不见经传、球童出身的 20 岁美国业余球员弗朗西斯·威梅特追平，威梅特在第二天的 18 洞延长赛中，打败了英国高球绅士，一举夺冠，瞬间成为国家英雄。当英国人将高尔夫球带到美国后，美国人摒弃了贵族运动的偏见，凭借精神的支撑和英雄主义价值观，使这项有历史、有文化、有内涵的高雅运动，在美国社会真正普及开来。

——中国高尔夫俱乐部年会秘书长、亚龙湾高尔夫球会创始人　陈亚雄

读这本书，就像是在看一部黑白电影，而且是无声的默片，所有的解说都以字幕的形式呈现。历史的沧桑感扑面而来。作者以将近一半的篇幅详细再现了 100 多年前的那场比赛，让我们有机会重返 100 年前，来到具有划时代意义的比赛现场，目睹弗朗西斯·威梅特与他心目中的"高尔夫之神"哈里·瓦登的对决。恍惚间，我好像又回到 1997 年 4 月 26 日下午程军举起 VOLVO 中国公开赛冠军奖杯的那一刻。不懂历史的人没有根。我一直认为，要想弄懂一件事情，一定要从源头问起，要从历史源头看事物的发展脉络。用好奇的眼光读完这本书，了解一下 Cleek、Baffy、Brassie、Mashie、

Niblick、Stymie 那些已经埋在高尔夫历史灰尘中的生僻词汇，体味当年人们对高尔夫运动的执着和热爱，对于更深刻地诠释高尔夫的精神内涵和解读高尔夫的文化基因一定大有裨益。我相信，读完这本书，你会更加了解高尔夫，理解高尔夫，热爱高尔夫。

　　——中国高尔夫协会原秘书长、北京泛华新兴体育产业股份有限公司董事长　崔志强

目　录

第一部分　弗朗西斯和哈里 …………………………………………… 001

弗朗西斯 ………………………………………………………… 003

哈里 ……………………………………………………………… 009

1900 年 ………………………………………………………… 030

球童 ……………………………………………………………… 043

球杆之王 ………………………………………………………… 055

业余球手 ………………………………………………………… 067

深渊 ……………………………………………………………… 079

美国本土球员的崛起 …………………………………………… 089

复活 ……………………………………………………………… 094

花园城 …………………………………………………………… 103

1913 年 9 月 2 日，花园城高尔夫俱乐部 …………………… 111

哈里和泰德的非凡冒险 ………………………………………… 123

第二部分　1913 年美国公开赛 …………………………………… 137

1913 ……………………………………………………………… 139

起跑线 …………………………………………………………… 156

星期二：第一天资格赛 ⋯⋯⋯⋯⋯⋯⋯⋯⋯⋯⋯⋯⋯⋯⋯ 178

星期三：次轮资格赛 ⋯⋯⋯⋯⋯⋯⋯⋯⋯⋯⋯⋯⋯⋯⋯⋯ 196

星期四：正赛首轮 ⋯⋯⋯⋯⋯⋯⋯⋯⋯⋯⋯⋯⋯⋯⋯⋯⋯ 208

星期五：正赛第二天 ⋯⋯⋯⋯⋯⋯⋯⋯⋯⋯⋯⋯⋯⋯⋯⋯ 243

星期五下午：后九洞 ⋯⋯⋯⋯⋯⋯⋯⋯⋯⋯⋯⋯⋯⋯⋯⋯ 298

星期六：延长赛 ⋯⋯⋯⋯⋯⋯⋯⋯⋯⋯⋯⋯⋯⋯⋯⋯⋯⋯ 324

第三部分　后记 ⋯⋯⋯⋯⋯⋯⋯⋯⋯⋯⋯⋯⋯⋯⋯⋯⋯⋯⋯⋯ 363

1913 年 9 月至 1914 年 6 月 ⋯⋯⋯⋯⋯⋯⋯⋯⋯⋯⋯⋯⋯ 365

人物简介 ⋯⋯⋯⋯⋯⋯⋯⋯⋯⋯⋯⋯⋯⋯⋯⋯⋯⋯⋯⋯⋯⋯⋯⋯ 372

致　　谢 ⋯⋯⋯⋯⋯⋯⋯⋯⋯⋯⋯⋯⋯⋯⋯⋯⋯⋯⋯⋯⋯⋯⋯⋯ 399

有关本书文字 ⋯⋯⋯⋯⋯⋯⋯⋯⋯⋯⋯⋯⋯⋯⋯⋯⋯⋯⋯⋯⋯ 401

第一部分

弗朗西斯和哈里

高尔夫可以修身养性、陶冶情操，对于培养和塑造人格，具有无与伦比的优势；它是等级与阶级差异的润滑剂，穷人富人皆可参与；它培养耐心，提升忍耐力，让希望之火生生不息！

——沃尔特·J.特拉维斯

别抬头，盯住球！

——埃迪·洛厄里

七岁的弗朗西斯和父母在克莱德街 246 号房前

（乡村俱乐部友情提供）

弗朗西斯

故事的开端恰如一个简单的童话。

在草地上逡巡探索的小男孩喜获至宝：一颗洁白无瑕、浑圆无损的小白球，球面上印有"瓦登飞行者"字样。飞行者这个名字，令人自信，充满幻想，深深地烙进男孩幼小的心灵。七岁的弗朗西斯·威梅特匆匆跑回家，把小白球藏进他的宝物箱——一个干瘪的饼干盒，里面藏着他日益增加的财富，"瓦登飞行者"立刻成了这盒宝藏里的珍品。这颗天赐之礼，来自一位名叫"瓦登"的未知之神。

俗话说，出生决定命运。但对弗朗西斯·威梅特来说，命运来自一座房子。1893 年，弗朗西斯·德赛莱斯·威梅特出生在马萨诸塞州波士顿市郊安静的布鲁克莱恩区。出生那天，恰好是哈里·瓦登生日的前一天，23 岁的瓦登第一次打进英国公开赛。四年后，威梅特的父亲在乡村俱乐部对面尘土飞扬的克莱德街上，买下了一栋两层楼的隔板房。

亚瑟·威梅特是一位法裔天主教移民，来自加拿大，靠打零工维持生计，为乡村俱乐部的富人会员当马车夫或园丁。亚瑟祖辈六代世居魁北克，他是第一个逃离蒙特利尔的家族成员，为了免遭当地英国新教徒的压迫，到美国追梦。然而，现实生活让他心碎。19 世纪，波士顿上流社会的阶级偏见既微妙又深刻，波士顿人将来自北方的移民称为"法国佬"。这座城市来自爱尔兰的第二代移民，社会地位日益上升，结果卑躬屈膝的工作留给了"法国佬"。没有受过教育、操着一口浓重魁北克口音的亚瑟，只身来到马萨诸塞，不得不靠繁重的体力活维持生计。

　　在布鲁克莱恩以微薄收入勉强立足后，28 岁的亚瑟坠入爱河，娶了美丽的爱尔兰姑娘玛丽·马奥尼为妻。三年后，玛丽死于难产，仅 10 周后，他们体弱多病的孩子，以亚瑟父亲之名命名的约瑟夫也随她去了。可怜的亚瑟深受双重打击，从此性情变得冷酷、暴躁。1888 年，亚瑟再婚，娶了另一位爱尔兰移民后裔，布鲁克莱恩土生土长的 27 岁姑娘玛丽·艾伦·伯克。玛丽是一个热情、有爱心和无限耐心的女人，但对亚瑟来说，第二次婚姻更多是为了巩固经济地位，组建家庭充满了 19 世纪的务实气息，毫无浪漫可言。婚后八年，玛丽为亚瑟生了四个孩子：长子威尔弗雷德，小三岁的弗朗西斯，女儿露易丝，以及出生在克莱德街新房里的幼子雷蒙德。尽管深受重陷赤贫的梦魇困扰，亚瑟还是存了些钱，并买下新房后面的一片空地用来养鸡、种菜、挖井吃水。亚瑟反复向孩子们灌输，要为家庭福利作出贡献，大儿子威尔弗雷德在搬进新家后不久，就开始在乡村俱乐部当球童，补贴家用。

　　克莱德街的房子，位于乡村俱乐部第 17 洞球道和果岭的正对面。弗朗西斯每天醒来，就能从二楼卧室窗户，望见球场的美景。搬进新家不久，母亲发现，四岁的弗朗西斯经常站在街对面，透过一排山毛榉树，观看球道上球员们的活动。不知怎地，从第一眼开始，弗朗西斯就对这项运动着了迷，即便到了后来，他也无法解释，高尔夫怎么就如此轻而易举地俘获了他的心。可以毫不夸张地说，弗朗西斯是美国高尔夫的一号球迷，他的成长伴随着这项运动在美国的兴起。小男孩与高尔夫的早期轶事，颇有密西西比河"船夫之王"迈克·芬克或伐木大力士保罗·班扬的传奇色彩。在家人的记忆里，弗朗西斯刚长到和哥哥手里的第一支高尔夫球杆——一支截短的 1 号木——一般高时，就吵着闹着要那支杆，得手后，便成日没完没了地在后院挥舞它。第二年，弗朗西斯开始在只有一间教室的普特勒姆小学上学，并发现了一条穿越乡村俱乐部球道去学校的捷径。很快，弗朗西斯练就了一种不可思议的本领，在每天上下学的路上，捡拾丢失的高尔夫球。到七岁时，他那只藏在床底的旧姜饼盒里，已经积累了可观数量的财富。

　　克莱德街家门前的泥路上行人不多，弗朗西斯和威尔弗雷德在路上开启了挥杆生涯。他们在两个相距 100 码的街灯底部用靴子后跟挖洞，然后在两洞之间不停地来回击球。在成为真正的球员之前，他们先当了一把球场造型师。父亲为维系园艺零工，新置了一台割草机，孩子们趁亚瑟外出打工，用割草机在屋后杂草丛生的草场上，开辟了一个简单的 3 洞球场。

1 号洞长约 100 码（1 码约等于 0.9144 米，后同），开球需要跨越一条小溪，才能将小白球安全地送上一座小小的椭圆形果岭，挑战不小。紧接着是一个 50 码的三杆洞，能让两人稍微喘口气。第三洞重新折回，球道穿过小溪，延伸至自家后院的一座圆形果岭。由于常常踩踏，果岭很快变成秃头，草也不用割了。他们把厨房里的空罐头盒拿来做洞杯，打球的仅有装备，是威尔弗雷德的那支 1 号木和弗朗西斯捡来的球。在房后球场打球危险丛丛，狭窄的球道两旁遍布障碍，到处是沼泽、砾坑、湿地、杂草。这对于两人击球的精准度提出了极高的要求，稍有偏差，小白球就会葬身荒草，一去无影，所幸乡村俱乐部提供了源源不断的补给。弗朗西斯后来说，在如此原始野性的球场开启挥杆生涯，对他来说，日后所打的每一座真正的球场，无论球道多粗糙，果岭多斑驳，都像白宫的草坪和绿绒布台球桌面一样精致平滑。

弗朗西斯对高尔夫的狂热曲高和寡，最初连个玩伴都找不到。那时，高尔夫在美国刚刚起步，仅仅比弗朗西斯的岁数长五年，弗朗西斯完全可以被称为美国高尔夫运动的神童和先行者。街对面那座激发并培养了他高尔夫热忱的球场，算得上是美国高尔夫的发源地之一。乡村俱乐部成立之前，全美只有零星几座球场，乡村俱乐部成立之后，也没有哪家新建球场，能够像它那样积极地推广这项运动。

布鲁克莱恩乡村俱乐部建于 1882 年，创建者认为他们选择了一个独一无二的名称，一来这是一家俱乐部，二来俱乐部建在乡村。但实际上，会员们只不过使用了一个现代极其通用的名子，来称呼他们的私人体育俱乐部。乡村俱乐部迅速吸引了一大批波士顿上层人士，成为忠实会员。俱乐部的建立，最初并不是为了高尔夫，高尔夫运动发端于苏格兰，要在六年之后才能在新英格兰的土地上扎根发展。俱乐部建立的初衷是赛马和猎犬，建设者为此购置了 100 英亩（1 英亩约为 0.405 公顷）土地，在中心区建了一座半英里的赛马场，称为克莱德公园，赛马场自 19 世纪 60 年代起就开始运营。乡村俱乐部成立之后，采用法人和会员治理结构，俱乐部负责每年赛季的财务预算。赛马比赛期间，看台上往往挤满了来自数英里外的观众，每人 50 美分的门票带来了可观的收入。俱乐部有了扩张的资金，进而增加了射击、射箭、网球、马球、滑冰和冰壶等运动设施。公路旁高地之上，建有一座简易两层楼房和一座酒店，可以俯瞰公园和赛马场，后来成为高尔夫俱乐部会所。多年来，会所多次扩建，成为现今十分优雅、呈淡黄色的豪华建筑，用来接待今天的会员。

1893 年 3 月，也就是在球道逡巡探宝的主人公男孩出生前两个月，乡村俱乐部为了满足会员们日益增长的好奇心，用区区 50 美元，购置了几袋草籽和沙子，用九个锡罐做洞杯，围绕着赛马场来回设置了球道和果岭，建成了一座简易的 6 洞球场。那年春天，早期的高尔夫爱好者齐聚于此，迎来了第一场高尔夫球表演赛。甫一亮相，这项运动就一鸣惊人，预兆着它未来发展的奇迹，一位名为亚瑟·霍尼韦尔的球手，在 1 号洞首发开球，小白球如受惊之兔，狂奔至 90 码外的果岭，利落地一杆进洞。当时谁都不清楚高尔夫的玩法，到场的少量观众仅仅被告知，高尔夫运动的要义就是把球打进洞里。观众以为把球打进洞应该是家常便饭，对一杆进洞并未感到十分惊奇。但是，亚瑟·霍尼韦尔接着打了 30 年的高尔夫，却再也没打出过一杆进洞。

高尔夫很快引发了人们极大的兴趣，仅仅几个月之后，乡村俱乐部将球场扩建至九个洞。为保持球道的平整，特意从英国德文郡进口了 20 只羊，让这些羊吃草维护球道。俱乐部从苏格兰请来球场第一位职业球手威利·坎贝尔，并同意支付他 300 美元的丰厚年薪。很快，会员储物柜需求剧增，不得不通过抽签来进行分配。紧接着，和其他项目的摩擦不断爆发，马术运动员抱怨，在球场与跑马道交叉的两个球洞上，他们经常受到飞球的攻击。高尔夫爱好者日渐沉迷于这项新运动，开始公开抵制麻州的一项古老蓝色法规：安息日禁止打球。教会抱怨高尔夫掏空了当地教堂，败坏了道德。一个周日，一位爱管闲事的邻居报警，结果 30 多名正在打球的会员被警员逮捕并被带离球场。不过，这位邻居在案件还没上庭之前就去世了，于是指控被撤回。没多久，在布鲁克莱恩颇具影响力的会员的要求下，马萨诸塞州议会悄悄取消了周日的禁令。

1895 年前后，为了满足不断增加的高尔夫爱好者的需求，乡村俱乐部买下了邻近的地块，在青翠的乡野间打造了一座全新的 18 洞球场，最初的 9 洞中只有 7 号三杆洞幸存下来。尽管当时已经有专业球场设计师提供服务，但会员认为，俱乐部天然具备一座伟大球场的先决条件，有着多样而有趣的地貌，没有必要花钱雇人设计。结果，俱乐部仅仅雇佣了卡车司机和骡夫队搬运土方，增加新球洞的挑战性。新球场基本按照这片土地的本来面貌建成，裸露的花岗岩和成熟的硬木树木点缀其间。最后，俱乐部总共花费了 5000 美元，1899 年 10 月竣工投入使用。

自此之后，布鲁克莱恩乡村俱乐部的高尔夫球手，始终站在了美国高尔夫运动的前沿。1894 年，乡村俱乐部参加了首届全美俱乐部联赛，期间，与辛尼科克山、芝加哥、纽约州扬克斯的圣安德鲁斯，以及罗德岛新港乡村高尔夫俱乐部联手，成立了美国业余高尔夫协会。不久，该组织更名为美国高尔夫协会（USGA），高尔夫运动的管理机构由此诞生。次年，也就是 1895 年，美国高尔夫协会在新港举办了首届美国公开赛。自此，这项运动像生日蛋糕一样，受到东海岸上流社会的追捧。高尔夫是一项十分有趣的户外活动，可以男女同场游戏和竞技，同时又是极好的体育健身项目。商人们很快意识到，高尔夫是一种理想的社交润滑剂，对于商业和贸易至关重要。

不久之后，美国最成功的体育用品制造商 A.G. 斯伯丁兄弟公司，研究了这一新兴运动的潜力，嗅到了钱的味道。1876 年，在波士顿红袜队赢得美国职业棒球联盟授予冠军球队五面三角奖旗之后，阿尔伯特·斯伯丁在芝加哥开了一家商店，向美国第一代狂热的棒球迷出售球棒、球和手套。之后不久，斯伯丁发展成为全美第一家体育用品连锁店。为了征服新世界，斯伯丁公司在 1894 年推出了一系列高尔夫球杆，不久又买下了一家铸造厂，以满足市场对铁杆的巨大需求。四年后，斯伯丁投身高尔夫球制作，批量购买类似于橡胶的古塔胶原料，在马萨诸塞州奇科皮的工厂推出了一种新球，开始起名叫"斯伯丁奇迹"。

阿尔伯特意识到，运动产品与明星联姻十分重要。1900 年春，他在这项方兴未艾的运动中，找到了那个他愿意将公司命运与之绑在一起的人——1899 年英国公开赛冠军哈里·瓦登。阿尔伯特毫无迟疑地决定，邀请时任英格兰约克郡甘顿高尔夫俱乐部驻场职业球手瓦登，到美国进行商业巡回表演赛，同时推广一种全新的、最先进的高尔夫球。

阿尔伯特打算称之为"瓦登飞行者"。

25 岁的瓦登，摄于第一次问鼎英国公开赛前夕

（哈尔顿档案 / 盖蒂图片社）

哈　里

　　为什么体育爱好者，甚至那些对高尔夫运动本身没什么兴趣的人，会对职业高尔夫球手如此着迷？对其他各类运动项目的崇拜，并不难理解：运动员令人吃惊的身体天赋，他们令人目瞪口呆地冲刺人类极限的精神，他们承受的难以想象的心理压力，他们极尽全力战胜疼痛、伤病、生物钟、逆境和无情岁月等。所有这些，显然不需要向一个五岁的孩子作解释。

　　但高尔夫球手呢？他们看上去只不过是在闲庭信步的空档中，偶尔挥挥球杆，就能引爆观众的激情。对于观众来说，大多数现代球手在球场上的狂热表现，最多不过像会计师一样，一边喝着甘菊茶一边在审查核对账务。只有在一代人中仅会出现的一两个顶级球员，才能超越观众期待，勾住我们的灵魂，点燃我们的疯狂，成为大众眼中的神明。与其他体育明星不同，伟大的高尔夫球手生活在一个我们很容易认出来的世界，没有体育场的围墙把我们隔开，他们和我们共享舞台，他们穿着周末便装，一边工作一边在我们中间走来走去。他们以凡人之躯，挑战极限，在面对可能摧毁核潜艇般的心理压力下，不懈追求完美，偶尔铸造不凡。

　　高尔夫球历史最初的400年间，出现过不少传奇人物，但他们像影子一样从你眼前掠过，仿佛海边的薄雾，遥远而虚幻。记录在册的第一批球技闻名的球手，并不是那些在海边林克斯球场发明这项运动，并以此自娱自乐的苏格兰斯图亚特王朝的优雅绅士，而是第一代在简易高尔夫工坊里勉强谋生的职业先驱。就像拳击手一样，第一波高尔夫职业选手靠这项运动摆脱了贫困生活。苏格兰林克斯球场珍藏的最古老的19世纪照片，向我们展示出这样一群球员：他们像流浪汉，穿着破烂，手持奇怪的原始球杆克利克或巴菲（Cleek 相当于现代发球铁杆，Baffy 相当于现代5号木——译者注），穿行在起伏不平的荒野，和现代人眼中的高尔夫球场完全两样。这些职业球手不堪注目，他们的表情拒人千里，留着阿米什人毛茸茸的大胡子，带着《旧约全书》式颤抖着的坚韧，像小说《白鲸》主人公亚哈那样追逐着被陆地包围的鲸鱼。他们坚强、自豪、自立、忍耐，朋友们，这就是高尔夫球手。

他们中的一些人表现杰出，为世人所铭记。来自苏格兰圣安德鲁斯的三个男人主宰了那个时代：阿伦·罗伯特森、老汤姆·莫里斯和他因承受丧妻失子之痛、24 岁就英年早逝的儿子小汤姆。1830 至 1870 年间，这三位先驱事实上创建了现代高尔夫职业球手的角色，并在 1860 年催生了这项运动最持久的传统赛事——英国公开赛。成百上千人追随着这些开拓者的脚步，进入高尔夫行业，其中不乏才华横溢的球员。他们大多数赤贫如洗，但历史验证了一个至理名言：需求是发明之母，饥饿是永生之父。毫无争议，哈里·瓦登是他们当中最伟大的球手，侪辈无出其右。究竟是什么驱使哈里取得前所未有的成就？答案不言而明：就克服贫穷和苦难而言，没有人比哈里·瓦登经历过更多的磨练。

弗朗西斯 7 岁时发现了瓦登飞行者。哈里七岁那年，有一天早晨他醒来，发现窗外人来人往，不知道出了什么事情。六位身穿长礼服、头戴烟囱帽的英国绅士，正在测量他家屋后沙滩上的荒地。出于好奇和担心，哈里的母亲让他去问问那些陌生人在干什么。"小家伙，这里将修建一座林克斯球场。"他被告知。哈里没有追问，林克斯是一个他闻所未闻的新词。六个月后，也就是球场破土动工前三周，开发商将瓦登一家赶出了他们位于泽西岛南岸的棚屋，为皇家泽西高尔夫俱乐部的建设让路。新球场是英国有闲阶层的游乐场所，供他们在这里尽情享受一种稀奇古怪的新休闲运动。哈里和他的兄弟们被迫带着仅有的几件家当，从他们唯一的家，搬到城外拥挤不堪的棚户区。那是 1877 年。

坊间流传，法国从未出现过伟大的高尔夫球冠军，看来事实并非如此，因为哈里·瓦登的母亲伊莱扎是法国人。泽西岛位于法国海岸以西 15 英里（1 英里约为 1.6 公里，下同），距英国领土 84 英里，但自从 1066 年征服者威廉一世横渡英吉利海峡以来，泽西岛就一直处于英国的统治之下。罗马人称这个岛为凯撒岛，并在进攻英国的途中在此建起了堡垒和港口。拿破仑在位时，为抵抗英国的入侵，在这里修建了防御工事。纳粹在第二次世界大战期间，入侵并占领了泽西岛。地理上，泽西岛与较小的格恩西岛、奥尔德尼岛和萨克岛组成海峡群岛，其陆地面积加起来不到48平方英里。这些岛屿由英格兰汉普郡管辖，受温彻斯特主教教区庇护，大部分居民讲英语和法语。19世纪，造船、土豆和奶牛是泽西岛的三大支柱产业。但在接下来的一个世纪里，泽西岛以一种十分奇异、完全出乎意料的出口产品而驰名——冠军高尔夫球手。

　　1865年，哈里的父亲菲利普从伦敦搬到泽西岛，在蒸蒸日上的造船厂做木工。不久，他娶了当地的天主教女孩伊莱扎，不到一年，他们的第一个孩子哈里出生，紧接着，瓦登夫妇又以一年一个的速度生了七个孩子。在瓦登家族不断壮大的过程中，蒸汽船的兴起，使英国木船制造业急剧衰退，泽西造船厂以及倚重它的当地经济几乎在一夜之间崩溃。被解雇后，哈里的父亲只能靠干杂活维持生计，家庭收入一落千丈，一家人被迫流落至格鲁维尔贫民窟，生活的不公让他又怨又恨。摆在少年哈里面前的，是繁重而卑微的体力劳动，和无法摆脱的生活重负。终于有一天，那片模糊了他视野的乌云背后，透出一道微弱的光芒。1878年，皇家泽西高尔夫俱乐部开业，父亲叫哈里去球场找一份球童的工作，不然的话，他只能继续利用空闲时间，在海滩上收集海藻，作肥料出售，12磅（1磅约为0.454千克，下同）海藻才卖1便士（英国货币单位，1英镑等于100便士）。相比之下，尽管不知道球场工作意味着什么，哈里毅然决定去给绅士们背球包。

　　慢慢地，他被高尔夫迷住了。他仔细观察那些球打得好的球员，偷偷模仿他们的动作，并在自己的挥杆动作中融入他所吸收到的"营养"。在球员使用的球杆的启发下，哈里用山楂树枝雕制了一根简单的球杆，在杆头嵌入一块锡片，做出均匀的击球杆面，然后用一个大玻璃球当高尔夫球，每晚练习挥杆。哈里的弟弟汤姆成为球童后，也以同样的热情投入到这项运动中，兄弟俩梦想着在遥不可及的未来，并肩作战，争夺锦标赛冠军。高尔夫是他们的梦想，是他们逃离现实的唯一出路。

　　哈里12岁那年，父亲因家庭深陷贫困而倍感绝望，哈里被迫放弃了有限的学校正规教育，到附近的一家奶牛场工作。每周工作60个小时，拿到两先令（1 英镑等于 10 先令）工资，然后直接交给母亲，以免父亲拿去买醉。哈里渴望着能够享受清爽的海风和温暖的阳光，但他只能在周末当球童。每到周日，早就筋疲力尽的哈里有时倚着球杆站着都能睡着，他身旁的绅士们则在果岭上惬意地推球进洞。

两年后，瓦登家的经济困境再受重创，哈里在农场所挣的微薄薪水已无法填平家庭的财务窟窿。债主们敲门逼债，家里经常能听到酒后的争吵。一天夜里，哈里听到了父母在窃窃私语，某种原始的求生本能告诉他，自己的处境可能会更加艰难。一周后，哈里下班回到家，发现母亲正在整理他的衣物。哈里问妈妈怎么了，她竭力装出一副高兴的样子，举起一套刚洗过的仆人制服，和盘托出：父母已经将他典押给一名富有的医生当家仆。

"多久？"他问

她不敢正视他的眼睛。"三年。"她说。

第二天，哈里独自一人穿过镇子，在医生家的大门前卸下肩上的包裹。管家领他从仆人用的侧门进屋，带他去他的房间——位于楼梯下的没有窗户的壁柜。医生是一个友善但冷漠的人，对哈里还算客气，但医生家的老仆人可没给他好日子过。在他短暂而不幸的一生中，哈里虽然发现了高尔夫这个让他快乐的源泉，但现在连这点快乐也被剥夺了。接下来的三年里，他只在夏夜的月光下打过几轮高尔夫球。在每天长达 14 小时的工作结束后，趁岛上的人们熟睡时，他和弟弟汤姆才能溜到皇家泽西球场挥杆。

17 岁那年，父母强加的仆人工作合约到期，哈里对生活感到无望，害怕永远无法逃离残酷的底层生活，于是拒绝了继续在医生家里工作。他中断了与家人的联系，摆脱了家人给他的安排，开始自食其力。哈里申请并接受了一个园丁学徒的职位，来到新雇主斯波福斯家中工作。斯波福斯是一名退役少校，恰巧是皇家泽西高尔夫球场的现任掌门人，他的房子及花园与球场毗邻。一天，少校临时回家，突然发现哈里在后院挥舞着他的漂亮手工球杆。少校立即把他带到就近的皇家泽西岛球场球道，在他面前放了一颗球，并命令他重复刚才的挥杆动作。哈里不知道少校的意图，为了不丢掉园丁的工作，只好在少校面前挥杆击球，球飞得又直又远。

"再来！"少校说，又抛了一颗球给他。一次又一次，打了十几杆后，少校露出了笑容。"哈里，明早九点来 1 号洞！"他说着走开了。

"为什么，先生？"

"为什么？我们一起打一场。天啊，多么了不起的挥杆！"

少校的善意深深触动了哈里，过去四年来压抑已久的痛苦和悲伤情绪似乎要倾泻而出，他转身离开，生怕少校发现他的难堪。

第二天早上到达皇家泽西岛后，斯波福斯少校送给哈里一套旧球杆。"跟我来。"他说。哈里走上球场，开始了他人生中第一轮完整的高尔夫。他与少校搭档对阵俱乐部最厉害的两名球员，打两人最佳球位比洞赛。第一次下场就面临竞争压力，哈里打得很拼，仿佛余生就靠这场球似的。打到能看见哈里家老房子旧址的 12 号洞果岭时，比赛结束，哈里和少校获胜。为报答少校对他的信任，哈里第一次对这个游戏进行了系统的研究。几个月后，少校和他的门生打败了俱乐部里所有的二人组合。少校开始从他俩赢球所获的赌资中，分出一小部分给哈里，并减少他的园艺工作，条件是哈里要拿出更多时间来练球，这点不用少校多说。泽西岛球场的建立曾让瓦登一家痛失家园，但很快，球场迎来了长子瓦登的回归，使他成为一颗冉冉升起的新星。不到两年，哈里迅速成长为单差点球手，征服了岛上的所有球员，包括斯波福斯少校和俱乐部的驻场职业球手。他甚至可以左手击球，轻松击败皇家泽西岛的大多数会员。

那年春天，哈里收到弟弟汤姆的来信。和哥哥一样，小两岁的汤姆对高尔夫也抱有极大的热情，他比哥哥早九个月动身前往英格兰，想看看能否靠制作球杆谋生。开始，他也只能从卑微的球场助理维护员做起，不过来信中有一个激动人心的消息：汤姆在苏格兰马瑟堡的一场比赛中斩获二等奖，赢得 12 英镑。12 英镑！要知道，哈里辛苦一年最多也只能拿到 16 英镑！

弟弟来信后一周，二十岁的哈里带着他在这个世界上的全部家当——一只破旧的皮箱和一套高尔夫球杆，生平第一次离开了泽西岛。他买了一张去朴茨茅斯的二等船票，然后换乘火车去英格兰北部与汤姆会合。他接受了第一份工作，在约克郡的一座私人庄园的 9 洞球场做维护员。球场的主人是上了年纪的上议院议员里彭勋爵。哈里的新雇主自己并不玩这种新奇的游戏，开球场完全是为了娱乐周末的客人，他坚持要让大部分时间都闲置的球场始终保持最佳状态。在每周六天的漫长工作里，哈里又重操旧业，当起了园丁。每天下午仅有的一点空闲，他都会用来练球，调整挥杆，熟悉球场。六个月后，经过一位深谙打球之道并且十分钦佩哈里球技的周末球友的介绍，哈里在兰开夏郡的一个 9 洞球场谋得驻场职业球员一职，周薪 1 英镑，相当于今天的 90 美元。

在此期间，哈里回到泽西岛，与家乡的恋人婕茜结婚，此举完全是为了恪守天主教信条而非自愿选择，婕茜当时已经怀孕七个月。这个腼腆的姑娘认识哈里多年，她没有受过教育，心智不很成熟，对社交缺乏信心。她对一般的运动都提不起兴趣，更别提高尔夫了。在她看来，这个游戏难以理解，毫无意义。从哈里未来的事业将企及的高度看，简直难以想象他会和这么一个极不合适的人，结成生活伴侣。

不久后，这对年轻夫妇的第一个孩子出生，给他们的婚姻增加了一些略微坚实的基础。但承载着他们共同梦想的男婴，令人震惊地出了健康问题，病情虽然缓慢，但不断恶化，令人痛苦不堪，最后六周大的小生命不幸夭折。婕茜伤心过度，无法参加葬礼，从此变得孤僻，无人能够安抚。尽管同样悲痛万分，哈里的求生本能告诉他，生活还得继续下去。他苦口婆心地恳求妻子一起离开泽西岛，去英格兰生活，结果一个月过去，她始终无动于衷。悲伤的离别定义了他们未来的婚姻生活：婕茜将待在家里，打小就不曾享受过家庭温暖的哈里，要像单身汉一样，独自踏上追梦之旅。没过多少年，在他成为全世界最知名的高尔夫球手之时，哈里写下了四个字——永不绝望！这四个字支撑他走过了 21 年的艰难岁月，把他从被奴役的生活中解救出来，并最终迎来命运的曙光。

哈里在兰开夏郡的新俱乐部附近找了个落脚点，租住在一对没有孩子的善良夫妇的空余房间。他一边全身心地投入新工作，竭力服务和取悦俱乐部的会员，同时，孤独凄凉的个人生活，使他走上了高尔夫球史上最严苛的训练之路。可以说，直到本·侯根之前，没有任何一位高尔夫球手能够像他那样苦练。哈里从悲痛的生活经历中认识到，摆脱梦幻通往理想的道路只有一条——全力以赴，努力工作。他花了几个星期的时间，研究球包里的每一根球杆，在脑海中反复思索着球场上可能遭遇的状况，并演练应对的策略。一旦摸透了某支球杆的秉性，他就会转向另一支，就这样他一支球杆接着另一支球杆不断地练习，他努力克服和纠正弱点和错误，直到拿起每一支球杆都会得心应手，信心爆满。

几个月后，弟弟汤姆在哈里工作地附近找到了一份制作球杆的工作，再次成为他唯一的伙伴。汤姆是个快活、轻松的乐天派，躲过了落在哥哥肩上的许多家务重担。他不像哈里那样深沉，也不具备哈里那种惊人的专注，这使他成为哈里的完美衬托。汤姆的出现，缓和了哥哥对于事业的执着，温暖了他一味追逐职业目标的苍白生活。

哈里和汤姆开始一起冒险，去英格兰北部参加一些小比赛，赚点零花钱。他们的目标很明确：挑战高尔夫的顶级赛事英国国家锦标赛，即英国公开赛。这个目标引领瓦登兄弟踏上了一条艰难的追梦之路。在英国，职业高尔夫球手被认为是普通劳动者，来自工薪阶层，他们的球技和教授能力令人钦佩，但他们无法摆脱社会的偏见，往往被贵族绅士们视为酒色之徒，甚至不耻于小偷小摸。怀揣梦想的球手们生活漂泊不定，他们搭乘三等火车甚至农用马车去偏远的地方参加比赛，在廉价的公寓酒店里过夜，吃粗茶淡饭，混廉价酒吧。他们的社会地位低微，像流浪艺人一样，介乎于旅行推销员和外来务农者之间。他们中大多数是粗人，就算受过教育，程度也很低，说起话来带着让绅士们感到刺耳的浓厚地方口音。他们不喝单一麦芽威士忌，嗜好魔鬼朗姆酒的说法并不是谣传。他们中的许多人爱喝自制的高度私酒，甚至接着再喝让人窒息的蛇毒酒。

绅士业余球手无论何时到英国私人俱乐部参加比赛，都会受到荣誉会员般的热情招待，而前来参赛的职业选手则被视为俱乐部雇佣的帮手，他们在球场打球为会员提供娱乐，下场后则远离会员的视线。这种阶级歧视过了30年才逐渐消失，职业高尔夫球手才可能在英国或美国的私人会所就餐，或者更衣换鞋。这和当今超级职业球手乘坐定制私人飞机环游世界，参加价值数百万美元的赛事相比，几乎无法想象。

经历了泽西岛的艰难生活，又受到球场上新的坎坷洗礼，哈里更加坚定了内心的召唤。和那些安于边缘化、混迹高尔夫、胸无大志的球手相比，23岁的哈里·瓦登早已锁定目标，去争夺这项运动的最高奖项。那些忍饥挨饿的艰难岁月，成为他梦想引擎的燃料，除了高尔夫，哈里别无所长，加上几乎没有受过任何正规教育，孤注一掷在高尔夫球上，是他唯一的选择。

经过多年地区比赛中的历练，哈里和汤姆为了接受高尔夫运动的终极比赛考验，做了充分的准备。1893 年，他们头一次参加了在普利兹维克举行的英国公开赛。走上 1 号洞发球台时，哈里发现分配给他的是一个 12 岁的驼背球童。面对极具挑战的球场，小家伙屡谏巨策，每当哈里没有严格执行小暴君的命令时，便会遭到恶言攻击。哈里缺乏锦标赛比赛经验，开始不愿违背球童的建议，直到 12 号洞，直觉告诉他，小家伙的选杆大错特错。哈里拒绝了他的建议，自己挑选了球杆，把球打到了距洞杯不到六英尺，一举拿下小鸟。古怪的小球童恼羞成怒，自此不再搭理他。每当哈里要击球时，小家伙就把球包一举，任凭哈里自己选杆，随后便转过身去，懒得再看他一眼。受够了小矮子的气，哈里在第三轮放弃了比赛，但他的球技令在场的每一个人为之侧目。赛后，万众敬仰的高尔夫教父老汤姆·莫里斯悄悄把他拉到一边，对他的挥杆和球技予以肯定。对于第一次参加公开赛的新人来说，老汤姆的善意举动，比世界上所有的奖杯都来得更加珍贵。但对老汤姆·莫里斯来说，此举绝非偶然，这位高尔夫大师一眼看出，年轻的哈里有潜力继承阿伦·罗伯特森传授给他的遗产。汤姆的儿子不幸英年早逝，使这项运动的皇室血统后继无人。20 年过去了，已近暮年的老汤姆终于发现了高尔夫王位的继承人。哈里能否胜任，尚待观察。

哈里不曾受过苏格兰高尔夫的同质化教育，以全英国前所未见的方式颠覆了这项运动的一些常规。纵观高尔夫球史，球手们一直像棒球手一样双手握杆，但哈里则自创了一种全新的交叉握法，更好地固定强壮的双手，打出更有力、更稳定的击球。通过手眼的协调配合，哈里总能毫不费力地将球打起来，而且完全不会铲起草皮，小白球像马戏团里的动物一样听从他的指挥，做出理想的左曲或右曲，他的标准击球比子弹飞得更直。同时，他掌握了低飞球的奥秘，能够在强风中打出低弹道，并让小白球如同飞鸟一样，在果岭上稳稳停住。他的包里只有八支球杆，远低于很多球员使用的球杆数和当时的规定。第一次参加英国公开赛，哈里就成为有史以来击球最精准的球手。

由于在球场上的一举一动看上去毫不费力，哈里获得了"造型师"的外号。他是第一个专注于高尔夫运动的球手，坚持进行各种对打球有益的锻炼活动，始终保持着良好的身体状况。虽然古塔胶球已问世40年，但许多职业球手仍然惯用"圣安德鲁斯挥杆"。这是一种闭合起伏的挥杆击打方式，在使用古老的羽毛球时期，可以更好地对抗苏格兰的凛冽海风，控制球路，增加距离。哈里开始学习高尔夫，使用的是更加结实的古塔胶球，因而自创了一种有力而高效的挥杆动作，即使在今天的职业巡回赛上也不过时。打球时，球手将球置于站位前，双脚和球垂直，身体自然直立，然后挥杆。哈里的挥杆节奏轻盈顺畅，如同施特劳斯的华尔兹，成为第一个现代意义上的高尔夫挥杆。不久，数十名职业球手开始模仿他优雅、富有音乐感的击球动作。很快，更多的人开始效仿他的创新握杆方式，并称之为"瓦登握杆"。

除了造型师，哈里还在球场上赢得了另一个绰号——"灰狗"，因为即使在落后的情况下，他也从不放弃追赶，让领先的人倍感危机。哈里具有坚忍不拔的毅力，这是崇拜者们无法复制的品质，而且这一品质深藏在他绅士风度的外表之内。相比年少时的艰难困苦，对于哈里而言，球场上的任何不幸，都如同在公园漫步一样，不值一提。

另一位天才选手也在1893年首次亮相英国公开赛，他叫约翰·亨利·泰勒，朋友们称他J.H.。泰勒比哈里小一岁，也出身于下层劳动者家庭，打小在皇家北德文郡球场当球童和打球。该球场又称西去高尔夫俱乐部（俱乐部位于19世纪英国作家查尔斯·金斯利的小说《西去！》的故事所在地，由此得名——译者注），由老汤姆·莫里斯设计，是英格兰第一个真正的海滨林克斯球场。泰勒自创了一种独特的平足挥杆，靠肌肉发达的双腿获得惊人的爆发力。他的大腿极粗，粗到难以翘起二郎腿，甚至很难买到合适的裤子。1893年，泰勒已经在英国最好的俱乐部温彻斯特担任职业球手。像哈里一样，泰勒年少时也曾做过家仆，备受生活的煎熬。他是一个毫不留情的竞技对手，曾经一度患有内归因性焦虑症，并被慢性消化系统疾病所困扰。同样的经历，使两个前球童之间产生了共同语言，很快结下友谊。

次年，也就是1894年，皇家古老高尔夫协会的负责人宣布扩大英国公开赛的轮值球场。协会宣布，在34年历史上，英国公开赛将首次在苏格兰以外的肯特郡桑威奇市圣乔治球场举行。圣乔治是英格兰南部最早的海滨球场之一，球场具有柔软如天鹅绒般的草坪，可以实现参赛球员梦寐以求的精准击打和完美落点。哈里在他参加的第二个公开赛上，将名次提升至第五，并眼见他年轻的朋友泰勒称霸球场，赢得比赛，成为英格兰第一位冠军球手，打破了苏格兰人独揽葡萄酒壶奖杯的惯例。哈里注意到，这场胜利为他朋友的生活带来了翻天覆地的变化：泰勒工作的球场将他的工资增加了一倍，找他学球的人多了三倍，他开始经常受邀参加高回报的挑战赛，并在全英国各地的商业巡演中频频露面，从高尔夫球到啤酒厂商的广告代言也接踵而至。这一体坛的新机遇，让手头拮据的职业高尔夫球手们欣喜若狂。

1895 年，泰勒向世人证明，他的第一次英国公开赛胜利并非侥幸，他在苏格兰的土地上，通过圣安德鲁斯老球场的严峻考验，成功卫冕冠军。哈里也向前迈进一步，取得首轮比赛的领先。对此，苏格兰媒体一片哀嚎：英格兰人在英格兰球场取得公开赛胜利是一回事，但在高尔夫圣地圣安德鲁斯夺冠，就如同异教徒洗劫了耶路撒冷一样。苏格兰记者们认为，泰勒的第二场胜利，对于特威德河以北苏格兰高尔夫的未来，是个不祥之兆；那个即将给他们带来可怕梦魇的人近在眼前。哈里在这一年的公开赛中获得第九名，和弟弟汤姆并列。奇怪的是，作为职业高尔夫球手，哈里至始至终都不曾对老球场有过类似于宗教信仰般的虔诚与狂热，由于说不清的原因，他一生从来未能称雄皇家古老高尔夫球俱乐部的主场，圣安德鲁斯也许不是他的福地。

1896 年初，哈里的职业生涯又上一层楼，他接受了约克郡甘顿高尔夫俱乐部的邀请，成为驻场职业球手。甘顿球场开业五年，后来经过造型师阿里斯特·麦肯齐博士重新改造，并成为莱德杯的承办球场。麦肯齐曾在布尔战争期间担任英军外科医生，后来为美国打造了两个球场杰作——园石滩和奥古斯塔。甘顿是英格兰最早在荒地上建立的球场之一，距离大海几英里，与传统的林克斯不同，它为球场设计开辟了更加多样化的未来。

虽然尚未问鼎英国公开赛，但经过这项运动最严酷的大赛历练，哈里能更加冷静而理性地评估自己的比赛水平。他暗自笃定，现在横亘于他与锦标赛冠军奖杯之间的唯一障碍，是他的好友泰勒。哈里发现了泰勒的一个心理缺陷：作为一个自信的比赛领跑者，每当泰勒在比赛中领先，他的表现和发挥会变得更加优秀；但是如果能设法把泰勒拖入巷战，这位作风唐突、棱角分明的球手可能会掉链子。哈里决定设法利用泰德的这一心理缺陷，于是，在 1896 年英国公开赛开赛前三周，他说服甘顿球场的会员们，安排在他的主场与泰勒来一场挑战赛。甘顿的会员急于吸引人们对新球场以及他们前途无量的年轻驻场球手的注意，欣然同意了哈里的请求，哈里的朋友泰勒也接受了挑战。报纸上有关公开赛卫冕冠军与高尔夫明日之星即将展开对决的报道，使这场比赛变成众所期盼的大事件。

自信的泰勒在比赛前一天抵达甘顿，虽对新球场并不熟悉，但泰勒似乎胸有成竹，决定不打练习轮。1896 年 5 月 14 日，哈里和泰勒在一大群球场会员的围观下开始了较量。在 1 号洞发球台上，哈里主动与泰勒握手，但是却一直没有作任何的言语交流，直至来到 11 号洞果岭，泰勒握着哈里的手向他祝贺，比赛就此结束，哈里以赢八洞剩七洞的成绩击败了两届英国公开赛卫冕冠军。

泰勒不是等闲之辈，职业生涯中，他先后赢得了五次英国公开赛，一场法国和一场德国公开赛。他同时是英国职业高尔夫协会的创始人之一，并出任了莱德杯英国队第二任队长。泰勒年少时曾在皇家北德文郡当过球童，1937 年当选该俱乐部主席，成为第一个靠高尔夫改变命运，提升社会地位的人。无论以哪个时代的标准来衡量，泰勒都是一个非凡的天才。尽管尚处于职业生涯早期的黄金时期，但他即将被一个更强大的球员超越，两者堪称 19 世纪与 20 世纪转换交替时期的帕尔默与尼克劳斯。泰勒一直活到 1963 年，在 70 多年的人生旅程中，他亲眼见识过那个时代的每一位顶尖球员，包括侯根和尼克劳斯，但他对哈里·瓦登的崇拜从未动摇。

泰勒后来在他精彩的自传中写道："在甘顿比赛时，我压根没有想到，我的对手会成长为这项运动有史以来最优秀、最精湛的球手——这个评价是我经过深思熟虑和慎重考量之后做出的。"

三周后，世界最古老的高尔夫协会，尊贵的爱丁堡高尔夫球手团，在其位于爱丁堡东部的新场地缪菲尔德，主办了 1896 年英国公开赛。爱丁堡球手团体比圣安德鲁斯皇家古老高尔夫球协会早成立 10 年，由于团体拥有的马瑟堡附近球场极度拥挤，它买下了缪菲尔德一片湿地牧场，牧场原来有一座建于 18 世纪的球场，几乎一夜之间，新球场变成了世界上最经典的球场之一。

由于其他国际重大高尔夫赛事的出现在几十年之后，英国公开赛一直保留着两天比赛每天两轮的赛制。第一天的比赛结束后，卫冕冠军泰勒又一次冲上榜首，哈里则以六杆之差落后。由于不能使用俱乐部会所，64名参赛选手只能在放牛池旁低矮地面上搭建起来的简陋木棚里，更换鞋子和衣服。瓦登和泰勒不愿冒险把球杆留在无人看管的棚屋，把球包搬回了附近的寄宿公寓。遵循在甘顿的成功模式，哈里打定主意，整晚没跟泰勒说话，结果泰勒整宿无眠。

第二天上午的比赛，哈里打出78杆，泰勒81杆，泰勒丧失了一半的领先优势。下午起风，越打越紧张的泰勒再次交出81杆，但坏天气同样影响着其他球手的发挥。当泰勒打完后走进棚屋，他依然保持着微弱的领先优势。此时，他听说瓦登在做最后冲刺，便特意跑到18号洞果岭去观赛。踏上447码标准杆四杆的结束洞发球台，哈里需要一个小鸟锁定胜局，保帕则会与泰勒打成平手。哈里打出一记完美的开球，但球从球道上狠狠地反弹到右侧的浅草区，如果为了赢得此洞，第二杆冒险进攻果岭，则必须跨越果岭前一处绵延50码、坑壁高高隆起的大沙坑。与今天养护得当的精致沙坑完全不同，那时候的沙坑就是无人看管的粗糙废弃坑，里面满是石头和松散的琐碎杂物。哈里在与泰勒的挑战赛中所取得的胜利，使他坚信能在延长赛中打败对手，于是面对至关重要的第二杆时，哈里果断地选择打短，然后切球上果岭，并沉着地推进10英尺保帕推。

36洞延长赛不得不等一天再打，因为另一场早已安排好的比赛将于第二天上午在附近的北贝瑞克球场举行，泰勒和瓦登都已应战。北贝瑞克球场沿着东部崎岖的海岸线而建，是苏格兰最古老的球场之一。球场在这项运动的发展进程中发挥着关键的作用，却不曾赢得人们对圣安德鲁斯或普利兹维克那样的崇敬之情。北贝瑞克曾经是也永远只是一个普通的球场，它中规中矩，具备一定的挑战性，朴实无华。

为了给第二天的延长赛保存实力，哈里轻装上阵，在北贝瑞克获得第九名，他高兴地看到，泰勒由于无法抑制强烈的竞争本能，在球场上奋力拼杀将比分追平领先者，然后又打了一个九洞延长赛，最终获胜，赢得八英镑奖金，但他却因此耗费了不应浪费的精力。对于哈里来说，那天还出现了另一个好兆头：早上比赛之前，哈里在北贝瑞克高尔夫专卖店里，意外地发现了一根废弃的推杆，他十分中意它的手感，于是让人在比赛期间帮他更换了握把。就哈里的球技而言，推杆是他唯一受到诟病的短板，当然，这也只是相较于他的其他长项而言。当天打完比赛后，哈里把那根新换了握把的推杆塞进了球包，并于当晚返回缪菲尔德，睡了个安稳觉。

隔日上午九点，1896 年英国公开赛延长赛在缪菲尔德拉开战幕。汤姆·瓦登给哈里当球童，他来背包大大提升了哥哥的信心。身为一流职业选手，汤姆对哈里的球技了如指掌，没人比他更有能力在正确的时间提出正确的建议。对于极度独立自主的哈里来说，有关高尔夫和婚姻以及介于两者之间的任何事情，他只会向汤姆倾诉，并听取他的意见。他们的关系超越了兄弟情谊，作为一个团队，他们即将迎来生命中最重要的一天，两个泽西岛男人将联手对抗世界。

备战充分的哈里，很快在前九洞斩获六杆领先优势，第一个 18 洞结束时，泰勒将差距缩小至两杆，不过不止一名记者表示，比赛的结果其实在午餐时就已见分晓。面对现场熙熙攘攘 5000 名观众，哈里平静地坐下来，就着啤酒，享用了一顿丰盛的牛排午餐。泰勒远远地看着他，胃在打结，焦躁得连块消化饼干都咽不下去。

下午比赛的第一洞，哈里把球开过了缪菲尔德的围墙，飞出界外，而泰勒则抓了一只鸟，追平对手。哈里迅速将挫折抛诸脑后，嘴角依旧挂着微笑，平静地对汤姆说："球没啦，担心也没用。"当他们来到第二洞发球台时，泰勒有些气喘吁吁，看上去十分焦躁。三洞过后，哈里重拾并一路保持住了两杆领先优势。打到标准杆五杆的 17 号洞，两人双双以三杆攻上果岭，两人的球紧挨着，都停在距洞杯约 35 英尺的上坡处，只是瓦登的球更靠近球洞些，刚好挡在泰勒球的推击线上。泰勒先推，球直奔洞口，却在距离洞杯一英寸的地方刹住了，看清推击线后，哈里操起那支新得手的旧推杆，用力一推，只见他的球绕过泰勒的球，灌洞而入，成功抓鸟，将领先优势扩大至三杆。最后一洞，哈里心中充满了他后来描述的可怕的平静，18 号洞发球台上，哈里稳稳地将球开上球道中央，泰勒在第二杆决定孤注一掷，强攻果岭，结果打短了，球陷入沙坑，最终交出六杆，以柏忌收尾。哈里则聪明地在沙坑前过渡一杆，然后一切两推，顺利保帕。哈里·瓦登首度成功问鼎英国公开赛，观众沸腾了！

弟弟汤姆跑过来拥抱他，兄弟俩眼含热泪，紧紧地抱在一起，激动得一句话也说不出来。哈里多年前为摆脱泽西岛的贫困生活所作的祈祷，终于应验了！他本来为颁奖仪式准备了几句发言词，但当他接过葡萄酒壶时，生平第一次感受到职业生涯最高荣誉在手中的份量，那些从不曾表达出来的情感，无论是有关球场还是生活的其他方方面面，铺天盖地压来，最终，他只用沙哑的声音简单地说了一声"谢谢"。

哈里正式加入了伟大球员之列，他的名字被刻上葡萄酒壶奖杯，赢得了30英镑，这是他迄今获得的最大一笔奖金。他把从北贝瑞克球场救出来的那支旧推杆，挂在了家里的壁炉架上，再也没有使用过它，这只推杆成为他后来十分拥挤的奖品陈列室中的第一件展品。冠军特权紧随而来：在他的主场，找他学球的人络绎不绝，来自全国各地的奖金丰厚的比赛邀约源源不断，短短几个月内，他的收入翻了四番。

哈里成为成功的代名词。在接下来的一年里，哈里势头正劲，几乎主宰了每一场比赛。随着他无往不胜的消息逐渐传开，就像后来发生在帕尔默和伍兹身上的那样，来观看哈里·瓦登打球的观众比以往任何时候都要多。再也不用住肮脏的小旅馆了，他可以在一流的酒店里度过所有那些孤独的夜晚。他黝黑的帅气外表，健硕的运动身材，开始出现在各种各样的广告中，这些广告愈来愈多地吸引了女粉丝们的注意。也许是嗅到了丝丝威胁，在哈里离开泽西岛五年后，妻子婕茜终于同意搬去英格兰和他一起生活，他们在甘顿俱乐部几步远的地方买下了他们的第一套房子。哈里最终迎来了人生转机，并像手握铁杆般紧紧抓住了它。为了躲避贫穷，他曾经不遗余力地艰苦奋斗，现在，他将成为高尔夫运动史上从未有过的最富有的职业球手。

造型师的称号并不是浪得虚名，哈里的时尚感很快超越了高尔夫球运动本身。比赛中，他感到传统斜纹软呢夹克束缚了他的动作，经常裹满泥巴并容易打结的裤腿也让他恼火，于是他自创设计定制了一套更适合流畅挥杆的装束。1897年初，在北爱尔兰举行的一场锦标赛的第一天，他穿着一套自制的全新装束站上 1 号洞发球台：上身是整洁的诺福克夹克，翻领上插着一朵红玫瑰，搭配白衬衫和领带，下身是吊带灯笼裤，裤脚扣在及膝的羊毛袜子外。他耐心地向困惑的记者解释，吊带裤会提醒他保持肩膀挺直，而长期以来被认为只适合十来岁男孩穿的灯笼裤，则能免去裤腿在泥泞中拖来拖去（这种灯笼裤简称为"加四寸 Plus Four"，即裤长超过膝盖四英寸，1英寸折合 2.54 厘米）。苏格兰职业球员皱着眉头抱怨说，衣冠楚楚的瓦登不过是在装腔作势地显摆，爱尔兰当地报纸则怀疑他是不是疯了。哈里微笑以对：也许苏格兰人应该穿上苏格兰短裙打球，那样他们就会体验到同样的舒适。哈里自信地走上球场，以 11 杆优势赢得比赛。在后来的职业生涯中，哈里一直以同款装束出现在赛场上，不到一年的时间里，几乎每个英国高尔夫球手的衣橱里都摆上了加四寸的灯笼裤。

与许多当代球星不同，哈里喜欢在更衣室里结下同僚情谊，也一直颇受同僚的欢迎。他们视他为男人中的男人，但每个人心里又很清楚：一旦走上赛场，哈里只会专注比赛，他惟一的目标就是把同僚们碾成灰尘。每当比赛压力陡增，总有一股强大的内在力量在支撑哈里，这是其他人不具备的。他在比赛中极其专注，很少说话，脸上总是带着神秘的浅笑，这甚至成了他的赛场专属表情，一位作家将其称为"瓦登笑"。哈里经常在比赛中间点燃烟斗，这进一步增强了他的公众形象，好像无论比赛如何激烈，他都能极其放松。无论对手打得好坏，他似乎从不关注，他对对手的心理影响明显要大得多。

如果你记得全盛时期的杰克·尼克劳斯，在任何一场大赛的决赛日后九洞的表现，那么你也许能从中对哈里的状态窥见一斑。无论偶然与否，哈里找到了一个理想的情绪恒温器：永远十分投入，从不为失误心烦。这一心理因素极度适应高尔夫这项复杂而疯狂的游戏，是冠军球手区别于普通球员的重要原因之一。哈里后来说，在比赛中，他从来没有紧张过。这不像自夸，因为证据十分明显，他一旦紧张，别人很容易看出，从来没人觉察到哈里紧张过。

1897 年的英国公开赛，因为一匹马，哈里与冠军失之交臂。比赛在英格兰利物浦附近的霍伊湖举行，球场与一座赛马场交错而建，这种混合配置常见于早期的高尔夫球场。在最后一轮至关重要的一洞，他的发球径直飞到马道上，陷入一个深深的、实打实的马蹄印里。哈里心里清楚，面对这样的比赛插曲，只能坦然接受坏运气，哈里没有抱怨，吞下双柏忌，退出冠军争夺，平静地完成比赛，拿下第六名。

接下来的 1898 年英国公开赛在普利兹维克举行，最后一轮，哈里与苏格兰的小威利·帕克捉对厮杀。帕克是一位成功的高尔夫球场设计师和不懈的自我炒作者，曾在 1887 和 1889 年两次获得英国公开赛冠军，并著有历史上第一本畅销的高尔夫教材。过了职业巅峰期的帕克是个有点古怪的疯子，喜欢像职业摔跤手似的自吹自擂。

普利兹维克球场是英国公开赛的发源地，至今依然保留着这项运动起源时的标志性特色：盲洞、快速而崎岖的球道、令人叫苦不迭的深窄沙坑和肆无忌惮的海风。第二次挑战这座老林克斯球场，哈里采取了适合苏格兰风格的聪明又保守的打法。进入决赛轮，哈里仅落后帕克两杆。几洞过后，哈里又追上一杆，到 10 号洞，他以一记小鸟追平帕克。那时还没有记分牌，年轻的球童们在球场上跑来跑去通风报信，让球员们互相了解对手的成绩。帕克很快意识到瓦登追上来了，越发不敢懈怠，他们的平局一直持续到 18 号洞，一个罕见的收尾三杆洞。哈里开球没有攻上果岭，一记切击后，以一个 10 英尺（1 英尺折合 30.48 厘米）难度的长推完成决赛轮，以 76 杆保住平局。20分钟后，现场观众全都聚集到 18 号洞果岭来观看帕克的最后一洞。为了争抢位置，人们彼此推搡着，也想凑上来看球的哈里被推到最后排，观众们甚至没有意识到他站在那里。

帕克把球开到了 18 号洞果岭的前部，当他走向球的时候，哈里只能看到帕克的头顶。迎接帕克的是一个毫无悬念的 20 英尺笔直上坡推，如果推进，小威利·帕克将赢得 1898 年的英国公开赛。帕克有一只得心应手的推杆，外号老滑头，他用它征服过无数果岭，推杆堪称他的拿手好戏。嘘！哈里转过身去屏息静听，片刻后，传来一阵喧哗，但不是欢呼。关键一推，帕克竟推短了，球距离洞杯还有三英尺。当他走上前去准备推球入洞确保平局时，哈里走开了，心里开始盘算第二天的延长赛。但是突然全场雷动，8000 人同时发声瞬间打破无声的寂静，哈里顿时呆住了，他听到人群发出了高尔夫比赛现场特有的叹息声，仿佛一个刚刚输掉一场豪赌的赌徒的喊声一样。帕克哑口无言。瓦登周围的人群如梦初醒，意识到冠军就站在他们中间，顿时欢呼声骤起，哈里梅开二度，再次赢得英国公开赛。

败下阵来的小威利·帕克心有不甘，他声称葡萄酒壶本该属于他，传言说他故意错过最后一推，是为了把瓦登拖进延长赛。当他走向果岭时，观众席上哈里的支持者故意报错哈里的成绩，致使他输掉了比赛。哈里知道威利·帕克本人编造了这些该死的谎言，认为不值得作出任何回应，但结果反而导致两人关系急转直下。

威利·帕克开始宣称，自己是苏格兰荣誉的捍卫者，他是在为苏格兰高尔夫圣地与后起的英格兰之间，进行一场荣誉之战。他开始在《高尔夫杂志》上发起荒唐的月赛挑战，要求哈里与他进行一对一单挑，以摆平他所杜撰的哈里对他的冒犯。他甚至下了前所未闻的赌注：一人100英镑，赢者通吃。比赛的前期谈判最终破裂，结果帕克责怪瓦登，瓦登责怪帕克。当他们在本赛季晚些时候的锦标赛上相遇时，苏格兰人公开嘲笑哈里，哈里设法克制住自己，并没有公开揭发帕克。

由于打小所受的严酷历练，哈里十分注重自己的言行举止，总是保持文明礼貌。但是哈里不能忍受对方的粗鲁，对于帕克的诽谤，哈里在《高尔夫杂志》上说不值得和他理论，因为"他不是一个真正的高尔夫球手"。在媒体的大肆渲染下，这对宿敌的个人恩怨，上升到了关乎民族尊严的层面，苏格兰和英格兰的报纸各自为阵，纷纷支持各自的冠军。

事实上，威利·帕克很可能是为了自己球场之外的事业，才对哈里"大打出手"。他是第一个签约百货公司推销代言球杆和球的高尔夫球手，在英国公开赛中失利后，他的那只被冠以"帕克皇室"之名的56面怪球，销量惨淡（热天，帕克会把他的"皇室"古塔胶球放在一桶冰里，让它们保持又硬又圆）。公平地说，帕克的敌意或许只是出于作秀，试图为其销售惨淡的产品争取知名度。如果这就是他的意图，哈里并没有中计。帕克想利用在英国公开赛上的失利，炒作一桩国际事件，结果因为哈里十分冷静，隐忍不发，结果并未如愿。直到次年1899年英国公开赛在皇家圣乔治球场举行之后，哈里才决定与帕克再战一场。

1899年，"灰狗"一路顺风，迎来职业生涯巅峰期。哈里在圣乔治球场以76杆的成绩领跑第一轮，并一路保持领先，轻松以五杆优势问鼎，四年内第三次成功捧起葡萄酒壶奖杯。媒体开始称他为"高尔夫球界的拿破仑"，哈里似乎正在把高尔夫推向一个前所未有的知名度，不过他首先要清除一个小小的障碍，把威利·帕克解决掉。为了把这只叽叽喳喳的喜鹊从背上挪开，哈里最终同意与威利·帕克打一场 72 洞挑战赛，首先在帕克的主场北贝瑞克打两轮，然后移师哈里主场甘顿打两轮。双方各自拿出 100 英镑，存入《高尔夫杂志》主编的托管账户，这笔钱占了哈里净资产的大部分。媒体将这次比赛视作一场现代重量级拳手冠军的争霸赛，双方的摊牌上升到了苏格兰和英格兰国民荣誉的高度。为了应对北上观看头两轮比赛的人潮，英国铁路局不得不增开特殊专列。多年来，在蓝领主导的北贝瑞克俱乐部，苏格兰的激进球迷怀有深重的民族情结，一直在两地对战的比赛中辱骂英格兰球手。朋友们私下里力劝哈里，不要在没有周全保护的情况下，贸然出现在苏格兰球迷的面前。哈里不愿在任何人面前退缩，更不用说一个往他脸上泼脏水的吹牛大王了。他和身兼球童与保镖的弟弟汤姆，只身启程前往北贝瑞克。

比赛前一天晚上，哈里和汤姆在球场上讨论战术，当他们绕过一座高高的沙丘时，一个人影出现在两兄弟正前方，接着一个巨大的马蹄铁砸向哈里的脑袋，好在哈里的反应速度快如闪电，躲过了袭击。攻击他的人原来是当地一个有名的球童，人称"大个子克劳福德"，这个古怪的家伙在北贝瑞克后九洞经销姜汁啤酒。克劳福德说他绝没有想伤害哈里，他把所有的钱都压在哈里身上，他扔马蹄铁是为了给哈里带来好运。哈里没让汤姆将马蹄铁扔回给克劳福德，他带着一种奇怪的预感走回公寓，觉得这一遭遇可能真能给他带来好运。

第二天早上，超过 8000 人涌入北贝瑞克球场，观看首轮比赛，里三层外三层的观众从会所专卖店一路排到 1 号洞发球台。当帕克出现时，家乡人民发出热烈的欢呼，紧随其后出来的哈里，则迎来一阵刺耳的嘘声。哈里停下来，凝视着充满敌意的人群。对于深爱这项传统运动的苏格兰高尔夫球迷来说，不幸出生在英格兰的公开赛冠军，也带着一种威严的光环，人群顿时安静下来。哈里笑了笑，向发球台走去。那天剩下的时间里，每次手持球杆在发球台上准备击球，哈里的威严沉着和精湛球技，都能使吵闹的苏格兰球迷瞬间安静下来。

汤姆把哈里的球杆装在一个新晋上市的帆布球包里。帕克的老球童是一个绰号"爆脾气"的红脸老顽固，他对球包这种新玩意儿不屑一顾，只是简单地把帕克的球杆用绳子捆在一起，夹在胳膊下。每次在帕克用杆之前，他都用一种古老的方式抽出合适的球杆递上去。

受到观众的热情鼓舞，威利·帕克打疯了，开球稳当，推杆精准，但哈里没有屈服，而是充分展现出他对这项运动的全面掌控，勇敢地直面帕克的挑战。本以为只会看到一场混战的现场观众，享受了一场高尔夫盛宴，这是自阿伦·罗伯特森和老汤姆·莫里斯时代以来，苏格兰最精彩的高尔夫球赛之一。前 10 洞，双方始终保持平局，双双打出低于标准杆两杆的成绩。

第 11 号洞，帕克以一记完美的开杆，将小白球稳稳地送上球道中央。哈里走上来，打出一记几乎同样令人印象深刻的开球，惊呆了的观众们循着哈里的小白球看过去，发现哈里的球径自撞上帕克的球，使其又向前滚了 15 码，哈里的球则被弹到一边，陷入一个凹凸不平、无法下杆的打位。在这不可思议的好运帮助下，帕克拿下此洞，牢牢守住了仅有的一杆领先优势，锁定上午的胜局。下午，哈里一上场就扳平了比分，接下来的八个洞，他们又一路战平。最终，哈里凭借在 15 号洞的漂亮小鸟推，以及帕克在 16 号洞的铁杆失误，以两杆领先优势结束他们的第一个 36 洞较量。从帕克在 18 号果岭昂首阔步似傲慢公鸡的表现来看，这位苏格兰人显然认为，只要没有被伟大的瓦登致命打击，任何结果都意味着精神上的胜利。同为高尔夫运动员，汤姆十分不屑帕克在崇拜他的粉丝面前戏谑作秀，哈里一边劝汤姆冷静，一边带着一贯的神秘微笑离开球场，但他的眼神暴露了他的不屑与愤怒。

几天后，帕克带着 20 名随从南下英格兰，来到甘顿角逐第二个 36 洞。哈里待之以诚，精心安排，确保苏格兰人受到殷勤款待。在为期两天的短暂停留中，哈里为帕克安排了一流的住宿和膳食，并托一群英格兰记者向帕克大献殷勤，使自视甚高的帕克膨胀到飞起。不过，第二天比赛一开始，帕克的明星待遇戛然而止。从第一洞发球台到最后一记推杆，哈里一路超常发挥，打得帕克措手不及。下午的比赛刚进行到第八洞，比赛就结束了，哈里赢 11 洞剩 10 洞，旗开得胜。当两人握手时，帕克甚至不敢直视哈里，他的苏格兰粉丝震惊不已，陷入死一般的沉静，黯然离开了甘顿。

《高尔夫杂志》主编当即把 200 英镑奖金交给哈里，心碎的小威利·帕克，于当晚灰溜溜地坐上火车，返回苏格兰。帕克后来成为一名成功的高尔夫商人和球场设计师，他甚至接到了美国富商约翰·雅各布·阿斯特的邀约，在其私人球场担任了六个月的私人教练。但帕克终其一生，再也没有向其他高尔夫球手发起过挑战。哈里后来称，他和小威利·帕克的比赛是他职业生涯中最重要的事件，无论对于个人还是对于英格兰高坛来说，都是如此。

击败了苏格兰冠军帕克之后，哈里到访苏格兰各地球场与其驻场职业球员进行较量，赢得了一连串的胜利。在一场 36 洞的角逐中，他甚至在上下午的两轮比赛中，两度在同一个洞，从百码外直接把球打进了洞。一位骄傲的前苏格兰冠军，在遭受了哈里的例行碾压后，向媒体坦言，与所向披靡的哈里对抗，即便是铁牛也会伤心。随着瓦登巡回赛的持续举行，苏格兰球手一个接一个败下阵来，苏格兰媒体也因此越来越痛心疾首。原因很简单，苏格兰依然会派出几十名一流球手，参加锦标赛角逐，但苏格兰人对这项运动的统治时代，一去不复返了！

29 岁的哈里·瓦登在英国体坛独领风骚，他以高尔夫运动前所未有、少有后人企及的持续出色表现，结束了 19 世纪。在这段时间里跟踪报道过他的一名记者说，两年里，哈里开球从未失手，上球道率百分之百。状态巅峰期，哈里一口气连胜 14 场锦标赛，创造了一个从来未有也永远不会被打破的记录。19 世纪 90 年代，他一人赢得英国公开赛的次数比苏格兰所有最优秀的球手加起来还要多，没有任何一个人像他那样，使得英国球迷对高尔夫运动的兴趣空前高涨。

崭新的 20 世纪随着新年的到来翻开序章，哈里将目光转向西方。1900 年春，他出乎意料地收到一个无法拒绝的邀请：到一个更大的等待他征服的国家，进行另一轮表演赛，推广一个以他的名字命名的新高尔夫球。他欣然接受了邀请。

哈里将启程前往美国。

1900 年的乡村俱乐部
（乡村俱乐部友情提供）

1900 年

　　哈里接受了斯伯丁的邀请，同意在表演赛期间使用以他的名字命名的新球，为之做宣传，但拒绝了合同规定的销售提成，以 10 个月支付 2000 英镑的固定费用达成了协议。这是一个十分有远见的决定，因为这样一来，他在巡回赛中赢得的奖金也可以装进自己的口袋。到商演结束时，哈里的收入将超过两万美元，对他来说是一笔不小的财富。甘顿球场同意中止驻场教练的合约，以便让哈里全身心地投入美国的活动。不出所料，婕茜拒绝陪哈里前往美国，于是，他安排妹妹安妮从泽西岛搬来陪婕茜同住。

　　1900 年 1 月 27 日，哈里扬帆启程前往美国，传媒大张旗鼓地作了宣传，其中不乏英国媒体的微词，认为冠军似乎把自己当作雇佣兵一样出卖给向他大把扔钱的美国。六天后，当他在纽约步下舷梯时，美国报纸以颇为夸张的标题，把哈里描绘得像一位国家首脑，前来参加总统峰会。哈里很快学会了如何简明扼要地应付不怀好意的记者们，他们对高尔夫一窍不通，不管哈里说什么，最终他们会随心所欲地编造有关他的故事。但哈里并不担心，因为最终印出来的每个字，无论是否虚构，对他都会有利。不管过去还是现在，纽约都喜欢赢家。大众看来是新闻大亨们的后盾，来自英国的高尔夫冠军将是新闻大亨的金主，哈里的故事可以保障成吨销售报纸。几天后，哈里到新泽西参加第一场比赛，恰巧赶上一场暴风雪，但是 2000 多名观众到场支持，一路为他捧场，陪他打完了整场比赛。

　　哈里的美国之行，就像一部好莱坞传记片，以蒙太奇新闻标题的方式迅速上演。一踏上美国土地，哈里就成了这个国家有史以来最知名的运动员。据他自己估算，他在美国的行程超过 10 万英里，那可是在出行只能搭乘轮船、火车或马车的慢时代，甚至在科罗拉多州还使用了缓慢的骡车代步，度过了令人难忘的整整一天。公众对这位英俊、活力四射的冠军始终充满好奇，热切的球迷和成群的媒体人士一路追随着他。他在全美第一座公共高尔夫球场，纽约市的凡·科特兰公园参赛时，证券交易所为此休市一天，以便华尔街的大老们可以乘车前往布朗克斯看他打球。钢铁大王安德鲁·卡耐基和其他对高尔夫上瘾的大亨们，表现得更加殷勤，他们邀请哈里参加丰盛的晚宴，像科学家寻找青春之泉一样急切地向他求教高尔夫的秘密。哈里每到一地，当地的名流们都会要求为他举办盛大的派对。他的日程变化比小孩变脸还快，使负责他商业巡演的斯伯丁经理几近崩溃。哈里却从来没有抱怨，他认为这些社交活动和打高尔夫球一样，是他工作中非常重要的一部分，他坚持履行了大量令人头晕目眩的约定。一路上他不断在一群漂亮的姑娘陪伴下，出现在社交场合，这似乎给哈里带来了在国内显然找不到的慰藉。

但比赛始终是第一位的，他的表现可圈可点。除了会和一些大牌选手一对一比赛，比如美国公开赛冠军威利·史密斯和后来拿下美英两国业余公开赛冠军的沃尔特·J. 特拉维斯之外，在其他所有的巡回赛中，几乎无一例外都是由哈里一人对阵某座城市的两名顶尖职业或业余高手，有时甚至是一对三，并且让对手打最佳球位。这些球员中的大多数来自苏格兰，受雇于数量迅速增长的美国高尔夫球场，他们的球技非同一般，加之他们深谙瓦登在英国高坛的地位，使他无论到哪里打球，都会激发起公众的极大兴趣。他们中的一些人甚至视哈里为神一般的存在，在他面前打球时紧张得连杆都挥不起来。还有些人在与哈里的对战中，使出浑身解数，仿佛在打一场生死攸关的比赛，结果依旧不敌哈里。

哈里从未涉足所到表演赛的球场，其中一半以上也没有时间打练习轮，但他轻松刷新了这些球场的最低杆数记录。美国之行，哈里共计参加了88场比赛，仅以微弱劣势输过一场（输两洞剩一洞），对手是来自迈阿密的职业球员亚历克斯·芬德利。这次失手情有可原，因为农业学家还没有掌握在佛罗里达州南部种植草坪的技术，球道不过是匆匆压实的土层，果岭用沙子混合石油滚压而成，这种亚热带的变种球场使英国人无所适从。

哈里说，连他自己都不知道是何种原因，在生命的这个阶段，世界上最难的比赛对他来说都变得十分容易。他发现美国气候宜人，干燥而温暖的春天以一种他从未感受过的方式放松了他的肌肉，进一步解放了他的挥杆。美式的不拘小节也让他倍感轻松，使他脱下诺福克夹克，只穿长袖衬衫打球。随着旅行的升温，他开始幻想着摆脱人生过去的包袱，成为一个美国人。他发现，这个国家喧闹的大城市令人着迷，辽阔而又富于变化的景观令人神往，阶级意识淡泊的社会氛围与他出身社会底层的气质相得益彰。在这里，哈里平生第一次不仅被允许进入私人会所，而且俱乐部的会员们热情地张开双臂，搂住他的肩膀，像迎接贵宾一样欢迎他。新粉丝们被哈里的挥杆动作吸引，许多运动工程师们试图分析破解英国人的挥杆秘密。哈里对美国人永不满足的好奇心并不反感，因为他意识到，美国人把他当成了高尔夫运动的大使。每次表演赛结束后，哈里都十分高兴地参加记者问答会。

哈里惟一抱怨的是美国球童，因为他从未找到一个能达到英国标准的球童。在佛罗里达的一场比赛中，他那位没有任何专业知识的背包者，对于高尔夫所表现出的唯一兴趣，是问哈里能不能借给他尼不列克球杆（相当于今天的挖起杆——译者注），去打死一条蛇。另一个球童在哈里的球沾上泥后，断然拒绝给他擦干净，而且毫不含糊地告诉他，这种卑贱的工作有损他的尊严。由于缺少一个得力的球童，比赛变得很艰难，但球童出身的哈里提醒自己，这项运动在美国兴起才短短12年，就算美国人对这项运动的传统推崇备至，但要培养出高素质的球童还有待时日。

哈里在旅途中，获得了大量回报丰厚的机会，这让他的荷包迅速膨胀。其中一个令人无法拒绝的邀约，来自波士顿乔丹·马什百货公司的体育用品部，他们开出的出场费慷慨至极，哈里都不好意思提起数目。他一天的工作是，把球打进一个网里，每打半个小时，休息半个小时，从早上9点半开始，持续到下午5点。

活动当天现身乔丹·马什的展示厅时，哈里惊讶地发现有100多人在热切地等着他。一位年轻的志愿者帮他从一个铁丝桶里把球捡起来，架到球托上，然后哈里一次又一次完美地将球打进网里，看得观众们目瞪口呆，鸦雀无声，直到头半个小时结束，观众们才回过神来，随即爆发出雷鸣般的掌声。当哈里兴奋地想按原定计划休息时，掌声依旧没有停止，他不得不接着又打了几个。这时，更多的新面孔聚集过来，当第二轮表演结束时，观众的掌声持续得更久。哈里怎么也想不明白，为什么有人愿意看这种单调的表演秀，对他来说，这并不比敲一长排钉子更有趣，但这些人却难以理解地被他异国风的球技所吸引，不让他停下来。

后来，哈里厌倦了重复地用 1 号木打球，于是拿出尼不列克，在选中天花板上的一个金属喷嘴作目标后，开始把球朝目标打去。眼见击出的球越来越接近金属喷嘴，商场经理惊慌失措地跑来阻止了他。天花板上的金属喷嘴与商店的自动喷水灭火系统相连，一旦被击中，就会触发喷水系统，淹没整层楼。哈里只好重拾 1 号木打球。很快，商店被前来看热闹的人挤得水泄不通，哈里甚至看到孩子们挂在店外的灯柱上，透过窗户向里张望。作为一个重信守诺的人，哈里严格按照约定连续打了八小时的球，然后以最快的速度离开了商店（百货商店高尔夫表演秀最终发展成为一种非常普遍的促销手段，但职业球员认为这样做有失身份。1928 年，美国职业高尔夫协会发布了一项裁决，不允许会员参加类似的商演）。热烈的掌声和欢呼声尾随了他整整一个街区。哈里后来得知，在他露面后不到两小时，乔丹·马什店内所有的高尔夫球杆和球被抢购一空。

那天下午，七岁的弗朗西斯·威梅特和母亲玛丽也挤在拥挤的人群里。弗朗西斯在波士顿的报纸上看到瓦登将现身波士顿的消息，便恳求父亲亚瑟，让他去见见心中的偶像瓦登飞行者的代言人。弗朗西斯对高尔夫的热情遭遇了第一次现实打击，亚瑟无法突破波士顿难以逾越的阶级鸿沟，对自己毫无起色的生活状态十分沮丧，人也因此变得心事重重，沉默寡言。哥哥威尔弗雷德很听话，习惯按照父亲的意愿行事，为此在以后的生活中付出了高昂的代价。弗朗西斯无忧无虑，有着与生俱来的快乐天性与能力，这让亚瑟感到无法理解，而且恼火。事实上，弗朗西斯也是一个听话的儿子，但他自打从娘胎里出来，就带着天生的阳光气息，亚瑟试图把悲戚的人生观灌输给他的努力，一次次地偏离轨道。无论他对这个男孩说什么、做什么，都无法使他接受自己的信念：心胸坦荡、毫无芥蒂的人终将面临冷酷的现实。弗朗西斯要去乔丹·马什商店看哈里·瓦登表演秀的请求，遭到父亲无情的拒绝。

玛丽很早就发现了弗朗西斯身上的梦想家特质，她知道这源自她一直都深以为傲的家族遗传，即爱尔兰人的温柔浪漫和诗意，她倾尽所能地培养和保护儿子的这一特质。威尔弗雷德在父亲严厉的管教下吃尽了苦头，使他后来酗酒成性，玛丽已经感觉到大儿子的精神有些崩溃。所幸弗朗西斯还没有被同化，她知道儿子迟早会面对残酷的现实，但现在，需要有人支持他内心的梦想。得知亚瑟拒绝了弗朗西斯的请求，她看出了小男孩的失望。那天晚上，玛丽悄悄来到他的卧室，告诉弗朗西斯，她计划在哈里·瓦登表演秀那天去波士顿购物，如果他们碰巧经过乔丹·马什商场，玛丽说她应该能在家庭用品区找到一些家里需要的东西。弗朗西斯兴奋到飞起，玛丽示意他别声张，这将是他们的小秘密。

那天早晨进入乔丹·马什商场，哈里·瓦登正在表演，那个印在他的宝球上的人活生生地站在他面前，这个真实景象，使年轻的弗朗西斯的身体和精神发生了某种升华。哈里穿着优雅的服饰，举止得体，一双大手握着闪闪发光的球杆，毫不费力地重复着精准、有节奏的挥杆，就像一个有着完美肉身的神灵。弗朗西斯看着瓦登的球杆不断地在空中划出完美一致的弧线，小白球一个接一个地飞进悬在空中的网里。那一刻，他下定决心，今生的唯一追求，就是要变成眼前的这位神灵。他久久地凝视着哈里·瓦登，各种幼稚、杂乱无章的幻想，仿佛阳光透过放大镜一般，投射进他的脑海。

五月，哈里中断了已持续三个月的表演赛，回到苏格兰圣安德鲁斯，捍卫他的英国公开赛桂冠。在享受了一个温暖的美国春天之后，北海吹来的凛冽海风让他感受到了彻骨之寒。长期在外的哈里回到家后，受到了更加冷淡的对待。尽管他带回了满满一箱体贴的礼物，并表现出了一位充满爱心的丈夫应有的体贴，但婕茜对丈夫美国之行的新闻报道剪贴簿，以及发生在那片陌生新大陆的丰富多彩的故事毫无兴趣。今年早些时候的一次流产，进一步削弱了她脆弱的自我意识，她的活动半径最多不出自家院门，更不用说跨越大西洋了。她愿意享受丈夫取得的所有成就，但对这些成就在世界其他地方引发的反响漠不关心。哈里已经不再遵从他成长过程中的宗教信仰，但天主教的坚忍克己已经赋予了他默默忍受痛苦的能力，早年的悲惨生活练就了他，接受苦难生活是理所当然。

对哈里来说，现状成为他生活中的一个关键转折点。妻子又一次的疏远，使他失去了家庭生活的温暖和幸福，回想在美国的日子给他带来的自由和快乐，使他瞬间萌生了一个想法，应该逃离痛苦的家庭生活和英国传统阶级意识的束缚。他甚至考虑再次横渡大洋去美国，然后再也不回来了。这种开始新生活的想法变得越来越强烈，他向汤姆和盘托出，弟弟表示同意和支持。但最后哈里动摇了：在英国取得的成就和声望，以及对付出不懈努力换来的生活的更深层需求，对他已经是一种无形的压力。哈里的使命是打破体育记录，而不是传统世俗。他不再纠结了，开始为圣安德鲁斯，而不是新生活，打包行囊，准备冲刺卫冕。但婕茜对于比赛毫无兴趣，拒绝陪同哈里第三次参加英国公开赛，两人之间的隔阂因此进一步加深。哈里最终和忠实的弟弟汤姆一起踏上了北上苏格兰的火车。

很多球员都说，那年的英国公开赛期间，哈里看上去十分疲惫，不论是不幸的婚姻压得他喘不过气来，还是高强度的海外旅行耗费了他的精力，总之有什么东西正在蚕食那个曾经不知疲倦的瓦登。抵达圣安德鲁斯时，哈里发现他的老对手泰勒正等着他，五年前，泰勒在这里第二次捧起葡萄酒壶奖杯。开赛那天，会所附近响起了炮声，这一鸣炮开赛传统，后来被美国大师赛沿用至今。接着，80岁的老汤姆·莫里斯击球，为比赛拉开序幕，这是高尔夫之父最后一次在他的主场主持比赛。两届卫冕冠军紧随老汤姆走下发球台，已不再参赛的老汤姆加入了哈里的粉丝团，一路追随他。

汤姆和哈里在比赛当天上场较早，并很好地控制了比赛的节奏。第一轮比赛结束时，打定主意冲冠的泰勒与瓦登兄弟俩打成了平手，并在第二轮比赛结束时取得两杆领先优势。由于哈里没能作出强有力的反击，泰勒沉浸在一路领先的极好状态下。第二天早上的第三轮比赛中，他将领先优势扩大至六杆，然后一鼓作气，在狂风呼啸的结束轮中，交出惊人的75杆，力压对手，赢得1900年英国公开赛桂冠。在最后18洞的较量中，哈里曾一度将泰勒的领先优势缩小至三杆，但最终仍不敌老对手，以八杆之差屈居第二，再度折戟圣安德鲁斯。现在，J.H.泰勒已经在职业生涯的更高平台上，追上他的朋友兼对手哈里·瓦登，两人都获得了三届英国公开赛冠军。

在与婕茜及现已定居瓦登豪宅的妹妹安妮短暂相处后，哈里于6月20日登上圣保罗号远洋轮返回美国。随着夏天的到来，美国北部地区逐渐变暖，哈里巡回商演后半程的步伐也不断加快：新英格兰、纽约、新泽西、密歇根、科罗拉多、蒙特利尔、多伦多，每隔一天打一场表演赛，中间那天就在赶往下一个目的地的路上。整个美国都在关注他的赛程进展，哈里的辉煌战绩经常出现在他从未去过的城市报端。不过现在，哈里·瓦登已经不是唯一一个在美国巡演的英国冠军。

八月，趁着人们对他在1900年英国公开赛上的胜利记忆犹新，泰勒决定跟随哈里的脚步来到美国，他新近购买了匹兹堡一家制造和销售球杆的工厂股份，在斩获大赛胜利后访美，显然有助于商业上的推广。泰勒宣布将在美国进行为期两个月的巡回表演赛，并最终参加十月举行的美国公开赛。

由于哈里回归引发的热度，各大报纸将泰勒的到来视作基督复临。在纽约下船时，蜂拥而至的记者将他团团围住，而面对他们抛出的所有问题，局促不安的泰勒只是简短地重复着同一个答案——"不知道"。泰勒对陌生的环境不太适应，不像哈里那样在美国如鱼得水，奔波的旅途使他脆弱的胃口不适，众多陌生人的出现使他焦虑不安。泰勒在布鲁克莱恩乡村俱乐部与波士顿的两名最佳球员，打了一场36洞最佳球位对抗赛，弗朗西斯·威梅特花了一整天时间，在街对面的球场观看泰勒的每一个击球动作，并将它们复制进了记忆库。

急于制造冲突性新闻，美国小报开始散布两个英国冠军的不和。在他们的职业生涯中，哈里和泰勒一直是劲敌，但在球场之外，他们是亲密的朋友，从来没有对彼此恶言相向。但凡看过美国人对他俩在美国生活的描述，你会认为他们两人在相互威胁，要吞食对方的孩子。

一些人指责泰勒试图抢夺哈里的风头，一名记者甚至声称，他亲眼看见戴着假胡子和眼镜的泰勒，混在一场表演赛的人群中偷窥哈里。另据报道，哈里提出了一个疯狂的挑战，仿照小威利·帕克当年挑战哈里的方式，以两位冠军美国之行的全部收入做赌注，单挑泰勒，赢家通吃。这些子虚乌有的谣言，看来是故意要在美国公开赛之前，煽动两人打一场挑战赛。不过当事人都拒绝上钩，原因很简单：在美国公开赛之前互相斗，无异于白耗精力，徒劳无功。有关两人"血海深仇"的荒诞故事甚嚣尘上，泰勒甚至考虑提起诽谤诉讼。两人最终在芝加哥会面时，哈里向泰勒言明，这不过是大洋彼岸新闻媒体的一贯风格，不必介意。

　　即便在 1900 年，也没有所谓的错误公关一说。美国公开赛在芝加哥高尔夫俱乐部开打前一天，泰勒打开储物柜，发现一张礼貌的便条和一个锡盒，里面装着十几颗球。这些球来自俄亥俄州阿克伦市的自行车制造商科伯恩·哈斯克尔，由他本人亲自设计制造。球芯是一个圆形橡胶核，外面包裹着紧密缠绕的橡胶皮筋，最外面是一层薄薄的古塔胶，后来换成巴拉塔胶。设计灵感源自哈斯克尔拜访一位在古德里奇轮胎工厂工作的朋友时的经历。当时，哈斯克尔在朋友的办公室里等着见面，无意间从废纸篓里捡起一些松散的橡皮筋，然后随手把它们缠成了紧实的球状。当那团橡皮筋不小心从手中滑落时，它像火箭一样向房间的另一头飞了出去。这一猛烈的运动轨迹触发了哈斯克尔大脑中的某个神经元，让他想到了高尔夫球。经过两年坚持不懈的试验，哈斯克尔和他的伙伴申领了高尔夫球皮筋缠绕机的专利。之后，哈斯克尔主动出击，向顶级职业球员大量寄送盒装样品，包括这次来访的英国公开赛冠军泰勒。好奇心驱使，泰勒在第二天的正式比赛前，在练习场上用哈斯克尔提供的球试打了几杆。泰勒素以击球精准见长，当新球从杆面弹起，瞬间腾空，并比老式的古塔胶球远了至少 30 码后，泰勒一下慌了，赶紧把剩余的哈斯克尔球（后来该球的名称），放回盒子，并锁进储物柜里，压根没在美国公开赛期间拿出来使用。哈里是瓦登飞行者代言人，并正在为推广这种球做巡回商演，因而没有收到哈斯克尔先生的新球样品。

　　1900 年 10 月 4 日至 5 日，美国公开赛在风和日丽的天气下如期举行，观赛人数之多史无前例。美国高尔夫协会主办的前五届职业锦标赛，不仅观众寥寥，没有多少选手参赛，也缺乏媒体报道，因此可以说，美国公开赛刚起步时是一穷二白。由于媒体事前对两位英国冠军积怨争斗的炒作，成千上万人涌进伊利诺伊州惠顿市的芝加哥高尔夫俱乐部，期待见证一场由入侵的英国人之间展开的鏖战。美国公开赛的冠军头衔，对于两位英国冠军来说，都意义非凡。哈里想要以此为他的美国之旅画上一个圆满的句号，泰勒则想成为历史上第一个同时赢得英国和美国公开赛两大满贯的人。当哈里和泰勒最终在美国公开赛上展开对决时，他俩的表现超出了所有人的预期。

　　前五届美国公开赛的冠军奖杯，全都被侨居美国并在高尔夫球场任职的苏格兰职业球员们获得。现在，这五位冠军都来到了惠顿，领头的是卫冕冠军威利·史密斯，他在 1899 年的美国公开赛上以创纪录的 11 杆领先优势夺冠。和威利一起来的还有他哥哥亚历克斯，即未来两届美国公开赛冠军得主。兄弟俩于 1898 年一起，从苏格兰卡奴斯蒂移民到美国（他们最小的弟弟麦克唐纳德是家里最出色的球员，未来将入驻美国职业高尔夫协会名人堂，但他五年后才到美国）。来自苏格兰马瑟堡的小威利·邓恩也参加了惠顿的比赛，他是老汤姆的另一个老对手的儿子，后来设计了伟大的美国辛尼科克山球场。美国最优秀、最聪明的"威利"当属威利·安德森，他最近刚从苏格兰北贝瑞克移民过来，不仅赢得了接下来的 1901 年美国公开赛，并在两年后的 1903—1905 年横扫公开赛，创下前所未有的三连冠记录。

三连胜之后，威利·安德森成为第一个与小汤姆·莫里斯相提并论的美国高尔夫球手。安德森并非土生土长的美国人，事实证明，两人的比对在许多方面都十分恰当。安德森也是一位著名球场管理者的儿子，他在六年内赢得了四场公开赛，30 岁的时候仍保持着巅峰状态，健康状况非常好。但他遭遇了同样令人遗憾的突发事故身亡，这更是让人想到小汤姆。安德森的尸检结果显示，他的动脉硬化已属晚期，死因也和小汤姆一样，与酗酒有关。

这些来自海外的挑战者都是相当有天赋的球员，他们代表着美国高尔夫的中坚力量，彰显着美国高尔夫的竞争实力。在美国巡回表演赛中，哈里已经打败了他们五个人，在与其中两位的对决中，更是以压倒性优势胜出，他们中没有一个人能阻挡哈里冲击美国公开赛的步伐。

第一轮比赛中，哈里与 1899 年美国公开赛冠军威利·史密斯搭档，两人一组最后出发，在泰勒之后开球。芝加哥高尔夫俱乐部的球场设置，更有利于擅长打高弹道直线球的哈里，而不是爱打更适合林克斯球场低飞球的泰勒。但那天上午从密歇根湖吹来的强风，让泰勒的精准击球得到了回报，他打出了 76 杆，领先哈里三杆。那天下午，哈里根据风向作了调整，最终交出 78 杆，而泰勒则状态下滑，以 82 杆收尾。比赛过半，美国球员被两位英国冠军远远地甩在后面，首日发挥最出色的美国球员也落后五杆，并且再也没能缩小这一差距，比赛最终变成了人人都希望看到的两位英国公开赛冠军的对决。首日的结束洞果岭上，哈里留下了一个仅两英寸的保帕推，但当他推击时，却把推杆杆到了地上，但这一幕发生得如此之快，压根没第二个人注意到。本着公平竞争的精神，哈里把这额外的一推计入了成绩。

第二天一上场，"灰狗"一鼓作气将领先优势扩大至四杆。下午最后一轮六洞过后，哈里的领先优势进一步扩大至五杆。7号洞是一个长四杆洞，哈里趁着顺风将瓦登飞行者开出了270码，小白球穿过球道，飞进一个在前三轮中压根也够不着的沙坑。泰勒本想利用哈里的失误，但最终只打出标准杆。哈里利落地把球从沙坑里救起，稳稳地送上150码外的果岭，距离洞杯不到三英尺的地方，然后轻松地推进小鸟球，获得六杆领先。泰勒开始反击，当两人来到最后一洞时，他已经把哈里的领先优势缩小到两杆。18号洞，泰勒开球超过哈里，但随后造型师把手伸进他的魔术球包，抽出2号木，猛地打出一记超过225码的击球，然后，诚如伟大的山姆·斯尼德的那句不朽名言所描绘的那样，只见小白球"像一只脚疼的蝴蝶，飘落到果岭的后面"，两人双双打出标准杆，哈里·瓦登最终从这场令人难忘的对决中胜出，将1900年美国公开赛冠军奖杯收入囊中。获胜后不久，他拍摄了一张引人注目的照片。照片中，疲惫而满足的哈里穿着衬衫，敞着衣领坐在俱乐部会所外，脖子上缠着一条大手帕，看上去比他在英国取得任何胜利后都更加快乐和满足。

赛后，泰勒追悔莫及，自责不该从比赛一开始就把哈斯克尔送给他的橡胶球束之高阁，现在回想起来，橡胶球增加的码数对他来说可能意味着完全不同的比赛结果。多年后，泰勒依旧在为自己当初的决定懊恼不已。与之相反，哈里从不曾沉湎于任何一次击球失误或比赛失利。一周后，泰勒在纽约用哈斯克尔球打了一场完整的练习轮，并成为了橡胶内核球的长期拥护者，从此再没用过古塔胶球。不出三年，大西洋两岸所有知名球员都将追随他改用了哈斯克尔球。

12月初，哈里搭乘盛世号返航英国。他的美国之行，无论从职业还是个人角度来看，都是一次伟大的胜利，其之于高尔夫运动发展的重要性不容低估。上升到推广和普及高尔夫运动的层面，它所发挥的作用要大于任何一个高尔夫历史事件。哈里对完美的不懈追求，成就了他的卓越表现，美国年轻一代从未见识过这样的表现。无论在哪里比赛，私人俱乐部或是公共球场，他都在身后留下了一颗种子，催生着大众对这项运动的兴趣，种子在一夜之间生根发芽，成千上万从未考虑过打高尔夫球的男人、孩子和女人都加入了这项运动。经过一个世纪的开疆拓土，高尔夫逐渐风靡美国全境。美国人将这项运动视作一项重拾原始奋斗精神的完美升华：高尔夫球玩家带着原始的武器，走进一座人造荒野，克服了地形的挑战和危险，胜利后可以回家讲述他所经历的种种考验。事实证明，高尔夫所激发的征服欲使美国男人难以抗拒，当哈里在美国的10个月巡演结束时，超过200家新高尔夫俱乐部宣布破土动工建设球场。

哈里以一己之力完成了这一切。没有球童，没有经纪人，没有随行的挥杆教练或运动心理学家，更没有理疗师、调理家、营养学家或脊椎按摩师。哈里打球没有戴合手并轻软耐用的羊皮手套，没有穿戴定制的设计师钉鞋和吸湿排汗衫，没有使用装有回火减震钢杆身的钛合金木杆，更没有使用具备硝化甘油般爆炸潜能的小球。他的铁杆不是配置了高密度钨合金、采用渐进式杆面后移设计的功能型球杆。哈里使用的是帆布包里的十根胡桃木手工制作的球杆，每一根都像它的主人一样奇特古怪，外加一颗用印度尼西亚帕兰金树汁手工制作的，完全不符合空气动力学原理的笨拙硬球。靠这些，他征服了美国。

在任何体育项目中，都不可能找到与哈里1900年美国之行影响力相当的现代运动员。人们可能想起棒球投手、美国洋基队的骄傲贝比·鲁斯、伟大的冰球手韦恩·格雷茨基、篮球飞人迈克尔·乔丹、高尔夫传奇阿诺德·帕尔默和泰格·伍兹等，但他们都只是参与了一项已经成熟和广泛流行的运动，把公众的兴趣提升到了更高水平。哈里面对的是，一个对新兴而又难懂的英式消遣活动一无所知的国家，他激励了那些见证他英勇事迹的人们，在25年里，带领英国球员在这项运动中，取得了从未放弃过的世界霸主地位。那些坦率的美国人对他的运动并不了解，但他们却以一种全世界都能感受到的深情厚谊拥抱他，直到生命的最后时刻，他才在自己的国家体验到这种挚爱温情。接下来的两次旅行让美国人对他的这份喜爱，更多了一份敬重。作为公认的美国高尔夫球教父，哈里得到了养子般的爱戴，他认为在美国的日子，是他一生中最幸福的时刻。主导英国高尔夫社交领域的俱乐部贵族们，声称钦佩他在英国取得的成就，但他们仍然看不起像哈里·瓦登这样极具天赋的人，因为他是一个下等人。在冠军头衔中又添加了一个美国公开赛桂冠，更加奠定了哈里·瓦登在这项运动中的不朽地位。世纪之交，仅有另外三名英格兰高尔夫球手将自己的名字刻在了美国国家高尔夫锦标赛的冠军奖杯上。

出人意料，瓦登飞行者的营销推广没有达到理想的效果，这是哈里美国之行唯一的败笔。多亏哈里的不懈努力，成千上万的美国人开始打高尔夫球，但并不是用他推销的产品。对于初学者来说，新型缠绕式橡胶内核球比令人生畏的古塔胶球更容易上手。使用内芯坚硬的古塔胶球完全打不出距离，但如果换上哈斯克尔球，哪怕没有击中甜点，它也能飞出百码。同为新手的话，你更愿意打哪个？古塔胶球不合时宜的精致设计注定了瓦登飞行者在商业上的失败，很快它就会退出历史舞台，变成世界上像弗朗西斯·威梅特那样的年轻人的收藏品。

哈里·瓦登一手掀起了美国人对高尔夫的第一波兴趣，当他不知不觉唤醒了住在布鲁克莱恩、年仅七岁的弗朗西斯·威梅特对这项运动的雄心壮志时，他的商演活动同时推动了另外一系列事件的发展，并将产生出第二波更富爆炸性的影响力。瓦登和威梅特生活在相隔甚远的不同世界里，但他们的人生轨迹终将交汇，13年后，他们将在距离弗朗西斯家门几步之遥的乡村俱乐部的安静草坪上，展开一场史诗般的对决。

1904 年，乡村俱乐部的球童们

（图片由乡村俱乐部友情提供）

球　童

打高尔夫看起来十分简单，就是把球打进洞里而已。但事实上，即便对于最热忱的打球者，这项运动也是以无比庄严的步伐，一次只有一个秘密地展现自己。弗朗西斯因为自家后院球场 1 号洞的小溪，遭受了整整一年的折磨。他拒绝哥哥威尔弗雷德的建议，把发球台前移，坚持按现有的距离打球，否则干脆不打。八岁时，他第一次把球打过小溪，送到对岸安全区，成为他有生以来最自豪的一天。那天哥哥从俱乐部下班，弗朗西斯兴奋地要给他演示，结果失败，白白把三颗球送进小溪。不过几天后，他就能百发百中地把球打过小溪了。这样的训练，从长远来看，让他收获了比满足感更有用的东西——信心。

在打球季节，弗朗西斯得空就会到克莱德街对面，观察乡村俱乐部的会员们打球。每当有球技好的球员出现，他会更加留意，有时甚至会保持一定的距离跟在他们后面观察。弗朗西斯从波士顿报纸上，剪下有关哈里·瓦登表演赛的报道，以及他在 1900 年芝加哥美国公开赛激动人心的夺冠信息，并把它们粘在剪贴簿上。布鲁克莱恩球会拥有令人敬畏的历史地位，因此成为美国顶级高尔夫巡回赛的常规举办地，球场的比赛吸引了全国各地的顶尖球员前来参赛，这让弗朗西斯有机会仔细研究那个时代所有的伟大球员，并最终与他们中的大多数人交手。这其中有英美两国业余公开赛冠军沃尔特·特拉维斯、美国业余公开赛冠军杰里·特拉弗斯、两届美国公开赛冠军亚历克斯·史密斯、传奇球手威利·安德森等。每当发现值得模仿的挥杆动作，包括站姿、手部动作或击球节奏，他就会拿起哥哥的唯一一支球杆，着迷地模仿练习，把它融入肌肉的记忆里。但是所有这些动作，只有符合哈里·瓦登式的流畅完美的标准挥杆，才会融入弗朗西斯的个人动作。

　　夏天午后，弗朗西斯会跑到乡村俱乐部职业球员的工坊，透过窗户观察来自苏格兰的驻场职业球员威利·坎贝尔和他的两个兄弟制作球杆，他们像炼金士一样，把水曲柳或柿子木块，加工成光滑闪亮的球杆头。坎贝尔教授高尔夫，每小时收费75美分。威梅特无法支付昂贵的学费，于是他设法找到有关高尔夫运动的每一本书、每一份杂志，并仔细研读。20世纪的头几年，购置一套高尔夫装备需要25美元，包括每只2.5美元左右的球杆，四美元的球包，25美分的橡胶球托，一美元三个哈斯克尔球等。这些一流的装备，显然超出了年轻的威梅特兄弟的预算。有一天，威尔弗雷德在波士顿参观了赖特＆迪特森体育用品公司，销售人员告诉他，公司可以用全新球杆置换二手高尔夫球。自打瓦登到访波士顿表演之后，当地商店的高尔夫球库存再也无法满足供应。一天，弗朗西斯打开他的宝物盒时突然发现，他的珍藏一下子少了三打，他几乎崩溃。好在威尔弗雷德回来后，带回了一只真正的高尔夫球杆，使他立刻平静下来。哥哥用他的三打球换回来一支截短了的铜片木杆，即当今的2号球道木，杆头底部装有防护性黄铜片，因而得名。

　　有了这支铜片木，弗朗西斯开始将球架在球托上练习全挥杆。即便没有切杆，他在长草上开始练习切杆动作，帮助他成就了打球中最高超和稳定的技巧。几个月后，弗朗西斯又捡拾了足够数量的球，换来了一支旧马歇，相当于现代的5号铁，利用它打球使他掌握了中长铁杆的用法。接着，他又换得一支褪色的尼布列克，相当于今天的挖起铁杆。纯属偶然，弗朗西斯遵照正确的顺序开始学习打高尔夫，即从发球台到果岭，先练习发球和球道的全挥杆，接下来是中铁杆，再接下来是挖起杆和切杆。从此之后，每天醒来，就很难能看到弗朗西斯手中没有球杆。

　　就是在这个时候，弗朗西斯在乡村俱乐部的草地里，发现了他的第一颗哈斯克尔球。他没有把它藏在瓦登飞行者旁边，而是用它投入练习。使用创新的哈斯克尔球增加开球距离，需要重新练习球的掌控。由于担心把球打进长草而丢失，弗朗西斯开始练习精准击球，把准确性视为这项运动的制胜法宝。他连续用这只哈斯克尔打了许多场球，最后把球上的油漆都磨掉了。为了补救，弗朗西斯在父亲的工具房重新给它上漆，然后把它放进母亲的烤箱内，想把油漆烤干，结果一小时之后查看，发现只剩下一滩发臭的粘糊橡胶，他的哈斯克尔不合时宜地"寿终就寝"。玛丽回家后，以为房子着火，厨房里弥漫着刺鼻的烟雾，烤箱无法工作。玛丽对儿子痴迷爱好的忍耐力急转直下，那天晚上全家人只吃了冷鸡肉，不过玛丽还是站在了弗朗西斯一边，没让他父亲知道烤箱坏掉的原因。

　　九岁那年的夏天，弗朗西斯刚能背动球包，亚瑟就命令他和哥哥一样，去乡村俱乐部当球童，他十分高兴地满口答应。那个周末，还没来得及正式申请，弗朗西斯的球童生涯就意外地开始了。当时，弗朗西斯正拿着他的马歇杆，在 15 号洞球道边的长草区进行例行扫荡，搜寻别人遗失的小球。一位来打球的会员以为他是球童，便问他是否愿意帮他背包，弗朗西斯欣然接受了这个机会。自那天起，俱乐部的球童主管就再也甩不掉他了。亚瑟还不明白，他让儿子当球童意味着什么：你不能让酒鬼去酒吧工作，来帮他戒酒。

　　弗朗西斯已经摸清哪些会员球打得好，只要看见他们上场，他便会急匆匆地跑来为他们服务，这使他有机会近距离地观察和研究会员们打球。给会员背包，一场下来通常要花费四小时，球童费 28 美分，一天最多能出场两次。弗朗西斯是一个聪明、彬彬有礼、乐于讨好会员的球童，很受爱挑剔会员的欢迎。其中一位经验丰富的会员，看到这位年轻球童志在高尔夫，便送给他四根旧球杆：一支 1 号木、一支中铁（相当于今天的 3 号铁杆）、一支马歇尼布列克（相当于今天的 7 号铁杆）和一支推杆。这样一来，加上原有的三支球杆，弗朗西斯的球包里终于有了一套完整的球杆。有人说这位会员是俱乐部头发斑白的苏格兰职业球手威利·坎贝尔。弗朗西斯开始像寺庙里的侍僧一样，虔诚地研究各只球杆的用途，下场做球童时，他会像研读圣经一样，细心地观察乡村俱乐部球场，破解每一洞的战术秘密，了解进攻果岭的角度，记住每一寸果岭的起伏变化，甚至草纹的走向。他不断吸收会员们分享给他的高尔夫运动的所有窍门，并不断在自家后院的试验场上练习、熟悉和验证。

　　10 岁那年，弗朗西斯终于在一场 9 洞比赛中击败了哥哥，来之不易的胜利，使高尔夫对他的吸引力又增了一分。哥哥威尔弗雷德的兴趣开始转向棒球，但弗朗西斯对高尔夫依旧忠贞不渝。来自学校和社区的同龄人逐渐取代了威尔弗雷德，和弗朗西斯在后院球场进行比赛。弗朗西斯开始和新对手们，以高尔夫球为赌注打球，他再也不需要定期逡巡乡村俱乐部的球道，来补充储备了。

儿子对富人游戏的热情，亚瑟不以为然，甚至嗤之以鼻，经常当着家人的面训斥他。亚瑟认为，对于他们这样的家庭来说，儿子打高尔夫是一种不切实际的放纵，既不该支持，也不值得同情。他对这项运动的反感，甚至上升到意识形态层面，他将所有的痛苦，包括拮据的经济困境以及卑微的社会地位，都归咎于高尔夫。痴迷高尔夫的弗朗西斯，正好撞在父亲的枪口上，亚瑟毫不留情地指责他的爱好，使弗朗西斯学会了永远不在他面前提起任何有关高尔夫的事。亚瑟从来没有蔑视儿子当球童，那是工作，是饭碗，对亚瑟来说，打高尔夫球是娱乐，无异于放纵和腐化。

纵使父亲极力反对，弗朗西斯从未放弃过打球的愿望。母亲玛丽试图保护弗朗西斯免受亚瑟的指责，但当发现儿子对高尔夫越来越痴迷，她的担忧越来越强烈。一天深夜，她听到头顶上传来奇怪的响声，便蹑手蹑脚地上楼，透过半掩着的门往里看，发现弗朗西斯弯腰站着，借着烛光，聚精会神地盯着卧室硬木地板上的什么东西，然后他敲了一下，那个东西慢慢地滚过地板。玛丽推开门走进去，才看清那是一个高尔夫球。弗朗西斯手里拿着一根截短的推杆，专注地练习着，压根没有注意到她进来了。他走到小球前，把它朝另一方向推去。

"弗朗西斯？"

他抬起头来，说："哦！您好，妈妈！"

"你到底在干什么？"玛丽问。

"躺在床上的时候，我突然想到该怎么改善我的推杆，"他说，"一直一来，我握杆都握错了。"

"这事不能等到明天早上吗？"

他惊讶地看着她："哦，那可不行！"

天还没亮，弗朗西斯就起来了，偷偷溜到乡村俱乐部的球场上，赶在上学前打几个洞。为了不在果岭上留下痕迹，他干脆脱了鞋，光脚打球，尽管如此小心，还是常常被发现，而且不止一次被球场管理员追赶，仓皇逃出球场。在寒冷多雨的下午，俱乐部会员都待在室内时，弗朗西斯会穿上靴子和雨衣，穿过浓雾细雨甚至瓢泼大雨，在空无一人的球场上打球。多年后，这些应对恶劣天气的丰富经验将派上大用场。不过眼下，弗朗西斯正因偷偷潜入球场打球的事，遭到乡村俱乐部投诉。当他穿过街道回家后，母亲玛丽让他坐下，她得趁亚瑟还没听到这个坏消息之前，跟儿子好好聊聊。

"这样下去不会有什么好结果的，弗朗西斯，"她对他说，"你不可能靠打高尔夫养家糊口，更别指望过上什么好日子！你该集中精力学习了，学习好比什么都强！"

"这事非要告诉爸爸吗？"弗朗西斯问道。

玛丽犹豫了一下，她心里清楚，外界有任何对他儿子不利的风言风语，亚瑟都会大发雷霆。

"目前你知我知，弗朗西斯，"玛丽威胁说，"眼下，我会暂时先保密！"

13岁那年的夏天，偶尔不用当班做球童的时候，弗朗西斯的一天是这样度过的：黎明时分起床，两个小时的长途跋涉，换乘三辆电车到镇上，接着再背着球包步行一英里，到波士顿唯一的公共球场富兰克林公园打五六轮球，直到日落，再搭乘最后一趟电车赶回布鲁克莱恩，往往要天黑后一个小时才能到家。玛丽担心儿子走上青少年犯罪的歧路，或者更糟，成为一名职业高尔夫球手。为了试图转变，她让已经为了棒球完全舍弃高尔夫的哥哥带他去打棒球，弗朗西斯像同年龄的其他孩子一样，在沙地上打了一场棒球，但这完全不足以让他放弃自己的"初恋"。那年夏天，父亲让弗朗西斯再找一份工作，挣更多的钱补贴家用，弗朗西斯像波士顿其他十几岁的孩子一样，向红袜队申请当棒球球童，不过红袜队拒绝了他。

1906年夏末的一个工作日，球童主管派弗朗西斯为西奥多·黑斯廷斯背包，黑斯廷斯是乡村俱乐部比较古怪的会员之一，总是独自打球。当他们走向1号洞发球台时，黑斯廷斯问他的年轻球童是否会打球。经过一个夏季突飞猛进的发育后，弗朗西斯的身高已蹿升至近六英尺，不过体重只有110磅。对于高尔夫球手来说，这可不是最理想的身材。面对黑斯廷斯的突然发问，弗朗西斯并没有简单地回答"是的，先生"，而是滔滔不绝地向黑斯廷斯倾吐心声，表达自己对高尔夫的痴迷。

被年轻人的热情逗乐和感染，黑斯廷斯问道："你住哪儿，弗朗西斯？"

"就住那儿，先生。"弗朗西斯指着街对面的克莱德街 246 号。

"那你还不赶紧回家拿球杆"

弗朗西斯两脚生风，飞速取来球杆。黑斯廷斯在 1 号洞发球台递给他一颗球，并让他把球架到梯台上。顶着第一次下场挑战真正的高尔夫球场的巨大压力，弗朗西斯大力开球，把小球稳稳地送上球道中央，黑斯廷斯睿智地点了点头，看着球停下来，然后转过身来，笑着对弗朗西斯说："我们打一场！"

同时背两人的球包，弗朗西斯在乡村俱乐部完成了第一个 9 洞挑战，成绩仅高于标准杆三杆，领先哈斯廷斯先生五杆。担心这样的成绩会让他的客人难堪，于是弗朗西斯考虑在接下来的几洞放水，让对手追平成绩，但黑斯廷斯似乎并不介意，只顾专注打球。转场后，弗朗西斯续写了前 9 洞的出色发挥。在接近第 15 号洞时，他忽然想起了该洞的特点和球场的规定：面山开球，盲打后是一段下坡，球童小屋正好俯瞰 15 号球道。每天的这个时候，球童主管总会坐在球童小屋的外面抽烟斗。球童是不允许在乡村俱乐部打球的。

绝对不可以！

弗朗西斯开球后，爬上小山，发现他的球正躺在球道中央。同时，他也看到俱乐部严厉的球童主管丹·麦克纳马拉，手拿着烟斗，坐在棚屋外，丹也看见他了。弗朗西斯站好位，打出第二杆，紧接着又打了第三杆，然后第四杆把球打进了果岭旁的沙坑，又打了三杆才把球救出来，最后还遭遇了三推，光这一洞就打了 10 杆。

麦克纳马拉把这一切看在眼里，啥都没说。当他们移到下一洞发球台后，在丹看不见的地方，弗朗西斯慌乱的神经终于平静下来，最终以 84 杆结束了这一轮。如果不是因为球童小屋外的失误，13 岁的弗朗西斯·威梅特第一次挑战乡村俱乐部锦标赛级球场，就能破 80 杆，不过他对最后的结果依然十分满意，黑斯廷斯和他握了握手，当他们站在会所附近重温场上的精彩时，丹·麦克纳马拉走了过来。弗朗西斯心里咯噔一下，感觉麻烦要来了，赶紧闭上嘴，后退了一步。黑斯廷斯向丹打招呼，并带着保护的口吻告诉他，他和弗朗西斯刚刚度过了一个十分美好的下午。丹很感兴趣地点点头，然后转向男孩。

"你打了多少杆，弗朗西斯？"

"84，先生。"弗朗西斯说。

"真的吗？成绩很不错啊！"他板着脸说，"那你告诉我，15号洞是怎么回事呀？"

故意让弗朗西斯不安了一会儿后，丹笑了，决定不再为难他。实际上，丹一直悄悄地跟着弗朗西斯和黑斯廷斯，走完了剩下的几洞。丹本身球打得很不错，而他的弟弟更是即将成为这个国家最优秀的球员之一，他从弗朗西斯的表现中看到了他的不少潜力。很快，俱乐部的会员们意识到他们有新对手了，纷纷要求与弗朗西斯打球，不出几日，约战频繁。对此，俱乐部球童主管装作视而不见。

得到了在乡村俱乐部打球的默许后，在丹·麦克纳马拉的密切关注下，弗朗西斯开始了有条不紊的学徒生涯。冬天坚持滑冰，平日去任何地方，都坚持走路或跑步，这些锻炼使他的身体变得强壮，让他的双腿变得更加结实。年轻的弗朗西斯·威梅特，形象酷似美国第28任总统伍德罗·威尔逊和20世纪上半叶英国著名喜剧演员斯坦·劳雷尔的结合：瘦长的脸、突出的耳朵、明亮的眼睛、舒展的笑容、习惯性的翘着下巴、四肢放松、踮着脚尖走路、健步如飞。一个天生的乐天派。人们对这个年轻人印象最深的是，他性情明朗、坦率、快乐、彬彬有礼、幽默、适应能力强、不世故。在他父亲专横的阴影下培养起这样的个性，实属难能可贵！从年轻一直到老年，弗朗西斯在高尔夫球场上的全部照片，包括比赛期间完全没有摆拍的那些，都有一个引人注目的细节：几乎每次挥杆结束，他都面带微笑，打高尔夫给了他甜蜜而简单的快乐。在他的这个年纪，甚至一生中，弗朗西斯都表现出一种独特的品质——朴实善良，而这种品质如今并不被美国主流青年文化所认可和推崇。

弗朗西斯还拥有一种来自他母亲爱尔兰血统的天赋——能言善辩。升九年级前的那个夏天，他访问了布鲁克莱恩高中，打算加入他们的高尔夫球队。当发现学校还没有高尔夫球队时（高尔夫仍然是一项相对新奇的运动），弗朗西斯立即说服校长同意组建球队。不久之后，他被选为球队的第一任队长，并联合波士顿其他六所公立和私立学校，创立了一个非正式的联盟，每周进行两次比赛。比赛的日子里，布鲁克莱恩的男孩们，因为带着他们的球杆去学校，遭到的嘲弄比那些带着小提琴的还要多，但弗朗西斯并不在意。刚满16岁的他，在一年内迅速成长为布鲁克莱恩高中的头号球手。

那年春天，当布鲁克莱恩高中的五名队员出现在与费森登学校的联赛比赛现场时，弗朗西斯惊讶的发现，一个年纪较大、26岁的英语教师、费森登球队教练约翰·G.安德森，将和他对阵。弗朗西斯听说过约翰·安德森，他从来自苏格兰的移民父母那里继承了对高尔夫的热爱，从11岁开始，每年至少赢得一场锦标赛。从阿默斯特学院毕业后，约翰开始了他在费森登的教学生涯，在他的建议下，学校组建了一支高尔夫球队，球队仅有五个会打高尔夫的学生。那天早上，其中一人打电话请了病假，约翰决定代替他出战。约翰是两届马萨诸塞州业余赛冠军，去年的比赛中，他在布雷伯恩乡村俱乐部328码标准杆四杆的10号洞打进了该州赛史上最长的一杆进洞，安德森绝对称得上是弗朗西斯至今所遭遇的最有成就的对手。当他们走向1号洞发球台时，弗朗西斯感到前所未有的压力，不过他还是稳稳地把球开上了球道中央，约翰的开球比弗朗西斯远20码，却飞进了长草里。弗朗西斯再接再厉，进击人生的第一个72洞比赛。弗朗西斯每赢一洞，都会带着愧疚向对手表达歉意，最终以赢5洞剩3洞的成绩击败约翰·安德森。安德森倒是十分大气，颇有为人师表的风范，看上去似乎比弗朗西斯更为他的胜利而高兴。

满16岁后，为保住业余球员身份，弗朗西斯不得不极不情愿地决定，放弃乡村俱乐部球童的职位。美国高尔夫协会早期实行严格的区分措施，禁止业余选手在年满16岁后，从事任何与这项运动有关的有偿工作或服务，包括当球童。弗朗西斯觉得打高尔夫球是命运的召唤，但也许不能发展为一份有前景的职业。当了七年球童后，弗朗西斯不得不依依不舍地告别了丹·麦克纳马拉和布鲁克莱恩球童小屋的男孩们。由于对美高协业余和职业选手界限定义的误解，数年后，又出现了一段弗朗西斯在高尔夫生涯中极不愉快的插曲。

10年级的时候，弗朗西斯带领布鲁克莱恩校队参加了马萨诸塞州高中争霸赛。他以赢10洞剩9洞的成绩击败了沃特曼高中的约翰·沙利文，赢得波士顿校际锦标赛冠军。两个男孩在最后一场比赛的较量中成为好朋友，约翰邀请弗朗西斯到他家吃晚饭，并把他介绍给妹妹斯特拉。六年后，弗朗西斯与斯特拉·沙利文结婚，一起生活了近50年。赢得马萨诸塞州中学冠军后，弗朗西斯带着16岁少年特有的对未来的笃定，回顾了自己青葱的高尔夫生涯，断定再也没有更大的舞台可以挑战了。也许父亲是对的，是时候面对现实，找一份像样的工作了。不过，这种急流勇退的不成熟想法仅仅持续了一周。

乡村俱乐部的球童主管丹·麦克纳马拉有一个弟弟，叫汤姆，在附近的沃拉斯顿高尔夫俱乐部工作。和弗朗西斯一样，他也是在波士顿本地球场上成长的，是美国最早的本土职业球员之一。1909年，在新泽西州恩格尔伍德举行的美国公开赛上，汤姆凭借出色的发挥，成为在全美锦标赛中打破70杆的第一人，并有望成为第一个在美国赢得国家锦标赛的本土球员。在进入最后9洞时，汤姆仍保有三杆领先优势，但在冠军奖杯触手可得的关键时刻，汤姆却在第14号洞，因天气炎热中暑而踉跄倒地。在医生们的抢救下苏醒过来后，他坚持完成了比赛，但冲刺阶段体力不济，最终以四杆之差，屈居第二，输给英籍球员乔治·萨金特。萨金特曾在甘顿球场任哈里·瓦登的助理，后移民美国在华盛顿特区郊外的塞维蔡斯乡村俱乐部工作。

汤姆·麦克纳马拉带着惜败的遗憾回到波士顿，虽然只得亚军，但受到了英雄般的礼遇，当地报纸对他的事迹的全力报道，将波士顿民众对这项运动的兴趣提升到了前所未有的高度。趁汤姆拜访乡村俱乐部的时候，丹特意安排他和弗朗西斯打了一场球。

场上，汤姆向弗朗西斯分享了争夺美国公开赛冠军的心得，他力劝弗朗西斯考虑挑战国家级比赛。弗朗西斯一直专注于保持业余身份，与生俱来的谦逊让他难以承认想要实现更大目标的野心。前9洞，俩人棋逢对手打平，汤姆对弗朗西斯大加鼓励。转场后，弗朗西斯继续追平对手，在他想到可能会赢得比赛之际，麦克纳马拉在最后几洞狠狠地给了他一个下马威，最终赢得比赛。弗朗西斯在与全美顶级职业球员的较量中，通过逐洞捉对厮杀，既看清了自己的实力，也意识到了与经验丰富的大赛选手的差距。尽管最后以微弱劣势惜败，但这一战重新点燃了他的斗志。赛后，弗朗西斯告诉丹，他决定明年备战全国业余锦标赛。

有意安排这场比赛的丹向弟弟表达了感谢。1910年，有着15年历史的美国全国业余锦标赛，将首度移师马萨诸塞州布鲁克莱恩乡村俱乐部，丹对弗朗西斯寄予厚望，认定他有能力赢得这场比赛，因此想鼓励他参赛。与汤姆对战后，深受鼓舞的弗朗西斯迫不及待，想要在家门口赢得业余赛冠军，但参赛决定一经宣布，便立即引爆了威梅特父子间的一场激烈争吵。在父亲看来，弗朗西斯已经快 17 岁，是成年人了。当年他因家境贫困被迫早早出外谋生时，比弗朗西斯还小两岁。双方的争吵变得一发不可收拾，亚瑟追着弗朗西斯，跑到院子里，冲着他大喊大叫。

"休想再指望靠我的血汗养活你！没门！你玩的这种游戏，是对我所做一切的嘲讽！你明知我对高尔夫的感受，还要这样侮辱我，为什么？为什么？"

弗朗西斯吓得一时语塞，无言以对。玛丽试图劝架，反招亚瑟迁怒。

"如果他想继续住在我的房子里，接着虚度人生，他就得找份正经工作！你给我退学！"

"我还有一年就毕业了！"

"不行！找份工作！"

"好吧，"弗朗西斯说，"那好吧，我会的。"

弗朗西斯擦着眼泪走开了，亚瑟还是不依不饶，玛丽努力拉住丈夫，不让他跟着弗朗西斯过马路。对于弗朗西斯来说，高尔夫对于他的意义远远不止于一场比赛，而唯一能证明这一点的是，高尔夫鼓励身体和精神上的自律，以及道德上的正直，为了出类拔萃，它需要那些在任何行业中获得成功所必须的技能、决心和勇气。但是现在弗朗西斯已经越界了，和父亲为这件事争吵无济于事，这是一场弗朗西斯无法用言语赢得的战斗。

由于出生的偶然，你从小就住在一座一流的高尔夫球场旁边，移民父亲只能靠不稳定的体力劳动维持家庭生计，经济窘境迫使你不到 10 岁就开始工作。凭借家住球场附近的优势，你当起了球童，并深深地爱上了这项运动。你的哥哥比你早爱上高尔夫，和你一起练习和比赛，帮助你迅速成长，并最终超过他。你完全靠自学，从来没有上过一节高尔夫课，用自己的方式来挑战世界上最难的运动。关键时刻，一位年长伯乐的善意介入，让你获得进入顶级球场打球的机会，让你的球技在实战中得以突飞猛进。你不顾一切困难或既定逻辑，认定高尔夫将是你生命的中心。虽然你志存高远，但想要摆脱卑微的处境，浴火重生，绝非易事。家人不支持你的兴趣爱好，教育被残酷地中断，你不得不从很小的时候就自力更生。因此，无论未来获得什么样的成功，都将来自你对这项运动的天赋、改善生活现状的强烈意志和面对困难百折不挠的努力。

虽然他俩都还不知道，但弗朗西斯·威梅特和哈里·瓦登，两个人有着很多共同之处。

哈里·瓦登的握杆手法

球杆之王

1900 年底，征服了新世界的英雄，从大洋彼岸凯旋归来，英国报纸用尽溢美之词赞誉哈里·瓦登，并称他为"球杆之王"。这一桂冠曾经属于高尔夫球史上第一位职业球员阿伦·罗伯特森，罗伯特森是老汤姆·莫里斯的良师，是高尔夫羽毛球和球杆工匠。英国媒体担心，他们的冠军可能会被美国的冒险经历所吸引而移民。哈里觉得有必要给《高尔夫画报》写一封公开信，向球迷保证他无意离开英国。尽管哈里欢迎人们对他的关注，并从日益增长的名气中受益，但就像他之前和之后的许多冠军那样，在任何竞争激烈的职业运动中，处于顶端的经历只能让你朝着一个方向前进，没有退路。就在他巩固了自己作为头号球员的地位时，生活的基础却开始动摇。1901 年，英国历史上在位时间最长的君主维多利亚女王去世，这标志着一个令人叹为观止的世纪就此结束。同样，新晋球杆之王也开始感到，自己的领先位置受到来自四面八方的挑战威胁。

备受争议的新球哈斯克尔像空气中的病毒一样，跟随哈里来到英格兰，哈里坚持为古塔胶球布道，他反对哈斯克尔球的言行听起来好像阿伦·罗伯特森当初反对古塔胶球一模一样，新球的出现曾经威胁罗伯特森的羽毛球生计。

1848 年，因为一种全新的高尔夫球的问世，阿伦的人生遭遇了巨大的危机，他与老汤姆·莫里斯的师徒情谊也就此破裂。这种威胁阿伦生计的新球叫做古塔胶球，或简称加蒂。作为两百年来高尔夫运动中最伟大的创新，它的起源值得一提，这是印度教的神灵送给这项运动的礼物。

当大英帝国扩张到远东后，马来西亚的热带森林被砍伐，人们发现，高耸入云的帕拉金古塔树产出的乳胶，性能十分卓越。它以乳白色液体的形式从树上通过导流采集，干燥后硬化成条状，卷成捆后运回英国。经过早期实验，发现这种树脂在水中煮沸后，会变得软化可塑，冷却后可以塑成各种形状。古塔胶完全防水，很快被用来作海底电缆的绝缘材料，使英国和欧洲大陆之间得以连接。古塔胶可以用来制作机械传送带，并随时更换，这大大促进了商业生产线的建设和发展。但没有人预见，古塔胶将彻底改变古老的苏格兰运动。

1843 年，印度教神灵毗湿奴"显灵"，让我们的故事得以继续。圣安德鲁斯大学神学院教授罗伯特·帕特森博士，收到了一位东方同事送给他的一尊天神毗湿奴的大理石雕像。毗湿奴是道德秩序的保护神，一座站立的毗湿奴神像常常手持一只棍棒。为了避免在运输途中受损，发运者将这尊毗湿奴雕像用一团厚厚的黑色橡胶层包裹固定。帕特森博士认出了这种物质是古塔胶，为了废物利用，他把橡胶层收集起来，用开水煮软，然后把它们卷成薄片，用来给家人补鞋底。教授最小的儿子罗伯是圣安德鲁斯大学的一名学生，也是一位狂热的高尔夫爱好者，由于羽毛球价格昂贵，无法经常打球，球技进步缓慢。两年后，罗伯发现他补过的橡胶鞋底依然完好，于是突发奇想，试着加热了一块古塔胶，用手把它揉成一个球，干燥后涂上白胶，偷偷溜到圣安德鲁斯球场上试打。打了几次之后，球裂成了碎片。但罗伯看到了它的飞行潜力，于是花了三年时间不断调整配方。1848 年，第一批真正的古塔胶球出现在老球场。

古塔胶球虽然较重，打起来稍感沉闷，但性能灵敏，具有超常的飞行距离，这使高尔夫玩家十分惊喜。比起羽毛球，古塔胶球真正实现了完美的圆形，它在果岭上的滚动性能立即得到了认可。更令人振奋的是，古塔胶球耐用，几乎坚不可摧，而且成本比羽毛球大大降低。古塔胶球的这些特性，让圣安德鲁斯的羽毛球制造商陷入盲目的恐慌。

多年来，哈里·瓦登是古塔胶球的忠实拥护者，刚接触哈斯克尔球时，他称其为"跳跃的比利"，声称它会毁了这项运动，甚至拒绝考虑用哈斯克尔球打比赛。以牺牲准确性为代价获得距离，违反了哈里对该项运动最坚定的信念。加蒂球力量较弱，但更灵敏，只有球技精湛的大师才能掌控好它，哈里的造诣已经将击球技术变成了一门艺术。但是哈斯克尔球的出现，降低了得之不易的球技价值，纯粹以野蛮的距离来定义球技，让那些没有天赋的球员有了比肩哈里的资本。即便像之前阿伦·罗伯特森屈服于加蒂球那样，即使哈里最终屈服，他对这种"裹着绷带"的橡皮球始终信心不足，尤其是手拿推杆的时候。但哈里的竞争对手们，很快接受了新技术制作的高尔夫球，他们的球技也随之向前迈进了一大步。哈里对新球的迟疑，让他的职业生涯遭遇了有生以来的第一次低潮，这个低潮将持续 10 年之久，期间只出现过一次短暂的复苏。

在美国，哈里引发的高尔夫热刚刚兴起，但在英国本土，发端于上世纪末的高尔夫热潮，已经吸引了超过 15 万人的参与。高尔夫球运动的迅速普及，亟需对最初的 13 条规则进行充实和完善。1897 年，在各方的敦请下，圣安德鲁斯皇家古老高尔夫球协会成为这项运动的官方管理机构，负责编纂完整的标准规则并仲裁未来的赛事纠纷。有趣的是，历史上在需要协会对一些纠纷做出终审裁决时，其决定往往是拒绝任何裁定。

最初哈斯克尔球量少稀缺，市面上很难买到，但对于英国高尔夫球界和新闻界，这个新型高尔夫球的出现，就像口蹄疫一样，在他们的海岸线传播。此时，英国职业高尔夫协会刚刚成立，作为顶级职业球手的组织，协会开始维护成员的利益和生计。协会带头发起了对新球的谴责，预言它将带来世界末日，因为新球增加的击球距离如同一种罪恶，它将废弃现有的所有高尔夫球场。

职业球手们携手奋起反对，他们没有技术和设备制作新球，无法保障利润，新球的出现就像从他们的口袋里往外拿钱一样。唯一认为把哈斯克尔球装进球包天塌不下来的是 15 万名业余球手，事实上他们十分高兴，原因再简单不过——打哈斯克尔球，距离更远。

业余球手中不乏权威人士，比如时任英国首相亚瑟·巴尔福，他是一名狂热的业余高尔夫爱好者。为了平息这场激烈的争论，巴尔福指出，对这项运动的任何环节强加标准，都会扼杀创新，限制球员选择自己装备的自由是不公平的。受巴尔福温和主张的影响，在职业高尔夫协会提出禁止在英国公开赛和业余锦标赛上使用橡胶球时，皇家古老高尔夫协会在 1903 年初投票决定，不就这个提议采取任何行动，打什么球将由高尔夫球手自行决定。这一裁定立即对这项运动的最高级别赛事产生了影响。

继在 1900 年英国公开赛上输给 J.H. 泰勒后，哈里又两度屈居亚军。1901 年，他在缪菲尔德球场输给苏格兰新星詹姆斯·布雷德；1902 年，又在霍伊湖球场不敌另一名苏格兰选手亚历山大·"桑迪"·赫德。连续三次屈居第二令哈里十分恼火，他的对手赫德曾经一直是哈斯克尔球最直言不讳的批评者之一，但却最终变节，成为第一个打破常规，用这种"有害"小球参加英国公开赛的职业球员。10 多年来，赫德一直是葡萄酒壶奖杯的有力争夺者，曾四度获得亚军，但从未打破瓦登与泰勒对英国大满贯赛事的冠军垄断。1902 年英国公开赛最后一轮的练习中，桑迪·赫德得到了一颗免费的哈斯克尔球，用它试了试身手，结果发现，哈斯克尔提供的击球优势很有可能助他超越强有力的对手。那时在英格兰还很难找到哈斯克尔，赫德用唯一一颗免费球打完了整场比赛。

哈里依旧坚持用他信赖的瓦登飞行者，并在赛程过半后，以四杆优势领先赫德。比赛第二天，哈里发现与他同组的一位球技平平的的选手，也在用哈斯克尔球，但开球距离还是不及哈里。但是每次他的搭档率先击出"跳跃的比利"后，哈里发现自己在进攻果岭时，总是对距离判断失误。哈里赛后并没有把哈斯克尔球当作自己分心的借口，但他在比赛中攻果岭几乎洞洞打短，再加上两次关键的推杆失败，导致领先优势尽失，最后以一杆之差败给桑迪·赫德。1902 年赫德的胜利打开了哈斯克尔入侵高尔夫运动的闸门，古塔胶球升起白旗，此后再也没有一位英国职业球手用古塔胶球赢得过英国公开赛。1903 年，皇家古老高尔夫协会对于禁用哈斯克尔球比赛作出"不作为"裁决一个月后，哈里·瓦登像当年阿伦·罗伯特森让步古塔胶球一样，也开始使用这个被视为异端的新球。那一年，哈里生活中受到的打击并不止于此。

经历了国际冒险之后，哈里憧憬着更加激动人心的生活。由于球场外的生意不断增加，哈里觉得有必要搬到伦敦附近，于是他接受了一份新工作，在伦敦北部郊区托特里奇的南赫特高尔夫俱乐部当职业球手。在俱乐部的拐角处，哈里买了一栋四居室砖瓦房，按照瓦登夫妇的朴实标准，新房可以说是一栋豪宅。买房后，哈里说服了妻子婕茜放弃甘顿的平静生活，搬到南方的大城市生活。

虽然哈里功成名就，但婕茜却从未从她那种缺乏安全感的小镇生活中走出来。如今，哈里的名气把他带进了伦敦的社交圈，工业巨头、贵族、政客和绅士淑女们都热切地希望与他交往，这在短短几年前难以想象。哈里越来越多地独自出现在公众面前，婕茜有了自己的房子和花园，哈里有了仰慕他的粉丝，事业蒸蒸日上。哈里在他的交往中，从未对任何人表示过，他的婚姻满足了自己内心深处的需求；同样，夫妻双方也从未向任何人表示过，他们有离婚的可能。哈里天性保守，选择顺从传统，他们共同的过去，使他与婕茜深深联系在一起。但他对她的忠诚使他付出了沉重的、无声的代价。不和谐的夫妻关系，加上让他倍感责任与压力的明星运动员身份，渐渐地损害了他的身体健康。

1903 年春天，33 岁的瓦登一直在抱怨自己身心懒散，体力下降。同时，他开始为那年 6 月的英国公开赛做准备，比赛将在苏格兰艾尔郡海岸的普利兹维克俱乐部举行。在过去的那个漫长又潮湿的冬天里，既要面对在伦敦建立新家的压力，又要设法控制婕茜不稳定的情绪，哈里的健康出现了问题，并持续了好几个星期。一天早上，他在俱乐部的更衣室里称了一下体重，结果发现自己竟然瘦了 20 多磅。同时，哈里经历了周期性的头晕，以及持续不断的干咳，偶尔会在手帕上留下丝丝血迹。他的医生强烈建议他不要去苏格兰参加公开赛，利用这段时间好好休息，但哈里根本不听医生的建议，他习惯了像对付生活中的任何困难一样，顽强地克服身体上的不适。

与汤姆一起乘火车北上时，哈里没有向他最亲密的朋友透露半点病情，但事实上，并不需要他说，他吃力的呼吸和苍白憔悴的模样，已经让汤姆清楚地意识到了问题的严重性。当他提起哈里的身体状况时，哈里只轻描淡写地说都是搬家太累造成的，汤姆便不再追问。在弟弟的记忆中，哈里从未因病缺勤过一天。泽西岛的男人素来以超强的忍耐力而自豪，在他们看来，只有面临死神，才是逃避职业责任的唯一借口。询问一个泽西岛人的健康状况是不礼貌的，他会在他认为合适的时候，告诉你需要知道关于他的病情，但通常那已经到了该准备棺椁的时候。

由老汤姆·莫里斯设计的普利兹维克球场，在 19 世纪 60 年代曾是英国公开赛最初九年的举办地。九年间，莫里斯父子分别四度问鼎，他们的名字被铭刻在赛事记录簿上。哈里·瓦登见贤思齐，尽管健康状况不佳，依旧冲着加入莫里斯父子得冠行列的目标而来。在普利兹维克，欢呼雀跃的球迷并没有从哈里的举动中觉察出他生病的迹象，他一露面，人群就爆发出热烈的欢呼，瞬间让他精神焕发。

比赛首轮，哈里在 18 号洞以一记漂亮的长推抓鸟，交出 73 杆，与桑迪·赫德打成平手，并列领先。赛后，一离开赛场和喧闹的人群，哈里脸上强撑的笑容就消失殆尽。他没有像以往那样，和其他球员在更衣室里共进午餐，而是钻进了专卖店，悄悄找了块空地，他的球童在空地上铺了几张坐垫，然后给他拿来一份清淡的午餐和一杯茶。这是哈里第一次也是唯一一次不得不在两轮比赛中间躺下休息。

哈里感到喘不过气，手抖得厉害，心怦怦直跳，如同一只被抓住的小鸟在挣扎。他没有告诉任何人，只是静静地躺下，闭上眼睛，试图睡一觉。突然，令人意想不到的黑暗向他袭来，如临不测之渊，哈里惊醒了，并产生了可怕的幻觉：墙壁被某种黑暗又神秘的力量推着，从四面围堵过来，哈里挣扎着呼吸，感到从未有过的致命恐惧。

一小时后，他的球童喊他去 1 号洞发球台，准备开始下午的比赛，哈里挣扎着站起来，拖着像刚出生的小马驹一样摇摇晃晃的双腿走到阳光下，来到仰慕他的球迷中间，但他压根意识不到他们的存在。凭借体内珍藏的储备能量，哈里投入了战斗。不过随着时间的推移，这样的能量消耗最终将让他付出昂贵的代价，像高利贷一样使他无法偿还。但工作是第一位的，在没人卯足劲冲锋的比赛首日，哈里艰难地征服了普利兹维克，顶着大风打出惊人的 77 杆，以六杆优势战胜桑迪·赫德和场上的其他人，结束了第一天的比赛。

那天晚上，汤姆·瓦登和哥哥在旅馆里静静地吃着晚餐。哈里举起叉子时，手在颤抖，汤姆看在眼里，急在心头，由于非说不可，他决定不能再遵循泽西人隐忍自持的准则。

"你病了，"汤姆说，"告诉我怎么回事。"

哈里否认说，没生病，只是累坏了。一是搬家，二要照顾婕茜，还要履行职业义务，同时兼顾公众需求……这一切一股脑儿砸在了他身上。说这些的时候，他不敢正视汤姆的眼睛。汤姆心里明白，除非把他抬走，否则哈里是绝不会在自己领先的情况下离开赛场的。今晚，把他抬走的可能性微乎其微。

汤姆温和地说："如果你感觉和你看起来一样糟糕，也许明天不该参赛。"

哈里眼中闪过一丝怒火，盯着他，已经不像自己的弟弟。

"退赛？你就这么建议？"

"我不明白你的意思……"

"你是想为自己扫清通往冠军之路的障碍吧，难道不是吗？"

汤姆惊呆了。赛程过半，他全力投入比赛，仅仅落后桑迪·赫德三杆，葡萄酒壶从未如此近在咫尺，在哥哥点明这点之前，小瓦登还来不及做任何奢想。一直以来，汤姆称不上是一名伟大的球员，但肯定算得上是一名优秀球手。汤姆从未结婚，而且经常换工作，他生性乐天，毫不安分，这样的性格因为缺乏专注，注定无法成为冠军球手。任何家庭看来只能出一个不锈钢式秉性的成员。也许是汤姆在生活中取得的成就比别人少，因而对自己的期望没那么高，也更容易满足，活得更洒脱。即便汤姆生活在哈里的光环下，曾经使他感到烦恼，他也不曾对任何人抱怨过。

汤姆直盯着哈里的眼睛：哈里的眼神如此的陌生，仿佛一头走投无路的困兽。汤姆谨慎择言，并尽量保持轻松的语调，以掩饰哈里的不公正指控对他造成的伤害。

"你说得对，哈里，我就是要尽我所能得到我想要的。"汤姆说。"你再来一两品脱（1 品托约为 568 毫升）酒，然后去雨中散个步。喝酒散步之后，你今晚最好别睡觉，明天我会感谢你让给我夺冠的机会！"

汤姆特有的幽默感一下子化解了哥哥的怨气，哈里眼中指责的目光模糊了，继而消逝，转变为内心的思索。

"这是他们想要的，"哈里说，"他们希望我失败。"

"谁？他们是谁？"汤姆问。

哈里望着他的兄弟，眼睛又变得明亮、兴奋起来。"我们是泽西人，"他激动地低声道，"我们是职业球手，他们打心底里瞧不起我们。"

"我得说他们待你不是一般的好……"

"像对纯种马那样，赢得比赛后，王公贵妇会争着和最佳赛马合影留念。"

"即便如此，哈里，冠军马总比一匹拉黑池啤酒的马强……"

"他们能把一切都拿走，你不明白吗？我们为之努力的一切。一旦你表现出软弱，一旦你崩溃，他们就会把一切都收回去。"

开口前，汤姆仔细地打量了一番哥哥。即使汤姆偶尔希望自己能超越兄长，哈里一直是他的坚强后盾，但哈里表现出的恐惧和不稳定情绪，加剧了他内心深处的担忧。但这一担忧又很快被他抛到九霄云外。

"那么你要做的就是，"汤姆平静地说，"保证明天上场发挥最佳水准，你可别泄气！如果明天我赢了你，那也必须是在公平竞争的前提下，否则赢了我也不稀罕！哈里，我赢得公开赛的那天，你也必须竭尽全力。"

仿佛来到了一个十字路口，争论戛然而止。兄弟俩互道晚安，各自回房。哈里清除了心中恶魔，进入平静无梦的睡眠。第二天早晨醒来时，虽然发现自己得了一种不可预知的疾病，但他的体力神奇地恢复了。当他和汤姆一起吃早餐时，谁也没有提起昨晚的谈话，双方都进入了比赛状态。

每当比赛胜利在望时，高尔夫球史上没有人比哈里·瓦登打得更好。在普利兹维克球场的最后一个早晨，他完全掌控了比赛，打出 72 杆，并创造了 54 洞最低杆数记录，将领先优势扩大到七杆。早于哈里出发的汤姆·瓦登，也发起了猛烈冲击，很快脱颖而出，与桑迪·赫德并列第三名。

经过一上午的拼杀，哈里身体的高利贷预支让他有些吃不消。趁两轮之间的空档，他又一次来到专卖店找地方休息，突然一阵猛烈的咳嗽扰乱了他，手帕上出现了令人惊恐的血丝，为了不让球童看见，他赶紧把手帕藏进了口袋。身体不适使他压根吃不下饭，只喝了一品脱吉尼斯黑啤酒。躺下来后，也没能好好休息，满脑子还在回忆最后一轮比赛。哈里心里清楚，尽管身体状态不佳，七杆的优势应该能确保他一路领先到最后。不过，J.H. 泰勒、桑迪·赫德、他的弟弟汤姆，以及后起之秀詹姆斯·布雷德都在穷追猛赶，他不能掉以轻心。已经三年与冠军桂冠无缘了，他不打算让这个机会白白溜走，胜利正像一个狂热的梦，在他面前闪闪发光。这场比赛胜利将助他稳住高坛领先的地位，谁知道他什么时候，或者是否还会再有这样的机会。

哈里双眼紧闭，语无伦次地咕哝着，他的球童见状吓了一跳，急忙跑去找汤姆。哈里有些迷糊，甚至有点狂躁。他不顾日益恶化的健康状况，一门心思想要成为第一个追平莫里斯父子四胜记录的人。与此同时，他还痴迷于打破英国公开赛的最低杆数纪录。现在，这两个目标都触手可及，但前提是他能找到办法，拖着虚弱的病体撑过最后 18 洞。

汤姆冲进专卖店，看见哥哥仰面躺在地上，脸色苍白如羊皮纸，浑身湿透，高烧得直打哆嗦。他坚持要哈里去看医生，但哈里拒绝了，因为他心里很清楚，任何一位负责任的医生都会向赛事官员建议，不让他继续参赛。

"这是老汤姆的商店，一切从这里开始。"哈里边说边朝简朴的房间指了指。"我们所做的一切不就是为了赢得英国公开赛吗？要不是有老汤姆做榜样，我们还在泽西岛剪树篱呢……"

"哈里，这只是一场比赛，还会有其他……"

"老汤姆从没有放弃，他还在坚持打球，上帝保佑他。小汤姆也在这里获得了他的第四个冠军……"

"小汤姆因为没有在他应该放弃的时候放弃比赛，最终要了他的命。"

"别夸张，我会没事的，"哈里说，"重感冒而已，比这更糟的我都经历过，而且不止一次两次。"

透过哈里痛苦、恐惧和虚弱的眼神，汤姆看到了他的决心。

"我能做到，汤姆，我能做到。"

"我知道，哈里！"汤姆说。

哈里的眼里满是泪水。"你一直支持我，你是唯一一个一直支持我的人，汤米。你从来没有得到你应得的，这不公平，这一切都不公平！你早该拥有属于自己的胜利！没有你，我永远也做不到，但我从来没有好好谢过你……"

汤姆握住他的手，说："没有必要，哈里，没有必要！"

哈里似乎又恢复了平静，不过他眼中依旧燃烧着令人战栗的火焰，此刻，这股强烈的灼烧感已窜至五脏六腑。"我不知道我怎么了。"他低声说。

"我们很快就会弄明白的，哈里！现在别想这个了，既然我不能阻止你，看着我，既然我不能阻止你上场……那就让今天成为有意义的一天。"

"我会的。我能做到，汤米。"

"我知道你能做到，哈里！"

汤姆看向哈里的球童，并指了指外面的时钟，该上场了！哈里示意大家帮帮他，汤姆和球童合力才把他扶起来。当他们走到门口时，哈里停住脚步，甩开了他们，他不想让球迷看到他们在帮他，然后走出去打最后一轮。

哈里从来没有提起过这次比赛，所以无从知晓，那天下午是什么力量支撑着他完成了最后 18 洞。勇气？纯粹的固执？愚蠢或骄傲？我们对伟大的定义和钦佩，不仅取决于成就的大小，还取决于所需克服的困难程度。以这个标准来看，哈里在这一天打破了所有记录。由于身体虚弱，他好几次差点摔倒。其中一次，得亏他的球童眼疾手快，否则他就会一个踉跄跌进一座陡峭的沙坑里。最后一轮，哈里绕着普利兹维克球场吃力地走了一圈，深一脚浅一脚。事后他什么也记不起来了，对于当时用的球、打出的球位、击球的距离、选用的球杆以及挥杆全然失忆。比赛最终演变成一场残酷的动物生存训练，他坚持完赛的决心如此之强，以至于围绕着他的人群压根没有意识到，他们钟爱的球员当时有多虚弱！

哈里打出 78 杆，最终以 300 杆的总杆数第四次问鼎英国公开赛，并实现了他最初设定的目标——以破纪录的五杆优势刷新英国公开赛最低杆数记录。当桑迪·赫德和其他竞争者纷纷出局时，汤姆·瓦登在那天下午交出了精彩的 74 杆，获得单独第二名，落后他生病的哥哥六杆。早于哈里前两组出发的汤姆，焦急地等着哥哥打完最后一轮。当哈里在 18 洞果岭推出最后一杆入洞后，兄弟俩相拥而泣，哈里明显地瘫倒在汤姆怀里，汤姆不得不强撑着，以免哈里摔倒。

"慢点，"汤姆轻声说，"哈里，放松！"

这一次，兄弟俩眼中的泪水，与八年前哈里在缪菲尔德球场第一次赢得英国公开赛时，有着截然不同的含义。他们还没来得及多说一个字，人群就围了上来。当他们离开果岭时，人们拍着他的背向他表示祝贺，幸运的是，观众并没有觉察出哈里的病情，而是满怀喜悦和热情地为他欢呼，他们的支持支撑着他捱过了颁奖典礼。多年以后，哈里对这场胜利给他的身体造成的巨大伤害并不感到遗憾，但他的胜利使他最亲爱的朋友屈居第二令他苦不堪言。但对于汤姆来说，他从来没有嫉妒过哈里，这次公开赛是汤姆职业生涯最伟大的胜利，是他 30 多年来最接近大满贯胜利的一次尝试。作为亚军，汤姆获得 15 英镑奖金和一块银表。

当哈里把葡萄酒壶奖杯举到空中时，人群沸腾了。英国媒体得出的结论是，还没有哪届英国公开赛出现过更得人心的胜利。在赛后接受的唯一一次采访中，哈里暗示了他所付出的身体代价："这次夺冠至少让我老了10岁，我想我再也不可能面对那样的四个半小时了。"

哈里在专卖店里静静休息的时候，球友们纷纷来祝贺，他不得不一直候着，直到人群散去，兴奋消逝，太阳沉入爱尔兰海。当最后一批球友离开时，哈里看上去像老了40岁，汤姆和哈里的球童不得不把他抬回旅馆。歇了一晚后，不顾汤姆的强烈反对，哈里坚持要履行自己的承诺，参加在特伦附近的西部盖尔斯高尔夫俱乐部举行的为期一天的比赛。汤姆开始明白：只要哈里还能打，他就能抵挡住笼罩在他周围的阴云，接着再打一天。

由于开球时间较早，兄弟俩黎明时分登上了前往西部盖尔斯的火车。那天早上，哈里走上赛场，再一次与泰勒、桑迪·赫德以及其他许多劲敌同场竞技，尽管病情不断恶化，哈里仍竭尽全力挑战极限，最终他成功打破了球场记录，称冠西部盖尔斯。泰勒和赫德落后两杆，获得并列第二。哈里终于完成任务，可以回家了！在伦敦附近的新家休息几周之后，身体状况和情绪都有所改善。哈里认为自己身体已经恢复，便与南赫特球场的几位会员约了场球。打到12洞时，一阵可怕的咳嗽突然袭来，咳得他浑身颤抖，踉跄跪地，吐出一口鲜血后，栽倒在一棵树下。会员们把他抬回他的工作间，并叫来一辆出租车，赶紧把他送回了家。

这一次，由于严重的肺出血，他的医生毫不犹豫地对他严加管教，命令他卧床休息，直到做出更准确的诊断。第二天早上，婕茜恳求他好好休息，但他又一次拒绝，无视医生的吩咐，下了床，穿上衣服，准备去南赫特开始一天的工作。当他弯腰系鞋带时，第二次更严重的吐血彻底击垮了他，他失去了知觉，嘴里呛满了血，差点窒息而死。婕茜尖叫着求救，他们的清洁女工帮忙把他拖回了床上，他高烧达到40度。那天晚些时候，医生返回家里，告诉哈里在过去三个月里一直担心听到的病情——肺结核。

16 岁的弗朗西斯在克莱德街 246 号的房前

（美国高尔夫协会友情提供，版权所有）

业余球手

为参加 1910 年全美业余高尔夫锦标赛，17 岁的弗朗西斯·威梅特必需拥有美国高尔夫协会下属高尔夫俱乐部的会员证。弗朗西斯压根不敢向父亲亚瑟开口要半分钱，而仅凭他自己的财力，乡村俱乐部的会员费高不可攀。业余赛一天天临近，弗朗西斯迫切需要加入一家俱乐部作为他的主场，于是他偷偷申请了伍德兰高尔夫俱乐部的初级会员资格，伍德兰位于他家西边约六英里，弗朗西斯高中时曾在那里打过多次比赛。

弗朗西斯收到了伍德兰俱乐部寄来的 25 美元账单后，知道俱乐部已经同意了他的申请，但压根高兴不起来。他刚刚开始在波士顿的一家干货店当店员，还没有拿到半分钱薪水，根本无法支付这笔巨额账单。弗朗西斯偷偷告诉母亲，他申请加入伍德兰俱乐部，母亲听后大为光火。劝说母亲平静下来之后，弗朗西斯开始了一生中最精彩的营销，他设法让母亲相信，在业余赛中取得成功，是他人生规划中至关重要的一步。他最终成功说服了玛丽，借给他 25 美元，并发誓在夏天结束前，用每周四美元的薪水还清欠款。玛丽不情愿地答应了儿子，并偷偷篡改了家庭账簿，向亚瑟隐瞒了这笔开销。但这件事加深了她的焦虑，深怕高尔夫会对儿子产生不利影响，玛丽的心情变得像他父亲一样阴暗。

"高尔夫会毁了你的！"她警告他。但这不是最后一次警告。

那年夏天，弗朗西斯为了履行对玛丽的诺言，每周工作六天，打高尔夫球的时间比他一生中任何时候都要少，最多一周打一次。9 月，他终于还清了玛丽的债务，并拜托伍德兰俱乐部的秘书，把他的参赛申请提交给美国业余赛组委会。他的申请在报名截止日最后一天，到达美国高尔夫协会位于纽约的办公室，弗朗西斯成功获得了参赛资格。由于来自全国的申请者数量众多，首次超过了 300 人，要想进入锦标赛的比洞赛，必须先打 36 洞资格赛，取得前 64 名才能获得晋级。为还清欠款拼命工作了整个夏天，弗朗西斯疏于练球，面对即将到来并为之做出诸多牺牲的比赛，他的自信心从来没有如此低落。

业余锦标赛开赛在即，全国各地的达官贵人业余球手纷纷来到乡村俱乐部，弗朗西斯得以从街对面的门廊里，一窥上流社会的流光溢彩：一排排擦得油光锃亮的黑色汽车、鲜艳的彩灯、中国风格的灯笼、衣冠楚楚的男人、穿着晚礼服的年轻靓丽女孩。乐队在现场演奏，舞曲洒向温暖的夏夜，这些人似乎生活在一个梦幻般的世界里，像《天方夜谭》一样遥不可及。对于弗朗西斯来说，向往之情油然而生。要跨过那短短的 100 码，穿过那面反射真实生活的窥镜，走出单调的生活，进入他们的世界，成为其中的一份子，弗朗西斯要做的既非常简单，又如大力神赫丘力斯面对的挑战那样异常艰巨——赢得比赛。

根据波士顿地区报纸的报道，这是马萨诸塞州的高尔夫球场首度承办全美业余锦标赛，本地选手自然承受着巨大的压力，必须在比赛中好好表现。但弗朗西斯遭遇到另一种不同的压力：资格赛当天一早，弗朗西斯赶到球场后发现，在没有任何解释的情况下，他的开球时间在临开球前一秒，被改到了下午傍晚。

弗朗西斯不得不在俱乐部里消磨这一整天，加上紧张，他无法集中精力练习。等到终于轮到他开球的时候，已将近五点钟，他断断续续打出几记好球后，雷鸣暴雨随着黑暗袭来，彻底中断了他的首轮比赛。弗朗西斯彻夜未眠，惦记着第二天早上 6 点就要开球，加上父亲不让玛丽早起为儿子做饭，弗朗西斯没吃早餐就投入比赛。他首先打完首轮剩下的几洞，没有休息，又马不停蹄地开始了第二轮的角逐。饥饿和紧张使他无法集中精力，虽然他仍然打出了不少好球，没有留下任何失误，但问题出在了最后一洞。本来，他只需要打出柏忌即可晋级，但由于开球拉左，成功救球的几率不大，结果上果岭又打短了，一错再错之后，推杆接着失误，在 18 号洞吃下双柏忌。仅仅一杆之差，彻底终结了弗朗西斯的出线梦想。那天晚上，伤心欲绝的弗朗西斯，默默地忍受了父亲的奚落。第二天，弗朗西斯回到闹市区的仓库，继续每小时 10 美分的低薪工作，压根没心思去看比赛。那个周六的傍晚，弗朗西斯躺在自己的卧室里，耳边充斥着球场上传来的获胜欢呼。对他来说，街对面那个充满诗意的优雅世界，依旧像海市蜃楼一样遥不可及。

与全美业余锦标赛失之交臂，似乎为弗朗西斯接下来的两年里，定格了一个魔鬼般的令人困扰的命运。他在地区比赛中表现出色，在与新英格兰最强球员的对决中不断取得胜利，但每次挑战全美业余锦标赛资格赛，他总是缺乏临门一脚的运气，一杆之差的梦魇反复上演，令他抓狂。弗朗西斯后来称，他生命中的这段时间，有点令人失望。考虑到他习惯于用一种谦逊的、轻描淡写的口吻来表达自己的观点，他的表述无异于痛苦的呐喊。1910 年业余赛晋级失利后，在剑桥闲逛一家书店时，弗朗西斯偶然发现了一本二手的《高尔夫球手全书》，这是他的偶像哈里·瓦登的第一本书。在接下来的两年里，他将书的内容铭记于心，奉它为高尔夫圣经，并在练习和比赛时，毫无保留地运用哈里书中介绍的稳健又明智的打法。

"不要考虑可能的失败，否则，你会变得过于焦虑，从而失去自己自由的风格。"

"记住，面对一场艰苦比赛，要想占有优势，必须首先沉下心来。目标清晰明确，是制胜的秘密。"

弗朗西斯的挥杆动作，基于他对这项运动的兴趣，又以哈里的挥杆动作为蓝本，因而呈现出与哈里惊人的相似之处：站姿笔直，动作流畅，看上去毫不费力。干脆利落的挥杆节奏和手部动作，逐渐增加了他的开球距离，与此同时，击球的准确性也得以稳步提升。此外，弗朗西斯还高兴地发现，瓦登最喜欢的 2 号铜片球道木，也一直是他的心仪球杆。他的第一支球道木已经退役，新球道木使用十分上手，无论他的开球落点在何处，没有一个果岭对他是遥不可及的。

1911 年从干货店离职后，弗朗西斯的运气开始好转。他在波士顿赖特 & 迪特森体育用品商店找到一份售货员的工作，就是在这家商店，他的哥哥用高尔夫球为他换来了决定命运的第一支高尔夫球杆。该公司的创始人乔治·赖特曾是一名杰出的棒球游击手，并在 19 世纪 70 年代担任辛辛那提红袜队和家乡波士顿红袜队的高管，之后还入驻了棒球名人堂。赖特称得上是波士顿高尔夫发展的重要推手，他从一本英国商品目录上订购了一些球杆进行销售，并成为新英格兰地区投身这项运动的第一人。第一批球杆到货后，并没有附带任何打高尔夫球的说明和规则，赖特只好将球杆放到店面的橱窗里展示，后来一位来访的苏格兰人到店里发现了球杆，向赖特讲述了高尔夫运动的规则。1889 年，急于一试身手的赖特说服了持怀疑态度的波士顿公园委员会，允许他在富兰克林公园的草坪上试打古塔胶球。

那位苏格兰人后来给他寄来了一本高尔夫规则手册和一套进口球杆，赖特研究了规则后，和四个朋友将九个西红柿罐头盒埋作洞杯，精心布局了一座临时 9 洞球场，高尔夫运动就此落户马萨诸塞州。在他们的首场比赛中，赖特打出了 59 杆（9 洞）的好成绩，赢得了比赛，并从此迷上了这项运动。在他的敦请下，波士顿最终将这座番茄罐头球场变成了该市第一个 18 洞公共球场。不久，弗朗西斯有机会换乘三辆有轨电车，来这里打球。时至今日，这座球场仍是波士顿客流量最大的公共球场。不久之后，乔治·赖特开始制造高尔夫球杆，并在其店里出售，这些球杆成为美国制造的最佳球杆。几年后，赖特在棒球界的老同事阿尔伯特·斯伯丁购得赖特＆迪特森高尔夫球杆公司的控股权，并最终将其吞并；但之后的 50 年里，斯伯丁一直坚持以赖特＆迪特森品牌销售球杆。

当弗朗西斯进入公司工作时，乔治·赖特对这个年轻人的潜能已经了如指掌，并对这个前乡村俱乐部球童产生了浓厚兴趣。作为一名前职业运动员，他非常清楚一个有天赋的年轻球员在即将成年时所面临的压力，也理解弗朗西斯在努力拓展自己天赋的极限。1911 年，弗朗西斯成功晋级马萨诸塞州业余赛第二轮，次年，他打进了决赛，但最终惜败。1913 年即将入夏时，66 岁的乔治·赖特和刚满 20 岁的弗朗西斯坐了下来，聊起他新赛季的计划。

"今年，"弗朗西斯说，"我必须赢得全国业余赛，必须在今年，否则就不做了。"

"你这是在给自己施压，弗朗西斯，你不觉得肩上的担子太重了吗？"

"我 20 岁了，先生，您明白我的意思，时不我待，只争朝夕啊！"

赖特耐心地点点头，说："那你打算怎么去争取比赛胜利呢？"

"呃，先生，"弗朗西斯不太确定赖特的意思，"我想我会先报名参赛，才能有机会赢啊！"

赖特敲了敲他的烟斗，向后靠在椅子上说："我们曾经在芝加哥打过一场棒球比赛，那是赛季末，三角奖旗的角逐异常激烈。第一局上半场，我们以8∶0落后，情势十分不妙，到了下半场，每个队员都卯足了劲，试图打出八个全垒追平比分。两局之后，我把几个男孩叫到一边，告诉他们，只有一种办法能帮助我们力挽狂澜，那就是一次跑一分，一次打一垒，一次投一球。"

弗朗西斯侧身倾听，急切地问："那你们赢了吗？"

"我们被彻底打败了，14∶6，但这不是重点。你现在就瞄准最高级别的全国赛，似乎遥不可及。你必须先跑一垒，然后才能到达二垒，最后才有机会回到本垒，你明白吗？"

"我想是的，先生。"弗朗西斯说。

"先在伍德兰赢得主场胜利，之后，不管布雷伯恩球场举办什么比赛，你都可以去打打看，然后再去马萨诸塞州业余赛上一试身手，我记得你去年打得不错，对吧？"

"去年我是亚军。"

"瞧，这就对了！今年的比赛定在哪里？"

"在沃拉斯顿，先生，我在那儿打过不少球。"

"那这就是你的一垒，"赖特说，"你明白我的意思吗？"

弗朗西斯为那年夏天的比赛制定了战术计划，但仍觉得自己缺乏一种精神指导，不过他最终在一座歌剧院，意外地找到了他的精神食粮。歌剧当今是一种高雅的文化殿堂，但20世纪初叶的歌剧公司，提供了一种大众化的娱乐形式。弗朗西斯的父亲对歌剧并不以为然，出身于音乐世家的玛丽，打定主意要让她最宠爱的儿子，学会欣赏歌剧的艺术。事实上，弗朗西斯继承了母亲的音乐天赋，虽然从未接受过任何专业指导，但他钢琴弹得很好，而且能够掌握完美的音调，具有悦耳的高音嗓子。1913年4月，玛丽带着着弗朗西斯去市中心，观看了当地制作的情景歌剧《威尔第》。弗朗西斯坐在露台的便宜座位上，虽然听不懂歌词，无法理解故事情节，但他被音乐所吸引，尤其是当一位年轻的女高音走上舞台，唱起了一段悲壮的咏叹调的那一刻。

天哪！弗朗西斯打心底由衷赞叹，你瞧见了么？她完全沉浸在那首歌里，出神入化的演绎让人目眩神迷，恍惚间，他明白了故事的来龙去脉。透过她清澈而坚毅的眼神，弗朗西斯认为读懂了歌手：没有什么能阻挡她对音乐的信仰和追求，她甚至心甘情愿放弃一切，包括自己的灵魂。他能看出来她是如此投入，如此忘我，压根没有意识到其他人在注视她。那一刻，他一直以来试图开启的那把释放天赋的心锁，咔嚓一声打开了。

"这不正是我打球想要达到的境界吗？"他对自己说。

以信念引导球技，无所畏惧，全身心地投入练习。相信球会按照设想的弹道飞行，它就真的能。慢慢地，他不再害怕被围观，也不再害怕失败，就这样，他的击球距离大大提升，推击也更加精准。在新理念的指导下，遵循与乔治·赖特交谈后为自己制定的战术计划，弗朗西斯排除一切杂念，集中精力打比赛，最终多年的辛苦付出终于有了回报。1913年马萨诸塞州业余锦标赛开赛前的那个初夏，弗朗西斯开始不断刷新波士顿各大业余赛的成绩记录，继在布雷伯恩球场获得第二名后，又在伍德兰赢得主场胜利。

1913年6月19日，马萨诸塞州业余高尔夫锦标赛在沃拉斯顿高尔夫俱乐部拉开帷幕。林克斯风格的沃拉斯顿，位于波士顿以南半小时车程的一个悬崖上，球场俯瞰着一片潮汐河流湿地。比赛采取比洞赛，弗朗西斯的发挥犹如火车司机的制服帽一样令人瞩目。当地的报纸盛赞他是冠军奖杯最强有力的争夺者，但在全州最佳球员济济一堂的赛场上，没有二流球手，得胜谈何容易！带着比赛第一天的紧张情绪，弗朗西斯在首轮打了19个洞才险胜对手。令人欣喜的是，弗朗西斯在关键时刻的稳健表现，令其士气大振，信心倍增。比赛第二轮，弗朗西斯迎战波士顿高中联盟的老对手、全州排名第三的瑞·戈顿。弗朗西斯从来都称不上是一位开局好手，他一上场就似乎乱了阵脚，沿着看好的线路推出去的球就是不进洞，开局的糟糕表现险些让他出局。

为了能在前9洞扳平比分，弗朗西斯打得十分吃力。他想得太多以至于注意力分散，然后运气耗尽，对手戈顿则手感火热。接连在9、11和12号洞失手后，弗朗西斯输3洞剩5洞待打。走向关键的14号洞发球台时，他的思绪百转千回……

再这样下去，你所有的希望都会破灭，你为这一刻所付出的一切努力都将付诸流水。你应该准备好了，这次你应该准备好了，真的准备好了，这一点你知道，你打心底里确信！这个时候再犯错误就完了，完了之后只有坦然面对，和梦想说再见吧！

你还会有更好的机会吗？还能再花时间努力练习，频繁打球，重新获得这样的时刻吗？那是不可能的，你得另谋出路，养家糊口，全新的人生路径将把你从深信不疑的人生使命中拽出来，你所渴望的完美人生，就在这里，在这座高尔夫球场上。如果你能抓住这个机会，它就会像灯塔一样指引你去实现更大的目标。

如果这一切真的要发生，且一生只此一次，那就必须从此刻开始，但是从哪里开始？

归本溯源：你的优势是什么？是什么让你走到这一步？应该是心理素质和抗压能力。保持清醒的心理状态和专注，才能无视一切干扰，看清自己的道路。两者缺一不可，失去它们，你就死定了。只要头脑能够想到，身体就可能做到。相信自己有能力运用好自身优势，这是你能走到今天这一步的根源。在这绝望的关键时刻，你必须主宰自己取胜，就这样，我们走着瞧……

两年前，你一反常态地大胆宣布，有一天你会赢得全美业余锦标赛，赢得全美最令人垂涎的高尔夫冠军头衔，伍德兰的朋友们笑得前仰后合。你鬼迷心窍了吧，弗朗西斯？他们说，你怎么不说你要赢得美国公开赛呢！

为什么不呢？约翰尼·麦克德墨已经连续两年摘得桂冠了！

不错，但他是仅有的一个成功取胜的美国人，再说了，他是职业选手，是个无可比拟的硬汉。而且从来没有一位业余选手，曾经对美国公开赛冠军奖杯发起过有力的冲击。你以为你是谁啊？！

问的好！弗兰西斯来沃拉斯顿就是想回答这个问题，但现实很残酷，他已经连输三洞，而且只剩五洞待打，现在该怎么办？

稳住情绪并专注，利用好你的优势，开始按你知道的方式打球，一次一杆。

弗朗西斯踢下一块草皮，把球架到了草皮上。

盯着球，瞄准目标，击球前先感受一下球路，然后看着球，盯紧它。自从在歌剧院得到启示后，他意识到，打好球的关键始于专注地看球，仿佛意念能通过眼睛投射出来一样。每当唤起那个眼神以及随之而来的自信时，意念、双手和球杆之间就会形成一个有机联动的整体，其他一切就都消失了，包括球场、比分、那个想要打败他的家伙。先用意念击球，如果眼神足够坚定，球就会准确地落在预想的地方。

相信自己能够这样打球，你就一定能做到！对手会犯错误，比他犯的少，你就会赢，就这么简单，就从简单的看球开始，你就是这样学会打高尔夫的。

弗朗西斯环顾四周，深吸了一口气。有趣的是，对手戈顿目前领先三洞，只剩五洞待打，但他的表情却好生奇怪：站在 14 号洞发球台上，弗朗西斯只在戈顿的脸上看到了一样东西。

恐惧。

只需要知道这一点就够了。没再多看他一眼，弗朗西斯目不转睛地盯着球，用意念将它送达目标落点，好了，现在挥杆。

只见小白球如子弹般直击球道。就这样，一切都回到正轨，接连四洞成功保帕。弗朗西斯一边专注比赛，一边等着对手犯错，果不其然，恐惧使戈顿频频失手，连续吞下两个柏忌。

现在，弗朗西斯只输一洞，剩一洞待打。

结束洞就在眼前，不知怎地，戈顿又恢复了状态。他曾在三年前的一场关键比赛中击败弗朗西斯，当时他们都还在上学。是的，那段记忆又回到了他的脑海中，你可以肯定，你能从他的姿态中看出来，他的步伐又有了活力，他又回来了！

等等，够了！戈顿不是你眼下应该关注的对象。

18 号洞，弗朗西斯和戈顿双双开出好球，紧接着，弗朗西斯漂亮地把球送上果岭，戈顿也毫不示弱，两人皆以两杆攻上果岭。这是最后的机会，弗朗西斯需要打出一个小鸟球来对戈顿施压，他仔细地看线，小球距洞杯 20 英尺，是一个先左后右的下坡推，能否推进关键在于对速度的把控，他站好位。

稳住，推击。很好，球在线上，正朝着洞杯的方向滚去……

噢不！球停住了！本可以锁定平局的小鸟推挂在了洞杯壁上，弗朗西斯推得不错，只是略短了一英寸，仿佛身体一下子被掏空，弗朗西斯无奈地敲球进洞。瑞·戈顿从各个角度打量着他的 15 英尺，推杆是他的强项，这句就算两推，胜利也是属于他的，弗朗西斯将空手而归，比赛就此结束。

指望明年吧！如果赖特先生准你一周的假期，也许你仍然有机会参加下个月在花园城举行的全国业余赛。不，那是不可能的，除非你先赢得州冠军，否则就别想申请假期，你是那么计划的，可惜现在计划泡汤了……

戈顿摆好推杆，准备推击。

如此一来，美国公开赛就变得彻底无法企及，更令人失望的是，今年的比赛就在布鲁克莱恩，就在街对面，终于有机会向父亲和所有对你持怀疑态度的人展示你的能力……

弗朗西斯收回思绪，他不会为自己感到难过，事情的发生总是有原因的，今天的结果是昨天的行为造就的，他做得还不够。今天，更好的球员将会胜出，事情就是这样。

记住哈里说过的话——永不绝望。

安全起见，戈顿采用了缓攻战略，他推得很流畅，球停在离洞杯一英尺半的地方。他瞥了弗朗西斯一眼，想要和他握手，得到他的认可。人人都知道弗朗西斯是一位很有礼数的球员，他向戈顿走去，手不由自主地开始抬起来……在业余比赛中，这是十分绅士的做法。

但什么东西阻止了他，他的脚步定住了，准备伸出去的手又插回口袋，脸上即将挤出的失败者的笑容收了回去，瓦登的话浮现在脑海里，印证他的直觉：

永远不要向打败你的人认输！

在 18 号洞完成一英寸保帕推后，弗朗西斯已经准备好祝贺戈顿取得胜利。

戈顿看上去有点慌乱，他回到球前，花了比平时更少的时间，随意推了一杆……

圣母玛利亚啊！戈顿用力过猛，球偏右擦洞而过。

球仍躺在果岭上，瑞简直不敢相信自己的眼睛，只好又推了一杆，球这才进洞，他竟然打出了一个可怕的柏忌。

搞定他了——不对！换个观看比赛的方式去思考：你掌控好了自己的情绪，而他却失控了。一小时前你还以为自己完了，现在看看你在哪里。

弗朗西斯知道，目前要打败戈顿易如反掌，只需走个过场，毕竟谁也无法在脖子上栓有一块磨房石头时正常挥杆。延长赛第一洞，戈顿出师不利，直接把球开进长草深处，并再次吞下柏忌，弗朗西斯则轻松地打出标准杆，比赛就此结束。弗朗西斯心里清楚，胜负并不是在 18 号洞见分晓的，也与戈顿的推杆失误没有任何关系，那是他的问题。事实上，胜利的曙光早在 14 号洞时就已初现，那时开始专注比赛的弗朗西斯，犹如那位歌剧中的女高音，全情投入，世界上的其他一切都消失了。

第二天的 18 洞半决赛，弗朗西斯遭遇老对手约翰·G.安德森。安德森曾两度获得马萨诸塞州业余赛冠军，在担任费森登校队教练期间，他曾与弗朗西斯正面交锋，结果不敌弗朗西斯败下阵来。安德森最近刚脱离教练行当，试图转型为美国最早的高尔夫记者之一，为《波士顿旅行者》写新闻报道，他仍然是该州最具竞争力的球员之一。安德森一直对弗朗西斯很友好，并对他取得的成绩格外关注。但这一次，在 1913 年州业余锦标赛上，他似乎对一雪前耻更感兴趣。

弗朗西斯一路稳扎稳打，安德森则发挥得更为出色，12 洞过后，安德森获得两洞领先优势，剩六洞待打，弗朗西斯发现自己的处境与昨天如出一辙，是时候行动起来了，否则就会空手而归。

在走向第 13 号洞发球台时，弗朗西斯突然感觉像被某种能量附体，注意力从未如此集中，每一束光线、每一片鲜亮的草叶都闪烁着晶莹剔透的光芒，让他的目光变得益发清晰而专注。每一次挥杆都遵循着某种模式，这种模式已经存在于他不知不觉、突然就能预见的未来。这种神奇的感觉十分强烈，他甚至没有完全意识到它的控制程度，直到……

一个小时后，弗朗西斯在 17 号洞球道上盲打，直接将小球送到距洞杯一英尺的地方，然后轻松推进小鸟，赢三洞剩一洞，锁定胜局。安德森被眼前刚发生的一幕惊呆了，他坚持让弗朗西斯打完整轮，并在他独自打最后一洞的时候一路陪着他。

开球，攻果岭，推击，轻轻松松在 18 号洞（四杆洞）抓下小鸟。

弗朗西斯后 9 洞的成绩是这样的：标准杆、小鸟、标准杆……然后，从第 13 号洞开始，记分卡上显示的是：2-3-3-3-3-3，连续六只小鸟，仅用 28

杆攻克后9洞，打破沃拉斯顿俱乐部的最低杆数记录。

我是怎么做到的？赛后，弗朗西斯自问。不费吹灰之力，有生以来第一次没有强迫自己采取任何行动，只是找到了打球的感觉，清晰地意识到比赛中的所有事情，却没有被任何事情分心。以结果为导向，目标会更加清晰，只要在脑中想象一下要做什么，然后照做就行。那天晚上，弗朗西斯上床睡觉，准备第二天早上参加州业余赛的第一场决赛，一个挥之不去的疑问萦绕心头：他还会再经历这样的神奇时刻吗？

第二天，在36洞决赛中，弗朗西斯得到了答案。这次的对手是他在伍德兰乡村俱乐部的好朋友弗兰克·霍伊特，不过这并不重要。从踏上第一发球台的那刻起，那种神奇的感觉就一直伴随着他。这一次他不再质疑这份神奇感觉的厚礼，下午的比赛进行到一半就结束了，弗朗西斯以赢10洞剩9洞大败弗兰克。带着这种神奇的感觉，自信地投入比赛时，他产生了一种奇怪的、说不出的想法——世界上可能没有其他球员能打败他。

这一刻，他是谁？

弗朗西斯·威梅特，1913年马塞诸塞州高尔夫业余赛冠军。

哈里·瓦登

深　渊

　　从 1882 年发现细菌来源，到第二次世界大战后研制出抗生素为止的几十年间，肺结核是西方工业国家人口死亡的主要病因，各行各业的人们都未能幸免。虽然肺结核目前在全世界欠发达国家和地区有卷土重来的迹象，但今时今日，你很难想象 1903 年的"白色瘟疫"所带来的恐惧。医学界已经有多种理论应对和治疗肺结核，但在 20 世纪初，唯一有效的医治方法是集中理疗，彻底隔离病人，让其卧床休息，限制饮食和呼吸新鲜空气。对于少数获得早期诊断和治疗的幸运儿来说，这些方法证明有效。私人疗养院在英国和美国乡村地区，如雨后春笋般涌现出来，为病人提供治疗和休养。但对于更多的人来说，听到肺结核这个可怕的词，就意味着被判处死刑。

　　哈里在美国访问的那一年，有可能接触过致命的肺结核菌，也有可能他的病原体来自小时候在泽西岛喝过的未经高温消毒的牛奶，但多年来处于休眠状态。他在长途旅行中日积月累的颠簸和劳累，有可能损坏了他的免疫系统，最终使病原体得以滋生。

　　后来的研究表明，承受过多情绪压力的人，特别是那些困扰于亲属关系问题的人，更容易患上这种疾病。了解这一点，就不难理解哈里在确诊后最担心的事情，是如何让婕茜放下心来，等待他的康复。哈里告诉她这个可怕的消息时，双手剧烈地颤抖，不得不把它们夹在背后，虽然恐惧从来没有带走他脸上自信的微笑。不出所料，婕茜近乎崩溃，尽管双方关系疏远，但丈夫仍是她的主心骨，是家里的顶梁柱。哈里不停地安慰她，并向她保证，他的诊断结果看起来是光明的、积极的，这样说是同时在安慰夫人和自己。哈里从八岁起，就对这个充满敌意的世界，展现出一个勇敢者的姿态，然后才有了今天的成绩，现在依然要靠勇敢挽救生命。

他的医生立即谨慎地决定，替哈里申请入住北海海岸诺福克郡的曼德斯利疗养院。曼德斯利的首席医生兼创始人伯顿·范宁医生，恰巧是一名狂热的高尔夫球手，他立刻批准了哈里的入院申请，为他省去了漫长的等待时间。名人确实能得到一些特权，虽然名人不应该得到所有的特权，但就哈里而言，他的名声很可能救了他的命。曼德斯利是全英国治疗肺结核最权威的机构，当然也是最昂贵的。几天后，哈里乘火车北上前往曼德斯利，身边只有一位雇来的护士陪他。婕茜忧心如焚，完全没办法面对分离，甚至没去伦敦火车站为哈里送行。由于伯顿·范宁医生的反对，哈里这次北上没有带高尔夫球杆，这是他成年后第一次离家时没有球杆相伴。一辆马车在车站接上哈里，把他送到曼德斯利疗养院。疗养院由私人乡间庄园改造而成，坐落在一片面对大海的松林深处。哈里的房间位于转角处，有一面朝南的窗户，窗外是一座9洞高尔夫球场，景色十分优美。修建球场是疗养院的创新举措，为康复病人提供室外锻炼，辅助治疗。

在曼德斯利的头三个星期，医院不准探视，哈里基本上卧床，只能少量地读一些书刊。卧床休息，对于肺结核病人是一种完美的治疗方法：停止体力活动可以减少氧气的消耗，让被病菌破坏的肺组织得以修复。但对于一位体格健壮如牛、常年从事户外运动、见识过世界上不少壮观球场的球手来说，被困在病床上，终日面对窗外郁郁葱葱的高尔夫球场，却不能下场打球，那是一种不可思议的折磨。不要说他是否能再去世界上最高水准的赛场上竞技，更简单的问题是，他还能打球吗？更重要的问题是，他能活下来吗？

接受生病的事实，并放弃与之抗争后，哈里的身体彻底垮了下来，他开始完全屈从于身体的需要，不再靠意志力强撑，每天睡12个小时，醒来后盯着窗外令人遐想的绿草坪，或者闭目凝神，回想着曾经征战赛场上的一幕幕。他不敢奢望重返赛场，抑郁的阴云常常袭上心头。但每当此时，多年运动生涯所打磨出的冠军品质，强大的心理控制和坚忍不拔的性格，造就了他最后的内心防线——永不绝望！

第二个月，他可以每天下床活动一小时。第一次下床，他拖着脚步朝露台走去，才走了五十来步，就已经上气不接下气，不得不裹紧毯子，跌坐进一张躺椅里休息。作为曾经的球场维护师，他常常凝望着露台外繁花似锦的花坛，漂亮的玫瑰令他动容。偶尔，护士会推着他出去，让他在草坪上一间小木屋的躺椅上，度过一个温暖的下午。小屋的一头是敞开的，装有挡风装置。风从东方吹来，送来丝丝海水的咸味，让他想起泽西岛，童年的记忆在破碎的现实中交织，似梦非梦……

每过一周，医生们会给他增加一小时的活动时间，在门廊上玩玩纸牌，去图书馆看看书，打两圈台球……日子在无声的慢镜头中缓缓流逝，病人在病房里游荡，经受着炼狱般考验的灵魂在等待着，看他们是否能回到从前的生活。到了第三个月，他坚持每天早上穿戴整齐，开始在楼下的餐厅和其他病人一起吃饭。

个人名望在疗养院的高墙内毫无意义，疾病暗淡了荣誉的光环。哈里遇见了各行各业的人，因为共同的求生意愿，他们建立了新的友谊。在这里，没有人比他更明白一个道理：相信自己会痊愈，才能使痊愈成为可能。哈里带头鼓励病友们对治疗保持信心，他告诉他们："拿出勇气来，我们会战胜疾病！"

私下里，每当在报纸和杂志上读到有关高尔夫运动的报道时，哈里的心情就会变得十分沉重，因为他意识到，没有他的高坛，照样运转得很好。随着时间的推移，有关这位伟大冠军球手见诸报端的文章越来越少，偶尔出现，也只是只言片语提及他的病情和进展，文章甚至压根不提疾病的名称。由于反常而微妙的维多利亚式敏感，大众媒体不允许肺结核这一令人闻之色变的字样出现新闻报道中。取而代之的是隐晦的描述：哈里病了，哈里出远门了，等等。哈里对于字里行间的寓意了然于心，外界没有指望他能活下来，更别说再打球了。媒体祝愿他早日康复，但他对这样的虚情假意感到心寒。他独自待在无菌室里，面对着冰冷的现实：过去尊他为王的人们已经背弃了他，他们感激的是老家伙曾经给他们带来的冠军征战的刺激。球迷们自然并不想让他死去，因为如果死神注定将毫无征兆地降临，它那瘦骨嶙峋的手指，也可能随时会轻拍他们自己的肩膀。

深渊。他为之奋斗的一切行将结束，日积月累打下的坚实生活基础将被偷袭。多年来，一种盲目的希望一直支撑着他，但这一次，单靠不屈不挠的意志力已经无济于事。哈里多年前放弃了天主教信仰，现在，他面对的是一个无神的世界，这个世界毫无预兆地把他扔回了他自以为已经彻底摆脱的悲惨境地。

永不绝望。尽管这话如今听起来再假不过，但他从来没有像现在这样需要它。他现在的目标是多活一个小时，多活一分钟。他对自己说，你不可能一招将魔鬼按倒在地，要耐心，要坚持，打心底里拒绝倒下！坚持，忍耐，也许死神会失去兴趣，也许你能打败他！渐渐地，随着食欲和部分体力的恢复，他的体重也恢复了。第四个月末，医院允许哈里整个下午在户外活动。一天，他漫无目的地溜达着，最后发现自己来到了疗养院的高尔夫球场边。再次踏上精心照料的草坪，令他的精神为之一振。空气里弥漫着大海和刚割过的青草味，果岭、沙坑、球道以及熟悉的气味和景致让他倍觉安心。这时，两位即将结束治疗的康复病人在打球，他们走了过来，哈里静静地看着他们切推，俩人玩得十分投入，压根没有注意到站在果岭边的另一位病人。这是10年来第一次，哈里踏足一座球场，却没有人认出他来。

他低头看着自己的右手，发现它正无法控制地颤抖着。哈里偶尔会经历更糟糕的情况，一连好几天连床都下不了，但那天站在球场边，哈里突然有种浴火重生的感觉。不停颤抖的右手令他十分光火，这该死的东西，他诅咒着，并攥紧拳头，竭力使颤抖平息下来。尽管因无助而愤怒，但在那一刻，他意识到自己已经有足够的力量，赢得这场战斗。

走回诊所时，哈里发现林子深处藏着一间大木屋，他问护士怎么回事。

"病情最严重的病人住在那。"她说。

"你的意思是他们不可能康复？"

"我们从不放弃希望！"她说。

"我想去看看他们。"哈里说。

"我们不能让你去，瓦登先生！"

"为什么，为什么不能去？不会是害怕传染吧？我已经得病了，不是吗？"

第二天，哈里就去了大木屋，结果发现住在那里的大多是十几岁的孩子，他们已经和家人分开好几个月，个个身体消瘦，高烧的火种还在不断地蚕食他们的身体，望着他们因发烧而发亮的眼睛，哈里意识到那才是不见底的深渊。只要工作人员允许，他就会去看他们，坐在他们的床边，读故事给他们听，给他们签名，轻声鼓励他们。他告诉他们，无论今生还是来世，永远不要绝望！

第五个月，哈里向伯顿·范宁医生提出借一根球杆练练。医生警告说，不能全挥杆，以免肺部受到撞击。讨价还价后，哈里借到一支推杆和一颗球，医生用的是哈斯克尔球，哈里并不惊讶。一个深秋的下午，柔和的金色阳光从松林中倾泻而下，哈里走上 1 号洞果岭，掷下球，打出了半年来的第一杆。他的右手不由自主地抖起来，推杆在他手里跳舞，结果小白球滚过洞杯八英尺。他一次又一次地试图稳住自己的手，却总是徒劳无功，推击结果令人沮丧。

当哈里告诉范宁手抖的问题时，医生问他右手是否受过伤，的确，他的手腕外侧有一块骨头曾在踢足球时因碰撞造成骨折。尽管哈里慢慢赢得了与这场疾病的全面斗争，但范宁解释说，一旦结核杆菌突破人体的防御系统，它们就会寻找并攻击任何能找到的脆弱组织，包括骨头、关节和内脏。

"这很有可能就是你手抖的原因，哈里。"

"不可逆转的神经损伤。"

"是的，真希望我能告诉你有补救办法，但是……"

"你的意思是说，这种颤抖会一直存在？"哈里问。

"十有八九。"

哈里每天下午都会去果岭练习，手抖的问题一直折磨着他，偶尔难得的平静之后，它会像大马哈鱼般一跃而起，在上杆至下杆的过程中，使小白球彻底偏离洞线。哈里用尽了过去的各种练习方法，下定决心要对抗这个灾难，在果岭上一待就是好几个小时，甚至为此调整了站姿、握杆的手法以至推杆动作，结果都是徒劳。有时候，在黄昏时分，如果他忽视洞线，只是盯着球看，反而可以让他的手得到放松，顺畅地完成一次完整的推击，但往往也是十试一灵，这样的结果让他泄气。但付出努力终归有它的价值：反复琢磨解决一个高尔夫问题，尤其是一个可能对他带来毁灭性的打击的问题，最终让他踏上了恢复健康的道路。

圣诞节到了，哈里为他的新朋友们订购了几箱香槟，并精心准备了节日晚餐。对于那些抑郁想家的人，他组织了一系列有监督的外出活动，探访附近的城镇或是去海边游览，以提振他们的精神。一次外出时，哈里撇开大伙，独自展开了一段回忆之旅。当年他初到英格兰时，雇用他的第一家高尔夫球场就在附近，走在熟悉的地盘上，竟意外发现了他当年租住的那间简朴的小屋，他的第一个落脚点。房东夫妇已经年迈体衰，男房东几乎双目失明，女主人已经耳聋，两人都没有认出他，当他自称是哈里·瓦登，曾是他们的租客时，他们甚至拒绝相信。

"不可能，"老人说，"哈里·瓦登可是个名人。"

"这就是我想告诉你的，我就是哈里。"

"不，不可能！像哈里·瓦登那样伟大的人，不会和我们这样的人有任何关系。"

无论哈里说什么，做什么，都无法使他们相信，他就是当年那个租住他们空余房间的年轻人。

2月初，哈里说服范宁医生陪他在医院的高尔夫球场打了一场球。自从8个月前在南赫特球场打了最后一轮球后，哈里再也没有做过一次全挥杆。他有些怀疑，长时间的停赛和持续不断的手部颤抖会不会影响他的挥杆水准。第4洞是一个短三杆洞，哈里打出了整个职业生涯中唯一一个一杆进洞。他的目的是让医生相信他身体状况良好，可以回家，因此可以毫不夸张地说，他一生中从未打出过比这更重要的一杆。最终，范宁同意让哈里月底返回伦敦。

哈里并不喜欢他在曼德斯利遇到的每个人。几个月来，一位名叫奥布里的傲慢律师，一直坚称自己能在高尔夫比赛中打败哈里·瓦登，让人不禁怀疑他是不是转自精神病院。厌倦了奥布里的装腔作势，迫不及待地想给他上一课，哈里遂同意和奥布里在当地的高尔夫球场打一场九洞赛。哈里本打算把比赛抛到一边，专心制造一场恶作剧捉弄一下奥布里就罢了，但当他们走上球场时，奥布里却表现得十足无能，哈里不得不比平常额外努力，不是为了赢，而是为了输球。如果完美是你的挥杆动作的代名词，要故意打烂实际上挺费劲。到了用行动来支持他的牛皮时，奥布里紧张得不成人样，即使哈里故意把球开到界外，每次切击都失误，依然很难输给他。最后，奥布里惊讶地发现自己意想不到地打赢了，但好笑的是，他觉得胜利对他是实至名归，尽管病人们在看他的笑话，奥布里开始大讲特讲他如何战胜了伟大的瓦登。

几天后，奥布里收到了一封来自英国权威杂志《高尔夫画报》编辑的信，表示有兴趣写一篇关于他战胜哈里的报道。奥布里兴奋得难以自抑，向他认识的每个人炫耀那封信。没错，这封激动人心的信其实是哈里寄来的。几天后，哈里安排两个朋友假扮成杂志的记者和摄影师来到这里，他们与奥布里一起坐下来，一边记笔记，一边频频点头，认真听他讲述比赛经过，奥布里自然不会放过吹嘘自己的机会，添油加醋地复述了更多英雄情节，吹嘘得神乎其神。他们在球场上拍下了奥布里手持球杆、充满自豪的照片，并向他保证，报道将在几天内发表在杂志上。奥布里把这一光荣的消息告诉了疗养院的每个人，结果，每当他出现，病人们都忍不住发笑。接下来的那周，他大摇大摆地来到村里，把能找到的《高尔夫画报》杂志都买了下来，却没有找到有关他胜利的任何报道。他气冲冲地写了封信给那位记者，自然没有任何回应。几周后，他终于忍不住去找了哈里，问他能否解释一下，为什么那篇报道没有像杂志承诺的那样发表出来，哈里设法安慰他。

"别管他们，老伙计！我们都知道你干了什么。"哈里眨眨眼，接着说，"我们会替你保密的。"

看到哈里眼中狡黠的光芒，奥布里终于明白他被耍了，目的达到了，哈里心满意足地起身走开，他的受害者却从来没有向任何人承认过这次屈辱。

哈里在疗养院的最后一晚，朋友们为他准备了惊喜晚餐，饭后，他最后一次去树林里的木屋向孩子们道别。第二天早上，还是那个沉默的司机和八个月前把他带到曼德斯利的黑色马车把他送到车站。那一刻，哈里觉得自己仿佛被人从冥河对岸送回了人间。回到伦敦托特里奇村的家中，哈里继续接受康复疗养。在他们共同的生活中，瓦登夫妇的婚姻角色第一次随情况发生了转变，现在，婕茜成了哈里的支柱，值得称道的是，她以充沛的精力和高度的自律挑起了这个重担，严格按照医生的嘱咐，给哈里换床单，控制他的饮食，将他的房间保持得一尘不染，充满新鲜空气。

不安于养病期间的空闲，哈里开始写书，书名为《高尔夫球手全书》，这本书最终得以出版。对于一个十岁就辍学，并为此后悔终生的人来说，一生著书四卷，从来没有代写人帮忙，这是哈里最引以为傲的成就。在维多利亚时代，对于所有的受害者和幸存者来说，肺结核是对身体和生理过程的耻辱烙印。尽管他在后来的著作中对他的病情做了粗略的描述，但从未明示疾病的名称。当他重返赛场时，也没有一家报纸提及此病。

离开疗养院后，虽然每日生活规律，但哈里乐观的天性使他再次挑战自己的极限，结果不到一个月，他又一次大吐血，病情严重恶化。他拒绝回曼德斯利，医生建议他搬到干燥的加利福尼亚或是南非，但他根本不能考虑这个建议，甚至拒绝讨论。在他看来，这样做意味着承认自己的虚弱，承认这种病会一直伴随他。他坚信这只是暂时的，他现在回家了，也一定会在人们发现之前恢复健康。在与病情反复对抗的过程中，1904 年的春天悄然而逝，那年夏末，医生终于宣布他康复了，可以回南赫特球场正常工作。不过，哈里和婕茜仍旧分房睡，并且在他们的余生中，从未改变过这一安排。

哈里重新回归南赫特球场，受到了热烈的欢迎，但他并不安于做一名俱乐部职业球员，也并未准备放弃对这项运动最高荣誉的追求。他发现，在病休期间，他的健康问题成为全国人民关注的焦点，虽然这种关注并不一定出于同情。媒体现在最常问的是，哈里的身体状况不再适合比赛，他的职业生涯已经结束，谁将成为下一个瓦登？一位专栏作家在哀悼古塔胶球的消失时，竟得出结论说，伟大的瓦登也随之消失了。球迷们渴望的是，顶尖球手能给他们带来运动竞技的热血刺激，而不是死亡的可怕教训。哈里听够了这些言论，那些冷酷无情的猜测令他怒火中烧。

1904 年英国公开赛开赛在即，哈里仅有一个月不到的时间为卫冕做准备。弟弟汤姆最近刚刚开始在伦敦东南部肯特郡的皇家圣乔治球场担任职业球手，1904 年英国公开赛就在他的球场举行。汤姆带着一个备战计划来到伦敦，他请了两周假，和哈里一起去法国的一个温泉高尔夫度假村，安排训练和疗养，协助哥哥恢复身体和竞技状态。公开赛之前，他们回到圣乔治进行了为期一周的训练。

1904 年英国公开赛共有 144 名选手报名参加，又是一项新记录。比赛第一天，哈里在紧张的气氛中脱颖而出，以 76-73 杆的成绩领先所有对手。哈里从半场就一路领先，新闻界为此兴奋不已，他回来了！他们叫嚷着，他似乎从来没有离开！上帝保佑，哈里，我们知道你可以重现辉煌，这是我们一直的信念！虽然不敢相信他们的话，但那天晚上，哈里心里重新燃起了一线希望！

第二天，在圣乔治球场的果岭上，他的右手又像复仇的幽灵一样颤抖起来，神经发麻，肌肉跳动，害得他错失了半打四英尺内的推球，最终打出79杆。

哈里不仅没能成功卫冕，而且令追随者叹息，他在决赛前就史无前例地退出了比赛。

这次灾难之后，媒体开始窃窃私语：难道传奇球手哈里·瓦登就这样离开高坛了吗？

哈里低头看着那只颤抖而陌生的手，他也找不到答案。

1910 年，约翰·J.麦克德墨和美国公开赛冠军奖杯

（美国高尔夫协会友情提供，版权所有）

美国本土球员的崛起

弗朗西斯在沃拉斯顿球场与约翰·安德森终极对决，力挽狂澜，赢得了马萨诸塞州业余高尔夫锦标赛冠军。弗朗西斯和许多人都认为，凭借稳固的球技他可以去竞技更高水准的赛事。弗朗西斯不敢向东家赖特＆迪特森公司再次申请无薪休假，参加全美业余锦标赛。另外，如果家里知道，父亲也一定会大发雷霆。没想到的是，7月下旬的一天，乔治·赖特把他叫到办公室，坚持让他带薪休假一周，第四次去尝试争夺美国业余锦标赛冠军的头衔。

美国高尔夫协会主办的全美业余锦标赛，比美国公开赛早一年创办，在20世纪头十年里，比职业公开赛更多地吸引了美国人对高尔夫的关注。业余锦标赛当时是高尔夫的主要赛事，参赛者包括美国高尔夫之父们和工业界的领袖。那些社会地位相当并能够从事这项耗时运动的权贵们，对美国公开赛不屑一顾，认为它不过是外国下层职业球员共济会式的组织，是商人一年一度的聚会而已。

美国媒体和公众无法理解，一群其貌不扬的苏格兰移民，竟会为了一笔微不足道的赛事奖金相互厮杀。国家业余锦标赛从一开始，就只有出身高贵的美国球手才会参加。在大多数具有贵族血统的绅士眼中，把任何运动视作追求金钱的手段都极不体面，他们迫切期待贵族绅士冠军的诞生，这种等待看来不会太久。

年轻的杰罗姆·"杰里"·特拉弗斯相貌出众，来自纽约富裕家庭，15岁开始参加全美业余锦标赛，1907和1908年背靠背赢得冠军，成为全美第一位深受女观众欢迎的男球员。和弗朗西斯一样，特拉弗斯也是在自家后院的一座自制三洞球场学会了打高尔夫。不过，他家的后院非同一般，他父亲在纽约长岛牡蛎湾豪宅的富丽堂皇不输盖茨比。年轻的特拉弗斯完全不需要为钱操心，可以全身心投入打球，他父亲甚至聘请了 1906 年美国公开赛冠军亚历克斯·史密斯，担任儿子的私人教练。连续两年问鼎美国业余赛之后，特拉弗斯利用自己日渐上升的名字大赚了一笔，并就此告别赛场，成为臭名昭著的百老汇花花公子。过了几年游戏人间的放荡生活之后，特拉弗斯从声色犬马中抽身，在 1912 年赢得他的第三座业余赛冠军奖杯。球场上，特拉弗斯是一个性格冷漠、精于算计、有条不紊的球手，面对激烈的比赛，他很少冒险，表现得毫无个性，但令人钦佩。对于普通球迷来说，他实在难以让人情绪高涨。

　　1913 年到来之前，美国高坛缺乏一位旗手，能让职业高尔夫比赛吸引大众，赢得主流认可，并使其成为一项前沿运动。1909 年，波士顿的汤姆·麦克纳马拉在恩格尔伍德举行的美国公开赛上发起了第一波冲击。但最终，来自费城的 19 岁职业选手约翰尼·J. 麦克德墨把握住时机，成为第一位夺得季军的美国本土选手。

　　和老汤姆一样，约翰尼·麦克德墨来自蓝领家庭，是邮递员和球童的儿子。他体重 125 磅，十分容易汗流浃背，总是愿意挑战生活中的一切。比赛中，他往往像一名无法抵挡、全盲的俱乐部拳手，试图在冠军争夺战的最后一轮打败对手。对约翰尼来说，没有什么球是高风险或低成功，从而使他无法下杆，比赛对于他是一场神经紧绷的高空钢丝表演。这是他打高尔夫球的方式，也是他对待生活的态度，多年后他将为之付出可怕的代价。

　　1910 年美国公开赛之前，年轻的约翰尼·麦克德墨只不过是位技艺娴熟的球手。但在公开赛的决赛日，他把 1906 年美国公开赛冠军亚历克斯和他的弟弟，来自卡奴斯蒂的职业球员麦克唐纳德，拖入三人延长赛。亚历克斯最终拿下延长赛，收获了第二个美国公开赛冠军头衔。麦克德墨在这场对决中的斩获是发现了自身的潜力。接下来的 1911 年，在芝加哥俱乐部举行的美国公开赛上，麦克德墨又一次在最后一轮发动冲冠攻势，并再一次打入三人延长赛。这一次，斗牛犬麦克德墨牢牢把握住了机会，关键时刻毫不迟疑，以两杆优势战胜马萨诸塞州顶级职业选手迈克·"国王"·布拉迪。

　　带着美国公开赛冠军奖杯回到费城后，约翰尼·麦克德墨向东海岸所有本土职业球员发起挑战：他将拿出 1000 美元下注，和所有人对赌 100 美元，约翰尼夸下海口，用银行支票担保。他在自己的主场打败前三位挑战者之后，便再也没有人敢来和他较量了。第二年，在布法罗乡村俱乐部举行的 1912 年美国公开赛上，约翰尼击败他的美国同胞汤姆·麦克纳马拉和迈克·布拉迪，背靠背赢得个人职业生涯第二座美国公开赛冠军奖杯。此时，他还不到 21 岁，比赛中，他成为以平标准杆的成绩，问鼎美国公开赛的第一人。直至今日，约翰·麦克德墨仍是美国公开赛最年轻的冠军记录保持者。

1912 年布法罗公开赛现场，有一位来自附近罗彻斯特乡村俱乐部的 19 岁驻场球员助理在观看比赛，他名叫沃尔特·黑根。黑根是位怀揣雄心壮志的准职业运动多面手，也是美国第一代高尔夫知名球手中的一员。这位在学会走路之前就开始挥舞球杆的球手，正在逐渐成长为纽约州的最佳球员。尽管如此，沃尔特还是没能说服他的老板安德鲁·克里斯蒂，让他参加公开赛，与顶级选手一决高下。作为黑根的手下败将，克里斯蒂自己却参赛了。为了安慰他，克里斯蒂给了黑根两天假，让他去布法罗看比赛。当他们回到罗彻斯特的时候，在公开赛上表现差强人意、根本未晋级的罗彻斯特主教练问他，对比赛有什么看法，黑根说"没多大意思"。

约翰·麦克德墨背靠背赢得美国公开赛胜利，极大地激发了美国人对高尔夫的热忱。历史上第一次，主要的都市报纸都安排特派记者，前往报道高尔夫公开赛。随着报道的深入和内容更加丰富，公众对高尔夫比赛的兴趣空前高涨，越来越多的人前来观赛。在这个良性循环中，每个环节的发展都使得更多的人投入高尔夫运动中。无可避免，人们开始拿约翰尼·麦克德墨与高尔夫球史上的伟大球手作对比，这位来自费城南部的邮差之子，也开始毫不迟疑地利用名气为自己谋福利，他牢牢抓住商机，与球具制造商合作，在全美为其产品站台，赚取出场费。当年，他两次高调访问英国，结交英美两国权贵，并将新近获得的收益投资于股票市场。美国高尔夫似乎终于找到了期盼已久的领头人。

但是，麦克德墨面临着一个难题：几乎没人能忍受他。作为一个仍和父母住在一起的单身汉，约翰尼在高尔夫球场之外颇有绅士风度，举止得体，但很可惜，高尔夫球不是在教堂内打的。约翰尼·麦克德墨的球技从来称不上精湛，他个头太小，气场不足，常常陷入对周围一切事物的非理性狂热之中，并像高炉一样发泄他的不满和愤怒。他迁怒的对象可以是美国高尔夫协会和官员，以及比赛对手，尤其是外国球员。1910 年，麦克德默在首场美国公开赛决赛中，输给了苏格兰人亚历克斯·史密斯，他在更衣室找到正在庆祝的史密斯，用手指直戳对方的脸，警告这位冠军，明年会把他打得落花流水。在场的所有人哗然，麦克德墨因此被斥为暴戾的怪人。但第二年，他真的说到做到，一举拿下美国公开赛冠军，震惊高坛。麦克德墨对自身成就从来直言不讳，也不懂迂回，其直面冲突的风格颇似拳王阿里。1911 年，麦克德墨头顶美国公开赛冠军光环来到英国，对媒体宣称葡萄酒壶奖杯非他莫属，他誓言要教这个古老国家的人们如何玩转高尔夫，但他最终只打出 96 杆，无缘晋级，不得不在夜幕掩护下偷溜出城，登上返航的船只，成为英国人嘲讽的对象，并遭到了伦敦媒体不遗余力的抨击。锱铢必较的麦克德墨，从此对英国的一切恨之入骨。

从事后观察来看，麦克德墨这个人似乎需要极端的心理刺激，才能在每天早上把自己从床上拽起来，他的满腔怒火之下掩藏着一个脆弱、受惊的灵魂。1911 年，在短短两天的时间里，麦克德墨从默默无闻一跃成为全国瞩目的焦点。尽管我们无法知道他对这个世界愤怒的根源，但愤世使他受益匪浅，因为他在比赛中发挥稳健时，几乎所向无敌。但成就非凡的麦克德墨却不招美国高坛待见，除了狂妄自大，他就像一位服用类固醇治疗妥瑞氏症的骑师一样，四面树敌，不断触犯彼时和现今高坛最不能容忍的底线——礼貌。

自 1900 年哈里·瓦登巡回表演赛以来，美国高尔夫运动发展迅猛，新增球场逾 1000 座，活跃玩家数量从 5 万左右增至近 35 万。1912 年，美国人第一次包揽了本土两大赛事冠军：业余赛冠军是含着金汤匙出生的富家纨绔子弟，不可一世，高不可攀；职业赛冠军是出身卑微、人人避而远之的偏执狂徒。1913 年高尔夫赛季即将迎来高潮，两大赛事冠军将先后在两周内产生，美国高坛的领军席位正虚位以待。

出了马萨诸塞州，几乎没人听说过克莱德街园丁的儿子。在经历了数年的挫折后，弗朗西斯终于在 1913 年赛季的关键时刻，力挽狂澜，敲开了通往更高竞技舞台的大门。弗朗西斯 6 月下旬成功问鼎马萨诸塞州业余赛后，在整个夏天保持了高水准竞技状态。8 月的最后一天，马萨诸塞州业余赛冠军弗朗西斯·威梅特乘火车从波士顿来到长岛花园城，参加 1913 年全美业余锦标赛。

哈里·瓦登

复　活

　　由于操之过急，1904 年英国公开赛后不久，哈里又旧病复发，卧床数周。他又开始吸烟，这对他脆弱的肺没有好处，但是出于经济上的需求，哈里最近与球员特制烟草公司签了一份代言合同，他有义务在公共场合叼上烟斗。过度工作再度拖垮了他的身体，他不得不又在曼德斯利度过了八个月。对于从不懈怠的哈里来说，这么长时间的休整足以战胜任何疾病。投降不是他的天性，但与病魔顽强斗争的哈里，最终错过了 1905 年整个赛季。那年秋天，哈里的《高尔夫球手全书》在书店上架，很快成为大西洋两岸十年中最畅销的高尔夫图书，这令他十分欣慰。但是，仅仅让自己的名字出现在公众视野还远远不够，他刚满 35 岁，比所有人更懂这项运动，他坚信自己仍有望再攀职业高峰。

　　在 1906 年英国公开赛上获得第三名后，一场特殊的挑战赛让哈里重新回到聚光灯下。一场备受瞩目的国际四人四球赛，将在英格兰和苏格兰之间举行。哈里和 J.H. 泰勒代表英格兰，对阵苏格兰的桑迪·赫德和詹姆斯·布雷德。布雷德身材高大，为人谦逊，这位前木匠已经背靠背赢得过去两届英国公开赛，点燃了苏格兰人重返荣耀之巅的希望。比赛将是一场马拉松式的拉锯战，为期四周，每周移师一座球场，进行 36 洞角逐。主办方将赛事宣传为哈里·瓦登重返高坛的首秀，从而吸引了成千上万的观众。

　　尽管哈里的推杆水准大不如前，但第三轮比赛结束时，英格兰队以七洞优势遥遥领先，剩下 36 洞待打。由于太累，哈里在决赛前回到家休息，医生建议他退出比赛，但考虑到比赛事关国家荣誉，他拒绝退出或推迟比赛。在最后一轮比赛的前夜，泰勒发现哈里又一次严重吐血，倒在酒店房间里。泰勒想叫医生来，但哈里又一次拒绝了，曼德斯利的惨痛教训被他抛到九霄云外，他坚称只需要好好休息一晚就好。

第二天早上，泰勒早早起床去看望老朋友，结果发现哈里已经下楼，穿戴整齐，准备投入比赛。决赛在狂风暴雨中上演，哈里一声也没抱怨，大步走了出去，并在第二个 18 洞打完 6 洞时，以赢 13 洞剩 12 洞锁定胜局，为英格兰赢得了荣誉之战。当晚匆匆赶回家后，哈里身体虚弱、高烧不退，不得不又在床上躺了一个月。哈里在他的书中写道，理想型球手应该沉着冷静，从不流露真情实感。无论是职业生涯，还是个人生活，哈里都坚定地践行着这一信念。

花了整整六年时间恢复健康，哈里的职业生涯呈现断崖式下滑，但声望犹在，红利不减。高尔夫日趋商业化，热钱在球具、出版、广告、利润丰厚的展会业上空前活跃。为摆脱如影随形的贫困梦魇，哈里的日程表被高酬劳副业塞得满满当当，同时满满当当的还有他的银行账户。他与两名标枪冠军进行了一场奇特的比赛：比赛现场设置 18 个长 100 码的球洞，比赛定下的规则要求哈里每一洞都推进，标枪冠军则需要把标枪投至离洞杯三英尺的范围内，最终哈里以赢五洞剩四洞击败对手。此时，哈里的生活已经定型，实现了经济自由，但与婕茜的生活早已变成枯燥又疏远的例行公事，他们的家没有孩子，没有音乐，没有笑声，毫无生气。

1911 年初，哈里邀请最喜爱的 17 岁侄女玛丽，从泽西岛过来和他们同住。玛丽是一个活泼开朗的孩子，令人一见就心生欢喜，她很快就像婕茜的养女一样，生活在家里。哈里的健康状况逐渐好转，加之有玛丽陪伴婕茜，哈里终于可以放心地重新开始旅行，回归过去路上的生活。汤姆·瓦登经常陪哥哥去巴黎，表面上是为处理各种事务，并参加每年的法国公开赛，但这座城市臭名昭著的夜生活更加诱人，哈里在法国公开赛上的糟糕表现，就是兄弟俩在球场之外消遣过度直接导致的恶果。哈里是典型的维多利亚时代绅士，对妻子总是百依百顺，但他不能永远否定自己生活上的饥渴。他恢复了生命。

参加任何一场重要的英国锦标赛，哈里几乎都能毫不费力地打进前十名，但却始终与冠军无缘。每当冲冠机会来临，他过去一直仰仗的惊人能量总是难以释放。哈里自认，球技大体上还和以前一样扎实，心理上也没有人比他更能把控比赛的跌宕起伏，但手上的伤使他的推杆一再令人失望。

推击是打高尔夫球耗时最短的动作，极具天赋的本·候根说过，推击不应该被视为这项运动的一部分。但结果是，推杆往往最让球员抓狂，抓狂到迷信。哈里开始公开寻找一只能帮助他克服手伤的推杆，他的搜寻成为举国关注的焦点。在漫画师的笔下，哈里被描绘成一位球手，正在明火上自制锻造粗糙的推杆。有人暗讽，他球包里的推杆多如箭筒里的弓箭，足有 25 支之多。同情他的球迷、热心的球具制造商，以及职业球友们纷纷从世界各地，给他寄来各种千奇百怪的推杆。有些使用怪异的木材雕制，有些用不同金属锻造，其中一支杆面的底部，足有一英尺长，另有一些的杆头像干酪块一样方方正正，可惜没有一支奏效。

1908 年，詹姆斯·布雷德第四次赢得英国公开赛桂冠，追平哈里创下的纪录。第二年，泰勒也喜获第四座葡萄酒壶奖杯，从而形成三人并驾齐驱的局面。英国媒体开始称他们为伟大的高尔夫三巨头，就像后来的阿诺德·帕尔默、杰克·尼克劳斯和盖瑞·普莱尔一样。这个头衔让三人倍感尴尬，他们觉得这个头衔忽视了和他们一起打球的许多优秀球员，但三人都意识到，新头衔可以吸引粉丝，极具营销价值。

哈里的名字仍然比其他人更早被提及，泰勒和布雷德也都承认哈里是高坛"一哥"，但他已经六年没有斩获英国国家锦标赛冠军了。1910 年，布雷德第五次问鼎英国公开赛，正式超越哈里，这让哈里觉得自己就要被高坛抛弃了。同僚们像对待年长的政治家那样，依旧很敬重他，但哈里感觉不到他们对他的畏惧。老汤姆·莫里斯晚年因推杆水准大不如前，失去竞争优势，曾自嘲为"短距离推击失手王汤姆·莫里斯"。哈里一想到自己竟能如此漠然地接受现在的处境，不禁害怕起来，并拒绝将其归咎为心理问题。这是身体上的问题，他必须要找到有一个答案。

1911 年赛季即将来临，哈里向弟弟坦言，今年他必须直面问题，弄清楚自己能否重拾球技，重燃斗志。在答案揭晓前，哈里找到了一件秘密武器，准备发起最后一次冲锋……

1911 年初，哈里的一位好朋友，成功的木材大亨亚瑟·布朗，为哈里设计了一款量身定制的概念推杆。这根全新的、更重更长的推杆甚至改变了哈里的站姿：站得更直，头和身体都保持不动，以右手手掌握住握把，轻轻转动肩膀，做出均匀的钟摆式推击，不再用不可靠的手指控制手腕击球。这是一个与他的现代挥杆相匹配的现代推击姿势。令哈里惊奇，亚瑟·布朗的推杆似乎解决了他的问题，不过实际效果如何还有待大赛的检验，在大赛之前，他还不能把他的问题彻底抛诸脑后。

那年夏初，德国举办首届公开赛，顶级职业选手们纷纷来到度假胜地巴登－巴登参赛，最终哈里从激烈的角逐中脱颖而出，以四轮279杆的总成绩问鼎。这一纪录直到1950年才被打破。比赛最后一洞，哈里必须推进一个四英尺的推球，才能保住一杆领先。手握亚瑟的新推杆，以新姿势站好位，稳稳一击，小球灌洞而入，时隔八年，哈里终于迎来了新胜利。几周后，新推杆得以量产，上市销售，并由哈里倾情代言。赢得在欧洲大陆的首场比赛令他非常高兴，但哈里知道，在重新夺回这项运动的最高荣誉——英国公开赛冠军之前，谈回归为时尚早。让该死的舆论见鬼去吧，他只需要向自己证明自身的价值。

手握德国公开赛桂冠，展望即将开始的英国公开赛，哈里和好朋友亚瑟·布朗一起去了拉图奎特，这是他在1903年英国公开赛获胜前和汤姆一起去过的法国温泉度假村。亚瑟·布朗曾是24小时自行车赛世界纪录保持者，对体能训练略知一二。按照布朗制定的健身计划，哈里每天打36洞，然后拉伸、举重，最后以12英里的快走结束一天。不抽烟不喝酒，不过夜生活，严格控制饮食。经过如此艰苦的训练，哈里感到多年没有像现在这样身强体健，精力充沛，这是自生病以来，他第一次确信自己的竞技状态全面回归。41岁的哈里决定前往肯特郡的皇家圣乔治球场，参加1911年英国公开赛。

汤姆·瓦登仍然在皇家圣乔治做驻场职业球员，他迎接哈里的到来，同时告诉哥哥一个突然的消息。汤姆刚得到一份主动找上门的工作机会，美国伊利诺伊州芝加哥郊外森林湖市一家知名私人俱乐部，请他担任常驻职业球员。多年来，汤姆一直着迷于哥哥的美国之旅，私下里梦想着去新世界淘金。由于至今没有赢得一场公开赛胜利，又面临开始走下坡路的现实，汤姆在英国的发展空间十分有限。他已年近40，没有养家糊口的负担，可以憧憬在海外有一个全新的开始和更光明的生活前景。他还有一层含蓄的寓意，趁着瓦登的大名还能叫得响，他可以去美国赚一笔。汤姆没有事先征求哥哥的意见，接受了新工作，因为他担心哈里反对，又不愿违背他的意愿。哈里想到将要远离一生的良伴和最亲密的朋友时，心里十分悲痛，但他听得出汤姆声音里的激动，只好装出兴奋的样子表示赞许，哈里以冠军球手的自我约束力，努力克制自己不去想这事，集中精力参加比赛。

1911年英国公开赛，共有226名选手参加，又是一项纪录。这是公开赛历史上首次出现球场规模不足，难以承受这么多人参赛，主办者不得不将前两轮晋级赛分开安排在不同的时间举行。赛程过半，哈里凭借稳健的发挥，获得并列第二，落后苏格兰新手乔治·邓肯两杆。邓肯前途光明，是未来的英国公开赛冠军。与哈里并列第二名的球手，是处于职业上升期的33岁球员爱德华（泰德）·瑞，瑞也来自泽西岛，打小就崇拜哈里，并追随他的脚步，离开了小岛，在哈里搬去南赫特时，瑞接替了他在甘顿的职业球手工作。

瑞身高六英尺多，体重225磅，击球距离比英国所有球员都要远30码。过去十年里，泰德·瑞一直在攀登职业阶梯，但距离顶峰仍有一步之遥，迄今他取得的最好成绩，是1908年英国公开赛第三名。泰德留着浓密的海象胡子，穿一件没型的长款粗花呢夹克，戴一顶宽松的水桶帽，在球场上走路慢慢吞吞，看上去像一只穿着人类服装的熊。他体格健壮如牛，性格狡黠又不失睿智，骨子里的坚毅则一如哈里。他很喜欢烟斗，而且与哈里不同，从来烟不离口，即使在挥杆打球。12年前两个泽西岛人第一次见面就十分投缘，多年后，他们之间的友谊变得更加牢固。

按照传统，1911年英国公开赛最后两轮分别在第二天上午和下午进行。上午的比赛中，哈里出场很早，打出75杆的好成绩，直到比赛结束，始终领先于同场竞技的邓肯、布雷德、泰勒、泰德·瑞和桑迪·赫德。场上另有一位实力选手法国人阿诺德·马西，是1907年英国公开赛冠军，也是有史以来获得这一头衔的第一位欧洲大陆球手，他是唯一一个打破伟大的三巨头20世纪初对葡萄酒壶奖杯垄断的人。

在18号洞果岭，哈里以一贯的自信球风，推进保帕，并在现场观众雷鸣般的掌声中退场。午休时，哈里没回酒店房间吃简餐和午休，而是和其他球员一起吃了顿丰盛的午餐。哈里为什么比赛期间放弃节食，亚瑟·布朗为什么没有在现场管住他，对这一问题哈里没有解释，我们无从得知。或许是重新尝到了角逐大赛的刺激，让哈里兴奋得忘乎所以，但不管什么原因，那天下午，他早早地上场打了决赛轮，却发现自己的完美挥杆留在了换衣间。

兴奋的球迷急切地想看到哈里的回归，再次斩获一场英国公开赛的胜利，他们将哈里所到之处围了个水泄不通，球道上、果岭旁、发球台前……整个职业生涯中，哈里素以开球又准又直闻名，但那天下午，他的开球似乎被里三层外三层的人墙截断了，发挥失常，刚有所恢复的推杆又总是推短，令他心烦。虽然在多数果岭上，他的推击经受住了自生病以来最严峻的考验，但最终交出的 80 杆令人失望。哈里再次失手的坏消息迅速传遍球场。

握着微弱的两杆领先优势，哈里感到肯定会输掉比赛，他点上烟斗，和汤姆并排站在 18 号洞果岭，神情严峻地准备看场下的球员超越他。眼看着他们一个个追上来了，然后莫名其妙地……泰勒率先崩盘，紧接着年轻的乔治·邓肯也退出了冠军争夺战。随后上演了惊险的一幕：新晋英国业余赛冠军哈罗德·希尔顿来到 18 号洞发球台时，与哈里打成平手。结束洞，希尔顿开球进沙坑，打出柏忌，落后哈里一杆。泰德·瑞也打崩了，最终落后三杆。卫冕冠军詹姆斯·布雷德在 18 号洞错失 10 英尺推，爆出一句盎格鲁撒克逊脏话，以一杆之差与希尔顿并列第二。人群骚动起来，他们渐渐意识到，哈里也许能凭借微弱优势赢得比赛。

定论为时尚早：桑迪·赫德来到标准杆四杆的 18 号洞时，仅需要保帕就能赢得 1911 年英国公开赛。但赫德开球进长草，救球上球道，第三杆攻果岭失败，然后遭遇一切两推，打出双柏忌，与希尔顿、布雷德并列第二。就这样，越来越多的球手折戟沉沙，人群益发骚动。一旁观赛的哈里与汤姆交换了一下严肃的眼神，又猛吸了几口烟斗，并不时往里添些烟丝，让自己保持忙碌，但表情始终不动声色。

现在只剩下一个人有机会追上他——缺乏自信的法国人阿诺德·马西。这位来自比利牛斯山的严谨巴斯克人，打起球来更像是苏格兰人。站上最后一洞发球台时，马西面临着机遇：打出标准杆四杆，就能追平哈里，将其拖入延长赛；若能抓鸟，他将梅开二度，再次捧起葡萄酒壶奖杯。尽管方圆百里没一个人希望他赢，马西发球劈开了球道，接着用铜片木将小白球稳稳地送上 200 码外的果岭，然后沉着地两推，顺利保帕，并成为唯一一个把握住哈里留下的夺冠机会的球手。冠军之争将于第二天展开，延长赛不采取骤死法，双方将进行 36 洞的马拉松较量，一场真正的高尔夫挑战。

那天晚上在旅馆里，哈里和汤姆静静地吃着晚餐。他们曾经多少次，面临着同样的境况，为冲刺冠军奖杯而战。第一场胜利是在缪菲尔德，然后是在普利兹维克，1899 年在圣乔治。八年前，在普利兹维克球场取得的第二次英国公开赛胜利最为艰难。当时，哈里拖着病躯，鏖战到了最后一刻。在家里，哈里从未获得过婕茜对他事业的支持与鼓励，他唯一的知己和伙伴永远是汤姆，汤姆是他职业生涯和个人生活中最重要的人，这将是他们最后一次并肩作战，对两人来说，这是一个苦乐参半的时刻。

汤姆仍在场上角逐的前几晚，兄弟俩的谈话也仅限于作战策略，目的是如何让哈里在场上获得致胜优势，汤姆把他对皇家圣乔治球场的洞察和盘托出。今晚，哈里没有讨论如何备战，而是将话题转到汤姆即将开始的新生活。哈里想起了芝加哥市，他在那里赢得美国公开赛桂冠，并遇到许多颇具影响力的人物，这些人也许对汤姆能有所帮助。汤姆透露了之前没有告诉哈里的实情：芝加哥前驻场球员、伟大的威利·安德森去世，新雇主翁文希亚乡村俱乐部向他提供了空缺的职位，条件是他必须立即上岗，所以他已经订了本月去美国的船票。

兄弟俩不得不面对现实，除了少数例外情况，在他们的余生中，这将是他们的告别。汤姆意识到现在能为哥哥做的，就是帮助他赢得第五场英国公开赛的胜利，重振瓦登雄风，明天的胜利也将属于汤姆。为避免伤感，或是想要隐藏不舍，汤姆道了声晚安，并最后一次为哥哥鼓舞打气。

"好好休息，哈里，明天你得为葡萄酒壶奖杯而战。"他说，"我替你背包。"

第二天早上，踏上皇家圣乔治球场发球台，哈里看上去休息得很好，身体健康，没有丝毫的紧张不安或自我怀疑。他心静如大海，让人感觉曾经的哈里·瓦登回来了。在发令员的小屋里，哈里和马西握了握手，简单说了声"祝你好运"，并再无交流。有汤姆一路随行，为他背包，哈里的脸上又一次露出坚毅、自信的笑容，更重要的是，这股自信在比赛中展露无遗。马西感受到成千上万的英国观众为对手的一举一动而欢呼的巨大压力，但法国球手砥砺前行。对阵的双方表现堪称完美，战至第 14 洞时，依旧是平局。15 号洞，马西率先崩盘，吞下双柏忌，而哈里打出标准杆后，连看都没看他一眼，这使马西的信心彻底崩溃。打到第 18 号洞，哈里已攒下五杆领先优势。中场休息期间，汤姆和亚瑟·布朗压根不让哈里靠近午餐桌，而是让他一个人在专卖店享用了一杯红茶和一块烤鸡翅。哈里感觉好极了，充满活力，甚至想要来杯威士忌，但他们拒绝了他。

那天下午，仿佛时光倒转，哈里的挥杆又像从前一样，如音乐般流畅，每次击球都如导航般精准地进入预定弹道。他在果岭上的发挥同样出色，推杆入洞，轻松自如，打出教科书式的完美一轮。随着比赛的进行，观众们愈发觉得结果已经注定，他们一直不敢奢望的胜利似乎近在眼前。马西奋起直追，但哈里没有给他任何机会。打到 15 号洞时，哈里已将领先优势扩大至 11 杆。在第 17 号洞果岭上，法国人主动认输，这在比杆赛中闻所未闻，尤其是在大赛中。当哈里准备推击时，马西举手投降，并走过来，将哈里的手高高举起，观众沸腾了！

"国王万岁！"阿诺德·马西说，这话只有哈里听见了。

第五场胜利使哈里最终追平了詹姆斯·布雷德的英国公开赛夺冠记录，伟大的三巨头领袖起死回生。

汤姆挤过周围喧闹的人群，找到哈里，兄弟俩紧紧拥抱在一起，直到兴奋的人群把他俩拉开，并将哈里高高举到他们肩上，把他抬走。

威梅特肖像

（乡村俱乐部友情提供）

花园城

自 1894 年创立以来，美国业余锦标赛一直采用严格意义上的比洞赛赛制（除 1965—1972 年外）。1913 年 9 月第一周，141 名选手现身比赛，参赛人数几乎是前一年的两倍。承办本届比赛的是花园城高尔夫俱乐部，位于纽约郊区中心的花园城。但在当时，它只是布鲁克林以东 25 英里外偏远的长岛前哨站。首日举办比杆资格赛，打进前 64 名的球员才能获得比赛资格。第二天的比杆赛将淘汰一半的选手，接下来的 18 洞比洞赛，将于当天下午在 32 名晋级选手间展开，赢得比赛的 16 名选手将获得决赛资格，进行 36 洞的终极较量。

弗朗西斯跟随一队马萨诸塞州球员，提前两天来到花园城，年轻球员们情绪高涨，享受着旅行中的放松与自由。比赛前两天，他们一行去了科尼岛，弗朗西斯在那里坐了十几次过山车，并偶然结识了一位名叫伯纳德·达尔文的英国记者。

现年 46 岁的达尔文是著名进化论学者查理·达尔文的孙子，五年来一直是美国顶尖期刊《高尔夫杂志》的头号驻外记者。六年后，他将成为首位受聘于伦敦《泰晤士报》的高尔夫专栏作家。与哈里、泰德·瑞一样，达尔文这次到访美国是受雇于诺斯克列夫勋爵。达尔文前一天刚刚抵美，这是他第一次到访，目的是为诺斯克列夫勋爵拥有的报系，报道瓦登 1913 年美国表演赛之旅的最后一程，包括美国公开赛。

达尔文是一位颇有建树的高尔夫球手，曾两次打进英国业余锦标赛半决赛。他对查尔斯·狄更斯的作品颇有研究，堪称英国绅士的典范。他曾是才华横溢、前途无量的牛津大学生，毕业后，成了万事通，却一事无成。花费了十年的时间，达尔文才找到施展才华的舞台，投身到高尔夫记者行列，并一手将平淡无奇的报道，变成了经久不衰的文学作品。与其说他是一位高尔夫记者，不如说他是一位天才的人物肖像画家，他对球员的兴趣远大于这项运动本身，天生的敏感和对这项运动的了解，使他对20世纪上半叶所有重要的球员，都进行了深入细致的研究和报道。

但今晚，达尔文不过是一个思乡心切、迷失方向的游客，试图了解这个似乎只专注于制造感官刺激的新国家，对此他已经身临其境。达尔文身材高大结实，性情温和敦厚，喜欢宅在家里，远离英格兰令他感到不适，并引发了一连串的身体小恙，过山车的颠簸弄疼了他的屁股，浓郁的民族风味食物让他消化不良，长岛的蚊子视这个外国人为美味佳肴，他的脚踝被叮咬得发肿，连靴子都穿不上。更让人感到难以忍受的是，夏末热浪伴随着他的轮船同期抵达纽约，使他第一次暴露在酷热潮湿的环境中，无所适从。经介绍，弗朗西斯认识了达尔文，并惊讶地发现，这位汗流浃背、痛苦不堪的英国人竟然知道自己是谁。达尔文说，在过去的几年里，他一直和美国同事约翰·安德森通信。在马萨诸塞州业余锦标赛上，安德森是弗朗西斯的手下败将，在约翰·麦克德墨这位美国公开赛首位本土冠军引发的高尔夫热潮中，安德森放弃了教学生涯，成为《高尔夫杂志》的兼职记者。他开始与杂志的英格兰特约编辑达尔文交流采访笔记，后者提供的内容和文字为杂志增色不少。马萨诸塞州业余锦标赛和弗朗西斯交手后，安德森给达尔文写了一篇关于弗朗西斯的精彩报道。

世界可真小，他们不禁感叹。当达尔文说起弗朗西斯在夏天取得的成绩时，弗朗西斯谦虚地将其归功于运气。

"在即将到来的比赛中，你觉得能取得什么样的成绩？"达尔文问他。

"我打算尽最大的努力，"弗朗西斯说，"但我更擅长比杆赛，而不是比洞赛。"

"那样的话，"达尔文边擦着额头上的汗水边说，"你去参加几周后在布鲁克莱恩举行的美国公开赛吧，你可能表现得更好。"

"我可没想过，先生。"弗朗西斯谦逊地笑着说，"我没打算参加美国公开赛，有不少优秀球员会参加，竞争会非常激烈。"

"是的，你知道哈里·瓦登和泰德·瑞已经在美国，都准备参赛，我就是来报道他们赛况的。"

"我可不是瓦登先生的对手。"弗朗西斯说。

"是吗？你对他有所了解？"

"是的，先生，可以这么说。"

过山车又来了，弗朗西斯兴高采烈地跳了上去，毕竟他还只是 20 岁的毛头小子，玩性十足，他坚持要英国人加入他和朋友们。达尔文在龙谷过山车上如坐针毡，惶恐不安，下来时感到臀部受到严重的颠簸。当天晚上，达尔文对年轻人的谦虚和沉着印象深刻，把他们的对话记录了下来。第二天在花园城的练习轮中，他特别留心观察弗朗西斯的表现，结果发现他临场镇定自若，挥杆扎实稳健，给这位资深记者留下了深刻的印象。在发给伦敦的早期报道中，达尔文对美国媒体缺乏对弗朗西斯·威梅特的关注表示惊讶。它们的注意力主要集中在卫冕公开赛冠军约翰·麦克德墨身上，这无可非议，但在达尔文看来，美国媒体那么渴望找到一个能击败瓦登和瑞的本土选手，他们显然忽略了一个更加值得关注的球手。

花园城高尔夫俱乐部建于 1898 年，是 1902 年美国公开赛举办地。球场全长超过 6800 码，在当时的美国球场中鹤立鸡群，球场风格更接近英国的林克斯，有着惩罚性极强的壶状沙坑、倾斜的紧凑型果岭、草皮茂盛的狭窄球道，还有常见于经典林克斯球场的高羊茅长草区。走在花园城狭窄、无标记、林克斯风格的球道上，你会觉得仿佛一块面积 200 英亩的苏格兰荒原被神奇地空运到了长岛。前美国业余赛冠军沃尔特·特拉维斯非常喜欢这个球场。记住，是特拉维斯，不是特拉弗斯。由于姓名相似，人门常常误认他为业余球手杰里·特拉弗斯，那个年轻得多的花花公子。特拉维斯把花园城球场当作自己的第二主场，并对它进行了改造，增设了苏格兰风格的沙坑，增强了对球手的考验。当会员们对沙坑的难度提出抗议时，特拉维斯回答："的确难。"为筹备业余锦标赛，会员们授权俱乐部额外支出三万美元，改造升级了更衣室和浴室。

沃尔特·约翰·特拉维斯堪称美国高尔夫球界最重要和最被忽视的人物之一。特拉维斯 1862 年出生于澳大利亚，父母来自英国，他是 11 个孩子中的老四。特拉维斯年轻时就移民美国，干一行成一行。他直到 35 岁才开始打高尔夫，在无所期待地随意打了一场球后，特拉维斯不可救药地被高尔夫的玩法和复杂性所征服，瞬间变成一个不折不扣的球痴。特拉维斯使用一种古怪又近乎科学的方法自学了七个月，然后骑着自行车来到他家附近的球场，以彻头彻尾的新人身份，出其不意地赢得了他参加的第一场高尔夫比赛。紧接着，他又连赢了两场，两年内，特拉维斯成为全美最具竞争力的球员之一。更令人难以置信的是，38 岁那年，他在花园城一举拿下一生中第一个美国业余锦标赛冠军。

私下里，特拉维斯和蔼可亲、风趣友善、头脑灵活。他以艺术家的灵魂和工程师的精确分析能力，将对高尔夫运动的理解诉诸笔端，把高尔夫的精髓分解成最基本的一些要素。他并不否认高尔夫的种种奥秘，但他的分析比先前任何一位高尔夫作家都更具说服力。他粗声粗气、直言不讳的举止往往掩盖了内心深处对高尔夫的激情。去世多年后，他的高尔夫激情在与安妮·布伦特的浪漫通信中展露无遗，经过猛烈追求，特拉维斯于 1890 年娶安妮为妻。

尽管特拉维斯不反对社交，但经常受到同僚指责，说他待人不够友好，这是因为一旦踏上球场，他对朋友或敌人都一视同仁。特拉维斯嘴里总是叼着一支长长的、经过多次咀嚼的黑雪茄，他最受不了的傻瓜行为，是有人在球员击球时还不闭嘴，就算那个人是天才，他也会立即申斥，决不容忍。在他看来，原因其实很简单，比赛需要绝对的专注，专注需要绝对的安静。他的专注注定不凡：1900 至 1903 年，特拉维斯三度问鼎美国业余锦标赛，1904年更是拿下英国业余锦标赛冠军，从而震惊世界，成为首位向大西洋对岸发出警示的美国球手。

为备战 1904 年英国业余锦标赛，42 岁的特拉维斯和一群朋友在比赛前一个月，乘船来到英国，花了整整两个星期，去适应不熟悉的苏格兰球场，之后南下前往赛事举办地，也就是汤姆·瓦登的主场皇家圣乔治高尔夫俱乐部，进行为期一周的训练。特拉维斯开球笔直，但距离不远，他完全依赖短杆的发挥，被公认为这项运动历史上最有天赋的推杆手。他的推击站位很低，握杆十分靠下，嘴里叼着那根长长的、一直在抽的雪茄，看上去有点像电影演员格劳乔·马克思。漂洋过海来到英国备赛时，他的推杆优势却怎么也发挥不出来，这可能就是自打抵达英国后，他的心情就十分糟糕的原因。特拉维斯不苟言笑、暴躁如雷的个性引爆了与英国东道主之间的冲突，等到他离开时，他和英国东道主之间几乎形成了一种滑稽的敌对局面。

从在皇家圣乔治球场签到的那一刻起，特拉维斯就确信赛事官员们正在想尽办法破坏他的夺冠机会。官员们强烈否认他的指控，反过来指责他犯下了英国人最忌讳的"杀头"罪行——缺乏体育精神。东道主声称他拒绝参加比赛期间的社交活动，特拉维斯则声称没有收到正式邀请。他们发现他冷酷无情、难以接近；他则认为他们傲慢无礼，另有图谋，背后藏着更黑暗的动机。当他和同来的旅伴单独在一起时，他会安静地解释说："1812 年英国人侵美国至今，毕竟还不到百年，他们曾经试图夺回前殖民地，洗劫华盛顿特区，放火烧毁了白宫。"

现在已经无法厘清孰是孰非了，不论最初的嫌隙是真是假，误解很快升级为公开的争斗。在英格兰本土，源自苏格兰的高尔夫运动，仅仅比美国早出现了大约 10 年，但在英格兰的桑威奇市，英国人对美国人觊觎他们的运动和至高无上的荣誉深感不满。问题可能只是出在沃尔特·特拉维斯身上：他身材瘦小，弯腰驼背，蓄着浓密的黑胡须，两颊深陷，目光炯炯有神，高深莫测，他在球场上沉默寡言，一双黑眼睛直勾勾地盯着每一个挡在他前面的人。一位作家把他的气场描述为近似于恶魔，在竞争激烈的情况下，哪怕他胜利在握，也不是一个容易相处的人。

1904 年英国业余锦标赛开赛前一晚，听到特拉维斯抱怨推杆问题后，他团队里的一员立马递给他一只自己新设计的推杆，这款推杆的杆头四四方方，杆身位于杆头正中，设计师来自纽约州施耐克特迪市，因而称其为"施耐克特迪推杆"。这款推杆后来成了高尔夫球史上最重要、也最具争议的球杆。

第二天，1904 年英国业余公开赛拉开战幕。首轮一上场，特拉维斯发现自己分到了一个长着斗鸡眼的"白痴"球童，组委会坚称这是他们最好的球童之一，断然拒绝给特拉维斯换球童。这个小笨蛋几乎数不清一二三四，对当地的规则也一无所知，小白球离开球托，只要飞过六英尺，他都无法找到，更不用说对这座陌生又有挑战的球场，提供任何应对策略了。开球不久，特拉维斯开始称这个可怜的家伙为"人渣"。早晨开球前，球会曾拒绝给他更衣柜；上午比赛突然下起一场暴雨，特拉维斯浑身湿透，但赛事官员竟然不让他进更衣室换衣服。官员说，再过十分钟，他就要开始下午的比赛，如果他不想输掉比赛，最好马上去发球台。特拉维斯全身湿透，靴子里的积水在晃动，他只能在走廊里用毛巾草草地擦了擦身上的雨水，然后走出去继续战斗。

如果这些官员是有意刁难，不让他安心打比赛的话，那他们真是选错人了。惹恼特拉维斯，只会让他更加坚定夺冠的意志，而且有了新的施耐克特迪推杆在手，这位美国人将技惊四座。目标明确的特拉维斯在圣乔治的果岭上所向披靡，轻轻松松连续推进 40 英尺的长推，令英国人大开眼界。前六轮比赛，特拉维斯一路过关斩将，横扫英国选手。那个替他背包的傻瓜，最终还算幸运，没有受到老板的指责。特拉维斯在决赛轮最终遭遇英格兰球员爱德华·布莱克韦尔，这位英国业余赛的长打王，每次开球至少超过特拉维斯 50 码，但他也只能看着特拉维斯神勇地推进一个又一个长推，目瞪口呆。最终，特拉维斯以赢四洞剩三洞的成绩，彻底击溃英格兰人最后的希望。当他完成最后一推，赢得比赛时，现场 6000 名观众陷入了死一般的沉静。

不可思议。一个美国人，赢得了英国业余锦标赛冠军，重新演绎了一场约克镇大捷（1781 年，乔治·华盛顿将军率领的美军和法军联手围攻约克镇的英军，这一战役奠定了美国独立战争的决定性胜利——译者注）。当地媒体不知为何忽略了这个美国人生于澳大利亚，父母都是英国人的事实。如果你猜测这场激烈的比赛结束后，一切争议都会过去，体育精神会占上风，那么请再猜一次！

圣乔治的掌门人是当地的贵族，德高望重的诺斯伯恩勋爵，他极不情愿地从山上的庄园下来，为特拉维斯颁发奖杯。"自凯撒大帝以来，英国从未遭受过如此奇耻大辱。"老勋爵以这么一句开场白，开始向垂头丧气的现场观众痛陈帝国荣耀的衰落。在他喋喋不休的一个多小时讲话中，特拉维斯极力按捺着想要跳起来的冲动，从老家伙手里夺过奖杯。当奖杯最终交给他时，老勋爵冰冷地握了握他的手，还说了句："希望这样的灾难永远不会再发生！"不知怎么回事，特拉维斯竟隐忍不喷，发表了一个简短而礼貌的获奖感言。第二天，他跳上了最早一班返回美国的轮船，当时他渴望逃离英国，哪怕只有一片木筏，他也会跳上去想尽办法划回家去。

之后多年，特拉维斯始终无法从内心原谅英国人对他的"款待"，他终身再也没有踏足英国，大多数英国人则质疑他是否有意为之。英国人也送给特拉维斯一份"分手礼"：比赛结束后不到一个月，皇家古老高尔夫协会颁布了一项禁令，禁止在以后的任何一场英国赛事上，使用邪恶的施耐克特迪推杆。多年后，这项禁令让另一位美国人颜面尽失。1949年，一位顶尖的大学业余球员、在英国服役的美军中士查尔斯·罗塔在休假期间，凭借一支施耐克特迪推杆，打进了在皇家圣乔治球场举行的英国公开赛。没有一个英国人注意到他的推杆，直到第二轮，一位老道的巡场员在场下工作时，发现了中士球包里的那支邪恶推杆，并揭发了它，罗塔马上被取消了比赛资格，不得不耻辱地离开了赛场。

美国球员称沃尔特·特拉维斯为"老人家"，他确实年岁已大，但称呼反映了他们对特拉维斯所取得的开创性成就的认可与尊重。美国高坛的后起之秀视他为楷模，他在四年中获得了三次全美业余锦标赛冠军，并在1902年花园城美国公开赛上斩获第二名，是业余选手冲击美国顶级职业赛事所取得的最好成绩。1908年，特拉维斯成为《美国高尔夫球手》杂志的创办人和编辑，该杂志自称是"皇家古老运动的权威机构"，开始为美国读者记录和报道这项运动，成为两家全国性高尔夫月刊之一。特拉维斯用和他的打球风格一样精准、简洁的文笔，向美国新生代介绍这项受人尊敬的娱乐活动和及其诸多优点。凭借在赛场上的卓越表现及在出版界的影响力，沃尔特·特拉维斯激发了成千上万人投身这项运动，从这个角度讲，他为美国高尔夫运动的发展，立下了汗马功劳。1913年，时年46岁的特拉维斯承认，他最好的高尔夫球生涯可能已经过去，不过在比洞赛中，只要熟悉的施耐克特迪推杆在握，他仍是令人生畏的对手。

由于花园城是他的主场，沃尔特·特拉维斯担任了1913年美国业余锦标赛非官方东道主，他在国家级赛事上的宿敌杰里·特拉弗斯，将在这里卫冕。1904年末，当沃尔特·特拉维斯和杰里·特拉弗斯首次在一场比洞赛决赛中正面遭遇时，17岁的杰里拿出了一根一模一样的施耐克特迪推杆，震惊了比他年长的对手。两人在果岭上发挥出色，难分伯仲，18洞过后，双方战成平局，最终年轻的特拉弗斯在延长赛第三洞锁定胜局。老人家觉得仿佛撞见了自己的年轻幽灵——两人都是出色的推杆手，在球场上很少说话，打球时像死神般冷酷，他们是美国高尔夫球史头30年的泰格·伍兹和菲尔·米克尔森。他们相互激发了彼此的斗志，双方的缠斗往往不到最后一刻难见分晓，也因此成就了高尔夫球历史上难得一见的经典对决。最初的几年里，这对宿敌打得难解难分，冠军宝座轮流坐。不过俗语说，长江后浪推前浪，高坛最终是年轻人的天下。在接下来的七场全国业余比赛中，杰里先后五次将老人家淘汰出局，攀上事业巅峰。沃尔特·特拉维斯再也没赢得过第四次全国冠军。

1913年9月2日，花园城高尔夫俱乐部

　　弗朗西斯第一次走进更衣室，发现里面挤满了他从小在布鲁克莱恩的比赛中见过的顶尖球员。这一次，他不再是观战者，而是竞争者。这样的场面并没有吓倒他，事实上，他十分兴奋，压根就没想到害怕。他在更衣室里绕了一圈，腼腆地把自己介绍给仰慕已久的球手，能和他们共处一室，令他十分高兴。作为一个心思单纯、初来乍到的年轻人，弗朗西斯对更衣室里的紧张情绪有些吃惊，他后来也承认，自己当时压根没有意识到竞争的激烈。沃尔特·特拉维斯握着他的手，一句话没说，眼睛透过可乐瓶式的眼镜盯着他。弗朗西斯开始明白，他已经迈出了进入另一个世界的第一步。

　　那天，弗朗西斯在场上出其不意地回敬了特拉维斯给他的见面礼，打出75杆，比老人家领先一杆，在排行榜上处于靠前的位置，稳稳晋级，这是他四年来首次在业余资格赛中打出完整的一轮。赛后，沃尔特·特拉维斯特意来到他的储物柜前，对他表示祝贺。带着整个夏天积累下来的信心，弗朗西斯第一次顺利打进业余赛第二轮。还没到庆祝的时候，他仍需要在第二天的比赛中有稳定的发挥才能晋级比洞赛。

　　那天晚上，弗朗西斯向伯纳德·达尔文解释他的成功时，表现得一如既往地谦逊："我很幸运！"在为《泰晤士报》撰写的有关业余锦标赛的第一篇报道中，达尔文高度评价弗朗西斯："他的身材适合打高尔夫球，挥杆和收杆动作很好，非常好，心理素质稳健。他的木杆打得又远又直，短打和推杆也很扎实，前景应该十分光明。"

　　资格赛第二天，通常大风不断的花园城风和日丽，但盛夏时节的热浪在长岛上空肆虐，严重考验球手们的耐力，使比赛的挑战进一步升级，让许多人为完赛苦苦挣扎。见惯了英国球员穿诺福克粗花呢夹克和马甲，扣子扣得

严实合缝的打球景象，伯纳德对球道上挤满了穿衬衫、系领巾、穿白色法兰绒裤子的球员，感到惊诧不已！达尔文不愿在比赛期间抛下弗朗西斯，在小卖部尽情享用去暑茶点之后，带着柠檬水，强撑着陪自己的新宠打完后九洞。弗朗西斯打出 76 杆，以精彩的表现回报了达尔文的溢美之词。赛后回到更衣室时，那些球员老手们开始像欢迎新人一样迎接他。

老人家特拉维斯对一切都毫不在意，没有受火炉般高温的影响，在资格赛中连续第二次打出 76 杆，依然落后弗朗西斯一杆。对于弗朗西斯，这仅有的一杆领先本身就是一项荣誉，值得为他颁发一块令人垂涎的金牌。离开球场后，弗朗西斯坚持对所有愿意听他说话的人说，他不在乎赢得奖牌，能获得比洞赛参赛资格，对他来说是天大的好消息！在他之前完赛的老将们，尤其是特拉弗斯和约翰·安德森则不相信他的话，坚持要他一起去最后一洞观战。花园城球场的 18 号洞是一个难得一见的收尾三杆洞，难度不小。其果岭位于乡村风格的会所后方，毗邻一个名为科妮莉娅湖的小池塘，是一处绝佳的观赛点，能一睹场上最后的风云际会。弗朗西斯和一群前冠军和未来冠军们一起在果岭边坐下来，倾听他们的尖锐点评，享受难得的交流机会，逐渐融入这项运动最高级别的兄弟会。

直到那天上午的晚些时候，弗朗西斯的领先地位始终无人撼动。接着消息传到会所，查尔斯·奇克·埃文斯打疯了。奇克曾是印第安纳州的球童，只比弗朗西斯大三岁，但他的球技成熟得更快，1912 年的全国业余赛上，他取得了第二名的好成绩，屈居冠军杰里·特拉弗斯之后。现在，奇克被公认为是美国西部地区最好的球员。他出身中下层家庭，总是缺钱花，终其一生都保持着业余球手的身份。奇克直到资格赛开赛前一晚才赶到花园城，在对球场一无所知的情况下，他在第一天的比赛中打出 77 杆，然后以 39 杆完成第二天比赛的前九洞，转场后，他需要打出完美的 34 杆才能击败弗朗西斯。就算今时今日要在花园城打出 34 杆绝非易事，更何况是在 1913 年。

在 18 号洞，经验丰富的老将们向弗朗西斯保证，那块领先金牌仍是他的囊中之物。埃文斯在果岭上的表现出了名的不稳定，他对自己的推杆技术缺乏信心，总会在球包里装四支推杆，如果这些推杆都不中用，他甚至不会羞于使用 2 号铁。花园城球场的波浪形果岭速度快如闪电，迟早会让埃文斯崩溃。那天早上，他还跟一个朋友说，有些果岭起伏实在太大，"看着它就让人头疼"。由于对埃文斯知之甚少，弗朗西斯只好相信老将们向他打下的保票，沉醉在领先的美梦里。

但很快，美梦被现实击得粉碎。奇克·埃文斯手感持续火热，在后九洞打出惊人的 32 杆，以 71 杆刷新花园城球场的最低杆数记录，轻松拔得头筹，成为晋级球员中的佼佼者。18 号洞果岭边的派对戛然而止，老将们四散而去，为剩下的半程比洞赛做准备。弗朗西斯感觉像个泄了气的皮球，不仅失去了本以为稳操在手的领先优势，就连新结下的同僚情谊，也在埃文斯推进最后一杆时土崩瓦解。弗朗西斯缓了缓神，站起身来，朝练习场走去，他的第一场比洞赛将在不到一个小时后开始。

资格赛的结果尚未出炉。按规定，排名前 32 位的选手才能晋级，但上午的比赛结果出来后，出现了前所未有的僵局。最后 11 个晋级赛位上，有 12 名选手打平，必须要淘汰其中一名。令全场大跌眼镜的是，在 18 号洞连丢两球进池塘，打出灾难性的七杆的卫冕冠军杰里·特拉弗斯也在这 12 人之列，他说这一洞使他"减寿 10 年"！幸免的晋级选手与现场观众齐聚 1 号洞发球台，观看那 12 名球员争抢 11 个晋级席位。伯纳德·达尔文觉得这种民主的淘汰方式酷似抢椅子游戏，十分有趣。12 名选手先后开球，只见小白球如冰雹般散落于 1 号洞球道上。12 人中有一位是弗朗西斯在马萨诸塞州的密友，海因里希·施密特，一位颇有建树的老将。他的开球最佳，但攻果岭却遭遇沙坑，打了三杆才将小白球救出来，最终吃下三柏忌，惨遭淘汰。施密特最近刚以第五名的优异成绩结束英国公开赛之旅归国，并带回一套时髦的粗花呢套装，里面有瓦登风格的夹克和短裤，搭配着红袜子和配套的领结。深以这身行头为傲，纵使酷暑难耐，施密特也没脱掉外套，事后他将骤死赛的失败归咎于天气太热导致的反应迟钝。所有人都松了口气，三届冠军杰里·特拉弗斯幸存下来，仍有机会在比洞赛中捍卫冠军头衔。

那天下午，在他的首轮比洞赛中，弗朗西斯抽到了来自宾夕法尼亚州亨廷顿谷的 C.B. 巴克斯顿，一位长得极像喜剧演员 W.C. 菲尔兹的业余球手。弗朗西斯在发球台上与他握手时，首先想到的是瓦登的话：

"尊重你的对手，但要把他当成一个无足轻重的人，不论他有多么辉煌的战绩，专注地打好你的球就好。"

严格遵照哈里的指示，弗朗西斯以赢四洞剩三洞的成绩，轻松击败巴克斯顿。在赛场上每前进一步、每击球一次、每推杆一次，他都感到信心在增长。在 15 号洞锁定胜局后，弗朗西斯迈着轻快地步伐走向会所。除达尔文之外，渴望挖到猛料的其他记者们开始不惜笔墨地报道他。对弗朗西斯来说，他通过自己的方式赢得了其他业余球手的认可与尊重，这让他觉得自己可能有机会在比赛中走得更远。可是走进更衣室后，他突然看见第二轮的分组表，发现明天的 36 洞比洞赛中他将对阵卫冕冠军杰里·特拉弗斯。

弗朗西斯在俱乐部对面的花园城酒店度过了一个不眠之夜，他仔细翻阅瓦登的书，试图寻找能够帮助自己度过难关的启示：

"善于控制紧张情绪的人将无往不利。"

"当一个人完全掌握了这项运动的理论与实践时，没有什么比比洞赛更能验证他的实力。"

不错的建议，但聊以慰藉。刚刚结束庆祝假期的杰里·特拉弗斯，是公认的美国有史以来最强有力的比洞赛竞争选手。比杆赛从来没有让他的天赋发挥到同样的水平，他前一天差点没能通过资格赛就是最好的例证。但与同组球员正面交锋时，即使是在状态不佳的情况下，他几乎总能找到赢球的方法。杰里的 1 号木往往毫无征兆地掉链子，球会满场飞，他可以在一整场比赛中，只用发球铁杆开球，结果仍然不能确保上球道率。但这些都无关紧要，因为特拉弗斯明白，比洞赛与比杆赛本质上是不同的，在比洞赛中，持续稳定的发挥和更低的杆数，远不及在关键时刻打进制胜一球，击溃对手的心理防线来的重要。

杰里的手下败将沃尔特·特拉维斯一针见血地将比洞赛描述为"披着绅士运动外衣的心理战"，对于老人家的话，没有人比杰里·特拉弗斯更上心。私下里，富二代公子哥杰里是聚会上的焦点人物，常常表现得过于抢眼。但在比赛中，他是一个十分谨慎、完全以自我为中心的球员，无视对手的表现，从而让对手无所适从。但凡有丝毫机会锁定胜局，他就会果断出手。特拉弗斯在他的高尔夫生涯中早早就能够掌握这种知命天赋，和伟大的高尔夫作家赫伯特·沃伦·温德的评论有关——"和大多数擅长体育运动的富二代一样，特拉弗斯全然没把比赛奖金放在眼里，但他拼赛的劲头就好像下一顿饭取决于能否赢球一样"。

弗朗西斯竭力从瓦登的书中汲取能量准备迎战，第二天早上现身花园城球场 1 号洞发球台时，他还是被眼前的景象惊呆了，现场观众之多前所未见。毫无疑问，从他们的欢呼声中看出，他们前来支持特拉弗斯，并希望他的对手一击即溃，一败涂地。儿戏结束了，大赛正式开启。杰里对花园城球场了如指掌，1908 年，他在这里赢得了他的第二座业余赛冠军奖杯。杰里是土生土长的纽约人，当地人无论如何都会支持他。与其他任何一项主要运动相比，高尔夫球迷更钟情于熟识的球员，至于名不见经传的新人，要等到他能杀出重围取胜，才会引发关注，成为球迷们的新宠。弗朗西斯走上 1 号洞发球台，开始将恐慌咽在心里，笑对比赛。

好了，弗朗西斯，来吧，这是你多年来一直梦想的舞台，该你上场啦！记住哈里的话：更多的时候，比赛是由于一开始的疏忽而输掉的。就像人生中打得最好的一次那样去打第一洞吧！

弗朗西斯操起 1 号木大力出击，只见小球飞出 240 码，稳稳地落在球道中央。杰里在昨天那场差点酿成灾难的比赛过后，和花园城球场的职业球员一起工作了几个小时，发现了自己的挥杆问题。他下杆时左手腕向身体内侧弯曲，从而产生了令人头疼的左曲球，但留给他调整动作和练习的时间尚不充裕。特拉弗斯用他的黑色发球铁杆开球，球落在弗朗西斯的球后方 20 码处，两人都以两杆攻上果岭，然后成功保帕。双雄对决就此展开！

弗朗西斯逐渐平静下来。在最开始的几洞，每当对手打出好球时，弗朗西斯都会予以称赞，但无论他打好打坏，特拉弗斯始终一脸漠然，无动于衷，就连他发挥最出色的时候，特拉弗斯也没有表现出丝毫的兴趣。注意到这一点后，弗朗西斯突然灵光乍现——原来比赛是这么玩的！弗朗西斯生性轻松愉快，一直倾向于把高尔夫比赛看作是友好对手之间的体育竞技，没有什么比在比赛结束时与获胜者握手并衷心祝贺更重要的了。在业余锦标赛这样的全国性比赛中，面对杰里·特拉弗斯这样的大师级选手，他突然意识到自己目前的处境多么严峻，但他没有退缩，就像一匹年轻的赛马，直到第一次与冠军纯种马比赛时才找到自己的步伐一样，迎着鞭子和马刺而上。这一天，他终于知道自己到底能跑多快！对于当时的领悟，弗朗西斯后来回忆说，这家伙只打算做一件事，那就是赢得比赛，我决定也这么做。

整个上午，杰里·特拉弗斯开球麻烦不断。仅有两次拿出 1 号木，都打出了灾难性的左曲球，但他总能在灾难进一步加剧前，奇迹般地把球救回来。弗朗西斯惊讶地发现，他的对手有一种不可思议的能力，他能立即忘记一记糟糕的击球，专注地投入下一杆。弗朗西斯也毫不示弱，勇敢地直面挑战，赛出自己的风格，坚决不让特拉弗斯不可思议的救球把他淘汰出局。上午的比赛进行到第 18 洞时，双方依旧维持着平局。场上另有十五对选手在厮杀，但随着这位默默无闻的业余选手奋起挑战卫冕冠军的消息传遍花园城，前来观战的观众越聚越多，最后成为全场规模最大的观赛团。

标准杆三杆的结束洞，两人双双开出高水准的一球，一杆攻上果岭。弗朗西斯的球落在距离洞杯 30 英尺的地方，特拉弗斯的球则在弗朗西斯的推击线内，距洞杯 20 英尺。弗朗西斯不慌不忙地摆好线，稳稳地推了一杆，球直奔洞口而去，最终悬在洞杯壁上。杰里盯着弗朗西斯看了好一会儿，这是整个上午两人第一次直接眼神接触，一丝诡谲的笑容划过他的脸庞，这一次，弗朗西斯读懂了那笑容背后的深意。特拉弗斯不负众望，以一只小鸟球为此轮画上完美的句号，就这样，上午的比赛结束了，两人都打出 74 杆，但特拉弗斯获得了一洞领先优势。

弗朗西斯决定独自思考一下，静静地吃了顿午餐后，两人又见面了。下午的比赛正式开始，现场观众蜂拥而至，将发球台和球道围了个水泄不通，在接下来的比赛中，更多的人将加入这支观赛队伍。这一次，弗朗西斯没有丝毫紧张了。更令人惊喜的是，他甚至感到彻底放松了。延续上午的火热手感，杰里·特拉弗斯再下一城，拿下第一洞。弗朗西斯冷静反击，接连拿下第二和第三洞，扳平比分。从此开始，双方你追我赶，打得难分难解，每当特拉弗斯做出富有挑战性的击球或推击时，弗朗西斯便会立马做出回应。随着双方越战越酣，不断壮大的观赛队伍从他们的视野中消失了，弗朗西斯甚至不再意识到有人在看他，他眼里只有比赛，如此一来，他发现了更不寻常的事实——他喜欢这里，炎热、压力还有拥挤的人群不仅没有干扰他，反而让他更加专注和享受比赛，进而让他的信心不断提升。在标准杆五杆的 7 号洞，已经完全抛弃 1 号木的特拉弗斯，用开球铁杆将球开进了令人望而生畏的长草区，救球无望。弗朗西斯抓住机会，稳妥地打出标准杆，取得一洞领先，这是他全天第一次获得领先。

来到全长 418 码、标准杆四杆的 8 号洞时，弗朗西斯开球直击球道中央，特拉弗斯再次操起发球铁杆，打出一记低弹道的小右曲，球的落点比弗朗西斯略远几码。接下来的第二杆，弗朗西斯面临着不小的挑战，需要跨过一处又深又宽的沙坑带，将小白球送上 180 码开外的小型果岭，果岭的大上坡从前襟到后缘严重倾斜，难以停球。

"总是谨小慎微是不可取的。如果你成功地打出一个高难度的球，它必将对你的对手产生影响。"

弗朗西斯抽出中铁，瞄准旗杆，站好位，眼睛紧紧地盯着小球，下杆，只见小白球在空中划出漂亮的弧线，稳稳地落在果岭上方距洞杯八英尺的地方。弗朗西斯转过头望着特拉弗斯，这是自上午的最后一推后，两人首度四目相交，弗朗西斯的眼神里传递出明显的挑衅信号："来啊，大冠军，我倒要看看你怎么超越这一球！"

特拉弗斯迎着他的目光，丝毫没闪躲，脸上又出现了一丝诡异又镇定自若的微笑。他转过身去，面朝小球，然后不紧不慢地观察了一下远处的旗杆位，轻轻地试挥了一杆，晃了晃身体，然后摆好站姿，大力出击。就在特拉弗斯击球的那一刻，弗朗西斯心里咯噔一下，深感情况不妙。特拉弗斯完美复制了弗朗西斯的进攻策略，小球落地后，直奔洞杯而去，眼瞅着就要滚入洞口时刹住了，留下一个 10 英寸的死鸟推。特拉弗斯再也没看弗朗西斯一眼，压根也不需要看，径自走向下一洞。像被人拔掉电源插头一样，弗朗西斯前三天积攒的自信都从鞋底偷偷溜走了，球感也没了，站在小球前，连推杆走线都找不到，小鸟推偏右。无需赘叙，特拉弗斯抓到死鸟，追平比分。

比赛继续，但决定结果的关键一役已落幕，胜负已分。弗朗西斯心里清楚自己已经输了，他的朋友约翰·安德森完赛后来看他比赛，也表示："特拉弗斯胜券在握了！"伯纳德·达尔文则在报道中写道："从那一刻起，威梅特的状态开始下滑，尽管不甚明显，也没有就此一蹶不振而停止反击，但颓势已无可挽回。"特拉弗斯则如同嗅到血腥味的鲨鱼般一跃而起，接连拿下第 9、

11 和 12 号洞；弗朗西斯好不容易在 13 号洞扳回一局，却很快在 14 号洞折戟，紧接着的两洞，双方战平，比赛就此结束，特拉弗斯胜出，赢三剩二。勇于挑战的弗朗西斯也赢得了现场观众热烈的掌声，对手特拉弗斯快步走过来，整天来第一次脸上绽放出灿烂的笑容，主动和弗朗西斯握了握手，友好地用胳膊搂住他的肩膀，他心里清楚自己差点就输给了这个来自马萨诸塞州的无名小将。弗朗西斯微笑着回应观众们的掌声，内心深处却溃不成军。

看到弗朗西斯眼中的失望和痛苦后，特拉弗斯做出了一个不同寻常的举动。赛后不久，在更衣室里，他拉着弗朗西斯在他的隔间前坐下，一杆一杆地回顾了他们的整个比赛，分析了他的表现和临场战术，平静地指出他的不足，用一个小时教会了他许多有关这项运动和体育精神的东西，比大多数人一辈子的所学还要多。欢迎来到业余高尔夫的顶级角斗场，弗朗西斯，他似乎在说。这次与特拉弗斯的谈话，比他前两天所取得的成功，比他们在球场上惊心动魄的决斗，更让弗朗西斯相信他真正属于这里。回过头来综合考量这次参赛经历，极大地增强了弗朗西斯对自身价值的认知。他在资格赛中幸存下来，这是他参赛的唯一目标，而且差点荣登资格赛排行榜榜首，然后顺利打进比洞赛第二轮，最终遭遇了最强劲的对手，不得已败下阵来。

那天下午晚些时候，伯纳德·达尔文找到弗朗西斯，并向他表示热烈的祝贺。一整天他都在人群里密切注视着弗朗西斯，为了不错过最终的赛况，顶着酷暑，达尔文竟克制住了流连柠檬水摊的冲动。作为一名经验丰富的赛手，他比大多数人都清楚，弗朗西斯对特拉弗斯造成了很大威胁。那天晚上，他以达尔文式的轻描淡写的口吻，在发给伦敦的报道中写道："特拉弗斯先生低估了对手的实力，他没能意识到，威梅特先生绝对是本届比赛上的黑马。"他仍然相信弗朗西斯的职业前景十分光明，但他预测年轻的威梅特"近一两年内异军突起的可能性不大，但假以时日，当他变得更强更富有经验时，他将成就不凡"。约翰·安德森在自己的文章中这样总结这场比赛："弗朗西斯·威梅特的表现令人赞叹不已！"

享受着随之而来的种种赞美，弗朗西斯决定在花园城逗留一段时间，观看剩下的比赛。在第二天的第三轮比赛中，他看到奇克·埃文斯凭借四支推杆，在 36 洞的角逐中，与沃尔特·特拉维斯战成平手，接着在同一个果岭上使用不同的推杆，并最终经过三洞延长赛一举击败对手。在令人窒息的热浪中，老人家似乎快要累垮了，又一次输给年轻后生。但这位年轻后生在第二天的半决赛中惜败，输给了弗朗西斯的老友马塞诸萨州的约翰·安德森，安德森将在第二天的决赛中迎战卫冕冠军杰里·特拉弗斯。与弗朗西斯的较量仿佛一记警钟，特拉弗斯及时调整了挥杆动作，然后再也没有遇到任何来自对手的挑战，包括冠军决赛，他最终以赢五洞剩四洞的成绩，轻松击败安德森，成功卫冕。26 岁的花花公子杰里·特拉弗斯赢得了他的第四座，也是最后一座业余赛冠军奖杯，这一胜利记录将一直保持到伟大的鲍比·琼斯崛起。从宏观角度看，也许特拉弗斯在第二轮比赛后全心全意帮助新手的善举，比他在球场上取得的许多伟大成就，更能改变高尔夫历史。

美国高尔夫协会时任主席，罗伯特·沃特森是一位相当不错的球手，他在花园城 12 人资格赛延长赛中幸存下来，但在第一轮比洞赛中输给了杰里·特拉弗斯。第二天，沃特森走上球场，加入弗朗西斯和特拉弗斯的粉丝团，观看了他们的整场比赛。那天晚上，当围观的人群渐渐散去，沃特森在俱乐部餐厅找到弗朗西斯，对他们都输给特拉弗斯表达了惺惺相惜之情，然后向弗朗西斯发出了一个有趣的邀请。

距离 1913 年美国公开赛在乡村俱乐部举行仅有两周时间，沃特森和美国高尔夫协会一直在热切地寻找合适的业余选手参赛，但始终未果。鉴于他在花园城的所见所闻，同时考虑到弗朗西斯在家乡布鲁克莱恩所取得的成绩，罗伯特·沃特森确信弗朗西斯·威梅特就是他们要找的人。

弗朗西斯一时语塞，参加美国公开赛是他梦寐以求的事，但令他犹豫不决的是，在全国业余赛上竞技是一回事，但挑战美国公开赛完全是另一回事，公开赛上不仅有最好的业余选手，还有顶尖的职业球手，更别提哈里·瓦登和泰德·瑞了。由于刚经历了业余赛上的种种，参加职业赛的想法令他心生恐惧。弗朗西斯没有转职业的野心，他渴望在商业上取得成功。他见过太多的前球童沉迷于成为职业球员的想法，忽视了自身教育，盲目地相信这项运动可能会让他们过上好日子，却往往事与愿违。球童是梦想家，一旦现实照进梦想，男孩们很快就会变成碌碌无为的年轻人。弗朗西斯决心要逃离这样的命运，认真对待现实工作。为此，他特意向雇主赖特 & 迪特森请了一周的假来花园城比赛。这么快又请假的话，在他看来，就是在利用雇主的慷慨。

"赖特&迪特森那边好说，你别操心。"沃特森笑着说。

谈话结束后，弗朗西斯离开花园城，返程回家，在他看来，他已经礼貌且坚定地拒绝了沃特森的邀请。

沃特森可不这么认为。隔日，他就打电话回办公室，指示他的手下开始准备相关文件，邀请马萨诸塞州的业余选手弗朗西斯·威梅特参加 1913 年美国公开赛。

威梅特和 10 岁球童洛厄里

（乡村俱乐部友情提供）

1913 年，泰德和瓦登抵达纽约

（哈尔顿档案 / 盖蒂图片社）

哈里和泰德的非凡冒险

1911 年英国公开赛的胜利，使哈里·瓦登在英格兰的名气达到了前所未有的高度。很多年之后，高尔夫球场上同样鼓舞人心的胜利才会出现，一个是 1950 年，本·侯根在遭遇几乎丧生的车祸之后，在美国公开赛上复出夺冠；另一个能与瓦登媲美的胜利要等到 1986 年，46 岁的尼克劳斯问鼎美国大师赛。作为伦敦《泰晤士报》的老板，阿尔弗雷德·哈姆斯沃斯，也就是大名鼎鼎的诺斯克列夫勋爵，立即决定赞助哈里，再组织一场美国巡回表演赛，利用哈里的最新成就大赚一笔。诺斯克列夫勋爵是南赫特球场的创始会员，也是哈里的好友。

作为最早的传媒大亨之一，48 岁的诺斯克列夫勋爵自有过人之处，善于精准把握公众的阅读兴趣。他靠《每日邮报》积累了第一笔财富，他把这份全国性报纸定位为"大忙人日报"，与现在的《今日美国》并无二致。《每日邮报》只有八页，是第一份将全天新闻浓缩成易于消化的板块进行报道的大报，它的巨大成功彻底改变了英国报业。诺斯克列夫勋爵也善用热点进行炒作，为报纸增加卖点。凡出现有争议的新闻人物，他就会花钱买下独家专访权，进行报道。他曾经向首次成功飞越英吉利海峡的飞行员提供巨额奖金，并进行炒作。诺斯克列夫勋爵收获了巨额财富，堪比电影《公民凯恩》的故事原型人物、报业大王查尔斯·福斯特·凯恩。阿尔弗雷德·哈姆斯沃斯傲慢专横，他将生意目光瞄向了更大的全球舞台。

诺斯克列夫勋爵是一名狂热的业余高尔夫球手，不惜花费巨资在自己的乡间庄园建造了一座 18 洞私人球场。同时，他是一名狂热的民族主义者，一直对 1904 年美国人沃尔特·特拉维斯夺走英国业余赛冠军奖杯一事耿耿于怀，并在密谋复仇计划。在这段时间里，英国丧失了国际体坛的霸主地位，在游艇、网球、马球和田径项目上皆不敌美国，只守住了最后一块金字招牌——高尔夫。当然，这块金字招牌上的有个污点——1904 年英国业余公开赛的失利。到了 1912 年，保住高尔夫的金字招牌成了诺斯克列夫勋爵的心病，于是，有钱又有闲的传媒大亨决定资助英国人"入侵"美国，清除人们对沃尔特·特拉维斯胜利的记忆，把美国公开赛冠军奖杯带回英国。依据他少有的谦逊想法，没有人比那个曾经成功打败美国人的英国人，他的好友哈里·瓦登，更有机会做到这一点。诺斯克列夫勋爵深知哈里骨子里是个爱国主义者，不会拒绝他的提议。上次美国之旅，哈里大赚了一笔，不妨再去一次。双方的谈判极富诚意，诺斯克列夫勋爵为哈里预定了前往纽约的头等舱船票，这艘豪华巨轮名为泰坦尼克号，将是她的处女首航。身为传媒大亨，诺斯克列夫勋爵十分清楚，乘坐这艘豪华巨轮，将为哈里的美国之行，增添值得大书特书的筹码。临行前两周，哈里因肺结核并发症抱恙，虽然过去两年健康状况维持得不错，但他担心身体虚弱，承受不了长途舟车劳顿，向诺斯克列夫勋爵提议，将美国之行推迟到次年春天。

两周后，哈里预定乘坐的那艘游轮，在万众瞩目下驶离朴茨茅斯，两天后在北大西洋撞上了冰山，有关这艘名为泰坦尼克的巨轮故事，想必你已耳熟能详。

在接下来的日子里，哈里翻阅了无数关于这一悲剧的报道，他向诺斯克列夫勋爵坦言，这是第一次也是唯一一次，他要感谢疾病救了自己的命。

弟弟汤姆·瓦登比泰坦尼克号早六个月，搭乘另一艘轮船前往美国，开始了新生活。他的离开为哈里的生活带来了真空，但一个人在经历了这样的损失之后，命运似乎会以一种恰当的方式为他进行补偿。汤姆的替代者出现了，他就是瓦登兄弟的同行兼老乡泰德·瑞，事实上，过去的十年里，泰德一直和他们保持联系。

泰德·瑞的父亲靠补渔网为生，他也在格罗维尔小镇长大，并一路追随哈里的脚步进入高坛。他在皇家泽西球场当过球童，用他父亲补渔网的木梭凿出了他的第一根球杆的杆头，然后用一根烧得通红的火钳在上面钻了个洞，把胡桃木树枝做成的杆身插进去组装起来。泰德手攥自制球杆，不再把伙伴们仍在使用的粗陋山楂树枝放在眼里。泽西岛的一位绅士球手后来给了他一支真正的 1 号木，他喜欢至极，连睡觉都杆不离手。泰德比瓦登小七岁，他还是个小男孩的时候就听说过哈里的大名，在哈里离开泽西岛出去闯荡之前就很敬仰他。后来，哈里成为泽西岛人的骄傲，他的事迹在岛上流传开来，变得家喻户晓。深受鼓舞的泰德在自己的差点指数降到 1 时，终于下定决心跟随哈里的脚步，去英格兰闯荡。

泰德·瑞是个十分讨人喜欢的大块头，这个开心果似的大家伙在 1899 年圣乔治英国公开赛上第一次露面，哈里和他就开始享受彼此的陪伴。在比赛的最后一轮中，泰德和哈里同组，当看到自己的偶像一路高歌猛进，迈向胜利时，泰德意识到要想在大赛上取得成功，他需要的不仅仅是简单的技巧，还有更加加倍的努力和练习。1903 年，哈里任职南赫特球场，在他的大力推荐下，泰德获得了哈里原先在约克郡甘顿球场的职位。哈里从曼德斯利疗养院出院后，泰德去家中探望他的次数仅次于汤姆。哈里和泰德还有一个共同的嗜好，也可以说是一个共同的弱点——喜欢粮食和葡萄的酿造品。在路上奔波的日日夜夜里，彼此的陪伴巩固和加强了他们之间的友谊。泰德作为典型的大器晚成型球员，在步入高坛 10 年之际，终于迎来了职业生涯的迅猛发展，他的经历令人想到了美国当代职业球员汤姆·雷曼。

20 世纪头 10 年，英国诞生了一项全新的赛事——职业比洞赛，它是英国职业高尔夫锦标赛的前身。该赛事首次在 1904 年即哈里患病的第二年举办，由英国主要报纸《世界新闻报》赞助。哈里一直无缘问鼎该赛事，直到 1911 年才终于打进半决赛，结果却遭遇泰德·瑞，双方经过扣人心弦的捉对厮杀后，泰德最终胜出，成功拿下第一个大赛冠军，就此迎来职业生涯的巅峰期。1912 年，泰德乘胜追击，顺利问鼎缪菲尔德英国公开赛，冲击第五座葡萄酒壶奖杯的哈里以四杆之差不敌泰德，未能卫冕，屈居第二。泰德也因此成为八年来突破伟大的三巨头对英国公开赛冠军奖杯垄断的第二人。

虽然无缘三巨头，泰德·瑞作为高尔夫历史上开球距离最远的球员，获得了广泛的声誉，并和爱德华七世时期历史上开球距离最远的球手约翰·达利齐名。瑞启动挥杆时，经由右脚外侧上杆，下杆时，凭借身体重量将力量传递至杆头，时机掌握得当，轻轻松松就能开出远球。这种看似蹩脚的挥杆动作，能够产生令人意想不到的结果，但是一旦偏离目标，哪怕只是偏离一点点，球就会满场飞，让他为了找球而遍寻球场的角角落落。泰德这样描述自己的疯狂开球："条条大路通罗马，但有些路能更快地把我们带到罗马。我常常独自一人完成前往那座美丽城市的旅程，我走的路以前从未有人走过。"一位记者曾直言不讳："泰德的挥杆十分可怕，就像一头愤怒的非洲野牛猛然扑来。谁要是想对他的非常规挥杆指点一二的话，十有八九会引爆他的牛脾气。"他是自学成才的泽西人，并深以为傲，连哈里都不敢向他建言，除非泰德问起；哈里是泰德唯一尊重的球手，偶尔会听听他的建议。虽然身材高大，但泰德在果岭上却超乎常人的细腻，他能轻松驾驭挖起杆，使小球落点更接近旗杆。总之，泰德·瑞的综合实力不容小觑，他绝不仅是只有蛮力的长打王。泰德不像汤姆·瓦登，虽有天赋却没有超越哥哥的勇气，他在战斗中从不退缩，即使是和哈里这样的朋友对阵。

泰德·瑞说话直率，不拐弯抹角，而且经常以一种夸张、丰富多彩的方式表达自己。比如，他的球不是困在一颗树后面，而是"被森林之王挡住了"。他的比赛理念简单直接，始于惊人的开球距离，也终于惊人的开球距离。小威利·帕克曾说过一句名言："推杆高手所向无敌！"哈里·瓦登后来补充道："短杆之王不依赖推杆。"在泰德看来，"长打王更有机会攻上果岭"。

泰德·瑞的比赛风格诚如其个性：了解规则，了解球场的设置，了解自己的极限，然后全力以赴。走得快，打得更快。"该行动时却思前想后，"泰德说，"那岂不是疯子！"他受不了打球慢的球员，讨厌优柔寡断。即使不是十分确定或笃信，他也会为一个观点争论几个小时，比起优柔寡断，他更讨厌向任何人屈服。哈里记得有一次，泰德和一位职业球友激烈辩论了两天，直到那位球友最终认同泰德的观点，至于具体到底是什么观点，后来谁也想不起来。泰德悄悄向哈里承认，实际上，他从一开始就认同那人的观点，但他不喜欢作出如此大的让步，于是便死不承认。

1912 年《世界新闻报》锦标赛，再次将哈里和泰德送上了对手席。伯纳德·达尔文将这场比赛描述为有史以来最激动人心的比赛，看哈里·瓦登和泰德·瑞正面交锋，就像看斗牛士和公牛搏斗一样。哈里频频打出漂亮的击球，泰德则会像头受伤的猛兽般怒吼着回击，双方打得胶着，上午的比赛最终战成平局。下午，哈里两度获得三洞领先优势，结果都被泰德扳回平局。

之后，哈里在 14 号洞再度取得领先，接着又拿下 16 号洞，赢两洞剩两洞待打。现在他只需要在最后两洞中打平其中一洞就能赢得比赛。面对 17 号洞的三英尺保帕推，哈里的手又情不自禁地抖起来，结果偏左，仅剩一洞领先优势，还有一洞待打。比赛继续，在最后一洞，两人双双以两杆攻上果岭，哈里需要完成一个 10 英尺的保帕推打平此洞，赢得奖杯。达尔文后来将这一推命名为"价值 60 英磅的推球"，60 英镑是冠军与第二名之间的奖金差额。站在球旁，哈里反思了自从疾病使他的推杆水平受损以来，他浪费掉的所有的获胜机会。这一次，他不想再错过，稳住右手，握紧推杆，坚定又大胆地将球推出去，然后，就像他自己所说的那样："当球离开球杆时，就注定了它的终点。"

激烈的交锋令两人更加惺惺相惜。1913 年春，一度推迟的美国之行被提上日程，诺斯克列夫勋爵建议哈里挑选一位有名气的球员同行，以提升美国人的兴趣，同时增加英国人赢得美国公开赛的概率，哈里毫不犹豫地选了泰德·瑞。只身完成第一次美国之旅后，哈里深知，泰德坚如磐石的性格，将使他成为长途旅行的完美伴侣。他还预测，泰勒力大无穷的开球定会惊艳美国人。虽然这次美国之行将持续不到三个月，但哈里已经 42 岁了，他很清楚美国高尔夫自 1900 年以来已经向前迈进了一大步，他怀疑自己的精力，不足以独自面对与美国顶尖球员的较量。瑞从不退缩，他有着同样的顽强精神，正是这种精神驱使他们离开了泽西岛，也使哈里决定与他并肩作战。生意是一回事，这将是一场商业旅行，但比赛完全是另一回事，尽管他们之间有着深厚的友谊，但在美国之行接近尾声时，他们将在美国公开赛上再度交锋，从以往的对决来看，双方都将全力以赴，为自己更是为英国而战。收到美国之行的邀约时，泰德毫不犹豫地接受了。

"算我一个，哈里。"然后又要了一轮酒水。

八月初，两位泽西人乘坐豪华客轮凯尔特号抵达美国。这一次，诺斯克列夫勋爵凭借其传媒大亨的影响力，完全左右了英国媒体对泽西人美国之行的态度和报道方向。他在伦敦的大报上将这对搭档定位为复仇骑士，他们的使命是重拾英国的荣光，一雪美国人沃尔特·特拉维斯问鼎 1904 年英国业余赛的耻辱。其余的英国媒体也欣然跟风，再也没有出现报道说：贪婪的冠军们，准备背弃英格兰而追逐万能美元。

旅途中，哈里试着让泰德做好准备，迎接即将体验的美国文化的势不可挡的浸染。泰德一个美国佬都不认识，对于美国，他的知识只限于报纸上的报道。

"他们……有点……着急忙慌的。"哈里一边喝着上等苏格兰威士忌，一边在脑中搜寻合适的字眼。

"着急忙慌是什么意思？"

"他们干活……快！"

"是吗？"

"哦，是的，说干就干，一刻也不犹豫。"

"嗯……"泰德说。

两人双双将烟斗加满，并深吸一口。

"他们打球也那样吗？"泰德最终问道。

"一样。"

"哦，"泰德说着，重新点燃烟斗，"那好！"

当晚，负责泽西人美国商演的经理，从岸上给他们发来电报，说他一直在等着他们的到来，客套了一番后话锋一转：他已经安排好了他们的第一场比赛，星期六早上在费城开打。但凯尔特号计划周五晚上才在曼哈顿靠岸，这让泰德感到困惑。

"费城在哪？"他问道。

"在南边，大约三小时的火车，"哈里说。

"见鬼，我们星期五晚上才到纽约，星期六一早就得在费城打一场比赛，谁有那么大精力？"

"我告诉过你，"哈里说，"他们是急性子。"

周五晚上，当船驶进纽约港，泰德发现市中心天际线的景观令人叹为观止，那简直是一个梦幻世界。最令他印象深刻的是美国当时最高的摩天大厦——65层的伍尔沃斯大楼。"它看起来就像一根巨长的铁杆。"他对哈里说。

日落时分，凯尔特号在西区码头登陆。逃离了一群记者的包围后，哈里和泰德被催促着过海关。球杆是他们的营生工具，没有被征收关税。随后马不停蹄地登上一列开往费城的夜班火车，为了等他们，列车晚点半小时才出发。当它开出去的那一刻，在海上航行了六天的泰德，感觉自己好像被卷入了龙卷风，挣扎着寻找久违的脚踏实地的感觉。经过一个不眠之夜，他们终于在凌晨四点到达费城旅馆，发现大厅里埋伏着更多记者。

五个小时后，两名晕头转向的泽西岛人出现在费城郊外的白泽乡村俱乐部，开始 36 洞比赛。等待他们的是一对从苏格兰移民过来的职业选手、在英格兰就认识的两兄弟——吉尔和伯尼·尼科尔斯，以及将近一万名现场观众。那是一个热浪扑面、酷暑难耐的桑拿天，哈里在上次的美国之行中遭遇过这样的盛夏天气，但可怜的泰德从未经历过这么可怕的高温，加之块头又大，直热得挥汗如雨。他们脱掉夹克，卷起衬衫袖子，挣脱困惑与不适，投入战斗。经过七个小时的鏖战，泽西岛人以赢三洞剩两洞的成绩，艰难地拿下美国的首场胜利。

只打了一场比赛，哈里就知道他的预言都应验了。自他上次访问以来，美国职业球员的水平有了显著提高，幸好有泰德·瑞这个完美搭档的助力，他们才得以击退美国人。一位为泰德惊人的开球所折服的美国记者，在赛后继续纠缠他，询问如何能增加自己开球距离的良方，泰德最终不耐烦地回答："再用力一点，哥们！"

此次行程堪称哈里 1900 年美国之行的浓缩版，在不到一半的时间内，到访几乎同样多的目的地：费城、克利夫兰、底特律，然后一路向西，在一些地区做旋风式短暂停留后，最终抵达西海岸的旧金山、西雅图、温哥华，然后穿越加拿大来到多伦多。在整个行程中，最出乎哈里意料的是，北美高尔夫球场的品质明显改善，其中许多球场他多年前去过。他们参加的巡演比赛备受瞩目，即使是在最小的城市，甚至在最恶劣的天气里，观赛人数也不断刷新纪录。1900 年，哈里在巡演赛期间遇到的职业球员曾向他抱怨，他们很难在自己的主场找到学球者。而现在，由于成千上万的新人开始打球，课程往往提前好几周就被预定爆满。不过，人们对这项运动的热情还没有蔓延到他们访问的每一座城市。在不列颠哥伦比亚省维多利亚赢得比赛后，当地的晚报标题竟然是："英国高尔夫球手以四洞剩三洞——不管是啥意思——击败当地球员。"

哈里回来得正是时候，赶上了 13 年前他所激发的高尔夫高潮的至高点。公众对哈里和泰德的好奇，引发了铺天盖地的新闻报道，新闻头条远远超出他 1900 年的单独来访。泰德在发球台上的惊人表现，如哈里预料的那样，令美国观众瞠目结舌。300 码以内的短四杆洞，他通常一杆攻上果岭，除非面临最长的五杆洞，否则绝不会出现两杆攻不上果岭的情况。一位报道过哈里第一次美国之行的记者，对他的经典挥杆惊叹不已，但他注意到哈里的推杆，尤其是四英尺内的推击，遭受了可怕的打击。尽管哈里在果岭上的表现大不如前，美国对手的竞技水平越来越高，但泽西双人组在赛场上取得的成绩与哈里第一次美国之行惊人地相似：50 天内 40 场比赛，40 场全胜。

八月底九月初，两人离开加拿大，一路南下返回美国东海岸。在 1913 年布鲁克莱恩公开赛开幕前，他们停了下来，抽出几天时间，参加在特拉华州肖尼球场举行的一场比杆赛。这座全新的球场，位于宾夕法尼亚州东部特拉华河上游一座避暑胜地内。肖尼球场由来自费城的年轻人 A.W. 蒂林哈斯特设计，是他主导建设的第一个高尔夫球场，先于他的成名作巴特斯罗和翼脚球场。蒂林哈斯特与唐纳德·罗斯、查尔斯·布莱尔·麦克唐纳德齐名，被认为是美国 20 世纪上半叶最伟大的三位设计师之一。他的早期作品令巡回赛球手叫苦不迭，他们开始称他为"可怕的蒂利"。肖尼公开赛于 1912 年首次举办，今年的比赛将是职业选手参加美国公开赛前齐聚一堂、小试身手的最后一场盛会。三周后，泽西岛人将面对的顶级球员中，有许多是他们在最佳球比洞赛中的手下败将。这次他们来到肖尼，是为了看一看瓦登和瑞的比杆赛水平，即将举行的美国公开赛将采取比杆赛制。

在肖尼，哈里和泰德不必独自担负捍卫英国荣誉的重任。30 岁的英国人威尔弗雷德·里德刚从英格兰坐船过来参赛。里德个子矮小，略显瘦弱，有些老气，在距离伦敦 20 英里外的郊区俱乐部班斯蒂德－唐斯任职业球员。里德 15 岁就是一名零差点高手，曾前往爱丁堡北部学习制杆和制球。结识了伟大的瓦登之后，他 17 岁即转为职业，然后在瓦登的推荐下，在巴黎最好的私人球场拉布利谋得职业球员一职，并在那里一待就是五年。作为一名花花公子和坚定的政治激进分子，里德去年回到英国时，钱包大幅缩水。在自由放任的法国生活惯了，他并不介意告诉任何愿意听他讲话的人，他认为英国近来提高税率的做法无异于一种刑事惩罚。

里德这些说法无心，但有人介意。泰德是一名忠诚的保守党人，听过里德一次谈话后，每每见到他便会怒火中烧。哈里对里德的出现并不介怀，事实上，这个小个子男人欧洲大陆式的自命不凡，让他觉得有趣。泰德把威尔弗雷德·里德的出现看作一个入侵者，试图利用他们在美国辛苦工作的成果，为自己谋利。里德毫不顾忌地承认了这一点，丝毫不掩饰自己企图问鼎美国公开赛的野心，并希望在取得成绩后，把美国作为永久定居点。对里德来说，"美国是自由主义国家"，翻译过来就是"美国是避税天堂"。

在肖尼，美国军团阵容豪华，包括前美国公开赛冠军弗雷德·麦克劳德、乔治·萨金特、史密斯兄弟威利和亚历克斯等，都是苏格兰裔美国人。威利和亚历克斯的弟弟麦克唐纳德，后来被证明是史密斯家族中最有天赋的球员，是这群苏格兰裔美国球员中的佼佼者。另有两名土生土长的美国球员，弗朗西斯的朋友，来自马塞诸萨州的汤姆·麦克纳马拉和迈克·布雷迪。

来自纽约州北部的新手沃尔特·黑根是助理职业球手，去年刚被提升为罗彻斯特乡村俱乐部的主教练。在加拿大公开赛上，他以第 12 名的成绩参加了他的职业首秀。接着，他成功说服球场的会员们，又准了他一次假，赶在最后一分钟登上了前往肖尼的火车。黑根戴一项贝雷帽，系一条整洁的红颈巾，这是他成名后华丽着装的早期版本。不过在肖尼，几乎没有人注意到他，这将是他最后一次默默无闻地参家大赛。

美国军团的领头羊是两届美国公开赛冠军得主，21 岁的约翰·J.麦克德墨，从踏上特拉华州的那一刻起，他就成为关注的焦点。一想到两个泽西岛人在美国高坛出尽风头的情景，麦克德墨就气不打一处来。但他同时清楚，自从来到美国以后，这两名英国人还没有输过一场比赛，包括自己在内，被两个泽西岛人打得落花流水。麦克德墨认为，是时候在肖尼公开赛上给他们一个下马威，阻断他们横扫美国军团的步伐。

麦克德墨有充分的理由相信，本国媒体也寄希望于他扭转乾坤，他不仅是两届美国公开赛冠军，而且刚刚取得了另一场至关重要的大赛胜利——1913 年西部公开赛，西部公开赛是美国大师赛和 PGA 锦标赛诞生前的第二大赛事。有关外国"入侵者"将不费吹灰之力，赢得即将到来的美国公开赛的报道，让麦克德墨七窍生烟。事实上，他另有用心。麦克德墨问鼎 1912 年美国公开赛后出访英国，发现英国媒体依旧对沃尔特·特拉维斯夺走 1904 年英国业余赛冠军奖杯耿耿于怀，同时，他们对麦克德墨进行了猛烈抨击，认为他打球过于严厉，近乎野蛮。麦克德墨口无遮拦，曾经向所有英国媒体吹嘘，他将赢得英国公开赛，结果却以八杆之差不敌泰德·瑞，球场上的表现像是在自掘坟墓。麦克德墨与全世界为敌，他完全没有意识到，最大的敌人其实是他自己。跻身优胜者阵营已两年，这位前球童依旧棱角分明，在肖尼球场趾高气扬，像一名职业拳击手在为一场斗殴做心理准备，向所有愿意听他瞎扯的记者们发表夺冠誓言。旅途劳顿的哈里和泰德，乐得能在豪华度假村休息几天，他们在酒店的门廊上，享用雪茄和苏格兰威士忌，饶有兴致地看着小个子麦克德墨出尽风头。

"真是只奇怪的小鸭子。"泰德说。

"嗯，"哈里说，"有点像威利·帕克，是不是？"

"不错，"泰德说，"不过，他只够塞满威利的球包。"

肖尼锦标赛开战后，麦克德墨把狂躁的苦行僧行为带到了赛场上。比赛进行到一半，亚历克斯·史密斯打出两轮标准杆成绩，取得暂时领先。麦克德墨以五杆之差屈居第二。哈里和泰德仅仅把比赛视作美国公开赛前的热身，他们无视麦克德墨的挑衅，发挥中规中矩，第一天的成绩落后领先者 11 杆，排名靠后。

第二天，哈里发现自己和约翰·麦克德墨分在同组，他一改平日漠视对手的惯例，全神贯注地盯着焦躁不安的小个子。英国冠军近在咫尺，使麦克德墨恶意的引擎提升到全速，奋不顾身地投入战斗，以 70 杆的成绩打破了肖尼球场的最低杆数记录。接着，他在最后一轮中交出 74 杆，毫无悬念地拿下比赛。在这场对他来说无足轻重的比赛中，哈里机智地保存实力，最终以落后麦克德墨 13 杆的成绩位居第五，泰德·瑞则以 15 杆之差并列第六。

好戏始于颁奖典礼。在俱乐部门外等待典礼开始时，哈里以外交辞令告诉《美国高尔夫球手》杂志的记者："麦克德墨无疑是美国最危险的球员，也是全世界最优秀的球员之一。"麦克德墨恭恭敬敬地接过肖尼奖杯，并感谢主办俱乐部的工作人员为他颁奖。之后，他拿出随身携带了整整一周的美国公开赛奖杯，并确保所有人都能看到它（从他问鼎美国公开赛的那一年起，冠军被授予了奖杯当年的监护权，直到今天仍然如此）。人群沸腾了，纷纷要他发言。麦克德墨把奖杯放到桌上，跳上旁边的一把椅子，转向瓦登和瑞，二人正彬彬有礼地站在包厢里。

"我们听到许多闲言碎语，有关'伟大的英格兰冠军'来这里参加我们的公开赛。我只想对年轻人说，欢迎你们，很高兴你们能来加入这场比赛。我希望我们的外宾在肖尼过得愉快，但我想他们过得并不愉快。"

不祥的寂静笼罩在人群上空。

"瓦登先生，我知道你之前也赢过这个宝贝。"麦克德墨拍着他的美国公开赛奖杯，眼睛直视哈里。

然后，麦克德墨猛地伸出一只占有欲极强的手臂搂住奖杯，另一只手指着瓦登和瑞，愤怒地补充道："但我要告诉你们，别想再夺走我们的奖杯！"

现场一片死寂，落针可闻！美国高尔夫协会主席罗伯特·沃特森和其他官员惊恐失色，呆若木鸡。哈里感到泰德在一旁蠢蠢欲动，他见过有人因为泰德的愤怒而流血。在泰德还没来得及行动前，哈里一手按住了他的胳膊，如果不拦着，他能一拳将这个自大的小个子男人打趴下。当意识到祸已从口出，像一只臭鼬搅乱了一场婚礼时，麦克德墨脸上的笑容僵住了，露着牙齿，十分狰狞，让人不忍直视。大嘴炮麦克德墨又一次让人目瞪口呆。

很快，麦克德墨被美国高尔夫协会的人包围了，他们果断地把他拉进了会所。汤姆·麦克纳马拉不失时机，率先为麦克德墨的行为向哈里和泰德道歉，其他人也纷纷表达了歉意。这些移居美国的苏格兰人，已经成为美国公民，但他们认为麦克德墨对尊贵的客人不敬，极其失礼，现场有英国记者在场，他们希望尽量挽回失礼。他们心里清楚，麦克德墨的口无遮拦，必定会在未来几年里让美国球手在英国遭遇冷待。哈里大方地接受了道歉，同时一直警惕地看着泰德，等着大个子的脸色回复正常。

几分钟后，看似收敛的麦克德墨从会所返回，美国高尔夫协会主席沃特森和其他人紧随其后。麦克德墨走到哈里和泰德跟前，对自己的行为表示最诚挚的歉意，并对两人致以最崇高的敬意。哈里和泰德立刻接受了道歉，并与他握手，准备把这一切当作年轻人的一时冲动。但就在此时，麦克德墨像一个不愿错过街角最后一间酒吧的醉汉，转身冲他们大喊："你们还是不可能把我们的奖杯拿回去！"

这一次，哈里不得不使劲拖住泰德，与那小子拉开距离。美国高尔夫协会的官员们见状，赶紧把麦克德墨推进会所，好像猎场管理员在处理一只感染病毒的动物。

哈里最终使泰德平静下来。他们在肖尼又待了几天，以放松身心，整理思绪，为美国公开赛做准备。这期间，哈里饶有兴趣地发现，对约翰尼·麦克德墨的谴责，迅速占据了全美大报和地方小报的体育版。沃特森主席发表了一份公开信，为他们的冠军向瓦登和瑞致歉，称他的"极端无礼"是对绅士运动的极大侮辱。沃特森还给麦克德墨写了一封措辞严厉的信，警告他，鉴于他的不当行为严重违背了体育精神，即将开幕的美国公开赛将重审他的参赛资格。这充分表明，美国高尔夫协会不会容忍任何美国职业选手再出现这样的情绪爆发，更不会容忍目前手握他们最高荣誉奖杯的人如此失礼。全国媒体纷纷声援沃特森，对来自费城的大嘴炮进行了猛烈抨击。和麦克德墨一起被称为"美国三巨头"的另外两位，马萨诸塞州职业选手麦克纳马拉和迈克·"国王"·布雷迪，悄悄地取消了美国公开赛前与麦克德墨的其他公开露面活动。

为美国高尔夫出头的麦克德墨，本以为美国人会站在他这边，结果事与愿违，事件的反响与其预期大相径庭，这让年轻的冠军感到十分困惑，进而恼羞成怒。美国高尔夫协会没有践行对麦克德墨的处罚，他保住了参赛资格。沃特森的本意可能只是想吓唬他，考虑到事件造成的不良影响，协会让达摩克利斯之剑永远高悬在麦克德墨头顶。

"一位先知在自己的国土上不受尊敬。"他在给一位密友的信中痛苦地写道。

约翰尼·麦克德墨还不知道，他一时的自大妄为已经播下了自我毁灭的种子。现在，他目光所及之处皆敌人，但当末日来临，将他撕成碎片的实则是他自己，这一天很快就会到来。

领教过美国顶尖职业选手的表现后，哈里和泰德继续北上，前往布鲁克莱恩参加美国公开赛。哈里饶有兴趣地读了那周在纽约花园城举行的全国业余锦标赛的赛况报道，抵达曼哈顿时，泰德特意绕道去了长岛，现场观看了第一天的比赛。他发现，为了攻上狭窄的球道，很多球员舍弃了 1 号木，选择用铁杆开球，对此，他很不以为然，对伯纳德·达尔文咕哝道："这不是高尔夫。"在商业巡回赛期间，泰德和哈里曾与本届业余赛冠军杰里·特拉弗斯交手，那场比赛打得十分艰难。他们知道，刚问鼎业余赛的特拉弗斯，无疑将是美国公开赛冠军奖杯最强有力的争夺者，值得特别留意。

乘火车北上波士顿时，哈里浏览了《纽约时报》对全国业余锦标赛的全面报道。他注意到，在花园城，唯一一位给特拉弗斯夺冠之路造成阻碍的，是一位来自波士顿的无名小子，名叫弗朗西斯·威梅特，他也将参加在乡村俱乐部举行的美国公开赛。泰德瞥了一眼弗朗西斯面带笑容的照片。

"别担心，哈里，"泰德说，"他不过是个乳臭未干的毛头小子。"

哈里迟疑了一下，又看了一会那照片，然后翻了一页。

"没错。"哈里说。

"我们该提防的是，"泰德边说边继续看自己的报，"杰里·特拉弗斯和疯子麦克德墨。"

第二部分

1913 年美国公开赛

高尔夫不仅仅是一项运动，它是一种宗教。它向打球者自身揭示其所有的潜在弱点，也向别人暴露出其通常竭力掩饰的弱点。

——沃尔特·J.特拉维斯

让我们打自己的球。

——埃迪·洛厄里

美国总统塔夫脱在挥杆

（图片来源：贝特曼－科比斯）

1913

举办美国公开赛的那年，世界是什么样的呢？1913 年，哈里·瓦登和泰德·瑞在旅途中，见证的是什么样的美国？一个更好的问题是：你能认出那个美国吗？1913 距今不过百年，但纵观历史，它看起来和感觉上更像是 19 世纪的最后一年。

1913 年，世界经济科技发展的前沿仍然在欧洲，但其腐朽的君主统治即将在一年后引爆巴尔干半岛冲突，20 世纪的大幕将随即升起，无穷无尽的破坏性活动将接踵而至。这一切将助推美国成为新的世界中心，但要启动这一过程，首先需要引爆欧洲的火药桶。无论从地理、政治还是文化角度来看，大洋彼岸的美国既封闭又简约，就像歌舞剧《乐器推销员》和电影《我记得妈妈》中描述的那样，城市广场、冰淇淋社交、门廊秋千和柠檬水，维多利亚手摇留声机响彻着约翰·菲利普·索萨的曲子，内战退伍军人在 7 月 4 日举行纪念游行。

56 岁的伍德罗·威尔逊，从第一任新泽西州州长的职位上，就任美国第 28 任总统，成为自 1892 年以来首位入主白宫的民主党人。他出生于弗吉尼亚州，是内战后第一位来自南方州的总统。他曾是普林斯顿大学的政治学教授和校长，是第一位也是唯一一位学者担任总统。1912 年，随着亚利桑那加盟美利坚，威尔逊又成为美国第一位管理 48 个州的总统。威尔逊充满理想主义，人品高尚，但身体欠佳，情感脆弱。他不是政治强硬派的第一选择，1912 年，民主党代表大会陷入僵局，他成为一个各派妥协的候选人，46 张选票使他获得了提名。他在民调中的胜算微乎其微，但由于共和党人出现分裂，现任总统威廉·霍华德·塔夫脱和前总统泰迪·罗斯福平分了共和党选票，使得威尔逊当选总统。

这一结果在今天几乎难以想象。在老罗斯福之前,以及在老罗斯福和他年轻的侄子富兰克林·德拉诺·罗斯福之间,除了威尔逊之外,总统只是象征性的国家元首,主要担负礼仪性职责。他们接待来访的政要,主持世俗的庆祝活动,签署几张支票,像是老牌银行的董事,起着受托人的作用。威尔逊发誓要打破这种模式,成为一名主事的总统,他抛出雄心勃勃的社会和政治议程,并公开承认泰迪(西奥多)·罗斯福是他的榜样。

今时今日,常有人发出这样的疑惑:泰迪·罗斯福凭什么能比肩另外三位伟大的三巨头总统——华盛顿、杰斐逊和林肯,在拉什莫尔山上拥有一席之地?原因如下:20世纪上半叶,泰迪是美国最重要的公民,也是美国历史上最杰出的人物之一。再来看一下他的辉煌履历:哈佛大学优等生荣誉学会会员、牧场主、杰出的骑手、探险家、勇猛的猎人、州议员、开创性的自然资源保护主义者、公共事务局长官、多产作家、纽约市警察局长、骑兵战地指挥官、陆军上校、美国海军助理部长、纽约州州长等,而这些只是他40岁以前的履历。1913年,罗斯福已卸任总统四年,但他的影响力依然遍及美国的每一个角落。

罗斯福是大企业的无情敌人,是工人的捍卫者,他根除腐败的行动让共和党的大佬们忧心忡忡。为了保护他们的利益,他们在1900年的大选中,设法推举还是州长的罗斯福进入白宫,去做无足轻重的现任总统威廉·麦金利的副手。麦金利在大选中轻松获得连任,但他违背了让罗斯福参与制定政策的承诺,并将他排除在自己的核心圈子之外。副总统这个闲差对于罗斯福而言,根本难以施展抱负,直到命运巧妙地重新洗牌。1901年9月6日,第二任期过六个月,麦金利在纽约布法罗泛美博览会的一场招待会中,被无政府主义者里昂·乔尔戈斯近距离开两枪击中,在八天后身亡。

42岁的西奥多·罗斯福因此成为美国历史上最年轻的总统,他开始大刀阔斧地改革,自称总统府是挥舞大棒的讲道坛。他将行政大厦重新命名为白宫,扫除寄生的政党毒瘤,让艺术家、作家、名人和牛仔入驻白宫。他单枪匹马地与国家根深蒂固的工业和金融垄断势力较量,将它们拖入停滞。1902年,在一次狩猎中,泰迪拯救了一只失去双亲的小熊幼崽,并由此创造了一个风靡全国的玩具——泰迪熊。他是第一位坐过汽车、飞机和潜水艇的总统,并学过两年柔道。1904 年，他轻松赢得连任，两年后，他因在结束俄日战争中发挥的作用获得诺贝尔和平奖。他将国家公园的数量增加了一倍，建立了16 个国家纪念碑和 51 个野生动物保护区，并划拨了 1.25 亿英亩的公共土地，作为国家森林。他协助巴拿马从哥伦比亚独立，推动了巴拿马运河的建设，并亲自参加建设，新闻记者拍摄到他操作一台巨型蒸汽挖土机的照片。泰迪执政七年半，本可以轻松赢得史无前例的第三个任期，当时的法律尚未规定总统任期限制，但他遵守了早先的竞选承诺，在 1908 年主动下台。离任的那天，他毫无顾忌地说："我相信没有哪位总统比我过得更愉快，更加享受从政时光！"

泰迪·罗斯福一手点燃了推动美国向世界强国转变的引擎，唤醒了一个昏昏欲睡、不求进步的国家。作为一场伟大政治实验的守护者，他要求美国人振作起来，朝着他们共同的命运前进，这并不是意识形态上的故作姿态，而是他对民主执念的纯粹表达。毫无疑问，泰迪旺盛的精力，一定程度上受到了极端自我意识的驱动。他的大儿子说："他恨不得在每一场婚礼上作新娘，每一场葬礼上作尸首。"但平心而论，他是难得一见的领袖，善良、正派、可敬。套用杂技界的一句行话——他的表演无法复制。罗斯福的战争部长威廉·霍华德·塔夫脱 1909 年接替了总统职位，在很大程度上，国家首席执行官的角色立即变得和泰迪之前一样死板。

按照今天较为同情的说法，威廉·塔夫脱患有饮食失调症。按照当时的说法，1913 年的塔夫脱是个不折不扣的胖子，5 英尺 10 英寸（约 1.78 米——译者注）的骨架上堆着重达 355 磅（约 161 公斤——译者注）的肉身。美国媒体曾经毫不留情地抨击塔夫脱的体重。一篇当时的华盛顿专栏文章这样写道："我听说塔夫脱总统是华盛顿最有礼貌的人，一天，他在有轨电车上把座位让给了三位女士。"塔夫脱第一次使用白宫浴缸被卡在里面，最后不得不动用六名工作人员生生把他拽出来，事后，他立刻安装了一个养鸭池塘大小的定制大浴缸。但从各方面看，塔夫脱都是一个聪明而和蔼的人，喜欢辩证地思考一个论点的方方面面，蔑视选举中的虚假和逢场作戏。罗斯福称他为"一个善良但无能的人"。他的不作为令人担忧，7 月去马萨诸塞州度假，直到 10月才回到华盛顿。对他来说，办公室充实的一天应该这样度过：早餐吃一块

12 英寸的牛排、一袋橙子、六块烤面包，喝两壶咖啡，开几次会，打几回盹，吃一顿丰盛的午餐，然后下午溜出去打场高尔夫。

塔夫脱一不开心就吃东西，而他每天不开心的时候不少于 12 次。他还有个臭名昭著的毛病，除了吃饭，他只要坐下就能睡着，而且随时随地、完全不分场合，内阁会议、国宴，还有一次在演讲当中。公众最常见的是他坐在白缝纫机公司定制的蒸汽汽车宽敞的后座上打瞌睡（塔夫脱是第一个汽车迷总统，他把白宫的马厩改造成了一个可停放四辆车的车库），每次他的车急转弯时，人们都能看到那个梦游的塔夫脱，仍然直立着，在后座上滑动，为座驾提供了一种无意识的重量平衡。历史学家对塔夫脱的评价并不比同时代的媒体更仁慈，他们认为，第 27 任总统仅有的一届任期是有史以来最具灾难性的任期之一。

1913 年 3 月，伍德罗·威尔逊就任总统后，立即更换了塔夫脱的巨人国浴缸。威尔逊身材苗条，为人正直，没有什么经济来源，就连就职典礼上穿的西装都是借钱买来的，总统的 7.5 万美元年薪，是他一生中最大的一笔收入。威尔逊领导着一个幅员辽阔、朝气蓬勃的国家。按欧洲的标准衡量，这个国家还不成熟，她正热切地寻求世界身份，渴望被界定。在 50 年的时间里，这个国家从一个沉睡的农业共和国，摇身一变，成为一个高速发展的城市帝国。9700 万人生活在这里，占今天总人口的三分之一。90% 的人口生活在密西西比河以东，超过 60% 的美国人还没有投票权。1913 年初，一项要求必须懂英语作为移民必备条件的法案被否决，美国大门一如既往地向那些寻求庇护的穷苦人敞开着，大熔炉正在沸腾。随着过剩廉价移民劳动力的输入，美国 1913 年的工业产出占到了世界总产出的 40%，但付出了惊人的人力成本。美国 3700 万工人中只有 10% 加入了工会，工作环境异常恶劣，没有任何强制性赔偿的安全保障，每年有三万人在工作中丧生，50 多万人受伤，达到自由世界的最高比例。童工受到虐待，使用童工不受任何监管。在偏远的单一产业重镇，严酷的公司体制使得大企业可以像拥有封建农奴一样拥有工人。每当罢工爆发，大老板们就会在全国范围内，派出一支由挥舞棍棒的暴徒组成的私人部队，向罢工者和持不同意见者进行公开镇压。

美国的国家建制，是一群饱受内战创伤的人一辈子的心血，他们以前所未有的速度和远见，创造了一个富裕的国家。19 世纪的欧洲绅士，看不起美国人对赚钱的痴迷，但卡内基、摩根、洛克菲勒和范德比尔特们顾不上别人如何评价，这些令人咋舌的新一代自大狂巨头们，在一场金融豪赌中掷下骰子，并取得了巨大的成就，带来了州际铁路、大规模生产和制造、银行体系、电气化城市、国家电报和电话网络等。他们几乎完全不受政府干预或监管，更不顾个人的生命，一手打造出现代企业的原型，为美国 20 世纪的经济发展打下坚实基础。巨头们把由此产生的巨额财富，为自己的阶级成员囤积起来，并以轻蔑的讥笑回应抗议。世纪之交，通过各种"托拉斯"扼杀式的垄断，超级富豪几乎控制了美国金融和政治生活的各个层面。但是，这一切即将改变。

新世纪的头 10 年里，罗斯福总统发动的"进步主义"运动开始了，在年轻一代改革者的带领下，反垄断资本主义的劳工运动愈演愈烈，一场争夺美国中产阶级人心的战争接踵而至。资本大佬们利用其控制的报纸，向安于现状、轻信于人的普罗大众不断灌输资本理论。血汗工厂、屠宰场、煤矿和磨坊等狄更斯式的现实，要等到被纽约格林威治村"挖粪者"知识分子揭示后，才会面对全国性的反对浪潮。通过厄普顿·辛克莱、西奥多·德莱塞和弗兰克·诺里斯的小说描写，工作场所的恐怖景象逐渐渗透到中产阶级的意识中，19 世纪的垄断企业开始失去对美国经济的控制。1913 年下半年，意识到阶级矛盾日益激化的联邦政府，将商业劳工部拆分成两个独立部门。如果这个国家曾经被描写为"纯真年代"，那么它的挽歌在 1913 年已经奏响。

1913 年中产阶级的生活如何？当时人均收入 1200 美元，26 美元约相当于今天的 100 美元。美国经济正处在一个为期两年的衰退初期，面临通货膨胀，确切地说，是通货紧缩，经济出现了 2% 的负增长，商品和服务越来越便宜。失业率达到 4.3%。已有 16 年历史的道琼斯工业平均指数一度触及 89 点的高点，之后又跌至 72 点的低点，远远低于美国人口的 1% 拥有公开交易的股票。23% 的美国家庭拥有电话，不到一半的居民家里通电。一双富乐绅（拥有百年历史的芝加哥鞋业公司——译者注）男士礼服鞋要六美元，一件萨克斯第五大道精品百货店的天鹅绒晚礼服售价高达 35 美元。如果你邀请一对时尚夫妇，共享一个轻歌曼舞的美妙夜晚，为了主办一个这样的社交活动，你要为家里的时髦装备，再配备一架价值 600 美元的小型三角钢琴。

在过去的十年里，汽车迅速取代了马车，成为上流社会最受欢迎的交通工具。超过 50 家公司生产小汽车，但在上市仅五年后，市面上每两辆车里就有一辆是亨利·福特的 T 型车。1913 年，福特率先使用流水生产线装配汽车，使成本削减了一半，产量翻了两番。这样一来，美国普通中产也能买得起小汽车。但是糟糕的道路状况阻碍了长途汽车旅行，全美 250 万英里的道路中，80% 都是未经铺设的泥土路。这时候，卡尔·费舍尔出现了，三年前他修建了印第安纳波利斯赛车道，成为印第安纳波利斯 500 英里大奖赛之父。作为富有远见的地产开发商，他策划使佛罗里达州南部一处疟疾泛滥的沼泽地摇身一变，成为著名的海水浴场——迈阿密海滩。1913 年 3 月，费舍尔对外公布了美国第一条州际公路——林肯高速的宏伟设计，准备修筑一条连贯东西的大动脉，这让举国上下兴奋不已。但兴奋是短暂的，高速公路计划最终因沿线社区对优先路线的抢夺而流产。但费舍尔的失败，为 1925 年联邦高速公路系统的形成，铺平了道路。1913 年，因担心"车轮上的美国"会摧毁未受破坏的自然景观，泰迪·罗斯福开启了他热衷的项目——成立国家公园管理局。

1913 年 4 月，刚就职几周的伍德罗·威尔逊在国会发表演讲，成为自 1801 年约翰·亚当斯之后首位访问国会山的总统。作为一名极具天赋的演说家，威尔逊以林肯式的华丽辞藻，发表了第一次现代版的"国情咨文"。政界没有想到的是，他很快证明自己是一位老练的政治家，在两党之间建立了进步联盟。他建议降低对外贸易关税，鼓励竞争，并向世界贸易市场开放美国。国会通过了这项法案，财政收入遭到损失，又促成当年晚些时候通过了第十六修正案（税收法案——译者注），该修正案最初的目的是从上层阶级的钱包中分得一杯羹，但由此带来的联邦所得税最终成了众矢之的，引得怨声载道。开始时，所得税从年收入超过两万美元起征，但不久之后，所有工薪阶层都受到了影响，公民在美国历史上首次为山姆大叔打工，而不是相反。威尔逊当年最有远见的立法，是敦促国会成立联邦储备银行，美联储一劳永逸地取消了私人银行信托机构对信贷的控制，将利率控制置于政府手中，避免私人银行为自身利益操纵利率。或许是由于受到震慑，超级银行家 J.P. 摩根去世了，享年 76 岁。

妇女当时还没有选举权，第 19 条修正案直到七年后才会出台，但在过去 10 年里，一群自称为"女权主义者"的政治活动人士，掀起了全国性的妇女权利保卫战。1913 年，玛格丽特·桑格积极开始倡导计划生育，她做了六年产科护理工作，见证了纽约下东区的贫困和频发的婴儿死亡事件。28 岁的艾丽丝·保罗是一位杰出的妇女参政论者，她每天在威尔逊的白宫外举行抗议活动，并因此入狱。在监狱里，她发起了绝食抗议并成功获释，引发了全社会对妇女权益的关注。同年在英国，激进的女权主义者故意破坏了一些纯男性会员制的高尔夫球场，试图引起人们对女性群体的关注。

非洲裔美国人的选举权，要到 40 多年后才会被立法确认。哈里特·塔布曼是美国内战时期地下铁路（指帮助非裔奴隶从南部逃往自由州的秘密路线——译者注）的守护神，于 1913 年去世。布克·T. 华盛顿长期担任美国黑人运动的发言人，但他的非对抗性和解政策，遭到了哈莱姆文艺复兴运动中崛起的新一代黑人的抨击。黑人领袖 W.E.B. 杜波依斯和新近成立的全国有色人种协进会，倡导在政治上更加积极地反对制度化的种族主义，标志着现代民权运动的诞生。

在南卡罗来纳州斯帕坦堡，警长阻止了市民企图对一名被错误指控强奸白人妇女的黑人男子处以私刑，市民扬言要逮捕并审判警长，引发了一场地区性暴动，最终警长被判无罪。作为一种主流跨界现象，起源于新奥尔良和芝加哥黑人大迁徙运动的爵士乐，成为非裔美国人表达自我的重要音乐形式，并将在不久的将来，激励黑人艺人首次登上全国舞台。1913 年，黑人钢琴家和作曲家詹姆斯·P. 约翰逊为非裔美国码头工人写了一首怀旧舞曲，叙说大迁徙运动中从南卡罗来纳州移居北方的黑人，渴望回到故地的情愫，并将舞曲命名为《查尔斯顿》。爵士时代的年轻白人，很快把这首曲子的快节奏版本奉为不朽赞歌。约翰逊成为拉格泰姆音乐向爵士乐过渡时期的重要代表人物。

自 19 世纪 90 年代起，留声机就开始在市场上销售，到了 1913 年，留声机已成为美国家庭娱乐首选。在 20 世纪的头 10 年里，唱片销售一直以古典音乐为主，尤其是歌剧和最初的超级巨星男高音恩里科·卡鲁索。1913 年，世界上第一张完整的管弦乐唱片《贝多芬第五交响曲》上市，其目标瞄准了能够负担得起昂贵消费品的高雅文化圈层。随着留声机越来越便宜，一张名为欧文·柏林的《亚历山大拉格泰姆乐队》的唱片，彻底地改变了音乐行业的运作方式。这是第一次流行歌曲让人有随之而舞的冲动，音乐的感染力让整个美国都舞动了起来。留声机、唱片和乐谱的出现，让人们在家中就能享受音乐，销量自然一路飙升。1913年的另一首大热歌曲，是爱尔兰民谣《丹尼男孩》。锡锅巷成为美国主流流行音乐的发源地，锡锅巷是人们对纽约百老汇和第六大道之间西28街的俗称，这个普通又神秘的街道，当年聚集了流行音乐的出版商，词曲作者们在西28街上来回兜售他们的作品，音乐出版商屋内的多架钢琴不停地在演奏，噪杂的音乐听起来就像有人在锡罐和平底锅上不断敲打一样，因而得名。

1913年，加州电影制片厂的数量首次超过东海岸。最常见的节目形式是十分钟一卷的短喜剧，譬如早期电影大亨马克·塞尼特执导，由基斯顿·科普斯、梅布尔·诺曼德、"大胖"阿巴克尔等人主演的剧目。1913年，塞尼特与一位新来的英国音乐厅艺人查理·卓别林签订了每周150美元的合同，双方合作的第一个作品，是扣人心弦的13集悬疑剧《凯瑟琳的冒险》，于当年上映。更令人难忘的翻拍电影《宝琳历险记》于六个月内问世，由此诞生了那句古老的格言——模仿是好莱坞最拿手的好戏。1913年，演员们大胆要求他们的名字出现在演职人员名单上，致使电影行业内部爆发了激烈的争论。演员们以不容置疑的既成事实为自己辩护，因为世俗的、民主的美国人，在发誓不再信仰神和皇室之后，已经开始狂热地追捧电影明星。文化大门的守卫者从1913年开始认真对待电影，不再把电影作为一种只适合移民群体的原始娱乐形式。以古罗马帝国时代为背景的畅销小说《暴君焚城录》，被改编成80分钟电影，首映票房大卖，证明只要影片场面宏大复杂，只要描写战争，画面含有衣着暴露的女奴，观众就会耐心坐着观看。奢侈的电影宫殿开始在全国各地拔地而起，而且往往扎堆于市中心的商业区，彰显电影行业日益增长的人气。1913年末，美国电影先驱格里菲斯执导的四卷本圣经电影《贝斯利亚女王》上映，这是第一部本土制作的史诗片，它的成功让电影导演们的野心迅速膨胀。

尽管电影逐渐流行，这个国家 1913 年最受欢迎的轻娱乐形式仍然是歌舞杂耍。歌舞杂耍原文来自法语，指的是 15 世纪的讽刺和戏谑的歌舞表演。法国王室授权，只有喜剧院才能在巴黎市区范围内使用"剧院"一词，为了钻空子，竞争对手们称自己的剧院为"歌舞杂耍厅"，歌舞杂耍厅最终成为欧洲所有娱乐性而非叙事性戏剧表演的统称。美国的歌舞杂耍源自古老的英国音乐厅传统，自从《埃德·沙利文秀》停演后，当代美国再也找不到能与之媲美的表演形式了。一场歌舞杂耍秀的演员阵容通常包含 10~15 名不同类型的表演者：歌手、喜剧演员、魔术师、动物、杂技演员、现场管弦乐队和一位明星主演。到了 19 世纪 90 年代，歌舞杂耍剧团巩固了自己的地位，在全国拥有多家剧院和大量预定剧目，成为廉价和低俗娱乐的主要提供者。

1913 年，全美最大的歌舞杂耍团欧菲恩马戏团的老板，在纽约市打造了一座壮观的新地标——皇宫剧院。起初，由于顾客们拒绝接受有史以来最贵的两美元门票，剧院生意并不好。马戏团后来请来了一对搭档：69 岁的法国传奇女演员萨拉·伯恩哈特和古怪、酗酒成瘾的 33 岁杂耍演员威廉·克劳德·杜肯菲尔德，成功上演了萨拉最受欢迎的个人秀。杜肯菲尔德更广为人知的名字是 W.C. 菲尔德，他曾是一名儿童演员，在街头长大，为了在表演前稳定紧张情绪，他从 12 岁时就开始喝酒。古怪孤僻、混迹剧院多年的菲尔德甚至曾在为欧洲皇室的表演中担任主角，却一直不温不火，威士忌始终陪伴着他起伏不定的演艺生涯。萨拉·伯恩哈特是一位以睡棺材等古怪行为而闻名的女演员，即使因伤不得不切除右腿，也未能妨碍她继续享受观众的崇拜。两个怪人的合作，让皇宫剧院的观众花钱看一场戏还不过瘾，只能接着去想象他俩在后台的精彩互动。当季晚些时候，魔术师哈里·胡迪尼在皇宫剧院表演了著名的水牢脱困术，他带着枷锁，从致命的中国式水牢中成功逃脱，使剧院的人气进一步飙升，从此生意盈门。在接下来的 20 年里，登上皇宫剧院的舞台，是演艺界的最高成就。那个时代的每一位名角都曾在这里演出过，包括威尔·罗杰斯、夫妻档伯恩斯和艾伦、"喜剧之王"鲍勃·霍普、"妙女郎"范妮·布莱斯等。好景不长，1927 年，有声电影出现，皇宫剧院陷入困境，不出五年就被改建成了一座电影院，歌舞杂耍这种表演形式就此淡出历史舞台。

1913 年，时装设计师们首次利用真人模特展示他们的作品。当时的纽约上流社会女性和当代女性一样，受到厌恶女人气的影响，纷纷用烂布显示自己的时髦潮流，当年流行的是头巾和灯笼裤。此前一直被认为难登大雅之堂的孕妇装，首度出现在商店里。那年 2 月，马塞尔·杜尚的抽象油画《下楼的裸女 2 号》在纽约军械库现代艺术展上首次亮相，立即引发了一场风波。由于画中既找不到裸体，也找不到楼梯，评论家们认为，这种严重偏离写实主义的行为是对人类尊严的侵犯，导致争议不断。泰迪·罗斯福不无嘲讽地将之比作为一块纳瓦霍地毯（美国印第安纳瓦霍部落的传统手艺——译者注），不过，当这幅作品在波士顿和芝加哥巡回展出时，超过 50 万人花钱买票来瞻仰这件臭名昭著的画作，这验证了那句俗话——"负面宣传不一定是坏事"。

1913 年，纽约中央车站迎来首批观光客，车站旨在激发美国民众创造更加美好生活，是"城市美化运动"的最伟大产物。向南 30 个街区，世界上最高的摩天大楼、60 层的伍尔沃斯大厦拔地而起，耗资 1350 万美元。在西海岸，远见卓识的土木工程师兼水利局局长威廉·穆赫兰，开凿了长达 250 英里的引水渠，将欧文斯谷的水引入洛杉矶盆地。当第一波引水从蓄水池倾泻而下时，他向洛杉矶人简单粗暴地喊话道："水来了，拿去吧！"六个月后，洛杉矶在圣佩德罗开设了第一个深水港，那年晚些时候，巴拿马运河开始运营，这些里程碑事件激发了美国人的南加州梦。通用电气在 1913 年推出了电风扇，正好赶上了一个漫长而炎热的夏天。骆驼牌香烟首次出现在市场上，曾经备受争议的商标人物骆驼乔的设计灵感，来自巴纳姆贝利马戏团的一只著名单峰骆驼。此外还有水牛头镍币、救生员薄荷糖、桂格膨化米和免下车加油站的出现。1911 年，卢浮宫被盗的《蒙娜丽莎》出现在佛罗伦萨，两年来她一直躲在佛罗伦萨，看来是想家了。

1913 年，多纳瑞尔纯种马成为肯塔基赛马会的黑马冠军。底特律老虎队的泰·科布连续赢得第七次职业棒球赛击球奖。那年春天，布鲁克林道奇队新开了一座可容纳三万人的棒球场——埃贝茨球场，其建造成本高达 75 万瑞士法郎。克利夫兰印地安人队三垒手弗兰克·贝克（外号"全垒打"）在一个赛季中创造了全新的大联盟纪录——以 12 个全垒打刷新了他之前创下的 10

个全垒打纪录。1913 年，波士顿红袜队在新开的芬威球场开始了第二个赛季，一年后，它才会迎来潜力无限的乔治·赫尔曼·鲁斯，鲁斯外号"贝布"，此时还只是巴尔的摩一家农场俱乐部的投手，1914 年赛季末，俱乐部把他卖给了波士顿红袜队。很快，贝布成了棒球联盟中最具价值的左撇子投手，在接下来的四年里，他带领红袜队赢得了三次世界职业棒球大赛冠军。当意识到这位脾气暴躁的球手可能用手中的球棒天天制造麻烦，加上手头拮据，波士顿红袜第二年以 12.5 万美元把贝布卖给了纽约洋基队。那一年，贝布打出了创纪录的 29 个全垒打，使曾经倒霉的洋基队迅速攀升至棒球界的万神殿，传说中的班比诺诅咒像裹尸布一样，慢慢地笼罩在崭新的芬威球场上（贝布卖给洋基队后导致红袜队连续 86 年无缘冠军，被称为班比诺诅咒——译者注）。

海军学院赢得了美国大学篮球联赛冠军，哈佛大学拿下了全美大学橄榄球联赛冠军。印第安纳州南本德市一所名为圣母的小型天主教学院，接受了 1000 美元的贿赂，在橄榄球比赛中为一支强大的陆军球队放水，结果他们在 25 岁的接球手努特·洛克内的带领下，依靠一项名为"前传球"的惊人创新，以 35：13 的比分击败对手，成为各大报纸的头条。职业橄榄球当时在全国各地以民间巡回赛事的形式广泛传播，仍带有一丝不合法的暴力气息，1908 年发生的一连串伤人事故，导致罗斯福总统试图取缔该项运动，为橄榄球职业赛事的发展蒙上了一层阴影。直到七年后，在"熊爸爸"乔治·哈拉斯的带领下，第一个职业橄榄球联盟才得以成立。在前一年的春夏两季，有三个出身普通的年轻人在南方出生：拜伦·尼尔森、本·候根和塞缪尔·杰克逊·斯尼德。

即将离任的总统威廉·霍华德·塔夫脱，延续了他执政后开始的一项经久不衰的传统——为华盛顿参议员主场棒球开幕赛投球。塔夫脱是一位狂热的运动员，尽管腰肢滚圆，但他拥有那种大个子男人身上难得一见的讨人喜欢的优势，就像杰基·格林森（美国大个子男演员——译者注）一样，双脚轻盈。他身手敏捷，是一名出色的舞者，也是第一位享受休闲高尔夫的总统。高尔夫是他上任后不久迷上的一项爱好，完全靠自学，塔夫脱采用棒球的握法，挥杆路径短而起伏，差点为 20，但经常破 90 杆，尤其是赌球的时候，他的发挥会更上一层楼。他很精明地利用总统特权来挑选和他一起打球的人，他在塞维蔡斯俱乐部的老搭档就是老人家沃尔特·特拉维斯。通常只有一名特勤局特工陪同总统打球，但球场会强化安防措施，保证塔夫脱的前后两洞没有球员。1908年竞选期间，塔夫脱一路带着球杆，休息时就打球，并经常和人们谈论这项运动。在其中一个无休无止的假期中，他在布鲁克莱恩乡村俱乐部打了一轮，球童主管丹·麦克纳马拉亲自为总统背包，塔夫脱的兴趣激发了成千上万的美国人开始尝试打高尔夫，但小白球最终使塔夫脱和他的老朋友兼政治导师泰迪·罗斯福心生嫌隙。

罗斯福从内心深处反对塔夫脱对高尔夫球的痴迷，并写信向他抱怨："打高尔夫是少数特权阶层的自我放纵，是一项充满势利、完全不民主的游戏，根本算不上真正的体育锻炼或运动项目，娘娘腔才会玩高尔夫。"罗斯福从不讳言自己更热衷网球，他年轻时曾短暂地打过高尔夫，但他觉得自己对打高尔夫球，以及其他很多事情，都没有足够的耐心。对于泰迪的攻击，塔夫脱回答说，高尔夫是理想的锻炼方式，毕竟像他这样的大块头能玩的运动不多。他补充说，打高尔夫有助于培养谦逊礼让的品质，在这方面，美国人，尤其是泰迪，有待提高。对此，泰迪在报纸上进行公开回击，严厉批评塔夫脱不愿审视自己在塞维蔡斯乡村俱乐部打球的照片，在罗斯福看来，这些照片向公众传达了总统不务正业的错误信息。"恰恰相反，"塔夫脱答道，"我乐意告诉所有人，政治让我恶心。"这些照片让人们确切地知道他对自己总统工作的感受。塔夫脱继续说道，虽然干了32年的公务员，只要他愿意，无论何时何地，他都会打高尔夫，让公众的意见见鬼去吧！对此，罗斯福表现出一贯的克制，称塔夫脱为蠢货。据说听到这个新称呼后，敏感的塔夫脱哭了。

眼看着这个国家慢慢地重回托拉斯之手，罗斯福别无选择，最终决定只能放弃自己的退休生活，在1912年宣布与塔夫脱决裂，与其角逐共和党总统候选人。但罗斯福动手略迟，在其执政期间被赶下台的党魁们已重掌大权，现在他们纷纷站队塔夫脱，对罗斯福进行报复。他们暗自达成共识，确保几乎赢得了每一场初选的罗斯福，折戟党代会竞选，最终塔夫脱保住了提名，罗斯福无奈出局。共和党大佬们以为罗斯福就此玩完了，没想到六周后，在罗斯福的号召下匆忙组建的进步党，在芝加哥召开了第一次党代会。两天后，罗斯福接受了进步党的总统候选人提名。自称"像公鹿一样顽强"的罗斯福掏出了袖子里的最后一张王牌，依仗民众对外号"公鹿党"的支持热潮，旋即投入了激烈的竞选中。1912 年 10 月 14 日，距离大选还有三周，在威斯康辛州密尔沃基参加竞选活动的罗斯福，在离开吉尔帕特里克酒店前往一个演讲现场的时候，忍不住站在他的敞篷车里向欢呼的人群致意。这时，一个名叫约翰·施兰克的疯狂酒保，走到罗斯福车前，拔出手枪，从六英尺外朝他胸部开了一枪。施兰克几个月来一直在跟踪罗斯福，他担心罗斯福当选会使美国陷入政治危机，称收到前总统麦金利的托梦，要他杀死罗斯福。子弹打断了罗斯福的一根肋骨，进入右肺，不过他大衣口袋里的眼镜盒和厚厚的演讲稿大大减缓了子弹的速度，救了他的命。在把袭击者从观众私刑中解救出来后，罗斯福无视医生的命令，坚持在没有接受任何医疗救治前发表演讲。

罗斯福摇摇晃晃地走上礼堂的讲台，开始了他的讲演："朋友们，我请你们尽可能地安静。（沉默）我不确定你们是否完全知道，我刚中了枪，但要杀死一头公鹿没那么容易！（打开外套，露出浸透鲜血的衬衫；获得长达五分钟的热烈掌声。）子弹在我体内，所以我不能做很长的演讲。（台下响起一阵嘘声，正是他想听的。）我有太多重要的事情要考虑，压根顾不上考虑或感受自己的生死。这是实话，我现在关心的事情太多，完全不能考虑自己。"他的顾问示意他结束演讲，之后，一位朋友把手搭到他的胳膊上试图让他停下来。结果，罗斯福凶狠地瞪着他，说："不，先生，我不会停下来的。你不能阻止我，任何人都不能！"在接下来的 90 分钟里，罗斯福完整演绎了被子弹击穿的演讲稿的全部内容，鲜血不断地从伤口涌出，直到彻底将他的衬衫染红。在去医院的路上，他把满是血迹的演讲稿作为纪念品，一页一页地散发出去。由于担心造成进一步的伤害，医生决定不取出嵌在他胸壁肌肉里的子弹，罗斯福只能回家休养，虽然他活了下来，但这次袭击彻底结束了他的政治复出，之后他只在大选前公开露过一次面。

总统竞选进入了最后冲刺阶段，这是一场在"书呆子""自然之力"和"难以移动的大块头"之间展开的三方角力。专家预测三方势均力敌，难分伯仲。当美国人开始投票时，大象与公鹿，这对昔日的朋友，比他们的民主党对手多出了 100 多万张选票，但是分裂使他们失去了白宫。尽管普选得票率只有 42%，但在随后的选举人投票中，伍德罗·威尔逊获得了 432 张选票，取得压倒性胜利。罗斯福勉强获得 88 张选票，塔夫脱总统则颜面尽失，只得了 8 票。结果证明，罗斯福的公鹿党只不过是他与塔夫脱决裂的产物，公鹿党中只有他这么一头公鹿，以后便再也没有出现过任何有竞争力的候选人。在漫漫的几个月时间里，罗斯福抚平了政治创伤，写了自传，访问了亚利桑那州的霍皮斯，以诽谤罪起诉了一家称他为堕落的醉汉的杂志，并获得了具有里程碑意义的胜利。精力旺盛的罗斯福还率领一支探险队沿着亚马逊河探险，在那里他发现了一条白人从未见过的河流，如今被称为里约西奥多罗河，并染上了一种致命的疾病。但是，正如你所猜测的那样，他奇迹般地康复了。

1918 年，美国不可避免地卷入了欧洲战争，威尔逊总统拒绝让当时 57 岁的罗斯福亲自率领一支志愿兵部队参战，罗斯福为此勃然大怒，他的四个儿子随即应征入伍，两个大儿子泰德和阿尔奇在战斗中受伤，令他欣慰的是，最宠爱的小儿子昆汀在一场空战中击落了一架德国飞机，成为经历过战斗洗礼的王牌飞行员，和跟他老爹一样的战斗英雄。但没过一周，骄傲的老父亲就遭受了残酷的打击：昆汀的飞机在法国上空被击落，生死未卜。度过难捱的三天后，官方消息证实了这家人最担心的事情：昆汀坠机后丧生！在公众面前，罗斯福只是隐忍地表达了作为父亲的自豪。私下里，儿子的死让他悲痛欲绝，使他的健康每况愈下，笼罩上一层阴影。罗斯福的父母还没到 50 岁就去世了，他从小就体弱多病，向来知道自己的生命旅程可能随时终止，但他仍以无与伦比的热忱拥抱艰苦的生活，这无疑加速了他的谢幕。罗斯福依旧广受欢迎，他宣称自己身体健康，准备再次掌权，外界也一致看好他，认为他极有希望赢得 1920 年共和党总统候选人提名。时不我待，1919 年初，60 岁生日刚过三个月，罗斯福就在睡梦中安然辞世，大儿子阿尔奇发电报给他的兄弟姐妹时说："老狮子走了！"

带给泰迪·罗斯福政治生涯最后一次失败的现任总统威尔逊，境遇也没好到哪里，与他患难与共 29 年的爱妻于 1914 年去世。为了保持身心健康，医生建议他重拾在普林斯顿大学断断续续玩过的一项运动——高尔夫，谨遵医嘱的威尔逊后来成了在任期间打球最多的总统。每周一至周五，他通常五点起床，赶在去办公室前，自己背包打 9 洞。每逢周六，则会打一个完整的

18 洞，风雨无阻，绝对称得上是一个勤奋又值得同情的球手。由于右眼有伤限制了视野，威尔逊虽然打球最多，但是打得最差，有证据表明他从未破过 100 杆。1915 年的一个雨天，威尔逊从球场回来后遇到了第二任妻子伊迪丝·伯林。当时，他踩着泥泞穿过白宫的走廊，偶遇漂亮的伯林小姐，她是应威尔逊女儿们之邀前来拜访的。当他为自己的样子道歉时，伊迪丝透露她自己也是一位狂热的高尔夫球手，威尔逊当即被丘比特之箭射中。八个月后，他们结婚了，总统夫妇在弗吉尼亚州霍姆斯特德高尔夫度假村度过蜜月，每天打 36 洞（第二任威尔逊夫人是有史以来唯一一位打高尔夫球的第一夫人）。有塔夫脱因打球而受到批评的前车之鉴，威尔逊只和妻子或医生一起打球，从不把工作和娱乐混在一起。马里兰州塞维蔡斯乡村俱乐部的惯例是，为塔夫脱之后的每位总统提供荣誉会员礼遇，当俱乐部决定授予威尔逊荣誉会员时，他拒绝了，由此引发了一场奇怪的争议。《纽约时报》发表社论指责威尔逊伤害了俱乐部的感情，许多人脉颇广的共和党成员将威尔逊的拒绝解读为一种政治怠慢。最终，威尔逊同意接受会员资格，但再也没有踏足该球场。

威尔逊在第一次世界大战的头两年，恪守中立宣言，让美国远离欧洲战事，1916 年他以微弱优势获得连任，就职当天溜出去打了场高尔夫。但之后，威尔逊坚定主张美国必须向海外派兵，将美国带入一战。他的参战主张分裂了民意，削弱了他的声望。三年后，由于对战争的恐惧，再加上战后未能实现其理想的"国际联盟"，身居高位的重担引发了一场严重的瘫痪性中风，使美国历史上出现了一场最为严重的政治危机。总统因残疾丧失工作能力，威尔逊的妻子禁止任何人接近她病魔缠身的丈夫，并在医生的合作下，策划了一场令人震惊的行动——掩盖总统的病情。总统说不了话，好几个月不能走路，几乎下不了床。每当他需要在法案上签名时，他的妻子就会把一支笔塞到他手里，引导他按照笔迹签名，签名成为一种小学生式的拙劣模仿。手握重权的参议员和立法者意识到他的无能，但又不愿意承担试图把一个病人赶下台的压力，结果自己也陷入了瘫痪状态。公众从未完全了解威尔逊的无能，曾接受过两年教育的伊迪丝·伯林·威尔逊，在她丈夫当选总统的最后一年里，行之有效地执掌了行政办公室。1921 年卸任后，伍德罗·威尔逊逐渐恢复了一些智力和行动能力，但他一直过着病人般深居简出的单调生活，直到1923 年去世。

命运对塔夫脱要仁慈得多。面对被提前赶出白宫的窘境，塔夫脱毫不掩饰自己的喜悦，称那里是"世界上最孤独的地方"。塔夫脱后来透露，没有证据表明他一开始就非常渴望这份工作，是罗斯福和他自己野心勃勃的妻子合谋，把他推入了白宫。塔夫脱将活着看到他的大儿子罗伯特成为国会红人，被评为本世纪最有成就的参议员之一。老塔夫脱作为一名前巡回法院法官，对法律工作倾注了满腔热忱，八年后，新当选的总统沃伦·哈丁任命他为美国最高法院第十任首席大法官，塔夫脱得到了尽情施展的舞台，成为美国唯一一个担任过总统和首席大法官两大要职的人。这份合适的工作帮助他恢复了健康，在任首席大法官期间，塔夫脱成功减重 100 磅，打高尔夫的时间比以往任何时候都多。塔夫脱卓有成效地领导着最高法院，直到退休。退休后不久，1930 年因心脏病去世。

1913 年 3 月离开白宫后，塔夫脱接受了耶鲁大学宪法教授的职位。那年夏天末 9 月中旬，塔夫脱发动了他那辆从白色缝纫机公司定制的蒸汽车，从纽黑文驱车前往马萨诸塞州的布鲁克莱恩，观看 1913 年美国公开赛第一天的比赛，这将是威廉·霍华德·塔夫脱最后一次出现在我们的故事中。

他告诉记者，作为一名热情的业余高尔夫球手，他来这里是要看看"职业球手如何打球"。

1913 年，威梅特在球场打球

（乡村俱乐部友情提供）

起跑线

由美国高尔夫协会主办的美国公开赛，比超级碗、NBA 总冠军赛、美国大学生篮球四强赛、斯坦利杯、世界职业棒球大赛和印第安纳波利斯 500 跑车赛，都要早得多，是美国体育史上第二古老的赛事。肯塔基赛马比高尔夫公开赛早举办了 20 年，但在这项国王运动中，大部分的重活都是由马来完成的。1881 年，美国网球协会开始主办男子网球锦标赛，但直到 20 世纪，锦标赛才发展到现在的形式。美洲杯帆船赛也早于美国公开赛，不过，该赛事始于英国，且直到 20 世纪 20 年代才开始定期举办。美洲杯的一场临时比赛，使 1895 年在权贵阶级的游乐园罗德岛新港举办的首届美国公开赛，推迟了一个月。

首届美国公开赛在 1895 年 10 月 4 日在新港举行，是比赛为一天的 36 洞比洞赛，来自英国的年轻移民、新港高尔夫俱乐部常驻职业球手霍勒斯·罗林斯得冠。首届美国公开赛只不过是临时起意，参加比赛的 10 名职业选手前往新港，原本是为他们的绅士雇主当球童，没想到，这些绅士在参加了前几天举行的全国业余锦标赛之后，决定给他们的工作人员一个竞技机会，以自娱自乐。冠军罗林斯赢得了 150 英镑的奖金和一枚价值 50 英镑的金牌，以及一尊冠军奖杯。至今，美国公开赛依然在使用这只漂亮的奖杯。银制奖杯顶部，立着一位天使，高举着胜利的桂冠，奖杯上雕刻的画面是，当年上流社会的四位绅士在打高尔夫球（神秘的是，它最初的设计者和出处都已经消失在时间的长河里）。按照英国公开赛有关冠军奖品挑战赛的传统要求，美国高尔夫协会立即让霍勒斯归还了奖杯。绅士业余球员和雇工职业球员之间根深蒂固的阶级差异和遗风恶俗，已然延续到了现代比赛中。直到今天，在所有四大满贯比赛的文书或报告中，职业球员的名字只会被简单地罗列出来，而所有业余球员的名字都会加上"先生"的尊称。

弗朗西斯·威梅特先生回到布鲁克莱恩，花园城的成功让他飘飘然，但回到家就意味着从天上掉到了地下。波士顿报纸争相报道他的优异表现，但他仍要住在家里，父亲对于这个该死的愚蠢游戏依然不以为然，因为它无法让家里人吃饱饭。亚瑟丝毫没有欢迎儿子凯旋的迹象，相反，弗朗西斯一进门，亚瑟就发作了。在他看来，一分钱都捞不着的四分之一决赛对他来说毫无意义，弗朗西斯应该正视现实，为自己的将来做打算了。在母亲和妹妹的注视下，弗朗西斯默默地忍受着父亲的训斥，争论不会再有任何好处。

那天深夜，只有母子二人在一起的时候，母亲轻声鼓励他说，虽然她还意识不到这项运动的魅力所在，但她开始理解儿子为什么痴迷于高尔夫。她相信，印有他照片的报道，肯定不会对弗朗西斯在波士顿商界的前途造成任何损害。更重要的是，她能看出自己最疼爱的儿子，在他热爱的事业上取得成功是多么开心。他感谢母亲的理解和支持。弗朗西斯和冠军杰里·特拉弗斯在国家级赛事平台上正面交锋已经结束，他重新回到赖特＆迪特森体育用品公司，从事每周 15 美元的销售工作，失落在所难免。想到自己前途未卜，他突然感到，也许生活能给予他的只有失去和失望，显然，在一场心理战中，他的父亲暂时占了上风。

与此同时，在弗朗西斯完全不知情的情况下，美国高尔夫协会主席罗伯特·沃特森抢先一步，为他最喜欢的业余选手报名参赛。9 月 12 日周四，也就是美国公开赛的前一周，《波士顿环球报》公布了即将到来的资格赛配对结果。没过多久，这个消息就成了体育用品公司全店的谈资，弗朗西斯极力淡化并劝阻大家，声称这一定是个莫名其妙的误解。那天上午，乔治·赖特把弗朗西斯叫到办公室，他开始有由焦虑变得恐慌。

一脸严肃的赖特坐在办公桌后面，冲他招手，示意他进来，弗朗西斯沮丧地看到，老板面前正摊着一份《波士顿环球报》。

"好，弗朗西斯，"赖特说，"我看到你要参加美国公开赛了！"

"不，先生，完全不对。这肯定是个误会。"

"是吗？你这话什么意思？"

"我已经请了一周的假打业余赛，打得很开心，先生。我才回来，又要请一周假的话，是不负责任的。我记得我跟您说过，我对职业比赛不感兴趣，我需要赚钱养家。而且，我觉得他们是出于礼貌，在我没有申请的情况下，自动给我报了名。事实上，沃特森先生问我的时候，我就告诉过他，我不能参赛。我非常感激有这个机会，我向您解释，希望澄清这个误会。"

"那好，弗朗西斯，我确认一下理解得对不对：你报名了，但你不打算参赛，对吗？"

"不，先生，就像我说的，我觉得是他们搞错了，您让我去纽约打了业余赛，我哪还好意思又让您准假去打美国公开赛呢？"

"你知道哈里·瓦登和泰德·瑞要去参加比赛，对吧？"

"是的，先生，我可以说是瓦登先生的头号粉丝。既然您刚好提到这事，我打算在比赛期间跟您请个假，当然了，不是一星期，就一天，这样我也许可以去现场看看瓦登先生打球。"

"所以你还是想请假，但只是为了去看哈里·瓦登打球？"

"是的，先生，如果不太麻烦的话，只要一天，或者一个下午也行，我将不胜感激。"

赖特用手指轻轻地敲着桌子，沉思着。"弗朗西斯，你要做的是，"赖特向前倾着身子，眼里闪着光芒，嘴角挂着一丝微笑，"既然已经报名，我想你最好计划去参赛。"

弗朗西斯说不出话来，赖特绽开了笑容。"这可是命令。"他补充道。

"好的，先生。"弗朗西斯转身向门口走去，有些不知所措。

"我会请几天假，跟公司其他几个伙计一起去现场，看你比赛。"赖特说，"弗兰西斯，你不想让公司失望吧？"

弗朗西斯在门口停住，并转过身来，说："不，先生，绝对不想。"

"所以我说，这周你就别再来公司了，用剩下的时间赶紧练习，提高球技，怎么样？"

"好的，先生。"弗朗西斯站在敞开的门口，难以置信地僵住了。

赖特等了一会儿，见弗朗西斯没动，便说："就这些，弗朗西斯。"

弗朗西斯不知道，罗伯特·沃特森曾写信给他的老朋友乔治·赖特，说他已经为波士顿最受欢迎的年轻业余选手，制定了参赛计划。乔治·赖特作为波士顿高尔夫球教父，和弗朗西斯在当地最大的支持者，已经与沃特森密谋了一个多星期，他的支持让弗朗西斯摆脱了早先的不情愿，毅然选择接受挑战。

弗朗西斯一直计划在那个周末参加主场伍德兰的邀请赛，这是一项吸引了波士顿地区所有球员的业余赛，他已经在为期一天的资格赛中打出了最低杆，获得了比洞赛资格。周四上午，弗朗西斯给伍德兰球场去了个电话，告诉他们，他不得不遗憾地退出比赛，听到原因后，他们表示十分理解。之后，他乘电车赶回布鲁克莱恩打了一轮练习，成绩不错，76 杆，接着他继续练习，直到天黑。周五打了一轮，周六又打了两轮，和他同场练习的还有 100 多名报名参赛的选手。

哈里和泰德在一片欢呼声中，于 9 月 3 日星期三下午抵达波士顿。尽管在新英格兰港口球迷心中，高尔夫要取代红袜队或哈佛橄榄球队还有很长的路要走，但这两位冠军的声望，足以让他们登上该市六家日报中至少一家的头版。他们入住了科普利广场酒店，这家有 22 年历史的酒店位于波士顿广场以西一英里处，是"高档后湾区中心最奢华的酒店"。

不少家境优越的外地球员，也选择住在科普利广场酒店。同一天抵达的还有法国老将路易斯·特利尔，他是威尔弗雷德·里德在巴黎拉布利球场的前同事。当地媒体大肆渲染特利尔的外国履历，但他的经历并无可圈可点之处，他最好的成绩是在前一年的法国公开赛上获得第三名。特利尔身材矮小，爱整洁，风度翩翩，喜欢故意把英语说得一团糟。他最近刚和威尔弗雷德·里德的妹妹结婚，这对新婚夫妇特意漂洋过海，赶来与里德合谋发财大计，并准备参加美国公开赛。出发之前，特利尔颇费周折地联系了新英格兰的一些球场，吹嘘自己是法国公开赛冠军，并在美国公开赛开始前，为自己安排了六场现金挑战赛。这对连襟是否会一起上阵尚不确定，但两人都希望，能在1913 年美国公开赛上一战成名，以便申请移民美国。

那天晚上，泰德和哈里下楼吃晚饭，在酒店大厅碰见了威尔弗雷德·里德。里德像一条引水鱼一样尾随着他的英国同胞，一路从肖尼来到纽约，然后又来到波士顿，当天下午入住了科普利广场酒店。里德立即主动提出，要和更有名望的同胞们一起共进晚餐，泰德还没来得及反对，彬彬有礼的哈里就同意了。

"好吧，"泰德喃喃自语，"又一场税务研讨会。"

第二天，这四位外国球员先后乘电车，来到八英里外的布鲁克莱恩，第一次参观了乡村俱乐部。率先在黎明时分抵达球场的路易斯·特利尔先单独打了一轮，360度无死角地了解了球场的设置，并在驻场职业球员亚历克·"镊子"·坎贝尔的亲自指导下，掌握了攻克球场的捷径和最佳策略。三个小时后，瑞和瓦登才现身球场，只在午饭前随便打了几洞。之后，特利尔与瑞一组，对抗瓦登和一名当地业余球员，这场四人四球赛吸引了大批观众。也许是在泰德的坚持下，里德没有被邀请参赛。亚历克·坎贝尔叮嘱球童主管丹·麦克纳马拉，把俱乐部最好的球童分配给了这几位外国球友。坎贝尔传授的攻场秘笈显然发挥了作用，特利尔和瑞赢得了比赛，平分了60美元奖金。

为了表明赢得美国公开赛的决心，瓦登和瑞整个星期都在刻苦地练习，每天以不同的形式与各路选手打两轮对抗赛。9月8日，哈里以完美的71杆追平了乡村俱乐部的最低杆数记录。同一周，忙于追逐金钱，并急于为自己在美国寻找新东家的路易斯·特利尔，先后出现在波士顿地区的六家私人球场，参加他之前安排好的现金挑战赛，甚至还远赴佛蒙特州打了场比赛。他的美国移民计划出师不利，因为他一场都没赢。

9月11日星期四，约翰·麦克德墨抵达布鲁克莱恩，刚好赶上瓦登和瑞联手对抗"镊子"坎贝尔和路易斯·特利尔的好戏。和近300名观众一起走了头几洞后，麦克德墨终于等到瓦登和瑞在人群里发现了他，他抬了抬帽檐，向两位致意，然后猛地一个转身，径自回到会所，开始打练习轮。瓦登和瑞对麦克德墨的新花样完全不感冒，他们速战速决，以赢五洞剩三洞的成绩击败对手，平分了300美元赌资。随后，两位冠军立即动身前往波士顿，搭乘夜班火车赶往新泽西。第二天，他们将在新泽西巴特斯罗球场，进行美国公开赛前最后一场巡回表演赛。

建于1895年的巴特斯罗球场，曾主办1903年美国公开赛，当年的冠军是伟大的威利·安德森（已故），该球场当时就被誉为全美最好的私人球场之一。第二天一早，刚下火车，哈里和泰德就投入了一场36洞的较量，对阵两届美国公开赛冠军、杰里·特拉弗斯的私人教练亚历克斯·史密斯，和从苏格兰卡奴斯蒂移民过来的乔治·洛，洛现在是巴特斯罗球场的常驻职业球手，让人津津乐道的是，他教会了体重严重超标的塔夫脱总统如何挥杆。这场在周六举行的比赛，吸引了大批观众，人数估计超过 7000 人。一位不愿透露姓名、为《美国高尔夫球手》杂志报道赛况的记者惊讶地发现：由于比赛采取最佳球位的打法，哈里和泰德丝毫没在意个人成绩，毕竟最佳球位赛讲究团队的配合，个人成绩没有任何意义。但是，由于美国人对数字和个人成绩极度关注，这位记者特意统计了他们的成绩：泰德两轮的成绩为 70-72 杆，哈里不 71-75 杆。英国人以赢七洞剩六洞轻松拿下了比赛。

这位记者极其称道哈里的经典挥杆动作（他还是那个球技精湛的大师，开球距离惊人，攻果岭致命精准），至于泰德·瑞的比赛表现，他的遣词造句则变得充满诗意，令人印象深刻（另一个出色的球员，更有男子气概，甚至可以说有些野蛮。还有他的推杆！迅速而坚定地瞥一眼洞线，然后用轻柔不着痕迹、敏捷如豹子般的推杆动作，将球直送洞杯。豪放的站姿，流畅的低收杆，带动身体完成一个充满节奏的从容向前。瞧！球如预料般地腾空而去）。

这位记者对哈里的病情并不知情，哈里一生从未向任何一位记者，提起过他受伤的手，不愿让人觉得他是在找借口，因此他对瓦登在果岭上的表现持保留意见："造物主是公平的，她在心情极佳的状态下，赋予了他非凡的天赋，使他的开球又远又稳，进攻果岭的第二杆无限接近旗杆位，只需要平庸的技巧就能将球推入洞。然而她突然停了下来，出于对其他打球人的同情，造物主在他的意识里注入了所有的犹豫不决、怀疑、胆怯的细菌，使他只要推杆在手，就会陷入一种恐慌，在其他球手看来相对简单容易的普通距离内，认定自己不可能推进。看着他球杆抖抖索索举起，又颤颤巍巍推出，实在让人神经紧张。造物主认为，也许这样才合理，否则没有一个凡人能成为他的对手。"

明说了吧，就在美国公开赛开赛前夕，哈里的手抖情况又出现了。

简单吃过晚饭，早早回到房间的哈里直到半夜才睡。睡前，他在酒店房间的地毯上，一直反复练习推杆，耐心地试图重新控制不听使唤的右手。第二天黎明破晓前，两个英国人就醒了，搭乘早班火车返回波士顿。当天，纽约市市长威廉·杰伊·盖诺突然去世，消息占据了纽约各大报纸的头条，把巴特斯罗球场比赛的新闻推到了封底。颇受欢迎的盖诺享年65岁，三年前遭到一场政治暗杀，他在波罗的海号远洋客轮上，因咳嗽引发心脏病发作而离世。三年前子弹射中他的喉部，由于无法安全取出，最终导致咳嗽和心脏病发作。

同一天，也就是美国公开赛开赛前的最后一个星期天，弗朗西斯的老朋友，也是学生时代的对手弗兰克·霍伊特，邀请他前往西边几英里外的韦尔斯利乡村俱乐部，进行赛前的最后热身练习，资格赛定于下周二开打。韦尔斯利是一座短小精悍的森林球场。夏初，弗朗西斯在这里打出66杆，创下球场的最低杆数记录，两人认为，在这片熟悉的场地进行热身，将有助于提振信心，更好地备战美国公开赛。那天，弗朗西斯和霍伊特在相对容易的球场上打了两轮完整的18洞。上午，弗朗西斯完全没有发挥出自身优势，打出了糟糕的88杆。为了摆脱赛前紧张情绪的困扰，草草吃过午饭后，弗朗西斯又下场打了一轮，结果还是令人沮丧的88杆。弗兰克·霍伊特为此十分懊恼，觉得这次热身可能毁了弗朗西斯在美国公开赛中争夺冠军的机会。他急切地设法要减轻朋友的焦虑，但是，弗朗西斯向他保证说，他的想法不同。

"别担心，"他对弗兰克说，"我正需要这样的一天，我可能把所有的坏球都打完了。"

那天晚上回到家，他入睡前躺在床上，从卧室的窗户望出去，闷热的夏夜笼罩在乡村俱乐部的球道上，对于比赛前景，信心似乎不足。

布鲁克莱恩的历史始于17世纪30年代，波士顿居民分得了查尔斯河和泥泞河之间的农田，之后70年，居民建设了一所校舍，铺设了三条主干道，并组成了一个小村庄，俗称"泥河村"。1705年，经过第三次申请，村民获得了马萨诸塞州总法院的许可，将村庄改名为布鲁克莱恩镇。镇上的第一个书记官名叫塞缪尔·西沃尔，他的父亲是一位法官，曾经主持过臭名昭著的塞勒姆女巫审判案，后来被判绞刑。一条小溪（英文为Brook，即布鲁克——译者注）成为着这片土地上最大的私人领地，即塞沃尔家族领地的东部边界，小镇便因此得名布鲁克莱恩（Brookline，即小溪边界——译者注）。1775 年 4 月 19 日，美国独立战争爆发，布鲁克莱恩派遣了三支志愿者队伍，在莱克星顿和康科德击溃英军，"响彻世界的枪声"，从不到 20 英里外的田野和森林中响起，那里最终成为新生的乡村俱乐部的球道。年轻的布鲁克莱恩居民伊萨克·加德纳，是唯一一位在美国独立战争第一天的战斗中丧生的哈佛大学毕业生。

19 世纪，波士顿的富商们开始在这一地区建造别墅以避暑，标志着布鲁克莱恩开始从农村向住宅小镇转型。从波士顿延伸出来的收费公路和木板路逐渐拉近了两地之间的距离。当弗朗西斯·威梅特来到这个世界的时候，布鲁克莱恩和波士顿开通了无轨电车，逐渐发展成为波士顿最大、最繁华的通勤郊区。乡村俱乐部像一个庞然大物盘踞在布鲁克莱恩西南，成为郊区社会生活的中心。从波士顿闷热的夏日中出来寻找喘息之机的家庭中，有一个正在升起的爱尔兰天主教中产大家庭，家庭之主 1912 年毕业于哈佛，几年后在禁酒令期间，通过从加拿大走私威士忌发家致富。几十年后，他的两个儿子在布鲁克莱恩出生，一个是约翰·肯尼迪，另一个是罗伯特·肯尼迪。布鲁克莱恩由此闻名全球。

美国公开赛历来在盛夏举行，几乎无一例外。1913 年 1 月，美国高尔夫协会召开年度执行会议，把当年的公开赛举办权授予了乡村俱乐部，比赛日期最初定在 6 月 4—5 日。几个月后，乡村俱乐部收到了一封来自英格兰诺斯克列夫勋爵的一封信，勋爵想知道，如果哈里·瓦登和泰德·瑞参加赛，是否可能把比赛推迟到 9 月的第三周，届时两位来访的冠军，将能够把比赛安排进他们紧凑的行程上。乡村俱乐部迅速做出了令人高兴的回应，赛事执行委员会同意更改日期。这是美国高尔夫协会有史以来第一次、也是唯一一次，为了让两名球员参赛而同意调整比赛日期。

就像最近在花园城举行的业余锦标赛一样，场地的限制决定了 1913 年美国公开赛，将进行为期两天的 36 洞资格赛。赛事官员们将名单一分为二，第一组将在周二进行 36 洞角逐，第二组将于周三比赛。这种资格赛形式为美国公开赛现代赛制奠定了基础。公开赛先在全国范围内选定场地，进行为期数周的分区资格赛，实力最强的前 64 名选手（含成绩并列的选手），才能获得参加美国公开赛的资格。正式比赛将打四轮，分别在周四和周五进行每天两轮 36 洞的较量。美国高尔夫协会直到 1965 年才将公开赛赛程调整为四天，原因是在前一年的比赛中，最终获得冠军的肯·范图利在国会乡村俱乐部最后 36 洞的比赛中中暑，险些丧命。和过去四年来一样，美国高尔夫协会为比赛提供了总共 900 美元的奖金，第一名奖金 300 美元，剩余的奖金逐级递减，第十名的奖金正好是 20 美元。

9 月 15 日星期一，也就是资格赛的前一天，乡村俱乐部再次向所有参赛选手开放练习。截止开赛前的最后一天，获得参赛资格的人数达到 168 名，包括 145 名职业球员和 23 名业余选手。这是有史以来参赛人数最多的一届比赛，比以往多了很多。参赛选手来自五个国家和全美 22 个州，使 1913 年美国公开赛第一次成为真正意义上的国际大赛。周一，超过 150 名选手在乡村俱乐部打了练习轮。

前一天，9 月 14 日星期天，伯纳德·达尔文抵达波士顿。此前，他参加了在纽约长岛国家林克斯球场举行的一场业余比赛，并打进了半决赛。周一练习日，达尔文下场走了一圈，并在他的报道中这样描述乡村俱乐部球场："这是一座非常漂亮的球场，山谷、奇石、葱郁的山林点缀其间，风景如画。虽谈不上气势恢宏，但布局合理，对于任何想要征服它的人来说，难度都不小。"达尔文首次探索这座球场时，知名人士诺斯克列夫勋爵与他同行，为了亲自了解自己的投资回报前景，勋爵乘坐一艘英国客轮跟随达尔文而来。身着爱德华七世时代德比和邦德街出品的华丽服饰，诺斯克列夫勋爵大步流星地走在乡村俱乐部的球道上，给人留下了深刻的印象。带着大亨们那种不耐烦的热情，诺斯克列夫勋爵跳过了瓦登和瑞的巡回赛日程，只在最后一刻露面，观看他的球手争夺美国公开赛冠军。

1913 年的乡村俱乐部球场，全长 6245 码，前九洞比后九洞稍长，后九洞整 3000 码。美国当时刚刚引入标准杆的概念，采用标准杆作为衡量得分的基准，还需要几年的时间在全美普及。因此，该球场当时确切的标准杆数，难以确定。1913 年，乡村俱乐部记分卡上列出了所有球洞的"柏忌"（Bogey）杆数，为 80 杆，但彼时对于柏忌的界定，正处于一个复杂的过渡期，从原本表示的"预期杆数"，正演变为"超过预期杆数一杆"。这一概念的演变十分有意思，值得我们花点时间一探究竟。

18 世纪至 19 世纪早期，比洞赛是这项运动唯一的记分方式。19 世纪 40 年代，也就是阿伦·罗伯特森的时代，比杆赛或击数赛开始在圣安德鲁斯流行起来，它的普及催生了差点系统，以便不同水平的球手可以在一个公平竞争的机制中进行比赛。早期的差点系统，是将同一俱乐部的球员按能力分成六组，来自不同组别的选手参加比赛时，天赋较差的选手将获得一定的让杆数，并在比赛全程中合理分配让杆，但这套方法只适用于同一家俱乐部的会员进行比赛。随着高尔夫的普及，不同俱乐部间的比赛开始流行，但由于各自比赛的标准不同，不同球会会员之间的比赛缺乏公平的机制。建立公平、标准化的差点系统来规范全国比赛之前，必须找到一种方法，计算不同球场的基准分数。多亏英格兰考文垂俱乐部引入了柏忌的概念，才使得这一切成为可能。

考文垂球场在 1890 年举办了一场比赛，每位参赛球手利用自己的团体差点优势，对阵一位假想的对手，这位对手自动打出了被认为没有失误的一轮，成绩被称为"零差点"。这种记分形式很快在考文垂流行起来，并传播到英格兰其他俱乐部。同年，一首音乐厅歌曲广为流传，歌中唱到："安静！安静！安静！柏忌人来啦！"在采用新"零差点"赛制的雅茅斯俱乐部，其秘书开始开玩笑地称比赛中的假想对手为"柏忌人"，这个称呼迅速在雅茅斯流传开来。很快，全国各地的球员都开始以俱乐部的零差点标准为"柏忌"杆数。不久之后，英格兰戈斯波特的一家俱乐部，在"柏忌人"的热度逐步上升时，将假想的"柏忌先生"列为该俱乐部的荣誉会员。由于戈斯波特的会员大多数是军官，按照惯例，球场会授予每一个平民新会员荣誉军衔。球场秘书认为，像"柏忌先生"这样稳重而有成就的"球员"，应该被授予上校军衔。他的奇思妙想席卷了整个英国俱乐部，短短几年内，虚构的"柏忌上校"形象就离开了高尔夫球场，成为英国主流文化的代表，成为下个世纪英国军队纪律严明、勇敢无畏的标志性人物。你可能还记得经典电影《桂河大桥》中，英国战俘吹出的那首朗朗上口的小调，它并不是为电影而作的主题曲，而是一首流传已久的军歌，名为《柏忌上校进行曲》。

那么，作为优秀标准而诞生的"柏忌"，是如何演变成现代球场上令人头疼连续失败的代名词的呢？英国球场最初设立标准杆数时，柏忌代表着球场期望其最优秀的球员能在每洞打出的成绩。19世纪90年代，随着高尔夫装备、球员技能和球场维护水平的迅速提升，实际杆数下降的速度略快于球场评分系统演变的速度。结果到了20世纪初，大多数英国球场都会设置几个柏忌洞，表示比最新的无失误标准杆高出一杆。

也就是在这个时候，瓦登结束了首次美国之行，美国高尔夫开始腾飞，并急切地全盘照搬英国高尔夫传统，但"柏忌"概念在穿越大西洋的过程中被张冠李戴。

1920年，"帕"（Par）在美国已经取代了柏忌成为球洞的标准杆，上校遭受了厄运——不久前，打出柏忌还是英国球手引以为豪的成绩，但是美国和其他国家的球手现在认为，柏忌不过是平庸的代名词。

鉴于这一转变仍处于过渡期，现代专家通过计算得出，1913年乡村俱乐部的标准杆应该为74杆（为避免混淆，本书将引用这一数字和适当的当代术语）。试场十几次，哈里和泰德经常追平标准杆，但仅有一次打出低于标准杆成绩。在他们看来，乡村俱乐部球场有许多值得称道的地方，哈里尤其中意第11和15号洞，尽管私下里，他觉得有两三个球洞需要进行深度改造，才能成就一座伟大的球场。但他认为在他打过的所有美国球场中，乡村俱乐部球场的布局名列前茅。那个周一，哈里以一贯老练且低调的措辞告诉达尔文："这是一座考验球技的好场子，有不少陷阱，想要征服它的球手需要时刻警惕。"不善于外交辞令的泰德则直言不讳地指出，在他打过的美国球场中，乡村俱乐部球场也就排第四。哈里还向达尔文预言，如果天气好的话，四轮均打出75杆，总杆300杆的成绩，应该足以赢得冠军。比赛全程必须始终保持高度的精准击球，稍有偏差就会前功尽弃。

在肖尼公开赛上获胜后，约翰·麦克德墨对哈里和瑞的公开挑衅，引发了相当大的争议，但麦克德默的得冠，大大提升了美国阵营的乐观情绪。约翰尼以事实证明，尽管两位英国冠军在巡回赛中所向披靡，他们并不是不可战胜的神仙，而是可以被打败的凡人。在肖尼招致全国媒体的愤怒和美国高尔夫协会的谴责，使这个飞扬跋扈的小个子收起了锋芒，低调地来到乡村俱乐部。尽管媒体无情地将肖尼事件妖魔化，麦克德默坚信自己在颁奖典礼上没有错，他决定管住嘴，让他的球杆说话。不止一位记者注意到，这位一向好斗的冠军，此次亮相变得十分收敛和克制。永动机突然紧急刹车的结果，往往适得其反。尽管麦克德墨过去在赛场上取得过出其不意的胜利，但他在练习轮中的表现，让人难以相信他能重现肖尼球场的辉煌。在资格赛开始前的最后一个周一，他重新点燃了支持者们的希望，打出了惊人的 73 杆，仅次于瓦登创下的练习周最佳成绩 71 杆。

从巴特斯罗回来后，哈里和泰德利用开赛前的最后几天，在拥挤的乡村俱乐部球场抓紧练习。弗朗西斯的朋友约翰·安德森观察到，哈里·瓦登状态正佳，夺冠势不可挡。他的球就像是钢做的，球道中央仿佛埋着巨大的磁铁，他毫不费力就能把球打得又远又直。泰德则表现出惊人的克制力，通过对肌肉的合理控制，确保击球的精准度，让球稳稳地攻上狭窄的球道。不过，每当观众越聚越多的时候，爱出风头的泰德总是忍不住要秀一把，把球轰出人们的视线之外，引得观众阵阵欢呼。随着时间的推移，只要这两个泽西人一出现，美国职业球员就会偷偷地瞥一眼他们，不少球员甚至会在自己的练习轮结束后，去看他俩打后九洞，亲眼见识过泰德的力量和哈里传奇般的球技后，他们无不胆颤心惊。那些在肖尼球场表现平平的球员，自知根本无法与这两位大师级球手较量，大师在练习轮中的出色表现，彻底摧毁了美国人自肖尼以来积累的信心。

与弟弟汤姆的重逢，无疑是赛前最后几天最令哈里激动的事情。汤姆·瓦登几周前就申请了美国公开赛参赛资格，之后便从其新就任的芝加哥翁文希亚俱乐部赶往东部，并在哈里从新泽西回来的当天，入住科普利广场酒店。正如汤姆所希望的那样，瓦登的大名让他在这个新国家如鱼得水，成了香馍馍，他已经开始享受 40 年职业生涯中最具价值的时光。摆脱了英国阶级观念的束缚，在彼时崇尚平等的美国中心地带，汤姆阳光开朗的性格彻底得以释放。哈里从汤姆的一举一动中，真切地感受到了他的快乐，看着弟弟，哈里陷入遐想：如果时间回到 1900 年，他顺应内心短暂但强烈的冲动，移民美国，现在会怎样？

汤姆自然永远不会向哈里承认，脱离哥哥的光环后，他为自己开辟了独立自主的生活空间。随着事业蒸蒸日上，加之一段充满希望的新恋情，汤姆终于对过去的种种不如意释然了。英国的艰难岁月已一去不复返，兄弟俩在布鲁克莱恩共同度过的时光温暖快乐，充满亲情。早在打英国巡回赛期间，汤姆和泰德·瑞就是好朋友，周一下午，在大批美国球迷的关注下，三个泽西人一起打了最后一轮练习。三人无不感慨，儿时用山楂树手工雕刻球杆，在泽西海岸玩的游戏，竟然向他们敞开了通往世界舞台的大门。回到科普利广场酒店，三人与许多竞争对手一起享受了一顿欢乐的晚宴，每个人都对第一次真正意义上国际化的美国公开赛满怀期待。在当晚的聚会上，哈里告诉《波士顿环球报》的一名记者，他感觉自己身体状况良好，完全适应比赛，并且有信心打出不错的成绩。有关他推杆的问题并没有被提及。

比赛前夕，在乡村俱乐部的更衣室里，各方竞争势力正在集结。参赛的两大阵营无疑是美国球员对阵由瓦登、瑞、里德、法国人特利尔、加拿大顶级职业球员卡尔·基弗和乔治·卡明等组成的外国代表团。美国军团中有一支由外国移民组成的小分队，他们中有像亚历克斯、威利和麦克·史密斯这样的苏格兰移民，也有前冠军"小弗雷迪"麦克劳德和亚历克·罗斯，以及乡村俱乐部常驻职业球员亚历克·坎贝尔。另有一支由约翰·麦克德墨领衔的美国本土球员，包括新英格兰的最佳职业球员、来自附近沃拉斯顿高尔夫俱乐部的汤姆·麦克纳马拉和迈克·"国王"·布拉迪。另有来自美国西部以芝加哥地区为中心的球手，芝加哥地区还没有产生过全国冠军，与迄今为止更成功的东部老牌球手相比，西部战队的夺冠希望原寄托于奇克·埃文斯身上。埃文斯那一周有紧迫事务要处理，不得不待在芝加哥，新晋移民西部的汤姆·瓦登临危受命，扛起了西部军团的夺冠重任。

移民军团内部，前苏格兰人和英格兰人之间的关系有些紧张。英格兰移民的代表有汤姆·瓦登、1909年美国公开赛冠军乔治·萨金特和25岁的瘦高个球手詹姆斯·巴恩斯（绰号"长打吉姆"）。巴恩斯刚凭借加拿大公开赛第二名的成绩崭露头角，在其漫长而杰出的职业生涯中，他将赢得四个美国大满贯赛冠军。巴恩斯的国别很难界定，他通过加拿大移民美国，在华盛顿塔科马的一家俱乐部打球，后来在美国工作了近40年。但他总是把自己当作一个英国人，从未放弃过英国国籍。参赛选手中履历最复杂的莫过于史密斯家的老二，也就是亚历克斯和麦克唐纳德的兄弟、1899年美国公开赛冠军威利。这位来自苏格兰卡奴斯蒂的移民，长期居住在美国，现在是墨西哥城第一家高尔夫俱乐部的职业球员。

最激烈的竞争，同时又是最不明显和最令人惊讶的竞争，存在于职业和业余球员之间，双方的差别比国别差异更为深刻。23 名业余选手受邀来到布鲁克莱恩球场，领衔的是杰里·特拉弗斯和花园城业余赛亚军约翰·安德森。参赛之余，安德森将为《波士顿文摘报》和《高尔夫杂志》撰稿报道本届美国公开赛。其他业余选手包括 1910 年美国业余锦标赛冠军威廉·福恩斯，和1911 年美国业余锦标赛亚军弗雷德·赫雷肖夫。这些业余选手可以自由出入球场的专卖店和更衣室，但所有参加 1913 年美国公开赛的职业选手，包括哈里和泰德，则根本不让进入会所。顶级业余选手接受并钦佩职业球员，因为在他们眼中，职业球员是他们共同热爱的运动的践行者。但篱笆的另一边显然有刺，职业球员对"绅士高尔夫球手"的怨恨挥之不去，这种怨恨渗透在每一场有业余球员参加的职业比赛中，尤其是全国性的大赛，因为业余球手参赛是为了消遣，而不是谋生。从来没有一个业余选手赢得过美国公开赛，那些从球童做起，一路打拼，最终靠打球谋生的职业选手，绝不会接受像杰里·特拉弗斯这样的富家子弟，轻巧地夺走美国公开赛冠军奖杯。

弗朗西斯是一个前所未有的异类，他曾是一名球童，来自工人阶级家庭，他没有职业球员的抱负，在父亲多年的恫吓下，也不打算以高尔夫为生，而是试图在商界取得成功。他不像其他许多顶尖业余选手那样，对未来充满信心，完全不用担心下一笔薪水的来源。弗朗西斯之所以打高尔夫，纯粹出于对这项运动的热情，超越了有关出身、养家糊口等一切现实的顾虑，到目前为止，还没有人觉察出他是这样的一位人物。在人们的记忆里第一次出现了一位高尔夫球手，可以微妙地平衡职业和业余两大阵营，又不会侵犯任何一方对各自阵营的专属情感。他不仅具有打球的天赋，而且天生有一种开放、慷慨、吸引人的个性，这种个性最终可以消除两大阵营所有的差异。弗朗西斯能否在布鲁克莱恩球场取得成功，把比赛中的这些派别团结起来，还有待观察。从他们对开赛前的分析来看，除了他的朋友约翰·安德森和伯纳德·达尔文之外，再没有任何一位记者看好弗朗西斯。

当球员们在周一练习轮结束离开球场时，一位报名较晚的球员第一次出现在乡村俱乐部——沃尔特·黑根。他好不容易说服老板，准了他一周的假期，不过老板拒绝支付他请假期间的薪水，或承担任何比赛费用。他冲着夺冠而来，这是他第一次大赛尝试。周日，他从罗彻斯特乘长途汽车来到波士顿，听说所有一流球员都住在科普利广场酒店，尽管那里的房价远远超出了他微薄的预算，他还是在当晚住了进来。第二天早上，他赶上了一辆开往布鲁克莱恩的早班车，及时地打了几洞练习。练习结束后，这位罗彻斯特乡村俱乐部新上任的 21 岁首席职业球手走进更衣室，发现附近储物柜前有个小个子正在穿一件鲜艳的毛衣。黑根一眼就认出了他，便径直走过去，并伸出了手。

"喂，你是约翰尼·麦克德墨，对吗？"黑根说。

"对。"麦克德墨说，一边握着黑根的手，一边警惕地看着他，这些天他对每个人都很警惕。

"很高兴认识你，约翰尼，"他大声说，"我是罗彻斯特的 W.C. 黑根，我来这是为了帮你们搞定瓦登和瑞。"

一丝讥笑掠过麦克德墨的脸庞，旁边不少老球员听到黑根的豪言壮语后，放声大笑起来，这正是他们所需要的，又一个自命不凡的家伙。对于嘲讽，沃尔特举重若轻，就像对待生活中的其他事情一样，很快就被他抛诸脑后。更衣室里还没有一个人知道他是谁。"没人把我当回事。"他后来说。但在黑根看来，这只是暂时的。自去年在布法罗看了美国公开赛以来，沃尔特对职业生涯做了深入思考，特别是经历了最近在肖尼的失败后，他想得更多。最终得出的明确结论是：尚未赢得一场比赛的原因，是没有努力去做自己。

沃尔特·马丁·克里斯蒂安·黑根出生于 1892 年 12 月 21 日，一系列惊人的遗传因素，使他在高尔夫运动中获得了巨大优势：神奇的手眼协调能力，非凡的视觉和距离感知，刚柔相济的力量，猫一样敏捷的反应。他的触觉异常敏感，据说只要把球杆拿在手里，他就能掂出重量，误差在一盎司（1 盎司约为 28.35 克）之内。他的挥杆与瓦登的完美相去甚远，实际上，更像是泰德·瑞的笨拙猛击。和瑞一样，他站位很宽，用黑根自己的话说，他的动作始于身体摇摆，终于挥杆猛击。他的挥杆如何并不重要，其他的天赋足以弥补他挥杆的不足。对于他来说，无论球落在球场上多么复杂的位置，他都有不可思议的救帕能力，几乎从未失败过。

　　沃尔特强大的心理素质，更适合迎击比赛中的各种考验。他具备约翰尼·麦克德墨式的厚颜无耻和自信，但与这位备受折磨的冠军有着鲜明的对比。纵使泰山压顶，黑根能保持冷静，稳健发挥，进而安心定志，自信不疑。与麦克德墨截然不同，沃尔特·黑根的抗压能力超乎常人，尤其是在荷包吃紧的情况下，越是缺钱花，他的表现愈佳。事实上，他更倾向于面对不招人待见的观众，他在自己的乡村俱乐部很少碰见不敬的观众，但是在外比赛时，观众越是对他歧视，他打得越好，胜利的果实也会变得更加甜美。他后来经常说，自己从来没有为任何事情担心过，这也许不完全属实，但至少外人完全看不出来。他漠视命运的不公，冷眼面对飞来横祸，汤米·阿默后来谈到黑根时说，即使如坐针毡，他亦能安适如常。1913 年 9 月 15 日星期一，沃尔特·黑根带着鲜明的个人风格正式亮相乡村俱乐部，那天在更衣室里看见黑根的人，都无法忘记对他的第一印象：黑根的为人，就像大热天人们在凉爽的门廊里喝杜松子酒和奎宁水一样清爽。当然，他后来的所作所为更让人难以忘怀。

　　将沃尔特·黑根与弗朗西斯·威梅特的家庭和背景进行对比，会发现他们有着惊人的相似之处：他们都来自中下层家庭，是家中幼子，从小在城乡接合的郊区长大。父母之一是移民，父亲靠体力劳动养家糊口，性格固执、冷酷无情。母亲则十分宠爱、支持儿子。两人都在五岁之前开始接触高尔夫，并在自家屋后自建的三洞高尔夫球场上进行了大量的练习，九岁时就当上了球童，并在颇有天赋的球手的陪伴下度过了整个童年。他们天生善于模仿，能完美复制他们看到的任何挥杆动作。但两人也有三个明显差别，使他们很难看起来像是一对出生后就分开的双胞胎：年龄相差一岁，黑根的职业球员身份和两人鲜明的不同个性。弗朗西斯浑身闪耀着善良的光芒，沃尔特的举止透着一股无赖，不是说他不实在，而是他的表现更像是一位没正经的迷人大叔。他会编造一些关于异国港口的荒诞故事，同时毫不费力地用手中的戏法迷惑你。他呼出的胡椒薄荷气息，暴露出他在午餐至少喝了三杯威士忌酸酒。不过从其他任何方面看，在他们生命的这一阶段，沃尔特·黑根都称得上是弗朗西斯·威梅特的翻版。

　　两人甚至有共同的拾荒经历，沃尔特小时候也捡拾过高尔夫球，十岁的时候，他用球换到了一个全新的一垒手套。棒球本来是黑根的一大爱好，直到 1914 年，高尔夫和棒球在他心中占有同等地位，而且他都具备发展成为职业选手的潜能。据黑根说，那年冬天，费城人队差点把他从高尔夫球场上抢走。不管哪条路，黑根看起来都需要靠运动谋生，他的学业在 12 岁时就戛然而止。一个明媚的春日午后，在无聊至极的七年级课堂上，沃尔特看到一些高尔夫球手正在街对面打球，趁老师转身的空挡，他从窗户跳了出去，加入了那些球手，然后再也没回去。

沃尔特后来声称，他 14 岁时就打遍罗彻斯特无敌手。他在罗彻斯特乡村俱乐部师从安德鲁·克里斯蒂五年，从头学习专业技能。1912 年底，当克里斯蒂高升后，沃尔特接替了他的职位。在布法罗观看 1912 年美国公开赛时，场上一位名叫汤姆·安德森的职业选手的出色表演，给了他圣经般的启示，汤姆是已故的威利·安德森的小弟。当年大多数高尔夫球手都身穿老式的苏格兰花呢夹克、皱巴巴的裤子，戴着传统的领带，安德森在比赛中上身穿一件纯白丝绸衬衫，带有红、蓝、黄、黑相间的条纹，领口系一条时髦的领结，外着一件精心打褶的白色法兰绒上装，袖口只卷起一圈，脖子上随意地系着一条鲜红色的大手帕，头戴一顶眩目的格子帽，脚上穿着亮闪闪的白鹿皮皮鞋，配着白色的宽鞋带和厚厚的红色橡胶底。

"瞧瞧，"沃尔特自言自语道，"这才是一身上等阶层的行头！"

美国公开赛之后一个月，黑根北上参加了 1912 年加拿大公开赛，第一次参加职业巡回赛，他便从超过百人的参赛阵容中脱颖而出，取得第 11 名。黑根显然对这样的成绩并不满意，回来后被问及表现如何时，他说："输了。"沃尔特本想在职业生涯首秀上模仿汤姆·安德森的华丽着装，但那时候，他只买得起那条大手帕，而且当他准备购买时，百货公司已经缺货。1913 年来到布鲁克莱恩的时候，黑根已经把除了帽子之外的所有行头，都置办齐全了。那个年代，没有人打球时不戴帽子。沃尔特用润发油抹上他那一头乌黑浓密的头发，像无声电影明星一样，把头发贴在头皮上。在一些照片中，他看上去极像贝拉·卢戈西在电影《吸血鬼》中扮演的德古拉伯爵。

就这样，这位初出茅庐的感官主义者顶着"吸血鬼"发型，穿着炫目的行头，带着举世无双的个性，闯进了乡村俱乐部更衣室。他身高近六英尺（约

1.83 米——译者注），体重仅 175 磅（约 79 公斤——译者注），苗条得像个轻量级拳击手，这让他的脑袋显得又大又圆。以傲慢自大的开场镇住麦克德墨后，黑根立刻和房间里的每个男人都成了朋友。他将证明，在接下来的半个世纪里，不管你从远处怎么看沃尔特·黑根，一旦对他有所了解，你就不可能讨厌他。他是爵士时代的独行侠，哪怕这个新来的家伙技不如人，乡村俱乐部的职业伙伴们也不可能把这个令人愉快的虚荣小子从他们的脑海中抹去。而且他们很快发现，这位外号为"海牙"（媒体把他的名字 Hagen 错拼成 Hague——译者注）的家伙不只是虚有其表。

由于公开赛将在有史以来最大的场地举行，同时又有英国明星球员助阵，美国高尔夫协会预计本届比赛的观赛人数将远超以往。美国公开赛对观众免费开放，直到 1922 年，才开始收取门票。为确保比赛有序进行，赛事主管单位和乡村俱乐部采取了额外的预防措施，在开赛前数周，就用绳子将球道围了起来，并在波士顿的报纸上登广告，招募了 200 多名志愿者前来维持秩序、担任旗手。每当球员准备击球时，看台两侧的旗手就会举起印有"危险"字样的红色旗子，示意观众保持安静。由于大多数人都不熟悉高尔夫礼仪，《波士顿环球报》认为有必要发布一份详细的入门指南，指导球迷们在锦标赛期间如何遵守规矩。入门指南写道：

> "极有可能，许多不太熟悉高尔夫礼仪的人会被这场比赛所吸引，如果熟悉礼仪知识的人，能告诉不太了解礼仪的人们，应该如何做个好观众，这样的善举无疑将使球员们受益。"

从随后现场观众的表现来看，并没有多少门外汉花时间去读《波士顿环球报》的高尔夫礼仪指南。比赛期间，由众多乡村俱乐部会员组成的一支经验丰富的巡场员队伍，配备了扩音器，在场上指挥交通，并监督指导拉绳者和旗手。另有一些经验丰富的志愿者作为记分员，分配给每个参赛球员，陪他们一起走完全程，独立记录和保存球员的记分卡。

比赛从 6 月延期到 9 月，使乡村俱乐部遇到了一场严重的球童危机。盛夏时孩子们放假，球童人数足以应付大赛的需求。但 9 月新学年已经开始，能招募到球童数量减少了一半。学区官员预料到比赛期间当地学校的出勤率会出现问题，在当地高中增派了巡视员，防止学生球童逃课。开赛前一周，球会还在媒体上张榜招募球童，直到比赛前夕，才凑足人手，但新招来的人多数没有经验，球童主管丹·麦克纳马拉不得不在最后时刻，对新球童进行紧急培训，让他们尽快熟悉比赛规则，毕竟没有哪位球员愿意分到一个菜鸟球童，遭到罚杆。在麦克纳马拉的速成班上，新人们学到了做好球童的基本法则——准时、跟上、闭嘴。

弗朗西斯在最后一刻也遇到球童危机。周一进行最后一轮练习之前，他用过多年的乡村俱乐部球童在更衣室告诉他，路易斯·特利尔刚刚邀请他当球童。特利尔已经输掉了所有的挑战赛，美国公开赛成了他实现美国梦的最后也是唯一的机会。狡猾的法国人用胜利蓝图和比赛奖金的分享，引诱弗朗西斯的球童，因为只有像他这样的职业球员，才可能赢得比赛奖金。整个周末，弗朗西斯都在和这个球童一起练习，指望着他的支持。男孩很遗憾，但出于经济上的考虑，他接受了法国人诱人的提议。弗朗西斯十分清楚，再也找不到任何有经验的球童了，他沮丧万分地下楼，准备自己背包比赛。

望着外面熙来攘往的人群，弗朗西斯发现了在其主场伍德兰俱乐部认识的几个当地孩子：12岁的杰克·洛厄里和他10岁的弟弟埃迪，杰克去年曾在伍德兰球场为他背过几次包。弗朗西斯向杰克挥手示意。

"你好，杰克，"弗朗西斯说，"你来这做什么？"

"我和埃迪逃课来看瓦登和瑞，"杰克说。

"是吗？那你想不想上场？我刚丢了球童。"

"真的？怎么回事？"

"他被特利尔撬走了，我不怪他，毕竟他们都看好特利尔，说他是冠军奖杯的有力争夺者。"

"报纸上的话，你也信？"埃迪说。

第一次注意到埃迪的弗朗西斯，不禁暗自思忖：这小家伙年纪不大，真聪明啊！

"那么，"弗朗西斯转身对杰克说，"你愿意帮我背包吗？"

"嗯，我不知道。埃迪能和我一起吗？"杰克问。

"不能同时让两个人背包，杰克，那样就违反规定了。"

杰克看上去有点不确定，埃迪则十分沮丧，差点就要哭了。意识到自己的不近人情，弗朗西斯决定向男孩示好，让他尝到交易的甜头。

"但是我想，如果让他和我们走在一起，为我记录成绩的话，应该不会有人抱怨的。"弗朗西斯说。

洛厄里兄弟凑在一起，简短地商量了一下，便同意了弗朗西斯的提议。作为一个有抱负的高尔夫爱好者，小埃迪曾多次看到弗朗西斯在伍德兰打球，从花园城开始，他就在波士顿的报纸上读到关于弗朗西斯的报道。兄弟俩最近在自家屋后的空地上自制了一个两洞的高尔夫球场，连支像样的球杆都没有，只能拿野果子当球，操起雨伞当球杆。兄弟俩对这项运动着了迷，开始试图模仿弗朗西斯的挥杆动作，埃迪更是视他为偶像。虽说是冲着瓦登和瑞来的，但能为偶像当球童自是求之不得。

弗朗西斯领着兄弟俩来到 1 号洞发球台，他将与伍德兰球场的球友文斯·劳伦斯同组，对阵另外两位业余球友约翰·安德森和海因里希·施密特，打一场四人四球赛。整场练习中，杰克替弗朗西斯背包，埃迪则紧紧跟着，替他记录成绩。那天，场下的球星引来了大批观众，却没有一个人来看他们打球。回到熟悉的球场，弗朗西斯终于摆脱了前一天在韦尔斯利的低迷状态，并恢复了一度失去的敏锐洞察力，他与劳伦斯最终不敌安德森和施密特（输三洞剩两洞），但他个人却打出了不错的一轮，77 杆。比赛结束后，弗朗西斯回到更衣室，正好赶上黑根令人难忘的出场。他穿过克莱德街回到家，和妈妈、弟弟、妹妹一起吃了顿安静的晚餐，之后便早早上床休息了。隔日早上，他将参加首轮资格赛的角逐。

那天傍晚，洛厄里兄弟搭乘最后一辆电车，回到西边八英里外下牛顿瀑布镇毕肯街的家里。两人为自己的好运欣喜若狂，练习赛进行得很顺利，弗朗西斯让杰克在第二天的资格赛中，继续为他背包。兄弟俩一进屋，就发现母亲和一名当地的逃学监事正等着他们，这名监事已经对所有周一未上学的学生做了家访。马萨诸塞州新近出台了法令，禁止 16 岁以下的学生，在上学期间当球童。逃学监事讲了一堆大道理，兄弟俩听得够够的。监事一离开，母亲就冲着杰克大发雷霆。她独自一人抚养着七个孩子，丈夫三年前在一场事故中丧生，她没有再婚，指望着一向在学校表现很好的杰克，能为他的兄弟姐妹们树立一个好榜样。她同时非常担心埃迪，不到一周前，埃迪的脚被一个破瓶子严重割伤，不得不去医院处置。

"埃迪·洛厄里，你的脚不好，根本不该走远路，"她说。

"噢，妈妈，没事的……"

"怎么可能没事！你还缠着绷带，医生不是说了吗？在下次复查之前，你得好好养着，不能操之过急！杰克，你答应我，明天早上第一件事就是你和埃迪一起回学校。"

"好的，妈妈，我保证。"

母亲似乎对他的回答很满意，因为在她看来，今天肯定是杰克把小埃迪拖到了布鲁克莱恩，明天小男孩会跟着杰克回学校。可怜的洛厄里太太成天围着七个孩子团团转，又没有丈夫帮忙管教他们，她对小儿子还不够了解，那天早上逃学去乡村俱乐部，其实是埃迪的主意。

当晚，洛厄里太太为了惩罚儿子们，一吃完晚饭就让他们回房间了。房门一关，并确保母亲听不到他们说话后，埃迪就冲着哥哥来了。

"杰克，你不能去上学，你答应过弗朗西斯明天给他背包的。"埃迪严厉地小声说。

"我知道我答应过他……"

"你不能这样对他，他指望着你呢！"

"我被他们逮了个正着，埃迪，我能怎么办？"

"你应该履行你的承诺。"

"我做不到，埃迪，"杰克说，"弗朗西斯会找到其他人给他背包的，你等着瞧吧，他会没事的。"

埃迪仍然没有作出让步，但不论他说什么也没能改变杰克的主意。临睡前，埃迪换了脚上的绷带，上面沾了不少血。他检查了伤口，认定它能经受住考验，它必须经受得住。那天晚上，他躺在床上辗转反侧，难以入眠。无论哥哥决定做什么都已经不重要，埃迪·洛厄里比他的实际个头和年龄要强大得多，小家伙已经下定决心。

洛厄里兄弟俩都不打算让弗朗西斯·威梅特失望。

塔夫脱总统（左起第二位）与身旁手持记分表的乡村俱乐部主席赫伯特·杰奎斯

星期二：第一天资格赛

9 月 16 日，伴随着日出，迎来一个完美的早晨。湛蓝的天空漂浮着零散的云彩，清新的微风从东方袭来，气温宜人。一大早，整个波士顿西郊就开始忙碌起来。拂晓时分，草坪管理员和全体工作人员，对乡村俱乐部球场进行了最后的修整。马夫们拴上马车，司机发动外号"马口铁莉丝"的福特 T型车，向城里后湾区酒店驶去，车队在酒店外排起长龙，接送参赛球员到布鲁克莱恩。

在沉睡的下牛顿瀑布镇，洛厄里兄弟按照前一晚答应母亲的那样，早早起床，吃完早餐，收拾好书本，直奔学校。走了一英里后，他们来到通往学校的小路路口，杰克拐上了去学校的小路，埃迪则停了下来，把书包递给了杰克。

"我不去学校。"埃迪说。

"你说什么？"

"我要去球场，"埃迪说，"如果你够胆的话，就和我一起去。"

埃迪等了一会儿，见杰克没有任何反应，便独自朝电车站走去，完全无视杰克对可怕后果的警告。到达车站后，埃迪成功避开了正在站台上巡逻的逃学监事，跳上了最后一辆开往布鲁克莱恩的车。

《波士顿先驱报》周二上午报道说："我们预计，美国将举办一场史无前例的高尔夫比赛。"《波士顿邮报》更不惜溢美之词："美国高尔夫史上最伟大的公开赛，将于今日在布鲁克莱恩乡村俱乐部拉开帷幕。"《纽约时报》在头版刊登了一篇关于赛事的特稿，公布了所有热门选手的照片，包括公关天才未经证实的球手路易斯·特利尔。报纸提出了一个颇具挑战意味的问题："美国业余球员有望问鼎全国公开赛吗？"同时将宝押在了四届业余赛冠军杰里·特拉弗斯身上。

为了应对蜂拥而至的记者，美国高尔夫协会在乡村俱乐部球场 1 号洞与 18 号洞之间的空地上，支起了一个独立的帐篷作为媒体中心，这是美国公开赛历史上的第一次。帐篷的一部分留给西联电报公司，架设 10 条电报线路，以便记者们将赛况及时发往全世界。

弗朗西斯那天早上没有看报，实际上，那一整周他都没看报纸。花园城的经历让他认识到，生活中让别人知道你是谁没有多大坏处，在报纸上看到自己的名字让他感到新奇。但花园城给弗朗西斯上了宝贵的一课：名声对他来说毫无意义，在压力下证明自己的实力，赢得同行的尊重，才会让他感到无比快乐，陌生人的关注和小题大做，则让他感到不安。如此淡泊明志、恬静寡欲在现代体育界实在难得一见，通常情况下，公众眼中看似与世无争的名人或运动员往往是假象，相比之下，弗朗西斯生来性情真挚，出淤泥而不染，濯清涟而不妖。

天刚破晓，听到窗外传来球场工作人员整修 17 号洞果岭的声音，弗朗西斯便起床了，早早吃过早餐，背上球包，穿过街道，走上穿过 15 号球道的林荫小路，来到乡村俱乐部。克莱德街上已经挤满了接送球员和观众的马车与汽车。开球时间表张贴在俱乐部会所附近的布告牌上，84 名球员两人一组，每组开球时间间隔五分钟。早上八点整，来自纽约的尼古拉斯·德马尼和俄亥俄州扬斯敦乡村俱乐部的职业球员 H.C. 拉格布雷夫首发开球，他们在上午的比赛中分别打出了 87 和 81 杆，下午没完赛，他们就销声匿迹了。

在更衣室换好鞋后，弗朗西斯径自走到 10 号洞球道边，拿出几颗旧球，瞄准一旁的树林，开始练习挥杆，为 9 点 45 分的开球热身。为避开人群，他拐了个弯，没想到竟碰到了偶像哈里·瓦登。瓦登系着深色领结，穿着标志性的灯笼裤、白衬衫和定制的诺福克夹克，正独自一人，专注地在球道边击球，完美流畅的挥杆与弗朗西斯记忆里启发他的动作毫无二致。生平第一次见到瓦登本人，弗朗西斯一时愣了神——这不是幻觉或白日做梦，这是美国公开赛的第一天，上帝保佑，那就是哈里·瓦登。

一直到意识到一旁另有一小群人在看哈里热身，弗朗西斯才回过神来，他在那群人里发现了伯纳德·达尔文以及一位风度翩翩的绅士，弗朗西斯后来才知道，那是诺斯克列夫勋爵。在追随者们的簇拥下，哈里迈步走向果岭。谁也没有注意到，弗朗西斯走到一边给他们让路。哈里的开球时间是9点25分，比弗朗西斯早四组。看着哈里在一群仰慕者中走来走去，脸上露出招牌微笑，显得亲切友好，但同时像在臣民中行走的国王一样，冷漠而威严。哈里的球童紧随其后，背着一个豪华手工皮质球包，里面装着定制球杆。弗朗西斯低头看了看自己简陋的帆布球包，十支旧杆杂乱地堆在一起，身上的白色斜纹裤，还有脚上的平头钉靴，显得朴素至极。弗朗西斯试图无视哈里引发的骚动，走到1号洞发球台附近，低下头，决心开始既定的热身，但第一杆就打出右曲球，进了树丛。

弗朗西斯停下来，深吸一口气，试图集中精神，克服内心深处的不安，他所能找到的唯一解药，就是由这个意外偶遇、打乱他思绪的人所撰写的文字：

"不要去想可能会失败，否则你会变得过于焦虑，进而影响发挥。"

当肌肉放松后，弗朗西斯开始打出一个又一个好球，这让他整个人开始放松下来。近处突然传来一阵掌声和欢呼声，打破了他的热身节奏。瓦登与1908年美国公开赛冠军、五英尺四英寸的"小个子"弗雷迪·麦克劳德刚开球。1000多名观众簇拥着两位冠军走下1号洞球道，瞬间清空了发球台周围的区域。弗朗西斯继续练球。到了九点半，离开球只有15分钟，杰克·洛厄里仍然没有出现，这让弗朗西斯变得焦虑不安。他努力保持平静，决定按照自己的既定计划，拿起球包朝练习果岭走去。

弗朗西斯在果岭上平稳地练习推击，眼角余光瞥见埃迪·洛厄里穿过会所周围的人群，朝他跑过来。

"威梅特先生……威梅特先生……"埃迪气喘吁吁地来到果岭。

"杰克在哪儿？埃迪，看在上帝的份上，再过10分钟，我就开球啦！"

"昨晚回家，他被逃学监事逮了个正着，所以他不得不去学校。"

"唉，那可太倒霉了，是吧？他不会有什么麻烦吧？"

"不会啦，他就是太胆小了！"埃迪说。

"是吗？"弗朗西斯被逗乐了，"那你为什么没去学校，埃迪？"

"没啥大不了的，他们又不能把我怎样！再说了，这可是美国公开赛！"

弗朗西斯瞥了一眼更衣室墙外的时钟，9 点 40 分，赶紧收起推杆，扛起球包。

"谢谢你来告诉我，埃迪，"他说，"要不然我会担心的。"

"没事儿，乐意之至！"

弗朗西斯直奔 1 号洞发球台而去，埃迪跟在他身后，犹豫着要怎么开口。

"威梅特先生？"

"什么事，埃迪？"

"我可以为你背包。"

意识到小男孩是认真的，弗朗西斯停下脚步，低头打量着埃迪·洛厄里。

"埃迪，我很感激你的好意，但是你太小了，跟我的球包差不多高。"

"但是我一直自己背包，我能行，在伍德兰，我也给别人背包，而且我干得不错，不信，你去打听打听……"

"埃迪……"

"你得明白，我来是兑现杰克对你的承诺！"

"埃迪……"

"我逃课来的，我会惹上大麻烦，我上六年级了，够大了，完全可以背那个包，而且我想给你当球童。"

泪水在埃迪的眼睛里打转，无论真假与否，这张情感牌打得恰逢其时，而且它奏效了，弗朗西斯再也不忍心拒绝这个小家伙了！

"好吧，埃迪，别这样，你看这样好吗？我自己背包，你跟着我一起走，帮我看球。"

"那可不行，威梅特先生。"

"请叫我弗朗西斯……"

"我能背包，威梅特先生，我真的可以，而且我能帮到你，我了解你的球路，我看你打过好多次球。我背得动这个包。"

弗朗西斯环顾了下四周，练习果岭周围的球员和那些年长的、有经验的球童听到他俩热烈的交谈，似乎在看他俩的笑话……

不管了，随他吧！弗朗西斯心想。

弗朗西斯从肩上卸下球包，递给埃迪。

"那好吧，埃迪，我们走，但是请叫我弗朗西斯。"

"好的，弗朗西斯。"

埃迪接过球包，把它斜挎到右肩上，并用右手稳住杆头，整个动作一气呵成，熟练得好像他这辈子都在给人背包。如果他按照传统的前高后低方式背包，球包底部就会在地上拖来拖去。他擦干眼泪，圆圆的小脸上裂开了灿烂的笑容。弗朗西斯转过身，抬起头，继续向发球台走去，埃迪紧紧地跟在后面。

在发球台上，弗朗西斯向当天的搭档吉姆·巴恩斯打招呼，巴恩斯是英国人，瘦高个，身高 6.4 英尺，在美国华盛顿州塔科马市球场任职。巴恩斯和弗朗西斯握了握手，然后低头看着埃迪。

"这是我的球童埃迪。"弗朗西斯说。

"很高兴见到你。"埃迪边说边举起手来。

巴恩斯被逗乐了，弯下身来和埃迪握手。

9 点 45 分整，出发员走上前来播报即将上场的二人组："来自华盛顿塔科马的职业球员詹姆斯·巴恩斯。"

乡村俱乐部保留了一项古老又迷人的苏格兰传统，用描述性的名字而不是数字来称呼球洞。由于第一球洞的球道经过克莱德公园旧赛马场的内场，因此第一洞得名马球场，马球场目前只有俱乐部的马球队偶尔使用。这是一个轻微的左狗腿洞，右侧有沙坑守卫，记分卡上显示的标准杆是五杆。对于长打者来说，如果能避开果岭前穿过球道的赛马道边缘障碍，在这个 430 码的首发洞抓鸟也就相对容易了。

吉姆·巴恩斯把球架到球托上，径自用长长的、流畅的挥杆把球开到球道中央。

出发员又向前迈了一步："马萨诸塞州业余赛冠军、布鲁克莱恩本地球员弗朗西斯·威梅特。"聚集在发球台周围的 20 来人报以热烈的掌声。

埃迪用果岭边沙箱里的湿土，填满了一个铁制球托模具，然后把它放在发球台上，准备按出沙堆做球托。看来，弗朗西斯并不是唯一一个第一洞就紧张的人，埃迪在拿开模具时，不小心把小沙堆撞成了一堆散沙，不得不重复整个过程。这次球托立住了。放上球后，埃迪把模具装进口袋，退后一步，敏捷地抽出 1 号木，递给弗朗西斯。弗朗西斯的心怦怦直跳，架好球，站好位——现在开打，现在开打——结果一个节奏失衡的猛击，打了个大剃头，球被严重拉左，落入球道左侧大约 100 码处的长草里。再往左偏几码，球就出界了。

弗朗西斯把 1 号木交回给埃迪，两人一句话也没说，径自走下球道。巴恩斯和球童走在前面，直奔球道中央的落点而去，巴恩斯不愧是长打王，开球距离远了一大截。聚在 1 号洞发球台周围的观众，没有一个跟在他们后面走上球道，他们在等待当地最受欢迎的球员汤姆·麦克纳马拉，20 分钟后他将开球。为此，弗朗西斯很高兴，也松了一口气。当弗朗西斯和埃迪找到球时，发现它不仅远远落后于巴恩斯的球，而且还陷在一个三英寸深的坑里，此外，进攻果岭的路上另有一棵大栗树挡道。

埃迪盯着球，一言不发，静候着弗朗西斯的指示。弗朗西斯要了马歇杆，希望以一个小左曲将球救上球道并向前攻一攻。一记完美的救球后，球落在前方 40 码的球道右侧，距离巴恩斯的开球还有一段距离。

弗朗西斯和埃迪走到球前，评估着他们的处境。半盲打，越过马道远端，直攻 220 码开外的小型炮台果岭，果岭隐蔽在角落，被树木和沙坑环绕，果岭从后向前严重倾斜，前后左右都是麻烦。弗朗西斯在权衡，是赌一把，直攻果岭，还是先缓攻一杆，稳扎稳打。弗朗西斯举棋不定，他的犹豫不决立刻被埃迪识破。

"不管你决定做什么，弗朗西斯，"埃迪说，"你别抬头，我负责看球，我从来没有丢过球。"

小男孩流露出的自信使他安定下来，他转向埃迪，伸手去拿他最喜欢的球杆——铜片木，准备在首轮比赛一开始就赌一把。弗朗西斯轻松挥杆，只见球凌空而起，沿着预设线路直取果岭前方，并向前滚动至距离旗杆 25 英尺的地方。

弗朗西斯转向埃迪，把铜片木交给他，然后笑着说：

"埃迪，我想我们会成为好朋友的。"

最终，弗朗西斯成功保帕，巴恩斯打出小鸟球，比赛继续。

在他们前面，大部分较早出发的球员发现，虽然练习轮产生了不少低杆数成绩，但正式比赛开始，乡村俱乐部球场的设置比练习时难多了，发球点已被移至绝对极限，大大增加了球道长度和危险系数。前几轮练习赛的人潮已将果岭踏平，果岭速度和平整度一如台球桌面，尤其是在近洞杯处。今天早上，球场的工作人员仔细地修剪并加倍平整了草皮。在一些小而倾斜的果岭上，洞杯位置被设置得十分刁钻，使一杆攻果岭变成不可能完成的任务，果岭上稍有失误，就可能遭遇三推甚至更糟。随着时间的推进，风速逐渐加大，选杆至少要大两号。球员们一直认为：这个球场打起来比前一天难四杆，至少比标准杆难两杆。

欢迎参加美国公开赛！

弗朗西斯的朋友、马萨诸塞州职业赛冠军汤姆·麦克纳马拉，因为同组球员的球童缺乏经验，受到了另一种惩罚。汤姆是乡村俱乐部的球员，对这座球场的了解一点不输弗朗西斯。在过去四场美国公开赛中，汤姆两度获得亚军，去年在布法罗，仅以两杆之差无缘冠军。他寄希望于今年能在家乡球场取得突破。在长 300 码、被称为小屋的 2 号洞，第二杆攻果岭时，汤姆的球陷入果岭左前方的沙坑，沙坑极深，站好位后，完全看不到果岭。当汤姆准备击球时，同组球员的球童误以为在这种情况下，应该有人去照料一下旗杆，于是便跑上果岭，同组球员没有来得及制止他的球童，汤姆同时就挥杆了，球被铲起来，直奔旗杆而去，球童试图躲开，但没有成功，球击中了他肩上的球包，触犯了规则第 13-1 条。球童主管丹·麦克纳马拉对新球童不知道规则可能给球员造成不利的担忧，终于发生了，虽然在比赛全程中仅发生了这么一次，但万万没想到，他弟弟因此遭殃，白白损失了宝贵的两杆。

那天早上，球场遭遇的最大危机，源于对现场观众管理的失控，而这一切都是因为一个人——哈里·瓦登。前九洞，灰狗一路高歌猛进，很快便将之前并未追随他的观众吸引了过来，人数估计多达千人，巡场员和围绳管理员简直不知所措。从现场的表现来看，绝大多数观众以前从未看过高尔夫比赛。每当哈里沿着球道往前走时，观众们为了跟上他，就会不顾围绳，窜上山坡，穿过两旁的树林，甚至随意踩踏路上遇到的每一个沙坑，留下连串的脚印，让后来的球员叫苦不迭。对此，哈里已经见多不怪，但乡村俱乐部却是头一次遭遇这种疯狂。巡场员们通过扩音器大喊，试图阻止球迷，却丝毫抑制不住他们的热情，他们干扰和惹怒了邻近球道和果岭上的其他球员。观众们似乎只愿意听从旗手的指挥，每当瓦登准备挥杆，旗手高高举起红旗时，现场就会变得鸦雀无声，落针可闻。

那天早上，从发球台到果岭，哈里对力量和精准度的掌控，让追随他的观众过足了瘾。他的开球和一杆攻果岭都发挥得十分稳健，但随后他的弱点也暴露出来，先后在第 3、5 和 7 号洞遭遇三推，并在 2 号洞错失三英尺小鸟推。《波士顿环球报》的赛事记者形容，哈里那天上午在果岭上的推击，是"胆怯和懈怠的，"但是哈里一如既往地毫不流露他在果岭上的失望。一直以来，哈里是球场上遥不可及神一般的存在，奇怪的是，推杆问题让他走下了神坛，使在场数百名业余爱好者产生了极大的同情。作为世界上最伟大的球手，可怜的哈里·瓦登面对短推时的表现，比普通球手也强不了多少。

除了在 16 号洞因三推吞下双柏忌外，哈里在后 9 洞保持了出色的击球水准，打出了 38 杆，18 洞总成绩 75 杆。当他在最后一洞成功保帕后，果岭周围的观众发出了热烈的欢呼，面带微笑的哈里摘下帽子向人群示意。当赛事官员把他的成绩张贴到会所记分牌上时，又赢得一轮掌声。球迷们的热情追随，对哈里的同组搭档弗雷德·麦克劳德没有带来太大的影响，他打出了 81 杆。哈里走到球员更衣室，和诺斯克列夫勋爵共进午餐，后者整个上午一直在球场上看他比赛。不久，泰德·瑞也加入了他们，他从城里溜达出来，想看看哈里打得怎么样。泰德将于周三参加资格赛的角逐，这个善于交际的大家伙不打算一整天都待在旅馆里，从而错过为漂亮姑娘们签名和跟她们搭讪的机会，他决定下午都留在球场。

美国高尔夫协会调整球场设置、增加难度的努力，取得了令人钦佩的成功，当后面出发的球员两两一组相继完成当天上午的比赛后，没有一个成绩超越哈里。事实上，剩余 67 名选手中只有六人的成绩突破了 80 杆。在弗朗西斯前球童的助力下，法国人路易斯·特利尔打出 80 杆，而且收获了仅次于哈里的第二大粉丝团。在被称为小屋的 2 号洞遭遇出其不意的两杆处罚后，汤姆·麦克纳马拉以 78 杆的成绩暂列第二。处罚并不是当场裁定的，麦克纳马拉完赛后，亲自向一名赛事官员说明了情况，由于不知道该如何裁决，该官员和麦克纳马拉不得不带着卷尺走回 2 号洞，确定了汤姆在击球时离球洞的距离。根据规则第 13-1 条，"当一名选手的球在离洞 20 码的范围内，击中旗杆或站在洞边的人，将被罚两杆"。结果显示汤姆当时距离球洞仅 48 英尺，不得不依据规则罚两杆。

那天上午，汤姆·瓦登打出了 85 杆，顶尖业余选手弗雷德·赫雷肖夫也是 85 杆，这使他们心存希望晋级，当时还没到中午，传言说两轮资格赛的晋级线将设置在 170 杆。乡村俱乐部驻场球员"镊子"亚历克·坎贝尔在赛后抱怨说，由于赛前忙于筹备赛事，让他分身乏术，无法为比赛做准备，结果导致他在上午的比赛中打出了令人失望的 84 杆。来自苏格兰卡奴斯蒂的史密斯三兄弟中最年轻、最有天赋的麦克·史密斯，在比赛中崭露头角，以 77 杆的成绩领先汤姆·麦克纳马拉一杆。那天近晌午，1907 年美国公开赛冠军、来自附近布雷伯恩乡村俱乐部的亚力克·罗斯打出 76 杆，紧追瓦登。

上午美国本土球员的表现鼓舞人心，但聚在会所外的行家并不看好美国队。那些看过瓦登打球的人，包括大多数第一次看他打球的人，发现他技艺娴熟、挥洒自如，他们毫不怀疑，他能在那一周毫不费力地打出一连串的 75 杆。前总统塔夫脱也赶到现场，在观看瓦登打完最后几洞后，他和乡村俱乐部主席赫伯特·杰奎斯一起仔细查看了记分牌，并加入了对赛况的热烈讨论，他肯定了行家们的普遍共识，认为即便瓦登存在着推杆上的困惑，依然很难被打败。行家们认为，瓦登推杆发挥不佳，是由于还不熟悉球场富有挑战的果岭。他们警惕地说，一旦他摸清了门路，解决了短推问题，神奇的哈里·瓦登将所向披靡。

很快，一个悄悄的谣言传到会所。那个本地男孩——他叫什么名字来着？来自伍德兰球场的业余球员，威梅特？之前在这里做过球童，家就在街对面的那个孩子——打出了精彩的一轮。他以 40 杆完成了前九洞，进入后九，手感更热。为确认消息的真实性，一些人特意跑到 16 号洞查看。16 号洞是短三杆洞，毗邻克莱德街，因此得名克莱德，其果岭距离弗朗西斯家前门不到 100 码。结果发现，威梅特刚在 11 和 14 号洞抓下小鸟。消息迅速在球场传开：这位当地最受欢迎的球员只要在最后两洞成功保帕，就能以平标准杆的成绩（74 杆）超越哈里·瓦登。相比场上的其他球员，弗朗西斯不仅占有主场优势，他还具备另一大优势——深谙快速果岭的应对之道，事实上，他打心里更喜欢快速果岭。

在标准杆四杆的 17 号洞成功保帕后，前往 18 号洞发球台的途中，弗朗西斯的粉丝团迅速蹿升到 200 多人，而且不断有人匆匆赶来，抢占最后一洞球道边的位置。全身心投入比赛的弗朗西斯和埃迪，根本不知道场上的情况，弗朗西斯甚至没有注意到观众人数的变化，将注意力集中在最后一洞的开球上。18 号洞别名"家"，全长 410 码，球道穿过赛马场，与第 1 洞球道相向而行。炮台型果岭的前方严重倾斜，可以随时将胆小者的球，送上果岭前沿的长草区或是下面的赛马道。开出一记好球后，弗朗西斯又以稳健的一杆，将小白球攻上果岭后方，距洞杯 20 英尺。在会所附近徘徊的人群，慢慢向 18 号洞聚拢，弗朗西斯迈着自信的步伐，大步向前，完全超越大高个吉姆·巴恩斯，巴恩斯在最后一洞开球严重拉左，以七杆收尾，最终以 82 杆的成绩结束原本不错的一轮。

消息以电报般的速度传开：只要在标准杆四杆的结束洞保帕，弗朗西斯就能以 74 杆的成绩超越哈里·瓦登。他现在要做的就是以两推结束战斗。他走过来，笑容满面，神情冷静又克制，若无其事地和人群中的一些朋友打着招呼。那个背着威梅特的球包，气喘吁吁地爬上果岭的小家伙是谁？这个场面看起来非常有趣！

目标锁定四杆，弗朗西斯以一记漂亮的下坡推，将小球送到距洞杯仅几英寸的地方，然后轻敲入洞，顺利保帕。就这样，他成功地打出了全场最低杆数——74 杆。资格赛第一天进行到一半，这位名不见经传的业余选手以一杆优势，从伟大的哈里·瓦登手中夺得领先地位。弗朗西斯咧嘴一笑，和吉姆·巴恩斯、埃迪握了握手，然后脱下帽子，害羞地回应观众持续不断的掌声。就在一小时前，美国人的希望差点因哈里而幻灭，但转眼之间，他们把希望寄托在了最意想不到的明星身上。

听到外面的喧闹声，瓦登、瑞和诺斯克列夫勋爵走出更衣室，和伯纳德·达尔文一起，正好赶上 18 号洞果岭上的好戏。当达尔文告诉他们弗朗西斯刚才的表现时，哈里不动声色地第一次打量起弗朗西斯来，看着他离开果岭走向更衣室，弗朗西斯握着一大堆伸过来的手，笑得像个小学生。

"那就是你跟我说过的那个小伙子？"瓦登边说边点燃了烟斗。

"是的，在花园城打得很出彩的业余选手，"达尔文言语间充满赞赏，"和杰里·特拉弗斯战斗到最后，差点打败他。"

"给他背包的是个小鬼头！"瑞说。

"那么，我们得小心他？"诺斯克列夫勋爵冷漠而务实地问道。

"不至于，"达尔文改口道，"我觉得他的铁杆还有待加强，而且乡村俱乐部的果岭也不好对付，更何况这才第一轮资格赛，论输赢为时尚早，是不是？"达尔文边说边不由自主地露出笑容，又补了一句："他确实打得不错！"

诺斯克列夫勋爵斜眼看了看达尔文，达尔文识趣地赶紧闭嘴，朝着西联电报的帐篷走去，嘴里嘟囔着："得去给伦敦发赛况。"

"我打赌，哈里，他给自己找了个该死的侏儒当球童。"瑞说。

瓦登冷静又赞赏的目光一刻也没离开弗朗西斯。

"看看他能否守住领先优势，"他平静地对瑞说，"让我们拭目以待他下午的表现吧！"

上下午比赛的间隙，弗朗西斯非常享受队友和会员们的拥戴，更衣室里年长的职业球员，坚持要他坐下来和他们一起吃饭，让他忘记了答应过母亲回家吃午饭。玛丽并未出来寻找弗朗西斯，妹妹露易丝信步来到球场打探情况，带回了弗朗西斯早上大获全胜的惊人消息。玛丽不愿在儿子不知道的情况下到球场惊扰他，拒绝陪露易丝匆匆赶回球场看他下午的比赛。玛丽在下午试图忙于家务分散注意力，花了大量时间反复清扫门廊，但总是不断紧张地观望街对面的球场。

下午一点刚过，弗朗西斯来到发球台准备打第二轮，结果发现有1000多人在等他，几乎和瓦登的粉丝团人数相当，瓦登又在他前面四组开球。现在，弗朗西斯的追随者中，有一支规模可观的波士顿记者队伍。显然，无论作为当地球员的骄傲，还是他的前球童身份，弗朗西斯都噱头十足，绝对有潜力登上体育版头条。如果弗朗西斯能顶住压力得胜，他们会不惜笔墨大书特书。穿行在上千粉丝组成的人墙中，埃迪惊讶得眼睛都要瞪出来了，他努力把注意力集中在手头的工作上，重复着那句即将成为口头禅的话，以此来稳定自己的情绪。如果埃迪有什么话要说的话，那就是：这一次他不会在第一洞就搞砸。

"千万别抬头，弗朗西斯，眼睛盯紧球，"他说，"剩下的就交给我，我会给你看球。"

这一次，在1号洞马球场，他的1号木开得又直又准，轻轻松松打出标准杆四杆。从踏上发球台的那一刻起，他就感到血脉偾张，视力和专注力明显增强。观众人数的增加使他的搭档吉姆·巴恩斯益发紧张。经过全美业余赛的历练，弗朗西斯在观众面前现在能挥洒自如，同时，这里是他的家乡，他从人们的支持中汲取了莫大的能量。令所有人大感意外的是，提前几个洞开球的哈里·瓦登，率先出现失误，分别在马球场和蜿蜒曲折、名为池塘的3号洞打出五杆，之后在名为高原的7号洞，即前九洞唯一的三杆洞扳回一局，抓到当天下午的第二只小鸟。但很快，他就背靠背在8、9号洞再次打出五杆，最终以差强人意的40杆结束上半场，与他期望的结果相差甚远。面对六英尺以内的短距离推击时，他的推杆又一次让他失望，在哈里持续挣扎的时候，越来越多的球迷弃他而去，开始围观那个年轻的美国球员。

弗朗西斯开局发挥稳健，在3号洞漂亮地推进20英尺长推。他注意力高度集中，对前后组的表现毫不关心，当来到9号洞时，他压根没有意识到自己对瓦登的领先优势已经扩大至三杆。弗朗西斯打球，看上去"就像是在度一个小假一样"，《纽约时报》的赛事记者说。在9号洞等着开球时，弗朗西斯在人群里发现了伯纳德·达尔文，达尔文和诺斯克列夫勋爵站在一起，怯生生地朝他挥了挥手，他们刚从瓦登的粉丝团里撤回来，来侦察美国对手的表现，但又不想表现得太过明显。

过了一会儿，在当地显要人物的陪同下，一位令人印象深刻的大胖子出现在弗朗西斯的粉丝团里，埃迪立刻注意到了他，并朝他看了一眼。

"那个大胖子是谁？"他问弗朗西斯。

"你不知道那是谁吗，埃迪？"

"不知道，他看起来有点眼熟，是吗？"

"那是塔夫脱总统。"

"去你的！"

"我告诉你，那就是塔夫脱总统。"

"美国总统塔夫脱来看我们比赛？"

"没错！"

埃迪上上下下打量着塔夫脱，仍觉得这事难以置信，思忖半晌后，点了点头，说："好吧，让他们看吧！"又过了一会儿，当他们走向发球台时，他压低声音说："等杰克知道这事，肯定后悔死了！"

不管总统观战与否，弗朗西斯以标准杆五杆攻克了全场最长、最难，被称为喜马拉雅的 9 号洞，最终以 38 杆的优异成绩结束前九洞，保住了对瓦登的三杆领先优势。

那天下午最奇怪的事情，发生在一个名叫弗雷德·布兰德的当地职业球员身上。早于哈里一组出发的布兰德在短四杆洞 2 号洞，以一记漂亮的开球，将小球送到了距离果岭不到百码的地方，没想到的是，第二杆却打到一颗树，小球被狠狠地反弹回来，落在击球点附近；再次击球后，又打在同一棵树上，球被反弹得更远，落到他身后。万般无奈之下，布兰德用同一支马歇杆打出第四杆，结果小球直落洞杯，出人意料地成功保帕，迎来高光一刻。之后，布兰德的表现乏善可陈，最终没能晋级。

下午的比赛才进行一小时，资格赛就变成了一场双人较量。场上其他人都被远远甩在后面，成绩最佳者也落后至少五杆。就算两人在剩下的比赛中发挥不佳，也能顺利晋级。但不管情况如何，哈里都不打算将当天的最佳成绩拱手让给任何人。在前面打了三个洞后，哈里稍稍改变了推杆的握法，以锁定右手稳定震颤，结果竟然凑效了：背靠背在第 10、11 号洞连抓小鸟，将弗朗西斯的领先优势缩小至一杆。幸运的是，弗朗西斯并不知道这一新变化，他在 13 号洞以一记小鸟球回应了哈里的追击。当他把球推进洞时，周围的人群爆发出了惊人的欢呼声，这是当天下午的第一次，结果把埃迪吓了一跳，弗朗西斯也如梦初醒，从全神贯注的状态中被生生拽了出来，他望向人群，羞涩地掀了掀帽子以示回应，然后他的目光落在塔夫脱总统身上，只见他一边鼓掌，一边跟着大家欢呼。看到美国前总统在离他不到 50 英尺的地方为他——来自克莱德街那一边的小人物加油，弗朗西斯心里一时五味杂陈，瞬间失去抗干扰能力。过了一会儿，当他和埃迪走向第 14 号洞发球台时，伍德兰球场的老友弗兰克·霍伊特原本一直在看瓦登比赛，但听到 13 号洞的欢呼后，便直奔他们而来。

"弗朗西斯，弗朗西斯，你领先瓦登三杆！"弗兰克说。

"真的吗？"

第一次听到这个令人心猿意马的消息，加之前总统的关注对他造成的影响，弗朗西斯在踏上标准杆五杆、困难重重、被称为采石场的 14 号洞发球台时，信心开始动摇。

"别听他们的，弗朗西斯，"埃迪看穿了他的不安，"低下头，盯紧球。"

自信像漏气的皮球，开始迅速萎缩。14 号洞高耸的发球台要求顶风开球有一定的距离，以越过一处棘手的障碍，到达一个狭窄而倾斜的落球区，这个落球区往往会把球往左弹，导致麻烦。弗朗西斯试图控制他的开球，结果适得其反，小球被严重拉左至球道左侧近处的一座废墟沙坑。来到沙坑边时，他们发现小球落在沙坑中央一个不错的位置，陷得也不深，应该有机会以漂亮的一球救出。保帕并不是没有可能，此前他也曾无数次把球打进这个沙坑，并成功救出。他把脚埋进沙里，沉着地用铜片木杆将小球送到 200 码开外的球道，刚越过左狗腿的转弯处，就被弹至右边的另一处沙坑。小球挂在沙坑壁上，迫使他不得不缓攻一杆，先将球打上球道，球仅向前前进了几码，距离严重倾斜的炮台型果岭尚有 110 码，保帕的希望变得渺茫。为弥补这两杆失误，弗朗西斯一心想把球打到近旗杆处，结果使用马歇杆时用力过猛，小球被打进了果岭后方的第一圈长草里，人群和他一起发出了惋惜声。走向果岭时，埃迪试图安慰他。

"先上后下两推，六杆结束这一洞也不错。"埃迪说，"没什么好担心的，别人打得怎么样那是别人的事儿，我们只要专注比赛就好！"

仔细查看并确认推击线路后，弗朗西斯平稳出击，没想到推杆锄到果岭边缘浓密的、称为"青蛙头发"的长草，小球缓缓前进至洞杯前 2.5 英尺处便停住了，留下一个令人尴尬的短推。更令人意想不到的是，弗朗西斯竟然失手了，错失了当天唯一一个 3 英尺内的推击，打出七杆，吞下双柏忌。

损失两杆，仅领先瓦登一杆。

听到年轻的威梅特在 14 号洞打崩的消息时，哈里已经站上 18 号洞发球台，招牌式笑容从他脸上一闪而过。结尾的长洞，他打出了一记完美的开球，第二杆用中铁攻上炮台果岭，小球过洞杯 35 英尺。横亘在小球和洞杯之间的双层果岭和它难以越过的脊背，使其面临全场最难的推击，遭遇三推也不足为奇。长推从来就不是哈里的短板，四英尺的短推才会令他头疼不已。这一次，他的推击完美无瑕，余生他都将清晰地记得这一推的手感。小球滚至双层果岭的脊背上时，差点就此止步不前，连续翻滚两次后，又顺着斜坡开始慢慢加速前进，经过一番折腾，小球看上去仍是沿着洞线而去的，但接近洞杯时，它看起来至少偏离洞线六英寸，不过最后，它却像只老鼠似的笔直地俯冲入洞，奇迹般地抓到小鸟。已经开始支持弗朗西斯的球迷一片哀嚎，但他们很快意识到失礼，便礼貌地报以掌声。哈里的表情始终很淡定，他清楚地知道，那位未经考验的对手还有四个艰难的洞要打，这意味着他仍有机会夺回领先优势。

下午，其他几位资格赛选手加快了追赶的步伐。年轻的麦克·史密斯打出了和上午一轮同样的 77 杆，落后哈里三杆。亚力克·罗斯和汤姆·麦克纳马拉则分别以三杆和四杆之差位居史密斯之后。路易斯·特利尔以及与瓦登同组的弗雷迪·麦克劳德都轻松晋级。乡村俱乐部驻场球员"镊子"坎贝尔终于恢复状态，打出 77 杆，成功晋级。经过一下午的努力，汤姆·瓦登及时止损，以低于晋级线三杆的成绩晋级。第一天结束时，资格赛圆满完成了它的使命，发挥平庸的选手从拥挤的赛场上淘汰出局，剩下 32 名颇受追捧的幸存者，将进入最后四轮的角逐。

弗朗西斯在 14 号洞的失误，让同组的吉姆·巴恩斯有了喘息之机，他在后九洞打出强势的 34 杆，单轮成绩 76 杆，与汤姆·麦克纳马拉并列第五名。在 14 号洞遭遇滑铁卢后，弗朗西斯重振旗鼓，先后在 15 和 16 号洞成功保帕。在距离他家最近的 17 号洞果岭，他面临着一个七英尺的下坡保帕推。自打七岁起，弗朗西斯就在这个形似臂肘的棘手果岭上练习推杆，对它可谓了如指掌，但今天，小白球就是不听使唤，在接近洞杯时偏离线路，向右冲去，害他打出五杆，吞下柏忌。步行 50 码来到 18 号洞时，弗朗西斯落后瓦登一杆。他把球置于球托上，人群聚集过来观看，他击出完美无瑕的开球后，走下球道，人群一路为他欢呼。进攻 150 码开外的果岭，弗朗西斯略微打厚了点，结果距离短了，球落在果岭前的保护壁后被弹向右边果岭边的长草。长草算得上是一个幸运的落点，否则球可能直接跌落至杂草丛生的沙坑，甚至更糟，滚到下面用煤渣铺就的马道。但这个落点不好站位，也很难打。弗朗西斯站定后，干净利落地触球，稳健地切了一杆，球飞出六英尺落在果岭上，开始笔直地滚向洞杯。人群屏住了呼吸，如果小球直落洞杯，他就能同样以小鸟收尾，追平哈里。但小球在最后一秒偏移到了左侧，滑过洞杯三英尺。

哈里静静地站在更衣室的台阶上看着，笑了笑，转身进去换鞋。

资格赛第一天领先者的成绩出现在会所外的记分牌上：

哈里·瓦登	75-76-151
弗朗西斯·威梅特先生	74-78-152
麦克唐纳德·史密斯	77-77-154
亚力克·罗斯	76-81-157
汤姆·麦克纳马拉	78-80-158
吉姆·巴恩斯	82-76-158
路易斯·特利尔	80-81-161
亚历克·坎贝尔	84-77-161

赛后，哈里向一些记者表示，他对资格赛的形式仍持保留意见。如果参赛人数决定了比赛得分成两天进行，为什么不让所有参赛人员每天打18洞？这听起来更像是42岁的哈里担心，可能耐力敌不过差一点把他拉下记分榜首的年轻球员。包括瓦登在内的大多数球员，在资格赛结束后向媒体抱怨，球场将果岭修整得过于平滑了，尤其是在第5和第8号洞果岭，感觉就像在玻璃桌面上推杆一样。对此，乡村俱乐部和一手创造了一项常青赛事的美国高尔夫协会回应说："如果容易的话，就不是美国公开赛了！"

当晚离开之前，塔夫脱总统同瓦登、弗朗西斯亲切握手，并向他们致以良好的祝愿。遗憾的是，耶鲁的工作让他无法再观看今年的比赛。离开时，他向一位喜欢大额赌博的朋友提到了从伦敦收到的一份电报，电报说立博博彩公司为他们最喜爱的英国球员瓦登和瑞开出的赔率是 2∶1，最低投注额为 5000 美元。

那天下午，塔夫脱看着弗朗西斯和哈里决斗到最后一刻，知道他的朋友喜欢豪赌，于是建议他不妨试一试。

"押注瓦登和瑞？"他的朋友问。

"不，不，不，"塔夫脱低声说，"押其他人。"

诺斯克列夫勋爵阿尔弗雷德·哈姆斯沃斯

（哈尔顿档案／盖蒂图片社）

星期三：次轮资格赛

周三早间，波士顿六家报纸都以醒目的标题，大肆宣扬本地小将弗朗西斯力克伟大的哈里·瓦登的英雄事迹，其中半数报纸将弗朗西斯推上了头版头条。

那天早饭时，亚瑟·威梅特故意不去注意《波士顿环球报》对儿子的报道，但说起来容易做起来难，儿子的名字和照片到处都是。弗朗西斯则刻意避开父亲，早早地溜出门，到对面球场观看当天的早场活动。亚瑟当然希望儿子能实现每位移民父亲的梦想，过上比自己更好的生活，但他的表达方式过于冷酷，无法将自己的期望清晰地传达给儿子。他看不惯儿子那副无忧无虑的模样，总是恶语相向，严重影响了父子感情。在亚瑟眼中，弗朗西斯视高尔夫为人生最大的快乐，但高尔夫不过是有钱人自我放纵的游戏。弗朗西斯打高尔夫，是误入歧途，令人绝望。这种认知上的差异，仿佛巨大的鸿沟横亘在父子之间，难以逾越。

亚瑟上班后，玛丽和露易丝找来所有当地报纸，剪下有关弗朗西斯的报道，粘贴到她俩在花园城比赛期间就做好的剪报簿上。《波士顿环球报》的剪报中，有一条有趣的侧边栏，刊登了前总统塔夫脱现身布鲁克莱恩的照片。一位记者注意到，自从去年夏天在波士顿最后一次露面以来，塔夫脱的体重减轻了不少，瘦到了240磅。记者询问他的瘦身秘诀，塔夫脱说：

"早晨打一轮高尔夫球，户外运动使胃口大增，然后早餐只糊弄一下。"

被问及早餐吃什么时，塔夫脱回答说："一个鸡蛋、两片吐司，再加一杯不加糖的咖啡。菜单太可怜了，是吧？我唯一的快乐时光，是站上体重秤的时候。你瞧见了，我那太、太结实的肉膘都融化啦！"

星期三，天空依然晴朗，风已经停了下来。行家预测，将有人打出更低的杆数。美国高尔夫协会对资格赛作了精心规划，让两天的比赛皆有大牌球员坐镇。毫无疑问，哈里是昨天比赛的吸睛王，半途杀出的黑马弗朗西斯则掀起了一轮观赛热潮。周三，更多人来到现场，观看泰德·瑞与卫冕冠军杰里·特拉弗斯和约翰尼·麦克德墨对决。

8 点 55 分，当天第 11 组球手出发，球员杰里·特拉弗斯首先开球，迅速吸引了当天第一大粉丝团。粉丝团中多数是波士顿的社会名流，夫妻结伴同行，他们显然更喜欢追随业余绅士球员，而不是同样球技精湛的下层职业选手。与特拉弗斯同组的是颇受欢迎的职业选手汤姆·安德森，他在前一年美国公开赛上的华丽着装，为年轻的沃尔特·黑根提供了时尚灵感。特拉弗斯显然更擅长打比洞赛，而不是美国公开赛采取的比杆赛，这从比赛一开始就看得出来。他的开球偏离球道，小球满场飞，通常万无一失的救球，却因不稳定的推击而前功尽弃。在从沙坑救出精彩一球后，特拉弗斯错失三英尺保帕推，作为全场最优秀的推杆高手，一上场就失手，使其信心备受打击。随着上半场的展开，特拉弗斯越发觉得果岭过于平滑，速度快如闪电，不仅难以研判，更难以征服。

半小时后，约翰·麦克德墨与当地一位颇受欢迎的业余选手亨利·怀尔德同组开球，招来了当天第二大批观众。挥杆相当自由的约翰·麦克德墨，从比赛一开始就没有发挥出最佳水准，奇怪的是，这似乎是有意为之。他身体紧绷，明显紧张，每次挥杆都很谨慎，一改以往毫无顾忌的强攻风格，不再直攻狗腿洞弯处，不再击球穿树，不再强攻旗杆。麦克德墨的粉丝团早已习惯他作秀式的冒进打法，现在压根看不懂他的表现。伯纳德·达尔文则很快明白，肖尼公开赛后成为众矢之的麦克德墨，已经调整了策略，采取了一个简单的打球公式——消除风险，不惜任何代价获得参赛资格，并为正赛保存实力。对于他这样从不服输的冠军来说，这个简单合理的策略出乎意料的富有远见，但却违背了他的本性，让他束手束脚，丧失了比赛激情。

15 分钟后，泰德·瑞走上第一洞发球台。在乡村俱乐部的多轮练习中，他的大力开球技惊四座，在当地人中赢得了美誉，成为必看的马戏杂耍。泰德的搭档，是来自新泽西州恩格尔伍德的美国人杰克·霍本斯，个子不高，前臂长得像大力水手，球打得很远。两位长打王同组竞技，看点十足，是一组绝妙的配对。在 1 号洞马球场，两人双双开出高抛球，轻松越过狗腿转角，赢得阵阵喝彩。两人走下球场，身后有上千人追随，是当天最大的粉丝团，其中包括伯纳德·达尔文和诺斯克列夫勋爵。

两人从 1 号洞开始一直跟在球手后面，但没有引发任何关注。对比之下，英国人威尔弗雷德·里德的粉丝团则相形见绌，除了他自己的妹妹和妹夫路易斯·特利尔之外，再没别人。特利尔昨天已打完资格赛，今天利用休息时间为家人助威。里德一上场，就在马球场充满挑战的果岭上推进 12 英尺小鸟推，开局即证明自己是有备而来。紧随里德开球的沃尔特·黑根更是形单影只，身后就只有球童一人跟随，球童是刚认识 15 分钟的小鬼。除了因花哨的行头招致几次嘲笑外，首度亮相布鲁克莱恩的黑根完全被媒体忽视，他在报纸上的名字都被拼错了。在有关周三赛况的所有报道中，记者都称他为"W·哈金"。有几篇报道称呼他威廉，《纽约时报》更是想当然地昵称他为"威利"，更有甚者，记者团有位"神人"竟称他为"内德·达金"。在引发了一些关注之后，晚间《波士顿记录》说他"鲜为人知，没人见过"。沃尔特对这些报道根本不以为意。

当然，全场最放松的非弗朗西斯莫属，由于昨天取得的成绩，他在场下观看三组明星球员比赛时，祝贺之声不绝于耳。和老板乔治·赖特一起走了几洞前九后，他来到球场的主看台，一间茅草屋毗邻第 10 洞发球台，在此可以清楚地看到至少五条球道和果岭。伯纳德·达尔文暂时摆脱了苛刻雇主诺斯克列夫勋爵，在茅草屋遇到弗朗西斯，终于有机会向他表示最诚挚的祝贺。随后，达尔文向他示意，拉他到了小屋边上。

"在这座球场上，你有能力与任何人竞争，弗朗西斯。"达尔文压低声音，生怕有英国人路过，听见他的异端邪说。"我跟你说，你对球场熟悉，因此有机会胜出。"

"这可说不好，达尔文先生……"

"好吧，听着，你可以的，自信点，不要在意别人说什么，专心打好球。"

"我从来没有问过您，达尔文先生，您打球吗？"

达尔文的目光掠过弗朗西斯，瞥见诺斯克列夫勋爵正跟着泰德·瑞及同组球员朝 9 号洞果岭走来。泰德看上去有些焦躁，这是那天第一次，他即将吞下上午的唯一一个双柏忌。达尔文从泰德和诺斯克列夫勋爵的表情中嗅到了麻烦。

"我时不时打几杆。"达尔文答道，"我得走了，伦敦那边还等着我发报呢，祝你好运！"达尔文拍了拍弗朗西斯的手臂，向他眨了眨眼，然后迅速向他的老板走去。

早上，泰德·瑞告诉自己，想要获得参赛资格，关键是不能冒险。他淡定地接受了 9 号洞的双柏忌，并克制住了自己的暴脾气。首轮比赛的后九洞，泰德依旧发挥稳健，不过没怎么使用 1 号木。赛场上的长草足有四英寸高，在练习轮中，泰德花了不少时间在球道边的长草区练习，他深知球一旦越界，进入长草区，就意味着灾难。泰德没有像挣脱枷锁的大猩猩那样，大力抽射每一杆。今天，他的平均开球距离只有 260 码，现场观众没有看到他们翘首期盼的杂耍表演，自然有些失望，不少人在后九洞弃他而去，加入杰里·特拉弗斯的粉丝团。特拉弗斯凭借古怪的开球和疯狂的救球，让每一洞都变成了一场冒险。

和泰德·瑞一样，约翰·麦克德墨也采取了谨慎打法，但他发现有点难，也许这是因为，他对球技的可操控空间一开始就有限。要想在美国公开赛中取得好成绩，麦克德墨需要超越，而不是局限于自己的极限。当他的推杆不足以弥补失误时，避免出错的余地就变得非常小。那天早晨，在颇有难度、名为采石场的 14 号洞，麦克德墨开球拉左，球直奔球道左侧边缘的一棵大榆树而去，最终落在大树附近浓密又东倒西歪的长草里。找到球时，麦克德墨发现它不偏不倚地躺在另一颗球上，那是早前另一位球员打丢的。由于没人知道这种情况应如何处理，球场派人请美国高尔夫协会主席罗伯特·沃特森到现场审视。

不出几分钟，沃特森就到了，他俯下身，仔细地看了看球。麦克德墨因为在肖尼的不当行为，沃特森对他进行了严厉谴责，两人之间的关系一直没有缓和，这自然于事无补。

"原地击球。"沃特森最终说道。

麦克德墨表示抗议，沃特森毫不让步，麦克德墨气得两眼直瞪。他最近的想法过于偏执，怀疑美国高尔夫协会在故意算计他，将一颗废球搁到他的球下面，给他埋了颗定时炸弹。沃特森和他的随从们退后一步，等着麦克德墨按照他的指示击球，周围的知情观众准备看好戏。最终，麦克德墨转向他的球童，要了尼布列克杆，他认定自己唯一的机会，是用打"荷包蛋"似的沙坑球那样，把底下的球铲出去，并带出自己的球。他举起球杆，仿佛拿斧子劈柴一样，砸向草地，底部的球被铲起，径自飞出 40 码，直取球道，但他自己的球却猛地偏向一侧，仅前进了六英尺，依旧落在那片可怕的长草里。麦克德墨盯着在草地上留下的难看打痕，克制住了自己，没有爆发。沃特森转身走开，麦克德墨继续比赛，打出六杆，吞下双柏忌。

在后九洞保持稳健节奏的泰德·瑞，以平标准杆 74 杆结束首轮，追平弗朗西斯在周二打出的最低杆数。瑞的同组搭档杰克·霍本斯，在结束洞因一英寸之差错失一推，以 75 杆收尾，落后瑞一杆。看上去，瑞有望保住领先优势。杰里·特拉弗斯先后在 7 号洞和 10 号洞打出四推，交出差强人意的 82 杆，这下他学乖了，懂得自嘲，口口声声称自己是"全美最糟糕的推杆手"。纵然是夸大其词，但除非他在下午的比赛轮中，找到对策，否则很有可能无缘晋级。在 14 号洞遭遇意外事故的约翰·麦克德墨最终以 81 杆重回竞争者之列。波士顿最受欢迎的球员迈克·"国王"·布雷迪表现中规中矩，以 80 杆结束首轮。两届美国公开赛冠军亚历克斯·史密斯在前五洞 15 次使用推杆，爆冷打出 84 杆，史密斯家族的另一位前冠军，弟弟威利交出 83 杆。

弗朗西斯的朋友约翰·安德森，上午打出 81 杆，领先当天参赛的业余选手。美国高尔夫协会对业余球手身份有着严苛规定，但百密一疏，安德森利用规定漏洞，一面以业余球员身份参加美国公开赛，一面为《高尔夫杂志》和《波士顿文摘报》报道赛事。令人费解的是，美国高尔夫协会把背一轮球包以换取 50 美分算作职业，却把为报纸和杂志写稿赚钱看得像雪一样纯净。安德森的队友、马萨诸塞州业余球员海因里希·施密特同样身兼球员与记者两职，效力《波士顿旅行者》，他也打出了 81 杆。当天上午，最后一批完成比赛的选手中，有仍未引起任何人注意的沃尔特·黑根，他沉着冷静地打出 78 杆，轻松斩获第三名，他仅仅在名为采石场的 14 号洞失手，吞下三柏忌。不过，此洞变成他的梦魇，阻碍他登上周三报纸头条。

哈里·瓦登身穿夹克，打着领带，头戴一顶时髦的帽子，看上去温文尔雅、泰然自若，就像刚从杂志广告中走出，他现身球场，与刚刚完成上午比赛的好兄弟泰德·瑞会合。在18洞，刚交出74杆优异成绩的泰德，获得了观众们经久不息的掌声。他从嘴里取下烟斗，咧开嘴笑着，摘下圆礼帽，十分夸张地在果岭上挥舞，向周围的人群表示感谢。无论过去还是现在，大赛的观众们都会明察秋毫，洞悉运动员的个性，并予以相应的回报。那天早上，泰德向他们展示了拉伯雷式的幽默，同时又散发出平易近人的气质。如果说哈里有一种超凡脱俗的神圣气质，那么泰德无疑是在附近酒吧和你擦肩而过的大高个，朴实的新英格兰地区球迷对泰德·瑞的一致评价是：怎么可能不爱这家伙？

两个泽西岛人与诺斯克列夫勋爵坐在更衣室外的露台上，露台俯视着18洞果岭，他们谈论着泰德打出的精彩一轮，他目前的领先优势，很可能会像前一天哈里的那样，一直持续到比赛结束。但在几乎无人观赛的情况下，他们旅居国外的英国同胞、次中量级的威尔弗雷德·里德，在最后时刻果断地积极进取，先是在挑战不小的15号洞利物浦，凭借一记漂亮的长推拿下小鸟，紧接着又在标准三杆的16号洞克莱德，推进15英尺小鸟，最后又在结尾的17和18号洞连续保帕。结果，里德出人意料地交出了当天上午的最佳成绩72杆，比两天资格赛中最低杆数还要少两杆。

小里德兴高采烈地走向更衣室时，收获了前所未有的喝彩。他后来说，不管比赛结果如何，他当时已经下定决心留在美国。泰德·瑞的情绪一下子落在了胡子的下面。

"怎么会是他？"泰德阴沉地嘟囔着。

哈里和诺斯克列夫勋爵狡黠地交换了一下眼色。"别呀，泰德，"看着泰德一脸不乐意的样子，哈里故意板着脸说，"一切为了英格兰！"

"对啊，泰德，"诺斯克列夫勋爵也跟着打趣，"一切为了英格兰！"

"一切为了威尔弗雷德还差不多，"泰德突然起身道，"再说了，他最多不过是半个该死的法国人。"

泰德说完，径直找酒喝去了。里德经过的时候，诺斯克列夫勋爵和哈里站起来，礼貌地向他鼓掌致意。受宠若惊的里德抬起头，微笑着，殷勤地挥了挥手，并轻扣头顶法国人路易斯·特利尔同款的梅子色贝雷帽，以示回应。

"我可没付钱让这家伙来争冠，"诺斯克列夫勋爵强颜欢笑，低声说，"希望你不会败给他！"

"阿尔弗雷德，输给威尔弗雷德·里德的那一天，"哈里站起身来说，"我的讣告就该见报了。"

哈里走下更衣室的台阶时，人群中出现了一张熟悉的面孔。

"您好，瓦登先生。"弗朗西斯边说边伸出手。

"威梅特先生。"哈里握着年轻人的手，笑容友好，充满赞许。他们互相注视了一会儿，弗朗西斯见到偶像，激动得一时语塞，哈里被逗乐了，说："今天没有比赛，落得轻松吧？"

"是的，确实！"

"你昨天打得不错！"

"谢谢夸奖，非常感谢！"弗朗西斯说，"您也是！"

"你最后差点赶上我了。"哈里脸上的笑容舒展开来。

"我觉得就是赶上好运了。"

"我见过你挥杆，依我看，你可不是光靠运气。"

"您见过我挥杆？我是说，您见过。"

哈里微微向前倾了倾身子，说："运气可不是人人都能有的，它也是一种技能，就像其他技能一样，而且可能是最有用的一种，你明白吗？"

"我想我明白您的意思。"弗朗西斯说。

"那么，祝你好运！"

哈里拍了拍弗朗西斯的胳膊，走开了。弗朗西斯仍旧杵在原地，望着偶像的背影。这时，沃尔特·黑根走了过来，凑到弗朗西斯跟前问道："高坛前辈跟你说什么了？"

"他祝我好运。"弗朗西斯说。

"可别被他糊弄了，"黑根说，"他想让我们一败涂地。"黑根伸出手来做了自我介绍："你是威梅特，对吧？"

"叫我弗朗西斯就好。"

"很高兴认识你。你面对的瓦登有不少手法。"

"是的，我意识到了。"

"他比魔术师胡迪尼的把戏还多，以前见过他打球吗？"

"就一次，很久以前了。"弗朗西斯回答。

"他能让小白球跳舞。我在练球的时候，试着模仿他的挥杆来着，你猜怎么着？太厉害啦！你是业余球员，对吧？"

"没错。"

"那么，告诉我，会所怎么样？从外面看起来它可真不赖。"

"确实非常好。"弗朗西斯表示同意。

"也许有一天我会去看看。"黑根心驰神往地盯着黄色的会所大楼，接着说，"不过，说正经的，弗兰西斯，咱可不能把冠军奖杯拱手让给大洋对岸的那些家伙，对吧？"

"我完全同意。"

"那就这么定了，"黑根说着，又和弗朗西斯握了握手，"哥们，我们球场见啦！"

下午的比赛于12点准时开始，此时，上午最后一批出发的球员尚未完赛。和前一天一样，比赛的出场顺序和配对保持不变。整个上午天气都很好，观众源源不断地涌入乡村俱乐部，泰德·瑞、约翰·麦克德墨和杰里·特拉弗斯三位明星球员平分秋色，各获得上千名观众。从首轮比赛中脱颖而出的威尔弗雷德·里德也赢得了数量可观的观众，但人挤人的喧嚣场面令他不安，在困难重重的3号洞池塘，他开球失误，最终打出七杆。

泰德·瑞猛吸着烟斗，身后留下的烟柱，好像来自蒸汽船。延续上午的火热手感，泰德一上场就打出一记完美的开球，并轻松抓鸟。笨拙的步态，爽朗的笑容，以及每次击球后与观众的友好互动，为他赢回了当天早些时候弃他而去的一众粉丝。整个下午，泰德火力全开，尽管他看上去潇洒轻松，但直觉敏锐，非常清楚自己和其他选手的排名情况。在13号洞抓鸟后，晋级变得易如反掌，甚至很有可能拔得资格赛头筹。泰德抽出1号木，大力击球，小球腾空而起，直冲天际，观众激动不已！

砰！在标准杆五杆的14号洞，泰德开球轰出300码以上，两杆攻上果岭，再次抓鸟，上百名新来的观众加入了泰德的粉丝团。在370码的15号洞利物浦，一条从克莱德街通往俱乐部会所的通道在 260 码处直切球道，普通球手多采取缓攻策略，第二杆再使用长铁进攻果岭。泰德大力开球，小球径自飞过通道 50 码，引来阵阵惊呼和叫好声，他几乎可以从那直接推球上果岭。场上出现了欢乐的派对氛围，并一直萦绕到最后几洞。没人比走在队伍最前面的大个子更喜欢这种氛围了。在结束洞，泰德又一次开出完美一球，并轻松保帕，追平上午的成绩 74 杆，刷新乡村俱乐部一天 36 洞的最佳成绩记录，比星期二哈里打出的最低杆数还少三杆，创下本届大赛资格赛最佳成绩 148 杆。

那个下午，并不是所有人都表现得如此出彩。在吞下三柏忌之后，威尔弗雷德·里德努力保持状态，最终以 79 杆结束下午的比赛。他和老将罗伯特·麦克唐纳德一样，以两轮 151 杆的总成绩追平瓦登，并列第二。约翰·麦克德墨依旧采取了保守打法，令所有支持者困惑不解，但成绩比当天上午略有进步，交出 80 杆。在他前面，杰里·特拉弗斯的表现依旧如过山车般令人胆战心惊：击球入树，救球出树，六进沙坑，四次救帕，六个三推，两个四推，五个一推，结果打出 83 杆。特拉弗斯看上去像打了霜的茄子，焦急地跑到会所外，迫切地想知道自己两轮 165 杆的成绩能否晋级。当沃尔特·黑根再接再厉，在下午的一轮中交出 79 杆后，越来越多的人开始议论这个狂妄的罗彻斯特小子，他兑现了自己的大话，成功晋级。很快，有人在更衣室外看到他在接受一名当地记者的采访："我叫黑根，我的名字中间带一个 e，H–a–g–e–n。"

下午，弗朗西斯在场下观看马萨诸塞州代表队朋友们比赛，个个表现不错。海因里希·施密特和迈克·布雷迪双双打出 161 杆，与麦克德墨并列第 14 名，约翰·安德森交出 79 杆，再次成为该轮发挥最佳的业余球员，同时也是当天最后一位破 80 杆的选手。完赛后，精力充沛的安德森和施密特立马投入赛事报道工作，他们蹲坐在媒体帐篷里，为各自效力的报纸撰写 12 英寸篇幅大小的报道。两人都极不情愿地认可大多数媒体的悲观结论：英国人，其中包括表现抢眼的威尔弗雷德·里德，对美国公开赛的入侵有望成功。

当天资格赛的领先者和晋级者包括：

爱德华（泰德）·瑞	74-74-148
威尔弗雷德·里德	72-79-151
罗伯特·麦克唐纳德	72-79-151
沃尔特·黑根	78-79-157
杰克·侯本斯	75-84-159
约翰·安德森先生	81-79-160
海因里希·施密特先生	81-80-161
约翰·J.麦克德墨	81-80-161
迈克·布雷迪	80-81-161
亚历克斯·史密斯	84-79-163

杰里·特拉弗斯（82-83-165），排在了晋级者名单的最底部。当天的晋级线是166杆，比周二低四杆，特拉弗斯又一次走钢丝，压线晋级。

比赛的第一场战斗已经打响，突破重围的是由瓦登、瑞、里德率领的61名经过实战考验的职业选手，以及由弗朗西斯领衔的八名业余球员。鸣锣收兵后，败下阵来的球手很快被"埋葬"和被遗忘。100名战败者低垂着头，收拾好球杆，匆匆去赶离开波士顿的晚班火车。

大赛中，顶尖球员早早出局并不鲜见。1913年美国公开赛也不例外，惨遭淘汰的选手中最令人感到意外的是时年37岁的威利·史密斯，史密斯来自苏格兰卡奴斯蒂，现任墨西哥城一家球场的驻场职业球手，1899年获得美国公开赛冠军。史密斯打出171杆，远远不够晋级线。那天晚上，威利跳上午夜班火车，开始返回南部边境的漫长旅程，在那里，他将迎来离奇而悲惨的命运结局。生前，他的兄弟亚历克斯和麦克将再也见不到他了。

弗朗西斯挤开聚集在俱乐部记分牌前的人群，去看记分牌上贴出来的明天首轮正式比赛的配对名单。首发组为威尔弗雷德·里德和来自皇家蒙特利尔球场的加拿大人C.R.穆雷，早8:15出发。弗朗西斯最终挤到记分牌前时，发现自己分到第28组，将与另一位加拿大人卡尔·基弗搭档，10:30开球。

斜阳斑驳，为球道涂上一层温暖的铜绿色。白天熙熙攘攘的人群散去后，乡村俱乐部的会员们留连忘返，挤在会所的门廊和酒吧里下注赌球，空气中弥漫着令人亢奋的气息。经历了艰难的一天后，杰里·特拉弗斯先生和会员们一起喝了几杯金汤力，晋级的职业球员们在更衣室里换了鞋子，拎上球包，搭上便车回到城里的旅馆，计划晚上的活动，并匆忙安排好第二天早上返回布鲁克莱恩的交通。诺斯克列夫勋爵的车和司机，在俱乐部外的环形车道上等候哈里和泰德，然后护送他们回到科普利广场酒店，随行的还有他们的赞助商以及撰稿人伯纳德·达尔文。

离开人群，弗朗西斯抄熟悉的近道，经 16 号洞，然后穿 17 号洞球道，来到克莱德街，等街上拥挤的车流散去，再穿过街道回家，他是美国公开赛当晚唯一一个步行回家的选手。妹妹露易丝和弟弟雷蒙德已经帮玛丽准备好晚饭，省去了弗朗西斯当晚的家务负担。玛丽等到亚瑟回家才开饭。他怒气冲冲地进了屋，大声抱怨美国公开赛引发的交通阻塞，让他在路上耽搁了半个多小时。晚餐时，大家都沉默不语，气氛尴尬，直到露易丝兴致勃勃地问弗朗西斯当天球场比赛的情况，才打破沉默。所有的孩子中，只有女儿无惧亚瑟的暴脾气。但弗朗西斯可不想惹恼父亲，便敷衍地答道："是的，今天的比赛很精彩，打出了不少好球。"弗朗西斯一吃完饭，就跑到后院的旧果岭上练球去了。

雷蒙德和露易丝打扫厨房时，亚瑟和玛丽默默地坐在餐厅里。玛丽倒了两杯咖啡，亚瑟翻阅着晚报。

"他今天打得怎么样？"亚瑟终于问道。

"他今天没打，亚瑟，"玛丽说，"他明天打。顺便说一句，他昨天打了。"

亚瑟咕哝了一声，便不再言语。

玛丽把咖啡杯放回碟子上，动作比平时略重些，亚瑟吃惊地抬起了头。玛丽起身去客厅，拿着她和露易丝一起做的剪贴簿回来，撂在丈夫面前的桌子上。

"你自己看。"她的声音微微颤抖。

玛丽走出房间。雷蒙德和露易丝从厨房往里偷瞧，只见亚瑟放下报纸，盯着剪贴簿的封面：那是弗朗西斯在花园城拍的一张照片，照片定格在挥杆结束时，弗朗西斯面带微笑，手持球杆，高悬于顶。

亚瑟又举起报纸，继续读。

1913 年美国公开赛赛瑞、瓦登、威梅特和洛厄里在 8 号洞

（乡村俱乐部友情提供）

星期四：正赛首轮

邦克山战役、莱克星顿和康科德、特伦顿和福吉谷……

周四早上，波士顿报纸的标题党们，接二连三地引用一个又一个美国独立战争中的故事，鼓舞士气，但大肆鼓吹胜利的表象之下是无法掩饰的绝望。事实不可否认，哈里·瓦登、泰德·瑞和威尔弗雷德·里德主宰了本届公开赛的资格赛。为了存活晋级，美国本地球员在赛场上挥洒了汗水、眼泪甚至鲜血，但现实实难令人乐观。有些报道自我安慰，认为麦克德墨、麦克纳马拉、布雷迪和特拉弗斯都有所保留，他们会在关键的时刻拼尽全力。

当地的报纸提醒读者，69名晋级球员的资格赛成绩将全部清零，周四，他们将从同一起跑线出发比赛。所有的人都清楚，夺取美国公开赛冠军奖杯需要高超的技巧和毅力，美国球员显然尚未证明，他们具备这样的冠军品质。周二比赛中与瓦登捉对厮杀的威梅特是个例外，但他不过是羽翼未丰的业余球员，之所以打得疯狂，可能全靠新手的好运。媒体似乎无意寄希望于一位嫩如春笋的年轻业余球手，没人指望这个本地小子能顶住美国公开赛的压力，复制周二的出彩表现。

大多数报纸都在头版刊登了天气预报，下午有雨。但黎明破晓时，好天气看起来会继续下去，以晴为主，微风和煦，又一个完美的夏末日，七十一二杆的成绩可期。作为农业部的分支机构，美国气象局已经运作20多年，近年来，该局通过在全国范围内放飞带有气象仪器的气球，进行信息收集协调。但气象局的预测能力，往好了说，还是时好时坏。每年发行一次的《农民年鉴》拥有更好的预测记录。预测风暴何时何地会来袭，依然是个挑战，因为直到50年前，科学家们才首次破解风暴发生的奥秘。星期四天一亮，波士顿的七家日报立即修改了下午版的天气预报，将预期的暴风雨推迟到星期五早上。

周三，埃迪·洛厄里乖乖回到西牛顿学校上学后，甜言蜜语地说服哥哥杰克在周四上午为他打掩护，编造他在去学校的路上病了，不得不回家休息。为了再次避开在附近巡逻、力图"捉拿"公开赛期间一再逃课学生的逃学监事，埃迪周四搭上早班火车去布鲁克莱恩，避免重犯星期二最后一刻到达比赛现场的错误，好让弗朗西斯在开球之前就毫无后顾之忧。早上八点多离开家时，弗朗西斯发现埃迪已经在克莱德街门口等他。自打周二晚间一别后，过去的 36 小时里，弗朗西斯一直都无法确定，是否还能再见到埃迪。

"埃迪，早上好啊！"

"你睡得好吗，弗朗西斯？"

"挺好的，谢谢！"

埃迪立即示意要接过球包，弗朗西斯把球包递给他，埃迪熟练地把球包扛到肩上，弗朗西斯领着埃迪抄近路，一同走向乡村俱乐部，他们步伐很快，却略显沉重。

"弗朗西斯，你今天会打出 72 杆。"埃迪说。

"听着，埃迪，大早上的，别聊这个。"

"我是说真的，我有预感，你今天将打出 72 杆。"

"那就让我们拭目以待吧，好吗？"

"好的，也许不是今天，"埃迪说，"但我跟你说，在本届美国公开赛期间，总有一轮，你会打出 72 杆。"

弗朗西斯意识到和他争论没有任何意义，便说："若真能如此，那当然好啊，埃迪。"

抵达会所时，他们正好赶上 1913 年美国公开赛正赛第一组球员开球。效力于皇家蒙特利尔球场的 C.R. 默里和英国人威尔弗雷德·里德作为首发球员，准时在 8 点 15 分开球。天亮前一小时就起床的里德看上去脸色苍白、神情紧张，暗自庆幸自己抽到首发签，从波士顿来的观众还在赶往布鲁克莱恩的路上，让他得以避开粉丝，前一天下午的粉丝关注已经让他吃不消。此时，面对仅有的几十只早起鸟组成的粉丝团，里德依旧无法避免开球的紧张，第一洞便吞下柏忌。

一进更衣室换鞋，弗朗西斯立刻感觉到了气氛的不同。一周来，美国球员之间友好轻松的氛围变得凝重而紧张。瓦登和瑞还没到俱乐部，里德刚开球，更衣室里全是美国球员：吉姆·巴恩斯、亚历克·罗斯、汤姆·麦克纳马拉、迈克·布雷迪、杰里·特拉弗斯。他们个个表情严肃，彼此也不寒暄，只是有力而简短地握握手，点头示意而已。约翰·麦克德墨一如既往地在大型比赛之前，紧张得在厕所里吐了好一会儿。没有一个人，包括麦克德墨，谈及比赛的终极目标，但所有人都心照不宣，自从瓦登和瑞第一次踏上纽约的土地以来，他们所思所想的只有一件事——把奖杯留在美国本土，践行它的时刻到了。

只有黑根姗姗来迟，他向储物柜同在一侧的弗朗西斯透露，自己昨晚被波士顿的夜生活诱出科普利广场酒店，在外狂欢至凌晨。黑根和房间里的所有球员握手拍背并祝福好运后，小心翼翼地穿上他的红胶底鞋，将白色宽鞋带打成漂亮的蝴蝶结，在预定的开球时间 8 点 25 分前，悠闲地走向 1 号洞发球台。

黑根用 1 号木将小球稳稳地送上第一洞球道，回应观众们礼貌性的掌声后，黑根像去理发店似的吹着口哨离开发球台。不断增加的观众中，至少有 30 多人在会所周围徘徊，不知道该追随哪位球员，最后他们选择押注黑根，跟着他走。星期三下午的资格赛上，人们已经开始注意黑根，欣赏他的处变不惊，潇洒自如。彼时和现在一样，在这项世界上最严酷的体育竞技中，任何一位泰然自若、个性鲜明的球手都能从一众不苟言笑、一板一眼的参与者中脱颖而出，赢得粉丝的青睐。黑根不像面无血色的殡仪员在送葬，更像是第一次参加啤酒派对的兄弟会成员，大摇大摆地走来走去，几杯啤酒下肚后，他才意识到自己是派对的焦点。挥杆间隙，他和观众开玩笑，和最漂亮的姑娘调情，就差为他们变戏法了。尽管大赛气氛很紧张，但他从未改变这种平易近人的风格。更多的人追随他而来，仿佛被某种原始的寻欢作乐本能所吸引。那个周四，当黑根在乡村俱乐部的球道上闲逛之时，体育史上最受欢迎且最长盛不衰的表演秀之一正式拉开大幕。在接下来的几十年里，与棒球球员贝比·鲁斯和重量级拳击手杰克·登普西一样，沃尔特·黑根实际上创造了一个现代人熟悉的角色——花花公子职业运动员。他出生贫寒，白手起家，最终为美国本土英雄联盟增添了一位令人印象深刻的偶像。他所做的，就是在美国公开赛首秀的前九洞，打出低于标准杆一杆的 37 杆。

弗朗西斯离开更衣室去热身时，诺斯克列夫勋爵租来的定制蒸汽汽车驶入环形车道，把哈里·瓦登和泰德·瑞送到乡村俱乐部。球童急忙跑出来迎接，把他们的球杆和鞋子拿到更衣室。

在一群俱乐部亲英派的簇拥下，两人受到了赛事官员的热烈欢迎。

在去练习场的路上，埃迪和弗朗西斯停了下来，观看英国人的到来。埃迪的双眼眯了起来。

"他们以为自己是谁啊？"埃迪说，"英国国王吗？"

"嗯，差不多，他们是高尔夫之王，埃迪。"弗朗西斯说。

"这可是在美国。"埃迪说完，便继续前进。

弗朗西斯经过练习果岭时，美国业余赛冠军杰里·特拉弗斯走上 1 号洞发球台，准备 8 点 35 分开球。和他一样的上层阶级球迷，对于他的出场报以热烈的掌声。令弗朗西斯感到有意思的是，特拉弗斯手握的是 1 号木，而不是那支不祥的黑色发球铁杆。

也许杰里的挥杆已经恢复了，弗朗西斯心想，这对美国队来说是个利好。

片刻之后，特拉弗斯开球拉左，把球打进厚厚的长草，并由此开启特拉弗斯式疯狂的一轮：前三洞连吞三个柏忌，第四洞抓鸟，接下来四洞保帕，然后在第九洞遭遇三推，以 41 杆结束前九洞。紧跟在杰里·特拉弗斯二人组之后的汤姆·瓦登完全被忽视了，压根没人围观他和同组球员开球。此时，他声名显赫的哥哥在一群仰慕者的簇拥下，来到练习果岭。

9 点 05 分，哈里与来自南卡罗来纳州的职业选手汤姆·博纳尔同组开球时，600 辆汽车占满了球场的每一寸空地。由于哈里和泰德·瑞的加入，国际竞争之势初现，波士顿为这届美国公开赛而疯狂，成千上万人乘坐巴士、汽车、火车，甚至步行从市里涌向布鲁克莱恩。今天全体参赛者悉数上场，观众们选择追随有望夺冠的球员，在场的 9000 名观众中超半数决定跟着"球杆之王"。在手拿扩音器的巡场人员指挥下，摩肩接踵的人流跟随哈里走下 1 号洞球道。伯纳德·达尔文手持记事本，尽职尽责地跟在他们后面。诺斯克列夫勋爵跟着哈里走在围绳内，神情激动不安，像主人盯着自己珍贵的纯种马，观看它的第一圈奔跑。

他实际上不必担心，可以调整一下注意力，因为冠军有望。前九洞，哈里发挥稳健，上球道率和攻果岭成功率按部就班，尤其是攻果岭的时候，采取了堪称完美的战术，将小球稳稳地送上果岭的下坡位置，避免令人头疼的下坡推。但之后，他与那只受伤的手的战斗打响了！

只要能把球击到离洞杯不到一英尺的距离，哈里就能毫不费力地打出标准杆。但当小球落在距洞三至六英尺的范围内时，敏锐的观众就会发现，哈里击球握杆更紧，眉头紧锁，好似心律失常。他一直努力避免使自己处于这种尴尬境地，但在 420 码、标准杆四杆、名为牛顿的 5 号洞果岭上，哈里面临着一个十英尺长的陡坡推，果岭自右向左倾斜。上杆时，他的右前臂抖动起来，这是当天头一回，结果小球被推过洞四英尺，汗水浸湿他的额头。一个别扭的回推，小球完全偏离洞杯，害他打出五杆，吞下柏忌。观众唏嘘不已，但哈里面不改色，拾起球，继续比赛。

对哈里而言，名为"贝克"的短四杆 6 号洞，通常意味着有抓鸟的机会。又一次教科书式的开球和攻果岭，小球落在距离洞杯六英尺的下坡处，留下一个笔直的上坡推。但手上的妖魔又出来作乱了，小球滑过洞杯三英尺，下坡推依旧没有落袋，最后敲球入洞，打出五杆，吞下柏忌。在场的任何人都无法想象这给他带来的痛苦。对于哈里来说，他的麻烦始于身体上的问题，但经年累月，它已演变成他的心魔。现代人称此为心理障碍，如今得到心理学家和生理学家的广泛研究，视这些症状为焦虑症。他们认为，在最坏的情况下，大脑会停止运作，无法集中注意力，出现稀奇古怪的想法，使小肌肉的运动控制能力丧失。对于那些从未落入这种疾病魔掌的人来说，很难理解它所带来的恐惧。它可以使人精神崩溃，让强者哭泣，迫使一些人放弃高尔夫，不再面对随之而来的崩溃。但是，只有业余球员才敢轻言放弃，当你靠打高尔夫球谋生时，面对这种焦虑症，谈何放弃？谁也无法知道，当哈里的球位于洞杯 36 英尺之外的果岭草坪上，他经历了怎样的炼狱。

9 点 05 分，麦克德墨紧跟在哈里二人组之后上场，他的粉丝与哈里粉丝团里行动较慢的观众汇合，让他收获了更多关注。今天，他终于没有让他们失望，整个上午，麦克德墨死盯着哈里，视其为劲敌令他莫名地兴奋，将目标锁定在十字准线上令其斗志昂扬。他一改资格赛时谨小慎微的打法，再次展现出无畏、凌厉的进攻风格。麦克德墨的过人之处在于对长铁杆的精准把控，一旦小球达到攻上果岭之处，他会毫不留情地直攻旗杆位，不管旗杆插在果岭的什么地方。如果状态不佳，这样的鲁莽往往代价不菲，球可能落入沙坑或是长草，但星期四早上，他把所有的球都打到了离球洞很近的位置，从而使推击变得易如反掌。他并没有就此打住，一上场就牢牢把握住了三次抓鸟机会，让其粉丝大呼过瘾。每当他们为他喝彩时，他会举起拳头怂恿他们再热烈些，好让前组球员听见，乱其阵脚。今天，美国人不需要其他志愿者来领导美国队，和过去两年里一样，麦克德墨看似能胜任这项任务。仅仅打完六洞后，这位两届卫冕冠军就以低于标准杆三杆的成绩获得领先。

按照习惯，弗朗西斯来到 10 号洞球道的一个偏僻角落，朝树林里击球热身。他看着 1907 年美国公开赛冠军亚历克·罗斯 9 点 40 分上场，然后看着他的朋友迈克·"国王"·布雷迪和乡村俱乐部职业球员亚历克·坎贝尔 9 点 50 分开球。在母亲的坚持下，弗朗西斯吃了一顿丰盛的早餐。经过一夜出乎意料的酣睡，他感到休息得很好，浑身是劲。埃迪不断用低沉而坚定的语调鼓励，使他能正常发挥。随着时间一分一秒地过去，弗朗西斯回头看了看会所，那里人头攒动，球员们排着队准备开始比赛。突然，他感到有一个巨大的、势不可挡的东西向他压过来，胃里有些翻江倒海。

10 点 10 分，长打王吉姆·巴恩斯出发；10 点 15 分，汤姆·麦克纳马拉上场。

和埃迪走回会所附近的练习果岭时，弗朗西斯发现泰德·雷在更衣室外，嘴上衔着烟斗，手里舞弄着球杆，与仰慕他的姑娘们调笑着。他被安排在当天早上倒数第二组出发。瑞看上去那么无忧无虑，为什么我不能那样呢？弗朗西斯自问。他往果岭上扔了两颗球，试图练习一下推杆以转移思绪，但没用。各种声音、景象以及恼人的想法，像刀一样刺进他混乱又敏感的意识中，使他产生出各种消极的念头：如果？如果这样？如果那样？他的手开始颤抖。埃迪看着他一次又一次推击失手，心里默默担忧。

我这是在做什么？自乱阵脚？

10 点 25 分的那一组出发了，轮到他上场了。

弗朗西斯和埃迪沿着挤满祝福者的狭窄人墙走到 1 号洞发球台，兴奋的人们拍着他的背鼓励他，但恍惚间，他什么也没看见，什么也没听到。等待上一组球员撤离球道的间隙，他和搭档卡尔·基弗握了握手。基弗提到，多年前，在乡村俱乐部与皇家蒙特利尔俱乐部的年度比赛中，弗朗西斯曾做过他的球童。弗朗西斯依稀记得基弗，仿佛在梦中见过他。各种声音传过来时，好像都被厚厚的床垫闷住了，发令员报出他的名字，他甚至没有反应过来那是在介绍他。那个走向小球的家伙是谁，是我吗？他站好位，周围的人群安静下来，埃迪熟悉的声音传来，听起来像是来自遥远的异域。

"低头，"埃迪说，"眼睛盯着球。"

弗朗西斯脑中一片空白，没有指导思想，没有瓦登的智慧之言。面前有一颗白色圆球架在从地上凸出的一撮土上，手中是一只不认识的杆子。现在我该做什么？

他挥了一杆，球飞得很低，打了个旋，随即开始向左侧的界外线奔去，穿过高高的草丛，停在离白桩不远的地方。球飞了不到 40 码，落在一棵树后面，出师不利。人群中的支持者为他鼓掌，不是为他笨拙的动作，而是为了鼓励和支持这个可怜的孩子，当他们把他送走的时候，可怜的孩子看上去紧张极了。

弗朗西斯觉得自己好像被打了一记耳光，但他并没有清醒过来，投入战斗。相反，他感到震惊、迷茫、无助。等卡尔·基弗开球上球道后，弗朗西斯和埃迪迈步向前。

"没关系，弗兰西斯，"埃迪一边说着，一边急急忙忙跟上，"从那儿把球救起来，我们仍有机会保帕。"

弗朗西斯加快步伐，试图摆脱出师不利的阴云，但事与愿违，他双眼迷离，嘴巴发干，双手看起来像是被硬拧到了胳膊上。之前的种种遭遇，包括竞技资格赛，甚至业余赛上与特拉弗斯的对决，都没有让他为此战做好准备。他需要一套全新的实战指南，来应对美国公开赛的巨大压力。

埃迪发现球落在一棵小松树伸展出来的枝桠下的高草丛里。他们估量了一下状况，回旋余地不多，埃迪再次开腔。

"打一个低飞球，"他说，"从树下穿过去，试着打远一点，让它回到球道上。"

弗朗西斯点了点头，似乎又没有听清，注意力涣散，依旧心不在焉。"吉格杆。"他说。

埃迪将球杆递给弗朗西斯，吉格杆铁杆面倾角小，多用来处理困难球位。弗朗西斯蜷缩进树枝间，小心翼翼地站位，身体扭曲得不行，试挥了几杆，结果完全施展不开。在毫无把握的情况下，弗朗西斯扣动了扳机。着急看球的落点，早了几分之一秒抬起头。半空中，球从树下滑出，落在球道边缘的第一层长草区。两杆下来，他的球仅向前移动了 60 码。

"球打薄了，弗朗西斯，"埃迪说，"你得低头！"

"我知道。"弗朗西斯应道。

离果岭尚有 300 多码，进攻名叫马球场的狗腿转角也还有很长的距离，弗朗西斯要了铜片木杆，大力击球后，球偏右而去，跌进一处沙坑。观众一片叹息。这一次，弗朗西斯听见了，但还是有些心不在焉。两杆攻上果岭的基弗耐心地等着弗朗西斯赶上来。弗朗西斯双脚扎进沙里，狠命一击，将球救出沙坑，攻上果岭前沿，距离洞杯 20 多英尺。第一推略短一英尺，接着轻敲入洞，打出六杆，吞下柏忌。走向第二洞发球台时，弗朗西斯下颌收紧，悄悄地把球交给埃迪。

"换颗球吧。"弗朗西斯说。

在名为小屋的短四杆 2 号洞，弗朗西斯将埃迪拿给他的新球架好。为求精准舍距离，埃迪递给他一支中铁，但弗朗西斯要了铜片木杆，埃迪犹豫了一下，不想违背弗朗西斯，就把铜片木给了他，什么也没说。他还是不喜欢弗朗西斯游离又涣散的眼神，但他决定冒犯的话先不说，也希望最终不必说，弗朗西斯自己就能回过神来。

但眼下他还不在状态。他的开球严重右曲，偏出球道 20 英尺，遭遇反弹后，向右侧斜飞而出，落点与果岭之间隔了一排树。救球时又打短，小球陷入果岭边一个深深的沙坑，救出后，距离洞杯 35 英尺，然后遭遇三推，打出六杆，吞下双柏忌。

简直是灾难！脑子短路导致他连连失手，这才打了两个洞，他就已经落后领先者约翰·麦克德墨六杆。

走向第 3 洞发球台时，弗朗西斯眼里充满自责，醒醒，弗朗西斯！

好吧，这时候我该想点什么？

那个可憎的女高音，她让自己沉浸在音乐中，让音乐在心中自然流淌，毫不费力。

没错，就像脑袋里有个水龙头开关，你需要做的只是打开或者关掉……

弗朗西斯看起来像一个和自己吵得不可开交的人。"再换一颗球吗？"埃迪问。

"不关球的事，埃迪，"他严厉地说，"问题在我身上。"

弗朗西斯终于认清状况。当站上蜿蜒曲折的 3 号洞发球台时，他感到自己的双手和胳膊又有了感觉，能感知它们的存在。这一次，他不再麻木地重复机械运动，而是先选中一个特定目标——夹在两个高大又危险丛丛的土丘间的一小块毫不起眼的球道，锁定目标后便不再犹豫，他的注意力终于开始集中，打出了上午最好的一杆，并击中了瞄准的目标。

有进步。

距离果岭还有 220 码，用长铁攻果岭后，小球并没有按照设想的那样弹跳着跃上果岭，而是落入果岭边厚厚的长草区。弗朗西斯切了一杆，留下 10 英尺保帕推，第一推止步于洞杯边缘，再推轻敲入洞，打出五杆。在难度系数颇高、标准杆 4.5 杆的 3 号洞，这个成绩不算差。不过没啥可高兴的，三洞成绩依然高于标准杆四杆。但是他感到魂不附体的魔咒已经被打破，他开始体会到脚踏草地的实在感，思绪变得清晰起来，仿佛暴风雨已经过去，手上的紧张感也消失了。美国公开赛的初始考验烧得他焦头烂额、信心大挫，但弗朗西斯知道他可以接着打球了。要想爬出自掘的坟墓，熬过第一个上午，他知道他得从现在开始行动。

他必须回答：自己到底有多大能力？

10 点 40 分，两届美国公开赛冠军亚历克斯·史密斯紧随弗朗西斯之后出发，之后，路易斯·特利尔开始为争取美国移民庇护开球。又两组之后，弗朗西斯的老朋友约翰·安德森踏上征程，10 点 55 分，周四上午最后一位吸睛王，泰德·瑞走上发球台。泰德看上去紧张不安，完全没有像周三创纪录的第二轮中，表现得那般自信。在诺斯克列夫勋爵的催促下，伯纳德·达尔文舍弃瓦登，返回来观看瑞上午的比赛。泰德与达尔文并肩走在围绳内球道上，吐露了实情，他度过了一个不可名状的不眠之夜。

"我担心我昨天把好球都打光了。"他说。

"你还会打出好球的。"达尔文说。

"不，我状态不好。"

但事实并非如此，在充满考验的马球场 1 号洞泰德轻松打出标准杆，但紧接着他接连吞下两个柏忌。这时，每一个观看比赛的人都清楚，泰德对 1 号木的一贯信任，已黯然消逝，发球木是他整场比赛的万能钥匙。他开出的球全都顽固地拒绝停在球道上，上午一轮变成一场紧张又艰难的考验，他需要靠娴熟的救球功力来弥补发球造成的损失。在找回挥杆状态前，泰德努力使自己沉住气，争取稳定成绩。

当泰德到达第一洞果岭时，小威尔弗雷德·里德已经快打完后九洞。里德上半场表现一如昨天第二场资格赛中那般稳健，无懈可击，转场时，他交出平标准杆成绩——38 杆。凭借职业生涯中从未有过的坚韧和决心，里德在后九洞持续完美发挥。偶然失手后，他力挽狂澜，连续打出五个标准杆止血，以 37 杆结束后九洞，周四上午率先登场并最早离场的威尔弗雷德·里德，最终以 75 杆的优异成绩确立首轮比赛领先优势。

两组之后，首匹黑马冲过终点线，沃尔特·黑根在后九洞打出令人激动的平标准杆成绩——三只小鸟、三个标准杆、三个柏忌，以 73 杆的总成绩领先里德两杆。当他走下结束洞果岭时，记者们抛下里德，蜂拥首轮比赛的新领跑者。黑根搬出他应对任何陌生状况的秘诀，似乎一切他都已经经历过，记者们很快发现，这位来自罗彻斯特的年轻人像罗马的蒂沃利喷泉一样，可以滔滔不绝地引经据典。

你是怎样在这么困难的球场上，打出这么出色的一轮的？哥们，今天不就是球场和我拼个输赢吗？球场就在那儿，我把宝押在自己身上。你今天的成绩有运气成分吗？嘿！要是没有的话，球手都得输。运气，再加上上帝的帮助，搁谁都无敌。

结果，整个上午黑根接受采访的时间最长，沃尔特·黑根终于成了聚光灯追逐的对象，但依旧没有一位赛事记者写对他的名字。

当天表现差强人意的第一批球员铩羽而归。美国比洞赛之王杰里·特拉弗斯磕磕绊绊地打出 78 杆，他的 1 号木就像密西西比三角洲蓝调里的任性情人般，又一次不出所料地抛弃了他。将球开进密林后，杰里终于在后九洞亮出发球铁杆。最终靠保住几个远距离的上坡推，才不至于打爆。虽然他身着体面的花园大道行头，但看上去疲惫不堪。走下 18 号洞果岭时，面对里三层外三层的记者，他勇敢地试图微笑。当被问及能在花园城轻松得胜，却折戟于乡村俱乐部的原因时，杰里礼貌地直击问题："这球场难多了。"

接下来是汤姆·瓦登，他打出 85 杆，彻底退出冠军争夺战。多年来，汤姆和他哥哥一样，也成了高坛时尚分子。对于他，记者们最友善的评价是，当打完比赛，走进媒体中心的帐篷时，他看上去依旧神采奕奕。在简短的采访过程中，他始终面带微笑。记者们更关心的是他对哥哥的胜算有何想法，没有多少问题是针对他的，但他愉快地回答了每一个问题。汤姆·瓦登还是那个汤姆·瓦登，比赛首轮他就自动出局了，但能参与其中，他已经很高兴。

转场时，哈里·瓦登交出不尽如人意的 39 杆，他从身后爆发出的欢呼声中知道，约翰·麦克德墨正在向他逼近，约翰七洞成绩 27 杆，领先瓦登三杆。哈里不时地回头看一眼，瞥见麦克德墨在家乡球迷的支持声中，昂首阔步向前迈进，同时，哈里也瞥见诺斯克列夫勋爵忧心忡忡的目光。他仿佛在说："来吧，哈里，是时候该行动了！"对此，哈里报以瓦登式微笑，那笑容如同一次坚定有力的握手般令人安心。

"无须担心！"

早餐时，哈里就对泰德·瑞预言，麦克德墨一上场就会努力，早早地发起冲刺。忘掉他在晋级赛中的表现吧，这个来自费城的小子天生就是领跑者。哈里在肖尼与他同组时就看出他的这一特点，他知道只要他在前面一组，麦克德墨就会全力出击。

个性极度克制的哈里，看上去似乎完全沉浸在自己的高球王国，仿佛不知道对手在做什么，但比赛中没有人比他更清楚对手的情况以及该如何应对。麦克德墨属于单速短跑型运动员，凭借一上场就猛冲，获得领先，制造威胁。在哈里看来，这样的选手一旦被击垮，将难以翻盘。哈里知道，麦克德墨一上午派出了一个排的年轻侦察兵，随时向他汇报哈里的战绩，暴露出他的焦虑不安。他们即将要打的九个洞将证明哈里多么富有远见。三周前，他故意让麦克德墨赢得肖尼公开赛，是有原因的，可以让麦克德墨自我膨胀起来。诚如哈里设想，麦克德墨不自觉地陷入圈套，一上场就发起冲刺。能将比赛中最危险的对手置于身后，哈里再高兴不过。步上第十洞发球台时，哈里确信是时候出手了，让这个年轻的美国冠军看看他到底在对付谁。

哈里具备一种独特的能力，使他与世界上其他球员区别开来：当夺冠的压力开始陡增时，他能更深入地发掘潜力，挖出真金白银。通过打练习轮，他已经计算出乡村俱乐部的后九洞不仅比前九洞至少轻松三杆，而且更适合他的球路，是时候开始打他自己的第一轮了。哈里先在 10 号洞打出标准杆，然后在 11 号洞成功抓鸟，接着在后半场最难的三个洞连续保帕。他看见孩子们在他打完每一个洞后，跑去向麦克德墨通风报信。在走向第 15 号洞发球台时，他从兴奋的诺斯克列夫勋爵那里得知，美国冠军开始崩盘了，先在 10 号洞三推，后在 11 号洞吞下双柏忌。哈里手感持续火热，在 15 号洞再抓一鸟，麦克德墨则连连失手，刚保帕，就又吞柏忌，接着吞下双柏忌。

哈里抵达最后一洞发球台时，麦克德墨的领先优势已经从六杆缩小至两杆，是时候发起最后冲击了！正当哈里移步上前准备用 1 号木开球时，一群鸡跑上了发球台，它们有可能来自街对面威梅特家的鸡舍。哈里停下来，摘下帽子，弯下腰挥帽示意它们通过，轻松自然的反应引得观众们笑开怀。哈里等待的时候，农场长大的同组搭档汤姆·博纳尔把鸡群赶下了发球台。现场清理完毕后，哈里在 18 号洞开出漂亮一球，攻果岭一杆将小球直送至距洞杯 20 英尺的下坡处。哈里摆好推击线，大力一推，然后眼看着小球一头扎进洞里，成功抓鸟。观众沸腾了，朝他涌来，哈里立刻走上前去，举起双手制止他们。时刻铭记体育精神，他知道这个上午博纳尔在默默比赛时，面对的是职业生涯中最为庞大的一支观众队伍，现在他还要完成一个两英尺推以结束这一轮。等博纳尔推球入洞，哈里才让观众恢复鼓掌。博纳尔交出 86 杆，提前出局，他在这届美国公开赛上的最终成绩是倒数第二名。上午的比赛中，哈里在后九洞打出 36 杆，追平黑根后九洞的佳绩，同时以总杆数 75 杆，追平自己在资格赛中的最佳成绩，与威尔弗雷德·里德并列第二，仅次于自命不凡的黑根。

麦克德墨紧跟在哈里后面,挣扎着打完后九洞,现在他已经精疲力竭,面目狰狞。在结束洞推进 15 英尺保帕推,麦克德墨得以 38 杆结束后九洞,总成绩 74 杆,滑落至第二名,领先哈里和里德一杆。但他为前九洞取得 36 杆的佳绩付出了劳心伤神的代价。麦克德墨特意绕开记者帐篷,逃向更衣室避难,路过一群记者时,也只对他们接二连三的提问作了简短的回答。哈里在记者帐篷外大方地接受采访,同时密切注视着麦克德墨撤退,只见他紧绷的脸上写满痛苦与困惑。

眼瞅着麦克德墨一步步走入自己设下的局,哈里露出招牌式笑容。

那天,除了对自己的比赛表现失望之外,麦克德墨神经质的不合群行为的背后,另有隐忧。这位偏执的美国冠军没有告诉任何人,包括与他住在一起的父母,在过去的几周里,他在股票市场上遭受了毁灭性的损失,过去两年的积蓄几乎全赔了进去。好不容易靠两年的职业成就摆脱贫困,结果发现自己又回到起点,为生存而挣扎。他亟需在美国公开赛上取得三连胜,个中缘由远比国家荣誉更实际。

当出场顺序居中的一批球员完成首轮比赛时,两名苏格兰移民选手脱颖而出。一位是来自遥远的苏格兰北部高地的石匠之子,32 岁的亚历克·罗斯,他和哥哥唐纳德于 1904 年移民美国。唐纳德曾是传奇的皇家多诺奇林克斯球场的职业球员兼园丁,也是老汤姆·莫里斯的门生。踏上职业球员之路后,亚历克很快取得成功,赢得 1907 年美国公开赛,但唐纳德则毫无建树,致使他早早放弃了球员生涯。高坛因此受益,唐纳德·罗斯后来成为美国最伟大的球场造型师,设计了 300 多座球场,其中包括赫赫有名的松树丛、因特拉臣和橡树山球场。他最早的设计作品之一,波士顿郊区的布雷伯恩乡村俱乐部,于 1910 年成为他弟弟亚历克·罗斯的东家及主场。周四上午,亚历克·罗斯在前九洞发挥中规中矩,打出 39 杆,但转场后的表现却令人大开眼界。在标准杆三杆的 10 号洞,他差点打出一杆进洞,最后推进几英寸短推抓到死鸟。在难度系数颇高的 11 号洞成功保帕后,他又成功攻上 415 码的 12 号洞果岭,灌进六英尺小鸟推。紧接着又在 13 号洞抓到第三只鸟,唯一的失误是在距离较短的 16 号洞吞下柏忌。最终,他在后九洞打出惊人的 32 杆,并以 71 杆的成绩从黑根手中夺得领先,追平乡村俱乐部四年来的最低杆数记录。

　　另一位是 22 岁的麦克唐纳德·史密斯，他紧随亚历克，以更稳定的发挥，交出同样出色的 71 杆。他是人才辈出的苏格兰卡奴斯蒂球员代表团中最年轻的一员，也是最后一个来到美国，在加利福尼亚开启职业生涯，最近刚搬到纽约韦斯切斯特。麦克唐纳德拥有像哈里·瓦登一样令人钦佩的完美挥杆，年纪轻轻就已受过大赛历练。1910 年美国公开赛，在与哥哥亚历克斯、约翰·麦克德墨的三人延长赛上，麦克唐纳德斩获第三名。从那时起，人们就预言麦克唐纳德会取得巨大成就，他在美国公开赛首轮比赛成绩榜上名列前茅，是意料之中的事。多年后，高尔夫运动的权威人士和终生学者，同时也是出色的业余球手平·克罗斯比，表达了他对麦克唐纳德的评价：麦克唐纳德·史密斯拥有史上最伟大的挥杆动作。

　　最后一批完赛的美国本土球员则名落孙山，波士顿人汤姆·麦克纳马拉决心在自己的地盘上，拾起过去几年一再错失的美国公开赛桂冠，首轮比赛前九洞，他发挥稳定，成绩出色。作为一名稳扎稳打的球员，汤姆总能在重大赛事中有所发挥，但遭遇到不少奇怪的事情。1909 年美国公开赛后九洞，他因中暑失去夺冠机会，并由此开启逢大赛运气就不好的魔咒。在星期二的资格赛中，他因球童违反奇怪的规则而受罚，本以为今年的霉运已清零，结果他错了。

　　在标准杆三杆的 10 号洞，汤姆用铁杆开出漂亮一球，小球直奔球杆位而去，落点距洞杯仅两英尺，但小球陷得太深，几乎埋进地里。你可能不信，但在 1913 年，美国高尔夫协会手册上还没有一条规则能帮他解脱困境，在接下来的 47 年里也不会有。汤姆操起马歇杆，像挖蛤蜊的工人一样，使出浑身解数把球挖了出来。就球位的难度而言，这一球救得可谓相当绝妙，他的球漂亮地落在洞杯下方 18 英寸处，但被厚厚的泥巴半包着。然而，允许拿起球清洁和替换的规则尚未出台，汤姆试图撞球入洞以保住标准杆，但泥浆的裹挟致使小球像走在人行道上的醉汉一样溜出了推击线。好好的一只小鸟球就这样不翼而飞，汤姆吞下柏忌。

　　如果麦克纳马拉还不能百分之百确定霉运又找上门了的话，那个名为少女的短四杆 13 号洞将令他最终接受现实。一记完美的开球后，汤姆用铁杆打出一记漂亮的高飞球，直攻旗杆位，小球重重地落在洞杯外不远处，留下一个深深的球印，然后快速旋转着向后移动了一英尺。麦克纳马拉给自己留下了一个笔直的三英尺上坡推，推进就能得鸟，但那个深深的击痕正不偏不倚地横亘于小球与洞杯之间，而且你猜着了，当时也没有规则允许他在推击前修补击痕。汤姆极富创意地决定切球跃过击痕，可惜没切进，最终打出标准杆而不是本应得到的死鸟。一系列不可思议的意外事故可能会击垮一个弱者，但汤姆稳住阵脚，以出色的发挥完成了上午的比赛，交出 73 杆，与沃尔特·黑根并列第三。如果在今天更人性化的规则下比赛的话，倒霉的汤姆·麦克纳马拉就能以 70 杆的成绩打破乡村俱乐部的最低杆数记录，获得单独领先。

在埃迪·洛厄里短暂的人生里，他总共看着弗朗西斯打了两轮完整的 18 洞，外加三分之一场球。有些打得不错，有些打得一般。今天的前三洞打得十分差劲，他第一次看到弗朗西斯发火。周四上午 11 点 30 分，从观众口口相传的小道消息得知，前面出发的球员中，打出的杆数比两天资格赛中的最佳成绩更低。埃迪意识到，如果弗朗西斯继续目前的糟糕表现，用不了多久，所有球员都会超过他，埃迪自己就得乖乖回西牛顿瀑布小学上课。于是他翻开有限的人生履历，企图寻找正确的建议。

"好了，我们现在得确定，弗朗西斯，"他说，"怎么做才能扭转局面？"

在每场大赛的每一轮竞技中，一旦球员发现自己身处绝境、无路可退时，要么改弦易辙，要么吻别机会。弗朗西斯·威梅特觉得自己已经背撞南墙，压根不必转身去看墙上的字，他现在的应对方式将决定他的余生。

弗朗西斯看着埃迪，笑了笑，说："我想我得想办法打好一些。"

"作为第一步，这就对了。"埃迪说。

当他们到达第四洞时，埃迪注意到弗朗西斯身上发生了变化。走向下一洞发球台时，他踮起了脚尖，空洞的眼神变得专注，迈向球座准备发球时，腰背更加挺直。这些变化很微妙，没留心观察的人是看不出来的，但影响深远。在埃迪眼中，弗朗西斯看起来完全变了一个人。

他开球绝杀，第二杆直取果岭，两推保帕，这是当天第一个帕，紧接着又在 5、6 号洞成功保帕。随着比赛节奏加快，他势头渐长，走路带风，脸上洋溢的笑容显示出决心。瓦登的箴言在耳畔回响，弗朗西斯丝毫没花精力与搭档卡尔·基弗交际。除了那句"别抬头"的口头禅外，埃迪再没跟他多说一句。他能感到，高度专注的弗朗西斯身边的气场，现在容不下任何别的东西。

　　弗朗西斯的挥杆还没有恢复到夏天轻松自如的最佳状态，但想要征服一座球场，除了恣意挥洒依靠天赋外，还应该有很多其他方法。为了熬过这个上午，他不得不像个蓝领磨工一样，为每一杆努力，每一次保帕都凝聚着汗水、求胜和坚忍不拔的努力。观众因此喜欢他，妹妹露易丝和弟弟雷蒙德整个上午跟在粉丝团里看他比赛。他们看着弗朗西斯在赛场上挥洒自如，感到眼界大开，激动不已，这是一种他们几乎无法理解的情愫。显然，他们认识了一辈子的朴实快乐的大男孩，另有一个神秘的英雄身份。他们周围的许多人，包括那些对高尔夫一无所知的人，都觉察到空气中有什么特别的东西在滋长。他们看着弗朗西斯在短三杆洞 7 号洞以扎实的开球和稳健的推击成功保帕，并同样轻取 8 号和 9 号洞，连连打出标准杆。转场时，他交出 41 杆，除了一开始浪费的三杆，后面六洞仅损失一杆。

　　即便在比赛中挣扎的时候，弗朗西斯依旧表现出了绝对的专注与沉着，就算他还没有恢复全部技能，至少看上去已经接近。瓦登打完比赛时，弗朗西斯刚来到 10 号洞发球台。当年轻的威梅特又打疯了的消息不胫而走时，那些渴望追随一位美国宠儿的人们纷纷走出会所。埃迪估计他们的粉丝从开始到现在至少增加了 300 人，但弗朗西斯并没有留意。

　　和场上的大多数球员一样，弗朗西斯节奏越快打得越好。那个时代盛行的球风与今天职业巡回赛上精心计算、缓慢的打法大相径庭。球员们走到球前，看一眼，估量一下自己的位置，然后挥杆击球。选杆更多靠直觉，很少依赖精确的距离计算，通常只是粗略的估算。他们相信自己的眼睛，而不是码数本。选手们很少从每一个能想到的角度来分析要怎么推击。1913 年美国公开赛每轮平均持续三个半小时，像泰德·瑞那样的急性子三个小时不到就完赛了。

　　后九洞，弗朗西斯继续稳扎稳打。在标准杆五杆的 14 号洞抓鸟，成功弥补了一开始损失的一杆，但很快又丢了一杆。在标准杆三杆的 16 号洞，他的开球击中前方沙坑的上壁，用了两杆才攻上果岭，然后又遭遇两推，打出四杆，吞下柏忌，这是他在后半场唯一一次失误。大步走向 17 号洞发球台时，弗朗西斯并没有自责，而是做了几次深呼吸。他们停下来等待球道清空时，埃迪注意到弗朗西斯透过一排山毛榉树，凝视着克莱德街对面的家。无论弗朗西斯看到了什么，想到了什么，他似乎又感受到努力赚钱养家的使命感。

弗朗西斯一声不吭地把球击过守卫左狗腿的沙坑，留下短铁就能攻上果岭的距离。在许多人看来，这是球场上最难的地方，但是他两推保帕。还剩一洞待打，弗朗西斯踏上 18 号洞发球台时，发现观众之多前所未见，人群沿着球道一路排到果岭。

"人可真多啊！"埃迪感慨道。

弗朗西斯压根没看观众一眼，径自用 1 号木将小球开上球道，第二杆直取果岭，然后两推打出四杆。人群向他致意，弗朗西斯如释重负，沉浸在欢呼之中。第一次参加美国公开赛，在开局不利的情况下，弗朗西斯在最后 15 个洞打出平标准杆成绩，总杆数 77 杆，在当天上午参赛的 23 名业余选手中排名第二，以两杆之差落后来自纽约的弗雷德·赫雷肖夫。弗朗西斯仍然落后领先者六杆，但保住了冲击领先的机会。

弗朗西斯到美国高尔夫协会的帐篷里，提交了自己的记分卡。之后不久，法国人路易斯·特利尔离实现自己的美国梦又进了一步。这位身材矮小的法国人采取了其大舅子威尔弗雷德·里德喜欢的谨慎击球风格，在短小精悍的美国公开赛赛场上相当适用，他由此受益，首轮打出 76 杆。离开球场后，他继续为移民努力。特利尔聪明、讨人喜欢的性格，已经为他在乡村俱乐部的精英中赢得了不少粉丝，梦想不再遥不可及。

第一轮比赛接近尾声，麦克德墨、麦克纳马拉、麦克·史密斯、亚历克·罗斯、沃尔特·黑根和弗朗西斯·威梅特的努力，给美国队带来了新希望。交出 74 杆佳绩的"长打王"吉姆·巴恩斯、75 杆的 1909 年美国公开赛冠军乔治·萨金特，以及打出 72 杆、名不见经传的本土球员杰克·克罗克，都为美国队增加了后备力量。下午 1 点，威尔弗雷德·里德再次踏上发球台，开始当天的第二轮比赛，所有的目光都转向了首轮表现最亮眼的英国球员。

同时，人们很快找到了美国球员依然有机会的理由。

泰德·瑞早前向达尔文说，他在前一天已经把所有的好球都打完了，这个预言现在成了现实。开球和推击连连失误，打出了在波士顿逗留期间最糟糕的一轮。比赛表现和自身情绪双双失控后，大个子一贯的好心情变得糟糕。高温困扰着他，上杆时，无能的巡场通过扩音器大喊大叫，吵吵嚷嚷的美国队球迷令人愤怒，与他同组的移民球员慢腾腾的打球节奏，加剧了所有的不快。当他在 9 号洞吞下双柏忌，在 11 号洞错失三英尺推，又在 12 号洞错失两英尺推时，这个泽西岛男人气得七窍生烟。15 号洞丢掉了轻松的抓鸟机会，16 号洞吞下柏忌，最后两洞勉强保帕。泰德没有像周三比赛结束后那样与观众打成一片，而是气冲冲地离开 18 洞果岭，回更衣室擦干汗水，然后在球员免费的小食摊上抓了一瓶啤酒和一个三明治。一位获得采访机会的记者急切地想了解他的赛况，没想到泰德勃然大怒，咆哮道，他不愿重提自己刚刚的经历。"木已成舟。"他说，吓得记者退避三舍。另一位记者在泰德离开更衣室时抓住了他，并不识时务地告诉他，他目前的成绩落后领先者八杆。

"那我现在只能打出 70 杆来弥补了，是吗？"泰德说，"也许当球不愿去我想去的地方时，我应该向它鞠躬，用这种方式赢回尊重。你觉得呢？"

记者顿时语塞，人都蔫了，匆忙撤退。正要上前去采访泰德的伯纳德·达尔文刚好撞见这一幕，立马嗅到危险信号，知道得给他点空间，便赶紧改道朝一个卖柠檬水的食摊走去。对泰德寄予厚望的诺斯克列夫勋爵在附近徘徊，心急火燎，想给自己灰心丧气的明星球员打打气，出出主意，最终也选择不当勇夫，让泰德自己静静。

上午的最后一位选手是 34 岁英籍职业球员赫伯特·斯特朗，来自纽约州远罗克韦尔市英伍德乡村俱乐部。由于晋级人数是奇数，斯特朗不得不独自下场，直到下午 3 点前才打完首轮。斯特朗以 75 杆的成绩给乡村俱乐部的美国球员敲响了一记警钟。美国球员三巨头中最后一位的迈克·布雷迪，未能敲响同伴的应战钟声，交出了一塌糊涂的 83 杆。

截至目前，美国球员满心欢喜，他们占据了领先榜，英国挑战者遥无影踪，直到里德和瓦登现身，排名并列第七。泰德·瑞并列第 29 名，名次靠后，很可能已经丧失争冠机会。乡村俱乐部的每个人心中，都激荡着爱国热忱，昨晚还看似不可能实现的目标，现在却令人震惊地唾手可得。在第二轮比赛开始前，美国球员在更衣室里挤作一团，悄悄地互相祝贺。弗朗西斯露出灿烂笑容，欣喜地发现队友们都觉得他扳回了一局。黑根像社交活动上的市议员一样，在房间里煽动士气，给每个人打气，鼓励他们下午再创佳绩，继续向英国球员施压。就连沮丧的约翰·麦克德墨也兴奋起来，他悄悄对别人说，肖尼一役有可能重演，美国佬的期望达到了至高点。

梦想很快被现实取代。到了晚上，乡村俱乐部更衣室里下午高涨的情绪将成为遥远的记忆，威尔弗雷德·里德给美国队的前景泼了第一盆冷水。当大多数人还在更衣室里庆贺时，里德已经回到场上，再次踏上争冠之旅。本周初，这位被视作花花公子，目光呆滞的小个子男人，在周四下午表现得出人意料的神勇。那天晚上，诺斯克列夫勋爵听说里德的成功后，抓住伯纳德·达尔文说："英格兰有威尔弗雷德在场上真他妈太幸运了。"达尔文决定不向老板透露里德的私人计划：他纯粹是在为个人而不是国家荣誉作战，如果他真的取得胜利，奖杯很可能和他一起留在美国。

在周四的两轮比赛中，里德完美地扮演了兔子的角色，在比赛开始不久就取得领先，并打出了考验后来者决心的成绩。他从来都算不上是距离型选手，里德清楚自己的不足和开球之后的发挥空间，依靠精准的短杆弥补自身缺点。推进六个 10 英尺以上的长推，使里德摆脱了麻烦，整个下午他没有错过一个短推，换句话说，他遵循了当今人们所熟悉的现代美国公开赛决胜模式。威尔弗雷德·里德以缓慢的节奏稳扎稳打，交出低于标准杆两杆的 72 杆（36-36），正赛首日总成绩 147 杆，创造了其他人必须奋起直追的佳绩。

除了少数几个明显的例外，体育运动中最丑陋的一个词，概括了美国人周四下午的集体表现——溃不成军。鉴于这项运动固有的难度再加上大赛的考验，参加大赛的选手在四轮比赛中，毫无例外会有一场表现平平。周四中午，乡村俱乐部里没有一个人会打赌说，在他们最坏的想象中，几乎所有美国参赛者会在同一个下午打出最糟糕的一轮。原因很难解释，但可能是群体心理在起作用。过早的成功，剥夺了美国本土球员的勇气，他们似乎更愿意扮演失败者的角色。在首日第二轮，他们好像知道自己不应该领先，像商店扒手被当场抓住，一个接一个地将领先优势悉数奉还。

前九洞接近尾声时，沃尔特·黑根信心不足，异乎寻常的率先失手。在520 码的 9 号洞，一记漂亮的开球后，黑根本有机会两杆攻果岭，但他选择先缓攻一杆，结果将球打进树林，最终打出六杆，吞下柏忌，以高于标准杆一杆的成绩完成前九。自我怀疑的种子已埋进他心里，进入后九洞，虽说没有遭遇任何明显的精神崩溃，但他的信心如同刺破的血管，血流不止。结果因一连串失误频吞柏忌，交出 40 杆，高于标准杆四杆。继上午第一轮交出73 杆的佳绩后，黑根打出差强人意的 78 杆，落后威尔弗雷德·里德四杆。外表看起来吊儿郎当，黑根内心却斗志如钢，虽身处职业生涯的早期，但他的字典里从来就没有第二的字眼。面对媒体，为自己差强人意的表现作了一番故作轻松的解释之后（哥们，球场还是那个球场，我们明天再对付他们），黑根退回更衣室，差点用拳头打穿一堵墙。

天气的变化使考验进一步升级。下午气温逐渐升高，湿度也随着水银柱的上升稳步增加，空气变得紧张而压抑，第二轮比赛变成了体力和勇气的拼搏。全美业余赛冠军杰里·特拉弗斯，带着死刑犯面对绞刑架时的急切心情，开始了连续第二场 18 洞比杆赛。虽然杰里再次得到大批狂热和忠诚粉丝的围观，但他在下午的比赛中运气不佳，最终打出与首轮同样平庸的 78 杆。美国公开赛刚进行到第二轮，早期人气最旺的本土选手已落后威尔弗雷德·里德九杆。

上午美国队异军突起、表现最抢眼的三位选手同样折戟第二轮。麦克·史密斯打爆了，前九洞交出可怕的 44 杆。转场后，他终于回过神来，以35 杆完美地结束后九洞，两轮成绩 71-79，总杆 150，落后里德三杆。无独有偶，亚历克·罗斯比史密斯还多打一杆，前九洞 45 杆，后九洞 35 杆，总杆 80，落后里德四杆。不足为奇的是，星期四上午出人意料地打出 72 杆的无名小卒杰克·克罗克，在下午的比赛中原形毕露，交出 83 杆，自此退出观众视野。周四下午第二轮比赛进行到一半时，首轮脱颖而出的美国选手中，已有半数跌落领先榜。

夹在这三个美国人中间，哈里·瓦登在场上度过了一个寻常的美好下午。他太老练了，他不相信人们一直书写或传说的任何溢美之词，对于他即将玩完的预言，哈里更是无动于衷。在这项名为高尔夫的体育赛事上，奖杯和奖金将在第四轮，而不是第一轮比赛后决出。哈里转为职业球员时，大多数美国球员还是穿着短裤的学生。尽管在后九洞错失两个三英尺推，哈里仍以一贯的泰然自若和奥林匹亚风格，交出 72 杆（37-35）。这一天结束时，他凭借 147 杆的总成绩超过六个美国人，与威尔弗雷德·里德并驾齐驱，获得半程比赛领先。

同一天第二次跟在哈里后面一组出发，对年轻的约翰·麦克德墨产生了截然不同的影响。那天早上，哈里领先麦克德墨开球，面对后者最厉害的一拳，丝毫没有退缩。麦克德墨开始第二轮比赛时，只比对手领先一杆，他似乎意识到，自己惯用的突然袭击和恃强凌弱的打法已经不管用了。哈里·瓦登已经不是三周前在肖尼被他打败的那个哈里·瓦登。随着周四下午比赛的进行，形势逐渐明朗，麦克德墨显然没有备份的应对计划。

前四洞打平标准杆后，在标准杆四杆的 5 号洞，麦克德墨以两杆攻上果岭，落点距离旗杆位 15 英尺，结果却推出四推，最后两推浪费在一英尺内的短推上。从这时起，麦克德墨开始一路骂骂咧咧，他并不是针对哈里、英国人乃至整个世界，而是把怒火发泄在自己身上。重压之下，没人指望他能带着如此不稳定的情绪，打好一场高规格比赛。眼瞅着败局将定，麦克德墨觉得有必要冒险一搏，但冒险并没有获得预期的回报，他越发恼火，进而影响了他的判断力。他在发球失误后对自己咆哮，把球杆砸向地面，甚至将一支杆砸向了一棵树，任何能让他更加烦躁不安的事情，都可能随时发生。他开球偏离球道，推击又没有推进，连连吞下柏忌，交出难看的 79 杆，落后瓦登和里德六杆。

走下第 18 号洞果岭，心力交瘁的麦克德墨瞥见穿戴整齐、仪态优雅的哈里手握烟斗，在记者帐篷附近回答一群记者的提问。看到这一幕，麦克德墨径自撤回更衣室，断然拒绝接受当天的第二次采访，甚至不和其他球员说话。他在自己的储物柜前瘫坐了半个小时，一动没动，双手紧抱着额头，好像在试图阻止不可思议的东西从脑壳里蹦出来。很快，麦克德默离开了乡村俱乐部，回到波士顿旅馆，压根没向任何人再提这一天比赛。

再一次交出令人汗颜的 78 杆后，业余赛冠军杰里·特拉弗斯疲惫不堪地回到会所。两轮过后落后领先者九杆，虽然争冠机会尚存，但特拉弗斯已经知道，本周自己的挥杆不在状态，夺冠希望渺茫。马萨诸塞州顶级职业球员迈克·布雷迪在第二轮比赛中勇猛地杀了回来，打出 74 杆，落后领先者10 杆，重返冠军争夺外围梯队。一路蹿升的布雷迪超过同乡汤姆·麦克纳马拉，麦克纳马拉霉运缠身，状态急速下滑，最终以灾难性的 86 杆终结冠军梦。不久之后，唯一一位突围成功的美国职业选手、"长打王"吉姆·巴恩斯打出 76 杆，与麦克·史密斯并列第二，向人们展示了他在未来几年将获得冠军的潜质。乔治·萨金特也打出 76 杆，仅落后巴恩斯和史密斯一杆，与亚历克·罗斯并列第三。

这一天结束时，弗朗西斯的两位好友，同样来自马萨诸塞州的业余选手施密特和安德森，双双梦碎球场。第二轮后，海因里希·施密特落后领先者19 杆，在剩下的时间里，施密特将全职履行他的记者职责。安德森尽管轻松打进了决赛，但第二轮过后落后领先者 13 杆，最终因新闻报道工作的需要作出了退赛决定。当安德森意识到自己获胜的几率不大时，身为新闻工作者的直觉告诉他，比赛可能有大事要发生，值得他高度关注。在弗朗西斯·威梅特后面两组比赛时，安德森看到他的年轻朋友打出了十分出色的一轮。

下午 3 点刚过，在更衣室午餐后，弗朗西斯回到 1 号洞发球台。会所还没有公布第二轮的比赛成绩，他和埃迪离开时，对前面出发的美国球员发挥不佳的情况尚不知情，弗朗西斯一心只想避免重蹈早晨一上场就失手的覆辙。当他走到球前，感到那种轻松自如、视野清晰的状态又回来了。试挥时，他已经看准了进攻的方向，球准确地落在了他想要的位置，偏差不到一英尺。

这就对了，弗朗西斯心想。

他会在这一轮打出 72 杆，埃迪心想。

这才是弗朗西斯啊！那个在夏天迅速成长起来的弗朗西斯，那个决胜沃拉斯顿，最终赢得马萨诸塞州业余赛冠军的弗朗西斯，那个在花园城与特拉弗斯激烈交锋的弗朗西斯。他一上场，就在马球场洞成功抓鸟，并在 2 号洞轻松保帕，然后接连在第三和第四洞抓鸟。前四洞，他的表现比首轮进步了六杆，但他并没有就此止步。接下来的四洞，他打出高于标准杆一杆的成绩，然后以一只小鸟球结束了危险丛丛的前九洞，打出低于标准杆两杆的 36 杆。技惊四座！

"这孩子有戏。"当弗朗西斯在9号洞推进10英尺小鸟推时，埃迪听到观众里有人说。

"当然啦！"埃迪低声说。

率先出发的球员结束一天的比赛后，他们的球童没有像往常那样，回球童小屋喝饮料小憩，而是冲到后九洞，加入弗朗西斯的粉丝团。乡村俱乐部的男孩们集体出动，他们几乎全是他以前的同事，也是场上最懂球的球迷。每当弗朗西斯持续出现鼓舞人心的表现，他们会带头欢呼。对于一群苦苦挣扎的蓝领工人阶级子弟和毫无背景的年轻人来说，弗朗西斯的追求不仅仅意味着梦想成真，历史上第一次，他们中的一员在全国锦标赛上表现抢眼。这些球童对弗朗西斯同样重要，他知道街对面球童生活多么黯淡无望，身处这项运动的最低层，经常遭受主人虐待，经历有如牲畜。尽管他们夸夸其谈，做着不切实际的梦想，但他们大多数出身贫寒，前途渺茫，如果弗朗西斯能在比赛中有所斩获，也许能让他们相信，只要你足够努力就能找到出路。弗朗西斯是希望的化身，他像花衣魔笛手般骄傲地带领着他的信众征战后九洞，他以高于标准杆一杆的成绩拿下最具挑战的12至15号洞。来到全场最容易的短三杆16号洞时，弗朗西斯仅落后瓦登和里德两杆，这是过去两个小时里，这是美国人取得的最接近英国领先者的成绩。

第16号洞克莱德，位于克莱德街入口附近的一角，发球台背对会所。长125码，标准杆三杆，是全场难度最小的一洞。果岭右前侧有一个大沙坑守护着前置旗杆位，但今天的洞杯被设置在最容易进攻的左侧中间位置。唯一的挑战在果岭之外，界外桩距离果岭仅一步之遥。等待前面一组完成推击时，弗朗西斯注意到他的弟弟妹妹也来看比赛了，他们在叫他、鼓励他。站上发球台时，他的视线越过果岭，透过右边的山毛榉树，转向他家的房子。一个不太舒服的景象引起了他的注意，200码外的街对面，父亲下班回家了，他正站在门廊上，转身朝16号洞望着。弗朗西斯不能肯定父亲是否能看见他，因为离得太远，他也看不到他脸上的表情。不管它了。埃迪没有看到亚瑟，也不知道他不支持弗朗西斯打球，但他注意到弗朗西斯的眼神变得呆滞。此时太阳躲进了云层后面，弗朗西斯的注意力变得涣散，埃迪从球包里抽出马歇杆递给他。

"盯住球，"埃迪说，"我来看球。"

弗朗西斯花了比平时更长的时间准备开球。在埃迪看来，他挥杆前的步法和节奏看起来严重脱节，很不协调。弗朗西斯停顿了一下，低头看着手里的球杆，好像在质疑自己的选择，然后击球，注意力显然不够集中。球开始飞得很高，有那么一小会，它看似要轻轻落在果岭前部，但接着，就像他那天早上的开球一样，球击中沙坑隆起的前壁一角，直接嵌入沙坑里，几乎看不见。

弗朗西斯审视着球的落点，专门用来顺畅地击打沙坑球的挖起杆在 20 年之后才问世，要解救这样的沙坑球，唯一的办法就是操起马歇杆，闭合杆面，用力砸向小球，然后祈祷它弹出来，结果是球往往几乎无法控制。弗朗西斯试了试这个办法，球确实从陷坑里跳了出来，但击中了沙坑的上沿壁，又滚回了沙坑。现在，他拼命想要把球打到洞杯附近，救回柏忌，于是他打开马歇杆的杆面，把它放平，然后在离球两英寸远的沙地上用传统的砸击法猛击下去。球飞出沙坑，但飞得过高，落在离洞杯 12 英尺的地方。弗朗西斯花了很长时间瞄推击线，但还是没有推进，打出五杆，吞下双柏忌，落后领先者四杆。

"过去了，忘了它吧！"走向下一洞发球台时，埃迪对弗朗西斯说。

"没错。"弗朗西斯说。

"还有两个洞，"埃迪说，"冠军收尾都很强劲。"他在什么地方读到过这句话。

"一杆一杆地打，埃迪。"弗朗西斯说。

"没错！"埃迪边说边把 1 号木掘出来。

弗朗西斯克制住了再次看他家房子的冲动，现在是第 17 号洞，离他家更近了，他试图找到挥杆状态：想想，弗朗西斯，想想，当情绪失控时，你会做什么？你会关注什么？

我比场上任何人都了解这个球场。我知道每一洞的正确打法。我知道球道的起伏，知道风穿过树林时玩的把戏。从四岁起，我就从卧室窗户观看这个洞。

"发球木。"弗朗西斯说。

埃迪把早已握在手里的 1 号木递给他。

"瞄右，远离障碍。"弗朗西斯说。

"说得不错。"埃迪说。

在发球台上试挥时，弗朗西斯放慢了挥杆速度，然后把球准确地开上球道右中央，避开了保护狗腿的大沙坑。他们走到球前，发现落点不错，距离果岭 170 码。

他们朝果岭方向看了看。"马歇。"弗朗西斯说。

"把球打到洞的下坡位置。"埃迪说。

弗朗西斯站在球旁，在脑子里过了一遍下一杆的打法，然后将它付诸实践。一记扎实的长铁，略微打短，小球落地后向果岭滚去，最终正好停在果岭的下坡处。为防止出现第一推过洞，留下尴尬下坡推的情况，他故意推短了些，然后敲球入洞，成功保帕，引得粉丝高声欢呼。在标准杆四杆的 18 号洞，弗朗西斯继续贯彻这种稳妥的打法，稳稳当当又收获一个帕，粉丝欢呼着涌向他。弗朗西斯以平标准杆成绩（74 杆）结束第二轮比赛，并以总杆 151 杆，与亚历克·罗斯、沃尔特·黑根和乔治·萨金特并列第五名。

"对不起，埃迪，"人群散去后，弗朗西斯说，"如果我没在 16 号洞失手的话，就能如你所言，打出 72 杆了。"

"别担心，"埃迪说，"明天，我们还有机会。"

场上剩下的几名选手中，法国人路易斯·特利尔打出与上午一样的 76 杆，保住了法国和他自己的希望。特利尔在第二轮中的强劲表现，依旧没有引起人们的关注。几个小时里，欢呼声、哀叹声不断从他身后的树林里传出，听见响动的观众都被吸引了过去，一场好戏正在上演。特利尔后面三组，大炮手泰德·瑞整个下午在场上所向披靡。

在两轮比赛的间歇发飙一小时后，泰德怒气冲冲地走回 1 号洞发球台，满脸愠色，烟斗冒着热气，他用 1 号木开球击穿球道后，沿球道出发。有人估计他身后的观众足有 6000 人。像一位疯狂的幻想家带领着队伍前往乐土，泰德眼中燃烧着斗志，好像要摘下手套，一拳直击乡村俱乐部的颜面。他用两杆攻上马球场洞果岭，然后以两推完成，成功抓鸟。在相对友好的第二洞，泰德差点开球上果岭，简单一切，然后推进 30 英尺小鸟推。在 6 号洞，他将小球从果岭环上直接切进洞，抓到第二轮的第三只鸟。在 7 号洞，因差之毫厘的一推，错失第四只小鸟。转场时，泰德·瑞以六个帕、三只鸟、总计 35 杆的成绩，刷新乡村俱乐部球场 20 年历史上前九洞的最低杆数记录。

随着消息在乡村俱乐部传开，观众们纷纷抛下其他球员，跑去看大块头的泽西岛男人到底如何应对美国公开赛，他们没有失望。泰德先后在 10 和 11 号洞成功保帕后，来到 415 码的第 12 号洞，用 1 号木开球，只见小球如火箭冲天般飞过人群、狗腿转弯处、沙坑和树林，径自落到球道中央，落点距离果岭仅 110 码。用尼布列克直取旗杆位后，留下 10 英尺推。泰德走到球前，快速看了一眼，轻轻松松推球入洞，成功擒鹰。

人群骚动，议论纷纷：泰德看似有望打破球场的最低 71 杆记录，他甚至有可能打出 6 字头，那可是前所未闻的大新闻！在征服球场的过程中，泰德不仅重拾球技，连幽默感也失而复得。每有可推进的球悬在洞边，拒绝落袋时，他就会像他在两轮之间不无讽刺地对记者所说的那样，摘下帽子，向球鞠躬。他打得这么精彩，这事也就发生过两回，但每回观众都为之疯狂。当泰德到达 13 号洞发球台时，哈里·瓦登走来，加入诺斯克列夫勋爵和伯纳德·达尔文，一起看他比赛。看到泰德开球绝杀，火力全开时，哈里淡定地说了一句："泰德醒了。"

他会打破纪录吗？在 13 号洞成功保帕，然后在短五杆 14 号洞开出威力十足的一球，攻果岭一杆略微打短，一切后，小球蹦蹦跳跳地滚过果岭，接着在果岭上遭遇一上一下两推，成功保帕。在 15 号洞，他又一次获得抓鸟机会，但 20 英尺小鸟推被推过洞四英尺，回推一杆错失洞杯，这是他整个下午第一次也是唯一一次失误。泰德没有发怒，而是再次摘下帽子，又对着球假装敬礼，然后敲球入洞吞下柏忌，赢得当天最热烈的掌声。还有三洞待打，泰德需要再打一只鸟才能破 70 杆。再经两次保帕后，第十八洞，他又迎来抓鸟机会。

410 码的结束洞，球道边的围绳外挤满观众。一记经典的开球后，泰德精准地直击果岭，留下五英尺上坡推，这是一个可以破纪录（69 杆）的绝佳位置。观众沸腾了！会员们挤在俱乐部的门廊和阳台上，俯视着结束洞。人群向前涌动，把果岭围得水泄不通。泰德让同组搭档先推完，然后花了将近一分钟查看推击线，一分钟对他来说却像是永远，他站好位，最终把球推了出去。小球冲右奔洞口而去，最后摇摇晃晃地擦洞而过，悬在洞杯壁上。泰德耐心地等着球落袋，但它没有，最终他气恼地将它敲了进去。

顶着美国公开赛的压力，泰德·瑞全力以赴，成功打破乡村俱乐部最低杆数记录，从差强人意的第29名一跃成为单独第二，仅落后哈里和威尔弗雷德·里德两杆。如果说哈里的座右铭是"永不绝望"的话，那么，泰德的座右铭则可以用"永不满足"来形容。事后接受采访时，泰德只愿谈论上午的糟糕表现以及最后错失小鸟推，没能破70杆的遗憾。像往常一样，他清楚地知道自己的比分在比赛中所占的位置。他向那天下午表现大跳水、灰心丧气的美国人，展示了赢得这项或任何一项大赛冠军奖杯所需要的付出。可惜，大多数完赛的球员已经离开球场，他们错过了这一课。在会所看了泰德在场上的最后一推以及他的反响，弗朗西斯和约翰·安德森立刻领会了这一球的意义。

"因为打出70杆，"弗朗西斯说，"他在生自己的气。"

"真是个不同寻常的球手。"安德森说。

"打败他可不容易。"特拉弗斯说。

"就我所见到的，杰里，"弗朗西斯说，"根本不可能容易。"

前美国业余赛冠军弗雷德·赫雷肖夫紧随泰德之后，交出78杆，以153杆的总成绩结束当天的比赛，这样一来，弗朗西斯就成了场上杆数最低的业余选手。五分钟后，一个孤独的身影出现了，大波士顿地区没有一个人注意到他。来自纽约英伍德乡村俱乐部的赫伯特·斯特朗，再次垫底，独自比赛。继上午打出75杆之后，斯特朗在下午的比赛中再接再厉，漂亮地交出平标准杆成绩74杆。当斯特朗把他的记分片交给记分员后，第一天的成绩表出来，张贴在会所外：

威尔弗雷德·里德	75-72-147
哈里·瓦登	75-72-147
爱德华（泰德）·瑞	79-70-149
赫伯特·斯特朗	75-74-149

麦克·史密斯	71-79-150
吉姆·巴恩斯	74-76-150
弗朗西斯·威梅特先生	77-74-151
亚历克·罗斯	71-80-151
乔治·萨金特	75-76-151
沃尔特·黑根	73-78-151
路易斯·特利尔	76-76-152
约翰·麦克德墨	74-79-153

　　在记分帐篷里，美国高尔夫协会主席罗伯特·沃特森和高级委员会成员宣布，他们决定在最后一天比赛前，再次调整参赛阵容。成绩超过标准杆 15 杆、排名十名之后的选手将被淘汰，无缘周五的比赛。晋级线和资格赛一样，总杆都卡在 165 杆。又有 12 人惨遭淘汰，另有六名成绩垫底者自动退出比赛，约翰·安德森是其中之一。周二开始的 169 人中，在比赛最后一天只有 49 人参加美国公开赛决赛。

　　虽然杰里·特拉弗斯、迈克·布雷迪、亚历克斯·史密斯和汤姆·麦克纳马拉幸存下来，但几乎没人指望他们能在决赛中翻盘。在私下的交流中，也没有多少球迷或记者，真正看好排名靠前、包括赫伯特·斯特朗到约翰·麦克德墨的任何一位美国球员。阵营分化已经明显，三个英国"入侵者"带着令人不寒而栗的必胜劲头登上顶峰。从美国人在排行榜上的迅速跌落来看，他们似乎已经把阵地拱手让给了外来者。

　　作为当天最后的官方行动，美国高尔夫协会宣布了周五最后两轮比赛中选手的随机配对。在周四的比赛中垫底出场的泰德·瑞将与迈克·布雷迪同组，周五 8 点 45 分率先出发。哈里被安排在第五组，9 点 05 分上场。紧随其后的是沃尔特·黑根，约翰·麦克德墨被分到第八组。巴恩斯、特利尔和里德居中，特利尔与汤姆·瓦登同组。麦克·史密斯和亚历克·罗斯搭档，将于 10 点 15 分开球。弗朗西斯再一次发现自己被排在靠后，他将和另一位竞争者、前美国公开赛冠军乔治·萨金特搭档，作为倒数第四组，于 11 点整出发。奇怪的是，赫伯特·斯特朗竟然再次抽中下下签，最后一个出发，连续第二天独自上阵，开球时间 11 点 15 分。

当弗朗西斯换好鞋，准备和埃迪一起走回家时，乡村俱乐部的一位资深会员在更衣室外找到他。

"祝贺你，弗朗西斯，"那人说，"你今天打得很棒，看你比赛很过瘾！"

"谢谢你，先生。"弗朗西斯以前给这个人当过球童。

"精彩的表演，"然后他压低了声音说，"你已经证明了自己。我们在想，也许你最好现在就退出。"

"您说什么？"

"你已经向所有人展示了你的球技。本着体育精神，你不觉得是时候该退赛了吗？让职业球员们为钱而战吧，毕竟这是他们的比赛。"

"我只落后四杆。"弗朗西斯说。

"那就更好了，带着荣誉离开赛场，保持尊严，如果你明白我的意思的话。"

弗朗西斯感到自己的脸涨得通红，简直不敢相信自己的耳朵，但他现在最不愿意的就是发脾气。

"您喝醉了吧？"埃迪问那个人。

"你说什么，孩子？"

弗朗西斯举起一只手，不让他的小球童说话，然后转向那个人。

"我想你大概不了解，"弗朗西斯说，"只要我能，我就会将比赛打到底，我已经向沃特森先生和美国高尔夫协会承诺，我接受他们的邀请来参加比赛……"

"好吧，好吧。"那人说，同样急于避免正面冲突。

"至于荣誉，我信守我的承诺。"

"确实，那你应该继续比赛，应该继续比赛，"那人说着，后退几步，挥了挥手，"我就是提个建议。"

"谢谢您的关心，先生。"

"甭客气，祝你一切顺利。"那人转身匆匆离去。

"那家伙脸皮真够厚的。"埃迪说，眯逢着眼睛看着他。

"我们走吧。"弗朗西斯说。

弗朗西斯和埃迪抄近道穿过 15 号洞的球道，朝克莱德街走去，避开了散去的人潮。弗朗西斯试图摆脱愤怒，脑子里却闪过各种念头。这个人是代表乡村俱乐部来跟他说这番话，还是他自己的意思？凡是认识他的人看到他今天取得的成绩，怎么还会劝他放弃呢？他走得太快了，身背球包的埃迪都快跟不上了。

"那家伙就是个大蠢猪，"埃迪说，"弗朗西斯，咱不跟他一般见识。"

当他们穿过克莱德街时，弗朗西斯感到愤怒渐渐消失，取而代之的是要面对父亲的恐惧。直到到达前院，埃迪才把球包放下。

"球杆都清理好了，"埃迪说，"握把也擦干净了。"

"你今天表现得很好，埃迪，真的很好。"

"你也是。"

"你明天还要逃学吗？"明弗朗西斯问。

埃迪直视着他，严肃地点了点头。不必再跟弗朗西斯说什么承诺了。

"那么，明天早上再见吧，"弗朗西斯说。

"你还没有打出 72 杆，但你会的，我觉得也许就在明天。"

"如果我能打出 72 杆，那该是多么棒的一轮啊！"

埃迪犹豫了一下，安抚他说："休息一下，弗兰西斯，别担心，一切都会好起来的。"

弗朗西斯笑了："你自己回家没问题吧？"

"别为我担心。"

埃迪笑着，挥了挥手，回家去了。弗朗西斯爬上台阶，来到前门。进屋前，他在门廊上逗留了一会，转身最后一次望了望乡村俱乐部，地平线上乌云密布。

伯纳德·达尔文一直在乡村俱乐部的媒体帐篷里，待到晚上近 10 点，写完当天的报道，并发电报回英格兰，诺斯克列夫勋爵的编辑团队正 24 小时待命。黎明时分，英国球员在美国公开赛上旗开得胜的消息，将遍布伦敦街头的报摊。

晚上 7 点半，诺斯克列夫勋爵坐上他的专车，和哈里、泰德一起回到科普利广场酒店。下午激动人心的逆转使他兴奋不已，他提出要用牡蛎、香槟和奢华的晚餐来犒劳两位大功臣。哈里礼貌地拒绝了，他早已养成在为期两天的大赛中遵循严苛的作息时间的习惯，在提早休息之前，只在房间里吃一顿简单的晚餐。虽然他的竞争欲望依旧旺盛，但私下里已经开始厌倦，不愿再听诺斯克列夫勋爵言必称赢得美国公开赛为英格兰报仇的套话。更为现实的是，42 岁的哈里清楚他需要为最后一天的比赛养精蓄锐。

泰德还沉浸在下午肾上腺飙升的状态中，他说需要喝点酒，再洗个澡，必须按这个顺序来，然后他会考虑和诺斯克列夫勋爵一起吃顿快餐，强调要快。谁让他是早上第一个开球的呢，再过不到 12 个小时，他就得重返乡村俱乐部开始最后一天的比赛。

泰德走进科普利广场酒店的酒吧，要了双份威士忌，然后来到酒吧旁边一家很受欢迎的小餐馆，餐馆供应匈牙利菜，这是一种刚在美国流行起来的异国美食。餐厅里挤满了住在酒店里的球员和在布鲁克莱恩看了一整天比赛的当地人。泰德的到来引起了一屋人的注意。端起酒杯时，他听到了一个熟悉的声音。

"泰德！泰德！过来，老伙计！"

泰德转过身，发现威尔弗雷德·里德正和汤姆·瓦登坐在附近的桌旁喝酒，还有两个不认识的人。看在汤姆的面子上，泰德接受了邀请，和他们一起坐下。另外那两人原来是乡村俱乐部颇具威望的会员，他们急切地想从参赛人士的口中，了解当天场上的情况，而里德正迫不及待地想爆料。泰德静静地听着，比起健谈的里德，他对自己的威士忌更感兴趣，偶尔他就会员们有关他打破纪录的第二轮的礼貌提问做出简短、谦虚的回答。当然，里德也压根没给他插话的机会。

"先生们，实话跟你们说，今天开始的时候，我根本没想到我会和老练的哈里·瓦登打成平手，取得并列领先，"里德继续道，"更不用说领先伟大的泰德·瑞两杆了。"

泰德苦笑着回敬了那句讨好的话，又要了一杯酒。汤姆·瓦登不得不转过身去，忍住不笑。两位美国人知道，威尔弗雷德已经把自己的神勇表现讲了几遍了，于是把话题转到贵宾们的祖国，两人都计划在不久的将来访问英国。讨论很快转向了当前的政治氛围，这无疑为里德提供了一个开始抨击英国税收制度的机会。

"你知道，过去四年我一直住在国外。"里德说，"住在巴黎，这是我个人的小小抗议。在英国，工薪阶层完全要听凭税务局的摆布。"

"既然你这么爱巴黎，威尔弗雷德，"泰德喝完第二杯威士忌，"那你为什么还回来？"

"说实话，那是因为我在伦敦附近的一家俱乐部，得到了一份更好的工作。"里德对美国人说，"我到那里工作还不到一年，但是当我意识到为此付出了高昂的代价时，我感到非常遗憾。"

"英国的税收制度，"泰德说着，怒气渐渐平息，"对富人和穷人一视同仁。在自由世界的任何其他地方，你都找不到更公平的制度了。"

"我敢说，你们国家的制度更加公平。"里德再次对美国人说。两位美国人开始意识到，这可能是一场他们不愿介入的持续争论。

"我们去年刚刚开始征收所得税，"其中一人说。

"是的，我明白，这和我们在英国面临的惩罚性税收有很大的不同。"里德说。

"目前来看，它只影响富人。"美国人说。

"那么，我敢打赌威尔弗雷德在几个月内就会来敲你们移民局的门了。"瑞对美国人说，"这下弄明白了，他也就放心了。"

"据我所知，"里德没有理睬他，继续说道，"美国欢迎各种受压迫的人来到这片国土上。对不对，汤姆？"

汤姆·瓦登一副怕受牵连的样子。他曾多次目睹泰德火冒三丈的样子，现在他明显感觉到泰德随时可能爆发，比起那两个美国人，他更不愿意被卷进这场交火中。另一方面，他相当肯定里德刚才侮辱了他，还没来得及想好该怎么回答，泰德就先开火了。

"嗯，我想这正好说明了地理因素是如何对你的观点产生不利影响的。"泰德说。

"我恐怕不明白你的意思。"里德第一次直接回怼泰德。

"我的意思是，"泰德终于转向里德，尖锐地指出，"你在巴黎待了那么久，深受愚蠢社会氛围的毒害，你的小脑瓜早就被扭曲了……"

"你知道我是萨里郡人，"里德脸涨得通红，接着说，"而且我为此特别骄傲。"

"你的意思我明白，"泰德说，"众所周知，萨里郡的男人缺乏正确理解任何重大问题的思维能力，譬如税收……"

"是这样吗？"

"是的，事实上就是这样。"

"嗯，你知道我要说，来自萨里，或者任何其他地方，都比泽西岛好。"

"泽西岛哪里差了？"

"不管他们怎么说，他们对任何事都想得那么少，泽西岛的男人根本算不上什么，这是众所周知的事实，不是吗？"

泰德突然站了起来，椅子都被带倒了，手伸到桌子对面，扇了里德一记耳光。

"怎么样？"泰德说，"这下萨里人怎么想？"

里德惊呆了，一时没反应过来，僵在座位上。坐在桌边的两个美国人以为泰德是在开玩笑。只见里德纵身一跃，向泰德扑去，泰德往后一闪，并狠狠地一拳打在他的鼻子上。里德瘫倒在地，血从鼻子里喷出来，接着他又跳了起来，想再去追泰德。餐馆的领班冲了过来，扑到他们中间，后面跟着汤姆·瓦登和那两个美国人，好不容易把两个人拉扯开。

"你最好还是走吧。"汤姆把泰德拉到一边，悄声地对他说，临了又补充了一句，"不过为泽西岛出了气，漂亮！"

泰德奔向门口，离开餐馆，上楼回到四楼的房间。这突如其来的混战来得快去得也快，闹了这么一曲后，原本喧嚣的餐厅瞬间安静下来。里德依旧气得跳脚，扬言要去追泰德，害得其他人不得不一再拦住他。最后，汤姆紧紧地箍住他的肩膀，将他按住不动，并在他耳边低语。

"他少说也比你重 80 磅，老兄，你想找死吗？"

里德自知汤姆的话有道理，终于平静下来，擦去嘴角和下巴上还流着的血，又要了一杯酒。一群侍者走到掀翻的椅子边，清理着桌上被打翻的酒水。里德拿着餐巾捂着鼻子，不停地向那两个美国人道歉。对方表示遗憾后，匆匆离开了餐厅。里德和汤姆重新坐了下来，里德显得不知所措，沉默不语。

"我看上去怎么样？"里德一边拿开餐巾，一边轻声问汤姆。

"说老实话，威尔弗雷德，"汤姆说，"你看上去就像刚打了场败仗。"

餐厅里传来一阵骚动，人们在窃窃私语，还有人急忙跑出去找他们认识的记者。威尔弗雷德·里德感到餐厅里的每双眼睛都在盯着他。一个侍者给他端来一杯酒。威尔弗雷德眼里悄悄涌出泪水，他和汤姆又坐了五分钟，用颤抖的手端起酒杯呷了口酒，然后像收拾一条破烂的裙子一样，默默地收起残存的尊严，站起身来，慢慢走出餐厅。记者们出现在科普利广场酒店，里德和瑞都不愿下楼来澄清他们之间发生了什么。多次打电话到他们房间都无人接听，最后两个人都捎话下来：他们已经休息了，要为明天的比赛做准备。当事人不愿谈论此事，记者们便跑去采访那些目击者。

那天晚上，弗朗西斯避开了父亲，父亲也很识趣，暂时的休战维持了和平。当亚瑟下班回来时，玛丽和他吵了一架，使他答应不去打扰弗朗西斯。弗朗西斯回到家时，全家人已经在亚瑟的坚持下吃过晚饭。玛丽为弗朗西斯准备了一盘饭菜，弗朗西斯独自一人在厨房里用餐，享受着喧闹的一天后难得的宁静。之后，兄妹三人围坐在餐厅桌旁，露易丝和弟弟雷蒙德不停地谈论着在乡村俱乐部看到的激动场面。虽然弗朗西斯喜欢并感谢他们的支持，但还是悄悄告诉他们不要在父亲面前过多地讨论这事。晚些时候，露易丝和玛丽都在剪贴有关弗朗西斯和美国公开赛的报道，晚报上的报道真不少，让他们的剪贴簿又变厚了。父亲亚瑟照例一个人坐在前厅里看报纸。

弗朗西斯十点钟上床，醒着躺了两个多小时，脑子里一遍又一遍地回想着当天的两轮比赛，找自己的错误，想着明天如何避免重蹈覆辙。今夜，洞杯位置会被重新挪动，会比今天难得多。他想象着洞杯可能的变化，他谙熟果岭的洞杯位置，在脑中预演了一遍所有位置的最佳攻略。

布局、精确、纪律。然后，如果能重拾在沃拉斯顿或花园城比赛的感觉，也许……不，这会儿你可不敢想那些，一杆一杆来。

午夜过后，他迷迷糊糊地睡着了。

凌晨两点，天开始下雨。

周五下午，弗朗西斯在 13 号洞开球，身披毛巾的埃迪位于弗朗西斯左侧看球

星期五：正赛第二天

一夜无梦，酣然一觉，动都没动，休息到天亮。

那是什么声音？

弗朗西斯慢慢醒来，看了看放在床头柜上开着的怀表：6 点 45 分，侧头望向窗户。

雨，下雨了！

弗朗西斯拉开窗帘，打开窗户。外面的世界黑暗、潮湿、灰蒙蒙一片，笼罩在持续的倾盆大雨中，这是一场寒冷的暴风雨，他看呆了，觉得难以置信。但是他立刻感到了熟悉的景象和气味，来自加拿大的冷空气，将厚厚的云层带到波士顿上空，太阳不见了，雨将会下一整天。

弗朗西斯低头看了看克莱德街，街上已经满是水坑。抬头望向乡村俱乐部，球道和往常一样，排水良好，没有积水。果岭还是一样，可打性也许居本周之冠。想到这，他的心里乐开了花。

这种天气下，我在球场打过上百次。

破晓时分，哈里就醒了。不到 6 点，他在楼下的餐厅独自用完早餐，这会正平静地望着窗外的瓢泼大雨。

和英国一样的天气，他想。

他提起茶壶倒了些茶，右手颤抖着，几乎无法控制，骤降的气压影响了受损的神经。就像过去 10 年一样，没人会知道他的秘密。他放下茶壶，右手紧握着拳头放到桌子下面，然后用左手端起杯子喝茶。

泰德走进餐厅，穿着和前一天一样的轻薄绉条纹外套和粗灯芯绒裤子，戴着一顶毡帽，帽沿帅气地歪向一边。他坐下来，把烟斗塞进嘴里，两手插进口袋里掏火柴，看上去坐立不安，心烦意乱。

"睡得好吗？"哈里问。

"像婴儿一样，"泰德说，"每隔两小时就醒来哭一场。"

哈里笑了笑，递给泰德一根火柴，泰德在烟斗里添满烟丝并点上，汤姆把他和里德打架的事都告诉哈里了，泰德却只字不提。

"看见里德了吗？"

"压根没瞧见人影。"

泰德吸着烟斗，望着外面的雨。"该死的英国天气。"他说着，并点了早餐。

埃迪·洛厄里站在家门口，哥哥杰克就在一旁。母亲在他们面前蹲了下来，神情严肃而认真。

"你得答应我今天去上学，"她说，"我不想让那个逃学监事再到这儿来，我都不知道该跟他说什么了。"

"叫他少管闲事。"埃迪说。

"埃迪……"

"好啦，我去学校还不成吗！"

早上 7 点 30 分，他们挤在一把伞下，冒着雨向两英里外的学校走去。

"如果你再逃课，妈就不会再相信你了，"杰克说。

"那就太糟了，不过我还是要去。"

"逃学监事已经盯上你了！"

"那他也得先抓住我。"

埃迪把书包递给杰克，抓起他们的雨伞说："杰克，我今天需要这个。"说完就向西牛顿火车站跑去。

"你让我怎么跟学校说呢？"杰克在他身后喊道。

"随你便！"

亚瑟坐在厨房里看晨报，他偷偷地看了儿子一眼，弗朗西斯正准备离开。他穿着白色衬衫，配白色斜纹裤，领带精心地打着结，头戴针织帽，脚踩靴子，没穿防雨服，真正的球员在比赛时是不穿那种衣服的。他腋下夹着一件备用的干外套，为今天的第二轮比赛做好准备。他从前厅大门旁的壁柜里取出球杆。

"要在雨中打比赛啊？"亚瑟说，并没有特别针对谁。

妹妹露易丝穿好雨衣，拿上布鲁克莱恩速记学校的书包，给了弗朗西斯一个熊抱，祝他好运。她打算那天下午早点出来，看他打球。弟弟雷蒙德已经告诉弗朗西斯，他准备逃学，整天陪着他。母亲玛丽在门口踮起脚尖吻了他，她并不在乎亚瑟是否看到，她在鼓励他。

"祝你好运，弗朗西斯。"玛丽笑容满面地说。

"谢谢你，妈妈。"

弗朗西斯回头看了父亲一眼，然后走了出去。亚瑟翻过刚刚在看的那一页晨报，上面满是他儿子的名字。

上午 8 点刚过，克莱德街上已经挤满了汽车，两边所有可用的停车位都已被占用。当他离开家走到前院，一把巨大的黑伞朝他转了过来，埃迪蜷缩在伞下面，几乎被伞吞没。他赶在弗朗西斯走下门廊淋雨之前接上他，然后抓起他的球包，把它甩到右肩上，放到他左手撑着的伞下。

"不能让杆子淋湿了。"埃迪说。

弗朗西斯拉下帽子，竖起衣领，望着外面的雨。

"今天果岭速度不会太快。"埃迪说。

"我们将随机应变。"

"今天要打 72 杆可不容易，"埃迪说，"但你无论如何都会做到。"

"埃迪，"弗朗西斯说，"今天是打高尔夫的好天气，我们找点乐子吧。"

埃迪怀疑地看了他一眼，不确定他是不是认真，但弗朗西斯在笑。"好的。"埃迪说。

他们避开汽车和水坑，穿过街道。

"所剩不多，希望依存。"《波士顿环球报》撰文称。"瓦登和瑞将对阵少数美国人。"那天早上的《先驱报》这么写道。媒体上的议论是，大多数人同意，麦克纳马拉、特拉弗斯和布雷迪都没戏。麦克德墨还没有发挥出真实水平，也许还没有。那个叫哈金、达金，还是达根的小子倒是让人看到了一丝希望，但他还太嫩，需要磨练才能堪大任。这样一来还剩谁？麦克·史密斯，再加上新人吉姆·巴恩斯或者1909美国公开赛冠军乔治·萨金特。当地的赛事记者们没一个看好弗朗西斯，但至少他们中的大多数不再称他为"男孩"了。报纸专栏作者们一边三心二意地煽动着爱国情绪，一边将美国选手像稻草一样逐个放弃。在所有报纸头版头条都在宣扬末日到来之时，只有约翰·安德森看到了一线阳光。

"现在提到的这个男人，昨天还被称为男孩，今天他将得到一万多名观众的祝福。我说的是弗朗西斯·威梅特，这个来自伍德兰高尔夫俱乐部的青年才俊。他只落后领先者四杆，而且现在看来，他似乎注定上奖金榜。鉴于场上选手的实力，就算他最终只获得第十名，也将是美国业余选手在美国公开赛上取得的最佳成绩。"

亚瑟·威梅特读完了安德森在《波士顿文摘报》上发表的整篇专栏文章，这是他第一次从头至尾读完了有关弗朗西斯的报道。他照例把报纸叠得整整齐齐，放到餐桌角上，然后穿上雨披，离开家上班，一路上咒骂着克莱德街的交通。

那天早上，球员更衣室里美国队士气低落。8点不到，瑞和瓦登就到了，是到得最早的。星期四的比赛中，他们以无人能撼动的稳定发挥取得领先，进一步证明了其令人生畏的球技。举手投足间散发着从容与自信的两人一出现，整个房间彻底安静下来。美国本土球员不知不觉地降低了声音，移开了视线。英国人看起来并没有留意这些，他们非常清楚自己对比赛的影响，不慌不忙地为比赛做着准备。哈里和泰德都带了一套干衣服和一双备用靴子，并小心翼翼地把它们放在储物柜里。

"英国天气，"房间里有人在窃窃私语，"他们早就对这种天气见怪不怪了，这下他们的胜算更大了，真是怕啥来啥！"

美国球员竭力回避泽西岛人，好像他们已经承认失败了。只有沃尔特·黑根在走出门时，跟瓦登和瑞就天气闲扯了几句："瞧这雨下的哈！跟断了线的珠子似的，我的球童得备一支船桨了。"两个英国人看上去挺喜欢听他耍贫嘴的，有什么理由不喜欢呢！

没有人冒着雨去练习。大家都在室内转悠，活动筋骨，拉伸身体，等着开球。不安的气氛像外面的空气一样让人烦闷。麦克德墨又把早餐给弄丢了。大多数球员只在开球之前，去发球台的路上练了几分钟推杆。

弗朗西斯走进房间几分钟后，泰德·瑞走了出去，准备开球。大个子从他身边走过，没有看他一眼，也没有说一句话。弗朗西斯经过时，哈里只是含糊地点了点头，仿佛他们以前从未见过似的。他完全进入了比赛状态，各种小招数也是其中一部分。迈克·布雷迪跟着泰德往外走，中途停下来和弗朗西斯握了握手。"祝你好运。"他平静地说。"你也是。"弗朗西斯说。

过了一会儿，弗朗西斯从黑根身边经过，黑根正在打理他那条红色围巾。他们立刻发现了彼此身上的共同点：房间里仅有的两个乐在其中的美国人。

"嘿，小子，我们大干一场吧，"沃尔特说，"你觉得如何？"

他们握了握手，然后黑根一头扎进雨里。弗朗西斯还有两个小时的时间要打发，他躺在储物柜前的长凳上，把帽子拉下来盖住眼睛，想象着他希望打出的一轮球。

早上，在去发球台的路上，沃尔特·黑根顺道去了一趟记分员的帐篷，并解开了一个谜。美国高尔夫协会的秘书看错了他寄来的申请表上的名字，他的签名中混入了一些难以解释的时髦符号，结果"哈金"出现在所有官方比赛文件中，记者们的情报也都是从中而来。这下子，那些管他叫"达金"的家伙，甭管是谁，就别想找借口了。秘书带着歉意告诉他，现在改已经来不及了。"听着，我敢打赌，如果我赢了，他们肯定不会再叫错了。"黑根说着，朝发球台走去。

8 点 45 分，泰德·瑞和迈克·"国王"·布雷迪站上 1 号洞发球台。尽管下着瓢泼大雨，但这个时间来看比赛，倒也不算太早。湿度 91%，从东北方向吹来的风，时速 12 英里，华氏 57 度（相当于摄氏 13.8 度——译者注）。这已经是一天中最暖和的温度了，加上持续的风，感觉更像是华氏 40 度（相当于摄氏 4.4 度——译者注）。新英格兰地区的居民称这些暴风雨为"东北客"，它是秋天的名片，宣告着季节的改变。伴随着雨雾天气的到来，一股湿寒之气侵入骨髓。前方油滑发亮的球道时隐时现，24 小时前沐浴着阳光的布鲁克莱恩林区，现在看起来像一座神秘的原始森林。从远处看，一堆湿漉漉的黑色雨伞包围了1号洞发球台，上千名顽固的波士顿人，穿着黑色雨衣胶鞋现身球场。走向发球台时，每个球手都得到了一小瓶威士忌以抵御严寒，这是大赛遭遇恶劣天气时沿用的苏格兰传统。有几个人甚至要了两瓶，好让他们撑过后九洞。

由于诺斯克列夫勋爵一再坚持，他和伯纳德·达尔文都没打伞，但他穿了件超大号的大衣来挡风遮雨，达尔文看上去就没那么好过了。从会所到1号洞，看到那么多人来看泰德比赛，诺斯克列夫勋爵心情十分愉悦。他让美国公开赛推迟三个月举行，给他的球员带来了好运，他为此居功自傲。

"真正的英国天气，"诺斯克列夫勋爵说，"和今年霍伊湖最后一天的天气一样，我得说，这对咱们的冠军有利，是吗？"

两个月前英国公开赛最后一天，在利物浦附近的霍伊湖，同样恶劣的天气让比赛的挑战进一步升级。达尔文整天都在冒雨报道比赛，结果得了重感冒。

"拭目以待吧。"达尔文说，整个人已浑身湿透，看上去苦不堪言。

泰德开球偏右进长草，雨水从他的渔夫帽边缘淌了下来，他把双手塞进外套口袋，步下球道。冒着倾盆大雨，泰德向前走着，他的球童把唯一一把伞用来给球包挡雨，以保持握把干爽。在没有任何保护措施的情况下，真正的球员勇敢地面对恶劣天气的挑战，这就是英国人。

布雷迪的开球落在球道上。第二杆，泰德再次打出右曲球，小球飞进球洞右侧20码外的树林里。布雷迪的球越过赛马场，落在离果岭不远的地方。泰德凭借一记漂亮的劈起击，让小球横穿树林，直落果岭前部。布雷迪一切一推，打出四杆，成功抓鸟。泰德遭遇两推，交出五杆，令他生气。

两人双双在第二洞保帕。来到名为池塘的3号洞，泰德再次开出一记糟糕的高飞右曲球，结果打短了，小球飞到守卫球道右侧的一个高土墩后面。布雷迪开球直击球道，但攻果岭一杆拉左，球落入果岭前的沙坑。泰德的第二杆擦山丘顶部而过，动力受损，打短60码。紧接着的第三杆，他又打出铲地球，铲起一块假发大小的湿草皮，距离再次受损。布雷迪试图将小球救出沙坑，结果球杆砸向湿漉漉、沉甸甸的沙子后，击中小球的头部，打薄了，小球径自飞向果岭后方的池塘，3号洞正是因为这个池塘而得名。最终又湿又深的长草截住了小球，幸免落水。两人双双切球上果岭，再双双遭遇两推，打出六杆，吞下柏忌。

泰德不得不在另一记糟糕的开球后，挣扎着推进六英尺保帕推，不懂球的人也知道，泰德的节奏已经乱了。他在发球台上，不是打飞，就是打偏，完全找不着挥杆的感觉，而布雷迪知道，这是他希望的开局，准备迎头追赶泰德，成绩差距进一步缩小。为了阻止他，泰德不得不拼命出击。

当泰德和布雷迪到达 3 号洞发球台时，达尔文和诺斯克列夫勋爵已折回 1 号洞，正好赶上哈里·瓦登在 9 点 5 分步上 1 号洞发球台。当人们在狂风暴雨中挤作一团时，没带雨衣的哈里穿着传统灯笼裤和诺福克夹克衫，打着领带，挺直腰板上场了。他已浑身湿透，只有帽檐挡住雨水，护住了眼睛。他看上去镇定自若，仿佛雨水打不到他似的。

沃尔特·黑根提前五分钟走到发球台，看着哈里把球开上 1 号洞球道，干净利索的挥杆画面一直萦绕在黑根脑海。哈里的同组搭档埃尔默·拉芬，是来自阿尔科拉的职业球手，他们离开 1 号洞发球台时，身后跟着 3000 多名观众，但没有一个人是来看拉芬的。

当庞大的哈里粉丝团消失在球道尽头时，黑根在自己的一堆整齐的粉丝面前走上了发球台。粉丝们包括兄弟会成员、漂亮小妞、混混、赌徒、马球员等，这些在过去两天吸引来的各色人等，简直是为他量身订制。沃尔特花俏的行头在雨中看起来并不潇洒，绸缎耷拉着，笔挺的裤腿在泥里拖来拖去，红领巾软塌塌地挂在脖子上，脚上的红胶底鞋本来能够牢牢抓住干燥的地面，但是在湿漉漉的草地上开始打滑。站上发球台，沃尔特还是咧开嘴笑了，来波士顿是一试身手，结果打进了美国公开赛决赛轮。他说了几句有关雨的玩笑，引得粉丝哄堂大笑，接着开出漂亮一球。黑根正在努力追逐不大可能的冠军梦，领先者哈里·瓦登就在他前面。

10 分钟后，约翰·麦克德墨踏上 1 号洞发球台，脸上带着硬币肖像一样坚定的表情。麦克德墨把外套和领带扔在更衣室，脱得只剩衬衫，袖子还卷了起来。湿透的白色棉布裹着瘦削的身体，勾勒出肋骨和结实的瘦削肌肉。落后领先者瓦登六杆，落后第二名泰德·瑞四杆，麦克德墨看上去怒不可遏，下巴突出，身上的每根神经都绷得紧紧的，对他来说，机不可失，时不再来。

上午的第三大粉丝团跟随美国卫冕冠军离开发球台，进入烟雾缭绕的树林中。

九点半，弗朗西斯从更衣室的长凳上起来，听见麦克·史密斯和亚历克·罗斯在附近轻声谈论威尔弗雷德·里德。距离开球时间仅有半个小时，里德还没有到乡村俱乐部。他们讨论着一个传言，昨天晚上，在科普利广场英国人住的酒店里，里德和泰德·瑞之间发生了一些不愉快，还流了血。里德的小舅子，小个子路易斯·特利尔很早就到球场了，但他拒绝谈论这件事。

几分钟后，威尔弗雷德·里德走进更衣室。他低着头，眼睛直视前方，帽檐拉得很低。他径直走向自己的储物柜，没对任何人说话。平时酷爱交际、总是很活络的里德，今天早上看上去完全像另外一个人。透过储物柜之间的缝隙，弗朗西斯瞥见里德坐在那边的长凳上，脸色苍白，微微发抖，眼睛因疲劳而泛红。右眼挂彩了，鼻子也肿了，一边脸上还有一块褪色的淤青。路易斯·特利尔走过去坐在里德旁边，用法语轻声和他交谈。弗朗西斯听不懂法语，但领会了大意。里德一脸茫然，不知所措。他怎么了？

"不关我的事。"弗朗西斯心想，觉得自己像个好事者。他站起来，走出去活动腿脚。

布雷迪和泰德交战正酣，双方在前六洞战成平手，接着又在第七洞双双吞下柏忌。泰德以惊人的速度损失杆数，排名随之跌落。在标准杆四杆的 8 号洞，泰德终于迎来转机，在击出这一天第一记漂亮的开球后，他操起马歇杆，打了个半剃头，小球滚过又湿又厚的长草，最终停在一个又大又深的沙坑边缘，然后凭借一记完美的切杆，泰德将小球送至洞杯外三英尺不到的地方，最终成功救帕。来到第九洞时，双方依旧维持平局。又一次在发球台上失手后，泰德打出六杆，吞下柏忌，布雷迪则稳稳保帕。

对于时刻准备着的泰德来说，练习时间并不像大多数人认为的那么重要，但也许正是因为缺少了一次正规的热身练习，导致他连连失手，又或许是天气，或是与里德争吵后情绪不佳，致使他的挥杆不断掉链子。泰德·瑞以 41 杆结束前九洞，为美国人留下迎头赶上的机会。布雷迪前九洞成绩 40 杆，落后泰德七杆。两人在瓢泼大雨中艰难比赛一个多小时后，来到 10 号洞发球台附近的茅草棚，忧心忡忡了一上午的泰德，脸上终于阴转晴。他重新点燃烟斗，脱下渔夫帽，挤掉雨水，朝布雷迪笑了笑，那笑容十分诡异，至少布雷迪这么认为。令他苦不堪言的前九洞已经过去了，泰德觉得如释重负。

大雨如注，又湿又冷，每前进一步都异常艰难。时而雾气缭绕，让人无法判断距离。浓稠的空气使小球腾空受阻，雨又把飞升的小球击回地面，湿漉漉的草坪则使它们无法滚动。哈里估计，这些情况会使场上每个人的成绩增加四杆，但他和泰德付出了更大的代价，他们优异的开球技术受到了更大的挑战。

第一洞，哈里就意识到自己有麻烦了。他睡得很好，吃了一顿丰盛的早餐，做了肌肉拉伸，严格遵循了一贯的金科玉律。但轮到他上场的时候，挥杆状态却不在了。握杆时，他的右手是麻木的。开球虽上了球道，但他在马球场的第二杆严重右曲。第三杆打过果岭，又回切一杆，接着又错过一个短距离的推杆。出师不利，打出六杆，吞下柏忌。

哈里试着摆脱开局不利的困境。他曾无数次在比这糟糕得多的天气里打球。两个月前，英国公开赛的最后一天，他在霍伊湖发起最后冲刺，差点拿下第六座冠军奖杯。恶劣的天气是比赛的一部分，是另一个需要克服的障碍。哈里在 2 号洞的开球感觉流畅多了，接着顺利攻上果岭，轻松保帕。但在 3 号洞，开出一记疯狂又难以控制的右曲球后，救球严重偏离路线，切杆又失手，再次打出六杆，吞下柏忌。在 5 号洞，噩梦重演：1 号木失控，救球不够精准，推杆表现平平，又吞柏忌。刚打五洞就损失了三杆领先优势，哈里步了泰德的后尘。

眼瞅着哈里在 5 号洞开球失误后，诺斯克列夫勋爵气得差点把外套扣子崩开，他的两员大将现在都有麻烦了。诺斯克列夫勋爵的脸涨得通红，眼瞅着像是要对达尔文发飙大喊："做点什么吧！"为了避开老板，达尔文借口说要去看黑根打得如何，赶紧离开。

黑根开局顺利，一上场就在头两洞轻松保帕。从小在安大略湖附近打球，黑根对恶劣天气司空见惯，处理起球来经验老到。他现在唯一担心的是那双时髦崭新的橡胶鞋鞋底。黑根站位格外宽，当他想要大力击球，并过度转移重心时，鞋子就会从脚下的积水中滑出。该死的，谁让他如此时尚呢！他把自己的雨鞋，一双可靠的钉子靴，留在了罗彻斯特乡村俱乐部的储物柜。决胜435码的3号洞池塘，需要一记异常精准且距离又远的开球，黑根努力想击中甜点，但右脚打滑，小球被铲起，飞出球道不到100码。气急败坏的黑根试图挽救失误，第二杆用铜片木击球严重拉左，小球被打进球道左侧的树林里。经过四分钟的搜寻，黑根惊讶地发现，小球躺在一个又老又烂的树桩上，周围全是像针一样锋利的木茬。这么难打的落点，定是出自恶魔之手。

黑根权衡着下一步该如何出招，球实际上被漂亮地架起来了，而且树桩裸露在外。他摆好站位，决定不将它裁定为不可打的球，以免被罚一杆，然后抢起铁杆，朝小球侧边砸去，小球飞了出去，带起一些树茬子，撞上一棵榆树干后被弹下来，落进球道边湿漉漉的长草区。救球出长草，前进了不短的距离，最终爬上果岭边缘，第四杆攻上果岭。洞杯位于果岭后方，紧张而慌乱的黑根费了三推才将小球送进洞，吞下双柏忌。

黑根气急败坏，一声不吭，不再吹口哨，也不再跟观众开玩笑，走向275码标准杆四杆的6号洞贝克。他收窄站位，脑子里想着瓦登完美的挥杆动作。这一次，他的双脚稳稳地踩在地上，没有打滑，他用铜片木击出一记扎实的开球，小球直落球道正中央，距离被小山丘遮住的炮台型果岭140码。接下来是一记彻头彻尾的盲打。他向前走了几步，看了看地面，看见一个小男孩从果岭后面的树林里冲了出来。黑根没有把这事放在心上，他走了回来，从球包里拿出马歇杆，让他的球童站到小山丘顶上，为他瞄准洞杯方向，然后挥手让他走开。黑根抹去脸上的雨水，轻松挥杆。

一片寂静。除了雨声，黑根什么也没听到，便跑到坡上去看球到底飞到哪里。他的球童已经在果岭上，四处张望，但一无所获。黑根知道自己打出了一记好球，但就是找不着球，他的第一反应是，那个跑向果岭的孩子把球捡走了。他向左望去，看见那个男孩正大步流星地朝下一个球道走去。

"赶紧追那孩子，"他对球童喊道，"搜他，是他拿走了我的球。"

球童飞快地跑去追那个孩子。黑根开始在果岭后方的长草里找球，也许他把球打过了，那就太疯狂了。这时，同组的球员喊他回果岭，黑根走上去，那人指了指洞杯，黑根走过去低头一看，笑了。

"哈喽，漂亮的小家伙。"他说。

他仅用两杆从球道上直接把球打进了洞。在 3 号洞吞下双柏忌后，在 6 号洞成功射鹰。

黑根把球从洞里拿出来亲了一下，粉丝为之兴奋不已。凭借整个比赛中最精彩的一杆，黑根得以平标准杆成绩结束这一轮。有趣的是，在其精彩纷呈、夸大其词的自传中，黑根将这一轮比赛中遭遇树桩和随后打出老鹰球的情节，移到了周五下午最后一轮，并无中生有地将其编进无数令人心碎的柏忌和一记力挽狂澜的小鸟球之间，创造出更加戏剧化、更加符合决赛轮风格的段子。

走向第六洞时，哈里听到身后传来人们为黑根的老鹰球叫好的欢呼声。达尔文带回最新消息：沃尔特·黑根刚刚超过泰德·瑞，与哈里的差距缩小一杆。有了这一情报，或者说知道自己的处境后，哈里觉得比早上平静多了。

接下来的四洞，他全部保帕。

弗朗西斯系好鞋带，看了看表，在脑子里默数着开球时间。高个子吉姆·巴恩斯 9 点半出发，又过了四组后，路易斯·特利尔和汤姆·瓦登于 9 点 50 分上场，10 点整轮到麦克·史密斯和亚历克·罗斯。他看到威尔弗雷德·里德终于在最后一分钟离开更衣室，他的开球时间是 10 点 05 分。

威尔弗雷德·里德看上去毫无生气，像梦游者一样走上 1 号洞发球台，带着三杆领先优势开始美国公开赛第三轮。被他昨天的英勇表现所折服，1500 多位热情的观众正等着他。里德整晚都没合眼，无论是昨晚还是今早，一口饭也没吃。信心与斗志这两大制胜法宝，随着打在他鼻子上的那一拳土崩瓦解。里德两脚打颤，仿佛站在一片陌生的土地上，对于观众们欢迎他上场的掌声听而不闻。确信昨晚的丑事已尽人皆知，自己的美国梦也被泰德·瑞的右手击得粉碎，里德已疲于应对恶劣天气下更具挑战的球场，也无心角逐世界上最具竞争力的赛事。结果一开球就严重拉左进长草，救球又失败。出师不利，节节败退，前三洞连吞三个双柏忌，然后在 4 号洞打出柏忌。刚上场不到一小时，就迅速损失五杆，彻底丧失领先优势。他的表现很快就像摧枯拉朽一样全面溃败，对此，他已毫无还击之力。就连不打高尔夫的人也能看出来，里德不过是在走过场，他已经缴械投降，无心恋战，比赛一开始就结束了。

在乡村俱乐部待了将近三个星期，打了20多轮球，里德的18洞成绩从未超过76杆。星期五早上，他以令人沮丧的46杆结束前九洞，粉丝开始弃他而去，起初是一两个，慢慢地，成批成批的观众像逃离自杀现场的目击者般溜走了。当以85杆的成绩结束第三轮时，他的千人粉丝团只剩寥寥几个人，其中包括他已经哭开了的可怜的妻子。他的搭档，1910年美国业余赛冠军比尔·福恩斯，看到他打完比赛时的惆怅模样，忍不住想要给他一个拥抱。当着所有人的面，迅速跌落为一个失败者，威尔弗雷德·里德的彻底崩盘，成为当天早上最大的谜团。对此，他迫不及待地给出了解释，这也将成为美国公开赛历史上最大的丑闻。

10点半，弗朗西斯走出更衣室。埃迪在球童小屋的屋檐下等着他，一边跺脚一边喝着热巧克力取暖，一眼看到弗朗西斯，便赶紧跑过来和他会合。埃迪找来两条毛巾，一条围在自己脖子上，另一条搁在球包的开口上保护球杆。他试图举起大伞帮弗朗西斯挡雨，但是没有梯子，完全够不着他那么高。弗朗西斯告诉他不必麻烦，从球包里抽出推杆，朝练习果岭走去。"你听到什么了吗，埃迪？"他边走边问。"他们说瑞和瓦登打得不太好，滑头的黑根干得不错，里德已经打爆了。"

如果这一切都是真的，弗朗西斯惊讶地意识到他的名次将进一步提升。他往练习果岭扔了两个球，瞬间激起一片水花。

"我不知道其他的家伙怎么样，麦克德墨和那个法国人可能还有戏，也许还有那个高个子巴恩斯……"

"好，很好。一旦上场，我们就不再关注这些了，好吗？"弗朗西斯说。

埃迪点了点头，神情严肃得像个法官，接着说："我们只管打好自己的球。"

约翰尼·麦克德墨确实还有戏。他参加美国公开赛的次数已经够多了，足以认识到大赛的第三轮至关重要。第三轮是在机会越来越小、领先者慎之又慎、比赛拖入巷战之前，落后的竞争者通过承担合理风险，向领先榜发起冲击的最后机会。现在，麦克德墨已经非常熟悉比赛场地了，他知道应该在什么时候冒险，而且他与领先者的差距并不大，落后瓦登六杆，落后泰德四杆，足以对领先者造成威胁。另外还有一个利好，他发现与自己同组的是一个刚从英国移民过来的球员，名叫 H.H. 巴克，这大大激发了他的排外情绪。尽管外表看起来同样脆弱，而且在球场外面临着更加严峻的个人问题，但约翰·麦克德墨本质上与威尔弗雷德·里德完全不同，这位美国最好的职业球员还有最后一拼的实力。

9 点 20 分，当麦克德墨在黑根两组之后出发时，季风取代大雨登陆赛场。大风肆虐，寒意袭人。麦克德墨不带外套的行为，类似于禁欲主义者的自我节制，好像只有把自己置于最坏的境地，才可以奋不顾身向前。那天早上，麦克德墨表现无功无过，成绩好过大多数选手。他伺机而动，两度冒险一搏，结果毫发无损。前九洞，麦克德墨打出平标准杆成绩——38 杆，与瓦登的差距缩小三杆，让瓦登丧失了一半的领先优势，同时超过直线下跌的里德，仅次于领先者泰德·瑞一杆。

麦克德墨转场时，早于他出发的泰德，已扭转颓势。他在前九洞打得有多糟糕，后九洞表现得就有多出色，完全再现了《变身怪医》中的故事。开球、攻果岭和推击都不再掉链子，每一击都充满力量，异常精准。究竟是什么导致了这样的变化？整个上午天气并没有变好，反而不断恶化。人们不禁猜测，或许泰德终于摆脱了与里德争吵的不良影响，但这个理论站不住脚，好斗是泰德的天性，打架能使他头脑清醒，而不是发昏。也许是由于一个更简单的理由：泰德只是不喜欢乡村俱乐部的前九洞而已。那天早上，当他离开球场时，泰德对伯纳德·达尔文说的话，澄清了大起大落表现背后的原因："比起前九洞，我更喜欢后九洞，如果可以，我想把后九而不是前九洞带在身边。"

泰德·瑞最令人惊讶的一点是，他球包里的球杆从来没有超过七支：1 号木、铜片木、四支铁杆和一支推杆。通常情况下，打一个完整的 18 洞，他用到的球杆不会超过四支：1 号木、铜片木和推杆。他最喜欢的是一支他称之为"斯尼勒"的尼布列克铁杆，斯尼勒的原意是什么，已经随着时间流逝变得无从考证了，它的杆面倾角与现在的 9 号铁相差无几。由于力量惊人，泰德能用这支尼布列克应对任何情况，从 200 码外的进攻到最棘手的切击，不胜枚举。大多数情况下，他把球开得又远又直时，接下来进攻果岭的任务就全部交给斯尼勒，根本不需要用其他球杆。星期五早上的后九洞，斯尼勒就派上了大用场。在 12 号洞，他用斯尼勒直接切进一只鸟，并在接下来的六个洞连续保帕，最终交出 76 杆（41-35）。率先上场，最早离场，泰德·瑞及时恢复状态，以三轮 225 杆的成绩获得暂时领先。

与他同组的迈克·布雷迪打了一场硬仗，但仍旧无法企及泰德的终场表现。他在果岭上运气不佳，三次将小球推到洞口，却都未落袋，最终以 78 杆的成绩结束上午的比赛，将之前获得的领先优势悉数赔尽，并被泰德反超一杆，落后泰德整整 10 杆，布雷迪的美国公开赛之旅就此结束。不久之后，汤姆·麦克纳马拉以惊人的 32 杆结束后 9 洞，交出一份漂亮的成绩单——75 杆，但也为时已晚。事实上，在第二轮打出灾难性的 86 杆后，麦克纳马拉就已经放弃了争冠的想法，他的成绩比朋友布雷迪还落后三杆。就这样，三轮比赛过后，美国三巨头中已有两位正式出局。

就在泰德打完第三轮之前不久，弗朗西斯走上 1 号洞发球台开始他的第三轮。幽灵般的大雾笼罩着前方的岩石和树林，几乎无法确认目标落点。3000 多人来为他加油助威，其中许多熟悉的面孔：弟弟雷蒙德、乔治·赖特，以及赖特＆迪特森公司的十几位同事；弗兰克·霍伊特和伍德兰球场的一众球友；乡村俱乐部的老主顾黑斯汀先生、球童主管丹·麦克纳马拉等。弗朗西斯被介绍出场时，观众持续鼓掌了近一分钟，他不得不举起手向他们致意，掌声才停息。他竟然注意到了观众，这让人有些吃惊。在更衣室、练习场和第一个发球台之间，弗朗西斯已经体验到一种纯粹、强大、超凡的平静，而且和往常一样，这种平静的到来没有任何预示。这是因为，他已经为这一轮比赛做好精心准备，无论是在精神上、情感上还是身体上，没有给任何干扰留下可趁之机。尽管下着雨，冷得刺骨，但他心里觉得很温暖，脑子里只想着稳扎稳打，一杆是一杆。

弗朗西斯架好球，埃迪把 1 号木递给他。

"你只管低头盯球，"埃迪说，"我来看球。"

弗朗西斯笑了，他知道自己今天状态在线。埃迪也笑了，不知怎的，他也知道这一点。时间静止了，人群沉默了，只有雨点打在成百上千支雨伞上的柔和协奏。顿了一会儿，弗朗西斯开始击球，挥杆充满节奏，时间把握得恰到好处，完美的一击让球冲破雨水，直击球道中央，距离 240 码。观众沸腾了，弗朗西斯和埃迪大步向前走去。巡场拿着扩音器大喊大叫，围绳管理员急忙将人群挡在界外。

上午粉丝团里那些满怀憧憬和有所成就的人中，没有人比约翰·安德森更熟悉弗朗西斯脸上快乐又庄严的神情。两个月前，在沃拉斯顿举行的州业余赛上，亲身经历那不可思议的六洞时，他便深有体会。后来在花园城全国业余赛中，弗朗西斯与杰里·特拉弗斯对决之初，他又一次见识到了。安德森感到一阵寒意袭上脊背，手臂上起了鸡皮疙瘩，他知道这不是天气造成的。

这可能是件好事，约翰心里想。

欢呼声传来，在几百码开外的克莱德街 246 号，弗朗西斯的母亲玛丽正在厨房里干活。她看了看厨房的时钟：11 点整。她知道那是弗朗西斯的开球时间，那是为他发出的欢呼。她走了出去，拉过门廊上的一把椅子，在肩上裹了一条围巾御寒，然后面对球场的方向坐了下来。她把一串念珠放在裙子的口袋里，每当听到俱乐部里传来欢呼时，她就低声说一声万福玛利亚，这样的欢呼将不绝于耳。接下来的两个小时，她仍将一动不动地坐在那里，但手指却忙活得不可开交。

在第一洞球道上，弗朗西斯操起铜片木，从 210 码外直攻果岭，小球越过赛马场，落在离果岭不远的地方。一记漂亮的劈起击后，轻松推进八英尺小鸟，迎来开门红。弗朗西斯的球包里装有十支球杆：一支 1 号木；两支几乎一模一样的铜片木，一支杆面倾角略大，称为"勺杆"，相当于今天的 3 号木；一支木质克里克，类似于今天的 5 号木；一支他称为"萨米"的圆背多功能推击铁杆，杆面倾角较小，常被用来处理近果岭处的球位；一支中铁，一支马歇，一支马歇尼布列克，一支尼布列克（分别相当于今天的 3、5、7 和 9 号铁）；外加一支推杆。这些球杆全部都使用脆弱但弹性极好的胡桃木杆身，虽然钢制杆身几年前就出现，但直到 1924 年美国高尔夫协会才允许合法使用。手握弗朗西斯的推杆，你很难将它与今天用在果岭上的球杆联系起来。杆头是一块薄薄的头部椭圆的钢片，重量很轻，高度不足一英寸，当球放在地上时，几乎够不到小球的中心位置。若想击中甜点，需要高度精准的球技。胡桃木杆身柔软且灵活，球杆整体具有非凡的平衡手感。弗朗西斯经验丰富的双手，多年来一直紧握着它，与它一起征战球场，用起来感觉像指挥家的指挥棒一样，轻盈且富有表现力。

在距离较短的 2 号洞小屋，弗朗西斯用最喜欢的铜片木将球开到了距离炮台型果岭仅 60 码的球道上，接着用尼布列克轻松将小球送到离旗杆位不到八英尺的地方，用手中极富灵性的推杆再度抓鸟，观众再次欢呼起来，这次声音更大。他在 3 号洞发球台用 1 号木开出一记又直又远的球，剩余 220 码，进攻困难重重的池塘果岭只能盲打。他瞄准直线距离上的安全区域，操起铜片木直取果岭前部，然后两推致胜，轻轻松松在前三洞连抓三鸟。这一次观众们为之疯狂！

埃迪和弗朗西斯一起走向下一洞发球台。弗朗西斯微笑着向观众点头示意，他现在可能是全马萨诸塞州最放松的人了。埃迪急匆匆地跟上，脸上笑开了花。人们拍他后背的次数不亚于拍弗朗西斯。埃迪一个字不敢说，生怕给弗朗西斯带来霉运，影响他的表现。观众们激动起来，男孩们在场上四处散播弗朗西斯迎来开门红的消息，并带回最新的赛况：里德崩溃的消息已人尽皆知，泰德·瑞打完第三轮，总成绩 225 杆。刚打完前三洞的弗朗西斯，已经凭借一杆优势超过泰德。那么，最大的问题来了，瓦登表现如何？

弗朗西斯迎来开门红时，瓦登已经打到第 15 洞。刚一转场，瓦登就在标准杆三杆的 10 号洞因运气不佳吞下柏忌，后九洞开局不利。在发球台上用长铁打出今天最好的一杆，一记漂亮的长传，直达果岭，落点距离洞杯仅一码，但接着小球滚了起来，并陷入一个由前面球员留下的深深的未经修补的打痕里，半埋入果岭。在推球进洞之前修补果岭上的打痕是违反规则的，但球员理应做好善后工作，谁这么疏忽大意？瓦登自认倒霉，并不再多想，他用尼布列克将球铲了出来，但打过了，留下一个危险的五英尺下坡保帕推。下杆时，他的右手又抖了起来，小球涮洞而出，吞下一个不该得的柏忌。

10 洞过后，损失四杆。确信领先优势尽失，一时绝望也不为过，但哈里更多的是靠直觉，而不是用杆数来判断状态的起落。由于种种无法解释，但十分笃定的原因，哈里确信最坏的已经过去。一切又尽在掌控！从不绝望！

接着他又一次连续打出四个标准杆。

到达15号洞时，哈里计上心头，有了应对之策。他看上去信心十足，精神抖擞，找回了挥杆状态，能够以稳健的节奏应对第三轮剩下的比赛。恶劣的天气将淘汰至少一半的竞争者，到时候他就能看清对手了。

15号洞发球台偏居球场一隅，距离前九洞最远。哈里站立其上，依旧能听见阵阵欢呼声穿过雨雾从远处传来。他知道这意味着前九洞有人追上来了，甚至可能已经超过他。从声音上判断，一定是一位颇受欢迎的本地选手。肯定是麦克德墨或者那个叫威梅特的小子。他猜是麦克德墨，但没什么好担心，他知道能搞定麦克德墨。

但如果不是呢？那个威梅特绝不简单，这让他担心。一直以来，作为高坛常青树，哈里的挑战者已经屡见不鲜。像麦克德墨这样逞能的球员，他们趾高气扬，一副志在必得的样子，哈里屹立高坛20年，这些家伙最终都成了他的手下败将，因为他们缺乏夺冠经验造就出来的力量，他们看似顽强的斗志在最关键的时刻往往一击即碎。在美国公开赛最后几个小时里，大多数人将在巨大的压力下崩盘。哈里早就学会了怎么对付这些小将：给他们留下看似有望赶超的机会，让他们在激烈的冲刺中精疲力竭，然后以一记令人措手不及的绝杀翻盘，大挫他们的锐气。昨天，他就是这么干掉麦克德墨的。今天仍将遵循这个模式。无论哪个愣头青想冲出来挑战他，最终都逃不过成为他手下败将的命运。他准备开球。

然而……那个小子打球的时候总是微笑，他没有紧张兮兮地走来走去，懂得在击球的间隙放松自己，和自己的小球童说笑，释放压力。他不需要像麦克德墨那样不断地发泄情绪，也不需要像杰里·特拉弗斯和老人家特拉维斯那样自我克制。事实上，哈里从来没有见过任何一位美国顶尖球员在球场上是这种状态，最终他得出了一个看似不可能却无法回避的结论：威梅特十分享受在球场上的每一刻。

哈里听到自己脑子里不由自主地抛出了一个问题：他让你想起谁？

是你，哈里，他就是年轻时的你。

在高尔夫比赛中，输赢乃兵家常事。多年来，哈里见过不少身体素质比他强的球员来了又走，他自己曾因病淡出高坛就是例证。但绝处逢生，凤凰涅槃，更磨炼其意志，使他具备无人能及的优势。他从未遇到任何一个人能忍受他所经历的一切，并置之死地而后生，重返最高水平的竞技舞台。在他看来，实现几乎不可能的目标，成了支撑他重返巅峰的动力，也是他手握的最后一张王牌——没有人比他更有勇气。

他低头看着手中的 1 号木，双手微微颤抖，怎么回事？他深吸一口气，想让它们停下来。他必须把所有恼人的想法塞进一个盒子里，用链子捆起来，扔进又深又暗的水底。他有重任在身。

颤抖的状况消失了！每一次击球、每一次推杆都目标明确，经济高效，没有浪费一丝力气。最后四洞全都打出标准杆。他以 78 杆，高于标准杆四杆的成绩结束第三轮，这四杆都是在表现差强人意的前十洞丢失的。凭借三轮总成绩 225 杆，哈里与泰德并列第一。

当哈里在媒体帐篷里接受采访后回来时，诺斯克列夫勋爵和泰德·瑞正在更衣室的遮雨棚下等着他。诺斯克列夫勋爵对自己的两员大将通过上午的严峻考验，取得比赛领先，表示了极大的欣慰和自豪，但两名球员对自己的微弱领先优势并不满意，毕竟仍有不少美国球员有机会缩小与他们的差距。他们听说了里德的崩盘，但在泰德看来，此事越少提及越好。

黑根率先结束战斗。在 3 号洞吞下双柏忌，接着在 4 号洞成功射鹰后，黑根作出调整，规避如此大起大落的风险，以更加稳健的节奏向前迈进。以 39 杆结束前九洞后，他与泽西岛人的差距缩小两杆。为了在脚底打滑的情况下控制好剧烈的重心转移，黑根发现自己越来越频繁地借鉴瓦登完美的挥杆节奏。后九洞，黑根打得十分顺畅，一如其顺滑的丝绸衬衫。最终，这位罗彻斯特小子充分释放了长打优势，交出不错的 76 杆，三轮总成绩 227，落后英国人两杆，单独排名第二。

约翰·麦克德墨紧随其后归来。通过前九洞的发挥，略微缩小与领先者的差距后，麦克德墨再接再厉，14 号洞结束时，大有追上瓦登和瑞的苗头，结果却在 15 号洞遭遇三推，打出六杆，吞下双柏忌，就此士气大挫。尽管在最后三洞连连保帕，交出 77 杆，但此轮，麦克德墨与英国人的差距仅缩小一杆。

在媒体帐篷里，记者们就麦克德墨的夺冠概率展开激烈辩论。就他现在的成绩而言，他能在最后一轮实现反超吗？他以前遇到过类似情形，一些信徒搬出了证据：1910 年美国公开赛最后一轮开始前，他还落后领先者三杆，结果他在最后一轮中逼平对手，并将其拖入延长赛。接下来的那一年，同样在成绩落后的情况下，他成功实现反超，并一举夺魁。海因里希·施密特提出异议，理由有三：那两届比赛在进入最后一轮时，麦克德墨并没有落后那么多，再则也没有遭遇像爆发洪灾似的恶劣天气，更何况，在那两届比赛上，他的对手不是泰德·瑞和哈里·瓦登。

麦克德墨拒绝在两轮比赛间隙接受记者采访，但每个瞥见他在会所外研究成绩榜时的一脸愁容的人，都知道他的夺冠概率有可能被施密特不幸言中。就连卫冕冠军自己也觉得错失了重要机会，让瓦登和瑞有了可乘之机。淋得像只落汤鸡，冻得瑟瑟发抖的麦克德墨离开赛场，折回更衣室取暖。落后劲敌五杆，在一整天都没有打出低于标准杆的一轮的情况下，他知道保住冠军头衔的希望，已经变成了不太可能投中的外线投篮。

麦克德墨之后两组，人们关注的焦点都集中在吉姆·巴恩斯身上。这个来自塔科马州，个子瘦长的英国移民整个上午都打得很顽强。他的开球通常又远又低，在风中一成不变，比场上所有人更少受到冷空气的影响。巴恩斯也经历了泰德·瑞式的过山车般的一轮，先在前九洞像个罪人一样疯狂丢杆，然后在后九洞完成自我救赎。前九洞交出 41 杆后，巴恩斯接连在 11、12 和 15 号洞成功抓鸟，最后三洞，他只要连续保帕，就能取得领先。在下一洞发球台上得知自己可能拔得头筹后，巴恩斯故态复萌，在相对容易的 16 号洞打出四杆，吞下柏忌。

没关系，观众中的乐天派分析到，最后两洞保帕也能与瓦登和泰德打成平手，并列第一。

过度期待没有带来好运。结果巴恩斯以五杆结束 17 号洞，再吞柏忌。

好吧，既然如此，结束洞保帕，巴恩斯也能以一杆之差获得单独第二名。

出人意料的是，在 18 号洞击出一记绝妙的开球后，巴恩斯的第二杆将球打过了果岭，小球在后面的路面上被弹起，最后落在距离球洞 60 码的地方。凭借一记精彩绝伦的救球，小球在空中划出漂亮的弧线，轻轻落在果岭上，并向下滚至距离洞杯六英尺不到，留下一个笔直的上坡保帕推。这时，深知美国队胜算不大的记者和已经完赛的美国球员，纷纷加入巴恩斯的粉丝团，将果岭围了个水泄不通。

稳了，稳了！就算没推进保帕推，最差两推能解决战斗，那样的话，他能与黑根打成平手，并列第二名。

他们还是过于乐观了！巴恩斯的第一推过洞两英尺，回推又用力过猛，结果打出六杆，吞下双柏忌。巴恩斯从洞杯里抓起球，气急败坏地把附在后面的一块银币大小的泥巴刮了下来。在最后一洞倒了大霉，吉姆·巴恩斯交出 78 杆，落后黑根一杆，排名第三，距离领先者三杆。

雷蒙德·威梅特兑现了自己的诺言，那天早上，他从布鲁克莱恩高中逃课，来到乡村俱乐部加入哥哥的粉丝团。他赶到时，刚好看见弗朗西斯在 6 号洞推进 20 英尺小鸟推，成功抓到当天早上的第四只鸟。之后，又一阵巨大的叫好声回响在绿树环抱的球道走廊。人们被持续不断的欢呼声吸引，冒雨从四面八方涌来。十分钟后，在颇有难度的 7 号洞，弗朗西斯信心十足地推进五英尺保帕推，为自己赢得全场人数最多的粉丝团。

尽管比赛和众人的期盼对他是个压力，但在两洞之间的间歇，弗朗西斯仍表现得十分友善和平易近人。在前往 8 号洞发球台的路上，他遇到了众多球迷，老朋友弗兰克·霍伊特是其中之一。弗朗西斯非常喜欢弗兰克，作为一名优秀的球员，弗兰克多年来一直在与弗朗西斯竞争。在伍德兰，弗朗西斯为弗兰克取了一个可爱的绰号——"偷袭者史蒂夫"。史蒂夫同时是那个在卫尔斯理锦标赛前的周日邀请弗朗西斯打热身赛，结果害他打出灾难性几轮的好心人。弗兰克在星期二资格赛进行到一半时，急于告诉弗朗西斯力压瓦登，获得领先，从而像折断小树枝一样打断了他的注意力。弗朗西斯周五早上表现极其出色，当他看到弗兰克·霍伊特冲过来时，他的第一反应是赶紧转身逃跑。

"弗朗西斯，弗朗西斯。"霍伊特上气不接下气地喊道。

哦，不，埃迪心想，又是这家伙！

"你不会相信的，瓦登刚交出 78 杆，瑞打了 76 杆，里德彻底完蛋了，他打爆了……"

"谢谢你，弗兰克，谢谢你告诉我这些。"

"你知道这意味着什么，对吧？"

"是的，我们心里有数。"埃迪说着，试图打断弗兰克。

"你应该看看会所里发生了什么，简直是一片混乱！"弗兰克说，压根不理会小球童，"大家都在议论这事。你现在是什么情况，低于标准杆四杆？"

"三杆，"埃迪急忙说。

"在 5 号洞吞下了柏忌，"弗朗西斯说着，加快了脚步。

"那么，让我想一想……"弗兰克掏出一张写满笔记的记分卡，"这样一来，你今天的成绩是负三，三轮总成绩平标准杆，老天爷，你比瑞少两杆，比瓦登少四杆。你超过他们俩啦，弗朗西斯，你现在领先两杆。"

"谢谢你过来告诉我，弗兰克。"弗朗西斯想摆脱他，但仍不失礼貌。

当他们来到 8 号洞发球台时，人群像幕布一样分开，让弗朗西斯通过。埃迪挡住弗兰克的去路，使他不能再往前走，然后转过身来面对他。

"是的，弗兰克，"埃迪说，"谢谢你过来。"

等人群在他前面挤成一团，挡住弗兰克的去路后，埃迪才跑去发球台，与弗朗西斯会合。埃迪用毛巾擦干握把，将 1 号木递给弗朗西斯。

"弗朗西斯，不要理会他说的那些，"他说，"咱开始怎么打的，现在还怎么打。"

"没错，不要理会他们说什么，"弗朗西斯说，"我们打好自己的球。"

弗朗西斯重复着整个上午都在做的试挥，但埃迪能从中看出丝丝犹豫刺穿了他的高度专注。就那么轻轻一扎，周二的梦魇重新上演，信心的缺口被打开。雨水已经渗入 1 号木的胡桃木杆身，使它比平时挥起来更柔软，挥杆太用力或失去节奏，那可就麻烦大了。越来越严重的焦虑让他出手太急，导致 8 号洞的开球拉左，小球被打进沙坑，救球一杆又打短，切球上果岭，然后遭遇三推，打出六杆，吞下双柏忌。

前往下一洞的途中，埃迪试着稳住他："别在意，弗朗西斯，谁都会有运气不佳的时候！"

弗朗西斯点点头，好像听进去了似的。但在长五杆 9 号洞，悲剧重演：一记笨拙的开球，紧接着的第二杆连截断球道的小溪也没跨过去，第三杆才将小球送上果岭前部。第四杆过后，留下 10 英尺保帕推，推杆下去，小球前进至洞杯口时奔左而去，又打出六杆，吞下柏忌。仅仅两个洞，弗朗西斯就丢掉了领先优势，首度与瓦登、泰德打成平手，并列第一。

当他们走到第十洞发球台时，埃迪发现他的一个生性喜欢打闹的朋友，正在围绳外，就挥手示意让他过来，然后悄悄指着手持积分卡写写画画并随着人群移动的弗兰克·霍伊特说：

"如果你再看到那个家伙向我们跑过来，就过去拦住他。"

随着中午的临近，场上真正有实力的竞争者已所剩无几。在科普利广场酒店熬了大半夜照顾姐夫威尔弗雷德·里德受伤的心灵，小个子法国人路易斯·特利尔勇敢地战斗了一上午，得以幸存下来。他和汤姆·瓦登同组，后者目睹了昨晚的争吵，向他作了客观复盘，完全不带威尔弗雷德的自怨自艾色彩，最终帮助他平静了下来。

紧随特利尔和汤姆之后，是好友麦克·史密斯和亚历克·罗斯。尽管来自苏格兰高地，但罗斯发现自己难以在恶劣天气中有所发挥，结果交出骇人听闻的 93 杆，惨烈出局。以同样令人汗颜的 42 杆结束前九洞的麦克·史密斯，在后九洞实现翻盘，打出 80 杆，保住争冠机会，超过路易斯·特利尔，与约翰·麦克德墨并列第五。

现在只剩下弗朗西斯了。与他同组的乔治·萨金特，在当天的比赛开始前尚有争冠机会，但面对糟糕的天气，萨金特一上场就连连失手，彻底退出竞争行列。站在 10 号洞发球台上等待球道清空时，弗朗西斯心中感到笃定。如果完美的球感和视觉暂时弃他而去，假装也没用，但它已经过去。他只有再次埋头打球，坚持完赛。

想清楚了吧，弗兰西斯。一开始就没人指望你能取得这样的成绩，实话实说，连你自己也没有料到，既然如此，你还担心什么呢？

简单的观念转变立刻使他平静下来。弗朗西斯发现了一种不可思议而极其简单的情感资源，他所要做的就是改变他看待自身处境的角度：这是高尔夫，是游戏，本来就应该是一种乐趣。

在 10 号洞，弗朗西斯用中铁开球直取果岭，成功保帕，但麻烦还在后头。11 号洞，在一记漂亮的开球后，攻果岭一杆打进长草，结果打出五杆，吞下柏忌。消息很快在观众中，乃至整个赛场传开——弗朗西斯又落后瓦登和瑞一杆。

在练习果岭上，为最后一轮 12 点 15 分的开球做准备时，泰德听说了弗朗西斯追上他们的消息。他在更衣室里吃了顿热饭，喝了一杯黑麦酒，换上了备用的干衣服。得知自己又重新获得领先后，泰德感到信心百倍，准备面对令他害怕的最后一轮前九洞之旅。他同样惊讶地发现，在发球台附近排队等着看他的观众明显减少了。过不了多久，他就会发现原因，而且这个原因会令他不太爽快。

大雨滂沱，风吹雨淋，乌云低垂，直压树梢，比赛压力陡增。在标准杆五杆的 12 号洞，弗朗西斯又浪费了一次挽回失去杆数的机会。开球入沙坑，不得不将球先救回球道，第三杆攻果岭打短了，最后凭借一记漂亮的切杆和在果岭上的稳定发挥才得以保帕。在 13 和 14 号洞，弗朗西斯没有冒险，稳扎稳打，连续保帕。在距离较长的 15 号洞，他的开球差点打到路面上。弗朗西斯花了很长时间琢磨攻果岭一杆：落点距离果岭只有 120 码，但是顶风，他和埃迪小声地商量着选杆策略。面对 4000 多名观众，弗朗西斯的注意力仍然高度集中。他们决定选用马歇，5 号铁。他做出了完美的击球，小球轻轻落在果岭的下坡处，距离洞杯 10 英尺。

当弗朗西斯和埃迪从各个角度观察推杆走线时，人群聚拢来，将果岭围了个水泄不通。弗朗西斯采取了一种不太正统的推杆方式，当代高尔夫爱好者一定能认出这种现代的击球风格：更多地运用肩膀，而不是手腕，肘部向两边伸展，挥杆平滑流畅，而不是突然猛击。弗朗西斯找到了他喜欢的推击线，埃迪走开。他摆好站姿，接着把细长的推杆放在球前，最后检查一下推击线，然后把推杆放回去，将头转向右边，开始击球。小球不偏不倚地沿着推击线直落洞杯，又一只鸟，又一阵欢呼，弗朗西斯和埃迪备受鼓舞，坚定地迈向 16 号洞。

欢呼声传来时，泰德正站在第一洞发球台上，准备击球。他十分清楚那欢呼声的意味：威梅特又追上了。泰德重新退到球后，再次看线，重新站位。

这样也好，他想，先让那小子赶超我们，最后一轮再给他点颜色瞧瞧。

泰德再次走到球前，开出精彩绝伦的一球：顶风、260 码，直击球道。最后一轮正式拉开战幕！

弗朗西斯在 15 号洞抓鸟赢得的欢呼声，传到街对面的克莱德街 246 号，玛丽·威梅特再也坐不住了，这是她整天在家听到的距离最近的一次欢呼。她从门边的架子上取下雨伞，大步走下楼梯，好像被上帝召唤似的，径直穿过街道，朝着目之所及观众人数最多的地方走去，当然她还不知道那正是弗朗西斯的粉丝团，人群将 16 号洞果岭围了个里三层外三层，身高仅五英尺二英寸（约 158 厘米——译者注）的玛丽啥也看不到。当观众们再次鼓掌和欢呼时，她问旁边的一个高个子男人发生了什么，他踮起脚尖往里张望，然后告诉她：威梅特刚刚开球直接攻上了果岭。

随着人流前往 16 号洞的路上，露易丝和雷蒙德·威梅特发现了彼此，他们一起看着弗朗西斯在 16 号洞打出标准杆三杆，这是整周来他第一次在该洞成功保帕。紧接着在 17 号洞，弗朗西斯把球打到了球道边的围绳没有护卫到的一个缺口处，巡场员们拿着扩音器，扯着嗓子喊着，试图控制住蜂拥而来的人群。玛丽被人群推搡着，像支软木塞在汹涌的海浪中起伏，但她很快掌握了看球要领——抓住围绳，死不放手。就这样她在围绳边占据一席之地后，刚好赶上弗朗西斯把球又直又远地开上球道。他走过的时候，她想大声叫他，但她的声音被喧闹声淹没了。玛丽不太懂高尔夫，只是偶尔会读到关于弗朗西斯的报道，但当弗朗西斯第二杆把球攻上他们称之为果岭、修剪过的椭圆形短草区时，她知道那是一记好球。当他两推将球推入洞时，观众们更加激动了，玛丽也和他们一起欢呼起来。

"那是我儿子。"当人们冲向下一洞发球台时，她试图告诉旁边的男人，但他压根没听见。

她感到一阵激动，眼里充满泪水，她从来没有见过这么多人，这么激动，他们都是来看弗朗西斯的。她突然停下来，停在离下一个发球台很近的地方，无法再往前迈开半步。人群从她身边鱼贯而过，留下她独自杵在原地。紧随弗朗西斯之后的一组球员来到 17 号洞时，连个人影都没有。她看见 18 号洞球道两侧，黑压压的人墙一直排到会所。

人们兴奋地聊着，当一群戴着白色臂章的人把扩音器举到嘴边，大喊安静，有人高高举起红色旗子时，周围的空气顿时凝固，万籁俱寂，无人移动，玛丽能够听到的唯有雨声不停。弗朗西斯站在人山人海之中，每个人的眼睛都盯着他，她顺着他们的视线看去，就在那里，就在人墙的深处，一支高尔夫球杆被高高举起，出现在她的视野里，接着传来扎实的重击声，那是木头和球的碰撞声。

人群马上异口同声地发出欢呼，并沿着围绳向前冲去。他现在正走在他们中间，她对此很有把握，她能从人群的反应中看出他前进到了什么位置，他们在挥手，在喊他的名字。

那是他，那是弗朗西斯！

片刻之后，他们又爆发了！他又打出令他们欢呼雀跃的一杆，他们为之欣喜若狂。接着，黑压压的人群聚集到了黄色会所左侧一个凸起的圆形平台周围。

难以置信，难以置信！玛丽一个闪念，低头发现自己就穿着一件家里的便服，天哪，她在想什么呢？她不应该在公共场合穿成这样，她擦去眼角的泪水，立即转身回家，然后一直等着雷蒙德或露易丝回家，告诉她以后发生的事情。

一定是好消息，她想。必须是好消息。

弗朗西斯沿着通往 18 号洞果岭的路堤向上走，他停下来，身体往后靠，伸出手去拉埃迪，免得他去爬湿漉漉的斜坡。埃迪挥手示意他继续往前走，然后自己爬坡上来，一边肩上扛着球包，另一边撑着雨伞，步履稳健得像只公山羊。

场上，已经进入最后一轮的哈里和泰德听到一连串的欢呼声。最后一阵欢呼过后，诺斯克列夫勋爵冲过围绳，赶上哈里，和他并肩走向位于 2 号洞球道上的小球落点。

"你听见了吧，这是怎么回事？"诺斯克列夫问道。

"威梅特打出好球了，"哈里说，"我就知道他能赶上来，也许就要逼平我们了。"

"就那个菜鸟？"诺斯克列夫说，"不可能！"

"他能做到。"哈里说

"胡说八道，他还嫩了点。"诺斯克列夫说。

"走着瞧吧。"哈里说。他走到球前，选好球杆，把注意力集中在下一杆上。

在结束洞果岭上，乔治·萨金特主动提出要先推，好把果岭空出来，留给弗朗西斯，弗朗西斯轻扣帽檐以示感谢，观众也对此报以鼓掌。萨金特两推结束第三轮，交出 79 杆，观众再次礼貌地报以掌声。萨金特捡起球，走到一边。伯纳德·达尔文已经在场上兜了一圈，又折回 18 号洞，赶着来看弗朗西斯第三轮最后的表现。站在会所附近，享受着没有诺斯克列夫在身边的这一刻，达尔文心生感激。低头望着弗朗西斯时，达尔文努力想避免露出笑容，但很快他就不由自主了。那个我在科尼岛遇见的小子，在花园城高手云集的赛场上一眼相中的小子，这才不过三周吧？现在再看看他。

球停在洞杯右边 20 英尺的地方，略微往左倾斜。埃迪把推杆递给弗朗西斯，在 6000 名观众的包围下，他们孤军奋战，表现了在重大高尔夫锦标赛上特有的一种奇怪的亲密关系。

"你怎么看？"弗朗西斯几乎是出于礼貌地问埃迪这一推该怎么推，实际上，他就像在镜子里看到自己的脸一样清楚球的走线。

"抓左线，"埃迪说，"下坡推。"

"听你的。"弗朗西斯说。

"如果不能一推进洞，你要确保下一推没问题。"

弗朗西斯上前一步，最后看了一眼，球滚起来，直奔洞口而去，在左拐之后，球看似在线，却擦洞而过。观众发出一阵叹息。只怪最后的时候送杆太急，导致球速过快。小球从高处滚落，向前冲出四英尺。观众们先是叹息，接着鼓起掌来，惋惜之余又兴奋起来，弗朗西斯只要推进剩下的一球，就能追平英国人，并列三轮领先。

两人很快地查看了一下推击线，埃迪蹲在弗朗西斯身后，从他的两腿中间往外看。他那只受伤的脚趾开始感到剧痛，但他极力忍住。

"直推。"埃迪说。

没有丝毫犹豫，弗朗西斯径直把球推进洞中央。

场下的瓦登听到欢呼声，接着是一片齐声喊叫，那声音听起来像是来自一个人，这是他们整个星期听到的最响亮、最持久的欢呼声。哈里无动于衷地看着勋爵：瞧，他做到了！诺斯克列夫勋爵感到焦躁，急匆匆跑到前面去看泰德。

在瓦登后面一组出发的沃尔特·黑根此时刚打到 1 号洞果岭上。"这下有意思了，那小子追上来了！"黑根自言自语道。

倚在自家前廊椅背上的玛丽也听到了欢呼声，她紧握着念珠，感谢神灵回应她的祈祷。

在会所附近，雷蒙德·威梅特跑上前去，试图接近他哥哥，却生生被人群给挡住了。露易丝急忙赶回家把消息告诉玛丽。

在会所的台阶上，伯纳德·达尔文兴奋得直想挥拳，但念及民族情结，不得不按奈不发，只在笔记本上记下"太棒了，太棒了"，然后匆匆回球场去找瓦登和诺斯克列夫勋爵。

去交记分卡的路上，弗朗西斯在记分员帐篷的右侧，碰见美国高尔夫协会主席罗伯特·沃特森和他的老朋友乔治·赖特，弗朗西斯高兴地朝他们挥手致意，沃特森和赖特撑着伞站在瓢泼大雨中相互握手。

10 分钟后，一个孤独的身影拖着沉重的脚步走上最后一洞球道，这一次轮到赫伯特·斯特朗遭受单打独斗的痛苦。第三轮中最后一个上场，他以和泰德·瑞并列第二的成绩开始当天的比赛，但状态一路下滑，最终交出 82 杆，与路易斯·特利尔并列第八名。过了一会儿，第三轮的最后成绩新鲜出炉，公布在记分板上：

弗朗西斯·威梅特先生	74–225
泰德·瑞	76–225
哈里·瓦登	78–225
沃尔特·黑根	76–227
吉姆·巴恩斯	78–228
麦克·史密斯	80–228
约翰·麦克德墨	77–230
路易斯·特利尔	79–231
赫伯特·斯特朗	82–231

在世界排名前 50 位的球员中只有 17 人打出 7 字头的情况下，弗朗西斯在第三轮打出最低杆数，将自己与世界上最好的两名球员的差距缩小了四杆。研究这项运动的学者们一致认为，虽然有极少数例外，但在进入大赛决赛轮时，只有与领先者的差距保持在五杆以内的球员，才有望杀出重围，一举夺魁，这就意味着仅有七名球员拥有冲冠机会，特利尔和赫伯特·斯特朗只能在外围观望。

媒体帐篷里，专家们就美国队的赢输打赌下注。麦克德墨看上去筋疲力尽，虽不能完全排除他有夺冠可能，但大多数人并不看好他。麦克·史密斯仍然充满可能性，毕竟他曾打进美国公开赛的延长赛，而且他的两个兄弟都曾问鼎美国公开赛，他的身体里流淌着冠军血液。吉姆·巴恩斯鲜为人知，他来自西部偏远的塔科马州，很少有人见过他打球，但人们喜欢他在前两轮比赛中的出色表现，很多人觉得他在幸存的美国球员中最有竞争力。记者们刚刚开始对沃尔特·黑根滋生爱意，开始了他们将持续 30 年追踪他的长跑，虽然仅落后领先者两杆，但指望这位年轻的花花公子首度亮相美国公开赛就超越瓦登和瑞似乎不太现实。

然后就剩下弗朗西斯了。第三轮比赛结束后，他在记者帐篷里待了几分钟，期间大部分时间都在为第八洞和第九洞的糟糕击球致歉。每有记者试图激发他的爱国心，迫使他做出胜利预测时，弗朗西斯都没有上钩。

"在这样的天气条件下，面对这么多强劲对手，"他说，"最终能脱颖而出一定得有幸运之神的眷顾。"

这个来自街对面的小子，压根不应该出现在此，但现在看来，他命中注定不凡。他离开帐篷后，人们开始议论纷纷，各执一词。乐观者及家乡球迷善意满满，他的表现是否已经触及天花板，又或者命运为他准备了更大的可能？愤世嫉俗者和故作聪明者，是体育新闻记者中并不陌生的一类人，他们已经通过分析计算，认定他将铩羽而归。这小子不知从哪里冒出，飞得比谁都高，伊卡洛斯这个名字听起来耳熟吗（伊卡洛斯是希腊神话中代达罗斯的儿子，与代达罗斯使用蜡和羽毛制造的翼逃离克里特岛时，因飞得太高，双翼上的蜡被太阳融化跌落水中丧生——译者注）？决赛轮中，他将因经验不足而一溃千里。事关美国公开赛冠军奖杯，并列领先的瓦登和瑞一定会把他压扁。

并非帐篷里的每个人都这么认为，因为体育记者几乎都会表现出两种极端。与固执己见的怀疑论者相反，不知羞耻的情感主义者们还没有准备好把弗朗西斯踢出局。这并不是因为他们真的觉得他能成功，而是一旦弗朗西斯摘冠，那将是闻所未闻的大新闻，到时候记者们可以因此笔头生花，轻松写出头版头条。

出于远不那么自私的原因，记者团中只有约翰·安德森挺身而出，坚持自己的立场。"不要放弃弗朗西斯，"他对反对者说，"连他自己都不知道在场上会有怎样的发挥，但他不是在周二的资格赛中凭借一杆优势力压瓦登了吗？今天上午，他不是又迎头赶上英国人，与他们打成平手了吗？"但是，怎么能就此认定他能成事呢？反对者辩驳道，他们可是顶级职业球员，是世界上最好的球手，他不过是个无名小卒。一个来自纽约的家伙甚至开玩笑说，弗朗西斯长着一对并不看好的招风耳，引得哄堂大笑。

"我来告诉你他是怎么做到的，"约翰生气地说，"他比他们打得好！"

那些冥顽不灵的同事们仍抱怀疑态度，只有安德森，还有伯纳德·达尔文暗地里默默支持弗朗西斯。当地支持者聚集在外面，芳心暗许弗朗西斯，却也不敢抱太大希望，他们的心声在乡村俱乐部上空凝结，上万人似乎在屏息敛声，翘首以盼。

弗朗西斯从来没告诉过任何人，决赛轮开球前一小时他都在想些什么。他背对着房间，坐在储物柜前，眼睛死死地盯着前方。也许是在想象即将到来的最后一轮，又或是在回想自己是如何经历那些艰难岁月和无数次的失望，走到今天。他换上干衣服，擦干净鞋子。其他球员为了赶开球时间，来了又走，留下他一人，像是一名在无安打赛局中中场休息的投手。

埃迪浑身湿透，躲在球童小屋等弗朗西斯回来。那天早上，他连套备用衣服也没带。球童主管丹·麦克纳马拉看到他冻得直哆嗦，嘴唇发紫，便邀请埃迪去专卖店，让他坐在后面，靠近大肚皮火炉的地方取暖。埃迪脱下外套，挂在火炉旁烤干。有人给他端来一杯热巧克力。

"陪他好好打下去，孩子。"丹说。

"我会尽力的，先生。"埃迪说。

埃迪坐在火炉边，把弗朗西斯球包里的所有球杆都清理了一遍，并反复查看他的球和球托模具是否够用。趁没有人注意的时候，埃迪解开右脚的鞋带，偷偷看了下自己的脚，血从绷带里渗出，他注意到专卖店柜台上有些美国小国旗绣带在出售。

"多少钱一个？"埃迪问。

"不收费。"丹说。

埃迪想了想，说："那两个多少钱？"

当威尔弗雷德·里德在第三轮结束后离开赛场时，他的妻子和妹妹找到了他们在记者帐篷里见过的一位记者，告诉他前一天晚上在科普利广场酒店，威尔弗雷德和泰德·瑞之间发生的不愉快。两个女人按捺不住压抑的情绪，哭哭啼啼地将里德那天早上的崩盘归咎于瑞。传闻中的打架事件就此得到证实，并很快在记者们中传开了。交上记分卡后，威尔弗雷德走进记者帐篷，以他的视角讲述了事件始末。

他试图把这一事件，说成是朋友之间因激烈的政治分歧导致擦枪走火，并拒绝承认两人之间可能存在潜在的敌意。威尔弗雷德以一己之言将自己描绘成无辜的受害者，是在其他人试图介入之前，勇敢地试图作出回应的被攻击对象。他没有抱怨在打架中受到了欺负，他身上的伤明摆着，也没有将那天早上赛场上的糟糕表现，归因于打架导致的情绪不佳，当然，这些不言自明，记者们会作出结论。周五下午，里德以同样糟糕的表现结束最后一轮，交出令人沮丧的86杆，跌落至并列第16名。明眼人一看便知，前一天晚上发生的事毁了他的冠军梦。

值得称道的是，里德并没有把这事报告给警察，没有提起任何人身攻击指控，没有发起任何法律诉讼，也没有因比赛奖金损失向泰德索要赔偿，这在今天几乎是不可想象的。当然，当时也没有律师为他提供法律建议，即便有，他也可能会断然拒绝。他的反应似乎表明：英国绅士奉行传统行为准则，有时会用拳头来解决分歧，如果他们中有一方被揍得鼻青脸肿，或是心灵受到伤害，那又如何，事情也就到此打住。打架事件产生的严重后果，使他丧失了争夺美国公开赛桂冠的机会，从这个角度来看，里德把这一事件单纯划归到个人层面的做法，倒是颇显风度。

出于个人原因，泰德·瑞从未公开讨论过与里德的争执。"不关别人屁事"，他的解释很有可能这么直白。他后悔给了他一拳，至少他是这么对哈里说的。但这件事已经过去，对他来说已经结束了，根本不应该出现在报纸上。他似乎对美国人对这件事的兴趣感到困惑，他相信谨慎的英国记者压根不会管这事，大肆宣传美国公开赛的伯纳德·达尔文就只字未提。泰德对美国媒体运作方式的本质差异的认知盲点，将在周五下午给他带来意想不到的麻烦。由于里德的一面之词没有得到泰德的正面回应，人们开始调转矛头直指一周以来场上最受欢迎的选手，有生以来第一次，泰德出乎意料地发现自己被扣上了欺凌弱小的恶名。

雨更紧，天更冷了。上午的几场暴雨之间，曾出现雨势渐小的迹象，但转瞬即逝，雨就这么一直下着，一直没停。下午早些时候，布鲁克莱恩上空似乎被捅了个大窟窿，地面严重积水。球道上到处都是水坑，只有果岭的排水系统略胜一筹，事实上，正是为了防止果岭积水变得不能打球，球场才将它们建成炮台型或倾斜型。中午过后，美国高尔夫协会官员宣布比赛将继续，第四轮比赛如期进行。

12 点 15 分，泰德·瑞和迈克·布雷迪回到第一洞发球台，开始最后一轮比赛，这时空气已经变得像牛奶巧克力般粘稠。对威尔弗雷德·里德向媒体告他的状一无所知，也不清楚观众们已经变节，蒙在鼓里的泰德以为，全是由于鬼天气使看他比赛的观众人数锐减。介绍他上场时，观众掌声稀疏，泰德倒是不以为意。几周前，泰德就已经预料到，美国人很难对他这个"大英国佬"上心，没有人会为歌利亚欢呼（歌利亚是传说中的巨人，据《圣经》记载，歌利亚带领腓力士人进攻以色列，由于力大无比，所有人看到他都退避三舍，不敢应战——译者注）。尽管在情感上筑起了防御工事，但泰德还是感到四面楚歌，疲惫不堪。他离家近三个月了，这是他一生中离家时间最长的一次，他喜欢美国，但并不像哈里那样适得其所。和哈里一样，泰德也越来越觉得，诺斯克列夫勋爵完全是出于一己私欲，而不是本着弘扬体育竞技精神，来争夺美国公开赛桂冠，其意图在过去的几天里已经昭然若揭。一雪前耻也许是他的初衷，但它已完全变味。在英国高坛闯荡十五载，什么坏天气他都经历过，但周五下午，泰德遭遇了前所未遇的最恶劣天气，比赛仍然要继续。

再打一轮，他就能把这一切抛诸脑后：球技、忍耐、职业自豪感等。率先上场，面对空无一人的球场，泰德可以依自己的喜好，快速打球。也许最后一次挑战该死的前九洞，它能臣服于他。他的开球高高飞起，直插云霄。当他走上马球场球道时，诺斯克列夫勋爵又出现了，并和他一起朝小球走去。

他没随身带把鞭子真是个奇迹，泰德心想。

泰德的第二杆向右偏出，进了沙坑，断送抓鸟机会。救球上果岭，然后两推保帕。2号洞，两杆攻上果岭，但推击时操之过急，发挥失常，遭遇三推，吞下柏忌。标准杆五杆的3号洞池塘已经困扰了他整整一周，但泰德开出了标志性的一球，第二杆用铜片木攻上果岭，然后两推成功抓鸟，打平标准杆。

名为"医院"的4号洞仅有300码，通常情况下，十有八九，他能一杆攻上果岭，但医院今天将制造而不是治愈更多的伤害。泰德开球很稳，由于地面潮湿，小球粘在俯视果岭的土堆顶上，距离果岭不到50码。攻果岭一杆，他拿出他信赖的斯尼勒，结果打了个铲地球，小球仅向前前进了20码，跌入一座又深又窄的沙坑。接着，他用同一支杆，将小球打上果岭边缘，但再次遭遇三推，错失一个一英尺短推。泰德火冒三丈，没什么比在一群人面前错失12英寸短推更丢人的。在此洞打出六杆，吞下双柏忌，本轮四洞成绩+2。

泰德走下果岭时，刚看完弗朗西斯打完第三轮的伯纳德·达尔文，一路小跑着从会所赶回来。"你去哪了？"诺斯克列夫勋爵没好气地问。

"去看威梅特了，他赶上来了。"达尔文上气不接下气地说。

"不，他不只是赶上了，"诺斯克列夫勋爵说，"他已经超过他们了，泰德打爆了。"

达尔文看见泰德气势汹汹地穿过人群走向第五洞发球台。诺斯克列夫勋爵啪的一声打开怀表，看了看时间说："我回去看哈里，你盯着瑞，别让他让我失望。"

诺斯克列夫勋爵大步走开，错过了泰德接下来的精彩发挥。在5号洞，泰德打出当天最漂亮的三杆，要知道整个比赛过程中，他仅在此洞成功保帕过一次。5 号洞是一个轻微的右狗腿洞，且狗腿转弯处为一片密林所守护，开球盲打，需要越过一片土堆，泰德开球劈开了球道。果岭更是危机四伏，左侧有陷阱，右侧有长草，泰德操起斯尼勒，直击果岭中央。反复试推六次之后，泰德终于出手，推进 15 英尺小鸟推，五洞成绩 +1。就像是为了刷新打球速度一样，他仅用 45 分钟打完前五洞。

在 6 号洞成功保帕后，泰德在 7 号洞又遇到了麻烦。面对全场最长也最难的三杆洞，泰德开球打短，且方向偏右，把球救上果岭后，又一次遭遇三推，打出五杆，吞下双柏忌，七洞成绩 +3。

泽西岛男人的暴脾气一下子上来了，他边走边跺脚，还把推杆扔了出去，害得他的球童不得不多走 10 码把它捡回来。诺斯克列夫勋爵对他的看法是对的，达尔文心想，只不过这脾气来得早了点，前九洞还有两洞待打，他就已经怒不可遏了。麻烦接踵而至。在 8 号洞再次开球失手后，泰德又吞下一个柏忌。来到前九最后一洞时，成绩已经高出标准杆四杆，泰德急需止血。520 码的 9 号洞喜马拉雅，对于泰德这样的长打型选手来说，算是一个相对容易的五杆洞，然而，这一整周，他都没有搞定它，他需要打出一只小鸟球。

站到球前时，雨势正猛，泰德被彻底浇透了，头顶的白色渔夫帽已经变形，完全耷拉下来。凭借又一记瑞氏经典开球，小球远远地直奔球道而去，紧接着用铜片木打出同样出色的第二杆后，距离炮台型果岭仅剩 90 码。操起斯尼勒击球，泰德抬头太早，结果打短 30 码，小球落在通往果岭的陡坡上，好在地面潮湿，否则小球就会一路滚回起点。这一刻，达尔文确信：率先上场面对空无一人的球场，让泰德能以自己喜欢的疯狂速度向前冲，结果反而害了他，他每打一杆都很匆忙，尤其是在果岭上。

在 9 号洞攻果岭一杆失手后，几个美国球迷给泰德喝起了倒彩，这是那天上午首次发生这样的情况。巡场员追着那几个捣蛋鬼，拿着扩音器大喊安静。泰德对他们的失礼行为嗤之以鼻。"这又不是他妈的足球比赛！"他咕哝道，并拒绝在观众们完全安静下来之前挥下一杆。他还不知道有关他欺负里德的消息已经不胫而走，传遍整座球场，这也是发生有违体育精神的一幕的主要原因。当然，这也跟泰德的糟糕表现脱不了关系，美国人现在有了赶超他的机会。

且不论那些美国人到底出于什么原因来拆他的台，泰德接下来的表现都正中下怀：切击上果岭时打短了，之后保帕推又推短了，结果打出六杆，吞下柏忌。前九洞成绩43杆，高于标准杆五杆。不管以他自己还是其他任何人的标准来衡量，这个成绩都很糟糕，泰德被前九洞折磨掉了他身上的最后一磅膘肉。那天下午一点半稍过，美国公开赛冠军争夺战正式打响，这不仅仅是因为泰德场上的表现。

哈里倒不用担心观众拆他的台，这种事情从来没有，也永远不会发生在他身上，就像人们绝不会对大力神石柱和自由女神像发出嘘声一样。无可挑剔的名声，应对压力时的沉稳风度，为他赢得了人们的尊重。即使美国新球迷不懂高尔夫，对他知之甚少，他们也能感觉到瓦登身上的正能量——兢兢业业、独立自主、自力更生、公平竞争。除了精湛的球技，哈里表现出的这种近乎美国人理想化的人格魅力，可能是他能在美国吸引这么多人的秘诀。唯一的美中不足是他的短推，但当人们看到他如此优雅地处理自己的阿喀琉斯之踵时，对他的喜爱又多了一分。他从来没有扔过杆，或是说过半句气话，也没有自怨自艾。星期五下午，哈里在乡村俱乐部不得不面对的唯一敌人是他自己。

在1号洞成功保帕，来到2号洞发球台等待开球时，哈里发现自己莫名其妙地变得紧张起来。那时，他已经知道弗朗西斯打完第三轮，与他们战平，他也知道泰德在前面发挥失常。这一次，灰狗并没有迎头出击，趁追赶者精疲力竭做最后冲刺时，轻松超越他们。他正和一位年轻球员酣战，多年来，从来没有哪位球员像这个年轻人那样令他担心。恶劣的天气使他无法发挥技术优势，这样一来，要看谁能承受得住大赛的压力考验了。自从病愈重新登上职业巅峰以来，哈里第一次担心自己能否经受考验，每个冠军都会迎来那么一刻，他必须让位给一个更快、更强、更年轻的人。那一刻会是今天吗？

打第二洞的时候，哈里觉察到了不对劲，感觉思想和身体都不受自己控制了。那天早上在15号洞出现的短暂手颤又复发了，而且不仅仅出现在受伤的右手，两只手都在颤抖。尽管还能掌控长杆，击出想要的球，但推杆却要了他的命，像风暴中的婴儿一样无助，接下来的四个洞，哈里连吞四个柏忌。

走在观众中，诺斯克列夫勋爵看到哈里的表现后，如噩梦初醒，惊愕不已。在盼了九年的胜利即将到来的关键时刻，他的两名冠军选手却不堪大用，双双折戟前九洞，泰德交出 43 杆，哈里是 42 杆。这是两人在布鲁克莱恩表现最差的一轮九洞。

第一个有机会夺冠的美国人是沃尔特·黑根。12 点 40 分，由于没有多余的干衣服可换，黑根依旧穿着早上那身又湿又脏的丝绸衣服，紧随哈里，走上发球台。第三轮比赛完赛后一小时，发球台已变得满是泥泞。为了防止脚底打滑，他不得不像击球区的棒球手一样，使劲抠住那双滑溜溜的红底鞋。现在，黑根获得了全场最多的观众，但他这次没有向姑娘们抛媚眼，也没有和孩子们开玩笑，就连他自己也不得不承认，该干正事了！这位漫不经心的年轻职业选手，整周来第一次感受到美国公开赛犹如泰山压顶。

黑根的开球进了球道右侧的树林，落在潮湿的长草区，第二杆略微打短，错失果岭，然后一切一推保帕。在 2 号洞，攻果岭一杆，将球打过狭窄的果岭，落入后方的沙坑。他试图从湿漉漉的沙中铲起小球，结果却打薄了，小球慢悠悠地滚向果岭另一面。切球上果岭，效果不佳，遭遇两推，吞下双柏忌。要知道这可是他认为全场最容易的一洞，不能吧，黑根，咋回事？

此轮开始时，黑根清楚自己与领先者的差距，但他并不知道瓦登和瑞在前面打得有多糟。他已经决定不让人告诉他，也不打算去问。走向第三洞发球台，黑根跟自己聊了一会。

"小子，再这么搞砸一次，机会就一去不回了。当你两手空空，夹着尾巴回到罗彻斯特时，他们会怎么看你？大话先生，你买了那些漂亮衣服，大老远跑去，难道就是为了在一生最重要的比赛中无功而返吗？"

他的回答自然是否定的，但黑根完全不知道要怎么做。面对被雨水浸透的草皮，还有那双该死的红底鞋带来的挑战，他就是找不到挥杆状态。到达高耸的 3 号洞发球台时，黑根垂头丧气，甚至有些绝望，低头看向下面的球道时，正好瞥见哈里·瓦登在挥第二杆。

有了，瓦登的站姿和挥杆。

自从在星期一的练习轮中第一次看到瓦登打球，黑根就对哈里流畅又优雅的挥杆肃然起敬。黑根天生善于模仿，纯粹出于好玩，他已经花了好几天时间模仿瓦登的动作，甚至在那天上午的一轮中小试了一下。如果说他现在需要的就是完美的挥杆，何不借用一下世界最佳球员的动作呢？

黑根把球架到球托上，脑子里想着哈里的动作，接着退后几步，试挥了三次，感觉不错。他既没有摇摆不定也没有向前猛冲，而是尽力保持平衡。还没来得及说服自己不要去尝试，他走到球前，重复了一遍那个动作，漂亮地将小球送到球道中央 230 码处。

果然奏效！

黑根走到球前，操起铜片木，再次模仿着哈里的挥杆动作，将小球打上 3 号洞果岭的前部，然后运用自己的推击方式，两推成功抓鸟。本轮成绩 +1。

在距离较短的 4 号洞，黑根再次以瓦登式的开球和酷似瓦登的劈起击动作，将小球打到距离旗杆位仅六英尺的地方，然后一推进洞，连抓第二只鸟，漂亮！

紧接着在 5 号和 6 号洞，黑根再度凭借瓦登式挥杆，连连保帕。在标准杆三杆的 7 号洞，他用中铁开球，直攻果岭，落点距离洞杯 12 英尺。往果岭上走时，观众中有人在议论。

"喂，打得不错！"他听见有人说。

"怎么个不错？"黑根问。

一个完全陌生的人跑到围绳前，对他说："瑞和瓦登前九洞的成绩是 42 和 43 杆。"

"不是吧？"黑根说，感到自己的心都快跳到嗓子眼了。

"你比他们领先一杆，黑根，"那人说，"你领先了！"

"我真希望你没告诉我这些。"他说。有人猜测，但不幸的是，没有办法证实这个身份不明的陌生人，是否是弗朗西斯的朋友弗兰克·霍伊特。

在 8 号洞，无论用自己的挥杆方式还是模仿瓦登的动作，黑根都一再错失球道，结果用了三杆才攻上果岭，最后两推，吞下柏忌。现在，他不知道前面的英国人打得如何，他更喜欢这样。但他开始担心一味地模仿会迷失自我，毕竟他是用自己的挥杆方式，一路打到美国公开赛决赛轮的，他得相信靠自己才能走得更远。重新采用自己的挥杆动作，黑根在长五杆 9 号洞轻松保帕，结束前九洞，成绩 40 杆。从迅速增长的观众人数来看，黑根猜测自己仍处于领先。他的直觉一如既往地敏锐，他确实还领先泰德·瑞一杆，并通过偷师瓦登，追上了他，与他打成平手。

不断有人从四面八方赶来通风报信，谣言充斥着媒体帐篷乃至整座球场。每有最新消息传来，人们的情绪就会异常波动，媒体帐篷彻底变成治疗躁郁症患者的诊所。

"黑根前九洞打了 35 杆！"欢呼声四起。

几分钟后，传来他的真实成绩，40 杆，高涨的情绪一下子跌落，直到……

"麦克德墨以 37 杆结束前九洞！""他又杀回来啦！""不仅如此，他刚刚获得领先！""我们知道这小子能行！"

但消息很快就传开，转场时，麦克德墨实际交出 39 杆，依旧落后领先者两杆。

"巴恩斯做到了！前九洞成绩 36！""他现在领先三杆！""巴恩斯要夺冠了，天呀，他超过他们了！"

又一个希望破灭，事实上，消息是一个巨大的泡沫。巴恩斯前九洞的真实成绩是 41 杆，落后泰德一杆，瓦登两杆。传言麦克·史密斯打出 37 杆，实则是 38 杆，与泰德打成平手，落后瓦登一杆。

比起前面已出发的球员在前九洞的表现而言，媒体帐篷里的混乱简直是小巫见大巫。两个英国人都发挥失常，黑根差点没活下来，巴恩斯表现差强人意。不怕得肺炎的约翰·麦克德墨，还穿着早上那件湿透的衬衫，连件外套都没有，跟在黑根后面两组出发。面对恶劣的天气，他是所有领先者中打得最冒进也最出色的一个，前七洞成绩平标准杆，之后因为唯一一次失误，在 8 号洞吞下柏忌。他表现得就像是为生命、为祖国、为自己的母亲而战一样。麦克德墨的球迷们确信，他们等待了整整一个星期的英勇冲锋，终于开始了，当人们听说他们的冠军终于大放异彩时，纷纷涌来围观。

这些能保证夺冠吗？

你站在他们的立场好好想一想，泰德·瑞和哈里·瓦登还需要证明什么吗？在美国的两个月里，这两个英国人已经在美国人的地盘上，击败全美所有顶尖职业和业余球员，他们的声誉，甚至历史地位，早已确立。在高尔夫世界里，他们受到普遍的喜爱和赞赏，财务上也比历史上任何两名球员更有保障。

星期五下午，在为期两个月紧张巡回赛行程的最后时刻，他们身处异国他乡，面对着一群即使不会公开表示敌意，也毫无同情心的观众，遭遇连鸭子都要躲起来的暴雨天气，对于任何其他可以想象到的体育赛事，早该取消了。资助他们行程的那个人，是一个傲慢的狂热分子，他为了九年前一场业余赛事的失利，发起了个人复仇行动，并将两个毫不相干的人拖入战斗。哈里的身体极其不适，泰德遭受着人们的白眼，在过去的 24 小时里，泰德所经历的一切，都足以成为他撂挑子的理由。泰德率先上场到达第十洞发球台时，已经认定自己的夺冠机会早已随风而逝。很快，他就在该洞吞下柏忌，成绩 +6。场上传来情报：有三个美国人已经追上他，这会可能已经超过他，另有三个美国人在紧追不舍。

你是否想过，如何准确地衡量冠军选手和高坛昙花一现球员之间的区别？那就看看泰德·瑞和哈里·瓦登在 1913 年美国公开赛周五下午的最后一轮中，如何征服乡村俱乐部的后九洞的吧！

泰德的情绪与其个性紧密融合，他和约翰·麦克德墨的情感似乎极为相似：克制的愤怒和作为弱势群体对特权阶级的不满，一直在激励着他。从 11 号洞开始，泰德终于找到一种方法，把过去 24 小时所累积的愤怒和沮丧，转换成行动的力量。他找回了挥杆状态，开球上球道率大大提升。先在 11 号洞成功抓鸟，在 12 号洞保帕，在短 13 号洞再次抓鸟，接着在 14 号洞保帕。泰德曾说过，运气不过是努力工作的结果。在 15 号洞，他的努力收获了另一份红利。他开出的高飞球严重拉左，直奔左侧的树林而去，结果撞到一棵树上，被弹回球道中央。乘着这股好运气的东风，泰德在最后四洞接连三次成功保帕，仅在第 16 号洞果岭上遭遇三推，神勇地在后九洞打出平标准杆成绩 36 杆。泰德来也匆匆去也匆匆，仅用两个半小时不到的时间，就打完最后一轮，交出 79 杆。与他同组的迈克·布雷迪打出 80 杆，最终获得比赛第十四名，无缘奖金。

泰德提交了自己的记分卡，并做好了被一群选手超越，与冠军奖杯说再见的准备。在媒体帐篷里，泰德像哈里在比赛开始前做的那样，预测冠军成绩将是 300 杆，他打了 304 杆。他没有为自己的成绩找任何借口，也拒绝回答任何有关威尔弗雷德·里德的问题："对此，无可奉告。"几分钟后他离开了，灌下一杯威士忌，然后出去看哈里·瓦登比赛。

泰德·瑞最后一轮打得太快，打完时，弗朗西斯还没上场。当泰德打结束洞时，弗朗西斯刚好在附近的练习果岭上，并停下来跑去看泰德在最后一洞成功保帕，埃迪从人群的外围赶回来，告诉他泰德的成绩。

"79？"弗朗西斯吃惊地说，"杆数不算低，对吧？我是说，就算有雨。"

"他没戏了。"埃迪说。

"别那么说啊，埃迪……"

"他完蛋了，我们该把花送到哪里？"埃迪说。

"我们不能先入为主。"

"这已经无关紧要了，弗朗西斯，因为这轮你要打 72 杆，就像我一直跟你说的那样。"

这是第一次埃迪的预言让弗朗西斯感到不安："我们只能拭目以待了。"

弗朗西斯走上 1 号洞发球台时，约翰·安德森从媒体帐篷里走出来，加入他的球迷队伍。在安德森看来，无论发生什么，有关这一天和比赛的故事，都将围绕着街对面的这个小子开始与结束。

在过去的 15 年中，伯纳德·达尔文看过哈里·瓦登在世界各地打过 100 多场球，曾见他登上顶峰，也见过他跌落低谷。作为一名记者，他曾目睹他的起起落落，并记录下他起死回生的每一步。作为他的朋友和球友，他对哈里天赋的钦佩和欣赏，比世界上任何人都深。但达尔文从来没有见过哈里，像周五下午早些时候那样心不在焉。在 10 号洞保帕后，哈里在这周以来一直都能轻松拿下的 11 号洞，吞下柏忌；然后在 12 号洞成功抓鸟，扳回一局；但紧接着在 13 号洞再吞柏忌，这也是他之前从未失过手的一洞。以达尔文对哈里的了解，他知道这不对劲儿，有什么东西在折磨着他，但哈里显然还没有找到扭转局面的办法。

来到 14 号洞发球台，哈里与搭档遭遇了轻微的压组现象。等待过程中，哈里翻了翻口袋，掏出烟斗和烟袋，填上烟丝，在球童的伞下划了根火柴。在他的记忆里，伯纳德·达尔文从未见过哈里在高尔夫球场上点燃烟斗，他看到哈里的手好像在颤抖。

一名送信者从媒体帐篷跑来告诉达尔文，泰德刚刚以 79 杆结束最后一轮，总成绩 304 杆。过了一会儿，诺斯克列夫勋爵趟过水坑而来。哈里挥手示意达尔文过去，他也想知道泰德的成绩。达尔文告诉了他，他看了看自己的记分卡。

"最后五洞，我得全部保帕，才能与泰德并列领先。"哈里说。

"没错，哈里。"达尔文说。

哈里站在发球台上抽着烟斗，望着前方的球道。达尔文看到他身上发生了明显的变化，他看上去又恢复了镇静，脸上露出了一丝笑容。也许让自己的手有事可做，舒缓了他的紧张情绪，也许是喜欢的烟草味令他感到安心。

没错，就是这样。

在标准杆五杆的 14 号洞，哈里将球笔直地开上球道，接下来击出的第二杆又稳又准，落点距离果岭不到 100 码，然后操起尼布列克直攻果岭，结果略微打短，又切一杆，将小球送到距离洞杯五英尺的下坡位置。四杆上果岭，他需要推进这一推来保帕。他仔细查看了好一会，然后站好位，动作比平常更慢、更谨慎。当他拿出推杆时，达尔文屏住了呼吸，他想闭上眼睛，但哈里的手没有抖。小球滚起来，直落洞杯，保帕成功。

接着又在 15 号洞打出标准杆，然后移动到标准杆三杆的 16 号洞，哈里的球迷蜂拥而至，对这个短三杆洞形成包围之势。哈里知道 16 号洞意味着所剩无几的抓鸟机会，拿下此洞就意味着夺冠有望。哈里决定冒险，直攻旗杆位，瞄准右前方的位置开球，结果距离稍有偏差，小球进了右前方的沙坑。对于哈里的无心之失，人们虽然没有像对泰德那样，给他喝倒彩，但也没有表现出任何同情。

"他完蛋了。"有人说，声音大得能让他听见。"他一切都结束了。"

达尔文看到哈里走向果岭时，下巴肌肉收紧。他朝小球走了过去，仔细检查落点，现在沙坑里到处是泥巴，小球就半掩于乱泥中。他看到自己被逼到了死角：洞杯位置距离障碍边缘仅 10 英尺，没地方下手，他必须设法将球从湿漉漉的沙里铲起来，并打出足够的倒旋，让球停下来。难度系数是不可能完成的任务，容错率为零。

哈里拿起尼布列克，把杆面完全打开，做了几个简短的试挥。他站到球前，双脚扎进沙里，看了看目标方向，然后回过头来低头看球，做了一个从容的半挥杆。当杆面通过小球底部时，他猛然锁住手腕，使挥杆在通过弧线底部时戛然而止。小球伴着一小片沙子，轻轻地腾空而起，擦过沙坑壁，落在果岭前部距离旗杆四英尺的地方。虽偏心美国队，但人们还是觉得有必要为他的精彩表现鼓掌。对此，哈里微微一笑，他们转变得多快啊，随后他朝果岭走去，轻扣帽子向观众致意。推击前，哈里吸着烟斗，仔细地看线。小球的一侧粘着一块泥巴，算好它将如何影响推杆路径后，哈里冷静地将小球推进洞杯，成功救帕。

哈里走向 17 号洞时，泰德·瑞从会所里走出来，加入哈里的观众队伍。他跨过围绳，悄悄对哈里说：

"我想明白了，哈里，这里没一个人希望看到我们赢。"

"是吗？"哈里问。

"是的，但问题是，如果真发生这种事，老伙计，我可不想马上就单打独斗，就是这么个情况，你看看能不能追上我。"

哈里被逗乐了。这一周的每一轮，哈里在最后两洞都打出了标准杆。在 14 和 16 号洞成功救帕，仿佛厘清了他混乱的思绪。现在，他又轻而易举地交出了标准杆成绩。两条球道，两个果岭，四次推击。哈里在 18 号洞轻轻敲进六英寸保帕推。和他的同胞一样，通过及时的自我调整，哈里·瓦登最终交出 79 杆，并以 304 杆的总成绩与自己的同胞打成平手。比赛以来一直追随哈里的观众，礼貌地为他鼓了鼓掌，随即便四散而去，匆匆去寻找离得最近的美国选手。

哈里从果岭上走下来，泰德迎上去和他握手。一脸怒容的诺斯克列夫勋爵则对他俩避而不见，撤到会所一角，点了杯酒。此刻，他拒绝和他们见面，也无话可说。

"不用谢，艾尔弗雷德。"诺斯克列夫勋爵走开时，泰德对着他的背影说。

哈里把记分卡交到记分员帐篷，在那儿等着他的伯纳德·达尔文趁其他记者还没有朝他涌来前，把他拉到一边。

"以前从来没见过你在球场上抽烟，哈里。"达尔文说。

"是的，"哈里苦笑着说，"我倒是希望。早四个洞开始抽就好了。"

两个泽西岛人走进媒体帐篷，一起面对记者，虽有些沮丧，但却不失庄重和镇定。诺斯克列夫勋爵溜进帐篷后面倾听。

"你们俩并列领先，你们觉得自己的机会如何？"

"我们在努力参加比赛，但恐怕没有获胜的希望了。"哈里说。

"你们俩整个星期都打得很好，为什么这么说呢？"

"没有借口，先生们。我打得很烂，"泰德说，"更糟的是，哈里重蹈了我的覆辙。"

"但是怎么解释你们的糟糕表现呢？仅仅是因为恶劣的天气吗？"

"不，所有人面对的都是一样的比赛环境，我们有过机会，我很抱歉。"哈里说，"但诚如我所担心的，我的推杆再次让我失望。"

"你认为接下来会发生什么？"

"谁都有机会，"泰德说，"祝大家好运。"

"你是说你认为美国人有可能赢得公开赛吗？"

"是的，"哈里说，"场上还有三四个人有机会打败我们。"但你真正担心的只有一个人，哈里，你知道的。

"不会太久的，"泰德说，"我们不妨现在先回去打包行李。"

听到这一重磅消息，人们冲出帐篷，消息不胫而走：瓦登和瑞差不多认输了，一个美国人将打败他们，传得跟真的似的。诺斯克列夫勋爵气冲冲地走出帐篷。泰德和哈里一脸严肃地走回球场，好奇地想看看谁能打败他们。

半小时后，他们又都笑了。

第一洞发球台上，埃迪把 1 号木递给弗朗西斯。"低头，"他说，"我来看球。"

弗朗西斯打出一记漂亮的开球。埃迪喜欢弗朗西斯现在的样子，脸上又有了笑容，看起来专注又敏锐，打法聪明稳健，一如一整周来那样。走向发球台，开始最后一轮前，他们约定：绝对不去管其他人打得如何。弗朗西斯跃跃欲试。

"你看起来很高兴，弗朗西斯。"埃迪说。

"胜利本就不属于我们，是吗？没有人指望我们能赢，这无可非议。"弗朗西斯说。

"别这么说，我们跟别人一样也有机会……"

"所以我们就是来打着玩的，埃迪，"他又打断了他的话，"别忘记这一点。"

在瓢泼大雨中，他在头四洞成功保帕。

在观众满场打转的情况下，已经不可能充耳不闻前面出发球员的动态了。到达 11 号洞发球台时，黑根无意中听到一段对话，从中得知，他又获得并列领先，但落后泰德一杆。他没有因此而烦恼，重新掌控了自己的挥杆，找回了天生的自信，并有了冲劲。

黑根在 11 号洞打平标准杆。来到 12 号洞发球台时，会所传来消息，泰德以 79 杆结束最后一轮，总成绩 304 杆。黑根只需要在后九洞打出 37 杆，高于标准杆一杆的成绩，就能追平泰德。从现在起，打出平标准杆成绩，就能赢得比赛。七洞待打，成绩 –1。

名声、财富、荣誉，他一直幻想的未来在向他召唤，黑根听到了召唤，但不知是好运，还是海妖在诱惑他走向礁石。

在 12 号洞以两记好球攻上果岭后，遭遇三推，吞下柏忌，就此丧失保底的一杆优势，回归平局。

对于大多数球手来说，短四杆 13 号洞是抓鸟的机会洞。尽管比赛以来，黑根还没有在此抓过一只鸟，但也许现在就是最佳时机。他仍可以平标准杆的成绩获得并列领先，将比赛拖入延长赛，是应该稳扎稳打，还是该抓住机会，一举赢得比赛呢？他在 12 号洞就打得小心谨慎，结果呢！

理智占得上风，黑根又一次采取安全打法，舍弃 1 号木，操起长铁直攻球道。攻果岭一杆十分绝妙，落点距洞杯不到 12 英尺。看到了吗，沃尔特，只要你算准了，小鸟机会就会出现。

推进 12 英尺推，就能抓到小鸟，获得领先。

推杆沿着走线，直奔洞口，径自下落，观众惊叫起来……但小球一个猛冲撞上洞杯壁，涮洞半圈，然后不知怎地，就是没有落入洞内。观众们惋惜不已。黑根再推一杆保帕。

稳住，沃尔特，稳住，打帕就很好了，这正是你需要的。完成四洞后，剩五洞待打。稳操胜券了，关键时刻别冒进。

470 码标准杆五杆的 14 号洞采石场，黑根开球完美，打出一个充满力量的小左曲，小球绕过球道拐角，落在一个斜坡上，又在湿漉漉的草地上向前滚了 20 码。他能从发球台上看到球的落点：倚在短草上被架了起来。

黑根向球走去时，一个男孩从果岭那边跑回来，带来前方战报：还有四洞待打，瓦登与泰德打平了。他能赶上他们俩，他能做到的。他看着球，球开得很好，下一杆直攻果岭有戏，距离 210 码，落点完美，他可以两杆上果岭。这是场上最后一个五杆洞，抓鸟就稳妥了，还可能让他超越两个英国人获得冠军。这个想法奏效了，开始赢得他的芳心。不仅如此，抓鸟也能让他在最后四洞缓口气，就算在其中一洞吞下柏忌，依旧能获得并列领先。

如同行走在剃刀边缘，黑根面临着每个冲击大赛冠军的选手都要面对的艰难抉择：如果大胆一试并成功就能确保夺冠，你会冒险吗？又或者这次野心勃勃的尝试会弄巧成拙，功败垂成，令机会转瞬即逝？

他看了看自己的球包，他可以用短铁缓攻一杆，这样一来攻果岭的第三杆就容易了，也许仍能四杆拿下此洞。这是稳妥打法，保帕是一定的，这也正是他需要的。

果岭有难度，从后往前倾斜，起伏很大，很容易就三推。

黑根的思绪又回到自己身上。周四上午，在这该死的 14 号洞，黑根凭借如同刚才一样扎实的开球，轻松地两杆攻上果岭，成功抓鸟。但那时球场是干的，果岭速度也快，现在的情况已经发生了根本变化，他还能采取同样的冒进打法吗？

他的手停在一支短铁上，犹豫了一下，然后把手伸进球包，掏出铜片木。观众看到他的选杆，不禁激动起来：他要冲刺了！

黑根试挥了，一次、两次、三次。距离果岭 210 码，球道自右向左轻微弯曲，小上坡，旗杆位靠后，略微打短几码，让小球滚上果岭。果岭左侧危险丛丛，树林和一堵墙标记界外，只能进攻右侧脱困。转动手腕，动作不要太快，让球杆自然通过，不用担心会打过，就算用力过猛，草皮上的积水也能有效缓冲球速。

他站好位。最后一个顾虑：该用谁的挥杆动作呢，我的还是瓦登的？没有答案。

他挥了一杆，挥得很用力，可谓使出浑身解数，结果打了个剃头球。小球打着旋儿，飞了一英尺多高，划过草坪时激起水花无数，最后落在前方 40 码的地方，依旧还在球道上。不管黑根将来会取得怎样的成就，小球旋转激起水花的景象都将困扰他终生。

现在别无选择，距离果岭仍有 170 码，小鸟球已经不翼而飞了。他必须攻上果岭，争取救帕，他拿出长铁，然而救帕心切，挥杆再次过猛，这回那双时髦却不顶事的红胶底鞋把他坑苦了。踩在湿漉漉的草皮上，黑根脚底打滑，臀部猛地一甩，手臂也跟着扯起来，小球撞上杆面左侧，被严重拉左，径自奔向标示界外的那堵墙而去——如果球越过界外，他就死定了——但是它撞到了墙上，又被弹了回来，落在球道和墙面之间潮湿的长草上。

距离果岭 60 码，还得避开一个大沙坑。球陷在厚厚的长草里，幸亏那堵墙救了他，要不然情况会更糟，现在他需要把球从长草中直接打进洞以救帕。

他能做到这一点：把球打上果岭边缘，刚好越过沙坑，让它轻轻地回滚进洞。黑根操起尼布列克，漂亮地将球从长草里铲起来，球径自飞向果岭，落在目标落点，挂在沙坑壁外 2 英寸处，但雨水裹挟着一块黑淤泥冲到果岭边缘，小球轻轻地撞上去后，并没有向前弹出，而是踟蹰不前，然后缓慢又艰难地滚回了沙坑。

黑根走向果岭，愤怒和失望令他十分难受，胃里翻江倒海。他打了四杆，结果球还躺在果岭旁的沙坑里。最后一次机会，他仍然可以从沙坑救球入洞，吃下柏忌。在最后四洞抓只鸟，他依旧能赶上泰德和瓦登，他能做到。

他低头看了看沙坑，落点不错，处于上坡位置，果岭可打的安全区域很大，小球撞上的那块泥巴还粘在上面，但不在他要下杆的那一面。他确信击球时，泥巴肯定会松动掉落，这样一来上果岭后就好推击了。

他又拿出尼布列克，在球前站好位，打开杆面，挥杆节奏控制得恰到好处，称得上完美。球随着沙子飞起来，落在果岭上，滚至距离洞杯不到一英尺半的地方。观众为之疯狂，这一杆简直神了！是的，他终究能救出柏忌，并在激烈的比赛中保持领先。黑根从球童手中接过推杆，走上果岭去推球。

只是粘在球上的那块泥巴并没有掉落，更糟糕的是，泥面朝他，正好是推杆要触碰的那一边。

幸运女神已经弃他而去。

等等。用力击球，泥巴可能会被震掉，然后凭借坚实的力度，让球沿着走线滚入洞杯。毕竟只有18英寸的距离，他能做到。球童悄悄地走上前建议，也许使用尼布列克，效果会更好，杆面完全打开，利用叶片前缘把球铲进去。

"不，"黑根说，"给我推杆。"

黑根面对18英寸直推站定，在其他任何情况下，这都是非常简单的一推。

推杆击中泥巴，泥巴没有被挤掉，小球滚了一圈后，迅速而急剧地转向洞杯右侧，观众发出痛苦的哀叹。

但谁也没有黑根痛苦，他轻敲小球入洞，打出七杆，吞下双柏忌。在这之后，黑根发挥稳定，最终以落后领先者三杆的成绩结束比赛，黑根知道为时已晚。

海妖成功地诱他触礁。

晚于黑根两组上场，约翰·麦克德墨继续在暴风雨中爆发。相比黑根在14号洞的遭遇，麦克德墨在做最后的冲锋时，表现得勇猛无畏，没有丝毫崩溃迹象。观众并没有像抛弃打出七杆的黑根那样撇下他，事实上，那些抛弃黑根的观众大多投奔了他，并陪他战斗到最后。麦克德墨在最后一轮的后九洞中，仅出现几次小失误：10号洞，轻率的切击导致他吞下柏忌；15号洞，粗心的短推使他再吞柏忌；最后一洞，开球上球道后，小球被弹进长草，让他吞下第三个柏忌，最终交出78杆，总成绩309杆，落后瓦登和泰德五杆，卫冕之路就此中断。没有人会因为全力以赴而受到责备，最后一轮，麦克德墨早早地发起冲锋，以其球迷所期待的昂扬斗志和精彩表现打完最后一轮，当他在结束洞推进最后一推时，观众给了他经久不息的掌声。现在，这位前冠军脱下湿透的帽子，将一切抛诸脑后。他站在大家面前，瑟瑟发抖，精疲力竭，遍体鳞伤，面色苍白，黯然神伤地环顾着果岭周围的观众。很难说，他是看到了朋友还是敌人？

在他的有生之年，22 岁的两届美国公开赛冠军约翰·J. 麦克德墨，终将无缘任何一场比赛冠军。

哈里和泰德望着麦克德墨从媒体帐篷的挡雨板下钻出来，两人相互对视，眉毛上扬。

"出乎意料。"哈里说。

"确实，"泰德平静地补充道，"但未尝不是件好事！"

美国队的胜利火种已经只剩萤火之光。黑根走了，麦克德墨完了，观众的希望都转到吉姆·巴恩斯身上。他们开始听说他打疯了，事实上，他在前九洞打出 41 杆，落后泰德两杆，落后瓦登一杆。他需要以 34 杆，低于标准杆两杆的成绩完成后九洞。在比赛条件最佳的情况下，打出这个成绩都绝非易事，但他毕竟在前一天举行的首轮比赛上，交出过傲人的成绩单。结果很快揭晓：在这个大雨倾盆的周五下午，吉姆·巴恩斯无法胜任这项任务，接连在第 10 号和 11 号洞吞下柏忌，一下子落后领先者三杆。星光很快暗淡，巴恩斯出局。

美国职业选手中，就剩下麦克·史密斯一人。整个下午的比赛中，他在所有美国选手中，前九洞的成绩最佳。尽管在下午比赛开始时，落后领先者五杆，但当他以平标准杆 38 杆的成绩，结束前九洞，机会对他来说，看起来近在咫尺。转场时，观看史密斯比赛的观众人数随之增加。他在后九洞的前四洞连续保帕，观众人数进一步上升。面对一小时前黑根面临的同样情况，再打五个帕，他就能与瓦登、泰德并列领先。但 14 号洞又来作怪，搞垮了又一名受害者，他开球失手吞下柏忌，损失一杆。17 洞再吞柏忌，史密斯也完了。

最后还有一个不太可能的职业球员，有机会追上伟大的英国人。但压根没有人注意到他，观众们都跑去看大牌球星了，只有他的妻子，两名球童，还有同组的汤姆·瓦登，见证了他的最后一轮。作为场上独立于英美两国代表队之外的第三方，小个子法国人路易斯·特利尔，牢牢把握住了在美国扬名立万的机会。以落后领先者六杆的成绩，开始了最后一轮，特利尔迎着暴风雨出击，差点打出奇迹。

前两洞背靠背连抓两鸟，迎来开门红。接着打出一连串标准杆，然后在困难重重的 8 号洞出其不意地又抓一鸟。那天场上充斥着各种假消息，但没有一个人搞到这个大新闻：路易斯·特利尔在前九洞打出 35 杆，低于标准杆三杆，并凭借这三杆优势，获得暂时领先。现在，只要在乡村俱乐部相对容易的后九洞打出 37 杆（+1），他就能脱颖而出，把美国公开赛的冠军奖杯带回巴黎。

机会来敲门，门已敞开，路易斯一只脚已经踏进去。但结果在 12 号洞湿漉漉的发球台上，他脚下一个趔趄，机会溜之大吉。时尚"杀死"了法国人，路易斯穿着一双跟黑根一样的时髦胶底鞋，鞋底一滑，小球被开进树林里，接下来救球失败，最终吞下柏忌。他重振旗鼓，拿下 13 号洞，交出标准杆，但很快在 14 号洞再吞柏忌，机会彻底将他抛弃，大门砰地一声在他前面关上了。到达 17 号洞，他仅落后领先者一杆，但却在结束两洞背靠背吞下柏忌，球场上只剩下他鼻青眼肿的大舅子威尔弗雷德·里德，在最后一洞果岭外迎接他归来，他们相互拥抱，亲吻彼此的双颊。汤姆·瓦登握着路易斯的手，操着小时候和哥哥讲的、带着泽西岛口音的蹩脚法语，对他的出色表现表示祝贺。路易斯·特利尔以 307 杆的成绩结束美国公开赛之旅，落后领先者三杆，与黑根、巴恩斯以及史密斯并列第三。

飞快地扫了一眼记分牌，汤姆发现哈里和泰德正随着汹涌的人潮朝前九洞走去。

"谁追上你们了？"汤姆问。

"没有，"哈里说，"到目前为止还没有。"

"都失败了。"泰德说。

"真奇怪，有点像普利兹维克的最后时刻，是吗？"汤姆说的是 1911 年英国公开赛。当时，抱着微弱领先优势，他和哈里一起在 18 号洞果岭等着，以为会有一堆人追上来，结果没有一人实现反超，"那些冲劲十足的年轻人最后都倒下了"。

"没错，"泰德干巴巴地说，"你记得我是那帮家伙中的一个吧！"

伯纳德·达尔文从场上带回消息：巴恩斯和麦克·史密斯刚刚加入后九

洞伤亡名单。

"这事应该让诺斯克列夫知道。"哈里说。

"他在哪儿？"达尔文问。

"回会所了，我猜应该在酒吧。"

"告诉他可以把手枪从嘴里拿出来了。"泰德说。

三个泽西岛人乐开了，达尔文匆匆离开。

"还剩下谁？"汤姆问。

"他们还有最后一个希望。"哈里说。

埃迪和弗朗西斯走向第五洞发球台时，埃迪远远看见巨大的黑色人浪穿过树林向他们冲来，成千上万的人，个个激动不已，被一股兴奋劲儿裹挟着，像受惊的羊群一样蜂拥而来，然后他发现弗兰克·霍伊特冲在前排。

"麻烦来了。"埃迪说。

埃迪竭力阻挡，但寡不敌众，没能阻止消息传到弗朗西斯耳中，不过他成功阻截了弗兰克·霍伊特，消息并不是出自他的嘴里。这一次，消息来得翔实而准确：瓦登以 79 杆结束最后一轮，总成绩 304 杆，与泰德打成平手。目前还没有人成功赶超他们，美国职业球员已全军覆没。眼下，弗朗西斯打出平标准杆成绩，手握五杆领先优势，通往胜利的道路畅通无阻。

埃迪瞥了弗朗西斯一眼，他不敢正视他的眼睛，弗朗西斯看上去就像有人刚把一个保险箱砸在了他身上。

别啊，埃迪心想，这会儿可别再出情况！

420 码标准杆四杆的 5 号洞牛顿，开球需盲打越过一块突出的岩架，攻上上升球道的安全落球区。选手们通常会选择岩石上的某个点来瞄准目标。岩架后面，球道右曲呈狗腿状，果岭前方 20 码处有一座又长又窄的沙坑护卫，成为进攻果岭的阻碍。弗朗西斯开球做出小右曲，轻松越过岩架，但小球撞上了球道上的一座土堆，被弹进右侧长草区。凭借开球直切狗腿转角，距离已被缩短，但落点并不理想，且无法回避果岭前方的狭长沙坑。可以选择先缓攻一杆，第三杆再攻果岭，但弗朗西斯决定要越过沙坑，直攻果岭。距离190 码，埃迪把带杆面倾角的铜片木递给他。挥杆感觉很好，但湿漉漉的草绊住了球杆的鹅颈，导致杆头微微扭曲，结果打短了，方向偏右，效果不好。小球重重地跌进沙坑，他们急忙上前查看。

小球深深地陷在泥里，就算拿来园艺工具，也不一定能一下子把它挖出来。弗朗西斯使劲地盯着球，埃迪等在一旁。他要了尼布列克，试挥了几下，然后开始切球。小球逃出了泥潭，但依旧困在沙坑里。三杆，落点安全。下一杆轻松攻上果岭，留下 20 英尺柏忌推杆，但他推短了，打出六杆，吞下双柏忌，领先优势缩小至三杆。

"没关系，弗兰西斯，"埃迪说，"稳住球！"

短四杆 6 号洞贝克，是前九中弗朗西斯最喜欢的一洞。一周来，他轻轻松松搞定了该洞，两次保帕，今天上午还成功抓鸟。球道右侧有三座沙坑守卫，如果能成功避开它们，进攻起伏较小、三面为沙坑守护的炮台型果岭就相对容易了。

得用铁杆，他心想，在这里，我应该用铁杆。

前三轮中，他都是用信赖的 1 号木开球，并打出低于标准杆一杆的成绩。知道自己与瓦登、泰德在领先榜上所处的位置后，他满脑子就想采取安全打法，保住三杆领先优势。

埃迪把球包递过去，弗朗西斯抽出 1 号铁。

"你确定不用 1 号木吗？"埃迪问。

弗朗西斯点了点头，开始挥杆。你真的确定吗，弗朗西斯？脑子里的另一个声音在问。

挥杆时，他分心了，小球相应地作出反应：一开始还在预想的弹道上，然后慢慢地偏移，最终落进球道左侧的长草，距离也短于他用 1 号木所能打出的长度。好在攻果岭一杆仍旧相对容易，不过得盲打。弗朗西斯挥杆用力过猛，小球被拉左，落在守护果岭的两座沙坑和厚厚的长草区之间，距离果岭边缘 10 英尺。洞杯位于果岭左前方，他打短了。切击救球，距离又打大了，两推入洞，吞下柏忌，又浪费了一杆，仅剩两杆领先优势。

到第七洞要走很长一段路，不断壮大的观众队伍让巡场员和围绳管理员忙得不可开交。直到人群被绳索圈在发球台之外，弗朗西斯不得不奋力挤开人群。走上发球台时，他才发现自己是孤身一人，埃迪不见了。

"埃迪？埃迪！"

过了一会儿，人群被巡场员挤开一条缝，只见一把移动的雨伞拖着一只大球包从中挪出来。当小家伙爬上发球台与弗朗西斯会合时，赢得了观众的一阵掌声。弗朗西斯笑了，将欢呼声和善意的笑声引向他的球童。

"这些家伙就是不让我过，"埃迪走到弗朗西斯跟前满脸通红地说，"我和他们说，我背着他的球杆呢，可他们还是不给我让路。"

"没关系，埃迪。我们拿中铁开球！"

埃迪和人们的笑声，暂时缓解了弗朗西斯的压力，他顺利地在三杆洞高原，打出标准杆成绩。

380 码的四杆 8 号洞角落，是一个严重右曲的狗腿洞，发球台坐落在高处，俯视球道，狗腿由三座沙坑守卫，其中最远，也就是最后面的一处沙坑又大又深，最为凶险，吞噬的小球不计其数。理想的开球要求打出一记强有力的右曲球，弹道自左向右，最终落在球道右侧中央的安全区域。随着巡场员一声令下，万籁俱寂。弗朗西斯站在发球台上，凝视着下面的球道，只听到雨水打在数千把雨伞和雨衣上的声音。

弗朗西斯眼角的余光扫到两个高个子男人，他们站在离人群较远的地方，靠近发球台另一侧的树林，是瓦登和瑞。他们来看他比赛了，两人手握烟斗，淡定地投来审视的目光。

弗朗西斯心砰砰直跳，肾上腺素如同电流般穿透全身。

妈呀，哈里·瓦登在看我！

埃迪跟着他的目光望向英国人，发现弗朗西斯一脸慌张。

"现在必须集中注意力，弗兰西斯，"他说，"眼睛盯着球。"

"好的，埃迪。"

周围还有好多人，大多数陌生，但也有许多朋友，约翰·安德森、乔治·赖特、海因里希·施密特、弟弟雷蒙德、妹妹露易丝，还有很多在过去四周才认识的朋友：杰里·特拉弗斯、罗伯特·沃特森、吉姆·巴恩斯、沃尔特·黑根。他们都在为我加油！

周围成千上万的人当中，弗朗西斯只能感到哈里的眼睛正在盯着他，目光如炬。他站在球前，反复确认握杆、站姿、线路、力道等所有准备动作，好让自己安下心来。他选定目标，但脑子一片空白，小球的飞行轨迹并没有像通常那样浮现于脑海，远见丧失。

太快！他的挥杆节奏太快！手部和臀部动作不协调，杆面完全打开。小球从一开始就向右偏出，错失目标甚至球道，直奔三座沙坑，更确切地说，是冲着最后也是最危险的沙坑而去，并最终被它吞噬。和埃迪一起匆忙跑去检查落点时，弗朗西斯老远就听见前面的观众发出的叹息声。球钻进了沙坑前壁，正好落入前面的球手在四英尺深的陡峭坑壁上留下的一个巨大脚印里。显然，那人后来没有把过沙子。如此刁钻的落点，压根无法下杆，更别提把球打出来，朝前进了。埃迪惊呆了，这简直是灾难！

"不如把他和球一起埋了。"泰德不无同情地低声对哈里说。"真倒霉，"哈里道。

弗朗西斯一动不动地站在沙坑边上，双手叉腰，眼睛盯着沙坑。观众们在等待。埃迪紧紧盯着从湿漉漉的沙子里露出来的乳白色球冠，不自觉地模仿起弗朗西斯的站姿。

"你看到了吗，埃迪？"终于，弗朗西斯指着脚印，找到可以下脚的地方，接着说："这就是为什么他们把耙子放在所有沙坑附近的原因，这对我们来说是个教训，得记住！"

埃迪点点头，说："我们该怎么办？"

"我得把它往回打，往果岭的反方向打。我不想这么做，但没别的办法了，尼布列克。"

弗朗西斯尽可能地靠近球，淤泥几乎没过他的脚踝，向后瞄准发球台的方向。他试着挥了一杆，但几乎无法避开身后的坑壁。他停了一会儿，定了定神，然后对准沙子上的白点猛击下去，球跳出脚印，但依旧没有逃脱沙坑的魔掌，朝下滚回沙坑的另一边，落点可打。两杆。

鉴于现在有足够的空间避开陡峭的沙坑壁前缘，弗朗西斯选用了一根稍微长点的铁杆，一记清脆的触球声后，小球径直飞出沙坑，落点距离果岭尚有40码。接下来的劈起击效果不错，落点距离旗杆位仅10英尺，四上。由于不确定推击走线，第一推偏右，第二推入洞，打出六杆，吞下双柏忌。

仅打了三个洞就耗尽了宝贵的五杆领先优势，他跌回了与瓦登、瑞并列领先的位置。

"这就是采取安全打法的下场。"弗朗西斯说。

"那些英国人在看我们。"走向下一洞发球台时，埃迪说。

"这是一个自由的国家，他们可以做任何事情。"弗朗西斯说。

"他们的注视让我发疯。"

"要这样想，埃迪，"弗朗西斯感到精神大振，平静地说，"我们和他们仍然平手，但他们已经打完了，无力回天了。"

埃迪想了一会儿，说："这样考虑非常好，是吧？"

"确实很好！"

当泰德和哈里随着弗朗西斯的粉丝团，朝第九洞发球台移动时，诺斯克列夫勋爵气喘吁吁地追了上来，身后跟着达尔文。因兴奋或喝酒，或者两者兼而有之，诺斯克列夫勋爵两颊涨得通红，眼睛又亮得像珍珠纽扣一样，看起来就像一个刚死而复生的人。

"现在我们打平了，"诺斯克列夫说，"只有那个男孩还有机会追上你们，他打得怎么样，有戏吗？"他朝达尔文做了个手势，达尔文耸了耸肩，不好意思地对哈里笑了笑，他还能怎么办？

"大概就是这样。"哈里说。

"平手。"泰德说。

"太棒了！干得漂亮，小伙子们，"诺斯克列夫说，"干得漂亮！"

"我们已经有一个半小时啥都没干了，艾尔弗雷德。"哈里说。

"我闲了差不多两个小时了。"泰德说。

"好了，你们懂我的意思，英格兰队干得漂亮！"

泰德看着哈里，摇了摇头，继续往前走。

在第九洞，弗朗西斯等着乔治·萨金特先开球，这是那天下午第二次萨金特先开。弗朗西斯将球安全地开上球道，接下来的第二杆发挥稳定，第三杆攻上五杆洞的果岭。小鸟推擦洞而过，偏到一边，回推一杆，小球落袋，弗朗西斯以 43 杆结束前九洞。不比泰德打得糟，比哈里略好一杆。三人依旧僵持在最后一轮开始前的平局状态。

很难准确地说出，弗朗西斯转场时，观众人数到底增加了多少。估计高达上万人。如果再算上那些事后声称那天去过现场的人，人数很容易就突破六位数。所有已完赛的球员和球童，每一位赛事官员，每一名疲惫不堪的记者，凡是双腿迈得开的乡村俱乐部会员们，全都来看他比赛了。那些来到布鲁克莱恩的高尔夫门外汉们，也意识到他们可能正在见证一场非同寻常的比赛。1913 年美国公开赛为期四天的比赛中，人们关注的焦点第一次全都集中在一位选手身上。弗朗西斯穿过人群走向第十洞发球台时，场上人群的火力，足以让一辆有轨电车一直开到波士顿。

与弗朗西斯同组的乔治·萨金特成了隐形人。身为美国公开赛前冠军，萨金特也意识到这是场大戏，并识趣地避让。最后一轮开始前，他本来还有一线希望，但没几洞，机会就随风而逝。轮到他时，萨金特打得很快，也很糟糕，当他以 89 杆结束最后一轮，退出冠军争斗战时，他压根没找任何借口，也没有对比赛状况表示任何不满。乔治·萨金特对这一天将留下终生难忘的记忆，足以弥补任何遗憾。作为一名伟大的高尔夫教练，萨金特很快成为一名重要推手，促成建立了美国职业高尔夫协会。只要弗朗西斯愿意，周五下午乡村俱乐部的后九洞，将是他独领风骚的舞台。

这将完全将取决于他。

威梅特夺冠后被球迷抬起

（乡村俱乐部友情提供）

星期五下午: 后九洞

"站开!""请安静!""安静!""这条线上的往右靠!"

无数男高音、低音和中音通过扩音器向人群喊话,一声盖过另一声。围绳管理员像被征召来的士兵一样匆忙上阵,沿着球道边缘排开,努力维持队形整齐。成千上万的人脚踩泥泞挤来挤去,争抢围绳边的位置。没有发生踩踏事件,真是个小奇迹。

弗朗西斯和乔治·萨金特来到名为瑞丹的第十洞。高耸的发球台俯瞰着狭窄的山谷,尽头的果岭地势略低、起伏不大,左侧有三处陷阱守卫,前面有长沙坑虎视眈眈。到旗杆位的距离140码。

雨不停地打在身上,风越刮越大。弗朗西斯望向果岭,风迎面而来。

前三轮,他在此洞皆成功保帕。埃迪把他先前每次都用的带杆面倾角的铁杆递给他,弗朗西斯犹豫着没有接。

"你在想什么?"埃迪问。

"果岭现在软得跟沼泽似的,"弗朗西斯说,"从这么高的地方打一个高抛球下去,球可能会陷进去。"

"那可不好。"

弗朗西斯眯起眼睛,说:"我可以用中铁打一记更具穿透力的低飞球,也许还可以避免泥巴粘到球上。"

"能打出那样的球吗?"

"常常打。"弗朗西斯说。

"好,那好。"埃迪说着,把中铁递过去。

弗朗西斯把球架得很低,擦去脸上的雨水,试挥了一下,采取上杆收短,释放时手压得很低,节奏流畅,顺势收杆的动作,然后摆好站姿。

"眼睛盯着球。"埃迪说。

可惜，弗朗西斯未能遵循埃迪的建议，这是那天第一次也是唯一一次。在挥杆结束前的几分之一秒，他抬起头，急切地想看看被他寄予厚望的一杆会落到哪儿。结果打出大剃头，球向前蹦了不到 15 英尺，连发球台都没有打过。观众们的反应就好像刚刚目睹了一场车祸。弗朗西斯满脸通红，尴尬地走到球前，把中球递给埃迪。"这可不是我想要的。"他说。

"你还是可以打出标准杆的。"埃迪说。

"我会争取，埃迪。"

弗朗西斯要了埃迪开始拿给他的尼布列克，平顺地上杆，轻松过球，打出一记漂亮的高飞球，弹道与目标线完全一致。小球轻轻落在果岭上，既没有陷进去，也没有黏上泥巴，并滚到离洞杯不到八英尺的地方。希望的火种又被重新点燃，家乡人民一路欢呼着送他到果岭。

"这一杆，"哈里对泰德说，"真不赖。"

"要是能推进保帕的话，更不赖，"泰德说。

"他推不进的。"诺斯克列夫说。

他们朝果岭走去，达尔文嘴上附和着老板，心里却希望弗朗西斯能推进，这让他自己也大吃一惊。哈里和泰德确信他能推进，这是职业球员彼此保护的方式，总是希望你的对手成功。

但弗朗西斯没有推进，小球被推过洞三英尺，更糟的是，回推面临下坡，且雨水洗刷的果岭速度非常快。当他错失回推时，叹息声骤起。不到八英尺的距离费了三推，吞下双柏忌。活生生的噩梦！现在，弗朗西斯落后英国人两杆，只剩八洞待打。

人群匆匆赶往下一洞去占位置时，哈里在原地站了一会儿，一边抽着烟斗，一边研究着弗朗西斯脸上的沮丧表情，他从中看出了更多。

就这样了。

"我们喝一杯吧。"哈里对泰德说。

"正合我意。"泰德说。

两人转身向俱乐部走去；在他们看来，比赛已经结束了，但诺斯克列夫还愣在达尔文身边，一时没弄明白两位冠军的行为。

"好吧，我要回去了，"诺斯克列夫最后说，"明天，我们的两位冠军要打延长赛一决胜负，也许到时，这糟糕的新英格兰天气会变好。"说完迈开步子，达尔文没有马上跟上，诺斯克列夫停下来，转过身对他说，"你不走吗，伯纳德？"

"我再待会，"达尔文举了举手里的记事本，"你知道的，得看一下结局，好写稿子。"

"随你便。"诺斯克列夫说完，赶着去追哈里和泰德。

同样的悲观论断在人群中传开：他尽力了，已极尽所能。一切都结束了，瓦登和瑞终将抱得奖杯归去。受够了这鬼天气，百余名美国人转身跟着泽西岛人回去了。留下来的观众中，百分之九十九不会把赌注押在弗朗西斯身上。

"都结束了。"一个第一次观赛的人摇着头说，好像他已经是专家了，"他完了。"

站在他旁边的两个他不认识的人，表达了不同意见。

"哦？凭什么这么肯定？"其中一人问。

"我以前看过他打球。"杰里·特拉弗斯说。

"就剩八个洞，他还落后两杆，"那人说，仿佛在向一个小孩解释这是怎么回事，"我告诉你，没机会了。"说完转身就走。

"也许你是对的，"约翰·安德森说，"但如果你现在离开，你会后悔的。"

弗朗西斯注意到瓦登和瑞向会所走去，他发现很多观众也放弃了他，跟着他们回去了。离开果岭后，弗朗西斯和埃迪穿过一条观众组成的通往11号洞发球台的狭窄通道。他最忠实的支持者，布鲁克莱恩球童军团的男孩们，使劲往前绷着围绳，拍着他的背，大声地鼓励他："你能做到的，弗朗西斯！你能做到！"除非天塌下来，否则他们绝不会放弃他。但弗朗西斯分明听到，他们身后的人群中有人临走前对另一个人说："真糟糕，他打爆了！"

这话使他大为震动，他在说我。

这在弗朗西斯身上引发了奇妙的反应，他没有一蹶不振，任由观众抛弃他，也没有自怨自艾，就此自我放弃。他被刺激了，生气了，这正是他坚持战斗所需要的精神状态。

"这一洞已经结束，"当他们走向下一洞发球台时，弗朗西斯说，"埃迪，我们忘了它吧。"

"好的。"

"现在我们落后两杆，还有八个洞待打。"

"没错。"

"还有一线希望。"弗朗西斯说。

"一杆一杆打。"埃迪说，他是弗朗西斯场上最后一个真正的信徒。

"以后再也不会出现发球失误，不能再出现了。"

"就像我一直跟你说的那样，弗朗西斯，你千万别抬头，我会看球的。"

"好的，埃迪。"弗朗西斯笑了。

390 码的 11 号洞的标准杆是四杆，开球需精准且打出距离，弗朗西斯做到了。第二杆用长铁，安全地攻上果岭，然后两推保帕，这让他恢复镇静。现在，镇静无疑至关重要。前往 12 号洞时，弗朗西斯迅速分析了一下眼前的形势。

"还剩七洞，可以追平两杆。"弗朗西斯说，"我想最好的机会就在这里，12 号洞和 16 号洞。"

"那我们先搞定这一洞，"埃迪说。

415 码的短五杆第 12 号洞，从高耸的发球台开球，球道向右延伸至炮台果岭，留下一个难以把控的上坡球位，因此实际击球距离更长。一记漂亮的开球可以确保两杆攻上果岭，第二杆再稳扎稳打，可能留下绝佳的抓鸟机会。

弗朗西斯大力开球，将小球远远地送上球道中央，挑战完成一半。落点位于山坡上，球高脚低，距离球洞不到 200 码。进攻果岭，最理想的是打出一记高弹道的小右曲。选用铜片木，采取开放式站位，打开杆面，找准感觉，并做了试挥。球杆完美地触球，但小球顽固地拒绝向右转，轻微拉左，落地后再向左反弹至距离果岭 50 码的沙坑。观众的乐观情绪降至最低点。小鸟球机会溜走了，能否救帕都很难说。又有一些人放弃了，撤回会所，观众就这样不断地流失。

弗朗西斯面对着许多职业球手眼中最艰难的一球：远距离沙坑球。他冷静地将球攻上果岭前方，三上。推进 40 英尺小鸟只能是奢望，好在第二推成功灌洞救帕。但观众仍在三三两两地流失，再犯一个普通错误，美国人的机会将彻底泡汤，观众似乎不忍心看到这样的结局。就连约翰·安德森和杰里·特拉弗斯也觉得信心受到了严峻考验。

弗朗西斯的脑子飞快地盘算着，压根没时间感到紧张。只剩六洞，仍落后两杆。12 号洞没戏了，但也许能以三杆完成 13 号洞，那样的话，我还需要在另外一洞有所斩获……然后他灵机一动，也许是预感，也许是幻觉，但现实就在面前，像玻璃一样清晰：他将在 13 号洞追上一杆，第二次追击会在 16 号洞。

且慢，弗朗西斯，先搞定 13 号洞再说。

第 13 洞，标准杆四杆，339 码，大上坡，球道向右延伸至碗状果岭，果岭右侧受树林斜伸出来又高又尖的树杈保护着，位于同一侧的旗杆位就藏在树杈后面。为了能安全地进攻旗杆位，开球必须打上球道左侧。他想象着需要打出的一杆，又重新找回了感觉，然后径直把球开上球道左侧，小球落在他脑中刚看到的地方。

"我需要到旗杆位的准确码数，埃迪，"弗朗西斯在开始沿着球道向下走时说，"你上去后，给我瞄一下方向。"

"没问题。"

他们走到球前，埃迪放下球包和雨伞，走到斜坡顶端，盘算着球到斜坡的距离，再加上到果岭的码数。埃迪转过身，站到小球和旗杆之间的瞄准线上，然后挥动手臂向弗朗西斯示意，弗朗西斯在脑中记下那个位置，并挥手回应。埃迪跑下山坡，回到弗朗西斯等着的地方。

"118 码。"埃迪上气不接下气地说。

弗朗西斯抽出尼布列克，眼睛紧盯着埃迪给他瞄准的方向。果岭四周高中间低，四周都没办法停球，而旗杆就位于果岭右上方，我需要把球打到旗杆右侧，让它向左溜到更靠近洞杯的位置，这样一来，右侧的树杈就成了拦路虎，目标落球区不超过六平方英尺。他晃了晃球杆，直到找到想要的感觉，然后放手一搏。球飞得很高，看起来很完美，然而……不，不，它奔右侧去了，打大了，它要被树杈吞没了……

弗朗西斯好像要把球抢回来似的，朝山上跑去，埃迪跟着他。后面的人群围过来，和他们一起跑起来。所有人眼瞅着小球腾空而起，升至顶点，然后掉下来，落在离目标落球区两英尺远的长草区，介于果岭右上缘和一座又深又险的沙坑之间，小球弹跳着，溅起水花，然后不偏不倚地落进长草。潮湿的地面把弗朗西斯从更深的灾难中解救了出来。但现在怎么办？

步上果岭时，弗朗西斯知道自己又一次面临拐点。旗杆位距离果岭边缘四英尺，30 英尺的果岭从中央向旗杆位倾斜，把球停在离洞杯足够近的斜坡上来救帕几乎不可能。"我们得切一杆，"弗朗西斯说，"把它切在这边的果岭环上，让它慢下来，然后慢慢滚进洞。它会自右向左移动，大约两英尺，这取决于速度。"

"一定要给自己留一个上坡回推的机会。"埃迪说。

"不，"弗朗西斯说，"我必须打进这一杆。埃迪，拿中铁来。"

埃迪把球杆递给他。

他蹲在球前，用小杆面倾角铁杆在草上来回划动，想找到必要的节奏，然后俯下身，拂去杆面上的雨水。最后的机会，上杆，流畅地下杆，铲过草地的顶部，干脆地触球，球向前跳出五英尺，正好落在果岭环边缘，被弹起来后滚到果岭上。

伯纳德·达尔文从人群中走出来，看起来有戏……

诺斯克列夫勋爵在会所点了一瓶苏格兰威士忌，并要了三只酒杯送到更衣室。哈里和泰德脱掉湿外套，换好鞋子。诺斯克列夫开始倒酒。

"为英格兰和胜利干杯！"

振聋发聩的吼叫声从他们身后的树林传来，穿透更衣室的窗户。诺斯克列夫停止倒酒。

"老天爷，那是什么声音？"他问道。

回家换上一件更像样的便装后，玛丽·威梅特一下午都待在门廊里，不敢走动。有人告诉她，儿子将在三点钟左右开始最后一个回合，不管他们叫它什么。她看了看前厅的钟，已经五点多了。雷蒙德和露易丝答应过，要回来告诉她弗朗西斯打得如何，但她没有得到任何消息，而且一个多小时没听到球场传来欢呼声了。尽管裹着围巾，但她的手已经冻得又白又僵，连念珠都拨不动了。玛丽站起来，准备进屋。

她刚一起身，刚刚响彻更衣室的吼叫声就传到了克莱德街对面。

她深吸一口气，又坐了下来。

看起来像要滚进去，达尔文心想。"加油。"他低语道。

球慢慢地爬上 13 号洞果岭，开始时速度慢得让人直着急，但渐渐地，速度加快，准确地沿着推击线向球洞滚去，快到终点时突然向左猛冲。弗朗西斯走到果岭上，跟着它往前走，埃迪跟在他后面。球的运转方向看来不可避免……

"进啦！进啦！"

球啪地一声打在旗杆上，发出卡嗒的响声，然后径直掉进洞里。三杆。小鸟。

人群齐声欢呼。

"他追回一杆。"喊声一停，哈里就说。

哈里和泰德交换了一下警觉又疲惫的眼神，并轻轻点头，彼此会意，接着两人一言不发地站起来，伸手到储物柜去拿湿透了的外套。

"那可不一定，"诺斯克列夫说，"他可能已经打爆了，我告诉你，他们只是想抓住救命稻草。"

"威士忌先留好，艾尔弗雷德。"泰德说。

"还没结束呢。"哈里说着，已经朝门口走去。

达尔文在记分卡上加上第三杆，写下一个"3"。

"干得好。"他低声说，手也抖起来。

埃迪拔出旗杆，弗朗西斯把球从洞里捡起来，交给埃迪清理。埃迪一把把旗杆插回洞里。

"追回一杆。"埃迪说。

听到从 13 号洞果岭传来的欢呼声，正朝会所走去的数百名观众都停了下来。

大多数人都转身匆匆回到喊叫声传来的地方，这些逃兵又回来了，一边急切地抢占 14 号洞球道边的位置，一边问自己错过了什么。约翰·安德森看着这一切，摇了摇头。杰里·特拉弗斯从口袋里掏出一只银质酒壶，向他们敬酒。

"这杯敬汝等，缺乏信心的你们！"他说。

杰里喝下一口，把酒壶递给黑根。

幸运女神，黑根心里想，然后把酒壶举向弗朗西斯——他完全属于你！

弗朗西斯感到内心一阵激动，他会在 13 号洞抓鸟的预感灵验了！尽管下着雨，寒冷刺骨，但他思维敏锐，身体又恢复了活力，他克制着自己不要过快冲到 14 号洞发球区。他再次先于乔治·萨金特开球，击中球道，在第二杆，他没有冒任何风险。14 号洞向来不是他的福地，资格赛时，他曾在此洞打出这一周来唯一一次七杆，昨天下午，他又不合时宜地交出六杆，而且直觉告诉他，下次抓鸟将是在 16 号洞，而不是这里，所以他明智地选择缓攻一杆，而不是直攻果岭。大多数人不理解或不欣赏他的谨慎，不过，记分卡上的成绩不由他们书写。

"这个打法聪明。"黑根说着，想起自己在这一洞的惨痛遭遇。

"太聪明了。"特拉弗斯又呷了口酒。

"他很清楚应该怎么打。"约翰·安德森说。

凭借一记轻松的劈起击，弗朗西斯三杆攻上果岭。当他错过长距离小鸟推后，观众再次发出哀叹，但他本来就没指望一杆推进，甚至也没倾力去推进它，只是想让它更接近洞杯而已，他做到了。第二推轻松推进，成功保帕。

还差一杆，剩四洞待打。

观众看起来半是病态，半是疯狂，他们心急如焚，惴惴不安。在 15 号洞发球台等待前方球道清空的间隙，一名男观众朝弗朗西斯走来，他认出这个中年男子是乡村俱乐部的会员。多年前，他曾为他背过包，他球技一般，但他的耐心显然不如婴儿或者电影明星。

"弗朗西斯，我能和你聊一下吗？"那人问。

弗朗西斯以为又是老朋友来鼓励他，便示意巡场员让他过来。

"弗朗西斯，"那人压低声音说，"你好吗？"

"我很好，"弗朗西斯说，"你好吗？"

"我很高兴你问了这个问题，"那人说，"事实是，我开球很糟，球老是右曲，我在想，你能不能帮我看看，是不是我在释放的时候，杆面太开了？"说到这，他开始反复演示他错得离谱的挥杆动作。

出于礼貌和随和的天性，弗朗西斯没有一脚把他踹进林子里，而是看他做了几遍动作，并给出简单的动作调整建议。这时，埃迪已经嗅出不对劲了，马上插到他们中间，背弓得老高，正对着那人的脸。

"嘿，滚开，先生，你没看见我们正忙着吗？"

"但我只是想……"

"得了，快滚，别在这碍事，赶紧走吧。"埃迪说，"一边歇着去。"

埃迪像看门狗追赶窃贼一样逼他离开。发球台附近的观众弄明白情况后，不禁大笑起来，那人脸涨得通红，气鼓鼓地撤退到人群，然后消失了。埃迪赢得了一阵掌声，弗朗西斯自己也乐了。

"别让那个白痴烦到你，"埃迪说，"能想象有人会作出这种事吗？"

"不能，但光看你去追他的样子就值了。"弗朗西斯说。

因为这个小意外，埃迪帮弗朗西斯排解了一些压力。现在，弗朗西斯比在第十洞丢杆的时候轻松多了。步上发球台，大力开出不可思议的一球，直击球道，留下绝佳的进攻果岭机会。当弗朗西斯朝前走时，瓦登和瑞又回到观众中，片刻之后，诺斯克列夫好像被捕猎者追着似的，从树林里跑了出来。"瞧瞧，瞧瞧，看看谁回来了。"当他们向球道进发时，埃迪自言自语道。

弗朗西斯没有发现他们回来，周围的观众也几乎没有注意到这些英国人。时移势迁，现在和四个洞前他们离开时相去甚远，弗朗西斯又赢回了信众的青睐，还剩四洞待打。哈里和泰德沉默不语，在山的那边静静地关注着弗朗西斯的一举一动。他们已经不止一次遇到这种情况，现在除了静观弗朗西斯比赛外，他们什么也做不到了。

15号洞的双层果岭，面积全场最大，目标落球区也相对宽裕。旗杆位设置在果岭左后方，距离180码。为了更接近旗杆位，他需要把球打上上层果岭。站位时，弗朗西斯发现球略低于脚，这样的球位可能导致右曲，因为要综合考虑所有因素，他并没有在这个细节上多费思量。

球打得不错，但球位对弹道的影响立即显现，球被严重削右，直奔果岭右侧的沙坑而去。如果球落进去，十有八九会导致柏忌，那就完了，但球还在往右偏移，本来极其糟糕的一杆，效果却出乎意料地不错。球落在沙坑右侧 10 码外的长草里，落点与旗杆位平行，距离洞杯大约 40 步远。现在，弗朗西斯每击一球，围绳管理员就得大战一场，竭力控制住球和目标落点附近的观众。观众的情绪随着弗朗西斯的每一击剧烈起伏，现在他们又沉默了，因担心变得严肃起来，弗朗西斯又一次来到拐点。

"一切都结束了，"诺斯克列夫对达尔文说，他的心情和观众一样，像坐跷跷板，七上八下，"无力回天了。"

弗朗西斯和埃迪凝视着这个可怕的落点，小球被埋在遭观众踩踏了一整天的湿草里，周围全是泥泞的脚印和小水坑。弗朗西斯斗志昂扬，反复查看落点和球杆位，瞄准方向。

埃迪摊开球包，弗朗西斯抽出劈杆。

只要挥杆稍有迟疑，信念略有动摇，都将扼杀机会，导致方向偏差。他紧握球杆，轻微立腕，扎实一击，将球打起来。

球干净利落地从泥坑里飞出来，沿着预想的线路，轻轻地落在上层果岭上，并漂亮地向前滚去，快看……有那么一会儿，小球看起来就要滚进去了，观众的心都跳到了嗓子眼，但它最终转到左边，停在洞杯下方三英寸处，轻轻吹口气就能把它吹进洞。

观众再一次情绪失控，疯狂地欢呼和鼓掌。弗朗西斯笑了，边向观众挥手致谢，边朝果岭走去。

"他怎么做到的？"诺斯克列夫自己嘟囔了这么一句。

哈里和泰德交换了一下眼色——这一杆神了！乔治·萨金特推完之后，弗朗西斯花了点时间，装出认真研判推击线的样子，故意逗观众开心，紧张的气氛一下缓解。当他轻松推进保帕推后，观众又一次发出了振聋发聩的欢呼声。

"不知道他怎么能保持这样的表现。"泰德对哈里说。

哈里没有回答，我们自己是怎么做到的？

"他坚持不下去的。"诺斯克列夫紧紧地抓着达尔文的胳膊对他说。

"我也觉得不可能，艾尔弗雷德。"达尔文说，但也许他能做到。达尔文轻轻地把他的胳膊拉开。

就像那天早上一样，当欢呼声响彻克莱德街时，玛丽·威梅特再也按耐不住了，她不打算再等露易丝或雷蒙德了，她需要马上知道弗朗西斯到底打得怎么样。

玛丽撑着伞，等着机会过马路，但机会一直没有出现。现在，整条克莱德街都挤满了缓慢行驶的汽车。那些先前准备离开乡村俱乐部的人们，听到场上传出的阵阵欢呼声，正试图掉头回去。数以百计从波士顿下午报纸上读到有关弗朗西斯上午出色表现的人们，按耐不住一时的冲动，跑来布鲁克莱恩看他完赛。在暴风雨的侵袭下，街道已经变得泥泞不堪，数十辆车陷入泥沼。任何有能力或权威来解决交通堵塞的人，不论是警察还是志愿者，都在球场上观看弗朗西斯比赛，交通乱哄哄，司机们急不可耐地把喇叭按得震天响。最终，玛丽挺直身子，举起手来制止两边的车，然后径直从车辆之间穿过，朝聚集在 16 号洞果岭附近的人群走去。

"就在这儿，"走到标准杆三杆的第 16 洞时，埃迪说，"我们得再追回一杆。"

"我们会在这一洞抓鸟，"弗朗西斯说，"一整周，我都没能打出两杆，我在你这个年纪的时候，就能以两杆搞定这一洞。"

长 125 码的 16 号洞是全场最容易的一洞。弗朗西斯毫不犹豫地架好球，走上前去，信心十足地挥了一杆。他的预感在 13 号洞应验了，也会在这一洞应验，这是他的得分洞。开球直奔旗杆而去，观众倒吸一口气，但他自信过头，用力太猛，球飞过旗子，俯冲而下，滑撞到果岭后沿，停了下来。洞杯远在最前面，他给自己留下了一个 40 英尺的超长推。

我做了什么？

"两杆没戏了。"泰德轻声对哈里说。

"也许三杆都不够。"哈里说。

弗朗西斯前后打量着推击线，感觉如芒在背，心头鹿撞：不该是这样的，我是要抓鸟的。他寻找着通往洞杯的推击线，一推进洞的希望十分渺茫。由于预感出乎意料地没有应验，他费了不少功夫在想错失的机会，瞻前顾后最终导致下手犹豫不决，一推下去，他马上意识到缺乏所需的动力。球完全沿着推击线滚动，足见他方向瞄得很准，但球在距离洞杯九英尺的地方停了下来。

又一记令观众绝望的推杆，又一次遭遇危机：这孩子还能扛住多少？

"这一推可不容易，"泰德说，他在最后一轮中，也曾遭遇同样的情况，结果错失推击，吞下柏忌，"这下应该真没戏了。"

哈里没有作任何回应。后生无畏，勇者无敌，没人能够替代，他想。

"这下他肯定完了。"诺斯克列夫怪声怪气地说，达尔文注意到，凄风苦雨中，诺斯克列夫在帽子的掩饰下竟在冒汗。

果岭周围一片死寂。弗朗西斯从各个角度观察推击线，和埃迪一起蹲下来仔细检查他预估的推击线。

"左内线。"埃迪说。

"左内线。"弗朗西斯确认。

"慢慢来，"埃迪说，"我们有一整天时间。"

埃迪走开，弗朗西斯走到球前，盯着那条通往洞杯的九英尺长推击线。

正当玛丽·威梅特走到人群外围时，人群爆发出振聋发聩的欢呼声，惊得她差点跌倒。人们欢呼雀跃，彼此拥抱，相互亲吻。孩子们上蹿下跳，人群朝她这边涌来，她急忙让开路，朝绳子那边跑去。

弗朗西斯推进了。

"真见鬼。"泰德不由自主地说。

哈里一句话也没说，他已经预料到弗朗西斯能推进。这位年轻的"哈里"再也没有什么让他惊讶的了。弗朗西斯和埃迪一路趟过泥泞来到 17 号洞。还剩最后两个结束洞，都是距离较长、颇具挑战的四杆洞，还差一杆，还有两次机会追平。

"下两洞有什么想法？"埃迪问。

"没什么，埃迪，"弗朗西斯说，"我只想打出三杆，甭管是在哪一洞。"

诺斯克列夫和泽西岛人大步前进时，伯纳德·达尔文没有跟他们走，他想去围绳那边，亲眼见证一切。他兴奋得头晕目眩，环顾四周，他知道不止自己一人这样。周围的观众看上去紧张得快发疯了，呼吸急促，瞠目而视，一些人口中念念有词，不停地祈祷，还有些人紧张得直哆嗦，笑声凄然。

一群和弗朗西斯一起长大的布鲁克莱恩男孩，发现玛丽·威梅特淹没在人山人海中，他们立刻护住她，勇猛地挤出条路来，把她带到围绳前面。"让她过去，这是他妈妈！"此刻玛丽一点儿不在乎人们对此有任何意见。

17号洞，370码，左狗腿，狗腿转弯处内侧有沙坑护卫。

瞄准右侧，直攻右侧。

在发球台上等弗朗西斯开球时，乔治·萨金特在人群中发现了哈里·瓦登。他在甘顿给哈里做了三年助手，很了解他，比大多数人更加钦佩他。哈里去英格兰后，乔治又在泰德·瑞手下干了一年，然后来到美国。

乔治望向弗朗西斯，他眼里闪着坚毅的光芒，果断地瞄准开球方向。不可思议，萨金特想。无论怎么看，这孩子都不应该还在比赛当中——他早该扛不住比赛的压力了——可是你瞧他，依然活蹦乱跳。

他回头看了一眼泰德和他旁边的哈里，两人的下巴紧紧地叼着烟斗，看起来斗柄都要被咬断了。你看看泰德和哈里，他们在这孩子出生之前就开始征战公开赛了，你会认为他们早就没压力了。

那天第一次，埃迪暗中两指交叉以求好运。弗朗西斯开球直击球道右侧，但距离并不是特别远，他收着力气，为求精准而牺牲些许距离。落点安全，距离果岭165码，果岭有三处障碍守护，两处位于左侧，另一处位于右前侧，中间的安全豁口直通旗杆位。

"吉格杆。"弗朗西斯说。

"你想直攻果岭？"埃迪问道，想起第十洞的灾难。

"没错。"

他们彼此对望，埃迪凝视着弗朗西斯的眼睛，他看到了坚如磐石的决心，没有丝毫迟疑。

"搞定！"埃迪边说边把球杆递给他。

红色旗帜被高高举起，巡场员大喊安静，弗朗西斯击球，成千上万人齐刷刷转身追看球的飞行轨迹，球正好落在他想要的近果岭处，接着被弹起，并朝上层果岭滚去，最后停在洞杯上方20英尺处。球还在滚动的时候，埃迪就拿毛巾擦干推杆，然后把它递给弗朗西斯。

巨大的欢呼声过后，人群疯狂地朝果岭奔去，两万人彼此推搡着，争抢围绳前的位置，几秒钟的功夫，17 号洞果岭就被围了个水泄不通，围绳管理员和巡场员经受着极限考验，最终，他们竟然神奇地控制了这群不守规矩的人。当弗朗西斯到达果岭时，周遭马上变得如教堂般肃穆宁静，但平静的表象下暗流涌动，人们忧心忡忡：他能推进吗？他会推进吗？他必须推进，他会推进的。

细雨纷纷，空气中弥漫着紧张气氛，透着暴风雨来临前的宁静。弗朗西斯走到球后，反向检查推击线，现场死一般的寂静。

弗朗西斯不慌不忙地走过去，蹲下来，从各个角度仔细观察推击线，慢慢地，他知道该怎么推这一杆了——下坡推，最后向右偏出，接近洞杯时速度加快。他选好了目标点：距离洞杯左侧八英寸处有一块褪色的草皮，原本是一个老洞杯所在的位置。弗朗西斯郑重其事地走到球后埃迪等着他的地方。他再次蹲下来，小声地把他选中的位置指给埃迪看。

"那儿。"他说。

"我看行。"埃迪说着走开了。

伯纳德·达尔文在距离果岭右侧 30 码外的围绳旁，紧挨着杰里·特拉弗斯站定。他们彼此点头致意，特拉弗斯举起酒壶，啜了一口酒，然后把它递给达尔文，达尔文接了过来。

"他推杆不错。"达尔文低声说。

"如果他推进了，不会有人大喊大叫吧？"特拉弗斯低声回应，说完便笑了。

他会推进的，约翰·安德森心想，他会的。

弗朗西斯在球前站定，开始上杆，这时，离他 50 英尺外的克莱德街上，一位被拥堵的交通搞得内心焦急的傻子按动了汽车喇叭，并引发一连串的鸣笛声，最后响彻整条街，球场上所有人都听见了，除了一个人。

"给我个机会，"弗朗西斯暗暗祈祷，"让我把它推进去。"

这一推感觉很棒，扎实且充满力量，击球的瞬间就能感受到。直到球滚出去，且地面出现在球下面时，他才敢抬起头来，看到它的第一眼，他想……

球速好快。"不好，我推得太用力了。"

"有了。"埃迪说。

球完全沿着推击线，向前滚去，越过双层果岭交界处，正好在他选中的旧洞杯的位置拐过来，果岭周围的观众纷纷向前涌动，所有人心中都有一个共同的声音呼之欲出……

"进了！"埃迪说。球砰的一声撞上洞杯后沿，被弹到空中两英寸高，然后垂直落入洞中。

三杆搞定，成功抓鸟。

即使远在两英里外的布鲁克莱恩镇中心，也能听到欢呼声。人们兴奋地将帽子、雨伞、手袋抛向空中，激动地互相拥抱，有人高高举起手臂，疯狂地跳起舞来，仿佛找到了极乐世界。直到这一刻，美国高尔夫球场上从未上演过这样的狂欢，从来没有哪位球员作出过值得如此庆祝的壮举。这个年轻人唤醒了他们刚才还没有意识到的内心渴望，他们的祈祷得到了回应。

即使身处最轻松的环境也无法完全放开自己的杰里·特拉弗斯，一跃而起，跳了足足三英尺高，黑根把能得手的姑娘都亲了个遍，伯纳德·达尔文激动得热泪盈眶。不止他一人如此，玛丽·威梅特拥抱了身边每一个崇拜她儿子的球童。男孩们围成一圈跳着舞着，高喊着："弗朗西斯推进啦，推进啦！"欢呼声持续了一分多钟，但感觉却像是过了一个小时。

"这可是，"哈里最后说，"伟大的三杆！"

"对美国来说，"泰德说，"这一推实在漂亮！"

不远处，诺斯克列夫勋爵紧盯着地面，一言不发。身处风暴中心的弗朗西斯害羞地咧嘴一笑，向各个方向的观众挥手致意，然后走过去把球从洞里掏出来。埃迪在那儿和他会合，抬头望着他，一脸喜悦，无须言语。弗朗西斯把球递给他清理，反正他们此时也听不到对方说什么。

"还有一洞待打。"约翰·安德森喊道，试图向球场巡视员和观众提醒，"他还有一个洞要打！"

观众们回过神来，想起还有收尾工作要做，巡场员、围绳管理员和所有观众努力抑制住兴奋，朝 18 号洞发球台和球道冲去。

"好了，让我们四杆拿下它。"弗朗西斯对埃迪说。

最后一个障碍。现在，他已追平哈里和泰德，一切都取决于他能否在结束洞成功保帕。称为家的 18 号洞全长 410 码，球道穿过老赛马场，延伸至尽

头的炮台果岭。打出三杆就能赢得比赛，四杆保住平局，还得打延长赛。谁
都不敢百分之百打包票说他能赢，意识到这一点时，观众们不禁转喜为忧。
他需要打出四杆，打出四杆就能保住平局！他能做到吗？他会做到吗？幸运
的是：对于每一位忧心忡忡的观众来说，最后几杆将由眼前这位镇定自若的
人来完成。弗朗西斯眼神清澈，注意力高度集中，双手紧握球杆，开球径直
劈开球道，球没有滚动，但距离足够远，下一杆用中铁，就能攻上果岭。他
们朝前走着的时候，埃迪从球包里抽取球杆，还没等弗朗西斯要，就把球杆
递了过去。

"眼睛盯着球，然后击球。"埃迪说。

他就是这样做的。弗朗西斯抬起头，正好看到球越过守护在果岭前方的
两座长满草的土丘朝旗杆飞去。他挥杆的时候，雨又开始下起来，打在他的
眼睛上。弗朗西斯看到小球落地，撞上最后一道坡的顶部，掀起一块不小的
草皮。这意味着球一定被反弹上了果岭。

"埃迪，我想我有机会拿下这一推，赢得冠军。"他说。

他们跟着人群向前冲去，埃迪把推杆递给他，为争取获胜最后一搏。爬
上土丘时，他们发现球并没有被反弹上果岭，而是撞在坡顶下方不远处，并
稍稍向后弹了一点。如果能再打高三英寸，他肯定就能获得一推定乾坤的机
会。但弗朗西斯仍然很知足，正常情况下，球落在这个位置，一定会一路滚
下赛马场，落在无法下杆的煤渣堆里，那样的话，十有八九会吞下柏忌，幸
好湿漉漉的草皮挡住了它的去路，救了他。

球的落点不错，位于离果岭最近的土丘上，距离果岭边缘仅几英寸，距
离地势略低的洞杯 40 英尺，落点与洞杯之间只有精心修剪过的短草。弗朗西
斯用脚步丈量出精确的推击距离，然后走回球前。

"需要换杆吗？"

"就用推杆，"弗朗西斯说，"先上后下。"

"掌握好距离。"埃迪说。

这一推不容易。首先很难断定果岭环上那几英寸湿漉漉的长草会不会影
响推击，再者推击线至少要通过两个折点，才能到达低洼处的洞杯。他本想
坚定地推出，但握把略有点潮湿，结果导致用力过猛。球沿着推击线径自穿

过洼地，向前滚过洞杯五英尺才停下来，差一英寸就进洞了。

观众不约而同地发出叹息，旋即敛声屏气，静待最后一击。那天下午，守候在结束洞果岭周围的观众，已经看过不少球员在面对同样的一推时，尝试未果。看似一记笔直下坡推，但折点明显，稍微带点左线。等待乔治·萨金特完赛时，上万双惊恐的眼睛，在弗朗西斯的球和球洞之间来回扫视。区区五英尺变得遥不可及，巨大的不确定性加上凄风苦雨的天气，令人不寒而栗，他们身体哆嗦，牙齿打颤，彼此依偎取暖。乔治·萨金特快速推完，撤到一旁，弗朗西斯走到球前。有些人无法将目光从他身上移开，还有些人压根连果岭都不敢看，只得扭头望向别处。巨大的压力如千斤顶压得人喘不过气来。

在达尔文看来，成千上万人聚集于此，却满座寂然，实在令人难以置信。

弗朗西斯毫不迟疑，仅花了十秒看线，埃迪递给他条毛巾，他擦干双手和推杆握把，站起身来，把推杆放在球前检查推击线，接着把它放回球后，低头看了看，然后拿起球杆。

你觉得他是否曾想过，哪怕只是一个闪念：战至这一刻，最后错失这一推，岂不前功尽弃！

弗朗西斯轻推小球，然后后退几步，观察它的走向。只见小球慢慢滚到洞边，最后涮洞而入，四杆结束战斗。人们筑起的情绪防御工事就此决堤，一泻千里。相比 17 号洞撼动整个布鲁克莱恩的欢呼声，这一波声浪恐怕已经传至波士顿。美国高尔夫协会指派的巡场和围绳管理员们，无论在那天下午派上多大用场，这一刻，他们已形同虚设。观众从四面八方涌向果岭，把弗朗西斯包围起来。赛事官员撕下最后一丝公正的伪装，紧跟观众一哄而上。跑在最前面的布鲁克莱恩小伙子们，将弗朗西斯举起来，扛到肩上，当他被高举到黑压压的人群上方时，喊叫声和欢呼声变得更加响亮。手里还拿着推杆，弗朗西斯让自己放松下来，微笑着，安心地倚在人们的臂弯里。可怜的小埃迪被人群推搡着，迷失了方向，脑海里甚至闪过一个念头——别被众人碾碎，一双双友好的手臂向他张开，把他带到了安全的地方。欢呼声此起彼伏，并在人们心里泛起涟漪，姑娘们想嫁给他，父亲母亲想认他当儿子，所有的男孩都想成为他，赤裸裸的原始情感暴露无遗。这一天所有人累积的紧张情绪，在发自内心的喜悦中得以释放，令人欢欣鼓舞。

看着弗朗西斯被抬走，玛丽退到人群边，眼里闪烁着喜悦的光芒。雷蒙德和露易丝终于找到她，她骄傲地接受了所有陌生人的祝贺，并拥抱了他们俩，他们从来没有见过她如此激动。

"他会回来吃晚饭吗？"玛丽问。

他们向她保证他会的。玛丽又看了一眼骑在人墙上的儿子，然后转身回家。她已经在烤箱里烤上一只鸡，以期待儿子打赢，她希望儿子能吃到他最喜欢的晚餐。当最后一推进洞时，哈里和泰德互相看了一眼，并默默点头表示赞许。看着人群跟随弗朗西斯一起走向更衣室，他们又交换了一下会意的眼神，露出一丝苦笑，然后摇了摇头。他打得多么精彩啊！那天下午，他们深知自己打得有多糟糕，也在媒体帐篷里承认了这一点。他抓住了他们留下的可乘之机，某种程度上，这是理所当然的事，而且他们比其他人更欣赏他刚才的表现。

两个老朋友开始朝会所走去，急切地想回酒店，为第二天的延长赛做准备。诺斯克列夫不知所踪。事后，记者们沉浸在高涨的情绪中。前两天一直不看好弗朗西斯的顽固派，正好撞见准备撤离的英国人，并要求他们对年轻的美国球员的表现作出评价。

"这是球技加勇气的最佳展示。"泰德说。

"我们都应该向他的非凡成就脱帽致敬，"哈里说，"我们非常期待，在明早延长赛上见到威梅特先生。"

怎么看他在 17 号洞的小鸟推？

"要有完美的研判才能推进那一推，"泰德说，"我从来没有见过如此自信的一推。"

"球进洞的那一刻，"哈里说，"我认为它是高尔夫历史上最伟大的一击。"

激动的人群一路将弗朗西斯扛到更衣室附近，欢庆的气氛没有丝毫减弱。约翰·安德森担心这样下去，会让弗朗西斯吃不消，他挤进人群，对他们大喊："他明天还要比赛，让他下来！"很快，杰里·特拉弗斯、汤姆·麦克纳马拉等人也加入进来，一起喊话。这下，大家终于听见了，并在更衣室外，把弗朗西斯放了下来，并最后一次齐声欢呼。弗朗西斯再次向他们挥手致意，然后转身走了进去。人群开始慢慢撤离，心里依旧舍不得让这一刻结束。

在更衣室里，弗朗西斯坐在长凳上，逐一问候每一个过来祝贺他的人，脸上露出快乐、谦恭、亲切和感激之情。迈克·布雷迪、吉姆·巴恩斯、麦克·史密斯、操着一口蹩脚英文的路易斯·特利尔、汤米·麦克纳马拉和哥哥丹，还有激动得热泪盈眶的乔治·赖特。一直等到大伙儿差不多散去，约翰·安德森才和弗朗西斯握手拥抱。

"不知道你是怎么在 17 号洞推进的，"安德森说，"你是怎么做到的？"

"我不明白你的意思。"

"汽车喇叭声那么吵，你不觉得烦吗？"

"我没听到喇叭啊，约翰，"弗朗西斯说，"真的，我压根什么也没听见。"

很快，安德森回到记者帐篷，开始晚上的工作。紧接着，乡村俱乐部会员代表们列队而入，一一上前致贺，其中包括在周四赛后建议弗朗西斯退出比赛的那个人。两人心照不宣，都没有提及那事。当沃尔特·黑根过来的时候，弗朗西斯的兴奋开始下降，感到疲惫不堪。此时，房间里就剩他们两人。黑根刚洗完澡，刮了胡子，穿戴整齐，手里提着一只装得满满的箱子，身上洒着辛辣的古龙水。

"嘿，嘿，小子，你做到了，"沃尔特说，他们握了握手，"今天他们可见识到你的厉害了。"

"我听说你打得也不赖。"弗朗西斯说。

黑根耸耸肩，说："我试了一把，结果搞砸了。但是你真的赛出了水平，兄弟，你打得真给力。"

"谢谢。"

"对不起，明天我不能留下来看你对战英国人了，我把钱都花光了，得赶午夜的火车回去。"

"但是我看记分板，你赢得奖金了，是吧？"

黑根耸耸肩，说："并列第四，得了 65 块。相信我，在这儿加上回去的花销，所剩无几了。"

"沃尔特，和你一起打比赛很有意思。"弗朗西斯说。

沃尔特压低声音说："发现我们可以和英国冠军一争高低，着实令人兴奋，不是吗？"

"真的很神，是吧？"

"你先搞定明天的比赛，弗朗西斯，我们还会并肩战斗的，明年见。"

他们最后一次握了握手，黑根朝门口走去。

"明天把他们搞定，"他说，"打败他们。"

"不要把钱都花在一个地方。"弗朗西斯说。

"就像我常说的，小子，我不打算成为百万富翁，我只想过百万富翁的生活。"他走出门后，弗朗西斯听见他又吹起了口哨。

终于只剩他一个人了，弗朗西斯在热水中泡了 15 分钟，直到彻骨的寒意消失殆尽。穿上弟弟从家里带来的干衣服，走出更衣室，已经过了八点，天都快黑了。雨终于小了，变得淅淅沥沥，球场上空无一人。会所里灯火通明，会员们仍在庆祝当天的重大胜利，他们邀请弗朗西斯加入，他婉言谢绝了。在媒体和电报帐篷里，关于他的神勇表现的消息已经传遍半个地球。弗朗西斯出来时，一直等在更衣室屋檐下，手抱球包的埃迪走上前来。

"埃迪，你还在这儿？你在干什么？"

"就像我前几天所做的那样，弗朗西斯，我得和你一起走回家，你知道，为了好运气。"

"那你至少要擦干身子，吃点东西啊？"

"当然，他们把我照顾得很好。"埃迪笑着说。他举起伞，递给弗朗西斯。他们一起在伞下默默地走了一会儿，走过第 18 洞果岭，穿过球道，避开水坑。

"很特别的一天，对吧？"埃迪说。

"确实不错，埃迪，令人心情愉快。"

"你以前听过人们那样持续地尖叫和狂欢吗？"

"说实话，我还真没有。"

他们走近 17 号洞果岭，那里现在空无一人，白昼余晖洒落其上。埃迪在果岭环上徘徊不前，弗朗西斯也停了下来。他们转过身，环顾着宁静祥和的景象，两人都不假思索地深吸了几口气，好像在捕捉一小时前那激动人心一刻的余味。

"真希望你能看到那一推进洞时，英国人脸上的表情。"埃迪说。

"他们当时在这儿？"

"怎么可能不在呢！"

"所以哈里看到我推进了。"

"那很好，"弗朗西斯说。

他们继续往前走，小心翼翼地跨过泥泞不堪的克莱德街，来到弗朗西斯家门外。弗朗西斯从埃迪手里接过球包，他知道不走到他家大门前，要球包也没用，他把伞递给埃迪。

"嘿，明天是星期六，不用上学，"埃迪笑着说，"不过，那个逃学监事怎么着也会找我。"

"那你明早会来接我？"弗朗西斯问，"除非他先找到你。"

"你不用担心我。延长赛十点钟开始。我八点半准时到。"

"埃迪，今天你帮了我大忙。你不知道这忙帮得多大。没有你我不可能做到。"

埃迪抬起头，眼睛在暗淡的光线中闪着明亮的光芒，认真地说："谢谢你，弗朗西斯。"他们握了握手。

"好好休息。"

"你也是。"埃迪沿着克莱德街往前走去，他的小腿儿在雨伞下吃力地迈着步子。

玛丽、露易丝和雷蒙德在屋里等弗朗西斯，烤鸡已经端上桌。弗朗西斯从前门进来时，亚瑟正手持晚报，站在前厅里，身上依旧穿着园丁工服。那天大部分时间，他都在一个叫阿尔弗雷德·道格拉斯的人的庄园里工作，他的庄园毗邻乡村俱乐部。这一整天，他听到叫喊声和欢呼声频频从球场传来，却不知是为谁而欢呼。现在他明白了。他们一动不动地站着，面面相觑。"你今天打得不错。"亚瑟说，语调更像是在提问。

"是的，是的，我打得还不错。"

"我听说了。"他不自在地转过身，移开目光，不知该说点什么。

"你今天过得怎么样，爸爸？"

"我吗？"亚瑟抬起头惊讶地说，"这一天街上堵得厉害，我猜明天还是一样。"

"你明天非得上班吗？"弗朗西斯问。

"早上有活。"

"我明天还有比赛。"

"我知道，"亚瑟清了清嗓子说，"你妈把饭菜都摆上桌了。"

"太好了，我都快饿死了。"

亚瑟把胳膊伸向餐厅，另一只胳膊下夹着报纸，头版上弗朗西斯的照片赫然可见。他们一起坐到桌旁，亚瑟祷告，玛丽布菜。吃饭的时候，他母亲以及弟弟妹妹一直在谈论弗朗西斯一天的不凡表现，亚瑟很少插言，但一直认真在听。

1913 年美国公开赛，共有 47 名球员参加了全部四轮角逐，最终，只有排名前十的选手获得奖金。其中，前三名分别奖励 300、150 和 100 美元。不过，要等到周六的 18 洞延长赛才能决出前三名。除了约翰·麦克德墨在比赛开始前，交还给美国高尔夫协会官员的美国公开赛奖杯外，冠军还将获得一枚金牌。如果弗朗西斯拿下延长赛，作为一名业余选手，他没有资格获得任何现金奖励，只能得到奖杯和金牌。无论周六发生什么，不是哈里就是泰德将拿到最大一笔现金奖励。周五晚上，在球员们离开乡村俱乐部之前，美国高尔夫协会就将奖金发给了他们，具体数额，连同折算成当代美元的数额如下：

第四名：吉姆·巴恩斯

　　　　沃尔特·黑根

　　　　麦克唐纳·史密斯

　　　　路易斯·特利尔　　　65 美元（1174 美元）

第八名：约翰·J. 麦克德墨　40 美元（719 美元）

第九名：赫伯特·斯特朗　　　30 美元（539 美元）

第十名：帕特里克·多伊尔　　20 美元（360 美元）

直到周五午夜，约翰·安德森和其他 20 多名记者，一直待在媒体帐篷里，赶着为隔天的晨报撰稿。安德森的稿子是这样开头的：

谁能超级冷静地坐下来，试着对今天在乡村俱乐部举行的美国公开赛最后 36 洞的角逐，作出清醒的评论？所有的思绪，都萦绕在弗朗西斯·威梅特激动人心的收尾上，他实现了与哈里·瓦登、泰德·瑞的并列领先。

我们在其他体育赛事中，见过赛事英雄在欢呼声和尖叫声中，被崇拜者扛到肩上，享受骑在人墙上的成名之旅。这种场面在足球比赛中常见，临门一脚反败为胜。棒球场上也见过，一记全垒打赢得比赛，或者在仅领先一分，三人在垒且两人出局的情况下，投手三振对方球手出局，保住胜利。但这样的场面从未出现在美国高尔夫球场上。今天，谦逊的伍德兰男孩弗朗西斯·威梅特，在乡村俱乐部彻底征服了全场球迷，引发有史以来最狂热的体育庆典，成为对美国乃至全世界高尔夫球手的最高礼赞。

和安德森一起工作的伯纳德·达尔文，在给伦敦《泰晤士报》的第一份长篇电报中，这样描述他的经历：

经过清醒的思考，我坚信：再活十几年，我也很难再次亲历如此精彩绝伦、激动人心的大赛。威梅特今天的表现令人叹为观止。

我相信，没有哪位高尔夫球手曾承受过如此大的压力，这种压力是一个人在任何体育比赛或其他任何事件中，所能经受的最严峻考验。他完成了一件几乎不可能完成的事情。在场的人谁也不会忘记，当威梅特在 17 号洞果岭上推进小鸟时的激动场面：人群疯狂尖叫、击掌相庆、将帽子抛向空中，波士顿所有德高望重的人似乎都疯了。虽然我的欢呼声略显克制，但我也并非完全清醒，真是激动人心的时刻！按照我们的宣传口径，在所有其他美国选手使出浑身解数，阻挡我的同胞未果的情况下，名不见经传的威梅特，在最后时刻力挽狂澜。

我最深刻的印象是：年轻英雄最后关键几杆的发挥，就如同在打一场普通比赛，节奏不紧不慢，动作坚决果断。无论内心经受了多大压力，他始终表现得泰然自若。威梅特最终追平对手，美国人无不欢呼雀跃，为他们的高尔夫之子倍感自豪。我为高坛诞生了这样一位勇猛无畏的球手而骄傲，高尔夫球坛需要一场伟大的比赛，并需要伟大的球员来呈现。

很难想象这位 20 岁的年轻绅士，能在明天的比赛中击败两位久经沙场的冠军。他打得很好，但要指望他能抗住延长赛的压力，似乎不太现实。但是，他不是已经通过今天的比赛，证明自己具有非同一般的抗压能力了吗？他将有一个晚上的时间来适应这一新局面，从他镇定如常的表现来看，我相信他能安然入睡，而不是像其他人那样无法入眠。他将与瓦登和瑞面对面地捉对厮杀，而不再以记分卡上的杆数一较高下。他将直面他们的每一杆，并奋起反击，就像一个大卫对抗两个歌利亚。无论最终结局如何，在我看来，英国人已经输了气势，而且二打一，胜之不武。我很困惑，完全放弃了预言结局的尝试，我将以开放的心态迎接周六的比赛，为任何结果做好准备。这是历史上迄今为止最伟大的比赛平局。

那天晚上，泰德·瑞没有出现在科普利广场酒店的酒吧里，他一个人早早地在自己的房间里吃了晚饭。幸好是这样，毕竟路易斯·特利尔、威尔弗雷德·里德和他们的妻子都在楼下餐厅用餐。特利尔凭借第四名的成绩，获得其职业生涯中最大一笔奖金，尽管里德被一拳击碎了梦想，但年轻夫妇们依旧沉浸在庆祝气氛里。也许是出于对他的同情，里德得到了一些美国俱乐部的关注。那天晚上，两个年轻人敲定了来美国谋生当驻场球员的计划。拿特利尔的奖金作资本，在短暂回家处理事务后，他们很快就会回到美国。

在餐厅另一边的私人包厢里，哈里和弟弟汤姆以及诺斯克列夫勋爵安静地吃了顿饭。他们谈论着即将开始的延长赛，回忆起以往的大赛经历。汤姆的美国公开赛之旅早就结束了，明天他将再一次陪哈里走完全程。

"不论他今天在场上的表现如何，"汤姆说，"以你和泰德的实力，应该能轻松搞定他。"

"是的，"哈里说，"我们可以。"

"那么明天的比赛就变成双人对决了。"诺斯克列夫说。

"那小子还是有点水平的，"汤姆说，"得有一番苦战了，不过今天下午的比赛已经把他折腾得够呛。"

"没错，他不可能再有今天这样的表现，"诺斯克列夫补充道，"他不过是个业余选手，你曾经被业余球员打败过吗，哈里？我是说任何一对一的对决，哪怕不是正儿八经的比赛。"

"没有。"哈里说。

"在美国，从没有业余球员赢得过公开赛，"诺斯克列夫继续道，"在英国，60 年里也就出过那么一个业余冠军。我告诉你这是不可能的。"

哈里露出冷漠而神秘的微笑，勉强掩饰住一丝怒气，说："你认为比赛那么容易吗，艾尔弗雷德？也许明天你想亲自上场会会他。"

诺斯克列夫低声反驳了一句，但没有真说出口。在一阵令人不安的沉默之后，汤姆转移了话题。不久，哈里便起身离开了，当晚 11 点，他就上床了，却久久无法入睡。

全家人吃完晚饭后不久，弗朗西斯就上床了。妹妹露易丝去客厅练习钢琴，弗朗西斯听到玛丽叫她停下来，好让他好好休息。

"别停下来，露易丝，"他在楼上喊道，"继续弹，我会更容易入睡。"

钢琴声又响起来，9 点半的时候，弗朗西斯已经睡熟了，而且就像达尔文预测的那样，直到第二天早上才醒来。

哈里、弗朗西斯、泰德在会所外合影

（图片由美国高尔夫协会友情提供，版权所有）

星期六：延长赛

自创立以来，美国公开赛就一直采用 18 洞延长赛，来应对正赛后出现的平局局面。1913 年的延长赛，是美国公开赛 19 年历史上第六场，也是过去六年中出现的第四场。本届开赛前，乡村俱乐部前任主席 G. 赫伯特·温德勒和现任主席赫伯特·杰奎斯先生，已连续两周每天工作 18 小时。

两人同时也都是美国高尔夫协会前主席，全美国，没人比他俩更了解如何办赛，他们深谋远虑，预见到了比赛的每一个细节，以及如何应对前来观赛的大批观众。尽管周五的暴风雨造成了些麻烦，但所有人都一致认为，整个比赛进展顺利。赛前已经对有可能出现延长赛的情况作了预案，但延长赛实际发生时，仍带来了一系列新挑战。周六凌晨五点，在会所楼上为会员保留的房间里睡了四个小时后，两人又回到球场，确认所有的准备工作已经就绪。令人沮丧的是，天还在下雨。

温德勒和杰奎斯在场下忙活了一个小时，向草坪管理员了解情况，找出一些球洞的问题所在，同时选定新的洞杯位置。连续下了 30 个小时的雨之后，乡村俱乐部的果岭状态依然保持良好，大部分场地排水通畅，但几乎每条球道的附属区域，都被宣布为不可打。

那天早上，埃迪·洛厄里准备离开下牛顿瀑布的家时，对母亲说："弗朗西斯今天要打出 72 杆，走着瞧吧。"

"你小心那只脚，埃迪。"

"我没事。"埃迪说着，转身就不见了人影。

早上 7 点，大雨打在卧室窗户上的声音，叫醒了弗朗西斯。他向外望去，看见球场工作人员正在 17 号洞果岭设置新洞杯。父亲在他起床之前，就已经出门上班。吃了一顿适口的早餐，并得到母亲和弟妹的鼓励后，弗朗西斯走出家门，埃迪在等他。埃迪·洛厄里之所以崇拜弗朗西斯·威梅特，并不仅仅因为他比他大 10 岁，高两英尺。过去三年，埃迪一直生活在没有父亲的阴影里，他近来的种种行为迹象表明，这个意志坚强、自力更生的孩子可能会陷入麻烦。人们总是低估埃迪，但是他很聪明，是学校里最聪明的孩子，曾两次跳级。母亲担心他被坏孩子带上邪路，希望他能受到一定的纪律约束，引导他心智成长，控制他不安分的精力。正所谓在正确的时间遇到正确的人，弗朗西斯和埃迪在彼此最需要的时候，进入对方的生活。1913 年 9 月 20 日（作者原文 9 月 21 日有误——译者注）星期六那天早上充分说明了这一点：埃迪穿了一身和弗朗西斯几乎一模一样的行头：白衬衫、黑领带、棕色夹克、黑色裤子、绑腿毛袜、短款钉靴。唯一的区别是，埃迪戴着白色渔夫帽，弗朗西斯戴了顶薄款编织帽。

"我昨天给你弄了这个，"埃迪说，"事情太多，忘了给你了。"

埃迪把丹·麦克纳马拉在专卖店送给他的美国国旗缎带递给他。

"我也有一个，你把它戴在这儿。"埃迪指着自己翻领上一模一样的缎带说。

"谢谢你，埃迪，非常感谢！"弗朗西斯满怀感激地接受了礼物，但似乎并没有完全领会它背后的意图。

"弗兰西斯，你必须打败那些家伙，"埃迪觉得有必要解释一下，"你是美国人最后的希望。"

"我从来没有这样想过。"

"事实的确如此。"

弗朗西斯试着消化埃迪的话，一边穿街道一边把缎带系到翻领上，然后问："这雨会停吗？"

"无所谓。"埃迪说。

"为什么？"

"因为今天是你打出 72 杆的日子，"埃迪说，"这是你最后的机会。"

"是的，我把这事给忘了。"

"瞧，不管下不下雨，你都会打出 72 杆。"

"但愿你是对的。"

"当然啦！我们应该走到那些家伙面前，问问他们的船什么时候回英国，他们最好赶紧收拾行李。"

被某种强烈的情感所震撼，弗朗西斯停下脚步，目光坚定地看着埃迪，让小家伙大吃一惊。

"不管今天发生什么，埃迪，输或赢，当一切尘埃落定的时候。我向你保证，他们绝不会说，我和他们为争夺冠军而打平纯属侥幸。"

弗朗西斯如此慎重其事，埃迪惊得一时语塞，呆呆地看着他，弗朗西斯继续往前走，埃迪跟在后面笑了。

到俱乐部后，弗朗西斯受到温德勒先生、杰奎斯先生和美国高尔夫协会官员们的热情欢迎。弗朗西斯走进更衣室换鞋，埃迪在外面等他。更衣室今天空无一人，两位英国冠军还没有到。弗朗西斯起身离开时，惊讶地发现自己的手臂被牢牢拽住，转身一看，是约翰·麦克德墨，他看上去脸色苍白、神色恍惚。

"我昨天看你比赛了，"麦克德墨声音急迫而低沉，像是在耳语，"你打得很好。"

"谢谢你，约翰尼。"弗朗西斯觉得有点惊奇，他想要什么？

他等着约翰开口。

"上场后，千万别在意瓦登或瑞，你注意听我说，到时候，瓦登一定会诱导你赶超他，危险就来了，没人能跟他比，你可别上当，你听见了吗？你只管打好自己的球。"

麦克德墨目光如炬，紧紧抓住弗朗西斯的胳膊，弗朗西斯一直等到确信麦克德墨再没什么要说后才开口道："好建议，约翰尼，我保证会尽力做到。"

麦克德墨眨了下眼睛，一句话也没说，松开弗朗西斯的胳膊，往后退了几步，蹭得木地板吱吱响。

弗朗西斯走出更衣室，看到他的球包靠在门边，埃迪在和丹·麦克纳马拉说话，远处站着弗兰克·霍伊特。他从球包里拿出三支球杆和几只球，走向已经空无一人的马球场洞，准备打几个球热身。天空的乌云已经散开，雨势减弱，只有星星细雨，对于打球已无大碍。他把球摊在草地上，开始练球，在球道上来回走动，他感到自己的挥杆扎实有力。不一会儿，早早来看比赛的观众开始过来观看，但是没见埃迪。

想到即将开始的延长赛，弗朗西斯既没有感到紧张，也没有兴奋过头。他成功找到了看问题的积极方式：至少现在对抗的不是全体参赛球员，他的胜算比起比赛开始时大多了。延长赛虽然是比杆赛，但更像是比洞赛，比洞赛是弗朗西斯的偏好。面对两个对手，他们会始终走在前面，可以随时了解他们打球的状况。这一刻，他无法或者说不愿意承认的事实是：他将与世界上最顶尖的两名球手的最佳球位进行比赛。

9点半，弗朗西斯走回练习果岭，观众们已经越来越多。由于是周六，天气略有好转，加之有弗朗西斯参赛，观众人数将轻松突破本周之最。弗朗西斯朝果岭上丢了两颗球，试着找推杆感觉，但埃迪不见踪影，令他心烦意乱，这可不像是埃迪。几分钟后，弗兰克·霍伊特和乡村俱乐部的一小撮会员，从果岭对面向他走来，这时，弗朗西斯才看到埃迪出现在他们身后，手里紧攥着他的球包。

"早上好，弗兰克。"弗朗西斯说。

"弗朗西斯，我们私下讨论了一件事。"弗兰克低声说，他口中的"我们"指的是身后那些人。

"什么事，弗兰克？"

霍伊特靠拢来，背对着埃迪，压低声音说："我们认为，你今天需要更多的帮助。"

"我当然很感激，弗兰克……"

"依据规则，唯一能给你合法建议的人是你的球童，我们认为，你应该找一个真正了解这项运动和这座球场的人，来帮你背包。"

弗朗西斯感到胃里一阵难受，诧异地说："埃迪做得很出色啊！"

"没人对此有异议，大家都认为他是个好孩子。但这是美国公开赛，弗朗西斯，不是什么青少年俱乐部锦标赛，你要全副武装，所以我们想着，今天由我来为你背包。"

埃迪挪近了些，但离得还是不够近，听不到他们在说什么，手里依旧攥着球包。弗朗西斯瞥了一眼，正好与他的目光相遇，"你和埃迪谈过这事了？"

"是的。我一直好言相劝，"弗兰克略带一丝怒气地说，"我甚至提出给他两块钱，后来加到了五块，可他就是不听。"

"所以你想让我跟他谈谈？"弗朗西斯说。

"没错，他会听你的。"弗兰克说。

弗朗西斯点了点头，然后朝埃迪走去。埃迪站在10英尺外，手里死攥着球包，看见弗朗西斯过来，惶惶不安地抬起头。

"埃迪，弗兰克要给你钱？"

"五块。"他答。

"你知道这比我能给你的多得多，这笔钱能补贴些家用，是吗？"

"就算给我一百，我也不干。"他的嘴唇颤抖着，眼里满是泪水，哭着说，"我才是你的球童。"

弗朗西斯又低头看了看他，笑了，接着便折了回去，他对弗兰克说："你的心意我领了，谢谢，但我已经有中意的球童了。"

弗朗西斯转过身示意埃迪过来，埃迪边擦眼泪边把球包扛到肩上，急忙走过来，脸上还挂着泪水。弗兰克·霍伊特向其他会员耸了耸肩，表示他尽力了。他们无功而返。看到埃迪还紧抓着球包，仿佛有人要抢走他的工作似的，弗朗西斯温柔地把手放在男孩的背上，帮他一起穿过人群。

"你不会真以为，我会让别人取代你吧？"弗朗西斯悄悄地问。

埃迪终于笑了，认真地说："那家伙是个扫帚星，他总能找到办法把事情搞糟，我可不想让他害你。"

当他们一起穿过人群时，弗朗西斯抬头看了看前面，发现第一洞发球台旁边搭起了一个小帐篷。哈里·瓦登和泰德·瑞已经到了，正和他们的球童站在帐篷外面等弗朗西斯，马上十点就到了。

弗朗西斯走到跟前时，哈里伸出手来说："你昨天打得很好，祝贺你。"

"谢谢您，先生。"弗朗西斯克制住想要说更多话的冲动。诚如瓦登所言："尊重你的对手，但把他当作一个无足轻重的人。"

"祝你今天好运。"哈里仍旧一副友好而冷漠的样子。

"你也是，先生。"

泰德也握了握弗朗西斯的手，祝他好运，然后转身问埃迪："你叫什么名字，小家伙？"

"埃迪·洛厄里。"

"埃迪，你比花生米大不了多少。"

"没关系，"埃迪说，"你比我们俩加起来都大。"

泰德开怀大笑，就像往常一般，其他人也都笑了。

开球前，赛事官员把三名球员叫进 1 号洞发球台旁的小帆布帐篷。美国高尔夫协会主席罗伯特·沃特森、赫伯特·温德勒和赫伯特·杰奎斯分别向他们表示祝贺，接着沃特森对延长赛规则作了简要说明。如果第一个 18 洞延长赛结束，再次出现平局的话，选手们将于当天下午立即开始第二个 18 洞较量。由于比赛条件恶劣，美国高尔夫协会决定破例，在果岭上出现下列情况时，可以不必罚杆：如果球落在果岭时嵌入地面，将允许传唤一名裁判，裁判如果判定掩埋的球位影响球员的下一次推击，则有权把球移开，允许球员擦球，并在距球落点三英寸的范围内将球放回果岭不靠近球洞的地方。三名球员一致认为这一规则听起来非常公平。

考虑到这轮比赛的重要性，每个选手都被分配了一名记分员。为公平起见，瓦登和瑞的记分员由美国新闻界的杰出代表出任，伯纳德·达尔文则受邀担任弗朗西斯的记分员。在他们的见证下，当天的日期和球员的名字，均用钢笔写在记分卡上，场面十分庄严。

罗伯特·沃特森向选手们展示他手里拿的三支签：一支长，两支短。谁抽到长签，谁就将获得率先开球的荣誉。他把签放到身后混了混，然后拿出来。哈里和泰德示意让弗朗西斯先抽，他抽到了长签。

"先生们，"沃特森说，"时候到了！"

周六来观赛的人数远比周五的更难核实。据估计，至少有 8000 人，最多 20000 人，实际数字肯定介于两者之间。可以确定的是，凡是看了周五激动人心比赛的观众，无论男女，都回来了，并带来了更多的人。至少有 700 辆汽车，将方圆一英里内的停车场全部塞满。球场上弥漫着一种预兆，历史性时刻即将到来的氛围，犹如厚重而沉闷的空气那样实实在在。

周五被观众踩踏过的大部分场地和走道已经变得泥泞不堪，许多人认为湿漉漉的球道对泰德·瑞更有利，虽然球滚不起来，但他的开球距离最远。也有人认为瓦登出色的铁杆技艺更具优势，加上果岭潮湿速度慢，有助于他的推杆发挥。大多数当地媒体已经从昨晚的兴奋中清醒过来，开始老生常谈，唱衰弗朗西斯。他经验尚浅，难堪大任，有命无运，昨日一战已殚精竭力，今天面对两位冠军选手，其中是一位毋庸置疑的世界最佳球员。因此，延长赛最终会演变成两位冠军选手之间的巅峰对决，弗朗西斯只能一路陪跑，并对能够和他们同场比赛心存感激。波士顿博彩公司也以此公布了赌盘，要不是有爱国情绪加持，弗朗西斯的输球赔付率也许会更高。庄家为瓦登或瑞赢得美国公开赛开出的赔率为 5∶4，弗朗西斯为 3∶1。无论瓦登赢得第一还是第二名，压 20 赢 10，如果买弗朗西斯，压 20 赢 20。

球员们走出帐篷，已经把马球场洞重重包围的人群看到他们出现，爆发出雷鸣般的掌声。三人作着最后的准备，并互相展示他们要用的球。弗朗西斯在他的旋涡网纹斯伯丁球上画了个圈。泰德用的是同款球，但作了不同的记号。哈里的球是赖特＆迪特森牌，表面布满酒窝状的凹点，形似"树莓"，和古塔胶球的设计相近。英国人走到发球台后面，等着弗朗西斯先开球。

小雨持续不断，气温比周五高出华氏 20 度（相当于摄氏 6~7 度——译者注），闷热无风。球场上空，密集的乌云从北方缓缓逼近，大雨正在酝酿。温德勒和杰奎斯在最后一刻向巡场和围绳管理员下达指令，所有人各就各位。无声的祝福从观众席上升向空中，第一条祝福是——让他开个好头。

约翰·安德森和杰里·特拉弗斯在人群中相遇，他们将一起走完整场比赛。

"今天实际上是比洞赛，是吧？"安德森说。

"没错，18 洞比洞赛远比在书桌后面研究 18 年更能让你看清对手。"杰里说。

10 点整，埃迪把 1 号木递给弗朗西斯，直视着他的眼睛说："一定盯住球。"

望着球道周围黑压压的人群，弗朗西斯心跳加速，一股令人窒息的兴奋感涌上心头。他回头望了望瓦登和瑞，时间就此停止。自从昨天的最后一推后，他第一次清醒地意识到自己即将迎战的对手有多么强大，这个认知犹如一记重拳直击在肚子上。哈里会怎么办？弗朗西斯心想，我总不能当面问他吧？瓦登书中的一段话浮现在他的脑海：开始疏忽大意输掉比赛，远比其他任何原因导致的失利多得多，因此，打好第一洞的重要性绝不亚于你有生以来打的第一个洞。

有了！但他要直面的就是哈里本人，这些又能起多大作用呢？

我现在要忘记他的存在，他找到了答案。抛开瓦登和瑞，忘记他们的存在，为自己而战。

弗朗西斯手感火热，将球远远地开上球道，落点略微偏右，此起彼伏的欢呼声回荡在整条球道上。接着哈里将球径直开上球道正中央，距离略短于弗朗西斯。泰德的开球直奔弗朗西斯的球而去，距离略远，方向更偏右几码。他们一起步下发球台时，掌声更热烈，人墙从他们身后压过来。

"打得好，"埃迪边说边擦净 1 号木，然后把它放回球包。

"从那儿，我们可以两杆攻果岭。"弗朗西斯说，同时感到心脏正在慢慢复位。

哈里的球距离果岭更远，先打。

评估落点后，哈里决定先缓攻一杆，避开果岭前赛马跑道的外弯，他操起铜片木，做出四分之三挥杆，效果完美，落点距离果岭 80 码。弗朗西斯看着瓦登的球落地，然后抽出自己的铜片木，大胆地直攻果岭。小球越过赛马跑道，但最终被反弹至一座为稀疏长草覆盖的小土堆侧面，距离果岭后方三分之二处的旗杆位 25 码。泰德同样选用铜片木打第二杆，结果打出右曲，小球飞进距离果岭右侧十码的长草，落点正好与旗杆位平行。

哈里救球上果岭，落点位于洞杯下方 20 英尺。弗朗西斯凭借一记漂亮的切击救球出长草，小球正好落在哈里的推击线内。泰德试图切击救球，但杆面被长草绊住，导致挥速减缓，距离受损，小球落在果岭环上。

弗朗西斯第一推推短四英尺。

他不慌不忙地查看保帕推击线，脑中不由自主地冒出一个念头：这一推将为整场比赛定调，他开始紧张。

每张记分卡上都有相应的记分位置，但三名官方记分员中，只有伯纳德·达尔文以其特有的谨慎，在最右边一栏将弗朗西斯当天打出的每一杆都划杠标记出来。他站在围绳内，靠近果岭的位置，手持铅笔，在记分卡上划了四道杠。

弗朗西斯把头转向右边，作出扎实的一推，小球径自滚入洞中，成功保帕。家乡观众欢声如雷。

第一洞结束，依旧是平局。

达尔文记下第五杆，短而有力，与其他几杆略有不同，然后把记分卡和铅笔放回干外套口袋。他的手颤抖着，瞧瞧我，他想，这小子面对如此大的压力，却比我镇定多了。达尔文走过去和弗朗西斯核对杆数，之后每一洞他都会这么做。

"弗朗西斯，我给你记的是五杆，没错吧？"达尔文问。

"正是。"弗朗西斯说。

达尔文瞥了一眼正与温德勒、杰奎斯一起观赛的诺斯克列夫勋爵，赶紧扮起公正的记分员模样，装出一脸担忧的样子。

对于弗朗西斯来说，除了昨天锁定平局的最后一击外，整轮比赛中再没有哪一推比第一洞的保帕推更为关键。他把球从洞杯中拿出来的那一刻，之前在发球台上感受到的紧张、兴奋、敬畏统统销声匿迹。离开果岭时，他朝前望了望瓦登和瑞的背影，两位英国冠军正朝第二洞发球台走去。哈里身子微微前倾，走起路来摇摇晃晃，大个子瑞则步态笨拙。

他们也是人，弗朗西斯心想。

"推得好，弗朗西斯，"埃迪从他手中接过球和推杆来清理，"这一推至关重要，真的。"

弗朗西斯点了点头，但压根没听进他的话。继续朝前走时，他感到从未有过的平静，他后来描述当时的感觉说，仿佛陷入昏迷状态。就这样，他又有了超凡的眼力。跟在他身边的埃迪两眼盯着地面，没有留意到任何变化。

"现在我们可以好好比一比了。"埃迪说。

全长 300 码的第二洞小屋，得名于球场落成前就建在果岭附近的一位农民的小屋。三人均以 1 号木将球开上球道，又都凭借第二杆攻上果岭，留下25 英尺内的小鸟推机会。瓦登和瑞的第一推都推过洞，但距离洞杯更近，弗朗西斯的第一推又一次推短。最终，三人都成功保帕。

他们站上第三洞发球台时，天空被刺开一个口子，大雨倾盆而下。第三洞全长 435 码，名为池塘，指俱乐部为滑冰和冰壶运动在果岭后面修建的人工湖。仍保留着先发开球优势的弗朗西斯，第一次开球超过哈里和泰德，哈里的开球与弗朗西斯方向一致，直击球道中央，距离略短 10 码，泰德的开球又一次偏向右侧，落在一座极难对付的小山坡上，被一棵大橡树挡住去路。泰德先打，操起中铁巧妙地绕开大树，但小球被严重拉左，飞过果岭左前方，意外撞上朝向下一洞发球台的陡峭岩石路基，并被反弹至果岭左后角。哈里第二杆打出一记漂亮的长铁，直接攻上果岭。

担心弗朗西斯难以复制如此出色的两杆，埃迪用毛巾擦干中铁的握把，并把它递给弗朗西斯时说："别管他们打得如何，打到洞边就行。"弗朗西斯笑了，拿起球杆，走上前，打出三人中最漂亮的一杆，小球飞出 200 码，落在离洞杯最近的位置，收获当天上午最响亮的欢呼声。泰德切球攻果岭，小球顺着从后往前倾斜的果岭向前滚过洞杯四英尺。弗朗西斯和哈里均以两推结束战斗，交出漂亮的四杆。瑞错失四英尺推，打出五杆，落后哈里和弗朗西斯一杆，率先崩盘。

"他的状态很稳定。"约翰·安德森说。

"他们还没把他当回事，"杰里观察敏锐，"只是在互相斗。"

全长 300 码，标准杆四杆的第四洞医院，得名于布鲁克莱恩传染病医院，这家医院曾经是结核病疗养院，坐落于果岭后方俱乐部界址线外。医院旁边是只有一间教室的普特勒姆学校，弗朗西斯以前上过的文法学校。走向第四洞发球台，哈里和弗朗西斯两人并没有因此想起过往。发球台前不远有一块凸露的岩石，开球需要高起飞角以避开岩石。考虑到距离并不是必需的，弗朗西斯向埃迪要了杆面倾角更大的发球铁杆。他的开球轻松越过岩石，但方向略偏，落在球道边第一层长草里。哈里径直将球开上球道正中央，这是他当天打出的第四记完美开球。泰德对刚刚的三次发球都不甚满意，希望能弥补上一洞的三推失误，他大力开球，小球朝左偏出，落入俯瞰果岭的小山顶部的长草里，距离果岭仅 50 码。

弗朗西斯和埃迪仔细检查落点，小球位于湿滑的长草里，距离果岭 110 码。他需要扎实触球以清除障碍，攻上果岭。

"有支杆可以对付这个球位。"弗朗西斯要了多功能铁杆。

"慢慢来。"埃迪说。

弗朗西斯试挥了几下，然后走上球道，望向下面的果岭，在看清自己想要打出的一杆后，完美复制出一记自左向右的小右曲，小球被成功救出长草，并沿着球道边的一排树飞去，最终轻轻落在果岭右侧，距离洞杯 25 英尺，这是他在本轮打出的最佳一球。

哈里紧随其后，以一记漂亮的劈起，将球攻上果岭，距离洞杯不到 15 英尺。泰德紧握斯尼勒铁杆，将球打到距离旗杆位仅 12 英尺的地方，留下一个上坡小鸟推机会。弗朗西斯的第一推过于谨慎，这也是他当天第三次推短，结果留下一记危险的四英尺下坡推。哈里和泰德双双错失小鸟推，但最终成功保帕。摆好推击线后，弗朗西斯和埃迪发现一个拐向右侧的折点，离洞杯仅六英寸，相当棘手。他知道，如果这一推稍有差池，小球就会偏离推击线，并因此错失洞杯，滚过洞杯 10 英尺。弗朗西斯坚定而自信地推击，小球不偏不倚地沿着推击线，直奔洞口，撞上洞杯后缘后落袋为安，成功以四杆拿下该洞。

弗朗西斯和哈里打平，泰德落后一杆。

全长 420 码的第五洞因其球道延伸至牛顿街，因此得名牛顿。从炮台型发球台开球，面对绵延的山丘，只能盲打。球道轻微右狗腿，右侧有密不透风的密林守护，密林外侧有绵延的低矮石墙标示界外。球道向下延伸至剧烈起伏的果岭，果岭左侧有沙坑，右侧另被一处又深又窄的沙坑和厚厚的长草守卫。仍保有率先发球优势的弗朗西斯，凭借一记漂亮的开球，直取球道中央。随后，哈里开出第五记好球，距离比弗朗西斯略短几码。还在找挥杆节奏的泰德连续第二次开出左曲，小球又一次落进长草。

哈里先击球，面对距离果岭 225 码的湿滑下坡球位，哈里操起铜片木，打出当天第一记偏离的球，方向略微偏右，错失果岭，落入长草。轮到泰德击球，从长草救球时遇到阻力，球冲着旗杆位而去，最终落在距离果岭 20 码处。观众一阵窃喜！

"机会来啦！"约翰·安德森说。

"他得好好利用这个机会，"杰里·特拉弗斯说，"他们俩可不会一天搞砸两洞。"

人群骚动起来，千万个声音问出同一个问题：他能抓住机会，一杆攻上果岭吗？巡场员竭力维持秩序，人群又安静下来。

雨势渐弱，弗朗西斯透过细雨，紧盯着果岭。

"给我勺杆。"他说。

埃迪擦干三号木握把，然后递给他。勺杆杆头偏小，杆身偏细，若想打出流畅而巧妙的击球，握杆得松一点。当上杆到顶部时，弗朗西斯的手轻轻一滑，结果导致下杆和触球时，整支杆都转起来，杆面完全打开，小球奔右侧而去，径直穿过树林，越过石墙。

界外。人群齐声惊呼："噢，不！"眼睁睁地看着球飞出界外，弗朗西斯愣了。驻守在树林附近的巡场迅速赶来，并确认球不见了，再找也没用。

"怎么回事？"埃迪问。

"握把在我手里滑了一下，"弗朗西斯冷静地说，"没控制住，结果就搞砸了。"

他示意再来一颗球，埃迪把球递给他。这种情况如果发生在今天的话，弗朗西斯将承受罚杆和距离的双重损失，不过在 1913 年，美国高尔夫协会关于界外球的规定截然不同，当时的规定对球员有利——不罚杆。在一名裁判的指导下，弗朗西斯在上一杆的击球点一个球杆长度范围内，抛球重打，到此已浪费两杆。紧下来的第三杆，弗朗西斯毫不迟疑地站到球后，再次瞄准果岭的方向。

"你确定要用同一支杆吗？"埃迪问。

"不是球杆的错，埃迪，是我的错。"

观众们还不明所以的时候，弗朗西斯已经走到球前，摆好站位，并打出原本想要的击球。球高高飞起，直奔果岭而去，最终击中果岭右侧，停在哈里的推击线内。观众沸腾了！弗朗西斯笑了，一边把球杆还给埃迪，一边朝前走去。

"这才是我一开始想要打出的一杆。"弗朗西斯说。

"迟到总比不到好。"埃迪说。

"绝佳的救球。"杰里·特拉弗斯说

"但是现在机会的大门已经为瓦登和瑞敞开，"约翰·安德森说，"他们有一杆优势在手。"

弗朗西斯和埃迪停了下来，等待泰德从 20 码外救球攻果岭。泰德操起斯尼勒尼布列克，轻挥一杆，触球时杆面闭合，打出一记速度极快的低飞球，小球径自奔向果岭后部，过洞 20 英尺，错失良机。泰德气急败坏地把球杆摔到地上。

哈里能否抢占先机尚待观察。因担心杆头被右侧的长草绊住，哈里挥杆过于发力，小球擦洞而过，停在八英尺外，哈里也坐失良机。轮到弗朗西斯打第四杆，成为该洞发挥最佳的一击，弗朗西斯漂亮地切球上果岭，留下一英尺不到的短推，轻松一推，交出五杆，吞下柏忌。观众发出阵阵欢呼。英国人球的落点并非圆满，除非其中一人能够一推进洞，否则，弗朗西斯将避免因打坏的一杆而受到的惩罚。

当天早上第一次，泰德被美国人高涨的爱国热忱所激怒。他特意等到人群再次安静下来才开始查看推击线。泰德推击时，一位摄影师走上前来给他拍照，引得巡场员大呼小叫，驱逐摄影师离场。

泰德转身对着巡视员："喊什么喊，还让不让我推了？"

巡场员赶紧溜进人群。泰德回到球前，仔细查看了很久，然后径直将小球推向位于果岭下坡处的洞杯，球擦洞而过。面对相对容易的八英尺上坡推，哈里迎来当天第一次严峻考验，好在他的右手没有发抖，但小球最终偏离推击线，奔右侧而去。两人接着双双敲球入洞，大失所望。诺斯克列夫气得七窍生烟，三位记分员在各自的记分卡上记下五杆。

加上第五杆时，达尔文突然意识到，弗朗西斯在局势不利的情况下力挽狂澜，扳平比分，成功救出柏忌也许比抓鸟更有意义。

达尔文是对的。看着两个英国人完成推击，走到下一洞发球台时，弗朗西斯突然灵光一现：他们并非坚不可摧。

"我能和这些家伙比一比，埃迪。"他悄悄地说。"是啊，谁说你不能！"

走向下一洞发球台，哈里看上去泰然自若，内心却因错失良机懊恼不已。哪怕他们中有一人抢得先机，也能挫挫年轻人的锐气。在哈里看来，最老练的职业球员也鲜少具备如此惊人的救球能力。他只记得自己有过几次类似的经历，但一名业余选手，面对延长赛的巨大压力，还能打出那样的球，简直令人难以置信。

他让你想起了谁，哈里？

哈里与泰德交换了一下眼色，彼此心照不宣。这小伙的表现足以说明，他不会屈服，也不会崩溃。如果他们不能指望他率先崩盘的话，那他们就得先扫清冠军路上的障碍。从某种角度来讲，率先崩盘的是他们，目前的困局是他们一手造成的，谁也不怪，这是他们昨天丢杆的代价。今天本该他们俩人为荣誉一决高下，这是他们一开始的设想。两相较量已然不易，现在又变成三方博弈，除了要面对大赛本身的压力外，他们还感受到了国家荣誉和高坛地位的双重压力。两人再也浪费不起任何机会，让弗朗西斯拱手让他们俩打出五杆，再有机会，他们一定要把他埋葬。

所有的佯装猛攻都已经试过，泰德在第三洞打出三推成为比赛的分水岭，赌注大增，他们都能感觉到，三方博弈已经拉开战幕。

是时候出手了，哈里心想，在对手势头大涨之前，给他致命一击。

第六洞贝克，建在1898年从哈里特·贝克手中购得的一块土地上。上坡球道，全长275码，标准四杆。弗朗西斯率先奉上又一记漂亮的开球，落点堪称完美，留下绝佳的攻果岭机会。哈里的开球方向一致，距离略远于弗朗西斯。轮到大个子泰德开球，他走上前去，正好迎上哈里的目光——该出手了！就在现在！泰德打出当天第一记直飞球，球在空中画出漂亮的弧线，超过另外两人的球，越过山丘，落在距离果岭不到40码的地方。

弗朗西斯先攻一杆，凭借一记方向笔直但施力略大的劈击，小球被打过旗杆位，落在洞杯外18英尺的地方。等球童爬上高坡，为他瞄准旗杆方向后，哈里以一记完美的短杆直取旗杆位，小球强力倒旋停在洞杯下方八英尺处。泰德能从上一杆的落点看到旗杆位，攻果岭一杆后，小球前进12英尺，落点与弗朗西斯的球在同一推击线上。两个绝佳的抓鸟机会，而且泰德会看到弗朗西斯先推，形势对英国人十分有利。

"你想试一把吗？"当他们从果岭后方查看弗朗西斯的推击线时，埃迪问道。洞杯位于果岭脊背上，这一推得先下后上，抓鸟的几率不大。

"能拿四杆当然比五杆好。"弗朗西斯说。

埃迪疑惑地看着他，他想打安全牌？昨天，他早早就开始打安全牌，结果为此付出惨重代价。

"今天场上的机会可不多。"埃迪怂恿他改主意。

"我们会找到机会的，"弗朗西斯说，"先推到洞边。"

第一推下去，小球沿着推击线一直滚到洞口，差一点就进了，弗朗西斯保帕。

聪明，这小子心里有谱，哈里想。

泰德参照弗朗西斯的推击线一推，有那么一会儿，小球看似就要落袋，结果却在最后时刻向左偏出，打出四杆。仔细研究八英尺小鸟推机会后，哈里一边站位一边不停地活动右手。为防止手抖，他在内心展开激烈斗争：好了，来吧，合作点，我们需要推进这一推。一记扎实而流畅的推击，小球径直滚入洞，哈里交出三杆，成功抓鸟。

"妥了！"诺斯克列夫说。

比赛进行到三分之一的时候，当天的第一次打击完成，哈里领先弗朗西斯一杆、泰德两杆。

约翰·安德森感觉到，周围观众原本不堪一击的信念开始动摇。一周来，哈里一次又一次错失短推，如果现在他突然记起怎么推杆，救生艇可以收起来了。走向第七洞发球台时，一直在场下关注弗朗西斯的布鲁克莱恩男孩们跑上来鼓励他："你可以的，弗朗西斯，稳扎稳打，别给他们留机会，弗朗西斯！"

"别担心，"埃迪说，"我们会追回那一杆的。"

弗朗西斯并不担心，他不能阻止对手推击，或者对手从百码外直攻旗杆进洞。字字遵守约翰·麦克德墨的指示，他根本不在意哈里和泰德打得如何，当务之急是控制好即将要打的下一杆。

全场第一个标准杆三杆的球洞高原，长 175 码，因其高耸的果岭而得名。果岭左右两侧，巨大的沙坑虎视眈眈。早上开赛以来，弗朗西斯第一次丧失首先开球的荣誉。哈里用中铁将球打过左侧沙坑，小球落入长草，落点与旗杆位平行，距离设置于果岭后方的洞杯 15 英尺。弗朗西斯开球直击目标方向，只是距离果岭略短六英尺。泰德的开球沿着同样的飞行轨迹前进，差点落在年轻人的球之上，不过效果更佳，落到果岭环上。弗朗西斯的球位于果岭边的短草区，距离洞杯 30 步远。果岭异常潮湿会减慢球速，且随地势跌宕起伏，极具挑战。

"这是一场真正的派对，"弗朗西斯说，"我们推一杆。"

很快，他就意识到自己误判了湿气的作用。球穿过短草区，丝毫没有放慢速度，径直冲过洞杯 12 英尺，这是整个上午最糟的一推。这一次，泰德从弗朗西斯的错误中吸取教训，先缓攻旗杆位，然后一推成功保帕。哈里不得不用铁杆，救球出长草，小球一路滚过洞杯 30 英尺，哈里和弗朗西斯双双救帕失败，交出四杆。泰德与弗朗西斯打成平手，两人均落后哈里一杆。

长 380 码、标准杆四杆的 8 号洞，原本偏居俱乐部一隅，因此得名角落。上坡球道自左向右延伸至炮台果岭，轮到泰德先开球。在第七洞重拾一杆让他满血复活，泰德稳稳地将球开上球道中央，弗朗西斯和哈里紧随其后，将球打上球道，只是距离不及泰德。

为了查看盲打的效果，大批观众冲上环绕 8 号洞果岭的山丘。三人的球都落在陡峭斜坡底端的岩架上，相隔不过 10 码，距离果岭 160 码。弗朗西斯抬头望向山顶，勉强能看见旗杆顶部。

"我想把球打进果岭，"弗朗西斯说，"不让泥巴沾到球。"

埃迪把马歇杆递给他，说："好主意！注意瞄准方向，我来看球"

弗朗西斯作出半挥杆，击球瞬间感觉极好。球两次被弹起，越过山丘，消失于视野之外，落到果岭上。片刻宁静，然后又过了片刻，果岭周围的观众爆发出热烈的欢呼。

"肯定是只死鸟！"埃迪笑着说。

弗朗西斯把球杆还给他，说："应该有机会抓鸟。"

埃迪摇了摇头，"死鸟，甚至有可能是只鹰。"

弗朗西斯不愿抱过高期望，在真相揭晓前，他们还得等瓦登和瑞完成第二杆。两人都用杆面倾角较大的铁杆将球攻上果岭，但观众的反应大相径庭。最后一颗球升空的瞬间，留在下面的观众便像骑兵冲锋一样冲上山顶。瓦登和瑞被反超，差点被人潮吞没。弗朗西斯和埃迪不得不跑到队伍的最前面，弗朗西斯一爬上来，观众就报以雷鸣般的掌声。

弗朗西斯看见果岭上有三个球，前两颗距离洞杯至少三四十英尺，第三颗不到 12 英寸，那是他的球。

"我说什么来着？"埃迪说，"死鸟。"

获得对手同意后，弗朗西斯先推小球入洞，成功抓鸟，然后不得不帮助巡场让观众安静下来。泰德气急了，硬是等到他们停止欢呼后，才肯查看推击线。这一看更来气：他面对的是一记过山车般的 40 码长推。仔细研判推击线后，泰德用力一推，然后退后一步，看着小球滚下山坡，拐过三个折点，径直滚入洞杯。观众们倒吸一口气，泰德凭借小鸟球，与弗朗西斯打成平手。

"好推！"弗朗西斯不由自主地说。

泰德轻扣帽檐，感谢他的赞美，并狡黠地冲他笑了笑。他知道自己算是侥幸逃过一劫。哈里的第一推略短几英尺，最终交出四杆。

令人意想不到的是，八洞过后，三人又一次战成平局。

全长 520 码、标准杆五杆的 9 号洞，因球道两侧怪石林立得名喜马拉雅。高耸的发球台俯瞰狭长的球道，一条小溪将球道一分为二，成为第二杆需要攻克的障碍，紧接着球道陡然上升，延伸至被沙坑重重护卫的果岭。当他们到达发球台时，黑压压的人群已经抢占了每一座俯视球道的山头。泰德再次率先开球。种种迹象表明，上两洞已经让他重获新生，他像公牛一样喘着粗气，面对人群，继续冲锋。长打优势让他在这一洞拥有充分的抓鸟机会，凭借一记令人叹为观止的开球，泰德将小球远远地送上球道右侧的安全位置，留下绝佳的机会直攻果岭。弗朗西斯避开球道右侧潜藏的危机，将小球开上球道中央，距离比泰德短约 20 码。那天第一次，哈里试图作出能与对手匹敌的开球，结果节奏失衡，打出左曲球，距离受损，落在一排树的边缘，球位十分棘手。

"开得好，哈里。"泰德说。

"谢谢你，泰德。"哈里说。

这是比赛开始以来他们第一次说话，两人都不曾对弗朗西斯说过半句。

当发现自己的球位于长草区，紧挨着一个盘根错节的树根时，哈里完全不能指望两杆攻果岭，或是把球打过河，他选择缓攻一杆，距离果岭 200 码。泰德和弗朗西斯双双凭借第二杆清除小溪障碍，但由于地面潮湿，上坡球道难以滚起球，泰德打短 50 码。哈里第三杆发挥出色，径直将小球送上果岭后部。弗朗西斯劈击上果岭，留下 20 英尺的推击距离。泰德紧随其后，打出的落点更靠近洞杯两英尺。哈里凭借精准的切击将小球送至洞杯下方三英尺处。弗朗西斯和泰德皆以两推成功保帕。他们退后一步，等着哈里推完他的三英尺保帕推。今天第一次，哈里遇到如此近距离的短推，而且是一记直线上坡推。哈里紧握推杆，把它移向球。

"他们还是会打平。"约翰·安德森说：

"说这话未免太早。"特拉弗斯说

"这周，他错失短推的次数比我还多。"

哈里不慌不忙地轻轻一推，球进了。场下，汤姆·瓦登终于松了一口气，天知道他是怎么做到的。20 年来，汤姆一直在问同样的问题。哈里一如既往在关键时刻控制住了紧张情绪。

面对恶劣的比赛条件和巨大的压力，三人均以平标准杆成绩 38 杆结束前九洞，维持平局，剩下九洞定胜负。压力开始逐洞递增。整个上午不断壮大的观众队伍率先向 10 号洞冲去，所有人脑中都冒出成千上万个问题：谁会最先崩盘？如果没人拔得头筹呢？是不是还得打一场 18 洞？

在前往下一洞发球台的途中，三名球员及其球童在茅草屋稍事休整。谁也没说话，但都在悄悄观察对手，偶尔会有目光相遇的刹那。泰德显得焦躁不安，精力旺剩。他和埃迪对视一眼，埃迪咧嘴一笑，差点把泰德逗笑，埃迪见状，也乐了。迎上哈里的目光，并与其对视时，弗朗西斯笑得十分坦然。

他似乎乐在其中，哈里想，对他来说是好事，我也曾那样过，在半辈子以前。

哈里回敬以冷漠的招牌笑容，对此，弗朗西斯不以为意，没有像大多数球员那样，被哈里的泰然自若唬住，对哈里的了解足以使他认清，他的笑容也是一种武器，瓦登试图用笑容对付他，反而使他更加镇定。

你不可能就那样打败我的，哈里，你的把戏我都知道。那天第一次，他脑中闪过一个激动人心的念头：我也许能打败你，我也许能打败你们两个。

一早就下个不停的毛毛细雨终于停了，人们纷纷收起雨伞。随着温度升高，水汽凝聚在球场上空，空气变得异常潮湿。当球员们到达 10 号洞发球台，开始后九洞时，伯纳德·达尔文特意看了看自己的表，正好 11 点 45 分。

标准杆三杆的第 10 洞瑞丹，长 140 码，球道从高耸的发球台延伸至炮台果岭，果岭被陡峭的堤岸和沙坑守卫，这是乡村俱乐部最初的九洞保留下来的唯一一洞。

泰德走上发球台，信心十足地用铁杆打出一记高抛球，攻上果岭左侧，落点距离洞杯 45 英尺。紧随其后的弗朗西斯先花了点时间选杆。

"你又想直攻果岭吗？"埃迪想起周五下午差点酿成双柏忌的糟糕开球。

弗朗西斯笑着说："那一杆差点毁了咱们，是不是？"

埃迪点点头，没敢多说一句。

"今天，他们允许移出掩埋球，"弗朗西斯说，"我们打一个高抛球试试。"

弗朗西斯操起短杆，以一记漂亮的开球攻上果岭，落点距离旗杆位 25 英尺。

接着，哈里以一记同样出彩的发球攻上果岭，落点也位于旗杆位左侧，比泰德的球更靠近洞杯五英尺。到达果岭时，他们发现三人的球落点都不错，无一陷入潮湿的草地。不过瓦登和泰德攻果岭一杆留下的打痕，正好挡在他们的推击线上。按照美国高尔夫协会新规定，球员可以移开并清理被掩埋的球，但没有增加任何关于修补打痕的条款。弗朗西斯的球落地时稍微向左偏出，只有他的推击线上毫无阻碍，不过他的球上粘着一小块泥巴。

他想起他们第一次见面时哈里对他说的话：有些人天生能交好运。这也是一种能力，你知道的，就像其他技能一样，也许还是最有用的。

泰德先推，瞄左线，绕开打痕，打法很拼，但没有找准推击线，势必徒劳无功，小球停在六英尺开外。哈里的第一推借用右曲球的打法，试图让球绕过前面的打痕，效果不错，留下四英尺不到的短推。考虑到球上的泥巴对推击的影响，弗朗西斯小心翼翼地将球推到距洞杯两英尺不到的地方，并紧接着推球入洞，交出三杆。

泰德的保帕推沿着推击线前进，最后因一英寸之差，止步洞口，泰德交出四杆，吞下柏忌，气急败坏地把球从洞里拽出来。哈里迎来第三次短推考验，这一次小球没有落袋，同样交出四杆，吞下柏忌。哈里和泰德浪费了领先的机会，年轻的美国人势头正劲，头一次获得领先。观众情绪进一步高涨，当他们走向下一洞发球台时，欢呼声呐喊声四起。泰德显然又生气了。那天第一次，达尔文觉察出，哈里冷酷的外表下透出丝丝恐惧。

全长 390 码、标准杆四杆的 11 号洞命名为斯托克顿，以纪念这片土地的原主人，乡村俱乐部最早的高尔夫爱好者之一。球道长，而且是大上坡，右侧落球区有水障碍。弗朗西斯再次获得先发优势，三人的开球都正中球道中央，但弗朗西斯的开球距离又一次超越哈里，与泰德相差无几。他挥洒自如，每打一杆，信心都增加一分。接着，三人凭借出色的铁杆发挥，攻上果岭。泰德的球距离洞杯最近，15 英尺小鸟推。弗朗西斯和哈里的球距离洞杯 25 英尺，也都有抓鸟机会。

哈里先推，结果推短四英尺，错失小鸟。

"他开始紧张了。"约翰·安德森说。

"这一推迟早会让他付出代价。"杰里·特拉弗斯说。

"保帕也很不错。"埃迪也开始变得谨慎。

弗朗西斯先推一杆，留下安全的保帕推距离，然后轻松推球入洞，交出标准杆。泰德的第一推扎实有力，但因略微偏离推击线，小球擦洞而过，两推保帕，交出四杆，失望写在他的脸上。面对四英尺保帕推，哈里迟迟未出手。看着他犹豫不决的样子，汤姆·瓦登生怕发生最坏的情况，连看都不敢看。哈里迟疑着推出一杆，可怕的瓦登式推击，小球颤巍巍地向前滚去，最终在洞口徘徊好一会儿才落袋。哈里躲过一劫，三人全部保帕，弗朗西斯依旧领先瓦登和瑞一杆。

长 415 码、标准杆五杆（原文笔误，应该是四杆——译者注）的 12 号洞叫围场，建在克莱德公园赛马场的旧马厩上。笔直的大上坡球道是对力量的极致考验。球道末端轻微向下倾斜，通往一个不起眼但凶狠的果岭。弗朗西斯先行奉上本轮最佳开球，径直攻上球道中央。泰德紧随其后，凭借超强的爆发力，击穿球道，但令人惊讶的是，当他的球停在山上时，人们发现弗朗西斯的球竟然比他的还远 10 码。哈里再次殿后，凭借倾尽全力的一击，开球距离次于泰德。

埃迪知道弗朗西斯已经进入心无旁骛的状态，他在周五上午的比赛中打前七洞时就是这样。埃迪不知道这种状态会持续多久，希望它能再坚持六个洞似乎太过贪心，身为弗朗西斯的守护者，埃迪现在谨言慎行，并随时准备拦截任何可能妨碍弗朗西斯的人。

哈里先拿铜片木击球，凭借出色的发挥，小球飞奔上山，但猛地被反弹至左侧，落在守护果岭的一颗橡树下。泰德选杆短了，导致第二杆因潮湿的地面遭遇距离损失。这对两人来说都只是小错误，但如果弗朗西斯能正常发挥，两人的小错误可能会引发大灾难。

"试试马歇杆。"弗朗西斯说。

"不要抬头。"埃迪说。

继当天的最佳开球后，弗朗西斯又以出色的铁杆发挥，将小球笔直地送上果岭，落点距离洞杯仅八英尺。人群再次沸腾！这一次弗朗西斯不必跑上山就知道他打出了不错的一球。

"这一杆感觉不错。"弗朗西斯说。

"不错？"埃迪说，"太棒了！"

压力转移到哈里和泰德身上，就看他们的短杆表现了。泰德切球攻果岭，但球落在上坡位置，压根没滚起来，距离果岭还差 20 英尺。哈里操起挖起杆，绝妙地将小球从橡树下的松散碎屑中救上果岭，落点距洞杯仅六英尺。两人都面临打出柏忌的危险，弗朗西斯则拥有八英尺小鸟推机会。直觉告诉弗朗西斯：不要冒险，免遭三推，打出四杆足矣，确保打出四杆即可。

弗朗西斯小心翼翼地轻推一杆，小球就差一英尺落袋，观众发出失望的喟叹，但他率先以标准杆成绩拿下该洞。

看着弗朗西斯完成推杆时，哈里心想：他掌控着球场，掌控着自己，鲜有年轻球员能做到这一点。

泰德第一推推得不错，但仍不及弗朗西斯。哈里上一杆打短，这一杆过洞，最终敲球入洞，交出五杆。年轻小将的打法安全又聪明，让两位老将付出代价。剩下六洞待打，弗朗西斯获得两杆领先优势。他立即向下一个发球台进发，观众一路为他加油鼓劲，鼓励已经成为他的一项至关重要的主场优势，他的每一次击球都伴随着上万人的祈祷。

哈里和泰德步调一致，谁也没有看谁，说着悄悄话。

"他没有崩盘。"泰德说。

"我注意到了。"哈里说。

"不应该是这样的，老伙计，我本来以为今天只用对付你一个人呢。"

"这似乎是我们犯的第一个错误。"

他们到达发球台，弗朗西斯手持 1 号木向前走去。

"如果我们要做点什么话，哈里，现在是时候了。"

"没错，"哈里说，"至少别让他赢得太轻巧。"

标准杆四杆的 13 号洞"少女"，因其与汤姆·瓦登的老东家皇家圣乔治的少女洞相似而得名。达尔文对该洞的描述最为贴切："这位'少女'不简单，球道起伏又凶险，是一个极难应付的盲打洞。"但它并没有吓倒弗朗西斯，昨天打后九洞的时候，他曾在此洞抓获亟需的第一个小鸟。现在，他满怀信心，率先以一记精准的开球直击左侧球道。泰德紧随其后，凭借强有力的一击，超越弗朗西斯。哈里打出一记教科书式的开球，沿着弗朗西斯打出的弹道攻上球道左侧，紧接着，又以一记漂亮的盲打，将小球攻上果岭左侧，距离旗杆位 10 英尺。弗朗西斯也不甘示弱，漂亮地将球打上果岭右侧，留下同样的 10 英尺距离。片刻后，泰德也攻上果岭，落点距离洞杯 15 英尺。三人再次同时迎来小鸟机会。泰德先推，结果以毫厘之差错失洞杯，最后两推入洞，交出四杆，又一次白白浪费了机会。和埃迪一起瞄好推击线后，弗朗西斯作出流畅的一推。

球向位于下坡位置的洞杯冲去，如果进球的话，他将获得难以企及的三杆领先优势，但小球涮洞而出，回退一英尺半。弗朗西斯反应平静，没有表现出任何沮丧。他敲球入洞，打出标准杆。

轮到哈里推击，他走到球前，像狙击手一样盯着推击线。弗朗西斯转过身去——不用留意他。如果他继续观看的话，他将发现哈里意念的强大作用。凭借准确无误的一推，哈里得以三杆完成此洞，成功抓鸟。当他把球从洞里拿出来时，哈里迎上了泰德的目光，两人互相颔首。现在，再让我们看看他会不会崩盘。哈里已经采取行动，并成功追回一杆，目前仅落后弗朗西斯一杆，同时领先泰德一杆，还剩五洞待打。

"你没事吧，弗朗西斯？"埃迪斜着眼睛问。

弗朗西斯笑着说："再好不过，你呢？"

"我？"他听起来对弗朗西斯的问候感到很惊讶，"我很好。我们只要打帕就行了，他们必须打得更好才能打败你。"

"一杆一杆来，埃迪。"

"说得对。"当弗朗西斯走到前面的时候，他压低声音补充道，"但我们只需要打帕。"

全长 470 码、标准杆五杆的 14 号洞名为采石场，高耸的发球台坐落于乱石之巅，看起来像一座开采中的石场。球道左侧有树林和界外桩一路守护，右侧有厚厚的长草和崎岖不平的落球点；球道先上升，然后向左拐弯，延伸至面积较小、被重重守护的果岭。这是场上最后一个抓鸟的机会洞。

哈里终于在七洞过后再次获得率先开球优势。达尔文注意到 13 号洞的小鸟球让哈里士气大振，汤姆·瓦登和泰德也看出苗头。决胜时刻来临，灰狗蓄势待发，打响反击战。弗朗西斯听到战斗警报了吗？过去 20 年里，曾有多少人遭遇灰狗的反击，关键时刻，年轻人会败下阵来吗？

站在发球台上，三人谁也没看谁一眼。当球童架球时，哈里紧盯着球道，准备采取教科书式的打法，先打出一个小左曲，进攻球道转弯处的凹口，让小球滚起来，也许能两杆攻上果岭。但结果事与愿违，哈里的开球严重左曲，小球被拉左至树林前的长草。左侧的进攻角度没有了，从这个落点两杆攻上果岭的几率为零。

弗朗西斯稳稳地将球开上球道中央。轮到泰德开球时，他比哈里更需要抓一只小鸟，如果不能在这一洞追回一杆，除非弗朗西斯彻底崩盘，否则他的夺冠机会将变得十分渺茫。泰德成功地凭借一记惊人的开球，超过弗朗西斯的好球 30 码，希望之火重新点燃。

哈里的球，落在周三约翰·麦克德墨的球落在一粒丢失球之上的地方，陷在厚厚的长草里，几乎看不见。面对如此棘手的落点，哈里别无选择，只能先救球上球道，之后，留下一个进攻果岭的绝佳球位，距离 120 码。

弗朗西斯仔细研究落点，小球位于缓和的下坡道上，距离果岭 230 码，正前方 30 码左右的地方，球道上出现了一道小堤。该用木杆直攻果岭，还是用短铁缓攻一杆，弗朗西斯细细思量。哈里抓鸟几率不大，泰德也只能放手一搏，只要能避开灌木丛，下一杆将安全地攻上果岭，就无所失，而有所得。

他对铜片木的信心，胜过包里的任何一支球杆。

"铜片木。"他对埃迪说。

他打算直攻果岭，埃迪喜欢这个决定。从战术层面来讲，前几洞采取谨慎打法是合理的，但埃迪实难接受。

"下坡球位，"埃迪说，"低下头盯住球，好好发挥，我来看球。"

站好位，上杆幅度更小，重心转移至右脚外侧，努力保持平衡，但他打深了，在试图通过调整手部动作回到原有的平面上时，打了个大剃头，球飞得很低，在 20 码外撞上堤岸，然后停了下来。这一击仅前进了 40 码，距离果岭尚有 170 码。

弗朗西斯盯着球看了好一会，脸上的表情没有任何变化。这是他自第五洞击球出界后，打出的第一记坏球，场外的门外汉们认定这是场灾难，悲观情绪迅速滋生——败局已定，压力太大，他开始崩盘了。

"稳住，弗兰西斯，"约翰·安德森说，"你的球还在球道上。"

弗朗西斯镇定自若，将铜片木递还给埃迪。

"我们能从那攻上果岭。"弗朗西斯的语气出奇地淡定，埃迪以为他在开玩笑。

"你打了个剃头球。"埃迪说。

"至少没有打进林子里。"弗朗西斯说着，继续往前走。

泰德加快步伐走到球前，弗朗西斯刚刚双手奉上他梦寐以求的机会。现在，两位对手都身处困境，而他的球落在绝佳位置，距离果岭 200 码，拥有抓鸟甚至擒鹰的机会。泰德手持木杆，站好位，上杆，向前倾，没想到下杆时脚底一滑。小球开始沿着目标线前进，但很快就朝右偏出，越过右侧沙坑，落进矮松林，离果岭仍有一段距离。泰德骂骂咧咧地把球杆砸向地面，摔到一边，然后气呼呼地去找他的球，机会不翼而飞。

我再也不用担心他了，看着泰德跺着脚走开的刹那，弗朗西斯心想，他分心了。

轮到弗朗西斯打第三杆，仔细检查球位后，他决定用马歇杆，凭借漂亮的一击，小球被笔直地送上果岭右侧，落点与洞杯齐平，距离 20 英尺。三上，并没有因为第二杆失手而遭受杆数损失。哈里从 120 码开外切击攻果岭，结果再次严重拉左，落点位于果岭最后面一角，距离位于刁钻下坡位置的洞杯40英尺，抓鸟机会不大。

有意思，弗朗西斯心想，哈里向来是用铁杆打自左向右的小右曲，从来不会拉左，他似乎比我还紧张。

在松林里找到球时，泰德发现了穿过松林、飞跃沙坑、进攻果岭前部的狭窄缝隙。凭借发挥出色的一击，泰德成功救球出松林，小球落地后滚上果岭前部。尽管哈里开球糟糕，泰德和弗朗西斯第二杆失手，但三人都以三杆攻上果岭。势均力敌。最后三人均两推入洞，交出标准杆五杆。弗朗西斯依旧领先哈里一杆、泰德两杆。四洞待打。

全长370码、标准杆四杆的15号洞利物浦，因克莱德公园旧障碍赛道上的利物浦障碍而得名，这条赛道以前位于主干道附近，现在穿过球道通往俱乐部会所。如果能从炮台型发球台开球攻上球道，那么进攻轻微隆起的果岭，会相对容易。观众们的心弦绷得紧紧的，巨大的压力使身体难以承受，苦不堪言。当球员们将球攻上球道后，观众们由于焦虑变得麻木，拖着沉重的脚步默默向前走去。伯纳德·达尔文知道，对这些观众，包括他自己来说，真实情况都没有那么糟，运动员们所承受的压力已经到了无法忍受的程度，而且马上就会有人痛苦不堪。

顶着越刮越大的风，哈里和弗朗西斯先后击出完美开球。

看着他们在发球台上做击球准备，率先出局的将是瑞，约翰·安德森心想。

幸运之神最后一次眷顾泰德，他开出的小右曲球，径直奔向长草而去，但最终击中一位头戴圆顶礼帽的男人，然后向左反弹回球道。那名男子并没有受伤，但他却因助力英国人感到不耻，马上离开了赛场。观众又陷入可怕的沉默中，心里盘算着泰德是否会利用不可思议的好运，但率先击球的泰德表现得越发心不在焉，草草查看球位后就出手了，结果打出一记高起飞角的右曲球。从飞行轨迹看，小球像是奔着果岭边缘而去，结果却在最后一秒向右俯冲进前面的深沙坑。泰德又一次打短。这是三人战至15号洞以来，第一次有人把球打进沙坑。弗朗西斯将球打到果岭右前侧边缘。哈里的第二杆打得稍微远些，落点位于洞杯正后方。两人走上果岭，等着泰德救球出沙坑。

球埋在沙子里，距离沙坑壁仅一英尺远，泰德挪进沙坑，仅试挥了一次，然后匆匆将双脚扎进沙池，试图将球救出沙坑，结果球砸中沙坑沿，又滚回沙坑中央。泰德怒不可遏，立马又挥了一杆，但过于用力，打薄了，小球穿过果岭，落在对角的果岭环上。当他走到球前时，弗朗西斯和哈里已双双将球切至洞杯外两英尺范围内，并成功保帕。泰德操起推杆，随意一推，小球滚至洞杯外一英尺处，然后轻敲入洞，吞下双柏忌（六杆）。剩三洞待打，泰德落后四杆。泰德盯着洞杯里的球看了好一会儿才把它拿出来，苦笑一下，把球塞进口袋，然后走到果岭边，哈里在等着他。

"完了，"泰德说，"我没戏了，老伙计，祝你好运。"

泰德率先崩盘。比赛变成双人对决。

弗朗西斯先行向 16 号洞发球台进发，观众们涌过来，为他加油助威。三洞待打，他领先瓦登一杆，美国公开赛冠军奖杯触手可及。看着弗朗西斯走在前面，哈里一直试图搜寻的记忆浮现脑海：他的打法和我在 1896 年缪菲尔德延长赛中对付泰勒的方法一模一样，那一天，我赢得了首个英国公开赛冠军头衔。

"有烟吗，伙计？"哈里问球童。

他们停下来，球童拿出一支烟，并为他点燃，然后朝下一洞走去。

全长 125 码标、准杆三杆的 16 号洞名为克莱德。

还是哈里先开球，他站在发球台上，双眼一直紧盯着前方的果岭，最后深深吸进一口烟。观众们屏息凝视，足足有一分钟，就像被哈里催眠了似的。思绪终于安定下来，哈里将烟头扔到一边，从球包里抽出球杆，试挥了一下，然后凭借沉着又利索的一击，径直将小球打过旗杆位，落点距离洞杯 15 英尺。

弗朗西斯步上发球台，仔细观察：旗杆位于果岭前部，果岭左侧、前方和右侧皆有障碍，灾难十足。这一洞整周来净给他添麻烦，他向埃迪要了尼布列克，埃迪擦干了握把，拿着球杆走到他面前。

"一次一杆，"埃迪说，"争取下一杆用推杆。"

弗朗西斯打出一记漂亮的高飞球，小球轻击果岭，滚至洞杯右侧 20 英尺处。人群欢呼雀跃，释放些许压力。等他们安静下来，心情欠佳的泰德开始走过场，开球擦过果岭前方沙坑，落在果岭环上。弗朗西斯以打帕为目标，第一推将小球推至洞口，两推轻松保帕。哈里的球看似有绝佳的抓鸟机会，但他看错推击线，小球向右偏出，瓦登又一次错失机会。观众深深吸了口气，如释重负，哈里敲球入洞，交出标准杆。无心恋战的泰德第二推过洞，最终遭遇三推吞下柏忌，落后弗朗西斯五杆。

记下弗朗西斯16号洞的成绩后，伯纳德·达尔文瞥了一眼人群，发现诺斯克列夫勋爵脸色铁青。达尔文决定不再顾及老板的情绪，负责为年轻的美国球员记分。他不再瞻前顾后，以记者的视角客观看待比赛，这让他如释重负。延长赛进行到此，不可能的结局似乎注定不可避免，纠结于民族情结和职业操守的达尔文发现，自己被比狭隘民族主义更宏大的东西所折服。他不仅是这项运动中最勤勉的学生，也是最忠诚的球迷。达尔文发现，当后九洞战至关键时刻，伟大的运动、扣人心弦的比赛和弗朗西斯·威梅特在这一天所表现出的钢铁意志，完全超越了民族情结所能承载的分量。

让诺斯克列夫夺回美国公开赛冠军奖杯的美梦泡汤去吧，达尔文心想，不让弗朗西斯赢才是罪过。经过激烈的内心斗争，这个英国人中最英国的人终于承认了自己的感受：在这里的成千上万人中，除了一人以外，所有的男人、女人还有小孩都是支持弗朗西斯的，是的，上帝保佑，让他赢吧！

全长370码的17号洞被称为"肘子"，以此贴切地形容它的大左狗腿，狗腿转弯处另有一座大沙坑守护。一杆之差，两洞待打。哈里从掩隐于林中的发球台望向球道，在难度更大的第18洞打出他需要的三杆是不可能的。如果想追回一杆，他必须在这一洞采取行动。昨天，弗朗西斯就是在此洞扳回比分的。哈里紧盯着狗腿转弯处的沙坑，如果开球越过沙坑，直切对角，距离将缩短50码，这是他追平比分的最后机会。

他不会崩盘的，我得赶上他。如果我能开球越过靠近果岭的沙坑，那么他可能会跟着我进攻那个角落，这样一来可能就会重新洗牌……

哈里走到球前，泰德从哈里瞄准的方向可以看出他要把球打到哪里，一周来，作为世界上击球距离最长的球手，他都没有尝试过如此冒险的打法。但他深深理解，全力以赴的时刻到了！哈里打出一记极具穿透力的完美小左曲，球沿着目标线朝沙坑飞去，看似轻轻松松就能越过，结果最后绕过树林边，消失不见了。从发球台上根本看不到它落在何处。这一杆前途未卜。

弗朗西斯走上发球台，透过树林望了望街对面的家，看了看站在人群中的母亲、弟弟和妹妹，又低头看了看埃迪·洛厄里，然后瞥了一眼哈里·瓦登。扫过人群时，他看到了约翰尼·麦克德墨，目光相遇的刹那，麦克德墨点了点头。弗朗西斯战战兢兢地深吸了一口气，麦克德墨的警告十分中肯，哈里想诱我进攻危机重重的球道左侧。

"弗朗西斯，你准备攻哪儿？"埃迪问。

弗朗西斯从他手中接过 1 号木，犹豫了片刻，然后指了指。

"右边，"弗朗西斯说，"远离沙坑障碍。"

弗朗西斯将球径直开上球道，落点和昨天下午几乎一模一样，距离果岭 170 码，绝对安全。早把谨慎抛到九霄云外的泰德追随哈里的脚步，以拔山扛鼎之力，将球轰过树林、沙坑以及一切障碍，最后小球落在短草区，距离果岭不到 60 码。泰德的开球证明哈里的打法是可行的，但他的球位是否安全还有待发现。观众朝前冲去，三名球员大步走在最前面，转过狗腿转弯处，他们得到了答案。

哈里的球正中沙坑，埋入陡峭的前壁，完全没办法直攻果岭。哈里难以置信地盯着球，陷入沉思：这一杆力道和距离都够，不可能也不应该发生这种情况。一位一直站在狗腿拐弯处观赛的观众告诉哈里的球童，他的球原本奔着右侧的草地去的，但落地瞬间被弹进左侧沙坑。

真倒霉！

埃迪和弗朗西斯悄悄交换了一下眼神。他们看了看他的球，安全地落在球道上，又看了看果岭，洞杯位于左侧中央。现在，他们终于相信，拿下延长赛，赢得美国公开赛，已是板上钉钉的事。

"为啥和昨天打的不一样呢？"埃迪问。

"我想不出来理由。"弗朗西斯说。

埃迪把周五下午用来攻果岭的吉格杆递给他。弗朗西斯打出同样利索、高效的一杆，小球在近果岭处落地后，径自滚上上层果岭，停在过洞杯 18 英尺的地方，两上。观众兴奋地咆哮起来。

表情严峻的哈里拿着尼布列克走下沙坑，将球救上一侧球道，沙坑后来被命名为"瓦登沙坑"。落点距离旗杆位 90 码，仍有可能一切一推保帕，并寄希望于第 18 洞。但哈里已经没有犯错的余地了，他面临赛点。

哈里用同一支杆打出一记高抛球，球笔直地沿着目标线奔旗杆而去，但落上果岭后并没有朝前滚动，而是径自停在洞杯下方 20 英尺。泰德准备从短草区打第二杆进攻果岭左侧，但在他挥杆的过程中，弗朗西斯到达果岭，引得人群阵阵欢呼。泰德公然表示不满，他向后退去，直到秩序完全恢复，才上前击球，攻上果岭，落点位于哈里的球内侧一英尺。接着昨天下午的一幕重演了，观众迅速包围 17 号洞果岭，巡场和围绳管理员拼命维持秩序。观众能感觉到历史正在逼近，这一刻即将来临，它势不可挡，近在咫尺。他会做到的，他会做到的！他们期待已久，为此祷告，为此折磨，渴望得到最终的解脱和释放。

巡场员从人群中挤出一条道，让三名球员走上果岭。哈里先推，面对 20 英尺上坡保帕推。巡场一阵吼，人群立马安静下来。埃迪手指交叉在背后，这是那一周，他第二次祈祷，但这一次他希望有人失手。哈里能扭转乾坤吗？他已经承认自己被打败了吗？他看上去没有任何不同，但他一向如此，从不显山露水。他的推击一开始沿着推击线前进，但推出去的刹那，结局已定：这球进不了，它最终止步于洞杯外两英尺。哈里叹了口气，肩膀微微耷拉下来，走过去敲球入洞，交出五杆。

"慢慢来，"埃迪把推杆递给弗朗西斯，"现在才一点钟，如果你需要的话，推到晚上六点都可以。只要确保把它推进，打出四杆就成了。"

弗朗西斯站到球前，脑子里并没有浮想联翩，想象着冠军美梦成真，冠军生活的千姿百态……也没有幻想手捧冠军奖杯的荣光时刻，或是自己的照片出现在世界上十几个国家大报的头版。他活在当下，专注于眼前的这一杆。他站在 17 号洞果岭上，离家门不到百码，自六岁起就偷偷溜出那个家门在日出前出来练球。像现在这样，当他以绝对的专注在球场上走动，他的下意识已经无法区分意图和行动之时，弗朗西斯才明白自己为什么喜欢这项运动，为什么从记事起就被它神秘地吸引。这一刻，他意识到从这个不可思议、非同寻常的夏天，学到了什么。这就是他打高尔夫球的原因，仿佛置身时空之外的完美境地，手握球杆，凝视着白色小球，十分清楚地知道他如何打下一杆。

下坡推，抓右线，距离 18 英尺。轻轻一推，小球滚啊滚，滚下滑溜溜的斜坡，当它接近洞杯时，果岭周围的人群再也抑制不住憋了一整天的情绪，结果大快人心——弗朗西斯打出三杆进洞。

有那么一会儿，全世界似乎都失去了理智，当然，这是情理中的事。欢呼声不止，小球落袋的那一刻，人群差点就冲上果岭了，弗朗西斯赶紧上前制止，哈里也举起双手提醒他们，泰德还得推击，人群意兴阑珊地撤了回来。再也找不到任何拼搏的理由，泰德最终惨遭三推。

弗朗西斯领先瓦登三杆、瑞七杆。胜负已定，打 18 号洞不过是走个形式，观众沿着结束洞一路排开，拉开庆祝序幕。弗朗西斯和埃迪在人群的簇拥下迈向 18 号洞发球台，人们纷纷伸出手来触摸他，和他握手，拍打他们的后背。在无休止的欢呼声中，他们几乎都听不到彼此的声音。到达最后一洞发球台时，埃迪看着弗朗西斯，他的眼里闪烁着豁然开朗的光芒。

"弗朗西斯，"他几乎是在大喊，"弗朗西斯，你需要在这一洞保帕，才能交出 72 杆。"

弗朗西斯感到一阵寒意袭遍全身，笑着说："那就这么办！"

全长 410 码、标准杆四杆的 18 号洞称为家。

围绳管理员花了很长时间才清空球道，巡场嘶声力竭地请求大家安静，但直到弗朗西斯手持 1 号木走上前去，巡场才获得喘气的机会。最后时刻终于来临！凭借最后一记完美的开球，弗朗西斯将球开上球道中央，哈里紧随其后，但难以匹敌，他拼尽全力的一击落入长草。依旧对 17 号洞的遭遇耿耿于怀的泰德，草草一击，打出一记右曲球。人群涌上球道。哈里孤注一掷，试图直攻果岭，结果打短了，球落入果岭前面的沙坑。泰德用铜片木作出一记高飞球，径直攻上果岭，落点距离洞杯仅八英尺。

人们聚拢到弗朗西斯身边。虽势头正劲，但他仍不无担心，什么奇怪的事情都有可能发生，三杆领先优势可能瞬间化为乌有，为确保胜利，他必须以这一杆攻上果岭。

距离果岭 180 码。弗朗西斯试挥了一下，然后望向前方，持续降雨已经将果岭前的赛马道变成泥沼，得让球飞过去。

球被高高打起，直奔旗杆位而去，它飞过沙坑的那一刻，所有的不确定性消失殆尽，球落地后被弹起，越过旗杆位 25 英尺，最终安全地停在果岭上。庆祝开始，人们一路为他欢呼，埃迪紧跟在他身边，脸上乐开了花。当他们到达时，结束洞果岭已经变成一座绿色圆形剧场，周围黑压压一片，被围了个水泄不通。哈里救球出沙坑，攻上果岭后端，然后遭遇三推，交出六杆。泰德一推抓鸟，但已无济于事，两人退到一边，将舞台留给弗朗西斯。达尔文一手持记分卡，一手握铅笔，准备再加一杆。弗朗西斯走到球前，第一次切身感受到胜利在望的喜悦。

我就要成为全国冠军了！

他第一推将球送至洞口，再推一杆，小球就能落袋为安。此时，欢呼声顿时响彻云霄，将他从高度专注的比赛状态中唤醒，从第一洞果岭开始，一路罩着他，保护他的面纱终于随风而逝。

面对最后一记九英寸推，他哆嗦得像风中的树叶，几乎都握不住推杆。

我要成为全国冠军了！

弗朗西斯往后退了几步，抬头看了看天空，又望了望埃迪，看了看周围的人群，根本不敢相信自己竟然走到了最后。

"最后一推，弗兰西斯，"埃迪在他身边说，"最后一推。"

他走回球前，一鼓作气，倾力一推，小球落袋。

沉默片刻后，观众终于回过神来，赢了，弗朗西斯赢了！

这些天来第二次，观众们一拥而上，将他团团围住，并再次将他扛到肩上，欢呼声此起彼伏。女人们从胸衣上扯下鲜花，向他掷去，成百上千人挤过人群，只为碰他一下。弗朗西斯发现埃迪差点被蜂拥而至的人潮淹没，赶紧大喊："小心，别伤着他！"他的话被迅速传开，不一会儿，埃迪也被人群扛了起来，脱离险境，和他在空中会合。埃迪向弗朗西斯靠过去，并伸出手，两人握着手，开怀大笑。惊叹于所见所闻所感，观众们精疲力竭、步履蹒跚，前所未有的体验令他们兴奋异常，不少人甚至掏出药瓶，通过服药来让自己镇定。

有人把旧赛马场的幸运马蹄铁塞到弗朗西斯手里。还有人掏出钱来，想让他收下，全是大票子，以感谢他带给他们无与伦比的观赛体验。弗朗西斯摇着头，让他们收回钱，他们不明白，他是业余球员，不能因为夺冠接受任何报偿，这是规定。他试图解释，但他们一个字也没听进去。

伯纳德·达尔文在记分卡上记下弗朗西斯的最后一推，算出他的杆数，然后将一切抛诸脑后，融入欢乐的人潮。他确信自己上交了记分卡，但对自己做过这件事却一点印象也没有。后来，他惊奇地发现自己的笔迹竟十分工整清晰。

忙着拒绝收钱时，弗朗西斯发现约翰·安德森和杰里·特拉弗斯就在近旁，就叫他们把帽子递给埃迪·洛厄里。杰里率先开路，安德森主动担任收钱员，埃迪受到热烈的欢呼。这时，弗朗西斯看见一个熟悉的身影从 20 英尺开外的人群中挤出来，率先将一美元塞进约翰·安德森的帽子里。当挡住视线的人群移开时，弗朗西斯终于看到那人的脸，他的父亲亚瑟。

抬头望着骑在人墙上的弗朗西斯，亚瑟热泪盈眶。他将一只手高高举到空中，掌心向着弗朗西斯，久久不肯放下，像是挥手致意又像是敬礼。弗朗西斯朝他挥了挥手，开心地笑了。这一次，人群没有朝更衣室进发，而是一路护送弗朗西斯到会所，美国公开赛颁奖典礼即将在此举行。被抬走时，父亲的身影渐渐淹没于人海，但他的手依旧高高地举在空中。

当人群向弗朗西斯聚拢过来时，哈里和泰德迅速穿过人群，离开果岭。他们握了握手，一句话也没说，相视一笑，皆是无奈。过了一会儿，一位举止得体的美国高尔夫协会年轻官员来到会所台阶附近迎接他们。"秘书长托我问一下二位，"年轻人说，"是否愿意参加颁奖仪式？"

他们满口答应，彼此心照不宣，这也是工作的一部分。

"据你们所知，诺斯克列夫勋爵会来参加仪式吗？"

两人都不敢看对方，生怕会笑出来，并竭力不表现出来。

"我想他不会。"哈里说。

"他有要紧事要处理，"泰德说，"让我们代为转达他的歉意。"

几分钟后，美国高尔夫协会秘书长小约翰·里德走到会所前面，要求大家安静下来。他身旁的桌子上摆放着奖杯和金牌。"我无法用言语来表达我的感受，"里德准确捕捉到大多数观众的心声，"比赛太刺激了。首先，我想祝贺两位远道而来的英国球手，他们今天乃至整个比赛期间的出色表现，我们将终生难忘。同时，我们希望他们能理解，他们获奖无数，但在美国，我们还从未经历过这种场面，我要为比赛期间不合时宜地爆发出的欢呼声，向他们道歉。"

哈里和泰德彬彬有礼地对里德的举动表示感谢，也因此更加深得人心。里德宣布："我很荣幸地向大家介绍，排在第三位的是爱德华·瑞先生，如果说他不像哈里·瓦登那样出名的话，主要是因为他年轻一点……"

"年轻得多。"泰德说，博得观众开怀一笑。

"我可以负责任地说，如果我们都多活几年，我们很有可能将见证他多次摘得公开赛桂冠。"

泰德走上前去和里德握手，并接过奖金支票。全场爆发出一阵热烈的欢呼声，他一边脱帽，一边转头向各个方向的观众点头致意。

"我非常高兴地祝贺威梅特先生获胜。"泰德说，"毫无疑问，他这四天打得比我们所有人都好。这是我在美国见过的最高水准的发挥。能和他同场竞技是我的荣幸，输给他我心服口服。"

泰德说完，手持帽子退到一旁，掌声再次响起。轮到哈里上台时，约翰·里德说对他无须过多介绍。哈里走上前去，脱下帽子，全场响起经久不息的掌声。被观众的热情所打动，哈里笑容满面，最后不得不请求大家安静下来。

"女士们，先生们……女士们，先生们……"观众终于平静下来。"今天我们输得心悦诚服，因为对手的球技堪称世界一流。我们一直试图赶超，但他没有给我们留下任何机会。我们却一再失手，威梅特先生凭借高超的球技和聪明的打法，善于利用每一次机会，稳扎稳打，发挥出色，使我们的希望彻底破灭，我们输得心服口服。美国应该为她的新冠军感到骄傲，他证明了自己，既是优秀的球手，也是勇敢的斗士。"

在门廊下，哈里转向身后的弗朗西斯，和他目光相遇。哈里眼神温暖，饱含钦佩之情。弗朗西斯点头致谢，并害羞地挥手回应。对此，观众报以热情的掌声和欢呼。等他们平静下来后，哈里继续说："我们两国之间有一条特殊的纽带，我坚信，随着时间的推移，这项友好竞争的伟大运动将会使这条纽带变得更加牢固。这是我第二次来到美国，对我来说无上光荣，我希望这不是最后一次，衷心感谢你们的厚爱和盛情款待。我无以为报，唯有献上我最深切、最持久的爱。"

从里德手中接过支票后，哈里退到一边。然后，里德从桌上拿起金牌，并示意弗朗西斯，弗朗西斯踌躇地走向他。里德毫不迟疑地把奖牌挂到他的脖子上，现场掌声雷动。接着，他拿起美国公开赛奖杯。

"弗兰西斯，我只想说，今天，你凭一己之力力挽狂澜，守护住了我手中的这樽奖杯，使它免于舟车劳顿之苦，省去漂洋过海的旅程。"人群又一次骚动。"一般来说，当颁发这个奖杯的时候，美国高尔夫协会会要求获奖者的主场俱乐部，为我们的奖杯提供一些安全保障，但是今天，我们只要求伍德兰俱乐部让你坚持练习高尔夫。"

全场爆发出阵阵笑声。里德将奖杯交给弗朗西斯。弗朗西斯从来没有如此近距离地看过奖杯，他把它捧在手里，惊奇地看着它，然后小心翼翼地把它举过头顶，观众为之疯狂，"讲话，讲话"的喊声响彻球场。弗朗西斯谦逊地摆手拒绝他们的请求，但他们没有放弃，最后他终于同意讲话，人群欢呼起来，随即安静下来。

"我向你们保证，这里没有人比我更惊讶。"他眼里闪着光，激动地说，"当然，夺冠也是我的希望，但我从未奢望会赢。我唯一的想法就是打好每一轮，不论胜负如何。我尽了最大的努力，尽力不让奖杯落入大洋彼岸的朋友手中。"他转身对哈里和泰德点点头，泰德冲他行礼。"我真高兴能尽我所能，将奖杯留在美国。"

说完，弗朗西斯又谦逊地挥了挥手，然后退到一旁。掌声欢呼声四起，振聋发聩。最后，美国高尔夫协会和乡村俱乐部的官员走上前来跟三名球员一一握手道贺，颁奖仪式在轻松愉快的氛围中结束。三名球员被要求在俱乐部外的一处花团锦簇的树篱前合影留念，弗朗西斯站在哈里和泰德之间，一手握着哈里，一手握着泰德，两位英国人空出来的那只手上都握着烟斗，三人都笑容满面。之后，三人轮流到媒体帐篷就当天场上发生的一切，耐心地回答记者提问。

在争夺美国公开赛桂冠的过程中，面对因雨水导致挑战升级的球场和美国有史以来观赛人数最多的局面，弗朗西斯没有错失任何一条球道，进攻果岭时没有打进一个沙坑，也没有在果岭上遭遇三推。最终的成绩、奖金和换算成今天的价值如下：

第一名：弗朗西斯·威梅特　　72 杆　　　业余球员
第二名：哈里·瓦登　　　　　77 杆　　　$300 美元（$5390 美元）
第三名：泰德·瑞　　　　　　78 杆　　　$150 美元（$2695 美元）

　　最后一推进洞后一个小时，弗朗西斯手捧冠军奖杯，在上百名观众的簇拥下，缓缓朝更衣室挪去，人们拍着他的背，和他握手，伸手去摸银质奖杯。急于想和新晋冠军私下聊聊的伯纳德·达尔文向他走去，正在这时，他发现一位身材矮小、满脸笑容、头发花白的女士走过来，弗朗西斯弯下身子，和她拥抱在一起。达尔文听不清那位女士对弗朗西斯说了什么，但他听到弗朗西斯温柔的回答："谢谢你，妈妈，我很快就回去。"弗朗西斯继续朝前走去，达尔文决定先不去找他，以后有的是时间好好聊，达尔文心想，让年轻人尽享此刻吧！

　　巡场守在门口，不让观众进更衣室打扰弗朗西斯。弗朗西斯把奖杯放在长凳上，在旁边坐下来，仔细地端详它，手指拂过刻在底座上的每一个名字：霍瑞斯·罗林斯、詹姆斯·富利斯、乔·劳埃德、弗雷德·赫德、威利·史密斯、哈里·瓦登、威利·安德森、劳伦斯·奥克特洛尼、亚历克斯·史密斯、亚历克斯·罗斯、弗雷德·麦克劳德、乔治·萨金特、约翰·麦克德墨。他的名字将被加上，就在麦克德默之后。

　　他听到丹·麦克纳马拉的声音从身后传来。"弗朗西斯，有人要见你。"弗朗西斯抬起头，看见埃迪跟着丹走进更衣室，埃迪两眼直勾勾地盯着奖杯。

　　"这就是冠军奖杯？"他问。

　　"正是。"弗朗西斯答。

　　埃迪走过去更仔细地看了看，问："我能摸一下吗？"

　　"当然。"

　　埃迪抚摸着银光闪闪的表面，手指划过上面的雕刻，说："纯银。"

　　"没错。"

"你会把它带回家吗？"

"很快。不过我得先把它还给他们，这样他们才能把我的名字刻上去。"弗朗西斯说，"刻到这下面，看到了吗？"

埃迪看着底座上刻着的人名，嘴唇动了动，念了几个，然后他回过头，惊奇地看着弗朗西斯，说："真了不起！"

"确实了不起！"

"你不会相信的，弗朗西斯，你瞧，"埃迪说着把手伸进外衣口袋，"他们给了我这么多钱，我都没向他们要，他们就给我了。"边说边给他看匆匆折好的厚厚一卷钱。

"太好了，一共有多少？"

"我只数了一次，但我想差不多有 100 块。这是我这辈子见过的最大一笔钱。"

"太好了。"弗朗西斯把手伸进口袋，"我想把这个给你，埃迪。"

弗朗西斯拿出打延长赛用的两颗球中的一颗。

"真的吗？"埃迪盯着球。

"我对那些记者说了我想对你说的话，"弗朗西斯说，"我希望你也能听到——如果没有你，我不可能做到。我之所以能做到，是因为你相信我能。"

埃迪接过球，紧紧地握着它，感受着它的分量，然后他又抬头看着弗朗西斯。

"我们打出了 72 杆。"他说。

"是的，我们做到了。"

埃迪点点头，把钱塞回一只口袋，把高尔夫球放进另一只。

"再见，弗朗西斯。"

"再见，埃迪。也许我们能一起在伍德兰打一轮球。"

这下可把埃迪乐坏了，赶紧说："一言为定。"

埃迪和丹一起走了出去。"麦克纳马拉先生，我听说，那个逃学监事正在外面找我呢，我倒真希望他能找着我，我正好可以告诉他都发生了什么。"

弗朗西斯洗了个澡，刮了胡子，换了身干净衣服，正准备离开的时候，听到更衣室的角落里又传来两个声音。

"那么，火车什么时候开？"

"五点钟，他们说十点能到纽约。"

"希望我们还有时间喝一杯，"泰德说，"我快累死了。"

"别担心，老伙计，总有时间喝一杯的，"哈里说，"球杆放哪了？"

"我已经派人直接送去车站了。"

弗朗西斯在更衣室转角处，发现两位英国球员正在清理储物柜，收拾装备。

"干得好，"哈里说，"我已经提前打了电话，他们会从酒店把我们的行李送过去。票也备好了，我们直接去车站就好。"

他们正准备离开，一转身，看见弗朗西斯。

"哟，威梅特大师，"泰德友好而轻快地说，"刮好了脸，准备迎接美好的夜晚吗？"

"如此美妙的周六晚上，你有什么安排，弗兰西斯？"哈里问。

"哦，还没定。朋友们想带我去波士顿吃晚饭。"弗朗西斯说。

"很好。你一定要去，到城里好好庆祝一番。"泰德说着，把一只友善的大手搭到他肩上，"冠军之旅即将展开，我年轻的朋友，我建议你从这一刻起，牢牢抓住每分每秒。"

"我会的，我会的。"弗朗西斯说，"那你们有何打算？"

"得赶火车，"泰德说，"还得去不少地方，时间总是不够。"

"我们明天上午有一场比赛，"哈里说，"在纽约城外的一家俱乐部，对阵亚历克斯和麦克·史密斯。"

"天哪，你们明天还得打比赛？"

"弗朗西斯，这就是职业球员的生活，"泰德说，"还要再过三个星期，我们才能起航回家。希望你没打算很快转职业。"

"不，我没这个打算。"

"那算你幸运，靠这行谋生太不容易了。"泰德说着，扛起他们的包，然后使劲地与弗朗西斯握了握手，"好了，我相信我们还会再见的，来伦敦找我们吧，我们带你转转。"

"我从来没有想过出国。"

"相信我，"泰德说，"你会的。"

"我接受你的邀请，"弗朗西斯说，"我渐渐喜欢上这个主意，乐意之至。"

"那好，我们在英国等你。弗朗西斯，你成为冠军了，好好享受吧！"泰德向他眨了眨眼睛，然后走了出去。

哈里多待了会，放下包，划了根火柴，点燃了烟斗。

"我今天很幸运。"弗朗西斯打破沉默。

"不，"哈里说，"那不是运气，我没有看走眼，弗朗西斯。你昨天表现得太好了，但我没想到你能坚持到延长赛，这是我的错。"

弗朗西斯害羞地点点头，然后低下头。哈里抖灭火柴，把它扔到一边。

"有人跟我说你住得离这儿很近。"哈里说。

"就在街对面，挨着 17 号洞。"弗朗西斯说。

哈里竖起耳朵，问："那你就是在这儿长大的，是吗？就在球场对面？"

"没错。"

"原来如此，跟我一样。那你从小就打球？"

"从我记事起，我就在这里当球童。我哥哥领我入门的。"

没错，我就知道——他就是第二个年轻的哈里。

哈里停顿了一下，眼睛始终盯着弗朗西斯，然后微微点了点头。弗朗西斯看不懂他的表情，似乎他的直觉得到了验证，令他颇感满足。"那么，你的家人今天一定在这里看你比赛了。"

"有些在。"

哈里从他的语气里听出些许迟疑，问："你父亲是做什么的？"

"他是个园丁。"弗朗西丝觉得哈里似乎对这个回答，特别感兴趣，甚至有些激动。

"是吗？那他支持你打球吗？"

弗朗西斯又犹豫了一下，说："我不知道，我说不好，过去……不，不，并不支持。"

哈里体谅地看着他，说："没关系，弗朗西斯。"他伸出手，和弗朗西斯握了握手，坚定地说："我们支持你！"

"谢谢你，瓦登先生。"弗朗西斯说。

哈里笑了。这时，急促的车喇叭声传来，泰德在叫他。

哈里拎起包，挥手告别，转身离去，再也没有多说一句。

弗朗西斯坐在长凳上，环顾空荡荡的更衣室。过了一会儿，他从口袋里掏出一颗饱经风霜的旧高尔夫球，仔细端详许久。那是他珍藏的宝贝，上面似乎曾经写过什么，一个名字，也许是一个以"V"打头的名字，但不管它是什么，都早已随岁月而褪色。他的脸上掠过一丝微笑。

当听到外面有人叫他的名字时，弗朗西斯从更衣室的侧门溜了出去，没有人在等他，迎接他的是酷爽、闲适的周六午后。雨停了，太阳看似将在这一天结束之前偷偷露脸。两天来头一回，弗朗西斯终于能听见鸟鸣，终于偷得半日闲。他独自一人走下宽阔空旷的球道，步伐坚定，方向明确，经过17号洞果岭，穿过山毛榉树林，来到街上，登上克莱德街246号的楼梯，回家。

第三部分

后　记

埃迪位于前排中间位置

（照片由美国高尔夫协会友情提供，版权所有）

1913年9月至1914年6月

在弗朗西斯获胜的前两天和获胜后的几天里，"威梅特"这个名字在全美电报和电缆中使用频次最高，它频繁地出现在大西洋两岸电报员的桌上，只要敲出三个长摩尔斯电码横线，即代表威梅特（Ouimet）第一个字母O，大家就知道是在说谁了。三周前，伯纳德·达尔文在花园城第一次通过海底电缆，将威梅特的名字发到了大洋彼岸。现在看来，他对这位美国年轻人将取得成功的预测更像是预言。

9月21日周日的《纽约时报》头版，刊登了一篇关于高尔夫运动及其年轻冠军的报道，这在该报历史上尚属首次，美国、英国和西欧的所有主要报纸纷纷效仿。套用美国独立战争的名句，它们把延长赛上制胜的一击，称为"响彻全世界的枪声"。没想到是，弗朗西斯对身前小球的一击，在一天内使高尔夫令全美瞩目，引起前所未有的高尔夫热潮，并将永不退却。

周六晚上，弗朗西斯确实去了波士顿和朋友们共进晚餐，原因也许只是为了躲避很多找到家里的球迷和祝福者。在波伊尔斯顿街的一家咖啡馆吃过晚饭后，年轻人在市中心的殖民地剧院，观看了一场百老汇巡演喜剧《快乐的烈士》。幕间休息时，有观众认出了弗朗西斯，一位演员在第二幕开始前，宣布了他在场的消息，观众纷纷起立为他鼓掌，弗朗西斯不好意思地站起来致谢。终其一生，公众的认可总让他深感不安。

第二天，波士顿的天气大幅改善，气温开始回升。乡村俱乐部的会员为庆祝弗朗西斯的胜利，在周日举行了一天的活动。弗朗西斯像往常一样早起，吃了母亲和妹妹做的丰盛早餐，然后从家走到球场练了几杆，大约11点左右加入派对，庆祝活动持续了一整天。伯纳德·达尔文抓住机会，和新晋冠军在会所里坐下来单独聊了聊，发现他和三周前在科尼岛遇到的那个谦逊的年轻人并无二致。在那个金色的周日下午，弗朗西斯一改昨日的严肃与坚韧，显得轻松自在。他一再向达尔文重申，他打算永远保持业余球手身份，职业生涯并不适合他，他不仅准备在商界做出一番事业，而且打赢全美业余锦标赛依然是他最大的抱负。那天在场的许多成年人都在喝酒，距离法定饮酒年龄还有八个月的弗朗西斯，只是一杯接一杯地喝着名为"马脖子"的姜味柠檬混合饮料。

正如泰德·瑞预测，弗朗西斯的生活将发生彻底转变，迹象很快出现。星期天当天，乡村俱乐部的管理人员向大家宣布，他们已经决定允许弗朗西斯来年在球场免费打球。几分钟后，波士顿地区其他六家私人俱乐部也不甘示弱，纷纷向他颁发了同样的荣誉会员资格。当天，弗朗西斯前往他的主场伍德兰参加了一个简短的招待会，整个会所都挂起了锦旗，上面写着："对手威梅特，他属于我们！"老朋友们纷纷以礼相赠，并以英雄般的礼遇欢迎他。

周日晚上回家，弗朗西斯发现东北部各地的记者已蜂拥而至。《波士顿环球报》在周一的头版上，刊登了一篇关于新晋冠军及其家庭生活的特稿，并附上了他们位于克莱德街的家及其母亲、弟弟和妹妹的照片。家人为弗朗西斯感到兴奋与骄傲的心情溢于言表，但他父亲亚瑟的缺席引人注目。妹妹露易丝正在练习从速记学校学到的技能，守在家里的电话旁，高效地记下大量的来电信息与请求。当天，送电报的孩子们快把他家大门踩烂了，他们送来了来自全国各地杰出运动员和达官贵人的贺信，弗朗西斯礼貌地给每个人都亲笔回了信。来信中，弗朗西斯最珍视的有两封：一封来自波士顿市长约翰·F.菲茨杰拉德，他是约翰·F.肯尼迪的外祖父；另一封来自周二资格赛中一眼相中弗朗西斯的美国前总统威廉·霍华德·塔夫脱。

冠军待遇持续升温。周日，乔治·赖特打电话来，告诉弗朗西斯周一不用上班，并决定再给他一周带薪假期，立即生效。当天晚些时候，弗朗西斯得知自己在最后一刻，被任命为马萨诸塞州莱斯利杯五人战队的一员。莱斯利杯是一项马萨诸塞州、纽约州和宾夕法尼亚州顶级业余球员参与角逐的年度赛事，比赛定于下周末在乡村俱乐部举行。这一消息令人振奋，它意味着在比赛期间，弗朗西斯将与纽约队队长杰里·特拉弗斯交手，这将是美国高球史上首次迎来全美业余赛冠军与美国公开赛冠军的巅峰对决。

周日上午，《波士顿环球报》的记者到埃迪·洛厄里家里采访，称他是"全牛顿最令人羡慕、最幸运的男孩"。确认记者不是逃学监事后，埃迪、哥哥杰克和他们的母亲邀请记者进屋，并向他独家爆料了洛厄里家热闹的日常生活。《波士顿环球报》周日头版的一份专题报道称，那位冷酷无情的监事贾维特仍在追查埃迪（第二天，这位监事终于逮着埃迪了，但他的名声之高已经无法对他施以处罚）。记者在文中援引埃迪的话说："我知道弗朗西斯会赢得冠军，因为过去三年我一直关注他的比赛，而且下周，他还会赢得莱斯利杯，没有人能打败他。"他听上去就像是一位深谙高尔夫的老手。

那个星期天早上，全美各地数百万读到弗朗西斯获胜消息的人中，有一位11岁的球童，来自纽约州拉伊市阿帕瓦米斯乡村俱乐部，名叫尤金尼奥·萨拉塞尼，是一位西西里移民的儿子。他年纪虽小，但一想到球童出身的弗朗西斯一举击败了英格兰冠军，他异常兴奋，并立刻下定决心，无论如何要成为一名职业高尔夫球手。很快，他就依照报纸上的一张照片，模仿了弗朗西斯的互锁式握杆法，并试图模仿他优雅的挥杆动作，他向其他球童吹嘘"威梅特就是这么挥杆的"。他最好的朋友兼球童伙伴，名叫埃德·沙利文，来自爱尔兰，后来进入娱乐行业，取得了成就，沙利文当时就相信，小尤金尼奥有潜力在高坛一展拳脚。18岁的时候，萨拉塞尼打出一杆进洞，第一次在报纸上看到自己的名字，觉得听起来更像一位小提琴手，而不是高尔夫球手。两年后，这位改名为"吉恩·萨拉曾"的职业球员，有幸与弗朗西斯在休斯敦参加了一场职业业余配对赛，弗朗西斯赢得了这场比赛。赛后，年长的业余球手把年轻的萨拉曾拉到一边，对他说："孩子，我觉得以你的挥杆，前途无量。"自此，弗朗西斯将萨拉曾置于羽翼之下。他们有许多共同的兴趣爱好，比如都喜欢挑战快速果岭。不久之后，弗朗西斯向伟大的体育记者格兰德·赖斯预言，他的年轻朋友有一天会赢得公开赛，而且这一天很快就会来临。就在接下来的1922年，萨拉曾在伊利诺州斯科基赢得了第一座美国公开赛冠军奖杯。作为史上最具影响力和最受欢迎的球员之一，萨拉曾后来又赢得了六次大满贯赛事。1934年，美国大师赛创立，两年后，他成为首位实现现代大满贯的球员。他和弗朗西斯结成了终生好友。

在英国，弗朗西斯获胜的消息并不怎么得人心。尽管唯一的英国目击证人伯纳德·达尔文对威梅特赞不绝口，继续在稿件中为他宣扬，但那些没有亲历事件的英国职业球员和媒体记者，仍然难以接受现实——一个乳臭未干的业余球员，竟然在英国传统运动项目中，击败两位英国冠军，沉重地打击了他们的国民骄傲。J.H. 泰勒称这次失败是"奇耻大辱"，越来越多的英国老牌球员开始帮腔，对弗朗西斯的成就明褒暗贬，或辩解说威梅特是初生牛犊不怕虎，之所以打得这么好，完全是因为他一开始就没什么可输的。等他年纪大些，经年累月的比赛压力开始折磨他的时候，咱们再走着瞧。几乎可以想象，这些人就如同因遭受炮弹轰击而住院的步兵排士兵，在互相碰撞手中的茶杯。另一方面，苏格兰职业选手对于弗朗西斯的夺冠则表现得相当大度，你甚至可以从他们的反应中，看出一丝暗藏的喜悦：不久前，英格兰人从苏格兰人手中，夺走了他们在其古老民族运动中的霸主地位；现在，英格兰人面临着同样的窘境，被后起之秀美国人取而代之。

接下来的几年，在所有公开发表或私下的声明中，哈里和泰德一直对弗朗西斯在乡村俱乐部取得的成就深表敬意。只有他们自己才知道，他们曾多么努力地想要击败他，并为此付出了怎样的代价。一个新证据是，他们很快在另一场比赛中再次败北。那个星期六晚上，搭乘从波士顿开往纽约的晚班火车，哈里和泰德赶在周日上午9点，在韦斯切斯特维卡吉尔乡村俱乐部，与亚历克斯·史密斯和麦克唐纳德·史密斯兄弟，打了一场36洞最佳球位比洞赛，维卡吉尔是麦克的主场。史密斯兄弟没有留在波士顿观看延长赛，而是提前一天南下打了一轮练习。疲于应战的哈里直到11号洞才拿下第一个帕，史密斯兄弟最终在麦克的指引下，以赢三洞剩两洞的成绩击败哈里和泰德，这是英国双雄美国之旅的第一场也是唯一一场失利。

在纽约稍事休整一天后，哈里和泰德再次南下，表演赛途经费城、特拉华州、弗吉尼亚州和北卡罗来纳州。10月初，最后一场表演赛在乔治亚州亚特兰大东湖乡村俱乐部举行。那天，一位来自当地的11岁天才少年，在现场观看比赛，他父亲是亚特兰大的著名律师。从五岁起，他就和朋友一起在自家后院搭建的两洞球场上打球。报纸上有关弗朗西斯·威梅特取得伟大胜利的报道，让小男孩兴奋不已。他亲眼见到被威梅特打败的两大冠军打球，比以往在球场上看到的任何比赛，都更加激励他发奋努力。瓦登气度不凡，泰德力大无穷。三年后，也就是刚满 14 岁的时候，他第一次参加全国业余锦标赛就轻松晋级，并一路打进四分之一决赛。高尔夫历史上下一个传奇人物正式亮相，他就是小罗伯特·泰尔·琼斯，家人和朋友都叫他鲍比。

一周的带薪假期结束时，弗朗西斯实现了埃迪·洛厄里的另一个预言，为他早年生活中最美好的七天画上了一个完美句号。他在布鲁克莱恩举行的莱斯利杯决赛中，一举击败了杰里·特拉弗斯。战至 20 号洞时，弗朗西斯才艰难胜出。热情的波士顿球迷为杰里失利的一个罚杆喝了倒彩，引发了一场席卷全国的体育精神争议，但弗朗西斯最终带领马萨诸塞州队赢得胜利。泰德·瑞所预言的冠军效应还在持续发酵。这个月结束前，当地的支持者们在波士顿市中心的股票交易俱乐部，为弗朗西斯举行了一场盛大的庆祝晚宴，参与者多达 200 人。曾经一成不变的生活，瞬间拥有了无限的可能。很快，赖特 & 迪特森给他涨了薪水，同时升任他为公司代理，责任随之增加。那年冬天，一些有头有脸的富人提议组织一次募捐，让弗朗西斯可以在第二年夏天远航到英格兰和欧洲大陆，参加当地的业余和职业锦标赛，弗朗西斯欣然同意。

1914 年 5 月，弗朗西斯和朋友杰里·特拉弗斯、奇克·埃文斯在波士顿码头登船，准备搭乘头等舱前往英国，一群记者和摄影师前来采访，弗朗西斯即将踏上新征程的消息，登上了全国各大报纸体育版。自从去年 9 月摘冠后，弗朗西斯一夜之间成了民族英雄，高尔夫球成为大热门，成千上万的美国人拿起了球杆。弗朗西斯激励了无数像吉恩·萨拉曾这样的新生代球员，不久的将来，他们将使美国成为这项运动的绝对霸主。弗朗西斯是一位邻家男孩型的业余球手，年轻、谦虚、不做作，不是那种有点成绩就盲目自大的人。这几个月里，他的所作所为堪称楷模。很明显，他不会被冠军的光环蒙蔽双眼，也不愿意过公众人物的生活，因为这确实与他谦逊的性格背道而驰。弗朗西斯明白，巨大的成功意味着巨大的责任，他视责任如山，对自己热爱的运动始终保有敬畏之心，毫不犹豫地履行着冠军的义务。那些有幸与他结识的人总会意外惊喜地发现，他们在近距离接触所仰慕的英雄时，更加觉得可爱。他热情、慷慨、善良，对遇到的许多人都表现出了极大的兴趣，而不是自命不凡，孤芳自赏。在未来的几十年里，早期的成功将对弗朗西斯产生深远而积极的影响，因为事实表明，他是一个德行兼备的人。

当远洋客轮驶离港口时，弗朗西斯作为船长的贵宾站在舰桥上。几分钟后，他离开朋友们，绕到船尾，看着船驶向大海，波士顿城渐渐远去。他以前从未从这个角度看过自己的家，倚在栏杆旁，一个念头突然闪过他的脑海，让他微笑，但接着他却觉得这个荒谬的想法有些可笑；当这个念头再次出现时，他第一次感到它已经在心里扎根，有着无与伦比的满足。

美国国家冠军扬帆起航，前往高尔夫运动的发祥地。

1963 年，乡村俱乐部再度举办美国公开赛，埃迪和弗朗西斯一同现身
（图片由威梅特基金友情提供）

人物简介

史密斯兄弟。亚历克斯和麦克唐纳德，从苏格兰卡奴斯蒂移民美国，多年来一直保持着高水准的职业比赛记录。1922 年，49 岁的亚历克斯在斯科基举行的美国公开赛上，与年轻的鲍比·琼斯并列第五，吉恩·萨拉曾在该届比赛上摘得首冠。亚历克斯早期担任杰里·特拉弗斯的教练，属于美国第一批伟大的高尔夫教练。亚历克斯卒于 1930 年，去世前，他将见证朋友鲍比·琼斯赢得前所未有的大满贯。

麦克唐纳德·史密斯在职业生涯中赢得近 40 场美国巡回赛，并在一些重要赛事中取得一连串令人心碎的亚军成绩。在 30 多年的努力中，他从未问鼎过美国或英国公开赛，也从未摘得其他大满贯赛事的冠军头衔，尽管在其中 12 场中，他的成绩平均只比冠军高出三杆之内。1925 年，在普利兹维克举行的英国公开赛上，他带着五杆领先优势进入最后一轮，结果却交出 82 杆，以六杆之差功败垂成。1930 年，在霍伊湖举行的英国公开赛上，他位居第二，不敌鲍比·琼斯，这是琼斯传奇大满贯的首胜。麦克唐纳德·史密斯获得了"历史上从未获得大满贯的最伟大球员"这一令人抱憾的称号。1949 年，麦克唐纳德去世五年后，被选入美国职业高尔夫协会名人堂。

1899 年，三兄弟中排行老二的威利，以创纪录的 11 杆领先优势，勇夺美国公开赛桂冠，这一纪录保持了 100 年，直到泰格·伍兹在圆石滩打破。威利和亚历克斯仍然是唯一斩获美国全国冠军的两兄弟。在 PGA 巡回赛和大师赛出现之前，西部公开赛被认为是全美第二大赛事，史密斯三兄弟都赢得过西部公开赛，1899 年，威利赢下首届比赛。1913 年乡村俱乐部美国公开赛之后，无缘晋级的威利来到新工作岗位，担任墨西哥城首座私人俱乐部的职业球员。18 个月后，始于北部和南部边境各州的墨西哥革命运动，最终蔓延至首都，威利陷入了战火之中。墨西哥城乡村俱乐部被视为统治阶级的腐败象征，遭到萨帕塔叛军的袭击。威利得到警告，要他在袭击发生前逃离，但他拒绝放弃工作，躲到了大楼的地下室里。当叛军把大楼夷为平地后，人们发现威利被压在一根倒下的横梁下，被弹片严重炸伤，状况很糟，不久就去世了。几周后，噩耗传到美国，经史密斯兄弟安排，威利的遗体被一路送回苏格兰，安葬于家族墓地。

美籍英国人"长腿"吉姆·巴恩斯。他身高六英尺四英寸（约 1.93 米——译者注），在大西洋两岸都取得了非凡的成就。和许多早期的职业球员一样，他一开始在英国当球童和制作球具，在世纪之交移民到美国西部。他个性沉默、谦逊，在 1912 年加拿大公开赛上获得第二名之前，人们对他知之甚少。1913 年，他在美国公开赛上获得第四名，两年后，他又取得了同样的成绩，并在次年的比赛中攀升至第三名。1916 年，他成功拿下了首届 PGA 锦标赛（比洞赛）。1919 年，"长腿"吉姆再度问鼎因第一次世界大战中断三年的第二届 PGA 锦标赛。1921 年和 1924 年的 PGA 锦标赛上，巴恩斯两度在决赛轮遭遇沃尔特·黑根，最终不敌对手，败下阵来。1920 年，在因弗内斯举行的美国公开赛中，巴恩斯获得第六名，并最终于次年，在马里兰州哥伦比亚乡村俱乐部举行的比赛上一举夺魁，赢得首座美国公开赛冠军奖杯。狂热的高尔夫爱好者、美国总统沃伦·G. 哈丁亲为他颁发了冠军奖杯。在这项运动历史最悠久的英国公开赛中，他多次打进领先榜，包括在 1922 年屈居第二。1925 年，在普利兹维克的决赛中，巴恩斯击败麦克唐纳德·史密斯，赢得英国公开赛。在 1934 年美国大师赛成为大满贯赛事之前，巴恩斯是仅有的获得其他三项大满贯赛事冠军的八位球员之一。巴恩斯的骄人成绩都是在美国职业高尔夫巡回赛诞生前取得的，包括五个大满贯冠军和美国取得的 17 场胜利。那段时间，职业高尔夫球员仍然被视为体育史上最不起眼的工种。作为一名专注球技的球员，巴恩斯终其一生出版了两本教学手册，其中第一本使用了一系列的照片来动态展示整个挥杆过程。吉姆·巴恩斯于 1966 年去世，享年 79 岁，1989 年，他成功入驻美国职业高尔夫协会名人堂。

汤姆·麦克纳马拉和迈克·布雷迪。这两位马萨诸塞州最早的优秀职业球员，始终没能实现美国公开赛冠军梦，每次都看似冲金有望，却始终缺乏临门一脚的运气，最终沦为大赛陪跑者。1915 年美国公开赛，汤姆仅因一杆之差，第三次屈居第二。1919 年在布雷伯恩举行的美国公开赛上，汤姆获得第三名。最终，作为首位最有希望夺得全国冠军的本土选手，由于无望冠军头衔，星光开始暗淡。迈克·布雷迪四度冲击美国公开赛桂冠，其中两次折戟延长赛。最后一次是在 1919 年，他手握五杆领先优势进入决赛轮，却终不敌沃尔特·黑根。在黑根崛起之前，布雷迪是全美公认的巡回赛之王，在各地的球场保有最低杆数记录，他与黑根结成了亲密好友。虽然从未赢得美国公开赛，但凭借一些次级赛的胜利，布雷迪赢得了高尔夫历史上的首位"国王"头衔，最终为自己在美国职业高尔夫协会名人堂赢得一席之地。"国王"于1972 年去世，享年 85 岁。

法国人路易斯·特利尔。第一次世界大战爆发前携妻子，也就是威尔弗雷德·里德的妹妹，移民美国。1914 年，他接受了在美国的第一份工作，成为新泽西科鲁布鲁克乡村俱乐部的职业球员，并在那里创造了 63 杆的最低杆数记录。两年后，凭借 1913 年美国公开赛期间积累的经验和社会关系，路易斯受邀成为布鲁克莱恩乡村俱乐部的常驻职业球员。三年后，特利尔搬到了附近的布雷伯恩俱乐部。他在乡村俱乐部的职位由前球童主管、弗朗西斯的老朋友和支持者丹·麦克纳马拉接替。特利尔后来辗转于俱乐部之间做驻场职业球员，参赛越来越少，并且再也没有在任何大赛中成为冠军奖杯的有力争夺者。

威尔弗雷德·里德和妻子。在 1914 年战争爆发后不久，成功实施逃避英国税收的计划，前往美国与妹妹及路易斯·特利尔团聚。借助杜邦家族成员的关系，威尔弗雷德谋得美国的第一份工作，在特拉华州威尔明顿顶峰乡村俱乐部担任职业球员。里德 1917 年加入美国职业高尔夫协会，并在接下来的10 年里一直活跃于大赛上，但他的职业巅峰期已过，锋芒不再。值得一提的是，里德的铁杆技艺一流，职业生涯中惊人地打出了 26 个一杆进洞。驻场球员是里德的第二职业，因此获得了为多个顶级球场服务的机会，如底特律乡村俱乐部、科罗拉多州布罗德莫俱乐部以及佛罗里达州塞米诺尔球场。他最终定居佛罗里达。1921 年获得美国公民身份后，里德开启了一生中的第三个职业生涯，成为一名杰出的球场设计师与造型师。在 20 世纪 50 年代提前退休之前，他在美国、英格兰以及法国设计建造了 58 座球场，改造了 43 座球场。在科普利广场酒店发生争吵后几个月，里德和泰德·瑞冰释前嫌，里德甚至为泰德·瑞 1915 年出版的首本充满趣味的书《内陆高尔夫》，贡献了一章短打教程。威尔弗雷德·里德最终成为西棕榈滩协会的创始成员，并于 1973 年在那里去世，享年 89 岁。

老人家沃尔特·特拉维斯。由于忙于业务，无法亲临布鲁克莱恩，见证弗朗西斯的得胜，但他却连续好几个月，在其创办的《美国高尔夫球手》杂志上，大书特书弗朗西斯的获胜经历。乘着威梅特引发的高尔夫热潮，在接下来的 10 年里，特拉维斯精心经营自己的杂志，一如既往地为美国高尔夫运动及其球员摇旗呐喊。1915 年，在高坛闯荡近 20 年，先后拿下 200 多场比赛的特拉维斯，48 岁那年从业余赛场退役，而且退得十分潇洒。在仅次于美国业余锦标赛的第二大业余赛事、纽约大都会锦标赛的四分之一决赛中，特拉维斯最后一次遭遇宿敌杰里·特拉弗斯，后者的年龄几乎只有他的一半。在双方过去的五场对决中，特拉维斯皆不敌杰里，让他一再地与第五座全国业余锦标赛冠军奖杯失之交臂。这天，特拉维斯倒转时钟，打出了他认为此生最完美的一轮。双方捉对厮杀，战况胶着，最后老人家在结束洞第 36 洞果岭，灌进 20 英尺长推，赢得比赛。特拉维斯乘胜出击，在决赛轮中击败约翰·安德森，赢得 1915 年大都会锦标赛，随即宣布退役。沃尔特·特拉维斯在赛场上的最后一击，竟然推进了 45 英尺超长推，能以这样的方式谢幕可谓志得意满。自此，特拉维斯把注意力转向了他的杂志和蓬勃发展的球场设计事业。1927 年，因常年抽雪茄，这位美国业余高球界的元老死于肺气肿，享年 65 岁。

来自牡蛎湾的富家子弟杰里·特拉弗斯。1913 年第四次也是最后一次问鼎美国业余锦标赛，创下唯有鲍比·琼斯能与之匹敌的傲人记录。接下来的1914年，他又一次杀入决赛。1915年，在巴特斯罗球场举行的美国公开赛上，这位比洞赛奇才出人意料地险胜汤姆·麦克纳马拉，成为继弗朗西斯之后第二位赢得美国公开赛桂冠的业余选手。两周后的纽约大都会锦标赛决赛轮，在与沃尔特·特拉维斯史诗般的对决中，疲于应战的杰里败下阵来。没过多久，在老人特拉维斯封杆后，年轻很多的特拉弗斯出人意料地突然宣布退役，甚至没有回来参加来年在米尼卡达球场举行的美国公开赛，将捍卫冠军头衔的机会，拱手让给了奇克·埃文斯，埃文斯成为四年来第三位赢得全国冠军的本土业余选手。作为首位高度关注并极度依赖短杆发挥的伟大球员，杰里从来没有真正把控好1号木。他参加了许多战时慈善赛，但再也没有回到最高水准的竞技赛场。经济大萧条来临时，杰里失去了任其挥霍的家族财富，生活难以为继的特拉弗斯不得不在43岁"高龄"时转为职业球员，并试图重拾荣耀，但为时已晚。身兼俱乐部职业球员和练习场教练两职，杰里得以勉强维持生计。第二次世界大战爆发后，他彻底放弃了高尔夫。生命的最后10年，他在普拉特·惠特尼公司任飞机引擎检查员。1951年去世，享年64岁。

诺斯克列夫勋爵阿尔弗雷德·哈姆斯沃斯。1913年美国公开赛后，陪同伯纳德·达尔文前往芝加哥出差，之后便返回英国。尽管他仍然是英国高尔夫球界的狂热支持者，但世界上发生的一系列事件，即将让他生活中所有的欢乐都化为乌有。通过拥有巨大社会和政治影响力的《泰晤士报》和《每日邮报》的社论文章，诺斯克列夫以其鹰派作风和好胜性格，鼓动人们的反德情绪，把英国和欧洲其他国家拖入残酷的世界大战。一些同时代的人后来声称，诺斯克列夫不负责任的煽风点火，成为引发大战的始作俑者。诺斯克列夫生性好战，为他粉碎国内外敌人提供了无穷无尽的理由。他很快开始干涉国家事务，攻击民族英雄和战争大臣基钦纳伯爵，要求并促成首相赫伯特·阿斯奎斯下台。继任者、新首相戴维·劳埃德·乔治私下认为，诺斯克列夫是"英国最无耻的人"，他对公众生活构成了威胁。不过乔治很聪明，他知道要想堵住诺斯克列夫的嘴，唯一的办法就是让他进入政府，然后把他派驻海外。1917年，诺斯克列夫接受了劳埃德·乔治的任命，担任英国驻美国战争代表团团长。

诺斯克列夫的个人生活同样混乱不堪，他的妻子多年来无法怀孕，他与众多情妇中一位名叫罗韩夫人的寡妇，生了三个私生子。她和孩子们是诺斯克列夫乡村庄园的常客，常常一住就是几个星期，但诺斯克列夫夫人后来声称，从来不知道他们的真实身份，展现出与她丈夫不相上下的自欺欺人天赋。当诺斯克列夫从华盛顿回来，接受劳埃德·乔治的新任命，到敌国担任宣传主管一职时，他的行为变得越发古怪。他患有慢性忧郁症，靠服用非法药物维持生活，经常无法控制地勃然大怒。有一次，他命令旗下一家报纸的员工按身高排队，然后任命最高的人负责该部门。他经常要求员工向他鞠躬，并随心所欲地捉弄属下。战争最终结束时，劳埃德·乔治立即解雇了诺斯克列夫。不久之后，乔治在竞争对手的报纸上报复性地抨击诺斯克列夫多年来对他的不敬，指责他患有"病态的虚荣心"，犯下了"反人类的极端罪行"。

劳埃德·乔治一语中的。那股难以名状的内心黑暗力量，驱使诺斯克列夫度过了混乱不堪的一生，最终累及他的身体。一系列日益严重的疾病夺走了他恶魔般的精力，其个人形象急剧恶化，行为变得越来越古怪、偏执，总觉得到处都有针对他的可怕阴谋。停战后的一次德国之行中，他指责德国总理试图用毒冰淇淋害他。在法国枫丹白露的一次访问中，有人看到他试戴拿破仑的三角帽，并声称这顶帽子非常适合他，如果他真有疯病的话，这无疑是早期征兆。他越来越依赖吗啡来镇定神经，并坚持要求所有的秘书都秘密携带武器，以防范未知刺客的威胁。因害怕丑闻曝光，他从未公开准确的诊断结果，到20世纪20年代初，诺斯克列夫已经表现出了晚期神经梅毒的所有典型症状。他很快陷入完全痴呆状态，家人最终对他实施了最令他恐惧的行动，把他关在富丽堂皇的家族庄园里。1922年7月，他用软铅笔写了一份遗嘱，开头如下："我，阿尔弗雷德·查尔斯·威廉·哈姆斯沃斯，诺斯克列夫勋爵，精神状态良好，但患了一种危险的疾病，印度丛林热，和另一种英国医生都不知道的病。在比利时边境，我不幸被敌人认出，吃冰淇淋中毒。"一个月后的1922年8月14日，他离开了人世，享年61岁。

约翰·麦克德默。在1913年美国公开赛后，回到新泽西州大西洋城的家中。为了挽回近期在股票上的损失，他铤而走险，加大了风险投资，结果均以失败告终。打高尔夫球并赢得比赛是摆脱困境的唯一途径，他在佛罗里达度过了大半个冬天，恢复了足够的信心底气，获得了 1914 年英国公开赛参赛资格。首轮比赛的早上，他错过了赶往普利兹维克开球的轮渡，最终到达球场时，资格赛已经开始。富有同情心的英国赛事官员提出让他插队比赛，但麦克德墨本着公平竞技的体育精神，拒绝了他们的好意。"这对其他球员不公平。"他说。很快，他沮丧地独自一人回到伦敦，压根没人认出他。他买了一张船票，搭乘大西洋上最快的豪华客轮德皇威廉二世号前往纽约，当客轮离开南安普顿，悄悄驶进大雾笼罩的英吉利海峡，一艘货船毫无预警地从雾中出现，尽管两名船长都竭力避免相撞，但货船的船头还是在德皇威廉二世的船身中部撞开了一个大洞。碰撞发生时，麦克德墨正在船上的理发店刮胡子，差点被理发师的剃刀割破脖子。他很快就与其他乘客一起登上救生艇，德皇威廉二世号在不到一小时内就沉没了。他帮助甲板上的幸存者逃生，并在小船上挤了六个小时后，终于和其他乘客从寒冷的大雾中安全获救。虽然没有受伤，但这次与死神擦肩而过的经历，进一步刺激了他的脆弱神经。

回国后，他参加了 1914 年在芝加哥附近的米德洛锡安乡村俱乐部举行的美国公开赛，并成功晋级，但没有对冠军奖杯发起任何有力冲击。看了他比赛的人都觉得，驱动美国历史上首位本土冠军勇往直前的引擎，已经熄火。那年夏末的一天，他去大西洋城的乡村俱乐部上班，走进专卖店时，经历了一次令人目眩的心悸，并昏了过去，不得不住院治疗。一个星期后，病情仍没有好转，23 岁的麦克德墨被送回费城父母家。不久之后，医生做出了一个令人心寒的诊断：麦克德墨患上了严重的神经衰弱。从此以后，他彻底从公众视野中消失。赛场上的老友大多再也没有见过他，终其一生，他也再没打过任何比赛。他的精神崩溃了，余生与父母生活在一起，时不时地进出疗养院。不出几年，那些曾经不敌他的美国球员已经屹立世界高坛，但麦克德墨已经完全被人们遗忘。

1971 年美国公开赛在费城郊外麦克德墨老家附近的梅里恩高尔夫俱乐部举行，一位当地记者写了一篇报道，纪念他首次赢得美国公开赛 60 周年。这名记者做了一番小小的调查，结果出人意料地发现，昔日的美国冠军还活着，而且就住在离球场不远的宾夕法尼亚州耶登市。美国高尔夫协会对麦克德墨的健康表示了极大的关切，经过细心的询问并取得家人谨慎的同意后，协会悄悄安排他在 56 年后首次公开露面。麦克德墨作为特邀嘉宾来到梅里恩俱乐部，观看了 1971 年美国公开赛的首轮和决赛轮，新生代球员纷纷前来向这位开创了这一切的人致敬。尽管麦克德墨没有接受采访，但据说他非常享受这次经历。不久后，他在睡梦中平静离世，距离他 80 岁生日仅差一个月。

约翰·G. 安德森。在《波士顿文摘报》上，对弗朗西斯在乡村俱乐部获胜一事的生动报道，立即被通讯社转载，并在全国各地发表。对于数百万美国读者来说，约翰对布鲁克莱恩延长赛忠实而激动人心的描述，使他们首次接触到这位高坛新英雄。约翰的报道受到报界的注意，不久，他接到《纽约太阳报》的邀约，成为该报首席高尔夫记者。很快，他的专栏就以辛迪加形式在全国各地发表。又过了没多久，纽约沃纳梅克百货公司将其招致麾下，担任其高尔夫球具的销售代表。新工作让他走遍了全美，并远渡欧洲不下 22 次。安德森大学时曾是田径高手，搬到纽约后，他参与了美国最重要的田径赛事——米尔罗斯田径赛，赛事每年在麦迪逊广场花园举办，约翰担任田径赛协会主席长达 13 年，该比赛 1600 米接力仍以他的名义举行。

约翰·安德森一生是一名出色的业余球手，1915 年，他再度获得全美业余锦标赛亚军，并在美国职业高尔夫协会的成立中发挥了重要作用。虽然从未转职业，但美国职业高尔夫协会在 1920 年授予他"荣誉会员"称号。1924 年和 1926 年，安德森两次获得业余赛冠军，成就其职业生涯的辉煌时刻。从 11 岁到 43 岁期间，他每年至少赢得一场比赛。安德森和弗朗西斯结成终生挚友，他们经常一起在世界各地旅行和打球。1933 年，在经历了一场来势汹汹的无法确诊的疾病折磨后，作为高球史上最受尊敬的人之一，约翰不幸辞世，享年 49 岁。《纽约邮报》上的讣告这样总结他的高尔夫生涯："约翰·安德森是所有高尔夫人的朋友。他为这项运动注入了活力，年复一年，他的出现为这项运动增添了光彩。高坛失去了一位挚友，我们再也见不到你这样的人了。"两个月后，他的主场翼脚乡村俱乐部举办了首场安德森纪念赛。近 70 年后，以他之名举办的安德森赛，被认为是所有业余赛中最令人向往的四人四球赛。

伯纳德·达尔文。回到伦敦后，他开始了与约翰·安德森类似的双重职业生涯，他是英国最杰出的高尔夫记者和最优秀的业余球员之一。1921 年，他第二次打进英国业余锦标赛半决赛，并经常代表英格兰参加与苏格兰、爱尔兰和威尔士的对决。1922 年，达尔文第二次也是最后一次不情愿地回到美国，为《泰晤士报》报道首届沃克杯。该比赛以创始人乔治·赫伯特·沃克的名字命名，沃克是美国高尔夫协会前主席，也是乔治·W. 布什总统的曾祖父。当 46 岁的英国队队长罗伯特·哈里斯因病无法参赛时，达尔文顶替他上场，并在个人赛中击败美国队队长比尔·福恩斯。

与其温和、腼腆的作家性格形成鲜明对比的是，伯纳德的球员生涯因其暴躁的脾气难有突破，他经常扔球杆，疯狂咒骂自己的错误，这让他输掉了许多比赛。1907 年，诺斯克列夫勋爵聘请他担任世界上首位全职高尔夫记者，但直到勋爵后来发疯并于 1922 年去世，伯纳德始终认为诺斯克列夫是个可怕的人物。达尔文在《泰晤士报》又待了 30 年。期间，他出版了 30 多本关于高尔夫和其他各种各样主题的书籍，他被认为是英国研究查尔斯·狄更斯的顶尖学者之一，狄更斯是达尔文父亲的密友。

深受读者和采访对象喜爱的伯纳德·达尔文，与前来参加英国大赛的三代美国高尔夫球员成了好友。他没有哀叹自己的国家痛失高坛霸主地位，而是以开阔的胸襟为威梅特、黑根、琼斯、萨拉曾和候根的加冕喝彩。在他看来，高尔夫运动是超越国界的。1932 年，达尔文为好友弗朗西斯·威梅特的自传写序言，他说："我对这本书唯一的担忧是，他可能太谦虚了。"三年后，伯纳德被授予这项运动的最高荣誉，成为圣安德鲁斯皇家古老高尔夫俱乐部队长。

1940 年，由于一系列疾病，包括退行性关节炎和狄更斯式痛风，他被迫息赛。达尔文对于曾经是他人生基石的运动所写的赞歌，读起来令人心碎。"在绿意盎然、令人愉快的地方，遇到一群友善可亲的人，做着一份自己唯一喜欢的工作，这是一件多么值得庆幸的事！风依旧在石南丛生的荒原上呼啸。"伯纳德·达尔文是高尔夫历史上一位非常重要的人物，他亲历并撰写的栩栩如生的高尔夫历史和人物，跨越了从老汤姆·莫里斯到本·候根的时代。1953 年，从《泰晤士报》退休后不久，达尔文成为首位入选高尔夫名人堂的作家。他于 1961 年去世，享年 85 岁。

　　沃尔特·黑根。1913 年在乡村俱乐部举行的美国公开赛结束后，他回到罗彻斯特，对自己取得第四名的成绩深感沮丧。他觉得他本该赢得那该死的奖杯，但依他之见，这只能怪自己。他信誓旦旦地向一位当地作家表示："来日方长，再累积一年经验，我会让他们见识一下到底该怎么打高尔夫。"那年冬天，罗彻斯特乡村俱乐部和纽约州北部的其他球场都封场，沃尔特带着球具第一次去了南部的佛罗里达，在那里他拾起了另一个爱好——棒球。黑根后来说，那年春天，他接到费城人队的邀请，要他作为投手参加集训营。现在已无从考证其真伪，不过依黑根所言，好似已经拿到了前往美国国家棒球名人堂的门票。当他回到罗彻斯特，宣布从那天起将全部精力投入棒球时，一个朋友劝他先别急着放弃高尔夫，再参加一次美国公开赛看看。想起自己曾答应过媒体、美国高尔夫协会和弗朗西斯他会回来，他决定最后再试一次，并在接下来的三个星期努力提升球技。他干洗了华丽的比赛行头，并做了一个重大的改变，将那双中看不中用的胶底鞋换成了抓地力强的钉靴。

　　1914 年 6 月，黑根有生以来第一次来到芝加哥郊外的米德洛锡安乡村俱乐部。比赛前一晚，黑根吃了一顿丰盛的龙虾大餐，开胃菜是半壳牡蛎。结果因食物中毒而折腾了一整宿。第二天，黑根对付着打完首轮比赛，竟出乎意料地刷新了球场和美国公开赛的最低杆数记录。虽然弗朗西斯以 69 杆的成绩紧随其后，但黑根整个星期都手感火热，一路保持领先。最终，他以一杆优势力压"奇克"·埃文斯，并追平了乔治·萨金特在美国公开赛上创下的最好成绩——290 杆。沃尔特·黑根再也不用担心报纸会把他的名字拼错了，不过由于欧洲战事爆发，他的胜利并没有获得他想要的大肆报道。他带着奖杯坐火车回到罗彻斯特，他的名字被刻在奖杯底座上，紧挨着弗朗西斯·威梅特。高坛的收获就是棒球界的损失，黑根的前途一片光明。他开始认真揣摩和研究这项运动，传奇黑根就此登场。第一次世界大战使高尔夫大赛暂停了几年，但并没有妨碍黑根从挑战赛和表演赛中获得体面的收入，很快，他赚到了人生的第一个百万美元。由于在豪华跑车和华丽服装上挥霍无度，黑根的余生总是入不敷出。一段短暂的婚姻可以预见地以失败告终，但他深爱的小儿子，沃尔特二世诞生了。黑根成天带着一双色眯眯的眼睛流连赛场，婚姻自然长不了，可怜的黑根太太！

1919 年战争结束后，美国公开赛在离布鲁克莱恩不远的布雷伯恩乡村俱乐部恢复比赛，黑根很快脱颖而出，再次夺得全美冠军。比赛期间，他和明星朋友艾尔·乔尔森花天酒地追女孩，也不去练球，似乎没对他造成什么伤害。在正赛中获得并列领先后，黑根跟乔尔森彻夜狂欢，然后在第二天的延长赛上，以一杆领先优势力压迈克·布雷迪。那一年，黑根无往不利，还赢得了大都会、西部、北部、南部锦标赛以及佛罗里达公开赛，到 1919 年底，他已成为这项运动无可争议的重量级冠军。黑根乘势而为，彻底断了与东家的关系，让迈克·布雷迪接替了他的职位，自己成为高尔夫历史上第一位全职职业巡回赛球手。现在，他可以自由地去他想去的任何地方了，人们认为他的冒险举动会掏空他的钱包，但他毫不在意，沃尔特·黑根比丹尼尔·布恩（美国历史上最著名的一位拓荒者——译者注）走得更远。

1920 年，黑根第一次远航英格兰，尽管首次挑战英国林克斯球场表现很差，但他对职业高尔夫运动做出了更有价值的贡献，帮助打破了英国禁止职业高尔夫球员进入私人会所的古老禁令。刚抵达迪尔球场时，黑根不知道有这些严格规定，进入会所换鞋，被赶了出来。看到为来访的职业球员准备的简陋棚屋，他气坏了，拒绝使用它。在球场坚决不让他进入会所的情况下，黑根大胆地作出回应：他安排司机每天在他打完比赛时，开着租来的戴姆勒豪华轿车，在离 18 号洞果岭不到 50 英尺的地方迎接他，然后在众人的围观下，爬进车里，招摇地换鞋。当被拒绝在两轮比赛之间进入会所烧烤间吃午餐时，黑根让司机送来精心准备的午餐，并和一些球员在餐厅窗外的草坪上大快朵颐。还有一次，他租了一架私人飞机，让飞行员带着他和其他几位职业球员，到附近的一家四星级酒店餐厅用餐。他的疯狂行为为报界和守旧派人士所不耻，但支持者和公众却因此追捧他。尽管在 54 名参赛选手中成绩排名倒数第二，并受到英国体育媒体的冷嘲热讽，离开迪尔时，黑根依旧面带笑容，并信誓旦旦说，"我会回来的。"这句话后来被阿诺德·施瓦辛格白白拿去当了台词（施瓦辛格曾出演电影《我会回来的》——译者注）。布鲁克莱恩的旧相识为他的辩护更具说服力，哈里·瓦登在伦敦《泰晤士报》上为沃尔特挺身而出，预言"黑根将不止一次地赢得我们的公开赛冠军"。不过哈里稍微保守了些，20 世纪 20 年代，黑根先后在四座不同的球场，四度捧起葡萄酒壶奖杯，从 1922 年皇家圣乔治开始，他成为第一个获得英国公开赛桂冠的美国球员。

黑根已日渐成长为比杆赛之王，但他对比洞赛的掌控力更强。他坚如磐石的信心，常常会给对手带来巨大情绪负担，使他几乎在每场比赛一开始，就手握三杆领先优势。在这个过程中，他成为心理战术的大师之一，善于发现对手的弱点，并在恰当的时机巧妙地控制对手的情绪。1921 年，黑根以赢三洞剩两洞的成绩打败吉姆·巴恩斯，首度问鼎比洞赛制的 PGA 锦标赛。1923 年，他在延长赛中输给了吉恩·萨拉曾，萨拉曾是少数几个对他的小把戏免疫的人。1924 年，黑根斩获 PGA 锦标赛四连胜中的首胜，开启体育运动史上最惊人的连胜纪录之一。1928 年，他最终丢失了 PGA 冠军头衔。颁奖典礼开始前，赛事官员问他奖杯在哪里，他说："不知道，肯定是落出租车上了。"当然，奖杯最终找到了。

此时，黑根已经确立自己的地位——高坛第一巨星和家喻户晓的人物。他在全国各地与其他顶尖球员进行表演赛，收取每人一美元的入场费，并悉数收入囊中。他适时地在好莱坞待了几年，并利用自己的名气出演了几部"烂片"来赚钱。在咆哮的 20 世纪 20 年代，全盛时期的沃尔特·黑根是上至国王、下至女仆无人不知无人不晓的人物，如果你有幸认识他，那你就认识了全世界。

1929 年，36 岁的黑根问鼎英国公开赛，赢得个人职业生涯的第 11 场也是最后一场大满贯胜利。之后他靠着广告和表演赛的收入，过上了名人般的奢侈生活。在漫长而快乐的一生中，黑根走遍了世界的每一个角落，品尝生活给予的饕餮盛宴，尽享每分每秒。黑根一生嗜酒，好女人，爱音乐，他走到哪儿，派对就会开到哪儿。他慷慨至极，从不吝于向需要帮助的同行施以援手，他也因此成为每个人的朋友，从没听谁说过他小气。聚光灯最终暗淡下来，钱也花得所剩无几，黑根的人生篇章翻到最后，隐隐透出悲伤。很少有人再来听他讲过去的故事，曾伴着人们豪饮狂欢的大钢琴，如今寂寥地闲置在角落，何以解孤独，唯有杯中酒。"海牙"从来没有让任何人为他感到难过，他自己更没有自怨自怜，他只想让派对永远继续下去，但派对终将落幕。1969 年 10 月，黑根死于喉癌和肺癌，享年 76 岁。因他而存在的美国巡回赛，以及所有叱咤巡回赛赛场并归功于他的当代球手中，只有朋友阿诺德·帕尔默参加了他的葬礼。

哈里·瓦登和泰德·瑞。他们于 1913 年 10 月一起回到伦敦，发现国家正处在水深火热之中，战争的号角已经吹响，不出几个月大战将一触即发。第二年春天，哈里的父亲菲利普去世，享年 86 岁，为参加葬礼，哈里多年来第一次回到泽西岛。他惊奇地发现，他和汤姆长大的那间简陋小屋已经成了当地地标。尽管大多数英国媒体对哈里和泰德输给弗朗西斯感到失望，但哈里终将于 1914 年夏天重新赢得他们的支持。

1914 年英国公开赛在他的福地——普利兹维克球场举行，他曾两度在此夺冠。首轮比赛过后，哈里以两杆优势领先 J.H. 泰勒。第二天也是最后一天的比赛中，通过随机抽签的方式，这对老友和宿敌被配对到同一组。周五上午的第三轮结束时，他们的位置发生了逆转，哈里落后泰勒两杆，泰勒的领先优势在最后一轮第三洞时扩大至三杆。一位球迷在泰勒上杆过程中偷拍他，立马引爆了他的脾气，哈里趁机开始了最后也是最精彩的一次反击。当这一天结束，哈里以三杆优势力压泰勒，赢得个人职业生涯第六座葡萄酒壶奖杯，这是高尔夫三巨头赢得的第 16 座也是最后一座英国公开赛桂冠。最终，哈里比泰勒和布雷德多赢了一场。44 岁的哈里成为英国公开赛史上最年长的冠军，本届比赛也成为未来五年内，在英格兰和欧洲举行的最后一场大赛。两周后，一位奥地利王子在萨拉热窝被枪杀，世界陷入一片黑暗。

下一届英国公开赛（因沃尔特·黑根与迪尔俱乐部官员的交手变得声名狼藉）直到 1920 年才举行。乔治·邓肯赢得了那届比赛，泰德·瑞获得第三名，哈里则远远落后，成绩垫底。他已迈入 50 岁，因战争失去了五年收入。面对竞争激烈且变幻莫测的未来，哈里说服泰德·瑞，是重返美国的时候了。他们聘请了一名经纪人，安排了为期两个月的巡回表演赛日程，整个行程的高潮如同上次美国之行一样，将在那一年俄亥俄州托莱多市因弗内斯乡村俱乐部举行的美国公开赛上上演。7月，两人再次远渡重洋，所到之处皆受到热情欢迎，经过芝加哥时，他们多花了些时间与汤姆共度难得的团聚时光。巡回比赛期间，泽西岛人发现不仅美国球场大为改观，本土球员的竞技水平也大大提升。随着时间的流逝，以及受弗朗西斯的胜利所激励的美国球员的迅速崛起，曾经所向披靡的哈里和泰德不再无往不胜，他们依旧赢得了大多数比赛，但在到达因弗内斯之前，他们已经输掉了10多场。

1920年美国公开赛资格赛和正赛首轮中，哈里发现自己与首度亮相全国大赛的18岁鲍比·琼斯分到同组。赛前呼声最高的卫冕冠军沃尔特·黑根发挥不佳，早早退出冠军争夺战，崭露头角的琼斯大赛经验尚浅，二人最终分获第十一名和第八名。比赛最后一天，美国球员相继出局，仅剩哈里·瓦登和泰德·瑞。第三轮结束时，哈里拔得头筹，领先泰德两杆；最后一轮，哈里前九洞发挥出色，打到第12洞前，已将领先优势扩大至四杆。然后，好像众神都在密谋对付他，在那样一个温和的西部夏日午后，当他站上12号洞发球台时，一阵不知从何而起的狂风从伊利湖吹来，直吹在他脸上。狂风令他的开球发挥失常，最终用了四杆才打上果岭，损失一杆领先优势。云诡波谲的天气令其体力不支，他的右手又开始抖动，导致接下来的三洞连遭三推，结果最后七洞交出了高于标准杆七杆的成绩，以78杆结束最后一轮，因一杆之差不敌泰德·瑞，与1920年美国公开赛冠军奖杯失之交臂，哈里差点伤心欲绝。他后来说，在50岁的时候赢得另一个大满贯冠军头衔将是他一生最大的成就，但事与愿违，失望在所难免。不过令他感到欣慰的是，他的好友泰德·瑞取代他夺得桂冠，成为20年里，首位继他之后称雄美国公开赛的英国人。此后，要再过将近50年，美国公开赛的冠军奖杯上才会出现第三位英国人的名字——托尼·杰克林。本届比赛取得了令高坛欢欣鼓舞的巨大进步，有史以来第一次，因弗内斯开放了全部会所设施，供所有职业、业余球员使用。从那一刻起，职业球员不再被视为二等公民。

不久后，为了庆祝他的胜利，或许也是为了回应因弗内斯的决定，泰德的主场——位于赫特福德郡的奥克斯赫球场，授予他荣誉会员待遇，这是英国俱乐部首次吸纳职业高尔夫球手入会。从黑根对迪尔球场的抗议到泰德获封荣誉会员，在英国，横亘于职业业余球员之间的那堵墙终于被推翻了。几个月后，三巨头 J.H. 泰勒、詹姆斯·布雷德和哈里·瓦登的主场，也纷纷效仿。一手把英国高尔夫带入 20 世纪的三巨头，有生以来第一次被允许进入多年前雇用他们的球场的更衣室、餐厅和会所。

哈里年事已高，泰德·瑞问鼎因弗内斯美国公开赛时也已 43 岁，是该赛事年纪最大的冠军。在 1925 年英国公开赛，泰德不敌吉姆·巴恩斯，屈居亚军。泰德将继续参加英国公开赛，直到 1932 年。他在莱德杯的创立过程中，也发挥了重要作用，并代表英国队出征 1927 年的首届比赛。20 世纪 30 年代中期以前，泰德依旧活跃于赛场。1941 年之前，泰德一直在奥克斯赫球场担任驻场球员。两年后的 8 月 23 日，泰德死于心脏病，享年 65 岁。

哈里·瓦登。结束 1920 年美国之行回到英国后，虽然赛场失意但却收获了一份生活上的意外补偿。直到最近，一位名叫奥黛丽·豪威尔的女士，首次在其为哈里所作的充满爱和隐私的传记中，披露了一个事实。哈里在霍伊湖参加表演赛期间，偶遇同住一家酒店的 28 岁音乐厅舞者玛蒂尔达·豪威尔。此时的玛蒂尔达正因为姐姐决意退出她们的歌舞表演双人组，面临事业危机，同时更因一战中失去未婚夫而悲伤。年轻的舞蹈家和杰出的高坛老将之间立刻擦出了火花，当哈里离开，继续开始繁忙的比赛日程时，两人之间看似什么也不会发生。但年轻美人儿的情影一直萦绕在哈里脑海中，他没有试图联系她。巧合的是一年后，当他们在玛蒂尔达当时工作的同一家酒店再次相遇时，彼此吸引迅速演变成了真心爱慕，英雄迟暮之年终于找到了真挚强烈的爱情。这一幸福面临着现实的障碍：多年来，哈里依旧无法忍心离开婕茜，即使是在 1925 年玛蒂尔达怀孕的时候。不愿冒险玷污自己的清白名声，哈里始终没有公开与年轻女子有染，并育有私生子。他不情愿地告诉玛蒂尔达，他同意从经济上帮她抚养男孩，但却无法尽做父亲的责任。鉴于英国社会对未婚母亲的极度偏见，玛蒂尔达不得不把儿子彼得交给姐姐与姐夫抚养。为了和哈里在一起，她留在了伦敦，但对彼得的思念让她最终搬回了利物浦。哈里成了家中的常客，总是给那个男孩带来昂贵的礼物，但男孩却从来不知道哈里是他的父亲。当彼得大到对"哈里叔叔"的确切身份感到好奇时，玛蒂尔达意识到这种拜访必须停止了。尽管难以接受，但哈里知道这对孩子是最好的结局。他的经济支持从未停止，但玛蒂尔达最终找到了一份住家管家的工作。哈里去利物浦的次数越来越少，最后就再也不去了。也许婕茜知道哈里的这段婚外情，但她从未对任何人提过半句。

哈里重操旧业，回到南赫特任职，30 多年来第一次过起了俱乐部职业球员的平静生活。他满腔热情地投入到教学工作中，偶尔也会涉足高尔夫球场的建造设计，先后完成原创设计作品 14 件、改造项目 8 件。他重新设计的作品之一，是他曾入住的曼德斯利疗养院附近的 9 洞球场，他在那打出过唯一的一杆进洞。20 世纪 30 年代初，哈里发表了自传《我的高尔夫人生》，很快成为英国畅销书。1935 年，因长期吸烟而加剧的肺结核，开始侵蚀他旺盛的生命力，不出一年，他就连一层楼梯都爬不动了。就像第一次病倒时那样，哈里坚持履行在南赫特的工作职责。1937 年初，一系列的检查结果表明，哈里正在与肺癌作斗争。几周后，他坚持按计划在刺骨的春风中上课，结果得了重感冒，并很快变成肺炎。一周后的 1937 年 3 月 20 日，哈里躺在自己的床上，眼望着春色正浓的花园，悄然离世，享年 66 岁。哈里和泰德将所有的冠军奖杯，悉数赠给了他们出生的小镇格鲁维尔的泽西博物馆。

哈里的葬礼在当地教堂举行。当天，南赫特俱乐部闭馆歇业以示默哀。来自世界各地的吊唁者挤满教堂，J.H. 泰勒、詹姆斯·布雷德、桑迪·赫德、汤姆·瓦登和泰德·瑞扶着他的灵柩，送他最后一程。在教堂的后面，一位刚迈入中年的陌生女人身穿黑服，默默地抹着眼泪，生怕引起别人注意，她就是玛蒂尔达·豪威尔。多年后，她终于告诉儿子彼得·豪威尔关于他亲生父亲的真相。已从商界退休的彼得从未认真打过高尔夫球，不过他身上明显遗传了瓦登的天赋。彼得曾是英国槌球赛全国冠军，他的妻子奥黛丽最终创作了前面提到的关于哈里的书，第一次将家族故事公诸于众。

世界上仍有数以百万计的高尔夫球手在使用瓦登握杆法，不过大多数人可能不会马上联想到他的名字。美国和欧洲职业高尔夫球协会每年都会颁发"哈里·瓦登杯"，以表彰在巡回赛中平均杆数最低的球员，这是对他卓越表现的最高礼赞，哈里依旧活在职业球员心中。多年来，但凡莱德杯在英格兰举行，来访的美国队就会前往哈里的墓地朝圣。过去 10 年里，虽然对战双方之间的敌对情绪不断扩大，朝圣哈里墓地的传统，将是对逝者最好的纪念。哈里六夺英国公开赛桂冠的纪录至今无人能破，彼得·汤普森和汤姆·沃特森凭借五胜紧随其后。和大多数纪录一样，这一纪录也许终有一天会被打破，但如果哈里·瓦登没有在巅峰时期因为肺结核失去七年宝贵时光，并因此导致推杆水准下滑，如果他没有因为一战再失去五年，那么可以肯定的说，只要高尔夫比赛继续下去，哈里的造诣和成就将像泰德·瑞的开球距离一样，没有人可以超越。

1920 年，刻有这篇人物年谱中诸多名字、辗转多人之手的美国公开赛奖杯，第二次越过大西洋，与哈里·瓦登和泰德·瑞一起来到英格兰。保留奖杯一年后，泰德将它运回美国高尔夫协会。1946 年，最初的奖杯在当年的冠军得主劳埃德·曼格鲁姆的主场、位于芝加哥郊外的泰姆奥山特俱乐部的大火中被毁。美国高尔夫协会一度考虑用全新设计的奖杯取而代之，但最终决定以全尺寸的复制品重现原来的奖杯。这个替补品延续了它的前身的传统，从一个冠军手中传到另一个冠军手中，1986 年，它被永久地收藏在新泽西法希尔斯的美国高尔夫协会博物馆。从 1986 年开始，美国公开赛冠军获得了第二个全尺寸银质复制品的保管权，一年的保管期结束后，举办球场和冠军得主被允许制作一件尺寸为正品 90% 的复制品，作为公共展示和个人收藏之用。

弗朗西斯在布鲁克莱恩乡村俱乐部 17 号洞果岭创造的奇迹，仍然历历在目，"瓦登沙坑"还在那里，会员们依旧用这个名字来称呼它。1963 年，为纪念弗朗西斯获胜 50 周年，美国公开赛重返乡村俱乐部举行。最后一轮比赛结束前，两位前美国公开赛冠军阿诺德·帕尔默和当地最受欢迎的选手朱利叶斯·博洛斯以两杆之差，落后于来自德克萨斯州的年轻巡回赛选手杰基·库比特。两位前冠军都以为自己的公开赛之旅就此结束，博洛斯已经开始清理自己的储物柜，这时，杰基·库比特走上了 17 号洞发球台。库比特开球进"瓦登沙坑"，不得不侧击救球回球道，最后打出六杆，吞下双柏忌。当他在结束洞保帕后，三人战成平局，比赛进入白热化状态。第二天，美国公开赛冠军争夺战再度以三人延长赛的形式在乡村俱乐部拉开战幕。博洛斯一开始就取得领先，但帕尔默紧追不舍，直到历史诡异地重演，置帕尔默于1913年沃尔特·黑根遭遇的窘境。在11号洞，帕尔默开球拉左进树林，小球落到一个腐烂的树桩上。相比其他任何当代球员，帕尔默勇猛、犀利的打法与黑根最为相似，这也是两人如此受欢迎的原因。20世纪50年代中期帕尔默崛起后，两人成为至交好友。另一个奇怪的巧合是：帕尔默也在比赛前夜因食用坏龙虾导致食物中毒而病倒，就像黑根在1914年美国公开赛上一样。帕尔默决定不宣布树桩球位不可打，免遭一杆罚杆，但最终却用了三杆才把球救上球道，并就此与冠军奖杯再见。当杰基·库比特再次在17号洞开球进"瓦登沙坑"后，博洛斯从延长赛中脱颖而出，第二次问鼎美国公开赛。

1988年，为纪念弗朗西斯夺冠75周年，美国公开赛第三次重回布鲁克莱恩。进入第四轮时，美国球员柯蒂斯·斯特兰奇以一杆优势领先于卫冕冠军英国人尼克·佛度，他们将同组压轴上场。九洞过后，双方战平，来到17号洞时，佛度先下一城，手握一杆领先优势。但斯特兰奇勇猛地推进超长推，像弗朗西斯当年一样，成功抓鸟，扳平比分。然后又在结束洞出其不意地救出沙坑球，保住平局。第三次在乡村俱乐部举行的美国公开赛再次迎来18洞延长赛。第二天，斯特兰奇在17号洞推进制胜一推，成功取得美国公开赛两连胜的首胜。多年后，研究过历史的斯特兰奇这样率直地描述与弗朗西斯的相似之处："我们都曾在布鲁克莱恩的美国公开赛延长赛中对阵英国公开赛年度冠军，并最终力克对手赢得比赛。"

1999年初秋，莱德杯首度移师乡村俱乐部。头两天的比赛过后，在这场每两年在美国和欧洲球员之间展开的较量中，欧洲队占据上风，有望获得史无前例的三连胜。进入最后一天的12场单人赛时，欧洲队以绝对优势领先，直到美国人发起了体育赛事历史上最伟大的反击。随着莱德杯特有的戏剧化焦点大战的展开，关键一役变成由贾斯汀·雷奥纳德对阵西班牙球员何塞·玛利亚·奥拉查宝。面对全球的电视观众，雷奥纳德在亲人、战友和狂热的粉丝的鼓励下，为了国家荣誉和向全世界炫耀的资本，在前12洞落后四洞的情况下，奋起直追，在16号洞将比分扳平。17号洞，奥拉查宝两杆攻上果岭，小球正好落在雷奥纳德的推击线内20英尺。雷奥纳德同样两杆攻上果岭，但小球距离洞杯尚有45英尺，需要先克服推击线上的小上坡，然后又面临自右向左倾斜的高难度下坡推。为确保美国队的胜利，他至少需要在此轮对决中守住平局才行。雷奥纳德成功推进关键一推，观众兴奋地跑上果岭为之庆祝，引发了一场比1913年弗朗西斯得胜局面导致的更为激烈的有关美国球迷粗俗行为的国际争论。奥拉查宝后来声称，自己并没有因为美国人提前庆祝而困扰，但当他错过推击时，确实说过，附近克莱德街的交通和喇叭声令他心烦意乱。雷奥纳德胜出，美国人夺回莱德杯，唤醒了人们对弗朗西斯伟大胜利的尘封记忆。有一位资深记者表示，一定是弗朗西斯·威梅特在17号洞引领雷奥纳德推进了那不可思议的一推。赛后，美国队队长本·克伦肖收到了美国队球童送给他的一尊弗朗西斯和埃迪的纪念雕像。

埃迪·洛厄里在美国公开赛上与弗朗西斯搭档之后的很长一段时间里，经常在伍德兰俱乐部为弗朗西斯当球童。1914年夏天，弗朗西斯启程前往欧洲时，埃迪特意到码头为他送行。和许多早期的美国球员一样，第一次面临暴露在狂风中的英国林克斯球场的考验，弗朗西斯发挥失常，折戟英国公开赛和业余锦标赛。不过，他还是接受了泰德·瑞的邀请，游览了名胜，并和泰德、哈里一起度过了许多愉快的夜晚。返程美国前，弗朗西斯终于恢复状态，赢得了在欧洲大陆球场举行的1914年法国业余锦标赛。

抵美后，弗朗西斯随即前往芝加哥郊外的米德洛锡安乡村俱乐部，参加1914年美国公开赛，捍卫卫冕冠军头衔。他最终取得了相当不错的第四名，并十分欣慰地看着好友沃尔特·黑根赢得首个大满贯冠军头衔。之后，弗朗西斯回到布鲁克莱恩，成功卫冕马萨诸塞州业余赛冠军。站上更高的全美业余锦标赛冠军领奖台一直是弗朗西斯年轻时的梦想，1914年夏天，在佛蒙特州曼切斯特的埃克瓦诺克乡村俱乐部，弗朗西斯又一次在资格赛以一杆之差落后领先者，在半决赛中击败比尔·福恩斯，最终遭遇老对手杰里·特拉弗斯。双方重现了前一年在花园城比赛时的紧张与刺激，整个上午，两人战况胶着，差距始终维持在一洞以内。但到了下午，弗朗西斯纠正了推击中的一个失误，并很快取得了压倒性的领先优势，赢六洞剩六洞待打。13号洞，双方打平，比赛就此结束。特拉弗斯习惯性地失去了注意力，没有意识到比赛已经结束，抽出1号木，朝下一洞发球台走去。美国高尔夫协会主席，也是本次比赛的裁判罗伯特·沃特森告诉他，比赛已经结束，特拉弗斯才醒悟过来，并反复道歉，衷心祝贺弗朗西斯。弗朗西斯实现了毕生梦想，成为第一位同时获得美国高尔夫协会职业和业余公开赛两项冠军的美国球员。

所有这些成功最终赢得了父亲的支持。1915 年，弗朗西斯决定离开赖特 & 迪特森，创办自己的波士顿体育用品公司，亚瑟·威梅特成为他的主要投资者。与此同时，美国高尔夫协会宣布了针对业余高尔夫球手的一系列新的惩罚性限制，禁止任何以高尔夫设计造型或出售高尔夫设备为生的人参加业余赛。弗朗西斯的商店出售各种休闲运动器材，不止高尔夫装备，但令他及全国各地的球迷感到震惊和沮丧的是，美国高尔夫协会竟对这位在推广这项运动方面比历史上任何美国人付出都多的人进行了严厉打击，全面禁止弗朗西斯·威梅特参加业余赛事。弗朗西斯不愿意因为他认为不公平的武断裁决，而放弃刚刚上升的新生意，有生以来唯一一次短暂地考虑过转职业。为了抗议美国高尔夫协会的裁决，当时仍为独立的西部高尔夫协会盛情邀请弗朗西斯前往芝加哥，参加他们的业余锦标赛，他轻松地赢得了比赛。由于双方都不愿让步，弗朗西斯和美国高尔夫协会陷入僵局，这一局面直到 1917 年美国正式加入第一次世界大战才被打破。弗朗西斯应征入伍，很快升为中尉，在东海岸和新英格兰地区，为红十字会组织而亲自参与无数个高尔夫筹款活动。1918 年，在一次休假期间，弗朗西斯娶了相恋已久的恋人斯特拉·沙利文为妻。斯特拉是他的商业伙伴兼老校友约翰·沙利文的妹妹。第二年战争结束后，红十字会授予弗朗西斯特别奖章，以表彰他"在第一次世界大战中对人类的援助"。

紧跟弗朗西斯的脚步，埃迪·洛厄里在战争年代开始了自己的高尔夫生涯，并在 1919 年赢得了他的第一座马萨诸塞州青少年业余锦标赛冠军奖杯。第二年，他被任命为伍德兰乡村俱乐部的球童主管。1913 年美国公开赛后很长一段时间里，埃迪一直紧握名人身份，他喜欢被人认出来，对聚光灯的痴迷不亚于弗朗西斯对它的反感。埃迪迷上了演艺界，沃尔特·黑根的朋友艾尔·乔尔森很喜欢小埃迪，每次来波士顿，他都会送给埃迪秀场的后台通行证，并带他参加落幕后的盛大派对。此后不久，埃迪离开伍德兰，成为《波士顿旅行者》的体育记者，报道当地的球队和赛事。余生中，无论走到哪里，埃迪都喜欢处在风暴中心，成为关注的焦点。

战争期间，美国高尔夫协会最终意识到，应更准确地划清职业和业余球员之间的界限，实际上承认了对弗朗西斯的处理不公。1919年，他们悄悄恢复了弗朗西斯的业余球员身份。尽管美高协的决定曾让威梅特苦不堪言，但他从未有过半句怨言，而是立即重返赛场。1919年夏天，他第四次赢得马萨诸塞州业余赛桂冠，第二年的全美业余锦标赛上，他击败了崭露头角的鲍比·琼斯，却不敌奇克·埃文斯，屈居第二。1920年，哈里和泰德重返美国时，弗朗西斯以波士顿一家报纸记者的身份，参与报道了在因弗内斯举行的美国公开赛，有幸与两位英国冠军重逢，并亲眼目睹哈里出人意料的崩盘和泰德称霸美国公开赛。当两位英国冠军在巡回之旅最后途经波士顿时，他们的老朋友特意在乡村俱乐部安排了一场私人友谊四球赛，由两位英国冠军对阵弗朗西斯和一名当地职业球员。1913年延长赛上的三位球员得以重新聚首球场，最终，英国人以赢一洞的成绩拿下比赛，算是小小地"报复"了一下。不过这一次获胜的奖金太少，赛后，弗朗西斯请大家喝了酒。

20世纪20年代，弗朗西斯在球场上取得的成就无法与过去10年相提并论。斯特拉生下两个女儿，珍妮丝和芭芭拉，为谋生计，供养家庭，弗朗西斯乐得远离赛场。他伟大的朋友兼业余赛伙伴鲍比·琼斯势头正劲，是争夺全美业余锦标赛冠军路上不可逾越的障碍。20年代，弗朗西斯曾五次打进半决赛，但最终都输给了无往不胜的琼斯。相较于打法谨慎的比杆赛，弗朗西斯一向倾向于刺激与冒险并存的比洞赛。20年代的十年里，弗朗西斯仅参加过一次美国公开赛，这也是他最后一次参赛。1925年，在附近的伍斯特乡村俱乐部，32岁的弗朗西斯向世人证明他仍然可以和最优秀的球员竞技大赛，首轮交出70杆领跑全场，最后以两杆之差落后领先者，取得并列第三名。作为两年一度的英美业余球员大战沃克杯美国队的常客，弗朗西斯代表美国队出战前六届比赛，然后以队长兼球员的身份出征接下来的两届比赛，此后一直担任队长，直至第二次世界大战爆发。战后比赛恢复，他又两度出任队长。在为沃克杯效力的漫长岁月里，弗朗西斯保持着出场和获胜次数的纪录。沃克杯比赛从开始到20世纪80年代，美国队只输过一次。

1931年，弗朗西斯取得了职业生涯后期最令他开心的成绩，在埃克瓦诺克赢得全美业余锦标赛整 17 年之后，他在芝加哥贝弗利乡村俱乐部再度问鼎该赛事。第二年的卫冕之战，他最终止步半决赛。1932 年，他成功捧起第六座马萨诸塞州业余锦标赛冠军奖杯，这是从 1913 年赢得首个冠军头衔 19 年后，他拿下的最后一个。自称"商人球手"的弗朗西斯，将更多的时间投入了家庭和事业，维系多年的高尔夫赛事顶峰期就此结束，但他从未后悔。

"高尔夫和生意无法融合，"他说，"你可以选择，但你不能两者兼得。我每天醒来时，发现有妻子和两个女儿需要照顾，我得赶紧忙活起来，我很高兴我这么做了。"

他的妻子和女儿从未摸过高尔夫球杆。1932 年，他出版了《高尔夫游戏》一书，在这本 274 页的自传中，弗朗西斯以特有的谦逊，仅用 10 页讲述了 1913 年美国公开赛胜利，并在该章这样开篇："关于冠军本身没什么好说的。"

1932 年，为庆祝成立 50 周年，乡村俱乐部举办了一场正式的邀请晚宴。作为特邀嘉宾和演讲者，弗朗西斯在晚宴后发表了一篇动人且充满诗意的演说，以此回顾 1913 年美国公开赛。他这样总结对乡村俱乐部的感情："对我来说，这片土地是神圣的，这里的草更绿，树更繁茂，一石一木皆有温度。先生们，不知何故，我感到这里的阳光比我去过的任何地方都更加明媚。"

现在，弗朗西斯已经实现了人生的另一大抱负，成为波士顿地区受人尊敬的一员和社区支柱。他是名副其实的贵族，无论走到哪里，都表现得彬彬有礼，慷慨大方，而且极具演讲天赋和绝妙的幽默感。尽管他是焦点人物，但他从来不会忘记任何一个人，也会不遗余力地赞美别人。弗朗西斯喜欢唱歌，多年来一直是一个颇受欢迎的四重唱的男高音，凭借与生俱来的音乐天赋，他经常在公共或私人晚宴上表演，现场即兴创作有关在场人士的小调，并弹钢琴为自己伴奏。从商过程中，他游刃有余地行走在金融界和体育界，曾担任波士顿棕熊冰球队主席、波士顿勇士棒球队副主席，后来又担任波士顿竞技场管理局主席。投资生涯早期，他曾效力于哈里森 & 布朗菲尔德经纪公司，后来的大部分时间里，他在布朗兄弟旗下的波士顿贵族投资公司哈里曼担任高级经纪人。他们后来以他的名字命名了董事会。

1927 年，年仅 24 岁的埃迪·洛厄里凭借在马萨诸塞州业余锦标赛上的胜利登上职业生涯顶峰。弗朗西斯亲临现场，见证了他的这一高光时刻。埃迪一直视弗朗西斯为偶像，并坦率地承认生命中所有的一切都归功于他们的关系。不过当弗朗西斯不在的时候，他更愿意把功劳算在自己头上。尽管性格迥异，但他们仍然维系了终生的友谊。弗朗西斯逐渐成长为温文尔雅的波士顿传统绅士，穿着休闲西装，打着领结去看红袜队的比赛。埃迪凭借善辩的口才和积极进取的企业家本能，闯出了自己的一片天地。他先是为《波士顿旅行者》报道高尔夫和冰球，后来发现做广告更赚钱，在第一次结婚之后，他转行去《波士顿先驱报》担任广告销售经理。20 世纪 30 年代初，第一任妻子死于肺炎，两年后，埃迪娶了一位认识多年的当地名媛。大萧条时期，埃迪成功找到了施展拳脚的舞台，成为全美牛肉批发商的全国广告总监。由于工作原因，他经常去加利福尼亚，那里仍然盛行的自由奔放的淘金精神深深吸引着他，令他如鱼得水。1937 年，埃迪和第二任妻子搬到旧金山，成为一家大型林肯（水星）汽车特许经销店的高级销售员。没过几年，埃迪就掌管了公司的批发部门，不久，当老板决定退休时，埃迪买下了他所有的股份。20 世纪四五十年代，埃迪在西海岸成为最成功的林肯（水星）经销商，并在棕榈泉开设了第二家经销店。每年，他会去那里过冬。他的个人生活也有悲情一面：他的第一个孩子埃迪二世在第二次世界大战爆发时加入空军，最后死于一次训练任务。第二任妻子在战争结束后不久死于癌症。1950 年，埃迪第三次结婚，娶了一个比他小 15 岁的女人，他的秘书玛格丽特。这将是一段长久而幸福的婚姻。

埃迪一直活跃于高尔夫业余赛场，并慷慨资助业余赛事。他帮助老朋友、前球童平·克罗斯比，组织并发展由其创办的年度赛事——克罗斯比圆石滩职业业余配对赛和慈善晚宴。埃迪一直是该赛事的常客，1953 年，他和职业球员拜伦·尼尔森搭档赢得比赛。他也独具慧眼，是北加州年轻球员肯·文图利的首位赞助商和导师，文图利最终赢得了 1964 年美国公开赛。埃迪把文图利介绍给老朋友弗朗西斯·威梅特，威梅特成了文图利的朋友和股票经纪人。

退役后，弗朗西斯也一直致力于美国业余高尔夫运动的发展，他在美国高尔夫协会执行委员会工作八年，最后两年担任副主席。1944 年，弗朗西斯与好友鲍比·琼斯、吉恩·萨拉曾一起，被选为高尔夫名人堂最初四名成员。

1951 年，在老朋友伯纳德·达尔文和他多次访问英国期间遇到的许多人的力邀下，弗朗西斯成为首位被任命为圣安德鲁斯皇家古老高尔夫俱乐部队长的美国人。这是高坛最古老、最高级别的职位，弗朗西斯欣然接受了这一无上荣耀。身为队长，唯一的职责是在早晨八点现身俱乐部春季大会开幕式，并在圣安德鲁斯老球场开场洞打出第一记仪式球。

1949 年，弗朗西斯在波士顿商界朋友的帮助和鼓励下，为来自马萨诸塞州各地的贫困球童设立了大学奖学金，实现了他毕生的另一个梦想。朋友们坚持要将它命名为弗朗西斯·威梅特球童奖学基金，弗朗西斯一开始不同意，但他们劝说，用他的名字能筹集到更多资金，他默许了。基金成立的第一年，13 名年轻球童获得了总共 4600 美元的学费资助。在一些伟大球员的支持下，威梅特基金资助了一万多名球童或学生，发展成为数百万美元的捐赠基金。2002 年，其年度奖学金额首次突破百万美元。该基金还在波士顿郊外保留了一座纪念弗朗西斯生平和职业生涯的博物馆。基金的许多受助人在波士顿、新英格兰乃至世界各地的各行各业都取得了杰出成就，这是对慈善和慷慨的最高礼赞，其灵感源自他卑微的出身和他对布鲁克莱恩贫困男孩的爱与支持。私下里，弗朗西斯认为这是他一生中最重要的成就。

尽管波士顿、马萨诸塞州甚至世界各地的俱乐部都向他敞开大门，但弗朗西斯终生只保留了伍德兰乡村俱乐部的会员身份。1953 年，乡村俱乐部授予他终身荣誉会员待遇。1963 年，为纪念弗朗西斯夺冠 50 周年，美国公开赛再度移师布鲁克莱恩，弗朗西斯担任名誉主席，在比赛周期间出席一系列活动，并在颁奖典礼上给冠军朱利叶斯·博洛斯颁奖。弗朗西斯一向不愿意别人把他当作特殊人物对待，但他同意出席那周专门为表彰他而安排的晚宴，前提是所得款项将悉数捐赠给他的球童基金。埃迪·洛厄里作为特邀嘉宾回到波士顿，两位老友聚首，分外珍惜在一起的每分每秒。当时，埃迪已到了知天命的年纪，弗朗西斯也迈入古稀之年，两人一起接受了当地电视台的采访，携手走了一些球洞，重温了 50 年前激动人心的场面。埃迪又活了 21 年，变得非常富有，退休后去了棕榈泉。1984 年，埃迪死于呼吸衰竭，享年 81 岁。在遗嘱中，埃迪给威梅特奖学基金留下了一大笔钱，该基金后来以他的名字设立了一项特别奖学金，奖励年度最优秀球童。

1965年，弗朗西斯失去了深爱的妻子斯特拉，之后，他继续独自居住在他们自1936年起就共同生活的韦尔斯利的房子里。两年后，一个炎热的八月夜晚，在女儿家享用完一顿安静的晚餐后，弗朗西斯回到家中不久就病倒了。尽管不愿麻烦任何人，但实在病痛难受，他给女儿打了电话，女儿立即叫了救护车。前一周，年轻的波士顿红袜队明星外野手托尼·科尼格里亚罗，在一场比赛中被球击中头部，头部和眼睛严重受伤，不得不提前结束职业生涯，这个消息仍然萦绕在人们脑海中。当救护人员把弗朗西斯送到牛顿－韦尔斯利医院时，医生认出了他，立即给了他贵宾待遇。按照他一贯的谦虚低调，他说："太小题大做了，我又不是托尼·科尼格里亚罗。"弗朗西斯被查出患有严重的心脏病，九天后的1967年9月2日星期六，在女儿的陪伴下，他走了，享年74岁，高坛失去了最伟大的朋友。三天后，在韦尔斯利山圣保罗教堂举行安魂弥撒后，他被安葬在了斯特拉身旁。世界各地的朋友赶来送他最后一程，吉恩·萨拉曾是他的护柩者之一，埃迪·洛厄里也是。当追悼会结束时，吉恩·萨拉曾迟迟不愿离去，他跪在墓前，往棺材上撒了一把土，低声说："快速果岭，弗兰西斯，快速果岭。"

1980年，美国高尔夫协会宣布，将颁发给美国常青公开赛冠军的银杯命名为"弗朗西斯·威梅特杯"。1988年，美国邮政发行了一枚威梅特纪念邮票，在高尔夫球界，只有鲍比·琼斯和贝比·扎哈里亚斯获得过如此殊荣。1993年，为纪念成立100周年，美国高尔夫协会选择了两个并肩走在球道上的剪影作为百年庆典的标志，一个是高挑的球员，另一个是勇敢的小球童，灵感来自弗朗西斯·威梅特和埃迪·洛厄里的著名合影照片。

运动是重要的人类体验，是进攻的出口，是众人喜欢的娱乐形式，是生存斗争的象征。参加一场艰苦卓绝的比赛，可以使我们更能理解自身神秘的探索本能。在职业体育运动中，教练们常说，比赛能塑造一个人的性格，但事实并非总是如此，尤其是当获胜变成唯一目标时，规则就会被扭曲或打破。高尔夫运动本身需要我们自觉遵守规则，因而可以带来很多更明显的益处。纪律作为约束心灵的压舱石，敦促我们自立、克制、礼貌、上进、谦逊，并为真正的成就自豪。这份卓越的遗产是高尔夫给我们的最好礼物，这本书里的人已让这一遗产代代相传。

那些曾经的冠军和挑战者，那些为一项鲜为人知的苏格兰消遣活动注入生命的人，已然消逝在历史长河里。如今，这项运动已发展到他们谁也想象不到的地步。今天，当你享受每一场激动人心的比赛时，都应该向这一代先驱者致敬。每一个涉足高坛、以此为生的人，都应该感谢 J.H. 泰勒、约翰·麦克德墨、沃尔特·黑根、泰德·瑞、哈里·瓦登以及无数高坛先辈为生计所作的牺牲。每个"球疯子"，每个打球为乐、以球会友、斗球怡情的业余爱好者，都应该对弗朗西斯·威梅特心存感激，他在从小长大的房子里望见街对面高高在上的私人特权世界，并在内心深处找到了穿越那条街的勇气。

高尔夫是我们所有人的主宰。

——哈里·瓦登

致　　谢

过去 20 年里，高尔夫陪伴我度过了惬意的休闲时光。七年前，我有幸将好友兼文稿代理人埃德·维克多领进门，从那以后，埃德以多种方式投桃报李——尽管在有些难捱的午后，下场打球更像是一种折磨。2001 年夏天，在跨洲航班上讨论即将到来的一场高尔夫之旅时，我讲述了弗朗西斯·威梅特在 1913 年美国公开赛上取得里程碑式胜利的故事，当时我对这个故事的了解还十分有限。埃德带着一种突如其来的坚定信念——认识他的人都知道他的这一特点——紧盯着我说："马克，这是一本书！"感谢埃德，感谢他无穷无尽的兴趣和支持，于是有了这本书。

重现那段历史，揭开弗朗西斯、哈里、埃迪、泰德·瑞、沃尔特·黑根的高尔夫人生，始于与位于新泽西州法希尔斯市的美国高尔夫协会总部图书馆历史学家兰登·杰里斯的一通电话。兰登对高尔夫历史了如指掌，堪称历史档案的百科全书，是他提供解开一个几乎被遗忘时代秘密架构的万能钥匙。他是一个了不起的人，十分谦逊——在这一点上与弗朗西斯没什么两样——希望我这样说不会冒犯到他。在兰登和他的得力助手帕蒂·莫兰的指导下，美国高尔夫协会的档案为我打开了通往过去的大门，我在其浩瀚的书库中度过了许多快乐时光。同样来自美国高尔夫协会的坦尼娅·斯特凡和香农·杜迪也提供了及时和颇具价值的帮助。当我仔细阅读 20 世纪早期的期刊、书籍和报纸报道时，历史事件中的人物和细节开始慢慢地变得鲜活。故事中那些个性鲜明的人物，如沃尔特·黑根、泰德·瑞、约翰·麦克德墨、沃尔特·特拉维斯和哈里·瓦登，史料已有诸多记载，不难描绘。但是尽管已有很多关于弗朗西斯·威梅特的文字档案，还没有见到过关于这位历史人物应该有的传记。事实证明，弗朗西斯·威梅特一生经历依然模糊不清：他为人沉默、谦逊，这些可贵的品质使他成为卓越不凡的人，但也成为我们深入了解他的严重障碍。

从协会图书馆转到波士顿，我认识了另外两位人士，没有他们的帮助，本书很难完成对中心人物的描述。一位是为人敬仰的弗朗西斯·威梅特基金会（麻省诺顿市阿诺德·帕尔默大道 300 号高尔夫之屋，邮编：02766；电话：（774）430-9090；网址：www.ouimet.org）和威梅特博物馆的执行董事罗伯特·多诺万。多诺万可以说是威梅特传奇的守护人，他对弗朗西斯的心理以及他与家人之间的情感的深刻洞见，为本书注入了生命脉动。罗伯特向我引荐了布鲁克莱恩乡村俱乐部的档案保管员和历史学家 J. 路易斯·纽维尔。路易斯不仅带我参观了故事里的球场和会所，分享了其珍贵的档案，并讲述了有关弗朗西斯的鲜活记忆。纽维尔还是个年轻人的时候，就认识那个叫他"纽维尔少爷"的"威梅特先生"，偶尔还和他一起打高尔夫球。从路易斯·纽维尔宽厚而绅士般的举止中，我发现了曾住在街对面的那个人温暖的回声。非常感谢迈克尔·戴利，向我介绍了令人神往的花园城高尔夫俱乐部，并陪我打了一场球。

书稿成型时，我要一如既往地感谢助手苏茜·帕特南不知疲倦地投入研究和对细节的敏锐洞察。非常感谢我在亥伯龙出版社的出版人威尔·施瓦尔贝，我已经和他并肩战斗过。同样，非常感谢我的编辑格雷琴·杨，我们以前从未合作过，但我希望能再和她共事。我还想感谢我的朋友们：大卫·斯坦伯格、桑尼·范·杜森、保罗·塞耶、彼得·盖瑟斯、比尔·辛克、兰·查普曼、布鲁斯·维诺库尔、亚当·克伦茨曼和斯蒂芬·库尔斯奇，感谢他们早期阅读手稿并给予慎重反馈。我要感谢妻子林恩、父母沃伦和弗吉尼亚·弗罗斯特，他们给予了同样但更多的支持。我明白，弗朗西斯给我的启示是，梦想的实现离不开坚定不移的信念和最亲密的人的支持，两者缺一不可。

有关本书文字

在运用对话还原这些生动场景的过程中，我尽可能在书中直接注明来源。

偶尔在缺乏原始资料的情况下，我会试着在散文或报告文学的基础上作出推断，使对话尽可能真实地表达我所领会的当时场景。在极少的例外情况下，由于完全没有目击者，我便以剧作家的执照，自作主张地描绘一些实在无法证实的场景。但是，我希望并相信，在任何情况下，我都没有歪曲事实，只是在努力地阐明它们。

1913 年美国公开赛延长赛，左侧蹲着的是弗朗西斯，
他正在为最后一推瞄推击线，站在中间的是哈里，右侧是泰德

（图片由美国高尔夫协会友情提供，版权所有）